雲南大學 | 少数民族民间文学
　　　　　 调查资料丛刊

云南大学 1959—1962 年
傣族叙事长诗
调查资料集

Collection of 1959—1962
Dai People Folk Narrative Poem
Survey of Yunnan University

云南大学文学院 编

本书出版获云南大学一流大学"中国语言文学"学科建设项目资助

本书系国家社科基金项目"云南少数民族民间文学稀见资料整理与研究（1958—1983）"（20CZW059）阶段性成果

云南大学 | 少数民族民间文学
调查资料丛刊

顾　问

张文勋　　李子贤　　李从宗　　张福三　　冯寿轩

编委会（按姓氏笔画排列）

王　新　　王卫东　　伍　奇　　杜　鲜　　李生森
杨立权　　张　多　　陈　芳　　罗　瑛　　段炳昌
秦　臻　　高　健　　黄　泽　　黄静华　　董秀团

云南大学少数民族民间文学调查资料丛刊
前 言

王卫东

　　这套丛书的整理出版是一件偶然的事——准确说，是源于一件偶然的事。2006年5月的一天，杨立权冲进我的办公室，兴冲冲地对我说："王老师，挖到宝了。"他迫不及待地告诉我，在四楼中文系会议室旁边小房间的乱纸堆里发现了云南省民族民间文学调查的资料，我和他跑上去，看到杂物堆上的少数民族民间文学调查资料，有署名"云南大学中文系少数民族语言文学教研室编"的1964年和1979年版的《云南民族文学资料集》，有署名"云南大学中文系"的1979年12月版的《民族文学作品选》，有署名"云南大学中文系少数民族文学概论师训班编"的1980年6月版的《民族民间文学资料》，有署名"云南大学中文系"的《云南民族文学资料》，还有署名"云南大学中文系印"的1980年4月版的《云南民族文学资料》、署名"云南大学中文系翻印"的《云南民族文学资料》，此外还有很多"云南大学中文系翻印"的各少数民族文学作品选，最为珍贵的当然是云大中文系调查整理的云南少数民族民间文学资料。大家都非常高兴，这纯属意外之喜。2005年8月份我任中文系主任后，有两项重点工作：文艺学博士点申报和教育部本科合格评估。博士点获批，我就全力以赴做评估的准备。除了常规的教学档案整理之外，我希望借此机会把我之前做的科研档案扩展为人员档案和中文系系史，于是就请杨立权把中文系资料室和其他地方的东西清一清，图书杂志造册上架，供师生查阅；教材著作如果数量多，部分留存后可以给愿意要的学生，不必堆在那里浪费；涉及中文系历史的资料分类整理，作为历史档案保留。没想到整理过程中惊喜连连，在图书杂志之外，发现了很多会议记录、规章制度，还有讲义、教案、课程表、历届学生名单、毕业论文、学年论文、课程作业，甚至还有入党申请书……出乎意料又令人惊喜的是，还发现了《阿诗玛》的多个版本。这次的发现，更是令人想不到的大喜事。杨立权带着学生把四楼和一楼彻底清理后，将名为"云南民间文学资料"的油印版单独归类，我和他审查后确认，主要有1964年、1979年和1980年三批。随后我和杨立权给中文系所属人文学院院长段炳昌老师汇报了这事。段老师对中文系的历史以及民间文学调查比我和杨立权更为熟悉，也更了解这些资料的价值。我也给黄泽兄说了这事，他是专家，为此很是高兴。过了一段时间，我和段老师去见张文勋先生，告诉他这个发现。张先生极为兴奋，说1964年中文系印出来以后，部分进行交流，大多用作教学。这套资料主要留存在云大中文系和云南省文联。"文革"期间，省文联的全都流失不存，中文系的也不见踪影。他也曾动过寻找的念头，但"文革"后百废待兴，1984年初他离任中文系主任后不再参与管理，中文系的办公室、资料室地点屡迁，资料室人员变动频繁，他以为这些资料已经消失，没想到竟然从杂物堆里打捞了出来。

资料有了，下一步就是整理和出版的事。但就在这个环节大家出现了分歧。我力主出版，认为署名不是问题，少数民族民间文学调查是政府主导，各个单位安排的，属于职务成果，不是任何个人的，统一署名云南大学中文系调查整理，把所有署名者列出即可。但不少人还是有所顾虑甚至是顾忌，担心到时出现署名权的争议。编纂出版是出于公心，是为云大，是为学术，但最终责任由个人承受，这就不值。2004年至2005年曾任文学与新闻学院党委书记，时任云大宣传部长的任其昆老师认同我的看法。但当时有顾虑的人毕竟更多，这事也就搁下了。

虽然出版被搁置，但这套资料的价值在那里，谁都清楚。杨立权还带着学生整理，段炳昌老师和董秀团老师等会讨论这书的处理方式，老先生们也不时会提到这事，主要是李子贤先生。每年去见李老师时，他都会说到这套书。他基本同意我的看法，但也担心出问题，毕竟有前车之鉴。一次，我与何明兄聊天时说到这事，他马上就表态，经费由他担任院长的民族研究院解决，中文系和民族研究院联合整理出版，作为中文学科和民族学学科的共同成果。遗憾的是最终没有落地。那些年虽然我在很多场合都在说这套书，告诉大家这是不可复现、不可再得的，强调它的唯一性、不可替代性，说明它在史学、文学、民族学、社会学以及学术史等方面的学术价值和社会价值，但出版的事一直拖而不决。2015年学校给中文系50万的出版经费，我准备抓住这次机会把书出了，不再左右顾虑。请学校把出版经费直接划拨给云南大学出版社，同时把全部资料给了他们，希望他们先录入，再组织人员进一步整理、出版。但没想到年底，学校进行教学科研机构调整，我调到云大艺术与设计学院主持行政，这套书自然就离开了我，虽然我还时时惦记着它。

没想到，这套书确实与我有缘。2020年，学校把我调回文学院主持行政。在了解文学院近几年的情况时，我得知这套书仍未完成整理，决定借助云南大学百年校庆把这事解决了。在学院党政联席会上我提出文学院百年校庆的活动内容，包括编写院史、口述史和整理出版这套书，这个想法得到文学院班子的支持。几经波折，这套书的整理出版终于露出了曙光。

在文学院校庆活动的会议上，确定由何丹娜副书记具体负责院史，陈芳副院长负责口述史，张多、高健负责这套书的整理，我整体统筹。后因资料从出版社取回后由张多管理，张多做了很多的整理工作，还以此申报2020年的国家社科基金项目并获批，就由张多具体负责，并以百年中文课题立项的形式组建团队进行整理、录入和校对。

我原来希望这套书由云南大学出版社出版，但由于云大出版社五年内换了三任社长，社内领导班子也几经变动，编辑变化很大，直到2020年再次启动时，这套书与2015年我离开时几无区别。（负责这套书的副社长伍奇老师在2015年底调整时调离了出版社，也无法再管这套书的整理出版，更不清楚这套书的着落，直到2021年她还提醒我把资料从出版社取回以免遗失。）我担心云大出版社在2023年百年校庆时不能完成这套书的编辑出版，有老师推荐商务印书馆。应了好事多磨这话，这套书确实否极泰来，遇上了一个好编辑，冯淑华老师了解到这套书的情况后，以极高的效率完成了报批，使这套书进入出版程序。虽然这两年中诸多波折，但冯老师都以她的超常耐心和毅力，忍常人所不能忍，迎来了最终的圆满。在此对冯淑华老师致以最高的感谢！

这套书能够面世，首功当归杨立权老师。他是当时不多、现在罕见的只为做事不问结果的人。他发现了这些资料，才有了这套书的出版。包括这套书在内的所有中文系少数民族民间文学调查资料最初都是他带着学生整理的，从杂物中找出来，分类归档，标明篇目，顺序陈放。没有杨立权老师，就不可能有这套书。

另外要感谢张多老师。这套书整理的工作量和难度是没参与的人难以想象的。首先是工作量，当初谈论这套书的整理，大家都认为应该以1964年版为基础，1979年、1980年版为参考和补充。段炳昌老师和我们也讨论过，认为应以云大中文系师生调查整理的资料为原则，至少是云大中文系师生为主调查整理的文本才能纳入，杨立权老师找到的资料从1958年一直到20世纪80年代中期，除了1977年以后是云大中文系师生调查整理的，参与调查整理的人员来自云南省的各个地区和单位，全部纳入，体量太大。即便如此，内容仍然十分庞杂，一则上述三个资料集之外的资料还有很多，二则三个资料集以及其他资料都混杂着不同单位的搜集整理者的文本，有一些并没有云大中文系的师生参与，需要仔细甄别。这就需要了解和熟悉那个时期云大中文系师生以及他们参与调查、整理的情况。其次是难度，编辑整理这些资料对学术水平的要求很高，要有学术眼光，有学术史的标准，有严谨的学术态度，有细心和耐心。整理时应该忠实于材料，尽可能呈现出最初的样貌，不能依据自己的立场观点，或者为了文雅、结构的"合理"、避免"重复啰唆"等随意增减删改，否则就成为改写本，这也是对整理者的考验。（其实，民间文学中的重复是其非常重要的结构特点，是文本的必要构成。我在给学生讲课时，曾提及《诗经》的"风"和后来的"乐府"诗，保存了民间歌谣，但有得亦有失，得是如果没有当时官府的搜集整理，我们无法窥见当时的民间文学；失是人们见到的文本都是经过雅化的，这就大大降低了这些作品的价值。1964年版的"前言"里说"对这些原始资料，除字句不通加以适当修改外，一律不予删改，保持原始面貌，以提供研究之用"，这体现了老一辈学者的学术智慧。）此外，1964年的版本是手刻油印的，1979年、1980年版部分文字是当时的简化字，没有经过那个时代教育的师生可能不认识，等等，这也增加了录入和校对的难度。感谢张多老师和他的团队，给我们呈现出一个较为理想的文本。

还要感谢李子贤先生。我和黄泽兄管理中文系后，于教师节以中文系的名义去慰问两位老师，又让中文系办公室恢复了他们的信箱，请他们参加中文系的活动，李老师也就顺势回到中文系。（2005年他告诉我，以后他的会议就由中文系主办，之后他主导的学术会议确实都交给了中文系。）整理这些资料时发现1964年、1979年、1980年版各有问题，1979年版少了两册（已记不住哪两册，好像是18册和21册）。幸运的是，去看望李子贤老师时，说起这事，李老师说他家里也保存了一部分，放在老房子里，刚好有这两册。这又是一个意外之喜，看来老天爷也想促成此事。之后几年去看他，他都与我谈起这些资料，支持整理出版。2015年底，我调到云大艺术与设计学院。随后几年我与李老师和任老师联系较少（李老师给我打过电话），直到2020年确定回文学院，我给李老师打了个电话。他听到我的声音，第一句话就是"卫东，这么多年，你终于想起我们了"。听我说回到文学院后准备出这套书，他叹道："早就该出了。"

感谢张文勋先生。张先生是云南省民族民间文学调查的全程参与者，也是1977年以后把少数民族民间文学调查作为毕业实习主要项目这个传统的决定者。1979年、1980年版的资料集，1980年为"全国《少数民族民间文学概论》师资培训班"编印的《民族民间文学资料》都是在他任上编印的。

感谢段炳昌老师和黄泽老师。他们从学理上明确了这套书的学术价值和现实意义，提出了不少有关整理的原则和方法。段老师一直是这套书整理出版的推动者。

感谢董秀团、高健、伍奇、段然各位老师。他们在不同时间、不同程度，以不同方式参与了这套书的整理，推动了这套书的出版。尤其是段然老师，由于出版单位的变换，给她的工作带来了不便和冲击，但她了解到整个过程后，表示对调整的理解。我们以1980年为界，之前的交由商务印书馆出版，之后的云南少数民族民间文学调查资料以及所有年代的影印版交给云大出版社。感谢小段老师的理解和支持。

还要感谢云南大学校领导的支持。校党委林文勋书记今年7月到文学院调研时，我把这套书的出版经费作为第一项诉求，得到他的明确表态支持。感谢于春滨和张林两任"一流办"主任，得知这套书的价值后，他们都表示支持。张林兄去年年底上任后就把这套书作为重点支持项目，这次在省财政经费未足额下拨的情况下，他把这套书的出版经费单列，才保证了这笔钱没在最后关头被争先恐后的报账者们"抢走"。

最后，要感谢上世纪三十年间进行云南少数民族民间文学调查的各位前辈，是他们不畏艰辛，克服重重困难，才给后人留下了一批无法复现、不可替代的一手资料，让我们能隔着半个多世纪的时光，触摸到那个时代的脉搏，感受那个时代人们的情感，得以重现那个时代的社会面貌。那个时代的人们借助于这些资料而复活，各位调查整理的前辈因了这些文字而永恒！向各位前辈致敬！

六十年，这套资料从口头文本到纸质文本；十六年，这套资料从重新发现到出版。与这套书结缘的人或有始无终，或有终无始，只留下我经历从重新发现到出版的始终。终于得以出版，为这套书做出贡献的所有人也可以心安了！

2022年12月23日于云南大学映秋院

编纂说明[1]

张 多

2023 年是云南大学建校满 100 周年的重要节点，同时也是云南大学中国语言文学学科办学 100 周年。民间文学是云南大学文科的重要组成部分和特色专业方向，自 1937 年徐嘉瑞先生到中文系[2]执教开始便一直贯穿在中文系教学、科研、文化传承的脉络中。

民间文学注重到民间去采风，或曰搜集整理。这里主要指的是将民众口头讲述或演唱的散韵文学，转化成书面文字，这其中包含录音、记音、听写、记录、誊录、移译、转译、整理、汇编、校订、注释、改编等若干技术性手段。当然，对云南来说，对各民族书面典籍的搜集整理和翻译也同样重要。

云南大学中文系在 20 世纪开展了若干次大规模少数民族民间文学调查，积累了一大批原始资料。这些资料有的已经先期单行出版，有的被纳入了一些民间文学选集，但遗憾的是一直没有集中公开呈现。这套"云南大学少数民族民间文学调查资料丛刊"便是弥补缺憾的一项重要工作。

---

[1] 本文撰写承蒙段炳昌教授指导，专此致谢。
[2] 云南大学中文、历史二科在很长时期内为合并建制，或为文史学系，或为人文学院。这一时期即为文史学系。

一、影响深远的几次大调查

1940年,时任云大文史系主任徐嘉瑞(1895—1977)完成了我国第一部研究云南民间戏曲花灯的专著《云南农村戏曲史》[①]。在写作过程中,他开展了广泛的实地田野调查,常请昆明郊区农村的花灯艺人讲剧本。徐先生1945年的大著《大理古代文化史》也具备系统的田野调查基础,包含大量民间文学资料和分析方法。这种实地调查的传统在云大中文系特别是民间文学学科一直保持至今。

在这一时期,云大文科各系的学者如闻宥、方国瑜、陶云逵、邢公畹、光未然、岑家梧、杨堃等,都开展过或多或少的民间文学实地调查,并且兼备语言学、历史学、社会学、民俗学的方法,这对当时文史学系的学生产生了重要影响,其中包括后来的著名民间文艺学家朱宜初、张文勋等。

1958年9月云南省委宣传部牵头组织了大规模"云南民族民间文学调查"。这次调查是当时云南省最大规模、最专业的一次民间文学调查,由来自云南大学中文系、昆明师范学院中文系、中国作家协会昆明分会等单位共计115人组成7支调查队,分赴大理、丽江、红河、楚雄、德宏、文山、思茅(今普洱市)调查。这次调查涉及苗族、彝族、壮族、瑶族、白族、哈尼族、傣族、傈僳族、佤族、拉祜族、纳西族、景颇族、阿昌族、怒族、德昂族等民族。调查队在各地又与地方文化干部、群众文艺工作者、本民族知识分子百余人合作,搜集到万余件各类民间文学文本。云大中文系是这次调查活动的最主要力量,当时绝大多数教师和学生都参与了调查。参加调查的一些成员后来成了云大民间文学学科的重要成员,如张文勋、朱宜初、冯寿轩(当时在省文联)、杨秉礼、李从宗、郑谦、张福三(当时为本科生)、杨光汉(当时为本科生)、傅光宇(当时为昆明师院本科生)等。

---

① 徐嘉瑞:《云南农村戏曲史》,国立云南大学西南文化研究室,1940年。

这次调查云大师生所获成果颇多。比如在采录文本基础上，张文勋先生领衔的大理调查队撰写了《白族文学史》、丽江调查队撰写了《纳西族文学史》初稿，作为"三选一史"[①]的示范本，堪称中国少数民族文学研究的里程碑。此外还出版了许多单行本，比如彝族创世史诗《阿细的先基》[②]、纳西族创世史诗《创世纪》[③]、彝族创世史诗《梅葛》[④]、彝族经籍史诗《查姆》[⑤]等。这次调查从搜集文本的数量来说，傣族文本数量最多，比如叙事长诗《千瓣莲花》《线秀》《葫芦信》《娥并与桑洛》等傣文贝叶经和口头演唱文本都得到详细整理。[⑥] "1958年调查"这一时期，李广田（1906—1968）校长非常重视民间文艺，同时张文勋、朱宜初开始在学坛崭露头角，他们借助大调查，顺势推动了民族文学、民间文学学科建设。

1959年，在著名文学家、时任云南大学校长李广田的主持下，云大中文系开办了中国首个中国少数民族语言文学本科专业，并于1959年、1960年、1964年招收三届学生100余人。这三届学生中走出了秦家华、李子贤、左玉堂、王明达等一批民间文学家。1962年和1963年，少数民族语言文学专业的师生组织了两次毕业实习，也即民族文学调查。由于这两次毕业实习调查去的地方多为"1958年调查"未涉足且交通艰险的地区，因此两次实习得到云南省人民政府和云南大学的强力支持。其中1962年实习分为三个队，赴小凉山彝族地区、迪庆藏族地区和西双版纳傣族地区，由朱宜初、

[①] "三选一史"是1958年中宣部的计划，包括中国民间文艺研究会主持的各地歌谣选、各地民间故事选、民间叙事长诗选，中国科学院文学研究所主持的少数民族文学史。

[②] 云南省民族民间文学红河调查队搜集翻译整理：《阿细的先基》，云南人民出版社，1959年。

[③] 云南省民族民间文学丽江调查队搜集翻译整理：《创世纪：纳西族民间史诗》，云南人民出版社，1960年。

[④] 云南省民族民间文学楚雄调查队搜集翻译整理：《梅葛》，人民文学出版社，1960年。

[⑤] 云南省民族民间文学楚雄、红河调查队搜集，郭思九、陶学良整理：《查姆：彝族史诗》，云南人民出版社，1981年。

[⑥] 1958年调查的原始资料现主要收藏于云南大学文学院，另有部分资料藏于云南省民间文艺家协会。

杨秉礼、张必琴、杨光汉等教师带队；1963年实习赴彝族撒尼人地区、独龙江独龙族地区、怒江怒族和傈僳族地区调查，由朱宜初、杨秉礼，以及毕业留校的青年教员李子贤、秦家华带队。这几次实习采风的原始资料，包括彝族撒尼人长诗《阿诗玛》、怒族《迎亲调》，以及钟敬文极为重视的藏族神话《女娲娘娘补天》[①]等，现藏于云南大学文学院。

李子贤是1962年和1963年调查的主要成员。他于1959年考入云南大学首届少数民族语言文学本科专业。1962年2—7月，他以学生身份参加了小凉山（宁蒗彝族自治县）调查队到泸沽湖区采录彝族、纳西族摩梭人的民间文学。正是这次调查改变了他的文学观，他开始将兴趣转入少数民族民间文学，尤其是神话学。1963年他毕业后留校任教，又以教师身份带领独龙江调查队进入独龙族地区。

独龙江流域是20世纪中国疆域内最封闭的地区之一，地处我国滇、藏和缅甸交界处。进入独龙江，需要先进入怒江大峡谷，沿江而上到达贡山县城，再翻越高黎贡山脉，一年中有半年大雪封山。1963年7月到1964年2月，李子贤带领调查队历经磨难进出独龙江峡谷，这是中国学者首次对独龙族民间文学进行专题调查。这次调查成果中比较有代表性的，如1963年11月在独龙江畔孟丁村搜集的，独龙族村民伊里亚演唱的韵文体《创世纪》史诗文本，[②]这一口头演述传统在今天已近乎绝唱。

同一方向上，朱宜初、杨秉礼带队进入怒江大峡谷，对沿线傈僳族、怒族民间文学开展调查，取得丰硕成果，为研究怒江民间文学存留了宝贵历史档案。当时进入怒江大峡谷交通条件极为危险，调查队员向峡谷深处走了很多村落，一直到丙中洛的秋那桶村（近滇藏界）。这样的调查力度，即便在今天也是不容易办到的。

---

① 钟敬文：《论民族志在古典神话研究上的作用——以〈女娲娘娘补天〉新资料为例证》，《北京师范大学学报》（社会科学版）1981年第2期。
② 李子贤：《再探神话王国——活形态神话新论》，云南人民出版社，2016年，第207—227页。独龙族《创世纪》原始调查资料现藏于云南大学文学院。

另一边，秦家华带队到宜良、石林一带彝族撒尼人中间，不仅采录了经典叙事长诗《阿诗玛》的有关文本，还对撒尼民间文学做了全面搜集，留下宝贵资料。

在1978年之后，云大的民间文学学科得到恢复，时任中文系主任张文勋先生大力支持民间文学学科的发展，在原有师资朱宜初、李子贤、秦家华[①]的基础上，先后调入冯寿轩、张福三、傅光宇等，大大加强了师资力量，有效地支撑了民间文学调查和研究。

正是在民间文学研究特别是少数民族民间文学人才培养和研究方面的突出成就，加之1956年到1964年间的大规模调查成绩，1980年教育部委托云大中文系举办"全国《少数民族民间文学概论》师资培训班"。[②]1980年3月，来自中央民族学院、吉林大学、吉林师范大学、中山大学、新疆大学、贵州大学、西藏师范学院、青海师范学院、西北民族学院、西南民族学院、广西民族学院等16所高等院校的20多名中青年教师参加了学习。钟敬文亲临昆明为学员授课，发表题为《谈民间文学的收集记录整理和出版问题》的演讲，他认为"收集就是田野调查"[③]，是科学性的体现。为了配合师训班，云大中文系又编选了28卷《云南民间文学资料集》，将上述几次民间文学调查的文本加以汇编。此次师训班的学员还在朱宜初、冯寿轩、杨秉礼、秦家华等云大教员的带领下，到德宏和西双版纳进行了民间文学调查，采录到一批傣族、阿昌族、景颇族、德昂族等的口头文本及贝叶经，比如《九颗珍珠》《遮帕麻和遮米玛》《神鬼斗争》等。后来，《少数民族民间文学概论》经过两届学生试用后于1983年正式出版，[④]系中国首部该选题教材。

此后，从20世纪80年代到90年代初，云大中文系的每一届本科生，

---

① 秦家华先生此时主要在云南大学《思想战线》编辑部工作。
② 1978年教育部召开文科教学工作座谈会，即决定委托云大举办该师训班。
③ 钟敬文：《谈民间文学的收集记录整理和出版问题》，1980年6月30日，手抄本，云南大学文学院藏。
④ 朱宜初、李子贤主编：《少数民族民间文学概论》，云南人民出版社，1983年。

都进行过民间文学搜集整理的专业实习。中文系教师朱宜初、李子贤、张福三、傅光宇、冯寿轩、杨振昆、邓贤、周婉华、李平、刘敏、段炳昌、秦臻、张国庆、木霁弘等教师先后作为带队教师，参加了民间文学调查。当时，朱宜初先生已年近六旬，仍远赴丽江、德宏等地的偏远山村，早起晚归，亲力亲为，率领学生深入调查。这一时期每次实习调查的时间通常在一个月左右，所获不少，留下了一批调查资料。

后来，民俗学、中国少数民族语言文学、中国民间文学专业的硕士研究生，以及中国少数民族艺术、中国少数民族语言文学、中国民间文学专业的博士研究生，在他们的学位论文研究过程中，也积累了一些新采录的民间文学文本。也就是说，到民间去调查、采录民间文学的传统，在云南大学中文系一直没有中断过。

二、1964年和1979年的内部油印本

1958年调查所搜集整理的数以万计原始资料，仅有少数得以出版或内部油印。1963年以中国科学院云南分院的名义内部出版了《云南民族文学资料》，选用了部分文本。1964年云南大学中文系内部油印了21卷《云南民族文学资料集》，多为手写字体，选辑了较多高质量文本。1976年到1979年云南大学中文系内部陆续油印了20余卷《云南民族文学资料集》，主要是在1964年基础上增补了白族等的文本。这批油印本主要是1979年印制，个别是在1976年和1977年印制。1964年、1979年的两批资料集成为当时中国重要的少数民族民间文学一手资料，但因油印数量少，不易得见。

本次集中出版的文本，正是以1964年和1979年两批油印本为主要底本，整理过程中也参考了原始手稿。这其中筛除了个别不合时宜的文本。[①]

在1964年油印本每册的扉页上，都印有一段"前言"，说明了编选的基

---

① 例如不是云大主导的团队的文本或者有碍民族团结等的文本。

本原则和工作方式。"前言"落款为"云南大学中文系少数民族语言文学教研室",时间是"1964年5月中旬"。其原文如下:

> 在党的领导下,我教研室教师将几年来调查的各族文学原始资料汇编成目,并选其中较好的作品以及具有较显著民族风格的作品油印成册。对这些原始资料,除字句不通加以适当修改外,一律不予删改,保持原始面貌,以提供研究之用。因此,这些资料只宜供少数做研究工作的同志用,不宜广大读者传阅。在研究时也应根据毛主席关于批判继承文化遗产的精神,分清精华与糟粕,加强我们研究工作中的战斗性与现实性。使我们所编选的这些原始资料在研究工作者的手中,能为社会主义服务,能为今日的工农兵服务。
>
> 我们对编选各族文学原始资料,还缺乏经验,其中一定还存在着不少缺点,还希望同志们提出意见。
>
> 并希望你们单位如果有少数民族文学、社会历史、风土人情等方面的资料,也请寄给我们。

也就是说,这次编选的原则是"选其中较好的作品以及具有较显著民族风格的""能为社会主义服务,能为今日的工农兵服务",因此原始手稿中许多与此相悖的文本未选入,这些筛选痕迹在原始手稿档案中都有记录。当时的少数民族语言文学教研室,1978年升格为"云南大学中文系少数民族文学研究室",一词之易,却是当时比较前沿的尖端系设研究机构。后来,研究室的建制几经调整,形成了今天文学院的民间文学教研室、西南少数民族文学研究所、神话研究所的"一室两所"格局。

1979年油印本也有一个扉页"说明",原文如下:

> 编印《云南民族文学资料》,目的在于:为民族文学工作者和爱好者提供原始资料,使它在整理云南民族文学遗产和发展民族新文学这

个艰巨又光荣的任务中，起到垫一块砖的作用。因此，我们在编辑时，对原始记录材料一般不作更动，精华糟粕并存，除非原文确实看不懂，或有明显的记录笔误，我们才做些变动。

资料的内容，包括云南各民族传统的和现代的有重要价值或有一定价值的叙事长诗、民歌、情歌、儿歌、神话传说、民间故事、历史故事、寓言、戏剧、曲艺等文学作品，以及对研究云南民族文学有相当价值的部分其它资料。

资料集今后将陆续编印出版。我们希望搜集和保存有这类资料的有关单位和个人，将你们的资料寄（或借）给我们编印；并且，希望你们对我们的工作随时提出批评和改进意见，我们将是非常欢迎和感谢的。

从这里可以看出，1979年油印本更强调学术价值，并且对公开出版已经有了规划。但遗憾的是，这一公开出版的工作计划，一直持续了40年都未能付诸实施。

三、"丛刊"问世的始末

1979年油印本实际上是在为1980年的全国"师训班"做准备，因此只选了小部分文本。而1956年以来若干次少数民族民间文学调查的原始手稿资料，多达数千份，还沉睡在中文系资料室。有鉴于此，历次调查的亲历者张文勋、李子贤、秦家华、冯寿轩、张福三，以及此时进入民间文学学科任教的傅光宇教授，都很看重系里这一笔资料遗产。但囿于经费和人手、资料规模庞大且千头万绪、出版条件制约等因素，在1980年"师训班"结束后，一直没有启动资料整理工作。这一阶段资料保存在东陆园的熊庆来、李广田旧居，这是会泽院后面的一幢中西合璧的小别墅。

1997年中文系参与组建人文学院，2004年又改组文学与新闻学院。这一阶段包括这批资料在内的中文系大量旧资料，已经转移到英华园北学楼，但由于资料管理人员变动频繁，此时已经无人知晓民间文学资料的确切情况，处于"消失"状态。

2006年，中文系再次参与重组人文学院，由段炳昌教授任院长、王卫东教授任中文系主任。正是2006年在杨立权博士的清理下，这批民间文学资料得以重见天日。这一阶段及此后数年，段炳昌、王卫东、黄泽、秦臻、董秀团等教授，都为这批资料的整理和出版计划贡献了很大心力。人文学院的建制一直维持到2015年底，其间还涉及学院整体搬迁到呈贡新校区。但因为中文系办公地点几经变更、出版意见存在分歧、经手工作人员也几经易替，资料的整理一度搁浅。

直到2015年12月，以中文系为主体组建文学院，学院又搬回东陆校区，进驻东陆园映秋院办公。李生森、王卫东两任院长以及李子贤、段炳昌、秦臻、黄泽、董秀团教授再次将这批资料的整理和公开出版提上议事日程，列为学院重点工作。为此，学院多次召开座谈会，张文勋、李子贤、李从宗等老先生在会上回忆了当时调查和整理的情况，并为出版这些资料献计献策。在资料识别录入工作早期，由时任云南大学出版社编辑伍奇博士经手整理；后期高健博士做了大量工作。

2019年，笔者正式接手主理此项工作。在上述老师以及赵永忠、陈芳、王新、黄静华、杜鲜、罗瑛等老师的支持下，组织本科生、研究生开展大规模的系统整理。并且，我们通过多种途径补齐缺漏文本、建立了档案和目录体系、在映秋院建立了资料贮藏室。在这一过程中，文学院李道和、何丹娜、卢云燕老师，云大出版社的王昱沣、段然老师，云大档案馆的宋诚老师，都不同程度提供了帮助。尤其是高健博士2021年接任民间文学教研室主任后做了很多幕后贡献。商务印书馆的冯淑华、张鹏、肖媛等编辑老师也在最后阶段给予了专业的支持。

从2004年算起，该项整理工作，先后获得了云南大学211工程项目、云南大学一流大学建设项目、国家社科基金项目、国家"十四五"出版规划项目、云南大学文学院"百年中文"项目、云南省"兴滇人才支持计划"青年人才项目、云南大学高层次引进人才支持项目等的资金支持。

需要说明的是,"1958年调查"有一部分文本出于不同原因未纳入"丛刊"的首批出版。第一种情形是先期已经公开出版。例如纳西族史诗《创世纪》在1960年由云南人民出版社出版,1978年、2009年再版。第二种情形是搜集整理工作不是云南大学师生主导(但有不同程度参与)。例如《查姆》主要是云南师范大学师生搜集整理,但其中云南大学学生陶学良、黄生富等人参与了整理。而《阿细的先基》则主要是云南师范大学中文系师生搜集整理。第三种情形是后人重新整理,但原稿不全。例如壮族逃婚调《幽骚》,系刘德荣(云大中文系1970届毕业生)、张鸿鑫(云师大中文系1959届毕业生)在1958年调查油印本资料的基础上,于1984年重新搜集整理出版,但原稿已残缺。这些文本清理和研究也很重要,留待日后再做。

"云南大学少数民族民间文学调查资料丛刊"第一辑的分册安排如下:

《云南大学1958年白族民间文学调查资料集》,主要是1958年云南省民族民间文学大理调查队(张文勋先生领衔)搜集整理的白族民间文学文本,但实际上该册白族文本采录的跨度是从1950年到1968年。1956年到1958年的少量文本采录为"1958年调查"奠定了基础,1959年到1963年的调查实际上是"1958年调查"的延续,有些也是在撰写《白族文学史》的过程中的补充调查。其中也包括怒江地区的白族勒墨人、白族那马人的文本。

《云南大学1958年傣族民间文学调查资料集》,主要是1958年云南省民族民间文学西双版纳调查队(朱宜初先生领衔)、红河调查队在西双版纳、临沧、普洱、红河等地区搜集整理的傣族民间文学文本。

《云南大学1959—1962年傣族叙事长诗调查资料集》,主要是"1958年调查"西双版纳调查队于1959年在西双版纳采录的叙事长诗,以及1962年云南大学中文系中国少数民族语言文学专业本科毕业实习,在傣族地区采录的长诗,包括《章响》《苏文》《乔三冒》《苏年达》《千瓣莲花》《召香勐》《松帕敏》《姆莱》《召波啦》等长诗。

《云南大学1962年藏族民间文学调查资料集》,主要是1962年云南大学中文系中国少数民族语言文学专业本科毕业实习，在迪庆、怒江等藏族地区采录的民间文学文本。

《云南大学1963年怒江民间文学调查资料集》，主要是1963年云南大学中文系中国少数民族语言文学专业本科毕业实习，在怒江和独龙江流域傈僳族、独龙族、怒族地区采录的民间文学文本，本册还包括迪庆州维西县傈僳族的资料。

《云南大学1962—1964年彝族、哈尼族、壮族民间文学调查资料集》，主要是1962年、1963年云南大学中文系中国少数民族语言文学专业本科毕业实习，在宁蒗、石林、红河、金平等地采录的彝族、哈尼族、壮族民间文学文本。

《云南大学1980年德宏民间文学调查资料集》，主要是1980年"全国《少数民族民间文学概论》师资培训班"教师和学员，到德宏傣族景颇族自治州采录的傣族、阿昌族、德昂族、景颇族民间文学文本。此外还附有田野调查笔记。

四、跨越70年的师生代际协作

20世纪五六十年代的几次大调查，是师生合作的成果。那个时代，研究和教学条件简陋，外出调查的交通和后勤条件非常艰苦。但在青年教师和青年学子的通力合作之下，这几次调查反而是取得成果最丰硕的。20世纪七八十年代及此后的调查，大体也采取师生合作的方式。

从1964年和1979年油印本的署名情况来看，可以大致整理出从1958年到1963年参与历次调查活动的师生名单，这也是本"丛刊"所收入文本的来自云南大学的调查者名单。需要说明，由于当时具体调查人员的细节难以考全，以下名单是不完全名单。

时任教师：

张文勋、朱宜初、张必琴、张友铭、杨秉礼、李子贤、秦家华、郑谦、徐嘉瑞①等（当时还有其他教师参与，暂未考出）

本科生：

1944级汉语言文学：陈贵培

1947级汉语言文学：朱宜初

1948级汉语言文学：张文勋

1951级汉语言文学：杨秉礼

1954级汉语言文学：赵曙云

1955级汉语言文学：张福三、杜惠荣、杨天禄、魏静华、喻夷群、李必雨、王则昌、李从宗、杨千成、史纯武、景文连、朱世铭、张俊芳、戴家麟、向源洪、吴国柱、刁成志、杨光汉、佘仁澍、戴美莹、"集体署名"②

1956级汉语言文学：周天纵、余大光、李云鹤、"集体署名"

1957级汉语言文学：高连俊、余战生、陈郭、唐笠国、罗洪祥、仇学林

1958级汉语言文学：陶学良、陈思清、吴忠烈、陈发贵、黄传琨、黄生富

1959级中国少数民族语言文学：李仙、李子贤、秦家华、曾有琥、田玉忠、李荣高、郑孝儒、马学援、杨映福、周开学、吴开伦、马祥龙、符国锦、罗组熊、李志云、翁大齐、梁佩珍、朱玉堃、王大昆、段继彩、杞家望、陈列、孙宗舜、卢自发、曹爱贤、雷波

1960级中国少数民族语言文学：杨开应、李承明、马维翔、胡开田、吕晴、苗启明、李汝忠、左玉堂、张华、吴广甲、肖怡燕、何天良、李蓉珍、

---

① 徐嘉瑞在1958年这一时期，已经调任云南省文联主席，但他对云大师生的"1958年调查"亦有诸多指导和帮助。

② 也即署名了班级，未署名具体人员。

董开礼、夏文、张西道、冷用刚、李中发、李承明、陈荣祥、杨海生、张忠伟

  2019年底接手整理工作之后，文学院专门划拨实训场地存放这批资料，又以百年校庆和百年系庆为契机，为组织学生参与整理提供了制度和资金支持。在突遇新冠肺炎疫情全球大流行的困难条件下，首批出版整理工作到2022年夏天正式完成，并提交商务印书馆。在这一阶段，笔者带领学生，将科研与教学相结合，高效推进了文字电子录入、校对的巨量工作。参与资料整理、录入、校对的学生名单如下：

本科生：
2018级汉语言文学：张芮鸣
2019级汉语言文学：高绮悦、常森瑞、施尧（白族）、李江平（彝族）、张乐、王正蓉、李志斌（回族）、丁斯涵、赵潇、王菁雅、赵洁莉（壮族）、杨丽睿、任阿云、张芷瑄
2019级汉语国际教育：陈佳琪、张海月、李堋炜（白族）、黄语萱、黄婉琪、顾弘研（彝族）、林雪欣（壮族）、罗雯、万蕊蕊

硕士研究生：
2018级民俗学：郑裕宝、陈悦
2018级中国现当代文学：田彤彤
2019级民俗学：刘兰兰、龚颖（彝族）、晏阳
2019级中国少数民族语言文学：王旭花（彝族）
2020级民俗学：梁贝贝、周鸿杨、张晓晓
2021级中国少数民族语言文学：赵晨之、曾思涵、冉苒、茜丽婉娜（傣族）、宋坤元、郑诗珂、夏祎璠、吴玥萱、闵萍、杜语彤、黄高端
2022级中国民间文学：满俊廷、徐子清

博士研究生：
2020 级中国少数民族语言文学：王自梅（彝族）
2021 级中国少数民族语言文学：杨识余（白族）
2022 级中国民间文学：杨慧玲

上述学生，全部听过民间文学有关课程，他们都对民间文学有或多或少的兴趣。在整理工作的第一阶段，本科生对文字录入有重要贡献；整理第二阶段，早期硕士生对校对工作贡献较大；整理第三阶段，后期硕士生和博士生对细节编辑工作贡献了力量。

从 20 世纪 50 年代的师生合作调查，到 21 世纪 20 年代初的师生合作整理，这些半个多世纪以前的文本再次发挥了科研和育人作用。如果从徐嘉瑞先生算起，从调查、油印到再整理、出版的过程，中间大约经历了本系七代学人。目前所呈现的"丛刊"是正式出版的第一批文本。当然，调查、整理的成果和荣誉是属于几十年来参与此项工作的全体师生的，而出版环节如有失误和瑕疵则由编者负责。

五、整理和编辑说明

"丛刊"的整理、研究和出版，经历了一个非常艰难的过程。其"艰难"主要是由于这批历史资料游走于口语和书面、民族语和汉语、原始记录和整理文本之间。对待这种特殊性质的历史文献档案，不仅要具备民间文学和少数民族文学的基础理论素养，还要有对云南现代社会文化史、行政区划史、民族关系史的相当把握。许多学生在整理资料的过程中，不断暴露出知识盲区，这是课堂教学所不具备的锻炼机会，同时对笔者来说又何尝不是呢。

"丛刊"编辑的过程中有一些情况，需要做如下说明：

（一）年份问题

由于 20 世纪下半叶本系经历过多次民间文学调查，规模大小不一，地区远近不等，因此有些民族的调查时间跨度比较大。比如白族的调查资料时间跨度从 1950 年到 1968 年，其中以"1958 年调查"的资料为多，其前期预备工作其实从 1956 年就开始酝酿，那时候中国民间文艺研究会、云南省文联都参与过有关工作。"1958 年调查"是从 1958 年底开始的，一直到 1959 年底结束。而后来为了编写《白族文学史》又进行过若干次补充调查。在这样的情况下，虽然资料搜集整理的时间年份不一，但由于"1958 年调查"这一事件是核心，因此资料集以"1958"为题，以彰显"以事件为中心"的民间文学学术史理念。其他几册的情形也基本如此，年份命名都以学术史眼光来加以判定。

（二）篇名问题

民间文学书面整理文本的题目，或曰篇名，基本上都是搜集整理者根据文本情况起的，多数并不是民间口传演述的题目。在民间演述过程中，往往也不会刻意起一个题目。因此在 1964 年、1979 年油印本中，有很多篇目的标题相互嵌套，比如《开天辟地神话》《开天辟地的故事》《关于开天辟地的传说》，同时使用了三个文类概念。对这种情况，编辑者一律将其改为"神话"，如遇到重名，则采取"同题异文"的编排方法，在同一篇名下区分"文本一""文本二"。有少量标题比如"情歌""儿歌"之类，大量重复，为了区分则用起首句子重起标题。

（三）地名问题

由于从 20 世纪五六十年代至今，云南省的行政区划发生了巨大变迁，地名变化较多，本次"丛刊"统一采用 2022 年的地名和行政区划。在必要时对原地名和原行政区划做出标注，以利研究。地名标注统一使用全称，例如红河哈尼族彝族自治州、耿马傣族佤族自治县等。云南省地市级行政区划的地名变更主要涉及"思茅地区——普洱市""玉溪地区——玉溪市""丽江地区——丽江市"，县级行政区划的地名变更主要涉及"中甸县——香格里拉市""路南彝族自治县——石林彝族自治县""潞西市、潞西县——芒市""碧江县——泸水市、福贡县"等。乡镇级行政区划调整主要是合并、撤销居多，统一使用当前区划名称。

（四）族称问题

德昂族在20世纪80年代之前被称为"崩龙族"，本书中一律使用现称"德昂族"。独龙族在20世纪80年代之前被称为"俅族""俅人"，本书中一律使用现称"独龙族"。

对于现有56个民族之下各民族的支系，有的支系在学术研究上常常单另看待，这部分民族支系统一采用"某某人"的写法，例如白族勒墨人、彝族撒尼人、壮族沙人。

（五）语言问题

"丛刊"在整理过程中，语言和文字的识别和订正是最大的障碍。

第一，1964年、1979年油印本使用了大量"二简字"，"二简字"系中国文字改革委员会1960年向全国征集意见、1966年中断制订，到1972年恢复制订、1975年报请国务院审阅，1977年12月20日正式公布的汉字简化方案。"二简字"于1986年6月24日废除。因此，大量笔者以及学生都没有使用过"二简字"。识别并更正"二简字"造成了极大工作量，对2000年前后出生的学生来说更是极大挑战。

第二，许多少数民族民间文学翻译成汉语的时候，采用了云南汉语方言词汇，例如"过了一久""老象""咯是"等。笔者相对精通云南方言词汇，整理过程中全部保留了原词，必要时加注释解释意思。

第三，有些民族语词汇翻译时采用了不同的汉字，比如"吗回""玛悔""妈瑞"都是"穷小子智救七公主"故事的标题，这种情况都保留了原用字，并加以说明。有个别地方采用了通行用字。

第四，油印本中的用字不规范之处，皆予以更正，比如"好象"改为"好像"，"一支老虎"改为"一只老虎"等。

第五，由于油印本年代较久，保存状况较差，有些地方由于纸张破损、墨迹晕染、墨迹淡化、手写字迹潦草等，无法辨认。对无法辨认的字，如果能根据上下文还原的，皆予以补全；如果无法还原，则用脱文符号"□"占位。

第六，由于云南各少数民族普遍通用包括汉语在内的多种语言，故有的文本是用民族语讲述后经过翻译的，有的文本则是讲述者用汉语讲述的，这一点在部分文本原稿中并没有明晰的记录，故无从查证。

第七，本"丛刊"有很多文本涉及傣语、彝语、白语、藏语等民族语的词汇，有的如果用汉语思维去理解会有逻辑瑕疵。对此，我们尽量保留原文面貌，交给有语言背景的读者去判断。

第八，有的同一个词语，原整理者在不同篇章作注，表述上略有差异。为保持原貌，予以保留。

（六）体例问题

"丛刊"文本大多数都有采录信息，包括讲述者、记录者、整理者、翻译者、时间、地点、材料来源等数据项目。这些信息对研究来说意义重大，因此全部保留，有些信息还根据资料整理成果予以补全。个别文本没有任何采录信息，为了体现油印本的收录全貌，也都予以保留。

凡标注为"编者注"的脚注，都是"丛刊"编者所作，没有标明的都是原整理者所作脚注。

（七）表述问题

原文本中，有些文类划分、文类表述有歧义，比如"寓言故事"。这一类问题皆按照当前最新的民间文学理论加以订正，力求表述清晰。对于材料来源的表述，没有特别说明的，都是口头演述。

原文本中有些表述，在今天的学术伦理中属于原则问题的，皆予以删除。例如有一则故事的附记是"内容宣传×教，作反面材料"。这显然是不符合当前学术伦理的。还有有关历史上多民族起义事件的传说，也涉及一些不符合当前民族宗教表述伦理的语汇，也予以删节。

（八）历史名词伦理问题

在个别文本中，原搜集记录者标出了讲述者的"富农""贫农"身份，这是特定历史时期用来区分人的手段，带有对讲述者的政治出身评判，因此出于学术伦理的考量，一律删去。

（九）署名和人员问题

纳入本"丛刊"的文本，都与云南大学中文系有关，或是由云大师生搜集整理，或是由云大组织调查，或是搜集整理工作与云大师生有合作关系。但是涉及的具体人员未必都是云南大学的，例如刘宗明（岩峰）是西双版纳州文化馆工作人员、金云是宜良县文化馆工作人员、杨亮才是中国民间文艺家协会著名学者等。这些民间文艺工作者居功至伟，特此致谢。

1980年"师训班"赴德宏等地的调查人员中也有来自其他高校的学者，这部分学者已尽可能注明其单位。

由此牵涉出的所谓"版权"问题，在此作如下说明：第一，中国民间文学的知识产权划分问题到目前为止并没有形成立法共识，学界、法律界和全国人大为此已经开展了若干次大讨论。如果从有利于传承中华优秀传统文化的角度来说，民间广泛流传的口头文学（包含与口头法则有关的书面民间文学材料）的知识产权不应只属于特定个人（尤其不应专属于搜集整理者），因为"专利化"不利于民间文学在广大人民群众中的再创编、传播、流布和共享。第二，"丛刊"已经尽最大努力还原每一篇文本的讲述者、翻译者、整理者，并标出姓名，如有读者能够提供未署名部分的确凿证据，编者十分欢迎并致力于还原学术史。第三，"丛刊"致力于为学术界、文化界和广大群众提供历史资料，如有读者引用、采用本"丛刊"文本，恳请注明出处和有关署名人员。

有些文本，在云南大学中文系前辈手中经过了二次整理，例如傣族的《岩叫铁》于1958搜集整理，到1985年张福三、冉红又对其重新整理。对此，"丛刊"尽量将两个文本都加以呈现，并对新整理文本有关人员也予以署名。

编者衷心希望和欢迎历次调查、整理的亲历者提供资料。如条件许可，后续我们将继续编选《续编》，出版此编以外的散佚资料和20世纪80年代以后的文本。在此，也要向在调查、整理和编纂各个阶段发挥巨大作用的张文勋、朱宜初、李子贤、秦家华、傅光宇、张福三、冯寿轩等先生致以崇高敬意。在出版过程中，商务印书馆的编辑冯淑华、张鹏、肖媛三位老师付出了许多心力，使得"丛刊"避免了诸多讹误。在此特致谢忱。

2023年2月22日于云南大学东陆园

目　录

千瓣莲花 …………………………………………001
章响（唱本）……………………………………229
欢笑的南览河 ……………………………………376
松帕敏 ……………………………………………401
苏文 ………………………………………………430
姆莱（花蛇）……………………………………503
玉喃猫 ……………………………………………514
乔三冒（三只鹦哥）……………………………598
召香勐 ……………………………………………623
苏年达的故事 ……………………………………756
召波啦 ……………………………………………781
十六大国 …………………………………………854
勐旺不吃青苔 ……………………………………857
魔鬼和母亲 ………………………………………860
浪戛西贺——十个头的魔王 ……………………863
附录：关于傣族叙事长诗的有关情况 …………869

千瓣莲花

文本一

翻译者：李义国
记录者：朱宜初、张森才
时间：1959年2月16日
流传地区：云南省德宏傣族景颇族自治州盈江县旧城镇

有个国家叫巴拉拉戏①，	戴的、穿的都崭崭新新。
这个国家金光闪闪好似金山、银山一样。	
	他管的大臣、官员一共有八万人，
这个"何罕"②继位以来，	他的名声传得远远的。
这个国家圆满得像月亮。	
	他传下命令，
这个"何罕"的妻子和所有宫女	多少官员到处都把守得严丝密缝。
一共有七千人，	在君王宝殿里，

---

① 西双版纳在古代被称为"勐巴拉娜西"，意为"神奇而理想的乐土"。"巴拉"是巴利语的"城市"，"娜西"是巴利语的"光"，而"勐"是傣语中的较大地方的地名用词。"勐"是地名前缀，意为"地方"，可省去。于是，在傣族口语和书面语中，也会把"勐巴拉娜西"说成"巴拉娜西""巴拉西"等。由于音译用字不同，该地名也被写作"巴拉戏""巴拉戏格""霸叙拉""巴拉拉戏""勐巴那希""勐巴拉西""勐巴拉那西""勐巴那西""勐巴腊西""勐帕拉西""勐帕娜西""巴拉纳西""巴拉纳细"等。为尊重原资料，一律保留。——编者注

② "何罕"或译为国王，或译为土司。

还有多少武将保护着他。

从前有个佛,
这佛来看大家做功德咯①诚心。

这个佛第一世是个穷人,
第二世得平平过。

还有一世做了寡妇婆的儿子,
他的家是用烂叶子来搭棚子住。

他天天在房子里要饭,
就是因为没有爹才过着这种生活。

他有时遇到好人给他一两碗饭,
有时碰不到好人就只有饿饭。

有一次他回来看见他妈妈正愁闷,
自己心里也悲伤。

想起自己坐在路上要饭,
有的眼睛鼓②鼓他,
有的还大骂他一顿。

他的名字叫共麻拉,
他的妈妈领着这个儿子日子多难过。

他妈妈对他儿子说:
"你爹爹死了,
剩下我母子活得像月亮要掉进山坳。

"若是我没得你这个儿子,
我早就跟着你爹爹去了。

"咯是我们前世做错了事,
这世才过得这么苦?

"我思前想后,
眼泪掉了多少。

"我俩的日子咋个过?
倒不如上山去捏锄头。

"若是我母子能栽上些丝瓜、豆子……
我们的日子会好过些。

"若是栽些菜和姜,

---

① 云南汉语方言疑问词,有不同写法,如格、咯、给、略、噶等,意为"吗",通常前置。——编者注
② 鼓:云南汉语方言,意为"瞪",含有挑衅之意。——编者注

我们的日子就不至于讨饭①。

"若是我们栽了这些，
我们就可以用它来换饭吃。

"儿呀！你要听我的话去做活，
你不要学世上那些懒汉。"

他妈妈教了他这些，
他句句都记在心坎坎。

他听了这些话心中多快活，
快活得像风吹池塘里的莲花摆。

他对他妈妈说：
"只可惜我年龄还太小了，

"我的年龄才十二岁，
十二岁的娃娃难学老马能拉车。

"若是我到了十六岁，
我的力气就能像老象样配上'昏'②了。

"妈妈讲的话我都能听从，

我愿跟妈妈到山中。

"若是我们学会了犁，学会了耙，
若是我们学会了撒种，
我们的日子就会好过。"

他们两个就走向山林，
他们在山林没油没盐吃。

他们生活在山林，
吃的、睡的都很艰难。

艰难不艰难，
有心哪怕路头长。

他们终于走到一座大山林，
鸟雀的叫声赶走了他们的愁闷。

山里的八哥和鹦哥吵得多热闹，
两边的树枝遮得又密又浓。

他们坐在树荫下来歇息，
他妈说："你好似一朵嫩花，
没有办法也只有在深山老林里睡，

---

① 讨饭：当乞丐。
② "昏"是象背上配架的房子一样的东西，配了"昏"，四个人到七个人就可以骑上去。

你年轻更不应愁。

"你别愁，别哭，
我们要吃东西总能找得着。"

他听了，多快活，
他对他妈妈这样说：
"妈妈对我教过了多少，
我就在那里种黄瓜、种豆。

"我一定要在这里撒种、收获，
我会做这些，妈妈不要多操心。"

他妈妈说：
"你一个人能做这许多活，
我也难相信。

"你年龄太小，要挖这么多地不容易，
妈年纪老了，还是要帮着你。

"你还是等着我，
我先去挖挖。"

他妈妈就拿了十字锹去挖地，
留着他一人在睡处守着。

他哪里能待得住，

一会也就来挖地，
他用所有的力气来挖。

他妈妈看了多惊奇：
"儿呀！
你的力气像老象的力气一样大。

"儿呀！
你不要撬那个陷在泥里的大石头。
翻了大石头怕压着打着。

"若是石头打着你，
我的悲痛就会像死了你爹爹一样。"

他听了这话，答道：
"妈妈不要心焦，石头压不着我。

"我只是心焦妈妈年老累着了，
若是爹爹在，妈妈就少累些了。

"现在栽种的东西还没有，
我们可以到山上摘果子当饭吃。"

太阳已经落进山坳，
千千万万不知名的鸟雀回了巢。

鸟雀叽叽喳喳地叫个不停，

他怕"图蹄"① 野兽会来害他们。

他就和他妈妈回去了,
回到了田间的小棚子里。

到了棚子里,锅子里没有什么可煮,
只有丝瓜煮煮,喝喝水当饭吃。

他心里想:"妈妈只有我一个孩子,
我想出去串② 又怕妈妈饿着。"

他跑到远处房子的小孩子那里,
就与小孩子们打赌玩"多令"③。

他说:"如果我输了,
我给你们割耳朵,给你们做帮工。

"如果我连赢你们三次,
我只拿你们两包饭。"

大家说:"他还会吹牛皮,
我们割他的耳朵割定了。"

他天天都给孩子们"多令",
天天他都带回两包饭来给他妈妈吃。

孩子们天天都输给他,
有哪个能赢得了他?

孩子们都相互埋怨:
"为什么我们一次也赢不了他。

"我们不要憨了,不要输给他了,
不要再送饭包给他吃了。

"穷人的儿女也很厉害,
他是不是神鬼的儿子啊?"

他独自个站在那儿,
见大家都不给他玩了,
他心里灰溜溜地回来了。

谁也不给④ 他玩输赢,
他只好回来与他妈在⑤。

---

① 图蹄:相传的一种鸟,一叫"图蹄图蹄",鱼就会从水里面跳到岸上来给它吃。
② 串:云南汉语方言,意为"情侣约会",常用"串姑娘"一词。——编者注
③ 多令:是一种藤子的果实,孩子们用来掷着玩。
④ 给:此处为方言发音,意为"跟"。——编者注
⑤ 在:云南汉语方言,意为"在某地方待着"。——编者注

他天天在家中愁眉不展，
他妈妈就问他：
"我儿啊！
你在家为啥心中这么伤悲？

"我也没骂你，
我是很爱你的。"

他妈妈就好言好语来问他，
他也不瞒他妈妈地说：
"我的悲愁是多得挑也挑不完，驮
也驮不了，
我的悲愁不是因为妈骂我。

"事情不好办呀！
因为别人不与我打输赢。

"要有个什么办法，
才能使妈妈吃得饱饱的？

"为了这个我才悲痛，
是为了无谷无米吃不饱饭。

"我现在只是心疼妈妈，
我焦愁的只是没有什么可煮的。

"我娘儿两个日子咋个过？

现在没有什么好下锅。

"我过去与一伙孩子打'多令'得
来饭两包，
现在他们不给我打输赢了。"

他妈听了，流了泪：
"儿呀！只为你父亲将我两人抛在世。

"你不要伤心了，
只要我俩在一起就好了。

"天天我都要离开家，
我要去给人家做小工了。

"你不要悲伤吧，
这是我俩命不好。

"儿呀，你要听我的话，
你到我们挖的地里去吧！

"你去到地里玩你常常玩的那两块
石头，
带它们回来练习练习。"

他妈就摆摆手叫他去，
他就到山上去了。

他双手有多大的劲,
将两块大石头拿回了家。

他一手拿一块大石头,
他将乱草拿来揩揩大石头。

谁的力气比得上他?
谁看见他不夸他?

他拿着两块石头天天来练,
他拿着两块石头天天来玩。

所有来玩的小朋友都抬不起这两
块大石头,
只有他一个人一只手能拿一块。

以前有个"何罕"棒麻达,
他进后宫去了。

到夜深的时候,
他无忧无愁睡着了。

他梦见一个神女拿着一朵香喷的
荷花,
它的香味传遍四面八方。

巴拉剌戏这个地方很宽,

香味飘遍了整个国家。

"何罕"在床上梦见神女,
梦见自己双手接了神女的荷花。

"何罕"很奇怪得了这个梦,
梦醒要用手去拿这荷花,拿不着。

"何罕"的心里就想得到这千瓣荷花,
想着什么池子里面有这种千瓣荷花。

天空粉粉亮,
山林的鸟雀叽叽喳喳。

"何罕"就出来洗洗脸,
洗了脸又回到了睡房。

他与他的妻子在一起,
还有许多宫娥和大将。

大臣、大将都来上朝了,
"何罕"就将他的梦讲给大家。

"何罕"说:
"如果哪个看见这朵千瓣荷花,
我要重重赏给他,给他做宰相。"

大臣、大将们叩着头说：
"我们年纪虽老，
千瓣荷花听都没有听过。

"请国王不要下这种命令，
我们哪里找得着这种荷花。"

国王说："你们天天吃我的俸禄，
这朵花是在哪里？我的心全爱着它。

"神女托梦给我，
我最盼望能得到这朵荷花。

"我要亲自出宫去找，
你们将千兵万马来给我调用。"

国王就将命令传下去，
所有的大臣就忙得团团转。

人马都齐备了，
人马过处尘埃遮住了太阳，
全国的铓锣敲得震天地响。

人马镶金，连马枪都闪光，
矛子的红缨多鲜艳。

人们吹起了牛角和大号筒，打起了鼓，

刀队、枪队、马队排得多整齐，
等着"何罕"。

"何罕"出来了，
他对妻子说："我要离开你这朵花了。

"你在宫里好好等着我，
我到深山老林去找找，很快会回。"

他妻子也对"何罕"说："国王啊！
愿你一路平安，顺顺利利。

"如果你找不着千瓣荷花，
也快快回来，不要让我久等了。"

"何罕"所有的妻子都对他祝福了，
他就离开了宫殿。

他坐上了老象的象鞍，
走过了弯弯拐拐的巷道。

他们走到了寡妇婆的家里，
共麻拉正坐在路边不让路。

象走过去了，
这小伙子让也没让。

"何罕"走过去了,
这小伙子还在两手玩着那两块大
石头。

将军们就骂他,
责问他是哪家的野小子,
骂他蔑视国王,罪该万死。

"你快快地滚开,
给国王让路。"

有的小兵捏起棍子要揍他,
打他,他也不哼,仍旧蹲着不动。

他后来拿起两块大石头走到"何
罕"那里,
石头摔在王坐的象脚上。

象脚出了血,象痛得叫起来,
国王也就发火了。

国王叫他的手下将小伙子捆起来,
还问道:"你是哪家的穷小子?"

小伙子说:"我就是寡妇的儿子,
你们为什么乱打人?将理由说出来。"

国王一听冒了火,
一些官兵也就要来杀这穷小子。

那人的母亲哭了起来问:
"我儿子不知道是犯了什么法?"

许多官兵也围起了那妇人,
那妇人说:"国王管着巴拉戏,
我那儿子年轻什么道理也不懂,
国王不要见罪。"

国王听了火还是不消:
"你养儿养女为啥不教?"

"我是一国之王,
他却蔑视我。

"你说他是个穷小子,
他的胆子比山还大。

"他还拿大石头来打我的象,
你是个烂寡妇,连你也要砍成几段。

"他小小的就如此胆大,
大了他会篡位做坏事。"

国王就下命令,

宰了那穷小子来给老鸹啄。

寡妇一听跪下了又昏过去，
醒来求国王道："你像一个仙池潭样，
你饶恕了我们吧！
你泼点仙水① 我们就得救了。

"他还是小孩子，天大的错也不知道，
他不懂事才做下这项蠢事。

"国王放宽一些，
免了他的死罪吧！"

国王就对寡妇说：
"你不必多说了。

"我的大象脚都出血了，
就是你儿子搞的。

"我要走远路全靠这象，
我是到远处找千瓣荷花。

"现在象走不得了，
我只好回宫去了。

"现在限你儿子去找千瓣荷花，
如果找得着就免了他的死罪。

"那时他的名声也会像雷一样响，
他替我去找千瓣荷花就是我对他
的大赦。

"如果找不来千瓣荷花，
仍旧不免这死罪。"

这时寡妇听了命令，
心中害怕得跪了下去：
"你是个坐金殿的国王呀！
我的孩子还小，
他哪里能将千瓣荷花找到？

"国王呀！你怜悯我母子两个吧！
好像仙水样洗洗我们犯罪的身子吧！"

国王很愤怒：
"你这烂寡妇为啥左也要求，右也
要求？

"我这个国王是不会听你的话的，
你的话不要多讲了。

---

① 仙水：傣语南哉开管抵。

"你讲得再好的话我都不要听了,
我限你一个月找到千瓣荷花。"

"如果你不听国王的命令,
你们的命就保不住了。"

命令下来只有去找千瓣荷花了,
兵士们也给那小伙子解了捆绳。

国王领着大队人马回了宫,
国王又坐上了他的宝座。

我们又来讲穷人和那个寡妇,
那小伙子也就要离开了那寡妇了。

那小伙子力大得像几个大象样,
寡妇对他儿子说:
"儿呀!只有你一个人到深山老林,
我是多么不放心。

"如果你要去,
我也和你一起去。

"你去深山老林五十天一百天都不知道,
不给你去也不行。

"我的儿啊!
深山有猛虎、野豹,
还有鬼,有妖,
叫的叫,闹的闹。

"深山有野兽也要去了,
怕也没有用了。"

那小伙子胆大,对他妈妈说:
"什么野兽、鬼怪我也不怕,
妈妈好好守着这座破屋子。"
他对妈妈说了许多话。

他妈也哭哭啼啼地说:
"穷孩子啊!愿你进大森林平平安安。"

他妈要跟他去,他又不要他妈妈去,
只留下他妈妈在家哭泣。

他妈在家里也祝祷,
愿他平平安安地去,平平安安地回。

还暗暗祝祷:
"愿他早日找到千瓣荷花。"

这小伙子一个人走进了山林,
只留下他妈妈在家里叩头祷告:

"神呀！鬼呀！
保佑我儿子找到千瓣荷花吧！"

从山神、水鬼祷告到天神，
天上的神也就听见了这祷告。

这小伙子回过头来看家乡，
只见树林不见妈。

他走一步回头看一下，
终于走到另一个国家。

只见城里面的房屋连房屋，
他走进了城，睡在城墙角落。

他独自个在那里睡，
连吃饭的地方也找不着。

天一发亮，
人们就看见城墙角有个人。

他们见这人的穿扮也不同，
就问他是去哪里的。

小伙子说："你们都是好客的才来问，
我不是这里本地人。

"我来自远方，
我住的地方叫巴拉拉戏。

"我们国家人多房屋也大，
就是国王乱下命令我才到这里来。

"他要我找千瓣荷花，
我才爬山越岭来到这方。

"这种千瓣荷花哪里有？
谁知道请指点指点。"

那些人答道：
"小伙子呀！
你一个人过山过岭到了我们这里。

"千瓣荷花在哪里我们也没听过，
世世代代都没听过，
今天才听见你说。

"你找这花要到别的国家去，
我们西方的人简直没有这种东西。"

有的指路告诉他，有的给他饭团，
他也就朝东方上了路。

他走的路好似有神有鬼牵着他去，

他走了七八天走到另一个"何罕"那里。

这个年轻的小伙子到了那里,
就向一家人去借宿,
有些人就来看他,
见他话也讲得很好。

有的就问他是哪里人,
他就告诉他们,他是巴拉拉戏的人。

"因为国王叫我来找千瓣荷花才来了这里,
不知道这种花哪里有。

"哪个知道哪里有?
请告诉我好去找。"

大家都说:"你找的花我们没听过,
啥地方有也不知道。"

他们还说:"巴拉戏是不是没有大臣和武将?
为啥派你这小伙子来?

"这国王派你来明是要害死你,
你还是回去的好。"

共麻拉说:"国王的命令下来,
空着两手回不了家。

"找不着也只有再去找,
只有再走走深山老林中。"

大家给他指指路,
他也就走了。

他走了七天七夜,
在森林里睡,垫的是树叶。

有的人见他就问他:
"你为啥住在这里?是不是饿了?"

他见别人好言好语地问,
也就一项项地答复了。

他们都说:
"千瓣荷花我们的老人都没听过,
哪里有这种花也不知道,
你还是不要去睡这山林吧,回去吧!"

这小伙子离开了那里,说:
"我到别处去找找看。"

那里的人好客,又送给他许多饭,

他依着别人指的路走了。

他进了山林看见许多小鸟啄花和
果子吃,
他想起他妈妈孤孤单单地在家。

他走到哪里都想到他妈妈,
他想:"有谁给饭我妈妈吃?"

他想来到这里了,
路也不知走了多少,
他继续走向日出的方向。

他到了一个房子住在一个屋角落,
有的见着也就问他:
"哪里来?到哪里去?"

他说:"我是巴拉戏人,
我还有妈妈,
因为国王的命令才离了家。"

他们说:"巴拉戏格是没有大官、
大臣?
为什么派你小伙子来呢?"

他说:"我们的国王有很多大官、
大臣,

只是他要害我才派我一人来。"

他们说:"我们这里没有千瓣荷花,
只有深山老林中才有。

"你去日出的地方,
那里有个鬼洞或许有。"

人们又送给他一些饭团,
他继续走向深山老林。

他想起他妈妈就两眼流了泪,
恨只恨国王的一道命令。

为了国王他才离了家,
走进了这种山林,
他一面走一面哭,走进山林。

他穿过了多少树林,
看见一些树,枝枝多,叶子长。

他歇在树脚下连人影也不见,
因为他来到了这么远,
天神才看见了他。

天神告诉他:"千瓣荷花离得还远,
你要去,我将方向指点给你。

"我指给你要去日出的方向,
我知道你不怕路上有危险。

"我见你穿山越岭来到这里,
我是多么心疼你。

"你把白螺蛳接住,
我将仙水淋给你。

"这仙水能使你长大起来,
这仙水能使你变成神鬼一样。

"给你一个白螺蛳带在身上可以避免一切灾难,
遇到野兽只要吹吹它什么都不敢来。"

这个老师用白螺蛳里的水洒在共麻拉身上,
他身上的衣服像新的一样。

他的脸变得像仙女一样,好看极了,
凡间的人哪人也赶不上。

他像吃了仙丹打失了原样,
共麻拉的老师把白螺蛳交给了他。

等阿暖①吃了仙丹,接过宝物后,
他就上天缴旨去了。

小伙子变得像一朵莲花一样,
他马上走进深山里去了。

共麻拉手里捏着白螺蛳,金光闪闪,
像玉帝下凡游历时一样的庄严。

他走在深山峻岭里像一朵初开的莲花,
有一个地方的拿②看到了美丽的共麻拉。

这些拿个个想来抢共麻拉,
变作老虎,长着长长的牙齿要来吃他。

它们喊着叫着向他奔来,
有的跳得很高,像在半空中一样。

共麻拉听到叫声十分害怕,

---

① 阿暖:傣语人名前缀,表示英雄。——编者注
② 拿:此处指山里的鬼魅。——编者注

双眼往四周看去，想弄清到底是什么。

他看见遍身花纹的老虎心里不害怕了：
"我不怕你们这些老虎会把我怎么样。"

他祷告鬼神："若果我能取得千瓣莲，
就不要给我遇到什么困难。

"不要让这些野兽来挨近我，
老天保佑我能打赢它们。"

他祷告他已死了的父亲：
"你虽然死了，都要给我显灵。"

他祷告完了他的父亲和一切神灵，
就拿起白螺蛳对着猛兽吹。

那些野兽听到白螺蛳声都往深山里跑去了，
他们吓得叫的叫，滚的滚。

共麻拉战胜了猛兽，得到了平安，
他又继续走进了深山。

鬼神送给他的菜好像藏在白螺蛳里一样，
所有吃的、穿的都从那个螺蛳里拿出来。

如果共麻拉有困难他需要什么，
只要一个祷告什么都会从螺蛳里出来。

以前共麻拉走进深山的时候很苦，
但是他战胜了老虎得到了平安。

他走在森林里，森林是那样的广阔，
好像鬼神把他送进深山来。

他进山里后只见雀鸟吱吱喳喳地叫，
共麻拉心里很愉快，
连家乡也忘记了。

他进深山后看见一条大河，
水声很响，
他又像到了一个热闹的地方。

他看见一群猴子，
有一个领头的带着它们。

它管着这群猴子，
猴头的兄弟十分调皮，
它什么都不怕。

它把它哥哥的妻子夺来霸占了,
它离开了它们在的地方来到了江边。

共麻拉来到江边,
听见叠水跌下来咚咚地响,
他就在岸边坐下来歇凉。

义璜①它俩在河边,
这是猴子娱乐的地方。

义璜在这里称猴王,
它们离开它哥哥来在这有水的地方。

年纪很轻的小伙子就是共麻拉,
他来在江边树下歇气。

他看见两只猴子跳着过江去了,
共麻拉看见几丈深的江,
心里担忧过不去。

他站在树下打主意,
心里想着要怎样过去。

猴王的兄弟占去了它的妻子,
它心里很生气。

它追着它们来,
到江边后走累了,跳上树上去歇气。

共麻拉在江边徘徊如何想法过江去,
他想着想着便睡觉了。

这个猴王在树尖上歇气,
想起了它的妻子,
回忆起它们谈笑的时间。

但现在已被它兄弟占去,
它的眼泪一滴一滴地掉下来,
掉在共麻拉的身上。

共麻拉赶忙爬起来向树上看去,
只见猴子坐在树梢上。

他骂它:"你这只猴子有这样调皮,
敢站在我的头上欺负我。

"你的心肠太不好了,
你撒尿在我的身上。

"你太欺负我了,
我要把你这只长尾巴的猴子杀死。"

---

① 义璜是猴名。

猴子因为共麻拉骂它，它很害怕，
赶忙下来向他叩头。

"你不要杀死我，
你听我向你诉说。

"我不是撒尿给你，
因为我想起我的悲痛。

"因为我有一个兄弟它占去了我的
妻子，
它们跑得很远了把我丢在深山里。

"所以才到深山里来寻找它们，
我才到这里来。

"因为我有这种悲愁，
所以才掉下眼泪来。

"你要开开恩，
不要把我杀死在山林里，
你来在这山林里的河边看不看见
两只猴子？

"如果你看见他们，请指给我方向，
我好去找它们。"

共麻拉回应猴子说：
"我看见它们过江去了。"
猴子听了，心里很喜欢。

"如果你能帮助我，
我要把你送过江去，
你帮助了我，
就不会有什么痛苦和焦愁了。"

猴子身子高力气大，
它把共麻拉背起马上跳过去了。

他们过了江后，
就一块去找猴王的兄弟和妻子。

他们看见那两只猴子在一起处得
很恩爱，
共麻拉就去拖猴王的妻子来。

他把抢来的妻子交给猴王，
于是他就和那些猴子打起架来。

有很多高大结实的猴子遍山遍路
向他追来，
它们叫的叫，吼的吼，
露出了嘴里的长牙齿。

皱着脸跳上树去掰树枝，
它们向共麻拉紧紧追来。

年轻的阿暖看见猴子向他包围过来，
他心里害怕极了。

他赶忙拿起螺蛳来吹，
遍山坳里都是响声，像打雷。

响声把山都震垮了，
只见山、岩子都倒下来。

猴子听见响声吓得东奔西跑，
那个猴王也领着妻子回来了。

猴群跑进山林后，
只剩下共麻拉单人独手的。

为难的事情不有了，
他独自走进山里去。

他走了一站又一站，
天天走在山里面，一个人影也不见。

太阳掉进西山后，

他就在树脚睡觉，
早晨太阳升起后，
他又在山里赶路程。

他一站一站地赶去，
拿不到千瓣莲花心不甘。

如果肚子饿了想吃饭就捡起掉下来的果子当饭吃，
他就是这样忙赶路终于赶到拃①
（原文为拿）的地方去。

阿暖快走近拃的地方了，
他被佛祖一世一世地救下来。

经书里说的这个故事好像花开以后连连串串的，
把共麻拉带到了拃的地方，
先停止下来。

第三段完了要接第四段，
书里面的故事好像花开起来。

雨淋了就出芽，
内容丰富多彩。

---

① 拃是一种妖怪，有的吃人，有的不吃人，该字是个记音字。

我们起的故事又说到了拃住的地方来，
很凶恶的拃在这个地方做着深山里的拃王。

那个地方各山各坳盖满了万户，
披鲁在那个地方管他们。

他们住处像衙门①一样，
他们住处好像王宫一样。

衙门上有一个宝塔，
阳光出来金光闪闪。

拃有一个很好的妻子，
他的妻子很美丽，
像十分光泽的玉石一样。

瓦沙瓦鲁有一个姑娘，
在那个地方，
他的姑娘好看得谁也比不上。

他们在山里很热闹，
太阳出来了就离开家到处去找吃的东西。

他们进山里面去找吃的，
但是找不到什么了。

共麻拉独自走进山里去，
看见衙门里的那个宝塔光彩夺目
射眼睛。

他看见那个姑娘，
心里想着她。

她的面貌像莲花的花瓣，
她的脸像十五的月亮一样。

那个姑娘太美丽了，
他看得入迷，神魂荡漾。

她的衣服穿得很好，
他心里感到很奇怪。

那个姑娘显本事给他看，
她的身子变成了三段。

共麻拉拿着蚊绳去拂那个姑娘，
想试试她有什么本事。

---

① 此处衙门指代府邸，是一种表示尊敬的用法，选用该词也有原资料翻译用词不够准确的因素。——编者注

他用蚊绳拂了那个姑娘三下,
她又变成了一个很美丽的人了。

她爬起来拉住共麻拉的手,
她呆呆地望着共麻拉。

她看见共麻拉长得很好看想以他
做丈夫,
她好言好语地对他讲。

"你来这里啊,
好像鬼神牵你的手来,
你这个美妙的小伙子,
是从什么地方来?

"你离开了你的家乡,
来到这深山峻岭中。

"你是不是什么官家的儿子来到这
地方遇上我?
你是不是龙王的太子离开水里来
这儿?

"你是不是玉皇的儿子?
还是从什么地方来?
看你的身体和面貌就像十五十六
的月亮。

"你到山里来想做什么?
你到我们衙门里来有什么事情?"

姑娘问他的情况,
他答复这朵新鲜的花朵。

"我不是天空中玉皇的儿子,
我不是官家的儿子。

"也不是龙王的太子,
我是巴拉戏的人,
巴拉戏的国王派我来。

"国王名叫棒麻达,
叫我来找千瓣莲花,
所以我才离开巴拉戏国来这个地
方见你。

"我好像被神的手牵来到这地方才
看到你,
你像一颗美丽的金光钻,
在深山里还没有看见过。

"我俩的见面是前世有缘,
妹呵,你像一颗光亮的宝石。

"我像被神手牵来,

看到了你这朵鲜艳的莲花。

"妹呵,
你这颗美丽的玉石被谁人保管着?
你好像一朵鲜花,
有不有人把你摘去戴?"

这个姑娘听到他的问话,
心里高兴得像一朵花被风吹得摆去摆来。

她听到他的声音很高兴,
就像身上戴上了鲜花。

他的声音很好听,就像下凡的神人,
像天空中掉下来的一颗宝一样。

"我好像园中的花朵,
还不有人来修理和摘采,
我好像山中的花朵,
还没有露水淋下来。

"我俩的遇见好像鬼使神差,
我好像一只鹦哥,只是单独的一个。"

共麻拉听了她的话,
心中感到十分高兴,

她那像金口弦一样的话,
他赶忙答复她。

"我像绕在线圈上的丝线来在这里
什么都不知道,
我在这里思想非常混乱。

"听说你们这里有千瓣莲花,
这消息传到我们那里去,
我才离开了巴拉戏国到这里来。

"妹呀!你的心肠是那样的善良,
像你妈妈一样,
你是不是这地方上掌印的官?"

这个姑娘听了很喜欢,
她连忙回答他的问话。

"我好像天空中的星宿一样,
下凡来在这深山里转身。

"我的父母就是管理这地方,
我们所管的拃有三万户。

"他们天天去山里逛,
我是他们的女儿,住在这拃的地方。

"我们所管的三万户拃,
你进山里后就会看见。"

共麻拉听了她的话后,
心中就想着这个姑娘,
他们双方都很喜欢,
姑娘上前紧紧地牵着他的手。

共麻拉心中很喜欢,他说:
"我很爱你这朵鲜花,
我俩好像一对并蒂莲。

"我俩住得很远,
前世做了一个塔,今世才得来相见。"

"我俩的相会是神人指引你前来,
你就在这里住下,不要再回去了。

"你离开巴拉戏国就像鬼神把你牵来,
你就在这里扎下来,我们永远相爱。"

他们高兴得不能形容,
好像交头的鸳鸯一样。

他们在房里团圆,
房里打着绣花的宝帐。

他们你恩我爱,
誓做一对好夫妻,永远不离开。

太阳落了的时候,拃从山里折回来,
拃的王子也在里边,

姑娘怕她的父王看见就把共麻拉藏起来,
他躲在房子里面不让别人看见。

姑娘的爹爹进来问:
"今天很奇怪,生人的气味向我传来。"

她听了父王的问话,连忙向父王说:
"我也不把父王瞒,
有一个小伙到我们这儿来。

"他是巴拉戏国的小伙子,
他到我们家里面来。

"女儿和他有姻缘,
他才到深山峻岭来和我相遇在一块。

"我俩见面后便成了一对好夫妻,
虽然我这样,请父王莫生气。"

拃王听完了女儿的话,向姑娘说:

"你把这远来的小伙子领来和我见
见面。"

她听了父王的话,心中十分忧惧,
怕父王把小伙子吞吃了。

拃王用好言好语对她讲:
"我不会有那种坏心肠,
快把年轻小伙子领来。"

姑娘听了父王的话,
走进房里把帐子掀开,
领他来和拃王见面。

她的父王看见共麻拉,
心中感到十分欢快。
"你们就像山中的鲜花,
愿你们永做一对好夫妻。

"我心中很喜欢,
向你们讲了许多吉利话。

"在我们拃的地方,
你们会得到幸福,永远愉快。"

共麻拉进山后虽然做了拃的女婿,
心中只想着千瓣莲花。

他要告别妻子去找千瓣莲,
他们才结婚三天。

"妹呀,你像一朵芳香的莲花,
我们做夫妻很恩爱,
谁也比不上我们的爱情啊!

"我的心很烦乱,像大石压着掀不开,
舍不得离开你,但我又必须离开。

"你安心等着我去找千瓣莲花,
巴拉戏国王盼我带去千瓣莲。

"我恩爱的妹妹呀,
等我去找到千瓣莲花再来把你接
去住在一块。"

她听了共麻拉的话伤心得流泪了,
眼泪像雨点一样打湿了她的衣裳。

"你来的时候是鬼神送你来,
我俩才得成夫妻,我舍不得你离开。

"怕你去了不再见面啊?
你走后,我讲的话有谁来理解。

"你离开我后会使我带来悲愁,

你要离开我的话你不要再对我讲了。"

他听了妻子的劝慰,
也用好话把她的心安。

"妹,好像山林中的鲜花,
我离开了巴拉戏国有缘才得来和
你相会。

"我俩已成夫妻,只要双方信实,
如果我到深山取得千瓣莲,
一定回来救你出去。"

他俩说完誓言一块去要求父王,
要去寻找千瓣莲。

拃王听了也不再劝,
"因为你有国王的命令,
我也不敢再劝。"

她的父王给他一个用藤篾做成的
蚊拂宝物,
让他永远带在身边。

他们说完了辞别的话,
他的妻子指路给他。

"千瓣莲花不知在哪方?
你朝着日出的地方去,
那个地方的人知道千瓣莲。

"我给你的这个宝物,若果遇到困难,
拿出来和人家打,
什么都不会来把你危害。

"所有要嘱咐的话样样都告诉了你,
你牢牢地记着千万不要忘记它。"

妻子拿好衣服给他穿戴,
穿戴好了就离开。

他的一只手捏着白螺蛳金光耀眼,
一只手握着蚊拂走进山里去了。

走到了很远的地方还隐隐看见他
妻住的地方,
只看见衙门头上宝塔顶上放金光。

都到山中找吃的去了,
家中没有一个人在,
他走进广阔的山林中,
来到了又一个拃住的地方。

他又看见一个很美丽的姑娘,

她好像一朵莲花转身。

这个姑娘是拃去别处捡来的,
给她造了一所衙门居住。

这个地方的拃天一亮谁也不在家,
都到山中找野兽吃去了。

只剩得这个姑娘在衙里面,
她静静地睡在床上。

他走进衙门里去哪个也看不见,
只见这个姑娘睡在牙床上。

睡在牙床上的这个姑娘非常好看,
身子一下变成两三段像他原来的
妻子一样。

他感到很奇怪,
这个姑娘一定有很大的本事。

他用蚊拂去打她,
她的身子又结合起来了,
变得像他的妻子一样。

他去和她说话,
她的声音很好听。

姑娘看见他很喜欢,心中爱上了他,
一定要和他做夫妻,
不做夫妻心不依。

她伸手来拉共麻拉,
她用好言好语问他。

"你好像团月一样的光亮,
你是神还是鬼?你从什么地方来?"

她看见他身上穿满绸缎,
心里爱上了他。
"你好像从天空中降下来到凡间来
游玩。

"你是不是龙王的儿子?
穿着绸缎衣服到我们这个地方来。

"我不知道你是神是鬼?
请你把真话说出来。"

他听完姑娘的好话,
也用很好的话答复她。

"我不是鬼也不是神,
我是人才来到这里。

"我不是在水里的龙,
也不是从天上下凡来。

"我是霸叙拉国王派来的,
派我来深山老箐里寻找千瓣莲花。

"我好像被鬼神的手牵来到这里看
见了你,
你好像含苞的莲花。

"我们前世祈祷过才会在一起相见,
才使鬼神把我差来看到了你这朵
美丽的莲花。

"拃地方的宝啊,
我到这地方会见了你的面,
这次和你来相见好像几股藤子搓
在一块。

"你长得美丽漂亮,
爹妈起的名叫什么?"

他这样问她,
这个姑娘回答他:
"我在莲花里投胎,
被拃王看见把我拿来做女儿。

"我的父王很爱我,盖起衙门给我住,
我的运气很好才能和你来相遇。

"我很爱你啊,年轻的小伙,
你就住下来和我做夫妻。"

这个姑娘告诉了他,
共麻拉很喜欢把她的话记在心间。

他不愿意离开她,
他们用瓶装水来祈祷永远实心实
肠相好。

他们的恩爱不有什么比得上,
像黄鸭游在水中不离散,
他们的恩爱山摇地动不拆开。

太阳落下山去了,
雀鸟吱吱喳喳地叫着到树林里去
睡觉。

这些拃回来了,他们踩着树叶来,
拃的王子也来了,
领着一大群拃从山中走来。

他一进门就闻到生人的气味像风
一样吹来:

"不知什么人来和我的女儿在一块?"

他来问他的女儿,
她从头告诉了父王。

"父王莫见怪,有一个小伙从远方来,
他从巴拉戏国来到了我们的住处。

"他年轻美貌像从天空中降下的仙家,
现在他就住在父王的金殿。

"他来在这地方是我俩千里有缘来相会,
父王和母后要给我免罪,
他躲在我们这里。"

她的父王听了很喜欢,
想看看他长成什么样。

"巴拉戏人有什么好处?
你快把他领出来使我得见一眼。"

她听了父王的话,心里很恐惧,
怕父王不怀好心要把共麻拉杀吃。

"我不敢拿出来啊!
怕父王把他杀死了。"

拃王笑着说:"我不有坏心肠,
你领他出来拜见父王。"

她听了父王的指示,
心中感到十分喜欢。

"你是我年轻的女儿,
你快把他领出来。"

拃王摸摸共麻拉的心说:
"世间人会有这样好看?
这样好看的人应该做我的女婿。"

他很喜欢共麻拉这样年轻的人:
"他应该做我的驸马来管理这个地方。"

他向他们说吉利话:
"愿你们永远做一对长久夫妻。"

他结婚三天后就要离开他的妻子,
他用好话对他的妻子说:
"我很爱你这朵鲜花,
你好像新出水的莲花。

"这世我俩做夫妻恩爱如大山,
我心里一时都不想和你分开。

"我奉了国王的命令来,
有一件很重要的事使我天天都在
焦急。

"现在我要离开你这朵莲花了,
我俩的恩爱夫妻要暂时分开。

"你不要为我焦愁,安心在衙内等待,
我要去找千瓣莲花!"

他的妻子听说他要去找千瓣莲花,
眼泪马上掉下来。

"我俩还没有做很长的夫妻,
怎么你现在就要离开?
我俩的恩爱日子还不长,
才做了两三天的夫妻。

"你的心肠就这样冷淡像风吹花拔
不久长,
你为什么要离开我远去啊?"

共麻拉赶忙对她说:
"你好像一颗光亮的宝嵌在拃的地
方上。

"妻啊,你不要这样焦心,
我的心像一座大山不会偏,
如果我找到了千瓣莲花就回来把
你领去巴拉戏。

"我现在有很重要的事,
奉了国王的命令来,
一心要找千瓣莲花才向你提出去几天。

"你不要焦愁,我还要回来,
只要找到了千瓣莲定回来领你回
国去啊!"

他的妻子相信了他的话,
开口答应他去找千瓣莲。

"你有国王的命令,我不再为难你,
希望你不要去耽搁,很快就回来。

"如果你进深山后,
要快快回来我俩的住处,
你要向东方走去,
这是孔雀在的地方。

"你走了三天后遇到一座奘房[①],

---

① 奘房:云南汉语方言中专指南传上座部佛教寺院,又称缅寺。——编者注

里面有一个和尚①牙写②，
他会驾云来来往往。

"也许他会看见千瓣莲，
他在那里修仙，你去问问他。"

他把妻子的嘱咐记在心，
他们去禀告拃王。

"我得做你的女婿，当了驸马，
我们夫妻十分恩爱，
我们的恩爱全靠父王。

"只因巴拉戏国王的命令很重要，
要我去找千瓣莲，
我现在就要去深山寻找千瓣莲。

"我的愿望实现了，
就会很快回来父王这点。"

拃王听了他的话也不好劝告：
"我的女婿啊，
希望你很快就去塘子里找回千瓣莲。

"若果得了千瓣莲，
要赶快回我们这地方来，
你不要去久免使女儿为你悲痛。"

拃王在嘱咐共麻拉，
送给他一样很好的宝物：
"你带了去护身吧！

"什么东西都不敢挨你，
若果你遇到大蟒或龙，
千万不要害怕。

"只消用这棍子去打它，
若果有什么坏事情，
带着宝物就不怕。

"若果遇到老象和野兽，
只要用棍子去敲打。

"它们一见就会跑了，
有老熊、猛虎、野牛都不敢把你挨。"

他跪着接过父王的宝物，
他带着宝物离开了父王和妻子。

---

① 和尚：傣语扒腊西。
② 牙写：是仙人名字。

一个人离开了这㑇的地方，
用手扒着树枝走进山里去。

看见山里遍地鲜花，
孔雀用嘴在啄着美丽的羽毛。

他看到这些鲜花心里很高兴，
如果太阳落了，
他就在山里旷坝上睡觉。

在山里行走遇不到困难，
也不有忧愁，连他的妈妈都忘记了。

看到山里遍地开满鲜花，
他顺手摘下几朵鲜艳的花朵带在身边。

太阳将落的时候，
晚霞染红了天边非常好看，
不一会天便黑了。

他一个人孤独地行走，
天黑了的时候一个人在树枝下睡觉。

他过了两个㑇的地方，
得到了两个美丽的妻子。

经书很长又很多，这一段先歇下来，
听的人先抽锅烟。

若果不歇下气身子会困倦，
让他们嚼嚼芦子和槟榔。

阿暖的故事停下来，
又讲讲离别了的妻子。

上段故事像鲜花暂时先把它摘下，
第四段完了接第五段。

让五段像雨淋花开，
花开叶绿很好看。

出泥的莲花呀，
你快点开放，快点成长。

巴拉戏国王等待共麻拉，
漫长的时间里使他睡去。

这本故事中的词句，
要使男女老幼个个听进耳去。

开始讲讲瓦沙瓦鲁这地方有一个
心肠很恶的㑇，
他的心像火烧山，

他是国王管制着那个地方的拃。

所有的拃都向他投降,
天天拿物件向他进贡。

瓦沙瓦鲁有个好儿子,
出生的时候是个好时辰。

每逢到他的生日,
都要到山里逮麂子去祭鬼。

到了这个黄道吉日都要拿肉拿酒
去酬客,
拃王派去的妖魔在山中大喊大叫。

个个手捏刀和枪,
山中、坳子里都是拃。

很多的拃在山中又喊又叫,
麂子、马鹿、虎豹它们什么也不见。

拃王管着千千万万的拃,
他变成一个凶恶高大的拃。

眼睛又大又绿,
射出的绿光叫人胆寒,
他的脚杆又高又长,身子又肥又胖。

他派拃进山去,他们又喊又叫,
分成几伙进山的拃,
他们去找野猪和虎豹。

他们看见年轻的共麻拉在树下睡觉,
瓦沙瓦鲁闻到生人的臭味,
他哈哈笑。

"我出来的日子多么好啊,
遇到了这个人,
送来给我祭鬼的好礼物。"

"是啊,人气嗅。"
众拃回答着他。

他们到处寻找,找到了共麻拉,
这些拃个个高兴,个个发笑。

我们今天离开金殿多好啊,
看见了他,
我们把他绑起来,乘他正在睡觉。

这是鬼送来的礼物,
把他拿去祭祖宗,
我儿子的生日要向祖宗酬答。

共麻拉在睡梦中什么也不晓得,

拃王有本事迷住了他，
多恶辣的拃啊！

他们带着共麻拉又喊又叫走了很
长的路，
他们的心多么高兴，天亮的时候，
却遇到了一个仙家。

天亮的时候，雀鸟又吱吱喳喳地叫，
牙写看见了他们时就清楚地知道
了一切。

拃把共麻拉带进山中，
想把他杀了待客，
他们遇到了尚①牙写。

尚牙写大叫，
拃吓得往山中奔跑。

因为他的道行深，众拃敌不过他，
拃害怕他去山中躲藏。

牙写的叫声使他们，
魂飞魄散、胆战心惊。

他们把共麻拉丢在羒房边，
他慢慢地喘过气来。

他还昏迷不醒，
因为拃王的佛法迷住了他。

所有的拃都跑散了，
他们怕牙写的佛法，
他们跑到了住处时，个个都累垮了。

牙写在羒房中天天念经说法，
他把共麻拉抱进庄里去。

他喘着气昏迷不醒，
牙写帮他念咒解魔法。

共麻拉醒来了，知道了刚才的一切。
"你是我救命的恩人。"
他向牙写拜谢。

"我为什么到你的庄上？
是什么人把我带进山中来啊？

"我原在树下睡觉，
怎么就到你的庄上来？

---

① 尚：傣语人名词缀，表示尊称。——编者注

"我心里感到多么奇特,
因为我不知道才问你呀!"

"我不知道你在这里,
遇到的困难事情有多少。"

他拜着问牙写,
牙写在答复他。

"你这个年轻的小伙从什么地方来?
你年纪很轻就进山。

"那些拃把你抬着来要去杀了吃,
热热闹闹路过我这点。

"我就是尚牙写,住在这庄上,
怕拃拿你去杀吃,
遇到我才把你救下来。

"他们怕我的佛法大,
才往山中去躲藏。

"因为我救了你才不被拃杀死,
你是第二世人了。"

阿暖听了他的话,
知道牙写救了他。

"你是我救命的恩人,
不遇你,我已被拃杀。"
他拜谢牙写,感谢救命的恩人。

"我昏迷不醒什么都不知道,
他们要拿我去杀吃才把我抬来。

"你救我命的恩情真不少,
你对我的恩情重如山。

"我单独一人孤行,
我不是山里的人。

"我是巴拉戏国人,
国王差我到山里来寻找千瓣莲花。

"因为路长走累了才在树下睡觉,
遇到拃把我抬来。

"我有护身的法宝,
藤篾做的蚊拂和白螺蛳。
我的护身法宝已被拃偷去,
叫我怎么办?"

他悲痛地问牙写,牙写说给他:
"你的白螺蛳和藤篾我拾着。"
牙写把宝物递还他。

他心里很喜欢赶快用双手去接,
他把牙写又拜了三拜。

牙写向他说了些吉利话,
他转过来又问牙写。

"千瓣莲花在何处?
如果你晓得费心说给我。"

"小伙你从远方来,
你要千瓣莲花来问我。

"以前我不有听说,
今天你问我才晓得。

"你真的要取千瓣莲,
等我指给你路程。

"你顺着路走会遇到一个奘房,
里面住着一个仙人。

"他的房子做在莲花上,
池塘中的莲花千千万。

"我指给你的路上,

奘房塔顶金光闪。

"在深山里面许多鸟雀在叫,
有很多的鹦哥在那里叫得很热闹。

"还有孔雀和小鸟,
山林里面很热闹。

"有的飞,有的叫,有的啄吃着果子,
这是它们娱乐的地方。

"鸟雀热闹的地方,
就是牙写在的奘房。

"那里有千千万万的花朵,
四季月月都开放。

"有很多的花,名金银花、丁香花,
你记住我的话走进山里面去吧。

"一个很深很好的池塘,
一条那伽①在守护着它,
牙写住的奘房上,
什么人也不能去那个地方。"

---

① 那伽:南传上座部佛教中的水神,天龙八部中的龙众,类似龙蛇身形。——编者注

牙写样样告诉了共麻拉：
"如果你到很深的池塘边，
要去拾起一根好棍子，
我教你的佛法对着棍子吹吹就会成一只船。

"你骑上小船渡过池塘，
就能到牙写的奘房。"

共麻拉记住牙写的话走进深山去，
他盼望快到那个池塘旁。

他走过一山又一山，一坳又一坳，
风吹山花摇摇摆，
香气一阵阵向他袭来。

他独自走在山中，一路平安，不遇困难，
终于走到了池塘边。

他在池塘边歇下来，
看见了池塘里的奘房了。

奘房修得很好，亮光光射到云层上，
他赶忙应用牙写的佛法。

拾起棍子吹了三口气，

棍子变成了一只小船。

他心里很高兴，急忙跳进船中央。
"我学得很多的本事和佛法，
有龙我也不怕。"

他拿着藤篾宝棍敲水塘，
水就哗哗地发响。
那伽见棍子打来很害怕，
逃进塘底窜到洞里不出来。

他顺利地渡着船划到了奘房边，
他走进奘房去找牙写拜问：
"牙写呀，你在这里修仙样样管，
不危害雀鸟，
住在这深水塘上，
你在奘房里身体健不健康？
你在奘房中吃的斋果有不有困难？"

牙写听了后用话答复共麻拉：
"我在佛的面前身体很好，
你为什么单个人过山越岭来到这里？

"你来到我这里有什么事情？
你到我的奘上要找哪样？"

"我爬山越岭为了一件事情，

我们的国王派我来寻找千瓣莲花。

"不知千瓣莲花在哪里,
才来奘房问问你,
若果你晓得请告诉我,
让我听了心中得个喜欢。"

他把这些事情告诉牙写,
牙写回答他:
"你要的千瓣莲花塘子里怕不有,
我听得云山里仙姑常在那里守护。

"千瓣莲花我不有,
听我介绍给你。

"我只看见七仙姑里有一个年纪最小的,
她一讲话嘴里就会出现千瓣莲。

"她们每天都来塘子里喜喜欢欢地洗澡,
我只听到别人讲才对你说明。"

共麻拉听了心欢喜:
"我希望的千瓣莲花原来就在深山里。"

"千瓣莲在仙姑嘴里,
要怎样才得取得来?
这件事要费心,
你怎样想法才拿得来啊?"

牙写听见他的要求,
眼里一看就明白,
共麻拉是个什么人,
知道他俩第一世有缘。

牙写决定帮助共麻拉:
"如果你爱千瓣莲,离开奘房就看见。

"你走进山里去,
会见一个宽宽的池塘,
当仙姑下来洗澡的时候,
你在塘边躲着偷看。

"她们脱下衣服去洗澡,
你把她们的衣服偷来,
没有衣服,她们就不能飞上天。

"如果她们来要驾云的衣服,
你不要还她们,
把她们的小妹妹留下来。

"要她给你一样物件,

记住不要上了她们的当。

"如果她们穿上了衣服,
上了当你就会死,
若果她们不得穿衣服就不会飞上天。

"你要去偷看她们时,
把我的话牢牢记住。"

牙写把所有的话告诉了共麻拉,
他拜谢牙写说:
"我要把你的话牢牢记下。"

共麻拉向牙写拜了三拜,
离开奘房走出了池塘。

他手捏棍子把它吹成了船,
独自骑着船划了出来。

他划着船来到了池塘边,
独自走进千花万岭中去。

岩子里千万棵树开满鲜花,
许多雀鸟停在树梢上喳喳地叫。

雀鸟在树头上吱吱喳喳地叫得十分热闹,

他心里只愿快看到云山的仙姑。

他走了很长的路后见到了池塘,
池塘里的荷花长得十分茁壮。

池塘宽阔望不到边,
塘里开满了莲花千千万。

千万只蜜蜂、蝴蝶粘在莲花上,
很多的荷花,
红的、白的交织在一起。

鹦哥在荷花丛中叫得很好听,
他到了塘边的树林中埋伏好。

他钻在树林中偷偷地听,
听着七仙姑何时才来。

那时啊,太阳已从东山升上来,
鹦哥小鸟叽叽喳喳地在荷花丛中跳跃。

现在故事又要开始叙述七仙姑,
七仙姑离开了住处要来池塘洗澡了。

她们离开了山顶上的宫殿,
热热闹闹地来到了池塘边。

个个把会驾云的衣服脱下来在池
边的沙地上,
下到池塘里去擦身洗澡。

她们采下荷花插在头发上,
她们的头发黑得发亮。

他从树林里悄悄跑出来,
抱走了她们美丽的衣裳。

共麻拉抱着她们的衣服就跑,
池塘里的七仙姑看见了他。

七仙姑吓了一跳用手捶着胸:
"你是什么人啊?
敢把我们的衣服偷走?"

她们从塘里出来追赶共麻拉:
"到底是什么人?我们要捉住捶死他。"

她们叫骂着追赶他,
她们的咒骂刺伤了他的心。

他转过身来看见了七个仙姑,
见了仙姑他就跌在地下死了。

七仙姑上前拿回了她们的衣服,

穿戴起立即飞回了云山。

七仙姑驾云飞走了,
池边只剩下阿暖的尸身。

第五段的词句像鲜花暂时掐断一下,
词句像鲜花凋了,新的又要开起来。

第五段的故事完了,
第六段的故事像鲜花一样的又开
出来。

押韵的词句像鲜花开,
五千年代代都能看见。

词句和故事代替了佛祖的金光,
永远光亮,永不熄灭。

奘房里的牙写等待阿暖归来,
等了三四天还不见回来。

牙写赶忙来卜算,
算出了共麻拉死在塘边。

因为共麻拉听到仙姑讲话,
最小的仙女吐出莲花伤害了他。

牙写算完后马上驾云离开了奘房，
驾起云走了很远。

他驾云到共麻拉死的地方，
他看见共麻拉死在树林间。

他用手抬着共麻拉，
把仙水洒在他的身上。

他念着佛法，把仙水洒在他身上，
他的佛法无边，神通广大。

共麻拉活起来跪在他的脚下，
他在向牙写讲话。

"牙写呀，你好像一座塔，
我把人嘱咐的话记不牢。

"因为我看到了七仙姑，
才使我死在这山林间。

"若果你不是我的恩人来救护我，
我已死去，不会再做二世人了。

"你把我救活过来，
牙写啊！如何才能拿得千瓣莲？"

牙写又把好话教给共麻拉：
"虽然你依靠我救活了你。

"你要把我告诉你的话记心间，
去在池塘边好好躲藏。

"所有告诉你的话不要忘记，
这样你才不会再遭难。

"你到日落的方向去躲藏，
她们再来时，把衣服抱进岩洞去。

"因为池塘很宽，
前次洗澡的地方她们不再来，
只有在另一边她们才会来。

"如果你偷到了衣服，她们向你追来，
你把洞门紧紧堵起来。

"她们问你要衣服时，
记住千万不要把她们看。

"如果她们七个一齐向你要衣服，
你要她们把第七个妹妹留给你。"

听完了牙写的话，
他把恩人的话语记心间。

牙写嘱咐完共麻拉，
再把一件宝物递给他。

"宝物的光很亮，
好好藏在身间。

"只要把宝物含在嘴里，
就能随心飞到任何地方。"

共麻拉接过宝物藏在身边，
牙写驾起云离开了塘子飞回奘房去。

时间又过了七天，
七仙女又驾云来到池边。

她们向父亲、母亲说明要来游逛，
因此又驾云来到塘边。

年轻的共麻拉马上躲在树林间，
七仙姑脱下衣服，
像以前一样跳下塘里去洗澡。

共麻拉悄悄跑来，
抱起她们的衣裳躲进岩洞中去了。

七仙女马上看见共麻拉：
"又有人来偷走了我们的衣裳。

"还是从前那个小偷，
以为他死了，却还活着。"

她们向共麻拉咒骂：
"你几次三番来偷衣服干哪样？"

七仙女以为再没有人看见她们了，
才脱下衣服去塘里洗。

共麻拉拿起衣服跑进了岩洞，
七仙女用恶言向他咒骂。

"你好坏的心肠，
偷了我们的衣服到洞里藏起来，
你三番五次偷我们的衣服不应该！

"我们不是凡间的姑娘，
我们的父亲管着这座银山，
我们姐妹才来塘里游玩。

"你难道不怕我们的父母？
父亲知道了绝不把你放松。

"我们的心里很悲痛，
请你快把衣服还给我姐妹。"

共麻拉骂她们：

"你们这些妖女更欺人，
我虽是凡间里的人，
但是我是天上星宿来转身。

"我就是这塘里的主人，
你们天天来洗水，
要留下给我一个做礼物。

"我管的塘子，你们最欺负人，
把我的池塘水都搅浑。

"可惜塘中的红红白白的莲花，
都给你们采光了。

"对你们我心中十分愤恨，
才抱走了你们的衣服。"

七仙姑听完了他的话，
不敢答复和咒骂，
赶忙用好话来上复① 安慰共麻拉。

她们忍住了心中的焦愁，
用好话向共麻拉讨还衣服。

"把我们七姐妹的衣服来还给，
我们好回去见父母亲。"

共麻拉听了她们的要求，
向她们说："你们的衣服我不还给。"

"我管着的塘子，
你们女人最蔑视我了，
竟敢天天来塘里洗澡。"

共麻拉的话讲出去了，
她们听了却不生气。

七仙女向他道谢，
还向他要回驾云的衣服。

她们向他要求了两三次：
"请把我们的衣服交出来。"

共麻拉听完了仙姑的话，
他对着七仙女把话讲。

"如果你们马上回云山见父王，
要把你们的小妹妹留下来，

---

① 上复：云南汉语方言，意为"安慰""慰藉"，通常表示别有用意（出于利己）的安慰。——编者注

才还给你们衣裳。

"如果不把小妹妹留给我,
你们问我要十次二十次也不还。"

七仙女偏着耳朵听,
一心想向共麻拉要回衣服来。

她们不敢违抗共麻拉的活,
把最小的妹妹留下给他。

共麻拉听到了七仙女的话:
"只要你们七仙女讲信实。"

云山的七个仙女听从了他的话,
只得把最小的妹妹留下。

"如果你们讲信实的话,
我一定把衣服还你姊妹们。

"你们的衣服各自来拿去吧,
不要把衣服拿错了。"

共麻拉祝告能实现他的愿望,
然后把衣服一个个递给她们。

七仙女中的大姐姐,

第一个领回了她的衣裳。

他把她的衣服递给她,
递出的衣裳不有错。

又把很好看的二姐的衣服,
递给她去穿戴。

各人的衣服没有拿错,
他一一还清给她们。

共麻拉还衣服还到第六个,
他闭着眼睛递给她们。

六个仙女个个穿上了衣服,
她们的衣服谁也没有拿错。

六姐妹各穿上各的衣裳,
共麻拉的运气像日光一样。

剩下最小的妹妹,
赶忙拜下来向他讲。

她用好言好语向他讲:
"你的福气多么好啊!

"你要可怜我——最小的妹妹啊,

快把我的衣服还来吧！"

共麻拉听见七仙女进洞来拿，
他马上把衣服递给她。

她闭着眼睛用双手去接衣服，
心中不知和共麻拉有姻缘。

共麻拉伸手过去牵住她的手，
两个人的手紧紧握在一起。

小仙女的心中很喜欢，
像共麻拉的心一样。

他们双方心中像蜜甜，
前几世里就注定他们的姻缘，
像有神人的暗暗指使把他们牵在
一块。

共麻拉把她的手拉得紧紧的，
然后才把衣服递给她。

仙女含笑向共麻拉说：
"你的心肠很好，对我特别关照。

"年轻人呵，你把我的手握得这样紧，
叫我如何穿衣裳。

"你把我的手松开点，
让我能够接衣服。"

共麻拉听了对仙女把话讲：
"你的衣裳我要还给你，你莫心慌。"

共麻拉拉住了她的右手：
"我遇到你，美丽的仙女，
舍不得放手啊！

"如果你爱我时请立下誓言，
你要向我赌了咒，立了誓言，
我才放你。

"只有你对我立了誓，
我才会放开你的手去穿衣服。"

仙女听完共麻拉的要求，
赶忙向他下誓言。

"我讲的话啊，你相信吧，
到哪里我都要和你做一对夫妻。

"请你把我的手放开了，
让我能够把衣裳穿上。

"你不要紧紧地捏着我的手，

使我能够接过宝衣来穿上。

"你天天守在这荷花池上,
你要做点好事,把我的手来松开。"

共麻拉听完她的话,
相信了她,把她的手放开了。

仙女接过衣服马上把它穿好,
她和共麻拉坐在一块了。

他俩坐在一块十分恩爱,
像菊花一样,
仙女对共麻拉把话讲。

"你为什么不看看我的脸啊,
你为什么不看看这十五的月亮。"

共麻拉把实情向仙女讲:
"因为我不能看你的脸。"

仙女把心中想的告诉了共麻拉:
"你怕看见我的脸倒下去死了。"

仙女把仙家的衣服脱下来,
让阿暖穿戴上。

共麻拉接过衣服来穿上,
感到一阵阵芳香,
他穿上仙衣后可以去接近她的身子了。

他不像以前会死了,
他们成了一对永久的好夫妻。

仙女对着共麻拉一句一句地讲,
她说笑的时候,
嘴里吐出了那芳香的千瓣莲花。

仙女向共麻拉讲:
"看你的样子不像在这里守池塘的人。

"看你是个凡间的人,
不知你到深山来有什么事情。

"你住在什么地方?
你实心实肠对我讲。"

她对共麻拉问了许多话,
共麻拉在心中想主张。

他对面前这朵像金银花的仙女讲,
他夸奖她穿得这样的好。

"我出生在很远的地方，
不是这池塘里的主人。

"我生在巴拉戏国那个地方，
我们的国王命令我来寻找千瓣莲。

"听说深山中有个池塘，
里面有我要找的千瓣莲。

"我走进深山里才看见七仙女，
这是我俩的前世姻缘。"

听了共麻拉的话，
仙女也把话对她心爱的人讲。

"你要找的千瓣莲就在我的嘴里边，
它芳香、好看。

"你可以把我嘴中的千瓣莲，
带回去献给你的国王。

"你把千瓣莲带回去见你的国王，
我在山里等着你回来。"

仙女把莲花递给共麻拉，
可是啊，他都不愿意接她的莲花。

"因为千瓣莲花长在你嘴里，
我怎能把它拿走啊？

"如果愿望实现了，
嘴里就会出现莲花，
因为这个我才把你爱上。"

"我们的姻缘前世就定下，
像鲜花一样现在才得在一起开放。

"因为我们前世的虔诚祷告，
才得恩恩爱爱地在一块。

"我俩的爱情，纵使大火把地下烧光，
我也不会把你丢开。

"你像一颗光亮的宝石，
一千年也要把你带在身边，
不管怎么样我俩永远不离开。"

他俩在一起说说笑笑十分愉快，
他们的恩爱像两股绳子拧成一条了。

在旁边的六个姐姐看到他俩的恩爱，
祝贺小妹妹找到了一个好丈夫。

她们要回云山去告诉妈妈，

让她知道小妹妹已和共麻拉结了婚。

六个仙女用甜蜜的话对他们讲：
"你俩啊，现在这样的恩爱不离开。

"你俩永远恩爱吧，
你俩就住在这池塘边。

"小妹妹啊，你现在多么的幸福，
只剩下我姐妹六人回云山见妈妈了。

"回想我们七个姊妹来时，
父亲、母亲还嘱咐过我们。

"妈妈叫我们一起来一起回去，
不使妈妈为我们担心。

"妹妹啊，太阳落了，月亮升了，
我姐妹们要离开了，心中多悲痛啊！

"妹妹啊，你俩好好住在这里吧，
我们要回云山了。"

六姐妹对他俩说着话，
个个悲痛得流下眼泪来。

小妹妹也伤心得哭了，
眼泪掉下来把衣服都淋湿了。

"六位姐姐啊，
你们好像六朵莲花一样，
你们不要把我俩忘记了。

"六位姐姐，你们慢慢去吧，
离别后不要忘记我俩在这儿。

"你们回去后见到了妈妈，
要用好话帮我说一说。

"把我的情况向妈妈说明，
莫使妈妈为我悲痛啊！

"小妹若果不死的话，
总有一天回云山和六位姐姐见面。"

在离别的时候说不完的千言万语，
讲不完的伤心话，
她们多难过啊！

六个仙女的小妹妹辞别后，
驾起云走了，
不一会就到了他们住的地方。

六姐姐到了云山去见妈妈，

妈妈看见少了一个小妹妹。

"我最心疼的六个女儿啊,
我一天都舍不得和你们分开。

"今天看见你们这样惊惊慌慌地回来,
怎么不见你们的小妹妹啊!

"你们到外面碰到什么凶事啊?
把小妹妹也丢失了!"

她们的妈妈一面说一面哭起来,
因为她看不见小女儿的面。

她们妈妈的悲痛太重了,
因为她失去了心爱的小女儿。

七仙女的父亲听了妻子的问话,
气得跌在地下,
衙内只听到一片啼哭声。

云山上只听见一片哭声,
个个流下的眼泪像下雨一样。

经过了这场痛哭后,
六姐妹忙把情况告诉了父母。

"妈妈和父亲天天爱我们,
我们姐妹过得十分愉快。

"那天离开了妈妈和父亲,
我们七姊妹到池塘里游玩。

"姐妹们游玩的时候,
见到一个凡间小伙,
他美丽得像十五的月亮。

"他离开了巴拉戏国,
来到这深山峻岭里。

"我们在荷花塘边游玩遇到了他,
小妹妹和他有姻缘。

"他俩结婚后快乐地住在山里边,
我们告诉父母的都是实话。

"我姐妹们讲的话,
爸妈听了不要为小妹妹悲痛。

"他俩的姻缘谁也不敢阻拦,
他们前世有缘分今世才得成夫妻。

"姐妹们禀告了父亲、母亲,
请父亲、母亲莫见怪。

"妹妹虽不在还有我姐妹们,
父亲、母亲不要为她悲痛了。

"如果他俩在山里住久了,
想起父母时他们还会回来。"

她们的父亲听了六个女儿的话:
"在世上的男女永远会这样相爱啊!

"儿女长大了总要结婚,离开家庭,
不能永远和父母在一起。

"小伙住在巴拉戏国,
来这里和女儿相见,
他们前世有缘才会在一块结婚。

"他俩前世就注定有姻缘,
今世才得在一起团圆。"

父母听了六姐妹的话后,
不再悲痛了,
这是男情女愿,
儿女长大了不能再拴住他们的心。

他传齐了云山的人,
离开云山驾云向池塘边来。

有的扛着刀枪在周围,
保护着他俩到山林里来。

他们来在山里,看见到处鲜花开,
把六个女儿也一齐带在身边。

共麻拉他俩听到父母来到,
心中很喜欢,
他们俩赶忙去迎接。

车子来到共麻拉住的洞门前,
看见了女儿、女婿心中很喜欢。

妈妈马上把像宝印一样的小女儿
抱起来,
她还看见女婿共麻拉在身边。

他俩喜欢极了,
看着山中的鲜花不肯离开。

他俩看见山中开满各种各样的鲜花,
雀鸟热闹地在叽叽喳喳啼叫。

"母亲、父亲回去吧,
莫要为了我俩心焦。"

父亲和母亲不再说了,

由他俩住在这开满鲜花的山间。

父亲和母亲为他俩盖了一座金殿,
他俩住在里面,
只见塔顶金光灿烂。

他俩带着神兵要飞回去了,
离别的时候,
他们的小女儿哭得十分厉害。

她伤心地向妈妈诉说着她的痛苦,
妈妈对她好心地安慰。

离别的话说完了,
带起神兵和六姐妹飞回云山去了。

他们辞别了共麻拉和小女儿回到
了云山,
只见他们的衙门金光亮闪。

阿暖的故事讲到这点,
千千万万的男女听了要记在心间。

坐着听故事的男女啊,
你们要把这个故事永远流传。

很热闹的阿暖故事,

到了第六段先把它停下来。

阿暖的故事像莲花开在人心间,
六段结束了,七段像鲜花又开放。

开始叙述共麻拉和他的妻子在山中,
他俩天天愉愉快快地生活在一块。

他俩的父母折回云山后,
他俩生活在山中的千树万花间。

他俩喜爱那已开和待开的花朵,
把它摘来戴在头发上和身边。

山里的吊兰花,红的、黄的样样
都开,
花瓣开得很鲜艳,吐着浓烈的郁香。

风摆动着柔软的花枝十分好看,
他俩像一对黄鸭生活在这万朵鲜
花间。

衙门里叮叮当当的响动光彩灿烂,
世间的爱情谁也比不上。

他俩在山中没有悲愁只有愉快,
共麻拉遇到莲花女十分喜欢。

莲花女的父母许可他们成夫妻，
现在又把共麻拉和仙女的事情停
下来。

故事又要开始新的一段，
讲一讲共麻拉的妈妈。

共麻拉亲生的妈妈，
在家里生活得很困难。

她想起离开了的儿子，
心中的愁苦一天天增加。

太阳落山的时候，
破屋中的妈妈想起了共麻拉。

她天天在家盼望儿子，
但是儿子都没有回来。

看到巷道中打"令"的小孩，
好像想起共麻拉在眼前。

她想起儿子进山去了，
想喊出共麻拉的名字来。

"我的儿啊，你到了什么地方去？
哪天才能看见你回来？

"不知你到了哪山和哪岭，
找到莲花来献给国王。

"不知你误入拃的地方了没有，
恐怕这种妖怪把你吞吃了。"

太阳出来了，月亮升起了，
共麻拉的妈妈双眼只往山中看。

妈妈到东家借西家找些米来，
盼望共麻拉快快回来。

有一次去东家借不得，
西家也找不到，
只好空着双手回来了。

他的妈妈把借来的一勺米煮好，
等待着共麻拉回来。

妈妈天天盼望着儿子回来，
但是啊，
左盼右盼也不见共麻拉的影子。

"妈妈天天盼望你，
你再不来我要愁死了。

"难道你被妖魔吃了，

所以妈妈才不得见你。

"妈妈悲痛你眼泪都哭干了,
没有见你回来,
你难道死在山中了?

"你不回来不有人找饭给我吃,
我哭得眼泪像雨一样淋下来。

"不管我母子们有多大困难,
只要让我看到你,
就不再有悲愁。"

妈妈的焦愁都是为了共麻拉,
她的眼泪像雨下。

又讲一讲共麻拉和仙女,
这一对好夫妻的恩爱。

他俩睡在床上,
在房里有说有笑多么的愉快啊!

太阳落山了,小鸟归来栖在树上,
他俩也回房里去睡觉。

风吹着刚开的鲜花摇来摇去,
所有的鸟和孔雀飞来在树上准备睡觉了。

深夜的时候,静静地什么也不叫,
共麻拉睡在床上非常好在①。

睡梦中看到妈妈在破烂的家中住,
他在梦中看到了他的妈妈。

他梦见了他的好妈妈,他叫她,
但她却不和他说话。

妈妈看见他不说话,
眼泪一点点滴在地下。

他看见他的妈妈,
把鲜花戴在簪子上。

他在梦中看见一条又高又大的老象,
也走到了巴拉戏国的土地上。

老象哭哭啼啼的,
把他母子俩背在身子上。

---

① 好在:云南汉语方言,意为"宜居,生活得很惬意舒适"。——编者注

好梦做不多长，
共麻拉突然醒来了。

梦中看到了妈妈，他浑身流汗，
醒来时汗止了，他感到寒冷起来。

共麻拉两眼流下的泪啊，
把被子和枕头都淋湿了。

阿暖的眼泪流了很多，
仙女却不知他在悲痛什么。

共麻拉的泪啊，浸湿了枕头，
仙女惊奇地问他：
"我俩睡在床上不知你愁什么，
竟这样伤心、流泪，你对我说吧！

"我俩做夫妻这么久，从没吵过嘴，
你有什么焦愁？
眼泪把枕头都淋湿了。"

美丽的仙女问共麻拉，
他听了后向她回答。

"我俩隔得很远，
因为有姻缘才会得相见。

"我的焦愁不是为了你，
我俩的恩爱什么也不能相比。

"因为我睡梦中，
看到了我亲爱的妈妈。

"我离开家已经七个月了，
还不得回去见妈妈。

"妈妈在家天天盼望我回去，
她的眼泪为了我永远流不干。

"我的悲愁就为了妈妈，
眼泪才把枕头滴湿了。

"妹呀，我俩是神的差遣才相见，
我俩要离开山里去见妈妈。

"离开家乡就为了国王，
他要我来塘里寻找千瓣莲花。

"我来这里才和你做成夫妻，
千瓣莲花就生在你嘴里面。

"得到你这朵鲜花我心中很喜欢，
我俩快快回去了，去见我妈妈。"

共麻拉把所有的话对仙女讲，
讲完后天也就亮了。

天亮后他俩离开了房间，
仙女拜了拜共麻拉对他讲：
"我俩在山里做夫妻很幸福，
我俩的幸福比雀鸟更高。

"你这样挂念妈妈，
悲痛得眼泪都快流干了啊！

"我心中舍不得和你分离，
我们一块回家见妈妈去吧！"

仙女对他讲了要同他一起回国去，
共麻拉听了心喜欢。

"年轻的丈夫啊，
我们收拾好快快回国吧。

"我俩的住处多么好，
花鸟样样都美丽可爱。

"寒号鸟和其他的小鸟叫得很热闹，
它们用嘴刷着羽毛，
尾巴翘得很好看。

"我们快要回去了，
这些景物多么可惜呀，
我俩去采几朵来戴在身上做纪念吧！

"我们临行时去看看这些雀鸟和鲜花，
心中会得到无比的愉快。

"把山林中的鲜花和鸟雀看过后，
再一起回国去看望妈妈。"

共麻拉听了妻子的话很喜欢，
他同意她的说法，
一道去山林中游看。

他俩愉快地离开了住处去看鲜花，
看到鲜花、美景，他们多高兴呀！

他俩在山林间随心赏玩，
风微微吹来，
那些柔软的花枝摆动得很好看。

各种香花被风吹得波动起来了，
他们越看越喜爱。

山林里的景物都看遍了，
走去走来的，完了一处又到一处。

看不尽的鲜花美景，说不完的愉快，
他们摘下花朵插在头上玩。

孔雀的叫声清脆好听，
各种各样的小鸟叽叽喳喳地闹。

玩着玩着又走到一个拃的地方去了，
那里有拃王的衙门，他俩全看到。

拃王骑着车飞在云端上，
他也在这山林间游玩。

共麻拉和仙女只忙看鲜花，
仙女抬头向天看。

当仙女回头往天上看时，
千瓣莲花从她的嘴里吐出来。

千瓣莲花飞起去粘在拃王身上，
拃王伸手接住了千瓣莲。

"多香的千瓣莲花啊，
为何掉进我的车里来？"

拃王知道这是云山仙女的莲花。
"我要拿它去要仙姑。

"以前她的父母不许配给我，
不知何人同她做了夫妻。

"得到仙女的人是鬼还是神？
竟得仙姑做妻子。

"我不有忘记仙女，她应做我的妻子，
一定要把她夺来成夫妻。

"太阳落了的时候，
他俩一定在山林中睡觉。"

恶毒的拃王心中怀下恶主意，
黄昏的时候，
共麻拉和仙女走进山林中来了。

在林深树大的山中，
他俩走进了一个岩洞。

太阳完全落山了，
雀鸟和人要睡觉了。

共麻拉牵着仙女的手进洞中去了，
他们像一对鸳鸯并排走在岩洞中。

"心爱的妹啊，
你不要焦我，不要害怕，

我们住的洞子不会发生危险。

"如果有祸事降临在我俩的头上,
有我共麻拉抵挡。"

他把话告诉了年轻的妻子,
仙女紧紧和他依偎在一起。

他俩安心在洞里睡觉,
不怕有什么不幸来到。

生得凶恶的拃王,
悄悄跟着来,在洞旁偷看。

拃王看到共麻拉和仙女睡在洞中,
他的心中暗暗喜欢。

"我的愿望要实现了,
我在洞旁好好等待。"

拃王念了七遍佛法,
要使共麻拉和仙女睡着了不会醒来。

拃王的佛法广大无边,
念了咒语他俩睡着了。

他俩睡觉的时候,

共麻拉紧紧抱着仙女,
拃王走进去扒开了他的手。

拃王把共麻拉的手扒开了,
悄悄地偷走了仙女。

拃王把仙女放在车子里,
驾起云来飞走了。

拃王把仙女带到了很远的山里去,
到了他的衙门里。

他想把仙女娶做妻子,
他不敢接近仙女,
接近了觉得像火烧。

拃王在旁边万分焦躁,
要想挨近仙女不能够。

拃王不有办法想了,
只好用铁笼把她关起来。

他怕仙女逃走,
用铁丝把她围了七层。

他的铁笼很快就做起了,
仙女被关在里面了。

等啊等,到了七天后,
带回衙门去做妻子。

仙女醒来了,
睁开眼睛却不见了共麻拉。

仙女以手捶胸悲叹:
"天哪,为什么遇到这灾祸?

"和共麻拉在洞中睡得正好,
不知什么鬼神把灾难压在我们的
心上。

"你醒了,还是正在睡觉?
知不知道我被魔鬼拿到山中来了?

"我昏迷着一样不知道,
什么鬼神把我带走了?

"你醒来不见你的妻子,
不知又要找到哪山哪坳去啊!

"丈夫啊,我就是依靠你,
不见你,我多么悲痛啊!

"我们不得在一块谈笑,
离开了你,我多难过呀!

"夫啊,我在受苦受难,
心中时时在悲痛,千痛万痛绞我心。

"夫啊,我受难是因为柞,
因为他抢走了我,硬把我夫妻拆开。

"年轻的夫啊,你要念我俩的恩爱,
快快前来救我出火坑,
像风吹一样的来。

"柞王把我困在铁笼里面,
你要快快来救我出去。"

仙女天天坐着哭,
脖子[①]都哭哑了,
眼泪哭得流干了,
还不见共麻拉来。

她靠在铁墙上越想越苦恼,
心中想着何时才能会见共麻拉。

这个故事的词句在漂白的纸上,

---

① 脖子:云南汉语方言,同时可以指代脖子、嗓子、咽喉。——编者注

我们来写仙女离开共麻拉的悲痛,
拃王把仙女关在铁笼中的事情先
把它停下来。

第七段的故事像风吹鲜花落下地来,
一朵鲜花谢了,
一朵又盛开。

男女老幼把故事一句句听进耳中去,
拃王把仙女藏起来。

词句完了一段又来一段,
讲一讲共麻拉在山林里的事。

年轻的阿暖,
独自一人睡在岩洞里面。

拃王用咒语迷住了他俩,
才把仙女从他的怀中抢去了。

到了天亮的时候,
阿暖不见了仙女伤心地哭起来。

阿暖怀抱中的妻子,
怎么一夜之中就不在?

共麻拉用双眼看洞中,

左看右看不见仙女的面。

心中的怒火像火山一样地爆发起来,
他怎么也想不通这不幸的事件。

共麻拉找遍了岩洞,
但是呵,找不到仙女在哪点。

他悲痛极了,
一个人坐在洞里又哭又喊。

"妻子啊,你到什么地方去了?
你离开了我却把悲痛压在我的身上。

"不知是神还是鬼摄去了你,
找不到你,
我悲愁得要死了。

"我俩恩爱地住在一块,
你现在离开了我,剩下我好不孤单。

"你的千瓣莲也许开在我俩的洞中,
还是想起了父母回到了云山?

"你这颗美丽的罕宝,
不知被鬼还是神抢去了。

"我走去走来也看不到你这朵莲花,
为了你,我变得消瘦了。

"一对对的雀鸟在树林里啄果子吃,
妹啊,我又想起我俩把花采来插
在头上的事。

"想起你,我倒在地下昏迷了,
为了你,我的眼睛哭出血来。"

他忍着悲痛在山林中找去找来,
山林找遍了都不见,
只好坐在石头上哭了。

各山各坳都找遍了,
看到那些盛开的鲜花,
共麻拉更加难过了。

他越想越气,心像火烧起来,
他抱住大树哭泣,
泪啊,淋湿了大树皮。

共麻拉折回岩洞里还是不见,
他坐在仙女睡的地上哭起来。

他哭的哭,找的找,
仙女的影子都不见。

"美丽的妹妹呀,你在哪里?
指给我一条明路让我找到你。"

他哭的哭,找的找,
但是找不到,
他含起宝物飞起来。

宝物是以前牙写给他的,
他想仙女一定回云山去了。

他骑着宝物到处去找,
鬼神也在暗中照顾他。
好像鬼神指使他一样,
他飞到了云山。

到云山后,他赶忙拜见岳母,
共麻拉向岳母问安好。

共麻拉向岳父、岳母问:
"妹妹来到了云山没有?

"我俩到山里游玩,
太阳落山了也不回来。

"天黑了我俩去在洞里睡觉,
我俩不防会出现什么事。

"夜里我的妹妹不见了,
哪知灾祸会降临在我俩身上。

"天亮了,我看不见了妹妹,
深山里找遍了都不见。

"各处都找过了,
不见妻子,
才来问岳父、岳母,
请告诉我妹妹在何方?"

共麻拉讲完了话,
仙女的母亲心上像针扎。

她难过得喊起来:
"我可怜的女儿啊,
怕在山里死了。

"我儿天天在云山里娱乐,
现在却死在山里面了。

"你要快快离开云山去找女儿,
让我得见小女一面。"

仙女的父亲听到了妻子的话,
他赶忙安慰她。

"凶事已经发生了,
我心中算出她被柞王拿去了。

"我俩女儿不见的原因我知道,
她被万恶的柞王拿去了。"

他越讲怒火越高,
马上调起神兵出发去找。

仙女的父亲带着神兵、鬼兵到山中去,
他和女婿一道去寻找仙女的踪迹。

带领的神兵、鬼兵个个武艺高强,
配着刀准备去和柞王打仗。

仙女的父亲带领着神兵经过的地方,
显得那样热闹,
山也像要崩倒了。

这一队神兵到了山中,
又喊又叫,寻找敌人厮打。

仙女的父亲和母亲坐在车上,
他们驾起云离开了云山城。

队伍过的路上灰尘滚滚,

像云雾要把太阳遮住一样。

阿暖走在神兵的前面，
驾着云奔向山间。

凶恶的拃王看到了神兵，
他见神兵吼叫着向他飞来。

他看见那些神个个发怒吼叫，
心想一定来找他们的仙女了。

他知道云山的神兵来到，
急忙聚齐他的小妖。

拃王使用大法，
让他的妖兵个个背着刀枪变得又
高又大。

他的妖兵十分多，山坝上都站满了，
喊叫的声音山崩地裂十分可怕。

拃王所在的地方，
遍山遍岭站满了妖魔。

他们背着刀，带着枪和弓，
吼的吼，叫的叫。

拃王坐在车子里面走出来，
所有拃兵也一队队地跟在后面。

妖兵很多，几千几万，
走在山里像乌云似的一大片。

拃王使动大法，
空中下起一阵刀雨，
锋利的刀落在云山神兵的头上。

共麻拉捏着上仙给他的白螺蛳，
他做好准备对敌的工作。

他把白螺蛳里的水，
洒在云山神兵的身上。

拃王的刀雨虽然厉害，
却不能伤害云山的神兵、神将。

一阵大风吹回了雨刀、雨枪，
刀、枪飞回拃王兵将的身上杀死
了许多。

拃王的妖兵十分猖狂，
杀死了的兵血流得像河水淌。

青面獠牙的拃王，

上了共麻拉的当。

共麻拉用藤棍打拃王，
藤棍上长满了刺，刺死了拃王。

拃王被杀死了，
因为他抢来了共麻拉的妻子受到
惩罚。

拃王的兵败了，东跑西散忙逃命，
小妖死的死，逃的逃，头断血流。

他们跑的跑，死的死，
有的吓得跳下岩，
有的跑到了很远的江边。

奇怪的拃王的头还在讲话，
他用好话要求共麻拉。

"你用藤棍的刺刷掉了我的头，
要求你行好事不要让我死啊！"

拃王要求饶恕他，
不要让他死在这地方。

"我向你承认错误，
因为我偷了你美丽的妻子。

"虽然偷来了，还没有得调戏，
她的身子我挨近了就像大火烧。

"我怕她逃走把她关在铁笼里，
她天天念你的名字想着你。

"我把她拿来送还你，
要求你不要再使我受罪！"

拃王声声要求饶恕他，
不要让他死，永远感谢共麻拉。

"为了我一个人，小妖被杀死了，
请你用仙水把他们救活过来吧！

"经过了这次教训后，牢牢记住，
以后再不敢把这类不好的事来做。"

拃王的头一再要求阿暖，
阿暖却不想再把他的头接上。

"你再三要求我就把你救活，
让你再管治这地方的妖魔。"

阿暖对拃王说：
"我把你救活，
你一定要把我的妻子送来。"

拄王的头说：
"我的四肢分开了，
怎么能把你的妻子送过来？

"请你把我的头接在身上，
不会忘记你的恩情，
让我恢复以前的原样。"

阿暖听了他的要求对他讲：
"救活了你要把我的妻子送来还。"

阿暖马上用藤棍的尖端打在拄王身上，
他的头和身子接上了。

拄王赶忙向共麻拉叩头拜谢，
拜谢了就去拿仙女来给阿暖。

仙女看到共麻拉，
喜欢得像露水淋在花朵上一样。

他俩的相见，
像转世以后第二世人会面。

仙女和阿暖见面很喜欢，
她向共麻拉又说又笑。

她向父母拜谢救命恩情：
"劳累父母来深山搭救我。"

"我和阿暖的重见，
是妈妈和父亲的功劳，
才使女儿脱险。"

她边讲边拜谢父母亲：
"女儿活命全靠双亲。"

她高举双手拜谢双亲，
转身又把年轻的丈夫来道谢。

她哭得很伤心，眼泪掉下来了，
边哭边抱住了她的母亲。

她用一只手拉着父亲，
一只手拉着共麻拉，
她越哭越伤心。

"丈夫啊，因为拄把我偷去，
才给我俩带来伤心。

"因为我被拄王佛法迷昏了，
才和你分开了啊。"

她对父亲、母亲和丈夫说：

"女儿以为死了,今世不再得见你们。"

仙女又伤心又痛哭,嗓子哭哑了,
她的悲痛像山一样压在肩头上。

她的眼泪掉得那样多,
她太痛苦了,太悲伤了。

她的妈妈看见女儿的眼泪啊,
像瀑布一样倾泻下来,
衣服都淋湿了。

共麻拉去挽着妻子的手劝说,
他的眼泪很自然地掉了下来。

他俩在诉说着心中的悲痛,
他们的悲痛连鬼神听了也伤心。

夫妻俩双双向父母谢恩,
他们恭恭敬敬地向父母拜了三拜。

"我俩痛苦是因为离开了父母,
离开父母已经七个月了。

"离开亲爱的妈妈很久了,
现在要回巴拉戏去见亲妈妈。

"请求妈妈和父亲允许我俩回去见
妈妈一次。"

他俩对着父母拜了又拜,要求着。

七仙女的父母听了不阻挡,
二老准许他们回去见妈妈。
"共麻拉是天上星宿来转身,
应该带我女儿快回家。"

共麻拉和仙女没有了忧愁,
得到父母的许可回家去。
仙女的妈妈用好话嘱咐他俩:
"你俩好好回去莫牵挂。

"父母的恩情永远不能忘,
不能叫她在家受寂寞把你们挂。"

仙女的父亲对他俩说话:
"两个年轻的儿啊,
离开深山好好回国去吧。

"国王盼望着你回去,
你俩收拾好离开这儿吧。"

仙女的父亲许可了他们的要求,
共麻拉和仙女听了心欢喜。

阿暖转身又向那个恶毒的柞王，
柞王的心变得忠诚老实了。

经过共麻拉的教育后，
老妖和小妖全被感化了。

共麻拉允许那些柞住在原来的地方，
他叫他们从今以后要改换好心肠。

共麻拉把那些柞安搁好了，
他和仙女离开了他们。

仙女的父亲和母亲调齐了神兵，
亲自送他俩出山林。

所有的神兵、鬼将集齐了，
护送他俩回家乡。

一直护送着共麻拉和仙女，
把他们送到原来住的岩洞里。

临别的时候，
父母向他俩说着吉利话：
"祝你俩百年长寿。

"祝你们路上不再遇着千千万万的凶兽，

祝你俩做夫妻永远恩爱。

"共麻拉和女儿啊，慢慢回去吧，
祝你俩在路上清吉平安。

"你俩回国后，运气一定很好，
愿你俩能做巴拉戏的国王、王后。"

云山的父母向他俩说完了吉利话，
又再对共麻拉和仙女嘱咐话。

共麻拉和仙女听了父母的话，
眼泪如雨一样地流下来了。

他俩双双向父母拜谢：
"我俩一定要记住父母嘱咐的话。"

仙女的父母听完了他俩的话，
他们放放心心地回云山去了。

他们的云山父亲和妈妈，
调齐了神兵，
骑在车上驾起云回云山了。

一路上看见神兵、鬼将热热闹闹，
共麻拉和仙女的双亲已经回去了。

阿暖和仙女的恩爱暂停一下，
第八段故事像荷花干了，花瓣停下。

共麻拉的岳父、岳母像落山的太
阳回云山去了，
回头又把阿暖和仙女的故事讲。

要开始讲一讲阿暖回国的事情了，
他带着仙女准备回乡。

"妹啊，我俩向一切神明祷告吧，
祈祷我俩的清吉。"

他们向山神、土地、天空中的仙
人祝告：
"祈祷一切神鬼保佑我们，
让我们世世代代能成夫妻。"

祷告完了，他俩一块驾起云，
对着巴拉戏国方向出发了。

他们驾着云飞到了牙写的奘房上空，
共麻拉和仙女在空中拜谢牙写。

牙写看见他俩在云端拜谢，
心中喜欢得像风吹花朵似的摆动
起来。

牙写看见了心欢喜，
马上驾云去迎接共麻拉和仙女。

牙写向他俩祝贺，
祝贺他们幸福的生活。

"祝贺你俩永远幸福，
愿你们回去能做个好国王、好王后。"

牙写对他们说完了好话，
共麻拉和仙女向他拜谢。

牙写念完了吉利，
落下云头回到了奘上。

共麻拉和妻子骑在飞车上，
飘飘荡荡地飞在云天上。

他俩驾着云飞到了拃的地方，
他们对着这面的拃讲。

共麻拉向他的拃妻叫：
"妹妹呀，共麻拉回来了。

"妹妹呀，若果我俩真正有缘成夫妻，
你就快快驾云上来跟我去巴拉戏
见国王。

"快快上来吧，上云端来就①我，
我把你当作鲜花带回国去吧！

"我已取得千瓣莲花离开了深山，
所以才回来把妹妹你叫。

"今天来到拃的地方，
妹妹呀，
你这朵开在花枝上的鲜花上来啊！

"我得到了千瓣莲花的云山仙女，
我和她一同来叫你呀！

"妹妹呀，我们一起回国去吧，
妹妹像那光亮美丽的宝石，
你要听我的话。

"我和仙女开着车窗等候你，
不忍把妹妹你丢下。"

共麻拉不断地向拃王的女儿叫，
同时也把仙水从云端向下洒。

"妹妹快离开拃王的金殿，
飞上来就哥哥吧！"

他的妻子在宫殿里听到了他的叫声，
她双手打开窗子看到共麻拉淋下来的仙水了。

她看见仙水洒下来赶忙向神祝告，
祝告使她的住屋和她一起飞去就共麻拉。

让她像风一样快快飞上去，
离开衙门这个拃王住的地方。

她祝告山神和土地，
让她能和共麻拉做永久夫妻。

她衷心地祈祷，
一切神鬼都听到。

她祷告完了，
她的衙门飞起来了，
拃王看到也喜欢得不得了。

拃王为他俩能成永远的夫妻而钦佩，
拃王祝福他俩回去永远过好日子，
做个国王、王后。

---

① 就：云南汉语方言，此处意为"相遇""寻找"。——编者注

他向他俩不断地祷告,
愿他俩路上平安,
不再有灾难降临在他们身上。

拃王的女儿忙向父王拜谢,
拜谢完了慢慢地飞在天上。

她的衙门在空中金光闪闪,
和仙女的宫殿并排在一块。

她和仙女的宫殿在天空中放光,
像七八月间打雷时的闪电一样。

他们离开了拃的地方向前飞行,
不一会又到了一处拃住的地方。

他们飞到拃王住的云端上,
共麻拉好言好语向下面的妻子叫。

"妹妹啊,
你这朵开在神仙园中的花朵上来吧,
我已离开深山洞来叫你了。

"我去寻取千瓣莲时间很久了,
今天才回来。
妹妹呀,
你快快离开拃的衙门同我回去吧。

"妹呀,
你是那迎风飘摇的连串花枝,
又像有绿叶的荷花,
我俩的姻缘是神定下。

"妹妹啊,
你是美丽的荷花开在土地上,
快快飞上来和我在一块。"

共麻拉大声地叫着妻子,
又把白螺蛳里的仙水洒下来。

他把飞车的窗子打开,
和两个妻子一起往下叫。

拃王的女儿在衙门里,
听到她的丈夫的声音从云中传下来。

她听了很喜欢,
手把窗子来打开,
看到共麻拉和两个仙女在云端上。

她向云端里面祷告,
让她和共麻拉永远有姻缘。

她希望连那金光闪闪的衙门一起
飞上天,

使她能和阿暖见面。

祷告完了,
她的衙门便慢慢地离开地面升起来,
拃王看见女儿飞上了天,心中也喜欢。

拃王心中说不尽的高兴,
她像一颗光亮的宝石飞上天。

拃王对着云端喊:
"我的女婿和女儿啊,
愿你们回去成国王、王后。

"巴拉戏的昏王啊,
你不久就要垮台。"

拃王对着女儿说完吉利的话,
催她快快上去和共麻拉在一块见面。

三个女子在云端上金光刺目,
像万能的太阳神一样的庄严。

他们驾着云飞在天空中,
到处只见金光闪闪。

他们在云端上很高兴地并排着走,
衙门里的叮当声响传下来。

他们飞快地向前行,
很快就来到巴拉戏国的地址上。

他们来到巴拉戏国的上空,
他们衙门里的金光照遍了巴拉戏的地方。

阿暖和他的三个妻子来到了巴拉戏国这地方,
他们在空中金光闪闪的,
铃声当当像仙乐一样的好听。

巴拉戏国的上空,
金光闪闪,仙乐飘荡,十分热闹。

巴拉戏国的城子被他们的金光罩住了,
这是阿暖和三个妻子的衙门在闪光。

阿暖对着巴拉戏的城子叫:
"国王啊,
你命令我去深山找千瓣莲,
现在回来了。

"我拿得的千瓣莲在云端,
请国王出来迎接吧!"

巴拉戏的国王听到了阿暖的话,
心中感到无限的高兴和喜欢。

国王穿好新的龙袍,
离开宫殿走出来。

国王带着宫娥彩女离开了宫殿,
心中暗暗喜欢,实现了他的愿望。

"小伙取得了千瓣莲,
马上就要从云端送下来,
我准备去接千瓣莲,
谁也不准跟我走上前。

"你们不要离开金殿,
等我去接千瓣莲回来。"

国王命令着他的正宫和彩女,
他孤独地离开了金殿。

他看见共麻拉的车子停在云端,
国王静静地等候在下边。

他威严地坐在大象背上,
抬头向空中望。

他看到三个美女像星星一样明亮,

看到衙门宝塔的金光银光,
光芒四射。

莲花仙女用双手把车门打开,
现出了她那彩云也比不上的身段。

莲花仙女对巴拉戏的国王叫了三声:
"想要千瓣莲花,你在下面好好等待。"

莲花仙女叫了三声后,
美丽的千瓣莲从她的嘴里掉下来。

千瓣莲花散着芳香,彩云缭绕,
莲花的芳香传播到巴拉戏所有的
地方。

千瓣莲花像沾在彩云上,
它的光彩像太阳的光辐射四方。

挨近莲花的云彩也染上了它的浓香,
连其他国土的地方都香遍了。

山林中所有的鲜花也完全变香了,
一股股的香气凝结在山中变成了
鲜花。

国王看到那喷着郁香的莲花,

高兴得伸出双手要想捧住它。

千瓣莲花掉在国王的头上,
他跌下象背摔在地下。

国王被千瓣莲花杀死了,
因为他从前压迫过共麻拉。

佛祖讲的这个故事啊,
劝告世间人哪个也不要学巴拉戏
昏王。

他强迫阿暖到深山找千瓣莲花,
共麻拉困在深山受尽了灾难。

国王害人反而害了他,
他从象背上跌下来死在荒草里。

国王当了一世的昏王,
落得了个跌死的下场。

他的正宫和彩女听到了国王被杀
死了,
她们跑来哭的哭,叫的叫,
她们愁苦极了。

所有的大臣和军师集在宫殿商议,

把国王的尸首好好埋藏。

共麻拉和三个仙女在云端上,
他们坐在金殿里多么的高兴啊。

共麻拉和妻子爱巴拉戏国的百姓,
同情他们的苦痛。

国王已经死去了,
连同他的后宫娘娘,
阿暖想要让百姓依靠他。

他把仙丹化成水放在白螺蛳里面,
共麻拉把仙水洒在巴拉戏的城上。

他要让巴拉戏的百姓个个身体健康,
让他们个个活泼,永无忧愁。

巴拉戏城一片混乱,
因为他们没有了国王,
国王的大臣、宰相和百姓在商量。

"我们的国王不好,他已经死了,
没有人来继位呀,我们要想办法啊!

"要找一个人来当巴拉戏的国王,
我们捧着鲜花去要求共麻拉做国王。"

他们跪在地上望着共麻拉喊叫：
"国王死了，请你来管治这地方，
我们老百姓要依靠你生活呀。"
他们苦苦要求着共麻拉。

阿暖听到了大臣们的要求，
对着他们讲：
"我怕不能做你们的国王。

"我不是真正的天子，
只是一个寡妇的穷儿子。

"以前我几乎被国王处死了，
我和我妈妈只能住在树叶盖成的
破屋子里。

"国王派我去找千瓣莲花，
越山过水到深山，受尽了苦楚。

"我到拃的地方找到了两个仙女，
在云山又得到了莲花女。

"他们的父母允许我们成夫妻，
现在才得回来见你们。

"国王不能享受千瓣莲花，
所以他这个昏君才死了。"

众大臣知道穷苦的共麻拉和他的
妈妈，
因为国王欺负他们，弄得自己也死了。

大臣和百姓苦苦地求着他，
要求共麻拉洒下仙水来救他们。

共麻拉听了大臣和百姓的再三要求，
他接受了他们的恳求做巴拉戏国王。

他领着三个仙女下了云头，
他走进城子里要去做国王。

国王的金殿十分豪华，
到处闪着金花，
欢迎的乐队领着他进了一道又一
道的金殿。

所有的大臣都来迎接他，
共麻拉做了国王，
三个仙女也成了娘娘。

共麻拉做国王，百姓很喜欢，
大家祝贺他的天下万万年。

金殿里的宫娥彩女热闹得像在天
宫一样，

共麻拉对待百姓像一家。

阿暖做了国王,
巴拉戏国的人民生活好过了。

共麻拉的贤名传到了远方,
各个地方的人民都在夸奖他。

各处的人民都用马、象、金银来
进贡给他,
过去国王关着受苦的千千万万的
犯人,
他一个个地全都放了他们。

不论国王、大臣和人民,
共麻拉给大家得到自由和平等。

阿暖当了国王,得了天下,
没有忘记妈妈,
他领着妻子、大臣去到他原先的家。

共麻拉的妈妈看到了新生儿子回
来了,
她伤心得晕死去了,
眼泪流满了地下。

她醒过来哭着说:

"年轻的儿啊,
我以为你到深山去死了。

"我天天哭着你,
以为你已经做了拃的饮食了。

"万万想不到你妈妈还会和儿见面,
母子的见面就像在睡梦中一样。

"儿啊,你到深山老箐去,
碰到些什么困难?
你离开妈妈后找不找到千瓣莲花?"

"妈妈天天挂念你,
想见你的面也不能够,
现在团聚在一起,
我的心喜欢得像雨露淋在花枝上。"

她看到了三个年轻的儿媳,
心中更加喜欢:
"你摆脱了千千万万的困难,
终于回来了。"

共麻拉用车子把妈妈迎到金殿来,
一家人的欢聚,
这是多么高兴的事呀!

共麻拉一家人的苦难日子结束了，
佛祖要来把他们引到极乐世界去。

共麻拉能够和三个仙女在一起，
是因为他为人正直，做了很多好事。

他原来是一个穷人的儿子，
他的心肠很好，
要去拜佛祖，做功德。

他的三个妻子很喜欢，
同意他去找佛祖，
他们夫妻一路上做好事，行功德。

他妻子告诉他不要焦心，
没有棉花做灯芯拜佛，

她们自己用线去织来，
只要你找人盖好三座奘房。

她们四人同是好心肠，
齐齐到奘房里打扫收拾拜佛。

他们到奘上向佛祖做祷告，
年轻的阿暖也跪在地下祈祷。

请求佛祖保佑他们永无灾难，
他们永生永世做个好人。

共麻拉和他的妻子祷告完毕，
回金殿去了，
阿暖的故事像鲜花，
永远开在人心间。

文本二

翻译者：刀秀庭
流传地区：云南省德宏傣族景颇族自治州
材料来源：抄自经书

听吧！乡亲们！
嘹亮的歌声，

像浩瀚无边的海洋，
辽阔宽广的勐巴拉纳西地方，

有六十约①宽广，
雄伟美丽的城子，
有十二约大，
密密麻麻的房子一个紧接一个，
铺遍了整个勐的坝子。

密集的人民像头发一样多，
谁也数不清，
繁荣富强的勐巴纳西，
有成千上万的牛、马和大象，
有源源不断的车轮，
有各种各样香甜的果子和蔬菜，
有各色各样的绫罗绸缎，
有成堆的金、银、铜、铁、锡，
闪闪泛着耀眼的金光，
有玲珑漂亮的六角楼房，
五颜六色的玻璃窗，
透明光亮，
房檐上绘着无数朵金花、银花，
增添了美丽和壮观。

有一个国王名叫颇麻达打拉，
国内有六万个美丽的姑娘，
国王跟王后朝夕相依，

王后长得像个美丽的仙女，
脸上常堆满甜蜜的微笑，
发髻结得像一束金花，
眼睛像倒映在湖水里的星星，
肤色光润白嫩，
像芭蕉的树心，
腰肢是多么的柔软纤细，
像一片初舒的柳叶，
王后真是美丽动人，
像池塘里迎风开放的莲花。
蝴蝶儿见了会停止飞翔，
月儿见了会羞着躲进云层，
糯鸡叫花儿喷散出馨香，
美丽的王后常跟姑娘们玩耍。

国王身旁护拥着许多能臣武将，
全国有六万个头人，
兵士像白蚂蚁在路上走行，
车辆、大象、马有十多万，
奔驰喧响的声音响入云层。

商店一间紧接一间，
来往的人群你碰我撞，
街子上闹闹嚷嚷，

---

① 约即约扎那，有大小约之别，小约为丢一豆可见处；大约为一眼可见，或马从早跑到晚的路途。

一条条小巷互相交叉，
矗立排列着高大楼房，
墙壁刷得雪白光亮，
绘上各种图样鲜花，
各村各房都漂漂亮亮，
看得头昏眼花迷失方向。

姑娘们穿着美丽的衣裳，
清脆的声音像歌乐多歌唱，
个个笑脸盈盈坐在车子上，
勐巴拉纳西地方，
真像天堂一样。
国王用金子熔铸成一头大象，
高大得像椰子树一样，
象背安上一个"昏"，
坐在里头可以指挥检阅士兵。

我要讲讲召①罕勒他那身世，
他从娘肚皮里生下地，
父母亲请摩古拉来算命。
头一个名字叫新哈，
第二个名字叫苏白儿舒和的嘎，
一般人都叫他召罕勒宰牙拉，

摩古拉为孩子祝颂，
他将征服占有许多地方，
敌人见了都会投降，
威力高过一切人，
他的身上有佛庇护。

他长到了三岁年头，
死去了亲爱的父亲，
剩下母子二人孤单凄清，
生活困难没有一个人帮助，
早晚没有米下锅，
只有变卖田地、房子，
牛马牲口、菜园全卖光，
抚养召罕勒长大。

召罕勒长到十二岁，
家里变得更穷困，
母子二人只有去讨饭吃，
母亲带他去锄草开荒地，
他看见两块光滑的大石头，
有如玻璃透明反光，
照得见影子，
是神仙送来的，

---

① 召：一种尊称。（召，傣语，意为"头人""领主"，通常指历史上的"召片领"，也即"广大土地的领主"。"召片领"在傣族傣泐支系文化中既可以指古代国王，也指元明清时期的宣慰使。——编者注）

石头团团像两个藤果,
又像巧妙的"曼领"①,
六个大个子才抬得起。

召罕勒轻轻地就提在手里,
像小孩玩耍"曼领"一样轻巧,
母亲怕打坏孩子的身体,
赶忙向召罕勒劝告:
"可爱的孩子呀!
快快放下石头,
会打断你的脚杆。"
召罕勒说:
"母亲呀,
请你别为我担心,
两块石头我能轻轻拿起,
不费一点力气,
就是打着我的手脚,
一点也不要紧。"

母子二人才回到家里,
倒在床上迷迷入睡,
第二天天亮了,
召罕勒跟小伙子玩"马格属哈蒙"②,
互相掷打定下输赢,

大家被他打败,
包饭包菜包了一堆,
召罕勒带回家里,
母子二人拿来充饥,
以后天天去掷打,
小伙子们心头害怕,
便不跟他打赌玩耍,
召罕勒只好转回家里,
身上没得一点东西,
满脸笼罩愁云。

母亲仔细盘问,
召罕勒讲了原因,
母亲劝慰他说:
"明天你不用去了,
把地里两块石头搬回家里,
会有很多的人跑来看,
像天上密密麻麻的星星一样多,
人们会像亲戚朋友一样,
送来很多吃、穿的东西。"

母亲便领着儿子来到地里,
挖好了地,把草锄干净,
召罕勒轻轻地拿起两块大石头,

---

① 曼领:傣族的玩具。
② 马格属哈蒙:玩具。

像拿起两个菠萝一样轻,
母子双双回到家里。
两块石头光泽润丽,
圆溜溜的像一副簸箕。

召罕勒玩得得心应手,
拿着一块石头,
向准心打出去,
爆发出炸雷一样轰轰的声音,
闪闪迸出万点火星,
震得土地颤抖。
召罕勒吃了一惊,
他还是来回掷打,
比身体还大的宝石,
谁不跑来看望?
像赶大摆①一样热闹,
越看越好看。
送来了裤子、衣服和布匹,
送来了果子、油、盐、米,
母子变得丰衣足食,
过得无忧无虑,
打发走了穷困。

国王召巴拉纳西,

静坐在龙床上,
沉沉进入梦乡。
梦见天边飘来一位神仙,
手里拿着一朵千瓣莲花,
千瓣莲花射出千种霞光,
闪闪发光像金子一样。
清香香遍了每一个地方,
神仙双手送给国王,
国王正拿在手中细细观赏,
马上就苏醒转来。

国王心头猜疑:
"嘿!梦中手里玩着千瓣莲花,
苏醒后怎么不捏在手?
千瓣莲花飞到哪个方向?
千瓣莲花生长在什么地方?
千瓣莲花有千种颜色,
馨香已沁醉我的心,
美丽的莲花已印进心里,
我一辈子实在难忘。"

国王匆忙沐浴,
换上了新的衣裳,
命令手下的西拿②,

---

① 摆:是傣族庆祝中最热闹的一种语词。(摆:傣语,意为"大型公共集会、聚会",通常用来表示节庆、庙会、市集一类的公共活动。——编者注)
② 西拿:头人。

马上出发去寻找千瓣莲花。
西拿找遍了十六个勐的地方,
找尽了每一片大森林,
不见千瓣莲花的一点踪影,
只好转回王宫回禀。

国王一点也不心甘,
传命侍臣敲起大鼓,
召集大臣们前来听命,
许多大臣云集宫廷,
跪拜国王静听命令,
国王说了梦情:
"我梦见一位仙人,
送给一朵千瓣莲花,
有千种颜色,
气味幽香,
不管生在什么地方,
不管生在什么国家,
都要把莲花找到,
谁找到了千瓣莲花,
分一半国土给他。"

西拿们分批找遍了每一个地方,
莲花的影儿无法看到,
只好回禀国王。
国王选择吉日良辰,
选了壮健英勇的三万士兵,

还有大象和马匹,
象牙高翘起,
浩浩荡荡出发寻找。

国王乘的大象,
高高打着金伞遮在国王头上。
远远望见一群人围成一堆,
队伍来到召罕勒玩石头的地方,
一块石头失手飞打在大象脚上,
象脚打得稀烂,骨头粉碎。
大象疼痛难忍,
直吼叫得地动山摇,
怒气填满国王的胸膛。
西拿和士兵拔出长刀,
闪耀着阴森的寒光。

国王传下命令,
快把这小子捆绑,
凶恶的士兵像一群吃人的虎狼,
推倒召罕勒在地上,
把召罕勒推到地上,
遍地拖来拖去。

召罕勒合手跪拜国王:
"请求国王赦免我的死罪,
我是穷苦人家的孩子,
三岁便死去了父亲,

只剩下我和母亲,
我们的生活穷苦凄凉,
靠讨饭养活生命,
求求你,
发慈悲的善心,
给穷苦的孤儿留下一条生命。"

国王火气未平,
再传令凶恶的士兵,
把召罕勒手脚紧捆,
捆得像个十字形。
召罕勒的母亲踉跄跑来,
抓住了儿子的双手,
哭得遍地打滚,
地面滚起了几个深坑,
扬起了阵阵惨黄的灰尘。

母亲苦苦向国王求情:
"请求留下儿子的生命。"
国王高坐象背上讲:
"我出来寻找千瓣莲花,
千瓣莲花有千样颜色,
芬香香满每一个地方,
日日夜夜悬挂在心上,
你们找不到千瓣莲花,
你儿子活命休要妄想,
就是拿一万两金子来赎命,

我也决不能饶放,
你们要好好想想。"

母子二人像一块东西哽住喉咙,
像一座大山倒塌压在身上,
母亲又禀奏国王:
"千瓣莲花生长在什么地方?
请求国王指引方向。"
国王说:
"千瓣莲花在池塘里开放,
生长在渺茫的地方,
你们赶快去寻找,
找不到千瓣莲花决不原谅。"

召罕勒怕母亲焦急悲伤,
怕母亲为他丧命,
只好忍气吞声回禀国王:
"只要地上有千瓣莲花,
不管是望不见的大森林,
不管是崇山峻岭,
我都要去寻找到。"
国王准许他的保证,
命令兵士松开他的绑绳,
召罕勒就要告别亲爱的母亲,
痛哭流涕,遍地打滚。

"再见吧!

亲爱的母亲,
从娘肚皮把孩子生下地,
现在却不能报答母亲的恩情,
亲爱的母亲,
我真舍不得离开你呀,
母子就要分开了,
就像生离死别,
我死也要死在远方,
免得母亲望见哭泣悲伤,
我长眠在遥远的森林,
会减轻母亲的悲伤,
如果死,不是命中注定,
以后母子还能见面相逢,
再见吧!
慈祥的母亲,
别过分难过,
别过分悲伤,
悲伤难过会损坏母亲的安康。
愿亲爱的母亲活一万年,
永远长春活在世上,
母亲在家要安心生产,
在宽阔肥沃的土地上,
要多多种上谷子、地瓜、葱蒜和芭蕉,
要多多种上玉米、芋头、香蕉跟茴香。
亲爱的母亲!

你自种自吃这些东西吧。
再见吧!
亲爱的母亲,
我要到遥远的地方,
只留下母亲孤单单地看守楼。
母亲呀!
请你别多牵挂你的孩子,
可怜的孤儿要去找千瓣莲花去了。"

母亲对可怜的孩子说道:
"产生这样悲惨的遭遇,
是因为有人像大山一样紧紧压起,
可怜的孩子啊!
你从母亲怀里生下地,
三岁就死了父亲,
母子二人孤苦伶仃,
母亲背你、抱你、喂你,
讨饭吃把孩子抚养成人,
到了十二岁年纪,
盼望你能帮助母亲,
可是今天你又跟母亲离分,
你就要奔走远方。
深山老林里有狰狞的妖魔鬼怪,
深山老林里有凶恶的野兽成群,
深山老林里会饿坏孩子的肚皮,
孩子你怎么能去呢?
但是不去呀,又不行,

叫母亲的心怎么安宁?
不过,孩子啊!
不管你走到什么地方,
你要战胜一切妖魔鬼怪,
你定要打败一切凶恶的兽群,
愿灾难别缠绕你的身体,
愿疾病别在你身上降临,
能有福气找到千瓣莲花,
孩子快要回转家门,
世界上最珍贵的是黄金,
黄金也没有你宝贵。"

召罕勒流泪跪拜母亲,
母亲抬只脚搭在他的头顶,
人们站在旁边,
召罕勒启程离别了亲爱的母亲,
国王也回转了宫廷。

英俊的召罕勒啊,
离别了亲爱的母亲,
离别了可爱的家乡,
晴空里的云彩四合,
天气变得阴晦惨黄,
翠绿的山坡也黯淡无光,
一个人受着孤单的清冷,
拖着沉重的脚步慢慢前进,
回头不断遥望美丽的家乡。

大地一片空旷凄凉,
残阳渐渐沉没山坡,
黑暗潜入森林,
哪里天黑就在哪里睡。
天天不断地走呀!走呀!
越过了无数的崇山峻岭,
钻进了莽莽的大森林,
飘来风吹树叶的沙沙声,
送来悲哀的鸟语,
传来低低的虫吟。
黄昏时分的森林多么怆凄,
召罕勒触景生情,
回想起亲爱的母亲,
呜呜低声哭泣。

过去常跟母亲吃睡在一起,
现在一人孤眠森林,
脸上笼罩层层愁云,
饿时用芋头、白薯、野果充饥,
找不到食物空饿肚皮,
痛苦地穿过了森林。
看见边远的国境,
一个房子毗连一个房子,
走了十天的时间,
走到了勐麻戛塔拿国家,
又走了三天才到城子中央,
登上亭子休息歇凉,

许多人前来看望。
"年轻的伙子,
你来自什么地方?
你从什么地方来?
叫什么名字?
你不像生长在这里的人样,
请你到我们房里休息,
请问你还要到什么地方?"

召罕勒回答说:
"感谢你们的一片好心,
像糯地花儿一样清香,
飘进了我的心房,
像麝香一样,
我遥远可爱的家乡,
是那宽广的勐巴纳西地方,
来到你们国家拜访,
是寻找那池塘开放的金莲花,
金莲花有一千瓣,
千瓣莲花有千种颜色,
芬香香遍每个地方,
请你们告诉我,
这朵千瓣莲花在什么地方开放?"

大家告诉他:
"我们从小就没有听说过,
在池塘里开过这样的莲花,

别的地方也同样没听说,
在地上是找不到千瓣莲花,
你不要再到处乱跑,
妖魔鬼怪会把你吃吞掉,
年轻的小伙子呵,
你会死在森林,
还是回转家里去吧!
向国王好好求情,
在宽大的勐巴纳西国家,
一个西拿都没有吗?
单派你这样个年轻的小伙子来找?"

召罕勒回答说:
"感谢你们好心劝说,
千瓣莲花难得找到,
这里没有又去别的地方找,
不管是怎样边远的地方,
我一定也要去寻找。
找不到千瓣莲花,
就不能回到家乡,
因为这是国王的命令,
我不得不服从,
这里是通向什么地方?
请你们告诉我。"

大家给他指明路程,
召罕勒记在心里,

有些人跑来看望，
带来被盖和吃的，
召罕勒吃完了晚饭。
第二天天才蒙蒙明，
召罕勒继续向前走，
走到城子街中央，
看见一堆一堆的姑娘，
个个生得清秀美丽，
戴着金金膀圈耳柱，
头发上还插着沙巴住鲜花，
比自己的眼珠还漂亮。

姑娘们围着争着问他：
"你家住在哪里？
是属哪一个民族？
长得这样漂亮迷人，
请你坐下歇气，
让我们看个饱，
你像一朵雕香师哈很花儿，
味儿扑鼻清香，
我们要把花儿插在发结上。"

像椰子树一样的召罕勒回答：
"感谢姑娘们的真心相爱，
我能看到这里美丽的姑娘，
生得像天上的仙女，
脸蛋上笑眯眯的，

使我爱得像一个疯子。
美丽的姑娘们，
请你们再上前几步，
我仔细瞧瞧，
我从边远的地方来，
长得又丑又笨，
讨人怨烦，
生得不像姑娘们漂亮，
我如果说出爱你们的话，
会把你们吓得后退惊叫，
还是再见吧，
漂亮黑油油的头发，
我是顺便路过这里。"

召罕勒离别了一堆姑娘，
往前穿过街心，
一座座漂亮的楼房，
矗立在街子两旁，
召罕勒无心观看，
穿过了厚厚的城墙，
走过了平坦无边的田坝子，
一个人钻过森林，
到了宽广的勐月哈短地方，
按照来客的礼节，
他先拜访了西拿（头人），
西拿住在高大的楼房。
"年轻的小伙子，

你从什么地方来？
是哪个勐的？
为什么来到这里？
还要到什么地方？
请你告诉我，
或许我能帮一点忙。"

"感谢你的好意，
像芳香的粘哈蒙花，
跟麝香一样清香，
家住在勐巴纳西地方，
国王命我寻找千瓣莲花，
千瓣莲花放射千种霞光，
千瓣莲花香遍每个地方，
来到你们宽广的国土，
请你多多帮忙，
千瓣莲花生长在什么地方？
请你告诉我吧！"

西拿带笑回答：
"你来自遥远的地方，
说话这样有情有礼，
我要引你到议事庭，
一块商量出出主意。"
议事庭里聚集许多西拿，
大家正在开会，
西拿引召罕勒禀奏国王，

国王怜悯召罕勒：
"可爱的年轻小伙子啊，
这里找不到千瓣莲花，
你还是到别的地方，
如果你有福或许可能找到。"

召罕勒告别国王，
回到西拿家里住了一夜，
第二天天刚微明，
召罕勒继续前进，
经过了城子，
钻进了高大挺秀的椰子林。
不远望见一群姑娘，
姑娘却先招呼了一声，
因为昨天已经见过面，
不见面的也不觉陌生。
因为召罕勒待人和气有礼，
到了前面的一个勐。

人们知道他到了，
是寻找千瓣莲花，
个个都争着告诉他：
这里没有千瓣莲花。
说话像长流不息的江水，
因为他的生命，
个个都很关心。
遇见赶街子的姑娘，

美丽的召罕勒，
打动了姑娘的心房，
个个的指头都指向他。
"呃！快来看。"
姑娘们跑来招呼。

"漂亮的小伙子哟，
请给我们看看美丽的仪表。
看见你叫我们的心跳动，
像一只受惊的金鹿，
请你到我们家里去串串，
喝一口清凉的水，
吃一口香甜的槟榔，
你走过了许多地方，
你钻遍了无数的森林，
你悲惨的遭遇，
引起我们的同情。"

召罕勒连声称好：
"哈短地方的美丽的姑娘，
感谢你们善良的心肠，
我不多麻烦打搅，
我长得并不漂亮，
值不得姑娘们的夸奖，
美丽的雕香师窝黑扎芒花儿，
我早已饱饱地看了，
我能夺得姑娘们的心爱，

是件幸福的事情，
我身上的一切苦难，
都会因此得到驱散。"

姑娘们接着又说：
"秀丽的小伙子啊，
粘巴花儿芬香扑鼻，
请分点给我们闻闻，
你虽然经历了好多地方，
我却要跟随你，
我愿意替你背桶包，背行装，
手牵手双双钻进森林，
我们两个能在一块过活，
那将是多么愉快高兴。"

召罕勒说：
"我们两个真心相爱，
多大的苦难都会消散，
如果我找到千瓣莲花，
我一定要回来相会，
还是再见吧，
哈短地方的美丽姑娘，
我爱你像盛开的鲜花。"

召罕勒只好离开了哈短，
走了一天又一天，
走了一个地方又一个地方，

穿过了一片森林又一片森林，
才走到哈逮地方，
哈逮充满光亮，
耸立着一幢幢的六角楼房，
彩旗迎风飘扬，
他停了停四处张望，
心头喜气洋洋，
依照礼节，
召罕勒先拜会西拿，
西拿引见了国王，
禀告国王是来找千瓣莲花，
千瓣莲花放射千种霞光，
气味馥郁芳香，
请求国王派人寻找。

国王派遣了士兵，
遍地寻找千瓣莲花，
找不到千瓣莲花的一片叶子，
国王只好转告召罕勒，
他返回西拿家里，
睡了一夜。

第二天天刚蒙蒙亮，
又继续前往，
通过了城子，
来到了老象饲养坊，
一堆堆年轻美丽的姑娘，

看到召罕勒来到，
一个个交头接耳，
惊喜地互相拍手掌。
"喂，你快来瞧，
他是多么美丽漂亮，
全勐有千万个漂亮的小伙子，
可是，谁也比不上他漂亮。"

粘巴花儿在遥远的地方开放，
风儿却传送来清香，
姑娘们一拥而上，
像蜂子朝王一样。
"亲爱的小伙子呵，
你像一朵戛根花儿，
请送我们几朵，
佩戴在耳柱、鬓角和发髻上，
我们将时时闻到芳香。"

召罕勒回答哈逮地方的姑娘：
"听吧！你们幸福地长在土地上，
粘点花儿开在遥远的地方，
听吧！美丽的哈逮姑娘，
嫩黄的花瓣虽然秀丽，
枯萎了就不会散发清香；
粘竜花儿虽然洁白可爱，
可惜又没有香味；
戛根花儿虽然美丽，

可是有尖刺刺又无香味,
全不配戴在姑娘们身上。
唉！真可惜,
我要是有福气,
能找到南街蒜根花儿,
插在我的头上,
走到哪里香遍哪里。"

姑娘们有时低言细语,
有时爆发出哈哈的笑声,
声音优美清脆,
像一个马铃铛,
像椰子树一样挺秀的召罕勒,
打动了姑娘们的心,
个个都想去拥抱他,
不过召罕勒还是离别了她们。

他又经过了城子,
走遍了宽宽的椰子林,
两只手前后来回甩动,
钻过了翠绿茂密的森林,
花去了一个多月的日子,
走到了宽大的勐亚干塔国家,
房子稠稠密密挤在一堆,
周围有好几里宽,
走了七天才走到国王居住的地方。

会见了哈整呀西拿（大头人）,
把找千瓣莲花的事情,
又重讲了一遍,
西拿领他禀奏国王,
国王派人到处寻找,
找遍了所有的森林,
找尽了所有的水塘,
连影子都看不见,
国王只好转告召罕勒,
召罕勒回到西拿家里,
睡了一夜。

第二天天亮,
朝着东北方向走去,
进了城墙,来到街子,
男女老少正在赶街。
姑娘们美丽如天上的仙女,
肤色洁白细嫩像椰子壳里的嫩肉,
穿着黑亮黑亮的衣裳,
绣上金亮的花边。
戴着金手镯、金耳柱,
头上插着金簪子,
纤细的腰身系上金带、银带,
姿态轻盈婀娜。
绸缎的筒裙上朵朵金花,
一群一群坐在木车上。

"秀丽的夯黑帅拢风雕替花儿,
你生长在什么地方?
是不是一位王子?
你的面貌举止,
不像一个普通平民,
是不是从天上降下来的?
长得这样的清秀,
是哪一位国王的子孙?
从前为什么不降生到这里?
请你安心留下来吧,
我们同住在一个房子,
天天可以看见你。"

召罕勒回答:
"你们说得真甜,
像粘巴花儿般的芳香,
嗅得我昏醉,
旅居在勐牙把拿地方,
曾经过了许多地方,
才到了勐干塔,
心头快快乐乐。
熟悉爱上了这个地方,
真舍不得离开。
我真有福气,
能跟美丽的姑娘相会,
留恋着勐干塔。
可是我是个远方流浪的穷苦人,
不合你们的心意。
美丽的姑娘,
像珍贵的宝石,
比千万两金子还宝贵,
温暖的太阳光照射在姑娘身上,
影儿倒映在地上摇摇晃晃,
看见了美丽的影子,
浑身变得昏昏迷迷,
像要昏倒在地一样。
可惜我要找千瓣莲花,
要不我就要永远跟随你去,
还是再见吧!
漂亮的香爬蒜逮享榨鲜花,
要离开你们了,
请姑娘们不要埋怨生气。"

姑娘们送了他许多礼品,
他才离开了城子。
赶了廿天路程,
路上行人来来往往,
穿过了莽莽的森林,
到了宽大的勐戛西地方。
走了七天才到城子,
他住在西拿家里,
拜问千瓣莲花。
"千瓣莲花有千种光芒,
香透每一个地方,

千瓣莲花生长在什么地方？
请你告诉我。"

西拿引他禀奏国王，
把找千瓣莲花的事情重讲，
国王派遣许多人去寻找，
找过了四面八方，
还是找不到千瓣莲花，
国王转告召罕勒，
他回到西拿家里休息。
睡了一晚上，
第二天天亮，
告别了西拿，
走过闪闪发亮的城子，
走过宽宽的街子，
赶街的人群、牛车、马车，
卖的东西摆得满满的，
数也数不清。

召罕勒高高兴兴，
街子上挤得路都难走通，
姑娘们也来赶街，
笑眯眯地想见召罕勒，
眼睛盯着，追着，
叫着"达！达！达！"的声音，
摇晃上身，
挤到他的身边。

"啊！美丽的小伙子，
你从远方来吗？
我遇见了多少美丽的小伙子，
一个也比不上你，
请你张一张口，
给我们说点话吧！
请到我家里歇歇气，
尝尝家里的槟榔。"

召罕勒回答说：
"感谢年轻美丽的姑娘，
你们有蜂蜜般的心肠，
我浑身又臭又脏，
怕弄脏了姑娘的楼房，
一路上走了很久很久，
长得一点不漂亮，
不好到姑娘家里，
吃姑娘的槟榔，
怕姑娘不高兴。
再见吧！
夏西地方的姑娘，
要离开这里了。"

召罕勒又走了好几里路程，
山坳里飘来花香，
心头苦闷惆怅，
真想痛哭一场，

钻进森林里。
走了一个多月，
到了勐粘巴地方，
拜见了西拿，
找寻千瓣莲花，
西拿引见了国王，
国王派人到处寻找，
千瓣莲花仍然不见。

国王转告召罕勒，
他告别了国王，
回到了西拿家里，
吃了晚饭。
第二天天刚亮，
走到了街子上，
挤满了许多人，
来来往往在买卖，
堆满了各种各样的东西。
他的心头高高兴兴，
人群中夹着许多姑娘，
腰身细细的，
项上挂着金链子，
还戴着金耳柱、金手镯、金簪子，
说话柔软香甜。

有的姑娘问他：
"年轻的小伙子啊！

你是哪个坝的儿子？
请你留在这里，
跟粘巴花般的姑娘玩，
会打消你的一切困难，
戛根花儿最馨香，
请你分点香味闻闻，
请你抱我的脖子，
双手紧紧地抱着我睡在一起。"

召罕勒说：
"感谢勐粘巴花般的姑娘，
讲话的声音真动听。
像风儿吹摆椰子树叶，
我从边远的地方来，
能看见这样美丽的姑娘，
能有福气跟你们做伴，
就是交出我的性命，
我也愿意。
可是我长得不漂亮，
姑娘们又像高挂在天空的星星，
我的手杆又短是永远接不上，
再见吧！
像莲花藤一样的姑娘，
我要离开姑娘了，
你以后跟小伙子谈情，
请不要把我忘记。"

召罕勒离开了勐粘巴，
走了一个多月，
到了勐紫打娃打，
进了城子，
立着许多美丽的楼房，
离这遥远的边境，
有个亭麻板地方，
他到了西拿家里，
禀述了千瓣莲花的事情，
西拿引他来到议事庭，
向国王跪禀：
"千瓣莲花有千道霞光，
气味香遍每一个地方，
奉了国王的命令，
我一人前来找寻。"
国王传下命令，
派遣许多西拿和人民，
找尽了所有的水塘和森林，
不见千瓣莲花的一点踪影。

国王只好转告召罕勒，
召罕勒只好告别国王，
回到西拿家里，
睡了一个晚上，
第二天天刚昏昏亮，
他又前往出发了，
走进了城子里，

来到大街上，
赶街的人群来来往往，
问召罕勒是哪里来的。
他向人们回答：
"我是由勐巴纳西地方来，
寻找千瓣莲花，
这里已经是边界，
再走已是无烟的地方，
只有走向亭莫板森林。"

人们向他善意劝告：
"年轻的小伙子哟！
那里有群群的凶恶野兽，
你如果去了呀！
将会葬身森林，
还是别去吧。"
个个替他担心忧虑，
因为怜惜他年轻的生命，
他好像没有从耳里听钻进心里，
姑娘们的许多忠告也白费力气。

召罕勒还是离开了城子，
走了十天路程，
走过了勐埃班达地方，
路过了山坳，
山上长着茂密修长的竹林，
他踩过大象、野猪的脚印，

孤单单走过莽莽森林。
树枝绊伤了脚,
荆棘划破了脸,
留下道道血痕。
他一边走一边怀念,
想起无依无靠的母亲,
想起了冷清清的家门,
倒睡在树荫底下,
低声咽咽哭泣。
鸟儿不再啭鸣,
蜂儿停止采蕊。

召罕勒走了三天路程,
走过了莽莽大森林,
边走边想边哭泣,
哪里天黑哪里睡。
来到亨莫板森林跟前,
坐在山坳里甜思,
大树的叶儿投下阴影,
树枝上倒挂一网一网的须藤,
一群群的鸟儿喳喳啼叫,
来往交叉穿破树荫,
老鹰在树林头上盘绕飞行,
正寻找吃的东西。
野鸡拍打着翅膀,
咯咯飞向天空啭鸣,
地上的草丛是青青的,

孔雀抹上一层阳光在那里开屏。

这是个吉庆的良辰,
这是幅美丽的画景,
暂时使召罕勒忘记苦难,
倒躺在山坳里昏昏入睡。
西边的太阳,
快沉在森林,
黄昏时分冷清清的,
亨莫板森林显得阴森清冷,
飘来阵阵的哀鸣,
萦回缭绕森林。
突然大象、老熊、犀牛一齐狂吼,
叫得山在摇动,
叫得地在战栗,
叫得森林沙沙响。
猛虎追赶吁吁惨叫的山羊,
毒蛇缠在树上,
咝咝咝伸缩舌头。

召罕勒头疼发昏,
掉下泪水无法前行,
他心头设想,
怕被野兽吃掉,
再见不到亲爱的母亲,
再见不到美丽的家乡,
盼望爬沙打和天王,

快来把他救出灾难。
叭因在天上看见他遇难,
从天上飘飘降落亨莫板森林,
变成了一个猎人。
找到了召罕勒问道:
"你还是一个嫩小伙子,
到这里有什么事情?
你原来住在哪里?
请你告诉我。"

召罕勒回答:
"谢谢你的恩情,
我是个穷苦老百姓,
住在勐巴纳西,
国王派我寻找千瓣莲花,
千瓣莲花放出千道霞光,
味道四处清香。
你如果看到千瓣莲花,
请告诉我吧,
你来自什么地方?
你是不是天上的叭因?
或是底叭因路过这里,
或是海中的龙王,
前来搭救我的灾难。"

叭因回答:
"我从边远地方来,

怜惜你一个人孤孤单单,
跑来跟你做伴,
森林里有老虎、大象、野牛、犀牛,
还有吃人的叭哑,
前面有这样多的灾难,
你怎么能够过去?
劝你还是回转家去,
好好向国王求情拜禀,
地上没有千瓣莲花,
就是飞上十六重天堂,
或钻进海里去求救龙王,
千瓣莲花照样找不到,
担心你会死在森林。"

召罕勒回答:
"谢谢你的好心劝告,
我寻找千瓣莲花,
这是国王的命令,
找不到千瓣莲花,
眼看生命就要完蛋,
死,也不愿死在家乡,
不如死在远方,
死在深山丛林,
像一阵轻轻的风儿无影无踪。"

叭因同情他不幸的遭遇,
送了一个怀桑宝贝。

宝贝盛着仙水,
仙水淋沐在身上,
他的皮肤变得光润白嫩。
仙水吃下肚里,
模样儿变得更英俊,
好比一个十六七岁的小伙子,
年纪变得更年轻,
头脑变得更聪明,
力气有如老虎和狮子,
胆量是一样毫不害怕。
怀桑宝贝是神力无边,
不管是千万个敌人,
不管是凶恶的野兽和吃人的叭哑,
不管是陆地或是海洋,
都不是宝贝的对手,
怀桑发出来的吼声,
能叫敌人心惊胆战,
胸膛像撕裂爆炸。

召罕勒接受了宝贝,
跪拜谢别了猎人,
猎人飞身飘上了天堂,
召罕勒身带怀桑宝贝,
全身倍增了无数勇气,
不怕野兽和妖魔鬼怪,
自由自在乱串森林。
风儿刮来低叫花儿的香味,

扑鼻清香心旷神怡,
一片片眼看不穿的森林,
高大挺直插入白云,
知鸟儿快乐地清唱啭鸣,
缅布虫儿呜呜地回旋飞行,
采食各种鲜花的香蕊,
马鹿、野兔、狮子、老象、犀牛、
老熊、山羊,
成群结队悠闲地东游西游,
有的在林荫下嚼吃青青的嫩草,
箐鸡拍打着翅膀穿过树荫,
孔雀在碧毯般的草地上开屏,
山坳坳里还有野牛和野猪游来游去。

这幅优美如画的图景,
他看得像个醉汉,
忘记了遥远的路程,
穿过了一片森林,
到了宽宽的勐披云,
房子一个毗连一个,
如树上结的木瓜密密层层。
外貌跟世间的人一模一样,
他却有千变万化的本领。
变成野兽或美女,
生吞活剥过往行人的身体。
他们发现了召罕勒,
黑压压地遍地跑来,

如一窝搬家的黑蚂蚁，
把召罕勒团团围住。

有的变成又长又大的猛虎，
长满条条黑黄的线纹，
眼睛眨起像碗大，
张起大口像血盆，
张牙舞爪声长啸，
震得树林掉下叶子，
震得大地像要裂缝。
有的变成吃人的飞鸟，
连天都遮得黑黑的，
有的变成老象甩动长长的大鼻子，
召罕勒全神注意，
心神安安稳稳，
知道是勐披云人变的，
要来吃他，
想到身上带的怀桑叫声"呀！宝贝"，
拿着高声吹叫，
响出咯咯咯的声音，
声音吓散了野兽和飞禽，
"叭"胸膛像破裂，
到处跑开躲藏起来，
听到他声音也误为宝贝的声音，
有的钻进森林，
有的滚下石岩。

召罕勒战胜了吃人的灾难，
离开这里，
走了三里路程，
到了勐麻戛打纳温地方。
森林里住着猴子，
海洋流过中间，
召两个猴王兄弟，
各管一边的猴儿，
小猴王贪心好淫，
想戏弄王嫂。
大猴王外出森林，
小猴王骗了嫂，
背着王嫂游过海洋，
召罕勒刚好来到，
他望见两只猴子扒在一起，
他想这样深的海洋，
两只猴子为什么要游过去，
稍稍止步停息。

大猴王回到家里，
不见了可爱的妻子，
问守卫的老猴子，
老猴子告诉猴王，
大白王猴心头发火，
赶到海洋里也找不到，
心想不通哭泣起来，
大白王猴扒上哥豆孩含树顶，

向四面看望。
傍晚时候，
召罕勒才到哥豆孩含树下，
走路困倦，
睡在大树脚下面，
大王猴正在树顶，
怀念亲爱的妻子，
流了许多泪水，
掉在召罕勒身上。
以为是天上的雨水，
睁眼看望树顶，
月色蒙蒙，
蹲着一个猴影，
他大叫一声：

"死猴子，
为什么要洒下泪水，
浸湿了我的行装和衣服？
你对我有什么仇恨，
对我这样的无礼？
我是位吃虾他拉（高贵的人），
到森林里游玩，
天底下的人们，
一个也不惧怕，
你明天一定要死亡，
猴王赶快梭①下树来，
双手跪拜苦苦请求。

（未完，缺下部分。）

文本三

翻译者：刀秀庭

释迦牟尼到了成佛的时候，
他的道德香到世界最高最高的地方。
他在宝光闪闪的奘房里，
他的智慧喷出六彩颜色（黄、紫红、白、绿、蓝、水红），
这些颜色拼在一起生出一股像彩虹一样的光。
福分高的佛主坐在众菩萨当中，
像个月亮出在群星当中一样的亮，
众菩萨、众比丘像群星围绕着月亮。
那时群男群女挤满了讲经会场，
个个都认真地听佛主讲经。

---

① 梭：云南汉语方言，意为"滑"。——编者注

远近地方都来，甚至国王也来，
他们都来捐功德和听经。

那时，有一个很穷的男孩子，
他在路上逛上逛下的，
一直逛到国王所骑的大象面前。
众官和国王看见了他，齐开口说：
"混账东西，你为什么不躲避，
不懂国王的威武？
大胆地挡住路轻视我们。"
国王说："我是全国的主人，
你还大胆地来挡我的路。
众官和人民都对我尊敬，向我磕头，
你怎么敢挡住我的去路？"
听见国王大声地喊，
众臣也跟着大骂：
"你这种穷苦的下流人，
犯了国王的规矩，已经祸至死地。"
说罢，拿起鞭子就打，
两个三个的恶狠狠地争着打，
直打得皮开、肉绽、血流。

那穷孩子痛苦极了，大声地哭叫，
他的哭声传到佛主讲经的地方。
那时，佛主的佛眼明朗地看见了，
佛主露出微笑的面容来，
众弟子、众菩萨看见了佛主的神态，

坐在右位的弟子沙里补达拉垂首下拜，
在神、人大摆当中拜了后道：
"有德行的，众神崇敬的，表里如一的我们的佛呀！
人和神都依靠着您。
现在，金心里面有什么奇特的事，
使您的面容豁然开朗？
还是有什么兆头，
使您面带笑容？
您这样使我们众弟子的心上都结了疙瘩，
我才拜伏于地，请佛主像清水一样把我们心上的污气洗掉，
给我们神、人和众比丘、众菩萨永远记在心里吧。"
大弟子沙里补达拉这样向佛主请求。

那时，福大的"三藐三菩提"将要讲故事给众人听。
他坐在高高的金蒲团上，
很庄重地将要开始说了。
他拿起扇子，遮在胸前，
闪出滔滔的绿色的光，
他那令人喜欢的声音像神仙的口弦一样很甜很甜。
他说：

"在座的众弟子和沙里补达拉、摸嘎拉、阿楠大,
你们大家共同坐在焚房里不离开我,
谁也希望听洁净的经,
我将要说了,你们记吧。
还有嘎沙耙、莫格楞众菩萨不离我的左右,
你们一齐向我恳求,
我要把你们请求的说给你们,
你们等待着听我将要说的经典里面的故事吧。"

众神、人用我说的经典来洗心好了,
现在,当今的国王他要来拜我,
他率领了大臣和军队向我的焚房来了,
来时碰到一个穷苦的男孩,
他们把那个穷人打得皮开肉绽,
这是不合理的,
是不讲道理的行为,
将来总要有报应。
他们做王做官的人歧视穷人是不合理的,
做人民的主,要热爱人民,
要怜悯穿着烂衣裳的穷人。
见到穷苦的人应该马上拿东西给他,
叫作"灭大";

见穷苦人要用纯净的心热爱他们,
特别保护他们使他们脱离贫困,
这个是所谓"莫敌大"。
我看见了这个国王的做法,
恐怕会有不好的后果,
所以我才露出笑容,被你们看见,
这穷孩子像我过去的前身,
困苦到极点了,
但最后会好起来,这是行善的结果。

佛主这样说了几句开头话,
又停住口了。
那时,大弟子沙里补达拉见佛主不往下讲,
想让大家听佛主过去的故事,
又继续请佛主讲下去,
那时,听经的大众把花撒向佛主,
佛主又重新用很甜的声音对听众讲道:
我的大弟子沙里补达拉、众菩萨和听众呀,
我前身的故事是这样的:
在很早很早以前,
有个巴腊拉西国家,
城墙修得很厚很美,
上面涂着洁白的石灰,
从远处望去像白云一样,

四四方方地围绕着王宫。
当时的国王叫便骂达，
皇后叫阿嘎么细，
他们统领着全巴腊拉昔。
文武官员和宫娥彩女成千上万，
日日月月都在国王的周围。
观天象的先生和大臣们，
每天都上殿朝参，商议国事。

那时阿陇正在修积善果，
有时生活好过，有时却很穷苦。
恰巧就生在巴腊拉西城里很苦的
人家，
日日母亲背着阿陇在城里到处讨饭。
父亲死得很早，
母亲日日夜夜受着很大的苦难。
有一天，母亲看阿陇年纪还小，
怕将来穷困无前途，
就开口对阿陇说：
"妈的幼小的独儿呀，
你父亲抛下我俩死去，
如果你父亲活着，
我俩不会苦成这样。
如果没有你这个独生的儿子，
我也跟着你父亲死去了。
我们母子整年受着苦楚，
只因为前世我们没有功德。

我想到这一点，心里很痛苦，
眼泪不断地掉下来。
只是可怜你不像人家有爹的，
妈要把你领到山林里用锄头挖地，
栽种些谷子、豆、葫芦、瓜果和
苏子，
这些东西成熟，
我们母子就用来养活自己。
你必须跟着我去，
不要恋在贫困的家里玩耍。
妈的宝贝呀！"
说罢，扛起锄头和用具离了家中
向树林里去。

小孩跟随着母亲走，
母亲对他说：
"我的宝贝呀，跟着妈来吧，
我俩到树林里种庄稼去。"
那时，小孩跟着妈走进森林里去了。
到了林里就开始砍地，
孩子扛起水壶跟着，
只是没有带饭包到森林里，
娘儿俩没有吃的东西，
家中没有米，
到林中把用具和水壶卸下来，
妈妈对孩子说：
"可爱的、年龄还小的独儿呀，

你在树下等妈吧。
妈要用锄头挖地，
你不要离开妈。
因为我俩没有饭包，
如果你肚子饿了，
就去捡野菜当饭吃吧。"
妈妈这样对孩子说罢之后，
就手握着锄头将要去劳动了。

那时，孩子对妈妈说：
"大恩顶在我头上的娘呀，
你不要扛起锄头，让我去挖好了。"
听了孩子的话，
娘认为他年纪还小，力气还小，说：
"我儿年龄还小，
用锄头去挖地是受不了，
宝贝呀！不要说出这种话，
妈慢慢地去挖，
你在此地找玩的东西玩耍吧。"
孩子听妈说罢，就到树荫中去了，
娘拿着锄头去挖地去了。
年纪还小的孩子便一个人在树林里玩，
东望望，西望望，
才看见一块大石头在母亲的旁边。
大石头在母亲的旁边，
这块石头要九个大人才抬得动，

小孩伸起双手去捡却觉得很轻。
因为他的力气像狮子一样大，
把石头捡起觉得很轻，
拿到母亲跟前扔"老鸦豆"一样玩起来。
母亲看见惊奇地用双手按在胸前，说：
"噫，这孩子怎么会有这样大的力气？
孩子呀孩子，你怎么啦？
这样大的石头，拿来乱玩？
如果碰着自己的小脚，
会送掉性命离开妈妈，
你离开妈就像割了妈的心肝一样，
你叫妈依靠谁呢？"

小孩听妈这么说便答道：
"妈不必为我操心，
它是不会压着我的，
可怜的妈妈挖地很辛苦，
可能脚和手都很酸了，
如果爹还活在世上，
您就不会像这样苦累了。"
娘儿俩这样地互相谈叙着，
一同捡野菜充饥。
到了太阳落的时候，
鸟雀都成群地钻进树林找歇的地方，
森林里黑阴阴的。
娘儿俩怕猛虎出来伤害性命，

娘便领着儿子回家。
两人愁闷地回到草棚里，
因为没有米和可以煮吃的东西，
只能生吃从森林里带来的野菜。
那时穷苦的孩子怕母亲肚子太饿，
就离开家逛到街上，
和同辈的小伙伴们比赛打"老鸦豆"。
因为他力气大，没有人赛得过他，
天天都是他赢，
同辈的个个都输，
输了的人拿出盐米给他，
他带回交给娘煮饭吃。
久而久之，伙伴们都不想和他比赛了，
集中起来商量道：
"我们天天输给这个穷儿，
我们输了盐米还落得害羞，
以后谁也不要和他打输赢。"
大家听了个个同意，
从此每天阿陇出去，
没有一个人和他比赛"得啰"①和
"老鸦豆"。
天天都是空手回家，
闷闷不乐地坐着。

母亲看见孩子满面愁容很痛心地问道：
"我的孩子呀，

你怎么忧忧愁愁像有病的样子？
娘从来舍不得骂你，爱你到了极点。"
母亲这样问儿子后，孩子说：
"现在我的苦楚比身体重，
并不是因为妈打我骂我生气，
因为同辈的男伙伴不与我比赛'得啰'和'老鸦豆'，
没办法拿饭包回来养活您，
因此我才气，
因为妈把我逐渐养大，
家里没一点饭给妈吃使我担心到了极点。
慈祥的妈饿着，
我出去能与人比赛'得啰'和'老鸦豆'，
才得到饭米和姜盐，
现在没有一个人和我比赛，
我想到这里才无比地气。"

娘听到儿子这样说，
心里更加悲痛，就放声大哭起来。
"穷困的我儿呀，
死了父亲的儿呀，
你不要想这样那样，
要好好地养息，
我只有天天离开我们的穷家去帮别人做工，

---

① 得啰：意为"陀螺"。——编者注

伙伴们不和你赛也算了，你不要气。
我们凭前世的修积过日子吧，
你要记住妈教你的话，
去我们的地里取你玩过的大石头
回来玩吧。"
妈这样教儿子去取石头，
小伙子离了家去到地里去了，
很快地就一只手提着一块石头回
家中来，
大家看见都夸奖他力气大，
说满城去找都找不到像他这样的人。
孩子把石头拿到家中以后，
一个人天天都玩石头，
玩去玩来玩到大路中间，
但还是只能一个人欢乐。

在座的众弟子和右边的菩萨细细
地听呀，
再说巴腊拉西国王有一夜在内室
睡觉，
梦见一个仙女将千瓣莲花送与他，
莲花的香气喷遍了整个城子，
甚至整个巴腊拉西国家都充满香气，
梦见他亲手接着仙女送来的千瓣
莲花，
当时是真的，
但醒起来就什么也不见了。

使他一心一意挂念着千瓣莲花，
心里非常希望得到千瓣莲花，
到了天亮，
所有雀鸟都很热闹地叫着，
国王离了龙床，
侍女就盛香水给他洗脸，
洗完便与皇后一起坐在龙礅上，
众武将腰挂宝刀护卫着。
国王召来了所有的大臣，
群众和会看天象的先生都来到殿前，
国王对先生和群众说：
"夜间我做了一个很奇特的梦，
梦见一个仙女把很香的有一千瓣
的一朵莲花献给我，
使我心里一直惦念。
非常想得到这朵莲花才召你们上殿，
你们谁知道这种花在什么地方？
能让我看一看我就重赏，
封他做我朝中的首相。"

国王这样说了之后，
所有的大臣都奏道：
"消息灵通的国王呀，
身住金殿统领巴腊拉西的国王呀，
我们从小侍奉您到老，
死期已经不远了，
并没有听见过什么地方有千瓣莲花。"

众臣这样地奏后,
国王又问会看天象的先生们:
"吃着俸禄的各位先生们呀!
你们知道我国的什么地方有千瓣莲花吗?
因为我想要看到和得到梦里仙女送给我的东西,
我要亲自出去寻找,
甚至要到其他国家去找,
找不到手我决不甘心,
你们快把大军传齐。"

国王下了命令之后,
众大臣都离殿去传达。
把所有的大兵小将一概传齐,
统领天下兵马的大元帅传齐了军队,
军队齐齐整整,百官都穿着礼服,
雄赳赳的象队、马队驻满京都,
五色俱全的大旗迎风飘动,
军队不断地调着队形,
大号小号成双成对,
大鼓小鼓一齐发出响声,
还有金标银标队,
满城都是象的嘶鸣和马的叫声,
枪队、矛队、盾队齐齐整整,
大军一切都准备好了等命令。
国王离了皇后,上了战象,

趁吉祥如意的时候就出发,
国王穿着闪光的衣服坐在象背上,
走到寡妇的草房跟前,
恰巧孩子独自在路边,
看见国王骑象到来,
他便拦在路上提起大石头玩弄,
众护卫吼道:
"你这该死的穷小子,
你既不是大官的儿子,
当今皇帝过路你为何不怕威风,
还来挡着正路?
国王就要到了,
赶快滚开吧。"
说着就举起鞭子威胁。

孩子听了,并不害怕,
国王的象来到了,
孩子玩的石头恰巧打着象脚,
被打得大声地吼叫,
国王怒发冲冠,
护卫叫立刻把孩子捉来,
问他是什么族的人?谁的儿子?
住在什么地方?
孩子说:
"我是穷人家的孩子,
我的妈妈是一个没有丈夫的寡妇,
我们母子就住在这个草棚里。"

国王听了更加发怒,
叫护卫把他拉去斩首,说:
"这穷苦的孩子小小年纪就不怕我,
长大更不得了,他是要造反。
这种人不能让他活在人间,
应该杀掉。"

国王怒气冲冲地这样说,
把腰里所带的宝剑递与护卫叫立
刻拉孩子去斩首。
护卫马上捆起小孩,准备拉去斩首,
被孩子的妈妈看见了,
急得忘记了自己在什么地方,
焦急着孩子即将死亡,
哭着马上离开家到国王面前磕头
恳求:
"一国之主呀,
因为孩子年纪小不懂事,
冒犯了国王的天威,
请国王不要处他死刑,
我们娘俩是极穷困的人,
完全仰国王的大恩,
把这条小命赏给孩子吧。"

那时国王大喊道:
"用不着你来多嘴多舌,
我的象脚被你儿子打坏了,

我才出宫去找千瓣莲花,
如果不是你儿拦阻我的路,
我已经很容易地找到千瓣莲花了,
如果不让他死的话,
要他替我去把千瓣莲花找来,
无论如何,
要找来千瓣莲花才能免死,
才不伤你儿子的穷命。"

那时穷苦的寡妇战战兢兢地向国
王哭拜着说:
"坐在龙磴上的全国之主,万民之
尊的国王呀,
我这年幼孤苦的孩子,
怎么能够去到深山老林里?
请国王格外开恩,
像仙水一样让他沐浴吧。
就是当死也请国王饶他,放他活
命吧。"
穷寡妇这样边说边哭地向国王请求。
沙里补达拉、众菩萨呀,
所有在座的听众细细地听吧。
那时国王愤怒到了极点,
他根本不听寡妇的请求,对寡妇说:
"用不着你三番五次地来啰唆,
你说一百句我也不愿听,
我要的就是很快得到千瓣莲花,

叫你的孩子赶快去寻找吧。
不能过期耽误时间,
快去快来吧。
如果到期不按我的话办事,
一定要砍他的头。"

国王这样愤怒地说,
寡妇只得勉强答应了,
护卫解开了捆在孩子身上的绳索,
叫他立刻动身到山林里去。
国王也传令回宫,
与皇后一起坐享幸福。
穷苦的娘儿俩不敢违命,
孩子却无忧无愁地要离开母亲,
因为他力气大,
几条大象都赛不过他,
因为他胆量大,
将离开贫苦的家使母亲牵挂,
母亲用很甜的声音对孤儿说:
"穷得无比的妈的儿呀,
千难万难,
难的是你独自一人去找千瓣莲花,
大森林不是很近的地方,
你独自一人怎样能去呢?
娘和你一起去吧,
大森林是很远的,
要走好几天才能到达。

我们娘俩又不知道路程,
我儿独自一个怎么能去呢?
国王的命令不敢违抗,
你去后家里便阴惨惨的了,
妈的穷苦的儿呀,
山林的路又远又难走,
老象、山敦、虎、熊和妖怪很多,
蛇和蟒也住在那里,
这些东西都非常厉害,
它们会给我儿很大的危险呀,
因此,娘不放你独走,
娘无论如何要跟着你。"

娘牵着儿的手这样苦痛地说,
心里悲哀到极点了,
年纪幼小的孩子对妈说:
"我的恩爱的娘呀,
您老的恩情我讲不尽,
请您不必跟着我和挂念我,
我能单独一人去,
虽然山林里有各种各样的猛兽,
但我丝毫都不会怕,
您只管放心地住在我们的穷家里,
我总有一天会回来的,
再见吧,我的妈妈,
好好地在家里等待着我吧,
请您放心吧,不要挂念我。"

又嘱咐娘说:
"如果您离家去讨饭或卖工做活,
有恶狗的地方千万不要去,
说话恶狠狠的难听到极点那种人,
您也不要去碰,
碰到人家说刺耳的话,
请您忍住,千万不要和他们争执,
恐怕人家乱打乱骂您,
我想到这点才说出来劝妈妈。"

孩子这样嘱咐妈妈,
妈妈伤心地哭着说:
"心甜的我儿呀,
祝你清吉平安、身体健康地进深山老林里吧,
国王的命令我们有什么办法,
儿呀,你离开娘走吧,
你既不同意娘和你一块去,
我祝你安全回来,
我祝你很容易地就碰到要找的千瓣莲花。"
娘儿俩一夜地谈着,
一直谈到旭日东升。

孩子辞别母亲离了家,

独自一人往森林里走,
娘哭得死去活来,
心里老是惦念着孤儿。
她双手顶在头上,
祝告玉皇大帝和众仙:
"请你们神眼看顾我的孤儿,
各位山神和玉皇大帝呀,
请你们保佑我的孩子吧。"
娘就是这样地哭着祝告,
希望声音传到保护着七层世界的
玉皇大帝那里,
孩子离家别母,
不知到森林要走哪条路,
只是摸索着向前走,
从没有走过长路,只好低头往前,
一边走一边想着自己的母亲,
经常回过头来看母亲和家园,
有时东张西望,想看看自己的母亲,
有时想到离家时母亲的情景,
想到这里,阿陇也心酸得想哭起来,
走了很远,望不见城池,
才没有再回头看。
一连走了七天,来到了另一个国家,
只看见一片密密麻麻的房子,
穷孩子到了遮啰歇[①],

---

① 遮啰歇:傣族的习惯,一个寨子会建一个小房子,叫遮啰歇,专给来往的人住。

选了一格房间一个人歇下，
到处找都找不到吃的东西，
到了天亮，打扫遮啰歇的人来了，
看见一个独儿，
他们细细地盘问着来历说：
"来我们遮啰歇住的小伙子呀，
你是什么人？
由什么地方来？
是不是来我们地方讨饭？"
孩子答道：
"可爱的大众们呀，
我并不是这里人，
我来自巴腊拉西国家，
因为国王要我单身独个来找千瓣
莲花，
所以我才到此地，
如果叔叔伯伯认识千瓣莲花在的
地方，
请指示给我吧。"

大家对他说：
"年纪轻轻的小伙子呀，
你怎么单独一人翻山越岭而来？
你说的千瓣莲花不知在什么地方？
我们从小到大，
一次也没有听见说过，
刚才才听你讲，

经过我们地方再往北走，
到了那里向北方的人问吧，
在我们本国的西部地方，
没有听见过谁知道这样东西。"
大家这样用手指给他，
连他们带来的饭包也送给他，
小伙子接了饭包离开遮啰歇，
又走了七天，又到了另一个国家，
寄宿在人家的屋檐下面，
大多数人围着问道：
"你是什么人？
由什么地方来到我们这里？
住在我们的屋檐下面，
如果是本地方的人，
那么你是谁家的儿子？
名叫什么？"

穷孩子听了大家的问话，
他用鹦鹉般的声音回答说：
"各位伯伯叔叔和兄弟姐妹，
我并不是你们这里的人，
我是从巴腊拉西国来的，
因为奉了国王的紧急命令，
派我来找千瓣莲花，
不知道什么地方有，
如果你们知道，
请你们怜悯我，

指示我到有千瓣莲花的地方。"

穷汉这样用很甜的声音告诉大家。
大家说：
"年纪很轻的到我们地方来的小伙呀，
千瓣莲花我们才是听见你说过，
过去我们的耳朵从没有听过，
更不知道什么地方有，
大不过巴腊拉西国家，
是不是没有会办事的人了？
你年纪这样小，
怎么国王单独遣派你来？
这是不合道理的。
只会白白地在路上丢了性命，
你赶快回巴腊拉西国去吧。"
大家你一言我一语地这样说。

阿陇用很坚强的语气答道：
"做一个国王的好使臣，
哪有事情不完成就回国的道理？
我独自一个向前走，
千瓣莲花不到手我不回头。"
大家听了用手指给他另外一个方向（南），说：
"我们这里是没有，
你到别的国家去问吧。"
说罢，把带来的饭包递给他，

小伙子接了饭包，
单独一个出发，
走了七天，
又到达一个国家，
他寄宿在一棵高大的树下，
那里的人看见他到来，
个个都围着他问：
"你这年轻的小伙子呀，
你由什么地方来？
是哪里的人？说给我们听吧，
是不是你们地方因贫困而来讨饭的？"
阿陇听了大家这样地问，便答道：
"众位大官呀，
歇在树下的小人我确实不是此地的人，
我刚才由远地方来，
我是巴腊拉西地方的人，
国王派我来寻找千瓣莲花，
如果你们知道，赶快告诉我吧。"

大家听了穷汉的话答道：
"这是很难的事情，
我们一生一世都没有听人讲过，
刚才听见你——由远处来的人讲，
我们国家并没有千瓣莲花，
更不知道出在什么地方，
像你小小年纪就去找，

怎样找得着呢？
你且回去吧，
不然你会白白地死在深山里。"

穷儿并没有听大家阻止的话，他说：
"国王的好使臣哪有事情做不到底
就空回的道理？
我还是要到很远的地方去找。"
大家听到他要去，
又把身上带着的饭包给他，
让他带在路上吃，
并说道：
"你向出太阳的东方去吧，
到那里可能会问得着。"
听大家说完，
穷儿就起身向东方钻山越岭地走，
看见各种雀鸟在树林里啄着嫩叶和花苞，
阿陇想起母亲，哭起来了，
往哪一边都看不到自己的母亲，
心想着没有人给母亲送饭，
哭着走着走远了，
又走了七天，
到达了东方的一个国家。
阿陇进了城市，
找了一间小棚子歇宿，
大家见他单身独汉一个人，

齐对他问道：
"今天你独自一个人由什么地方来？
是不是没有父母和兄弟，只你单独一人？"
阿陇用悦耳的声音答道：
"各位大官们呀，
我不是这里的人，
是巴腊拉西国家的一个穷人，
家里还有一个妈妈，
国王命令我去找千瓣莲花，
所以才来到这个地方，
不知这种莲花生在哪里，
如果你们知道生千瓣莲花的地方，
请你们明明白白地指示我吧，
让我拿回去献给国王，
增加国王的欢笑。"

大家听了小伙子说的话，
一齐回答道：
"是不是你们这国家没有大臣，
才派你单独翻山越岭来到这里？"
穷儿回答道：
"我们国家并不缺大臣，
因为根据适当能力用人，
国王派我，我不敢违命，
所以离家来到这里。"
大家听了齐说：

"你年龄还小,你不要去,
最好从这里转回去,
说到千瓣莲花,
在很远很远的原始森林里,
如果你一心去,
就请走吧,
你向着正西方走,
那里很靠近妖精居住的地方。"
大家这样指着说,
并拿饭包给他。
阿陇接了饭包就启程赶路,
走着走着就想起了亲爱的母亲,
两只眼睛里都眼泪汪汪,
因为焦虑到她在家中饿着饭,
没有人会送饭给她吃,
独自一个人边哭边举起双腿向前走,
时时刻刻都没有忘记自己的母亲,
在路上眼泪从来没有干过,
国王恶狠狠地下命令的情景,
他也时时刻刻都记得,
他走到各处地方,
越走越远,越走越气,
心想:不单是自己的母亲饿饭。
独一人钻进丛丛叠叠的森林里,
走了一步又一步,
步步都想到母亲的话,
甚至"妈呀,妈呀"地喊了几声,

又回头来看,但不见自己的亲娘,
离别东方的国家,
就进入很深的森林,
又走了一个"有正那",
才到达很高的一棵树下面。
穷儿就在树下面歇息,
四面八方都是阴沉沉的。

那时玉皇大帝的座位硬了起来,
在金殿上感到坐卧不安,
座位又继续冒出了蒸气热气,
马上用神眼朝人间看,
看见阿陇独自一人坐在森林里很高的大树下面。
"此人是一个真正的阿陇,
将来成佛掌握慈航,
度万众送到涅槃。
现在巴腊拉西的国王使他离开了母亲,独一个进深山老林,
真正恶毒到极点了,
怕阿陇伤损了自己的性命,
现在我可以下凡去助他一臂之力,
使他变为一个成年的人。"
说罢离了天宫降下凡间来,
变成一个半老先生,
手里拿一个白海螺,
由森林里走向阿陇歇的地方,

海螺里面装满了仙丹，
来见阿陇说：
"年龄很小的小伙子呀，
你怎么独自一个来到森林里？
并没有一个人做你的伴，
你究竟要找什么东西呀？"
阿陇听见蚌拉问他，就细细地回答：
"满身穿白的大官呀，
我是一个很穷苦的孩子，
我独一个进到森林里来，
是因为巴腊拉西国王派我，
他要我寻找千瓣莲花呀。"

玉皇大帝变来的蚌拉哈哈大笑劝他说：
"单身独汉来到此地的男儿呀，
你真是愚蠢到极点了，
那国王明明是让你来死在森林里，
才派你来找世间少有的千瓣莲花，
你马上回去吧，
不要在森林里饿着肚子伤了自己的性命。"
蚌拉这样说罢，男孩很快活地答道：
"就成什么样我也不管，

我凭我的命运，
人家已经派我来了，
我不得千瓣莲花决不罢休，
我要积极地帮国王服务到底才行，
只是不知道道路在哪里，
如果你老人家知道，
请你指示我吧。"

小伙子这样地告诉老人，
玉皇变来的蚌拉开口说道：
"好孙子①呀好孙子，
我由森林里来到这里，
这个森林很大，
由此去还有三千'朱嫫'，
你根据我所指的地方直接向东南而行，
那个地方是一个妖国，
有很多猛兽害人，
如果没有保卫身体的东西是不行的，
你战胜了那些猛兽才能到有莲花的地方，
我所说的话你完全要牢牢地记住，
半句也不要忘掉。
现在我把这个白海螺给你，

---

① 孙子：老年人对小孩子如果关系较好，可统称孙子或孙儿。

里面有曩细大①和各种仙丹,
把曩细大擦在你身上,
你马上会变成美貌的年轻小伙。
把白海螺背在你的身上,
如果有敌人将你包围,
你就吹起海螺,
所有的魔鬼、敌人和野兽就心惊胆战地跑掉了。"
说罢,把海螺里的曩细大向阿陇一泼,
阿陇立刻变成一个年轻漂亮的小伙子,
他穿的烂衣裳变成八色彩缎,
像个由天空中降下来的神一样,
他的美貌超过所有人间的青年,
他的身体不太大也不太小,
他伸手接过了海螺,
那时,蚌拉先生忽然不见了,
那时,穷汉阿陇又进了林子,
手里拿着白海螺,
走了两个"有正那"远,
到了一个有三百户人的村子,
这村里的人都会变老虎,
他们看见阿陇独自一人到那里,
都争着要吃阿陇,

个个都变成了猛虎,
吼着向阿陇纵来,
可怕的黄黄花花的颜色,
很多很多地来了,
可怕的闪闪的眼睛,个个獠起长牙,
有的向空而跳,有的向刺蓬里跳,
像立刻就要来咬阿陇的样子。

那时,阿陇细细地看了看,
听着他们奇怪的声音,
阿陇不慌不忙地想:
"这不是真正的猛虎,是人变成的,
这村子一定是'兽隐'②的村子,
他们一定要来伤害我,
但我不会在他们手里吃亏。"
他马上就祝告道:
"如果我将成佛普度众生,
前世我所做的功德都来帮助我,
使我战胜这些'兽隐',
凭他们用功夫跳来,
莫使他们到我身边,
一者我父母双双的恩德,
护卫我的身体,
二者我要吹起白海螺。"

---

① 曩细大:一种傣医外用药物。——编者注
② 兽隐:指具有变形能力的一类人。——编者注

说罢就吹起海螺来，
那时，所有的"兽隐"都心惊胆战地一哄而散，
以后，阿陇又从这儿继续向前，
心里比较愉快，
吃了仙丹，胜了"兽隐"，
胆量更大起来了。
肚子饿了，
只要心里一想，口里一祷告，
吃的东西就从白海螺里倒出来。
他兴奋地往森林里走，
一路上碰到各种各样的飞禽，
走了两个"有正那"，到了一个地方，
望见前面有一条大江，
那里居住着六百只猴子，
当中有一个猴王，猴王有一个弟弟，
它们俩共同管理着这些猴子，
弟弟的心肠很坏，他不怕哥哥，
还与哥哥的妻子通奸，
拐着哥哥的妻子逃跑。
它们手牵手地跳过大江，
走得很远很远，又碰到一群猴子，
它们俩在那里当了猴王。

它俩在过江时恰巧被阿陇看见，
当时阿陇来到江边，
看见大江很宽，无法过去，

一个人就在树下闷坐着，
猴王发觉弟弟拐走了自己的妻子，
便四面八方去寻找，但都没有找到，
正在树梢上苦闷着，
阿陇无法过江，准备在树下睡一觉，
猴王的眼泪淋到阿陇的身上，
阿陇被惊醒，睁眼向树梢一看，
看见树梢上有只猴子，
就大声地说道：
"你是什么东西，
敢轻视我欺负我？
我是堂堂男子汉，
你怎么撒下尿来把我弄湿？
现在我要把你打死。"

猴王听见，很怕地对阿陇说：
"请求您不要弄死我，
我有话要告诉您，
的确不是我歧视您尿下来，
因为我想起自己的事就非常伤心。
我的弟弟拐走了我的妻子，
不知道它们俩跑到什么地方，
我非常苦闷，我到处寻找找到这里，
坐在这棵叶子茂密的大树的树梢上，
越想越伤心，
忍不住眼泪掉下来才淋到你身上，
请您宽恕我。

您先到此地,
有没有看见两只猴子从这里过去,
如果看见,请您告诉我,
让我知道。"

阿陇听了猴子的话,
才知道它有很大的苦闷,
就把自己所看见的事情告诉给它,说:
"今天我看见两只猴子过江,
那恐怕就是你的妻子和你的弟弟,
现在我想过江没有办法,
如果你把我带到对岸,
关于你弟弟拐你妻子的事情,
我一定帮助你,
包你称心如意。"
猴王听了阿陇说的话马上答应说:
"如果您一定帮助我去寻找,
我包您安全地到达对岸。"

双方这样地约定以后,
猴王就背着阿陇过江。
因为它的力气很大,
背着阿陇一纵,
就跳到对岸,
找着找着,
忽然看见它的妻子和弟弟很得意,

对坐着吃东西,
阿陇想一定是这两个家伙,
一纵身就抓住母猴,
并把它交给猴王,
猴王得了妻子非常喜欢。
猴王的弟弟又怒又气,
马上召集了它的猴群,
赶来与阿陇和猴王战斗,
向阿陇和猴王纵来,
有些变得身体比棕树高一倍,
眼睛大大地睁着,
尖嘴里露出了獠牙,
从森林的四面八方向阿陇他们扑来,
阿陇认出它们是猴子变的,
拿起白海螺吹了一声,
声音应到空中,
整个森林都震动起来,
声音像雷鸣一样。
吹了两声,
所有森林里的大树都震倒震断,
那时,
群猴吓得战战兢兢地各自逃命,
阿陇再一次取得了胜利。

猴王夫妇转回自己原来的住地,
阿陇又继续往前行走。
在座的众弟子、众菩萨和听众们呀,

讲到过去的故事很不简单,
你们听了好好地记住传与后人吧,
佛说的前身的故事要在此告一段落,
喷喷香的刚冒出来的珠红的莲花呀,
我们说的是阿陇到银山仙女那儿,
去找风一吹来就很香很香的千瓣莲花的故事,
一段结束了,新的一段又接着来,
我们要让它传遍各地方,
要让它像太阳的光辉一样普照大地。
现在说的是阿陇离了母亲,出了国,
日夜心里都挂着千瓣莲花,
但不论走到哪里都没有人知道产于何地,
天天艰苦地进出深深的树林,
有时听到众雀鸟在林中鸣叫,
心里觉得很乐;
有时想起自己的母亲,
眼泪就不停地往下掉。
愁闷加上痛苦,在山林非常难过,
天天走的是丛丛叠叠的森林,
阿陇心里痛苦无比。
森林里并没有路,
有时要扒开树枝才能向前,
天天走在密密的绿树丛中,
没有一颗一粒的饭食进口,
只能采野果当饭充饥。

钻了一谷又一谷,爬了一岭又一岭,
有时看见像神仙做出一样的很清的池塘,
有时碰到天生的刚开的野花,
阿陇就伸手采来解闷,
把它戴在两额上,
过了花香的山谷,
又钻进稠密的丛林,
走了一程又一程,过了一山又一山,
过了三个"有正那",
刚才到了一个妖王住的地方,
看见了密密的房屋,
金殿在很远的地方宝光闪闪,
宝顶指向空中,光彩异常夺目,
那个妖王捡得一个姑娘,
这姑娘投胎在盏古花中,
容貌非常美丽,
像塑匠雕塑出来的仙女,
肉皮很嫩,年纪非常相当。

妖王把她放在宫廷里做自己的女儿,
妖王非常喜欢她,很好地培养她,
她长得如天上降下来的仙女一样,
妖王派三万妖精离家到森林寻找食物,
没有留下一个看守家庭的,
阿陇看见灿烂夺目的宝顶,

心里暗暗地想：
"我已经来到妖怪地方的都城了。"
想罢就独自一人走进他们的皇宫，
看见一个美丽的姑娘睡在床上，
她的身体像金铸的一样，漂亮极了，
她的脸圆圆的，好像十五的明月，
阿陇细细地偷看了一会，
这姑娘像是用珠宝雕刻成的，
但她没有呼吸，好像死去一般。
阿陇想："这是什么东西？
为了什么缘故？"
看去看来，
看见她肚皮上有一根鞭子，
她的身子像两截，
阿陇越看越奇怪，不懂是什么情形，
就试把鞭子移在她的胸膛上，
姑娘的身子和服装立刻成了三截。
阿陇更奇怪了，心里想：
"我既碰到这个奇事，
定要明白它的底细，
把情况了解得像夜间有火照着一样明白。"
就拿起鞭子上下移动，
三截身体又并拢起来，
连断的痕迹也看不见，
姑娘马上就起来坐着，
用手紧紧地抱住阿陇，

她细细地把阿陇看了一看，
好像神仙一样的美貌，
心里非常喜爱，
想拿他做自己的丈夫，
开口说：
"从远方来的官人呀，
不知你住在什么国家什么地方，
你是天上的玉皇大帝，
还是攀枝林中的鸟王（嘎论）？
你是特别离了本土来会妹妹吗？
还是龙王离了龙宫来会我这个姑娘？
或者是人间的年轻小伙？
你才像十月的明月一样美丽无双，
你的心里想些什么，
才来到宫廷里我住的地方？"

阿陇听到姑娘的话，好好地回答说：
"年龄相当的宝物呀，
哥哥不是玉皇大帝，
也不是攀枝林中的鸟王，
更不是在水里的龙王，
我生在巴腊拉西国家，
因为国王想得到千瓣莲花，
才派我离国经过千山万水，
会见了你这美丽的姑娘，
因为我听见你在这里，
我特意来这里将你看望。

我做梦也没有到过这样的密林当中，
我俩前世的姻缘使我会你，
美丽的姑娘。
金光灿烂的奇宝呀，
你虽然价值黄金万两，
恐怕已经配在金戒指上了。
或者你还是刚出来的金黄的花，
还没有什么来把你采了戴在脸上。"

姑娘听了像初开的花朵一样的青年小伙的问话，
心里很喜欢，心就突突突地跳起来，
好像小伙子的甜甜的声音抓住了她的心一样，
心想"这个一定是永远互相亲嘴的伴侣了"，
就用悦耳的声音对阿陇说：
"像神仙一样美貌的我的好哥哥呀，
我还是一个光宝石，
还没有人来用金子把它配成戒指，
我还是一朵刚开的单花，
还没有人来采来吻，
由远地方来的好哥哥呀！
我是独自一个在家还没有主。"

她这样甜蜜而好听地回答阿陇，
那时，穷汉的阿陇又问道：

"好个妹妹呀，
我看见人不认识姓甚名谁，
我心里还不明白，
还有妹妹居住的国家叫什么？
父母双亲做什么官，叫什么名字？"
阿陇这样问，姑娘露出笑容答道：
"年轻的姑娘我住在撑着白伞的宝殿里，
来自神界，投胎在盏古花里，
生在大森林里。
现在我父亲是一个管理三万妖精的妖王，
有一天，他到很远的花林中玩，
碰到我住在很香的盏古花里，
就把我带回宫殿来做他的女儿，
给我建筑了居住的宫殿，
叫我做盏古公主。
我的父亲是一个妖王，
他管辖三千'有正那'森林，
你现在到的这个地方就是王宫了。"

那时阿陇很爱这个姑娘，
姑娘也拉着阿陇的手尖，
两个都互相爱恋，
姑娘面带笑容地说：
"刚开的金黄的兰花呀，
现在我们就像两朵蝴蝶兰，

我们应该成为夫妇,同住一起,
因为前世姻缘,
你才像神送来一样和我相逢,
你不要离开我,
知道这座宫殿而转回去,
年轻的阿陇呀,
我俩已经相逢和表达了爱情,
你不要回去了。"
那时他俩互相爱恋得像一枝树上的两朵花,
男女同住在床上,
阿陇紧紧地搂抱着姑娘的脖子,
互相提着坚定不移的信约。
姑娘怕爸爸回来看见,
就把阿陇紧紧地藏起来,
阿陇也紧紧地躲在姑娘的卧房里。

妖王回来了,进到内室对姑娘问道:
"今天怎么不像往日?
生人的腥味很大。"
姑娘回答说:
"统领森林的父王呀,
我直接告诉你吧,
今天有一个人间的小伙子,
他离开巴腊拉西国家来到我们宫里,
因为我俩前世的姻缘,
众神仙才把他送到我们这里,

现在我俩互相爱恋成为夫妇了,
恳求父王不要发怒,
好言好语地来和女婿讲讲。"
盍古姑娘这样告诉爸爸,
那时妖王对他的女儿说:
"那么你把他叫出来让我看看吧。"
姑娘说:"恐怕父王把他身体破坏。"
听姑娘这么说,
妖王甜言甜语地答道:
"我没有那恶狠狠的心,
女儿放心叫他出来吧。"
那时,姑娘才把帷帐掀开,
将阿陇示与妖王,妖王仔细一看,
是一个美貌的堂堂男子,说:
"与我的盍古姑娘很相称,实在不错,
我是很喜欢的,
你俩相亲相爱成为好夫好妻吧。"
妖王许可后就举行婚礼,
他俩成了夫妇,
男女一同在宫中享福。

那时成年的阿陇做了妖王的女婿,
与妖王的公主同住在一起,
但心中仍然想到千瓣莲花,
恳求公主,准备离别去找,
结婚三天后,他开口对公主说:
"初开的哥哥的香花呀!

我俩的爱情是深厚无比的,
我有事情要对你说,
我今天想离开你出去,
你好好地在家中等待着,
我要出去寻找千瓣莲花,
因为我们的国王等着我回去交差,
如果我找到千瓣莲花就即时回来带你。"
听阿陇说出要离开的话,
妖王公主眼泪汪汪的,很难过,说:
"结婚不久的我的年轻的夫呀,
我丝毫不想离开你,
如果你去了,一定不会再回来,
你把我丢下使我时刻悲哀,
我们结婚还不长远,
你这样会使我心里忧愁,
请哥哥不要说这样的话吧,
我一定不许你离我而去。"

听公主哀伤地劝说,
阿陇暖公主的心说:
"有花的香气的我的香呀,
我离开巴腊拉西来和你结成夫妇,
我的确舍不得离开你,
你不要太焦心,
现在我去,以后我一定回来,
我口说无凭,

请森林里的众鬼神替我做证吧。"
阿陇这样对公主说罢,
立起身又向妖王请求,
妖王也没有劝住他,
因公务还应当走,
妖王把宝鞭赐予他,
给他作为护身之物,
那时阿陇才向公主告别,
公主向他嘱咐:
"不知道千瓣莲花生在什么地方,
哥哥无论如何要向东而行,
离我们三个'有正那'还有一个妖国,
那个妖国也有一座国王的金殿,
哥哥你可以进那里面去问问,
恐怕他们见过这种东西,
父王给你的宝鞭,
即使千千万万的敌人围住,
你只消举一举,
他们立刻就会倒下死掉。"

公主这样把鞭子的用处细细地说出来,
阿陇用心记住,穿戴好身上的衣服,
离别公主继续向前赶路。
阿陇离开妖王宫殿,
带着海螺和鞭子出发,

走了三个"有正那",
又到了另一个妖怪住的地方,
看到宫殿上的宝顶和金黄黄的房子。
那时也恰巧是众妖精出外去找饮食,
没有一个妖精留在家中,
直接进到他们的皇宫,
同样地看见一个年轻的姑娘,
她投生在荷花里面,
妖王把她捡来做自己的姑娘,
也给她建筑了一幢高楼,
让她居住。
她一个人在宫中睡着,
阿陇进去看见她的容貌像宝石一样,
他心里很爱很热,
也是一根鞭子搭在她胸膛上,
她的身体断成两截,
心里非常喜欢,说:
"怎么和以前的是同样?"
说着就把鞭子移了一移,
姑娘的身子也断为三段,
阿陇想:
"此地怎么会有这种奇特事情?
这也一定是王子所在的地方。"
阿陇把鞭子捡起来稍稍一指,
三段身体即时拼起来成为一个人,

姑娘爬起来坐着,满面露出笑容,
她看见阿陇心里很爱,
自己在心里想:
"这样美丽的小伙,
如果不和他做夫妻决不罢休。"
就伸出手来牵着阿陇的手不放,
问道:
"像十月的团团的月亮一样的我的
哥哥呀,
你由什么地方来?
你美丽的面貌配上美丽的服装,
不知是玉皇大帝下来到我这里,
还是龙王离了龙宫来到这个地方,
变成漂亮的小伙子来会我吗?
是攀枝林中的鸟王,
还是'千他把'① 下到凡间?
公主我心里不明白,
请你把根源说出来给我听吧。"

阿陇答道:"容貌美得像珍宝做成
一样的我的妹妹呀,
你的哥哥并不是玉皇大帝离了金
殿下来,
也不是龙王变成小伙来到这个地方,
因为巴腊拉西国家的国王,

---

① 千他把:指天上的神。

想得到千瓣莲花派我到各地寻找，
我走了很多的森林，
听我妹妹长大成人了，
这是我俩前世同修功果，
众神才牵着我把我送到这里，
遇到了我心爱的妹妹，
见到公主很满足我的心，
不知道美丽的妹妹叫什么名字，
请你告诉哥哥我吧。"

姑娘笑容满面地直接答道：
"我是投胎在荷花里面的，
妖怪的大王叫我做他的女儿，
他很热爱我，给我建筑了一座高楼，
我的名字叫金莲公主，
我的父亲在森林里为王，
现在我的运气很好，
神仙把哥哥送来和我相会，
请你同我永远一起在此地吧。"
公主这样用入耳的声音答复，
阿陇也同意与公主同住一起，
两个爱恋得如胶似漆，
互相发誓做永远的夫妻：
"说到我俩的恩爱比天柱山还要高，
找不出能和我们相比的东西了。"
成为一对夫妇，脸擦脸地睡在床上。

天将要黑，到了雀鸟归巢，
众妖精归家的时候，
妖精们嗡嗡地很热闹地转回来了，
妖王离开森林回宫来到台阶上就说：
"腥臭，腥臭，今天有什么怪人到此？
腥气喷鼻，
我的女儿在家看见没有？"
妖王这样问女儿，
公主直率地回答说：
"顶上的父王呀，
请你听女儿拜禀，
今天实在有一个人间的小伙由巴
腊拉西国家来到，
容貌像空中掉下来的神仙一样美丽，
他进到女儿的卧室来，
由于我俩前世的姻缘，
在命里注定今生要相会，
我俩已经成了恩爱的夫妻了，
他现在还躲在内室里。"

妖王听见很喜欢，
要求见阿陇的面，说：
"那么你把他领出来我看看，
你不必怕这怕那地顾虑。"
那时，公主焦虑着说：
"怕父王致祸于他，
我不敢将他领出来示于您，

怕您大发雷霆把他身体伤害呀。"
妖王露出笑容,喜欢地说:
"为父一定不怒,不会伤害他,
你只管放心领小伙子出来给我看。"
公主认识到父王是真心,
就喜喜欢欢地把阿陇领到跟前。
妖王用手摸着胸膛,心里很惊奇,
人间的小伙会有这样漂亮呀,
与我女儿真是天生的美貌的一对了,
妖王感到心满意足,
马上就举行了结婚大礼,
使他俩很放心很快乐地同住在一
起享福。

结婚后过了两天,
阿陇想离开这个地方,
因为他要做的事还没有做,
就直接对公主说:
"香气扑鼻的哥哥的爱呀,
只因我俩的前世因果,
现在才成为恩爱夫妻,同在一起,
我心里一点都不想离开你,
现在困难的是巴腊拉西国王的命
令像火一样烧着我的心,
要我来寻找千瓣莲花,
我才离了城市来到这里,
如果妹妹知道这种花在什么地方,

请告诉我,
现在我将暂时离开我俩的恩爱,
我的妹妹暂且放心在皇宫中,
我得到了莲花一定要回来。"
阿陇说出他要去的话,
公主的眼泪马上掉下来,
用很悲哀的声音对阿陇说:
"因前世因果才成为夫妻不久,
现在你又有厌我的心,
才想离开此地吗?
现在,我俩相爱还不久,
才两天你的心怎么就像风吹一样?
哥哥就要离开皇宫进森林里去呀。"
那里阿陇用温暖的声音说道:
住在光辉灿烂的金殿里的妹妹呀,
你不要疑惑这样那样,
哥哥身体离开你,心一时都离不了你,
现在我的事情很重大,
才要求暂时离开你,
哥哥是一定要回来的,
无论如何要把你这宝贝带回我们
本国去,
妹妹用不着难过和焦心,
哥哥决定回来带你转回本国。"

那时公主信实了阿陇的话,
才许可阿陇走,说:

"如果不许可也有国王的命令,
请哥哥快去,尽量去找,
如果妹妹知道这东西在的地方,
我一定告诉你,
但出世到如今都没有听过,
哥哥讲出来才听到这种东西,
现在哥哥要进森林里去,
祝哥哥很快地得到手,
很快地转回来,
哥哥要向东南方走,
离此三个'有正那'后,
就去拜见独一人在那里的雅喜,
如果哥哥到雅喜住的地方,
请问问他,
可能他看见千瓣莲花生在什么地方,
如果哥哥去问他,他一定告诉你。"

这样公主嘱咐他,
阿陇牢牢地记在心头了,
就离开座位到妖王面前说:
"统领天下的父王呀,
现在我成了您心爱的女婿,
与公主同吃同住,心里很爱,
寸步都不想离开她,
因为巴腊拉西国王的命令,
使我心里难过,
他要我去找千瓣莲花,

因此我要进入大森林,
得到这东西以后,
我又回来见父王和公主。"
妖王听了后说:
"既是这样,你就去吧,
得到,就很快回我这里来,
不要使我女儿天天都愁闷地盼望
着你,
去久了恐怕会发生异端。"
说罢将自己的宝鞭赐予阿陇说:
"这是传代的宝鞭,能够保护身体,
如果你碰到龙王和水里的怪物,
可以用这宝鞭打他,
再凶恶的水怪也会马上离开,
如果碰到山中的怪兽和蟒蛇,
把宝鞭一举,
它们就各自逃生了,
不论什么怪物都完全不能近你的
身体,
所以这是一条很有用处的宝鞭,
是从开国以来世世代代相传的东西,
这鞭不仅可以对付动物,
就是很陡的山和很大的石头也可
以打得粉碎,
遇到层层密密的树林,
举鞭一打就有大火来焚烧它,
世间所有会动的动物,

只要看见宝鞭就吓得立刻逃走。"

妖王这样把宝鞭的作用详细地讲给阿陇，
阿陇接了宝鞭就离开了这个地方，
经过的地方都是密密的森林，
看到的是奇异的喷香的野花，
各种各样的雀鸟在树梢上很热闹地叫着，
那时阿陇的心里很兴奋，
根本没有想到山中会发生危险的事情，
他认为林中并不会出什么事，
边走边唱着山歌寻求快乐，
把一颗挂念母亲的心都放下了，
走到日落西山的时候，
四面八方都被黑暗笼罩着，
阿陇就在叶子很密的一棵大树下歇息。
有一个很凶恶的妖怪，
他是一个像猛虎一样统领另一个地方的妖王，
他管辖着九十万妖怪，
那天他的老婆要生孩子，
他准备去找东西来做摆祭神，
他领着众妖怪离家进森林里来，
布满了所有的山林，
那么宽大的山林都被妖怪走遍，
他们在各处寻找着吃的东西，
但没有一个找着好的。

那时红眼妖王率领着妖兵，
把身体变得特别大，
嘴里露出很尖的两对牙齿，
腮边有很乱的长毛，
脚杆和手杆有大树那样粗，
所有的妖怪都没有战胜他的本领，
他率领众妖，决心找个人来做祭品，
恰巧阿陇在树下面睡觉，
很远很远他就闻着人的腥气喷来，
他说：
"今天日子很好，
我出来的时间也恰巧，
一定能得到高贵的饮食，
是众神把人送到这离人很远的地方来给我了。"
他闻着生人的气味，
高兴得大声地对众妖讲，
举起一双大眼各处地看，
看见阿陇在树下睡着，
他喜欢得摇摇摆摆地跳起舞来，
又说：
"今天日子很好，
恰恰遇着独一个人睡在这里。"

大声地叫众妖道：
"现在你们大众跟我来，
我们出发的时候很好，
我们要把那个睡在树下的人抬回家去，
这是最满足我的心愿的饮食，
现在恰恰碰到，真正是我们的食品了。
我们要把他拿去做祭礼，
今天是我儿的生日。"
说罢念念有词，把阿陇的心蒙住，
使阿陇越发不醒，
他们把阿陇抬起就走，
离了树脚，经过森林，
很高兴地转回去，
走了三个"有正那"，
靠近一位雅喜住的地方，
到那里恰恰天已亮明，
灵活的雅喜因为有慧眼看见这些妖怪抬去的人，
认为一定是一个有福分的阿陇，
不是一般的普通人，
是一个有好因果的阿陇，
千万不能让他们抬去整死，
他可以搭救他。
说罢，念念有词吼住妖怪，
因为有词的威灵，
众妖怪都感到很怕，

马上心惊起来，
个个身上都起了鸡皮疙瘩，
颤个不停，
他们把阿陇放在雅喜的庙旁边，
各自逃走，
由于妖怪的咒语蒙着心，
阿陇还在闭着眼睛睡觉，
众妖跑光以后，
妖王因丢了到口的好饮食而闷闷不乐，
那时雅喜才把阿陇抱进去。

阿陇还是不醒，
雅喜知道是因为妖怪的咒语蒙混了阿陇，
就念念有词把妖怪的咒语解开，
阿陇忽然醒了起来，
觉得自己的身体来到了另外的地方，
才举起双手，顶在头上，
深深地向雅喜拜着问道：
"老师呀老师，
我怎么会到这个宝殿上？
不知是谁把我拿着钻山越岭来到这里。
我在树下睡觉，
不知道什么鬼什么人把我拿到先师面前，

我心里朦朦胧胧的，不知缘由，
才跪着请教你老人家，
过去我从没有认识老师，
不知老师是长久地住在此地吗？
身体健康吗？遂意地修行和念经吗？"
阿陇拜了三拜，
雅喜回答道：
"年轻的小伙，你由什么地方来？
刚才众妖怪把你抬到这里，
他们要拿你去做饮食，
他们非常喜欢，非常热闹，
我——穿官皮的雅喜，
怕他们把你抬去吃掉，
我才嗡嗡地念念有词，
把众妖怪吼开，把你抬进我的庙来，
因我你才脱离了死难。"

阿陇听了才知道自己是死里得生的人，
认识雅喜搭救他的大恩，
如若不是仙人的大恩大德，
他肯定成了妖怪的饮食，
想罢又向雅喜拜了三拜说：
"救命的恩仙呀，
我心里丝毫没有感觉到妖怪把我抬到此地，
此恩此德的确很大，

您的恩德比天柱山还高，
我并不是在这山里的人，
是从巴腊拉西国来的，
国王叫我进森林里来找他想得到的千瓣莲花。
我经过了千山万水，身体太困，
就在一棵大树下睡觉，
才被众妖抬到此地会见了您，
现在我随身所带的宝物，
一个白海螺和两杆宝鞭，
不知众妖把我拿去藏在哪里，
我非常焦虑和伤心。"

那时，修道的雅喜说：
"你的宝鞭和白海螺我早就替你拾起来了。"
说着就把鞭子和海螺递与阿陇，
阿陇喜不胜喜地接着，
又拜了三拜问道：
"因为国王的命令我才问您千瓣莲花究竟生在什么地方，
如果您亲眼看见，
请先师开大恩指示我。"

那时雅喜回答说：
"性情纯良的单身小伙呀，
说到千瓣莲花我从来没有见过，

现在才第一次听到你说，
如果你想找到生的地方，
你顺着野花香的森林里去，
离我的庙有三个'有正那'，
还有一位修仙的人。
他的庙建筑在莲花池里面，
宝顶上闪着辉煌的宝光，
各种雀鸟都愉快地集聚在那里，
有鸽子、八哥、鹦鹉，
成群地围绕着池塘，
卢兔、嘎拉尾、毕纹、小金和嘎
吾一年四季欢叫着，
项啥、水葫芦、鸳鸯、野鸭、山鸭等，
尾巴很长的孔雀，
成双成对成群地与雅喜做伴，
还有金嘎啦、家鸡吃着玩着各种
野花，
因为各样都齐全，
那个雅喜在那儿很快乐。
说到野花，
十二个月、二十四个节气都不断
地开着，
有开白花的帕甩，
开红花的嘎很和毛宝
和清香的毕金洼，
各种野花都抽着嫩条，
黄宝、红宝和丁香，

香气喷满了森林，
如果小伙子看见，
肯定会伸手采来戴，
单单是听到各种鸟声都会使心里
很愉快。
你只管放心地去吧，
但是那个大塘子不能随便过，
因为有金角老龙时常保护着雅喜，
为了预防着山中的野物妖怪来作恶，
才让金角老龙时刻住在那里，
他是水中之王，
所以什么东西都不能来和雅喜作歹。
另外，塘子很深，
要用筏和船才划得到，
我所讲的话你完全记住吧。"

雅喜这样详细地对阿陇说：
"如果你去到那个地方，
捡一截好的木头念念有词，
它就会变成一只大船，
你划着那只船去，
才能见到仙人雅喜。"
以上所说的故事说到阿陇碰见第
一个雅喜，
现在暂时歇搁，休息一下吧。

经书里所说的阿陇故事，

完全像莲花池塘另发出一枝花吧。
现在第八章经书说到阿陇离巴腊拉西,
碰到第一个雅喜,
并学会了咒语和各种护身方法。
阿陇才离别雅喜,
直接向雅喜指示的方向走,
独自一人钻进很深很密的林子,
看见了香气喷鼻的各种野花,
心里感到非常的喜欢和快乐,
耳听着各种各样的鸟声,
眼看着各种各样的野花。
可爱的各种各样的鸟,
跳着舞着飞着,
站在树梢上有好听的声音叫着,
还有清风把各样扑鼻的喷香的花送来。
看看刚开的花朵上,
蜜蜂成群地嗡嗡地采着花蜜。
阿陇看了心里很快活,
有时耳听着黑猴、黄猴乱遍了山林,
阿陇又想起自己的母亲,
心里很痛苦,
有时听着优美的雀鸟的叫声,
心情又比较舒畅起来。
因为所过的森林没有丝毫危险,
心情比较愉快。

走了三个"有正那",
发现一个很宽阔的池塘,
阿陇走到池边,
看见池中间就是雅喜的庙,
庙里的金光和日光连在一起,
把附近的森林都照得一片金黄,
阿陇拾了一段木头,
把雅喜所教的咒语,
从头至尾念了三遍,
木头马上变成一只大船。
阿陇很喜欢,
卷了裤子就跳到船上划着,
因为他力气很大,
轻轻地漂在水里的船被金角老龙看见了,说:
"阿鲁,阿鲁,什么人驾船来这玩耍?
为什么这样轻视我们?
这是我所管的池塘,我是水中之王,
我天天护卫着这个雅喜,
恐怕妖鬼作祸,
我才时刻不离地守卫着,
你不认识我是龙王,
你莫是送了命了,
你由什么国家什么地方来?
胆敢来这里划船玩耍。"
他发怒地把金角一翘,
池塘里的水唰唰唰地发出声来,

波浪立刻汹涌起来，
老龙怒气冲冲地把身子一翻，
向着阿陇的船游来，
两眼发出光辉，
脊背上竖着锯齿一样的鳞甲，
可怕的大嘴、獠牙和全身的甲片，
向阿陇扑来，
想把阿陇甩进塘里面去。

阿陇一见开口说道：
"你是什么东西？
敢轻视我，来和我作怪，
你这个不知事的邪障，
太小看我了，
我是一个人中的宝，
谁敢来与我作对，
现在我要到庙里去拜仙人，
才驾着大船划来。
老龙呀，你如果不认识我，
等一会我要结果你的性命，
我是由天宫降下来成人的，
我丝毫不怕你这个乌云老龙。"
说罢举起宝鞭往水面一打，
老龙吓成了将要死的样子，
马上钻进水里去，
战战兢兢地躲在石缝里。
阿陇把船很快地划着，

一直到达雅喜的庙旁。
离了船，上了岸，进了庙，
深深地向雅喜拜了三拜说：
"住在金光宝光闪闪的庙里的先师呀，
身体健康吗？取野果食物很遂意吗？
早晚能随心念经修行吗？"
雅喜慢慢地回答说：
"自从我到此修行以来，身无疾病，
食物野果很遂心，
你这年轻的小伙，
住在远地还是近地？
对我雅喜说清楚吧，
你心里有什么事到此地来？
真是辛苦了。"

阿陇拜下直截了当地说：
"身体健康的先师呀，
我渡过千山万水而来，
因为巴腊拉西国王派我来找千瓣莲花，
想来这森林里一定有，
我在一心一意地来找先师，
如果先师知道有千瓣莲花的地方，
请老师指示给弟子。"

塑航（雅喜）听了就把情况告诉阿陇：

"一朵莲花有一千瓣,
由池塘里出来,
我一世是没有看见过的,
只是听说有七仙女在银山,
经常到各处玩赏花,
最小的那个仙女比其余六个都漂亮,
她只要笑一声,
千瓣莲花就从她口里出来,
满山都喷出莲花的香味,
她们每七天到荷花池洗一次澡,
我认识的千瓣莲花是这样的。"

阿陇听雅喜一说,
心就飞到仙女那里去了。
"我所寻找的东西在仙女那里真正的有,
先师呀先师,
怎么样才能得到千瓣莲花呢?
请先师想个办法吧。"

雅喜听了阿陇的请求,
预先查明了事情。
"定然是七仙姑与阿陇有前世姻缘了,
我可以尽量帮助他。"
就说:"如果你想得到这个仙女,
到离我的庙三'有正那'地方,
那里有一个清清的池塘,

七个仙女常到那里沐浴,
你躲避在塘子边,
看见她们来到脱下飞衣,
你就很快地把她们的飞衣偷起来,
躲到很远的地方。
她们沐浴后如果来与你要飞衣,
你就向她们要第七个仙女,
但你不要举目看她们,
你闭好眼睛一个一个地把飞衣还给她们,
等她们把衣服穿好你再睁开眼看才不会致命,
如果她们不穿衣你就看是会死的,
因为会死,谁也不得靠近她们,
所以你要牢牢记住,照我的话行事,
千万不要看着她们的脸说话。"

阿陇拜了拜说:
"好,先师放心吧,
不看她们并不困难,我做得到的。"
说罢,阿陇又拜了三拜,
离开宝庙走到自己船边,
照样划行到了对岸,
下船往森林里走,
过了一岭又一岭,一山又一山,
各种雀鸟叫得很入耳,
阿陇并不注意听各种鸟叫的声音,

心里只是挂念着七个仙女。

走了三个"有正那",
果然有一个五彩莲花池,
里面开着五种颜色的莲花,
池塘很宽,满池都是莲花,
池边有各种各样的野花围绕着,
周围的树梢上站着各种各样的叫
得很好听的雀鸟。
阿陇找到一山洞,就躲藏在里面,
不多时就听到七个仙女说话的声音,
那时正好太阳当顶,雀鸟正在欢鸣,
七个仙女离了她们的银山,
别了双亲父母,
一起飞到池塘边,
各自脱下飞衣,
进池里欢乐地沐浴。
阿陇在山洞里细细地看,
悄悄地去到放飞衣的地方,
将七套飞衣拿起就跑,
被七个仙女在水里面看见了。

大仙姑捶胸说:
"有贼把我们的飞衣偷去了,
我立刻赶去把他围住,
不要放跑了他。"
众仙女边追边叫:

"你这个贼要把我们东西偷到哪里去?"
阿陇听了很气,
因为她们句句骂贼而感到伤心,
把雅喜嘱咐他的话也忘记了,
因为仙女的话很刺耳,
认为她们轻视自己,
他回过头将和她们争辩,
马上绝了气倒在地下,
把七件飞衣也放掉了。

七个仙女得了自己的衣服,
很欢喜地说阿陇死得自在,
只是七妹不骂,
她把阿陇的手顺好,
心里很同情,说:
"来到此地有死无回,
心里实在烦闷。"
因为他们前世间的姻缘,
是世世代代的夫妻,
她一看见阿陇的面容,
心里就想马上跟他一起死。
只因世世代代他俩同积同果,
世世代代是同床夫妻,
这样才使七妹心里难过,
表现出昏昏的样子来,
那时,六个姐姐就把七妹带着,
穿上飞衣,

回银山去了。

阿陇死在离池塘不远的地方,
到了三日之后,
雅喜不见阿陇回来,
他用慧眼一看,
看见阿陇的尸体在荷花池边,
想这一定是阿陇看了仙女才死在树下,
马上离开宝座,
很快地腾云驾雾飞到阿陇死的地方,
伸手捧水,念念有词,
喂进阿陇的口里。
把阿陇的脸洗了一洗,
阿陇即时活了起来,
向雅喜拜了拜说:
"因为听到了她们句句都是骂我,
我忘记了您的话,望了她们的脸面,
就忽然昏倒,我已经死了,
如果不是恩师再造,
我再也不能成人了,
恩重的先师呀,
要怎样才能使她们重新回来?
请您想个办法吧。"

雅喜又说:
"凡事你已经依靠了我,
这次你千万要警惕,
不要忘记以前我嘱咐你的话,
不久她们还要来池塘沐浴,
你再把她们的飞衣偷来,
拿到就快跑,你不要回过头来看。
你向西方跑,那里有一个山洞,
你把这七套飞衣藏在山洞里,
那地方离这里有一个'有正那'远,
你到那山洞就躲在石门里,
如果她们找来和你要飞衣,
你不要朝外看她们,
如果她们对你要飞衣的时候,
计策由你自己想了,
你一定要和她们要七妹来交换,
如果她们许可了,
你才闭起眼睛把飞衣递给她们。"
雅喜说完又将一颗宝石递与阿陇,
说:"此宝名叫'木里左达猎',
你好好保存在身边,
如果你心里想去的地方,
把这个宝含在嘴里才去。"

阿陇伸手接着,拜了三拜,
雅喜也离开阿陇回到水中的庙里,
那时阿陇独一个守在池边,
躲避在枝叶茂密的树林里等待着,
等了三天后,

七个仙女又拜别父母，穿起飞衣，
像以前一样来这里沐浴，
把飞衣脱下放在池边，
进到水里玩耍，
阿陇马上抱起飞衣，
一溜风就跑。
七仙女又看到了，就吼道：
"又看见一个人把我们的东西偷走了，
并不是别人，
而是前次来偷的那个。
我们以为他已经死了生蛆了，
他怎么又会活起来第二次偷我们？
我们快去追赶吧。"
说罢出了塘子，
一齐随后赶来，
她们赤身露体地在后面喊着，
因为是森林里，
随便她们放肆，
她们也不顾羞耻了。

阿陇向着山洞里直直地跑，
七个仙女不放松地跟着，
阿陇到了山洞，
就把七套飞衣坐在屁股下面，
面向洞内紧紧地闭着眼睛。
七仙姑赶来要飞衣，开口说：
"你这个小哥哥住在什么地方？

几次来偷我们的衣服。
你的名字叫什么？
专来偷我们的东西。
不知我们什么时候得罪了你，
我们是银山里的仙姑，
恐怕白费你的性命，
虽然我们成了女人，
你却把我们看成一根头发都不值，
我们是住在银山有父有母的，
我们父母亲是住金殿的王侯，
我们是来洗澡取乐的，
你怎么连我们的父母都不怕起来了？
你不怕我们的父王给你治罪吗？
现在，快把衣服还给我们吧，
别让热辣辣的太阳晒着我们。"

那样阿陇也假意大声吼道：
"你们是什么妖怪假意来和我争斗？
我是人中的好汉，
这是从开天辟地以来，
娃薩娃罗妖王叫我管理的池塘，
你们随便任意地来洗，
也是不尊重我，
把我的塘子里的水偷洗了，
将池塘里的荷花弄衰了，
因此我心里很气，
才把你们的衣服扣起。"

七个仙女不说别的话，只说：
"我们有了错，请你不要放在心上，
不要发怒，
请你用恻隐之心退还我们衣服，
给我们穿回家去。"
那时阿陇对她们好好地说：
"性情恶硬的姑娘们呀，
如果你们是男人，
我一定不饶你们，
像妖怪一样把你们的血吸尽，
前次你们来，我是想教训你们，
你们还生气来赶我，把东西抢回去，
甚至把我整死才转回家去，
你们认为我是一般的普通人，
你们心里就轻视我这个池塘的主人，
你们看见我死还很喜欢很快乐地回去，
但人中的英雄男子汉，
一定有人来搭救，
现在我已经认识了你们的歹心，
我肯定也不看你们的脸面了。"

阿陇转弯说：
"对于你们的衣服我是不还了，
因为你们欺负我，
不认我是池塘的主人，
你们乱来我的池塘，乱搞我的荷花，

这是属于偷的，
理当把你们都吊死，
年轻的姑娘们呀，
你们休想回去再见父母，
你们干脆在森林里搭个草棚住住吧，
你们要想再见父母只是空想，
你们要和以前一样穿着飞衣飞到空中也是妄想。
因为你们欺负着我这个池塘的主人，
就是你们要死，我也不给你们了，
请你们不要再来乱我的耳，
你们在我的池塘里洗身擦汗，
过去的事情我也不记了，
从此以后，你们怎样洗我也不说了。"

阿陇摇着摇着对七个仙女说了这些话，
那时银山的仙女再一次尊尊敬敬地拜他，
开口说："最威武的小官呀，
不要使我们在池塘边离别双亲，
因为我们不知才犯了大威，
请小官大发慈悲把飞衣还给我们吧，
让我们永远都记住你的恩情，
因为我们不懂礼，不会说合理的话，
请你把我们的飞衣退还我们吧，
管理池塘的官呀，

我们的父母双亲现在正盼望着我们，
不知他们心里怎么难过，
我们可怜的双亲天天在路边盼望我们，
请你把眼界放宽，慈悲我们，
我们没有什么礼物来送给池塘的主人，
请求你多多地宽待吧。"

这群仙女跪着向阿陇请求，
要求还衣服给她们，
已经要求了三天了，
她们还在不停地请求着。
最后说道：
"请你施很大的恩，
把衣服还给我们，
你就是想得金银珠宝，
将来我们一定送来给你，
如果你想绸缎、布匹和仙界所织的花缎，
我们完全给你送来，
请你做个'浑水一边淌，清水一边流'恻隐我们，
还给我们飞衣吧。
现在太阳已经落了，
很快天就要黑，
我们姐妹看着各种鸟雀都归巢了，

性纯的大官呀，
像我们的一样，
多多地施恩给我们吧。"

银山的七个仙女这样要求着，
句句话都进入阿陇的心，他回答说：
"是呀是呀，你们挂念双亲想转回去，
向我要你们的飞衣，
许金银珠宝和绸缎我并不挂在心上，
丝毫都不想得到它，
我想得的只有一样，
你们给不给？
如果你们同心许给我，
我就把飞衣还给你们。"

七个仙女回答说：
"你要什么只管说出来，
现在我们挂念着父母双亲想回去了，
你就是在我们七姊妹当中随选一个，
我们都愿意。"
阿陇听了七仙女愿把身子许给的话，
很喜欢地答道：
"我这池塘主人的心只想得你们的七妹，
如果你们把七妹给我，
那么我马上就把飞衣还给你们，
如果不把七妹给我，

你们要飞衣也就成了空想,
别的,你就说什么话也只是刺耳。"

七个仙女听到了他的话,
又怕失了信义,
既然出了口就不能变,
才把她们的七妹许给阿陇,
阿陇说:
"你们既许出了口就要守信义。"
六位仙女也满口答应了,
阿陇心里自己嘱咐自己:
"如果我俩有前世的姻缘,
要把六套飞衣退还给她们,
谁的飞衣就还给谁,不要使它错乱。"
还吧,把衣服拿起递给她们,
那时大仙女上前来接,
阿陇闭着眼睛胡乱抓给,
正碰到大仙姑的衣服,
二仙女又来,
也是拿到二仙女的衣服,
三仙女来,
阿陇就拿三仙女的衣服给她,
四仙女又来,
阿陇就拿四仙女的衣服退还,
五仙女又来,
阿陇拿第五套衣服还她,
六仙女又来,

阿陇乱抓就抓着六仙女的衣服,
这六套衣服并没有错乱,
个个都已经穿上,
大仙女穿好衣服,
跪在阿陇背后,
用好声音对阿陇说:
"池塘里的主人呀,
请你怜悯我们的七妹,
把飞衣还给她吧。"

阿陇在洞内,闭住眼睛,
把飞衣递给七妹,
七妹伸手一接,
阿陇心里明了这是前世姻缘,
就把七妹的手拉住,
心里激动起来,
像风摆着树梢一样。
七妹的心里也很喜欢,
说明他们是世世代代有缘的夫妻,
才使众仙、众神把阿陇送到很远
的地方来会合,
阿陇一只手拉着七妹,
一只手递衣服给七妹。
七妹用很甜的声音说:
"请你怜悯我,
你拉着我的手,我不好接,
你把我手放掉我才能接起衣服来

穿戴。"
"哥哥把衣服还给你但不放你的手,
如果你同意我,
你要向虚空过往的众神发誓,
如果我俩的心意稳固了,
我马上就放你的手。"
七妹把阿陇看了看说:
"我并没有什么异心,
我愿与你做永远的夫妻,
请你把衣服还给我,我好穿在身上,
你不要紧紧地握住我的小手,
我要用手来穿衣,
时常守在塘子里的心甜的哥哥呀,
请你把我的手放掉吧。"

阿陇听了,马上把他的手放开,
七妹穿上闪着宝光的飞衣,
坐在阿陇的侧边,
看看阿陇,心想:
"的确是一对相配的夫妻。"
才用更甜蜜的声音对阿陇说:
"现在妹妹只见哥哥的身体,
不见哥哥的脸面,
不知道哥哥的脸是一个月亮还是一面镜子,
趁有阳光的时候,
请你转过来给我看看。

守荷花池的好哥哥呀,
请你不要认为是我无礼说出笨话,
因为我已经是你的妻子了,
我并不离开你了,
如果你爱我就不要把脸藏起,
请你转过脸来给我看看吧。"
阿陇听了答道:
"现在我还不能露面给你看。"
七妹知道阿陇怕看了像以前一样死去,
马上把神衣脱下来给阿陇穿上,
阿陇接过神衣,
闻到七妹满身都是香气,
就把衣裳穿了起来,
转过面来看七仙姑也不会昏不会死了。
他们互相端详,心里更加爱恋,
七仙姑露出笑容和阿陇说话,
阿陇见说一句话有一朵莲花从她口里出来,
莲花的香气喷满了整个森林,她说:
"世世代代有姻缘的哥哥呀,
现在我看了你的身体和面貌,
并不是荷花池的主人,
定然是一个凡人,
不知道住在什么地方,

请哥哥说给我听吧。"

阿陇听了她的问话，心想：
"若不说出真实话给她听，
恐怕使她心里疑惑想起双亲，
或者会对我有顾虑，
疑我是魔鬼变的。"
想罢就答道：
"穿戴着宝光闪闪的衣服的宝贝，听吧：
我出生在巴腊拉西国家，
并不真是看守荷花池的人，
我是一个穷苦人，
因为国王派我来找千瓣莲花，
我找遍了千山万水才碰见七位仙姑，
并与你配成夫妻。"
那时七仙姑试试阿陇的心说：
"如果哥哥想得千瓣莲花，
这东西出自我的口中，
请哥哥把莲花接了送与国王吧，
妹妹我要在这儿等着，
我把莲花交给哥哥拿去好了。"

阿陇听说七仙姑要献莲花，
心里实在舍不得让她留在此地，
回答说：
"银山的公主呀，
千瓣莲花在你口上，

随时想要随时得，
所以我才想得到你本身，
因为我俩世世代代共同举花供佛，
双手举瓶敬水，
才使我俩的因果不分离，
所以整个世界的爱情都比不上我俩的爱情。
宝贝你放心，我并不离开你，
使哥哥心情欢乐的爱呀，
就怎么办都行，
我俩共同在这野花香的森林里吧。"
这样，男女一同坐着谈尽了欢乐的话，
成为一对夫妻了。
六个仙女听他俩谈到成为夫妻的话，
想回银山禀报父母，
就对妹夫和妹妹说：
"你俩相亲相爱同住在此地吧，
七妹呀，再见吧，
容貌比我们六个姐姐漂亮的宝宝呀，
来时一同来，回时只六个，
叫我们怎么回去见父母？
想起我们来时离开父母的时候，
父母嘱咐快去快回，
以免久久盼望，
现在天快黑了，
我们只得离开你俩回去了，
祝你俩清吉平安，

不要有什么疾病,
我们六个姐姐要回去了。"
六个仙女这样哭着嘱咐,
个个的眼泪都不停地往下掉,
七妹也噙着眼泪用甜蜜蜜的声音说:
"像刚开的宝花一样的六仙姐姐们呀,
请回去吧,
但不要忘记和抛弃了我俩,
赶快去禀报父母知道吧。
像六颗闪光的宝石一样的姐姐呀,
千万不要忘记我俩在这个山洞里,
如果回到宫里以后,
请你们把所见所闻的一切事情告诉父母吧。
请父母放下焦虑的心,
清吉地住在宫殿里,
不要因为七妹而发愁吧,
现在我俩很快乐地住在森林里,
眼前还不能去拜见父母双亲。"

七妹将这些话嘱咐六个姐姐,
她们六个把七妹所说的话完全牢牢地记着,
告别了他俩腾空而起,飞转回去。
到了银山,进了宫殿,
拜见了父母双亲,
那时,双亲都因不见七妹而感到很奇怪,
伤心地问道:
"怎么今天不像往日,
不见你们的七妹,
是不是她碰到危险的事?
为什么不见回来?"
母亲越想越气,
眼泪不停地掉下来湿透了花衣,
在宝座上滚去滚来,
震动了宝座上的白伞。

宫娥彩女个个都惊得哭了起来,
银山所有的男女,个个都哭了起来,
气堵在喉咙里说不出话,
六个年轻的仙姑向父母下拜后说:
"统领银山的父母呀,
我们七个女儿一起去荷花池洗澡,
恰恰碰到一个年轻的人间小伙,
面容像圆圆的月亮,
他离了巴腊拉西国家独自到达荷花池见到我们,
这也是他俩前世间的姻缘,
七妹已经和他成为一对夫妻,
所以我们才赶快回来禀报父母知道,
这是各人的因果带来的,
即使隔着千山万水也会碰到一起,
所以他俩成了夫妻。

请父母不要给我们六个降罪,
我们将七妹的情况照实禀报你们,
请不要难过和气闷吧,
请安安心心地住在金殿里,
可能他俩还要来拜候,
将来是能见他俩的面的。"

听了六个女儿这样禀报,
银山的国王看到将来的情形,
将所有的三界,
天上、地下自古以来的道理想了一遍。
"女子不能一辈子地留在家中,
终有一天要离开父母随夫而走,
所以巴腊拉西国家的小伙才把我的七女领走,
这是他俩前世的姻缘,
这世才能同吃、同床、同穿呀。"
银山的国王想到这里,
才放下了愁闷和心酸,
想亲身到阿陇和七女所住的地方,
看看女婿的样子。
马上就传起众官,即时统率着军队,
队伍手持武器,
国王和王后坐上飞亭腾空而飞,
队伍排成行地跟在后面。
到了各种野花开的地方,
和六个仙女一起降到阿陇的住处。

那时阿陇夫妻心里很喜欢,
听见飞亭的声音就出山洞来欢迎。
飞亭降到山洞,
国王看见了阿陇和七姑娘,
马上让他俩举行婚典,
成了永远在一起的同床夫妻,
约他俩一同回国,
但他俩却喜欢住在山洞里,
不想离开万紫千红的花丛,
想在花丛中听鸟鸣取乐,
说:"请父王不要为我俩担忧,
请双亲转回去吧。"

父母也不怎样说,
随他俩的心愿住在森林里了,
还为他俩做了一间宽大的飞亭,
上面的宝珠发出闪闪的亮光,
是一座宝顶的"为遮鸭达"飞亭,
金光和宝光一起射出来非常好看,
做好就赐予他们夫妻共同居住。
银山王见了女儿、女婿,
赐了他们亭子将要返回本国,
七姑娘哭着嘱咐父母双亲,
国王也抱着女儿哭,
心像被太阳晒枯了那样。
双方互相好言好语地嘱咐完毕,
父母才离别了七姑娘,离别了花丛,

坐着飞亭腾空而去,
转回银山的宫殿里。
这个经书也是讲佛主的前身的故事,
要传与后人牢记心间。
坐在右位的大弟子呀,
你把这些故事记下传与后人吧。
父母回国后,
他们两夫妻就愉快地居住在飞亭里,
无忧无虑地生活。

在开满野花的花林当中,
天天耳听着群鸟的鸣叫,
日日眼看着清风吹拂着各种刚开的鲜花,
增加了夫妻俩的愉快心情,
夫妻俩行走在花亭里,
阿陇选最新鲜的花递给七仙姑,
七仙姑露出笑容接过鲜花戴在头上,
七仙姑身穿着飞衣,
美丽的飞衣上的宝光射得花林里金光闪闪,
两个人两颗心互相依恋着,
如一对鸳鸯一样,
早晚都欢乐地生活在飞亭里。
这里佛主口传的故事说的是穷孩离别了国家和母亲,
碰到了千瓣莲花仙姑,
因有前世同积的因果,
今生成为恩爱的夫妻。

书中在此休息片时吧。
这里佛说的前身故事还不完,
现在又说到阿陇的穷苦的母亲,
天天住在穷贫的草棚里,
她的破屋掺杂在人家的好房子中间,
天天想着自己幼小的穷孩子,
常常哭啼着盼他归来,
每天到下午太阳偏西的时候,
就住在叶子盖的棚里哭啼,
眼看着儿子下去的路线,
望不见使自己心里暖和的可爱的孩子回来。
"你的妈妈看见别的小孩玩'得啰'和'老鸦豆',
好像孩子在妈妈的旁边,
使妈妈发出声声叫你的声音。
单身进森林里的妈妈的孤儿呀,
不知你到了什么国家,
使妈妈天日盼望你老不见你回来,
莫非你已经得到千瓣莲花献给国王了?
或者是去到妖魔住的地方被妖魔吃掉了?
到了天亮的时候,

使妈妈遍山遍林地看，
天天到左邻右舍去讨食物等待我儿。
有时到右舍左邻没有人给，
只得空回。

"有时得到一把米回到家来，
妈把它煮好分一份等你回来吃，
但望到哪一天也不见你来，
使妈分给你的饭白白地凉冷了，
能温暖妈的心的年幼的儿呀，
现在，
妈的心将要因你而气掉下来了。
挂在妈的心上的年幼的儿呀，
就这样使妈妈白白地死在叶子盖的草棚里了吗？
我整天整夜、时时刻刻盼望都不见你的身影，
不知我儿是否还独自一个逛在深山老林里。
想起我的宝宝还在家中时，
出去得了饭团还拿回来递给妈妈，
有时母子讨不着饭空空地回来，
两人还可以同在家中谈话充饥，
现在没有谁去讨饭来递给你的妈妈了。
就算穷到极点，
我看见孩子心里就暖和了。"

穷寡妇天天这样哭啼盼望着儿子，
到此暂且搁下另说别的吧，
再说阿陇自从与七仙姑同乐在飞亭里，
有一天傍晚时候，
太阳落下西山，
群鸟都寂静无声，
清风使软软的花枝垂下，
鹦鹉睡在很香的花林中密叶里。

阿陇和七仙姑同在一个床上睡觉，
到了夜静的时候，
阿陇心里很挂念着母亲，
梦见亲身回到了母亲跟前，
梦见母亲独自一人悲哀地坐着，
什么话也不对阿陇讲，
只是伤心地哭；
又梦见自己钻进白伞下面，
双耳戴着宝环；
还梦见有一条大象由深山老林里来，
把自己和母亲顶在头上，
妈妈被惊得哭了起来。
阿陇忽然惊醒起来，
更加焦虑着自己的母亲，
马上愁得脸都变黄，
眼泪一滴一滴地掉下来，
把花枕滴得透湿，

忍不住悄悄地哭了起来。

七仙姑醒来把花枕一摸，
觉得湿阴阴的，就对阿陇说：
"今夜为何这样奇特？
自从我俩成亲以来，
妹妹丝毫都没有怨恨哥哥，
哥哥有什么伤心的事，
眼泪弄湿了花枕？"
七仙姑这样问阿陇，
阿陇毫不隐瞒地直接答道：
"不厌的爱呀，
仙神把我由很远的地方送来与你欢聚，
我丝毫不是为了你，
只因我梦见我的妈妈，
我已经离开她七个月了，
还没有回去见她，
妈妈肯定在盼我了。
梦里我看见妈妈的眼泪不断，
使我伤心到极点了，
我才忍不住哭起来。
珠宝做成的与我配成双的爱呀，
我俩一同离开此地回去吧，
国王命令我来找寻千瓣莲花，
哥哥才碰到你成双成对，
千瓣莲花就出在妹妹的口里，

哥哥我的心里喜到无边，
想带你一同回去。"

听了阿陇这样说，
天已经亮了，
夫妻俩离开宝床，
七仙姑对阿陇说道：
"心里很甜的配骑象的我的哥哥呀，
因离开母亲很久使你伤心掉泪，
我舍不得离开你，
我俩先回到我父母跟前，
禀报明白再一同转回人间去吧，
但此地各种各样的鲜花很香，
各种各样的雀鸟很多，
天天鸣叫得很热闹，
我心里很舍不得这个地方，
我俩离家到花丛中去玩个饱吧，
我俩在花丛中尽情地欢乐吧，
我俩在花丛里玩够玩饱后，
才一起回到父母跟前。"

听七仙姑这样说，阿陇心里很喜欢，
一同离了飞亭到花丛中玩耍取乐，
越向前越欢乐越走得远，
眼看风摆着各种各样的花枝，
金黄的桂花和银白的抒情花盛开在丛林里，

可以随便采来戴在头上，
白伞花和映山红开在岩下，
金黄黄的兰花寄生在树上，
从开天辟地以来就有的花呀，
清风吹来扑鼻的香味真是可爱，
各种各样的香花开成排。
夫妻俩因为心里爱花，
习惯在花丛中游玩，
走了一程又一程，心里喜欢不尽，
耳听各种成对成双的雀鸟叫唱着，
可喜的各种声音真是好听，
像整个森林都奏起了音乐。

走到了一个妖怪住的地方，
这妖怪是一个森林里的妖王，
他骑着一个飞车到各地去消□，
钻进树木就到阿陇夫妻休息的地方，
阿陇拍拍七仙姑说：
"你看，空中有什么东西？"
七仙姑张着口朝空中一望，
口里现出了千瓣莲花。
莲花飞出去粘在妖怪的头上，
他接着看了看，感到很奇怪：
"这么香的莲花怎么会来粘在我的
头上？
是不是我曾经下过聘礼的银山七
姑娘？

她的父母不许配与我，
不知什么人把她偷来做妻子。
还有什么人什么鬼比我更厉害，
把七仙姑领来做妻子？
她是我先下聘礼的姑娘，
我不能放掉她，
我还没有妻子，
无论如何我要把她夺到手做妻子，
等到天黑，他俩一定睡觉，
我要暗暗地跟踪。"
他这样准备着要下毒手，
到太阳落山天色将晚的时候，
阿陇和七仙姑恰好碰到一个山洞，
天色已经很晚，
群鸟都各自归巢，
他俩商量进山洞里去歇宿。

小两口进了山洞，
阿陇说：
"我的妹妹一切都不要怕，
我俩钻进山洞，
你丝毫都不要怕不要焦，
讲到危害人的山中野兽，
一概由我抵挡。"
这样，阿陇对七仙姑说，
七仙姑因为有阿陇而放大了胆，
小两口手牵手进到深处，

就一样都不考虑地歇息了，
恶辣的妖王在后面跟踪，
见阿陇夫妻进了山洞就喜欢得在洞外狂舞，
口里说："现在不出我所算，
他俩来此山洞歇宿了。"
他在外面念念有词，
阿陇夫妻就一切皆不知晓地蒙眬睡去，
因为中了妖王的迷人咒语了，
正在两人蒙眬不醒手握手睡着的时候，
他把阿陇的手拉开，
抱起七仙姑腾空飞去，
到了他所在的地方，
七仙姑发觉妖王要威逼她成亲时，
自己的身子比火还烫，
使妖王不敢近身。

妖王千方百计地算，
怎么也没法把她拿进自己的房里，
才把七仙姑放在院心，
用几层有刺的铁网罩着，
坐在七层铁网里就像监牢一样，
使七仙姑在里面受寒苦，
妖王想过七天再和她成亲，
七仙姑醒来不见阿陇在旁边，

料到已经着了危险，只好举手捶胸，
哭诉着怎么会遭到这恶果。
"明明两个人在山洞里睡着，
什么妖怪使我们如此苦闷？
不知道我的哥哥还是睡着没有醒吗，
才让山中的妖怪把妹妹抢来，
妹妹也丝毫不知道，
怎么就会离开我的哥哥了？
天一亮哥哥肯定要遍山找我，
我刚爱的亲人，夫呀！
现在给我受到无比的苦了，
是世代姻缘的夫呀，
我不可能第二次再会见你了，
我因山中的妖怪而遭受苦楚，
才使我俩离别，
我掉下苦网也因为这个妖怪，
使我离开了我的丈夫呀，
我所依靠的年轻的哥哥呀，
现在我的心像大山压住一样了。"
这样七仙姑哭得声音沙哑、死去活来，
两眼昏花，稳不住自己的心，
口里微微地呼吸着，叨念着丈夫。

阿陇醒来只剩自己独自一个，
因为在蒙眬睡梦中，
不知道是妖怪把妻子抢去了，

到了天明太阳出才惊醒起来，
看不见自己的妻子，
爬起来手持宝鞭到处寻找，
心里像火烧山一样烫，
忘了自己的身体，各处奔走寻找，
找遍了树林和山洞都不见七仙姑，
口里不断地叫着妹妹：
"身体柔嫩、年纪很轻的我的妹妹呀！
怎么到此地使我碰到这种苦难？
又怎样才能使我忘记你？
我所挂念的美丽的妹妹呀，
怎么让我独自一人在这个山洞里？
究竟妹妹回到我俩所住的飞亭去了，
还是心挂念着银山的父母飞回原处去了？
心里聪明而又闪着光的特别的宝宝呀，
是山中的怪物把妹妹拿去了吗？
那总要在山洞里看见你的血迹，
是你的血迹我的心还少挂一些。"

阿陇哭着找着，把声音都哭哑了，
又离别山洞遍山寻找。
阿陇找遍了各个草蓬和树林，
七仙姑简直音信全无，
身体很困，力气也很小了，
耳听着各种鸟在树梢上叫，

好像看见七仙姑披头散发，
阿陇看了左边又看右边，
胸前的衣服都被泪水染湿完了，
找到哪里，哪里也不见，
阿陇穿透了遍山的林子，
看见山上的奇花，越发放声大哭，
回忆夫妻一同走在花林里采花的情形，
越想越增加苦楚，越想眼泪越淌，
找遍周围的森林都不是，
才转回飞亭，
也只见空空的床，
不见妹妹坐在床上等着。

阿陇扑在花枕上放声大哭：
"我的妹妹，不知你去到哪里呀！"
那时他想起雅喜给他的如意宝（是在荷花池中的雅喜所赐的那颗），
马上拿出来含在嘴里，
他心里认为七仙姑回银山去了，
就朝银山里飞，
到了银山，进了皇宫，
拜见了岳父、岳母，
询问七仙姑的消息：
"她回来此地没有？
因为我俩在山中玩花，
玩到天黑碰到一个山洞，

就在山洞里歇宿，
不知谁把七公主偷去，
到天亮我醒来就不见她了，
几次地往返遍山林找寻，
各处找都不见，
因此我才来禀报岳父、岳母，
请帮我想个办法吧。"

银山王听了阿陇禀报的话，
心里很烦闷，
为自己的小女儿焦愁着，
皇后一听见就在殿上滚去滚来，
口里说："我的女儿死在林里了吧？
统领银山坐在金殿里的夫王呀，
就这样让我们的七女白白地死掉
了吗？
请你很快地做主张，
无论如何要找到七姑娘。"

银山王听了此话忽然想到前事说：
"碰到这样的事情，
我看得像在眼前一样明白，
就是前次那个妖怪'作济'，
是不是他各处游逛，
碰到女婿和女儿？
定然是他偷去了。"
即时传令集拢大军，

要到各处寻找，
即时集拢了千千万万的军队，
手持着大砍刀和长矛，
把银山地方乱得像天翻地覆一样，
马队、象队遍地叫，
成群成队地离了银山，
各自持着腾空的飞宝，
挤满了他们的地方。

银山王和皇后也骑上老象离开都城，
杀气腾腾，天昏地暗，
他们所过的地方，
像天上满布了云彩，
阿陇在队伍的最前面，
立刻到了妖魔住的地方。

妖魔看见银山的众兵到来，
他也怒气冲冲地想到是银山王来
寻找公主了，
他也马上传起妖兵妖将，迎面杀去，
个个都把身子变得很大，
手持很大的矛和弩，
遍山满地地抵挡来兵，
好像天翻地覆一样。
那里所有的森林都一概踏平了，
老妖王坐起飞车来抵挡，
口里念念有词，
矛和砍刀就由天空里降下，

像雨一般地朝阿陇和银山兵将身
上飞来。

阿陇拿起玉皇所赐的白海螺,
将仙水洒给所有的银山兵将,
妖魔放来刀矛丝毫都伤不了他们,
加上阿陇把海螺一吹,
一股恶风就把妖魔的枪刀打转回去,
砍杀他们自己的妖兵,
妖兵妖将死成一堆一堆,
妖王败在阿陇手下。
阿陇把手里的宝鞭一举,大吼一声,
妖王马上从飞车上掉下来死了,
剩余的妖兵各自逃到水发源的地
方去了,
但妖王的头还说着话向阿陇要求:
"手持宝鞭的大官呀,
因为你的宝鞭把我的命送掉了,
请你施恻隐之心莫让我永别我们
妖地,
确实我对你有罪了,
确实是我把公主偷来的,
但我还没有近她的身子,
因为公主的身体烫如大火,
我丝毫也挨近不得,
才把她装入铁监里,
她时刻都还哭念着你的,

现在我将她拿来送还你,
只请求你留下我的性命,
你开恩让我活命吧,
让我照旧住在这个森林里吧,
所有死掉的我的兵将,
请你们施恻隐之心把他们医回来,
从今以后,
我要改变我的恶心和恶嘴,
不再造次了。"

妖王的头这样说出恳求的话,
阿陇心里也不想留后仇,
想让妖王仍然活起来统领妖怪,
就对妖王说:
"那么你把七公主献出来。"
妖王答道:
"我只有头没有身子,怎样去拿呢?
请你把我的头接在身子上吧,
我一定不变化,
给我的头和身子连在一起,
我才好去取公主来献。"
阿陇听明妖王说的话,
才把他的身子和头接拢,
用宝鞭一划,
妖王即时恢复了原来的样子,
阿陇再把白海螺里面的仙水洒给他,
他就活了起来,

向阿拢拜了拜,
就去把七仙姑取来送还阿陇,
阿陇与七仙姑会面,
解除了千愁万苦,
男女同住一起,心里很快乐,
像死去一世才活回来的样子。

七仙姑笑容满面,
喜欢地拜见银山父母说:
"谢父母费很大心血领阿陇来此地。"
说着向父母又拜了一拜,
向阿陇拜了一拜,
想起过去的几天,
心里就酸起来,
一只手拉着双亲,
一只手握着阿陇,又哭起来了:
"只因山中妖王把女儿偷了放上它的飞车,
女儿丝毫不知晓地就离开了丈夫,
认为不能再见丈夫和父母双亲,
认为要死在妖魔地方了。"

七仙姑这样诉说着苦难,
父母都感到伤心,
也掉下了眼泪,
父母看到女儿受到很可怜的苦楚,
母亲就抱着女儿亲起来,

两眼的泪水掉到女儿身上,
那时阿陇也牵着七仙姑的手,
流出了眼泪,
诉说了几天来受着的苦楚,
他们所带的众兵将看着,
心里也感到难过,
那时阿陇和七仙姑双双向父母下拜,说:
"我离别亲娘已经七个月之久,
心里非常挂念,
母亲也天天在盼望我了,
我想把公主领回去,
看望亲生的母亲,
所以才向父王母后请求,
准许我俩回去吧。"

那时银山王夫妻俩认识到女婿的威德和本领,
明了了他的来意,
认为应该许可他回去,
才开口用好话说:
"爸爸妈妈的好儿好女呀,
父母的恩情确实是不能忘记的,
因为你还有亲生母亲,
你俩一同离开山林回到亲生的母亲那里团圆吧,
还有巴腊拉西国王还盼着你去回话,

你俩只管回去把差消了吧。"

银山王这样说了允许的话,
阿陇夫妻喜欢不尽,
再把性情恶毒的妖王叫了叫,
因为他已经驯服得不像以前了,
所有在战斗中死去的妖兵妖将,
阿陇把自己的白海螺里的仙水一洒,
个个都复活起来,
阿陇用好言好语教训他们,
要他们守王规,
他们个个的心性都驯和了,
也许妖王可以照旧管理他的地方,
阿陇把妖地的各种事情安置好,
夫妻两人就离了妖地回转,
银山王夫妻率大兵送阿陇到达原来的山洞,
银山王说出吉利的话:
"所有凡间的累赘和苦楚从此离开了你们身体,
让你们回到本国做国王统领天下吧,
使各个地方都依靠你们,
所有环球世界上的国家不发现任何一国与你们冲突,
将你们的恩德和威望普照到环球世界,
使你们永远安乐在万民伞下吧。"

银山王和皇后这样说了吉利话,
阿陇夫妻举起双手顶在头上接受。
父母双亲才别了他俩的新飞亭,
坐上自己原来的飞亭,
率队伍返回银山,
愉快地与六个姑娘同在宫里享福了。

在位的众徒弟和听众们呀,
我说的前世间的故事你们好好地记住吧。
这样经书里面说的故事可以把第十一段搁在这里,
再把后段的经书展开来,
佛主前世间的故事还不完全,
像一朵花谢后另一朵花继续开,
传下来有十二段,
现在把最后一段的故事说出来。

说的是阿陇将要回本国的话,
夫妻俩都感到郁郁不爽,
他俩舍不得的是住惯了的花林,
阿陇两眼含着珠泪说:
"留住吧,留住吧,
我俩睡的床和花枕呀,
从今以后,我们不再在你们上面,
可惜你们永远没有光了;
留住吧,留住吧,

金光银光闪闪的大殿呀,
从此以后,我们离开你,
你不像过去一样发光了;
留住吧,留住吧,
装水的小罐呀,
你们聚拢一起永远在这森林里吧。
各种各样的野花和鸟群呀,
我们再也不能听你们热闹的声音了;
清清的荷花池呀,
从今以后我们不能在里面沐浴了;
在山林里的各种虫类呀,
你们好好地在森林里欢乐地叫吧;
现在我夫妻要回巴腊拉西国家去了,
所有在这森林里的众鬼神们,
你们永远快乐地在这儿吧。"

夫妻俩这样地说着,
这个范围内所有的山神、土地听了都感到悲哀,
另外,阿陇又对七仙姑说:
"银山的公主,我的爱妻呀,
现在吉期到了,
我要带你回国去,
父母赐予我俩的飞亭,
我们也把它带回本国去,
妹妹不要顾虑到我俩的金殿,
我们要把它带到巴腊拉西国去的,

我要祝告众仙、众神帮助我俩,
和各种花仙也帮助我俩。"

说罢他就祝告道:
"在上层的玉皇大帝、四位金刚和广大的大地,
我和莲花仙姑如果是前世同做功德,
世世代代同积善,
世世代代同夫妻,
过去如果我们祝告到想成佛的事情,
确实有证明的话,
现在我俩所在的金殿,
带我俩腾空而飞吧,
我俩要双双地住在飞亭里,
让它如意地把我俩带上飞回本国吧。"
阿陇这样祝告已毕,
飞亭就摇动起来,马上腾空而飞。
美丽的金光和宝光把森林照得金黄黄的,
光彩像从飞亭上浇下来的水一样,
飞亭微微偏斜的时候,
风摆着角上的挂铃,
发出了很热闹很好听的声音,
太阳的光辉照着飞亭顶上的珠宝,
发出了闪闪的光芒,
飞亭迎风而飞的时候,
发出的声音像鼓声铓声一样好听,

人虽然是两个，心却是一条，
他们像神仙一样住在飞亭中间，
坐的是飞亭，
走的是云彩上面的路线。

一直向雅喜住的莲花池而飞，
想去向雅喜拜谢辞行，
阿陇对七仙姑说：
"我的仙姑呀，
我俩下去向雅喜拜一拜，
因为他像一把伞罩在哥哥的头上，
哥哥才得到妹妹，带妹妹一同回国，
当你们下水沐浴的时候，
我已经死了，
雅喜帮助我转死回生，
我想到他的大恩大德，
我们去拜他一拜才合理。"
说罢把飞亭慢慢地停下来，
雅喜的慧眼看见阿陇夫妇坐着飞亭下来，
心里很喜欢，
马上离了座位，驾云来迎接阿陇，
双方用好言好语谈叙。

阿陇夫妻俩向雅喜拜了三拜说：
"现在我俩来谢您的恩，
我俩要告辞您回国去了。"

雅喜很喜欢地回答说：
"祝你俩回去万事如意，身体健康，
使你俩永久统领天下，
威德永久布满巴腊拉西国家，
现在无道的便骂达国王，
他不讲理，
指使你一个人进老林里寻找千瓣莲花，
现在你已经得到了七仙姑，
得到了千瓣莲花，
国王一定没有福分享受，
他肯定要败在你手下，
最后你一定胜利，
一定要在金殿里做全国的统领。"

雅喜这样地交代了吉利话。
阿陇夫妻又拜了三拜说：
"我很喜欢地遵照您的嘱咐。"
说罢雅喜转回自己的庙里，
阿陇夫妻又愉快地驾起飞亭，
迎着风和云彩向前飞去，
飞亭一起一伏，宝顶光耀夺目，
阿陇又想起碰到的第一个雅喜。
"这是因为妖怪想拿我去吃，
念了蒙混咒语，
半夜把我抬起走，
路过雅喜的庙，
若不是雅喜把妖怪驱开，

我一定被妖怪拿去吃了,
我的爱妻七仙姑呀,
我俩且降下去,
去拜一拜心地洁白的恩师吧。"

七仙姑听了阿陇的话,
很喜欢地降下了飞亭,
到达了雅喜的庙里,
阿陇夫妻下了飞亭进庙里朝恩师
双双下拜,
先师一见就即时开口说吉利话:
"你俩好好地回去,
继承巴腊拉西的王位,
健康快乐地统领万人吧。"
雅喜这样为他们说了很好的吉利话。

夫妻俩谢了恩师,
离了庙宇上了飞亭,腾空而飞,
即刻飞到三万妖怪住的地方,
阿陇在空中喊叫着金莲公主,
口里说:
"住在宝光灿烂的宫殿里的妹妹呀,
现在哥哥我回来了,
如果我俩前世间同积善同做功德,
有了前世间的因果,
让你住的宫殿带起你离开妖王飞
来同我一路走吧,

来吧,来吧,结发的好宝宝呀,
来跟随你的哥哥一起走吧,
刚开的金莲花呀,
现在哥哥来接你了,
哥哥也得到了千瓣莲花的仙姑了,
我俩离开妖怪地方坐在飞亭上一
起来了,
现在特意来接你一同回国去。"

阿陇这样叫着金莲公主的名字,
夫妻俩在飞亭上把门闪开,
手持白海螺将仙水倒下来,
喊了金莲公主几声,
那时金莲公主听到阿陇用很甜的
声音叫着自己的名字,
把宝门推开向空中看望,
看见阿陇把仙水倒下来,
金莲公主举起双手,祝告四方众神:
"让我坐的宝殿腾空而飞吧,
我们一起飞到阿陇的飞亭面前,
一起回到巴腊拉西国家与阿陇同
住吧。"
金莲公主祝罢,
她的宝殿忽然动起来离开地面飞
向空中,
妖王看见了,心里很喜欢,
夸耀着阿陇和女儿的奇迹:

"男女有福分是应该这样的,
祝你们永远相亲相爱吧,
祝你们永远地统领巴腊拉西国家。"
妖王这样说了吉利话,
把各种好话都说毕。

金莲公主向妖王拜别,
那时宝殿起飞了,
金光和宝光射遍四面八方,
到达阿陇在空中的飞亭旁边就一起而飞。
又到了盏古公主在的地方,
是阿陇先到的那个地方,
两座宝殿一齐立在空中,
阿陇开口叫道:
"来吧,来吧,闪着光芒的宝贝,
香香的盏古花的妹妹呀,
现在哥哥离开了丛林,
来这里接你了,
哥哥已经得到了千瓣莲花回来,
特意来这里迎接妹妹,
你可以住在金殿里,
起飞到我们等你的地方来。
粉白漂亮的哥哥的妹妹呀,
如果是前世共同积善存德有因果,
请过往的八方神仙帮助,
让盏古公主住的宝殿带你飞来吧,

来吧,来吧,住在宝殿里的妹妹呀,
让你的宝殿飞来跟随我的飞亭吧,
香香的盏古花呀,
很快地住在宝殿里飞来吧,
快快飞来跟随你的哥哥吧。"
说罢就把仙水洒下来,
三人把窗门一开伸出手来招着。

那时盏古公主听到是阿陇不弃她,
果然回来了,
心里喜欢到极点,
就打开门来看,
仙水恰恰淋下来,
即开口嘱咐道:
"如果前世间我们一同真正地积善,
让我们所做的善事因果来帮助吧,
让现在我坐的宝殿离开地面飞向空中,
与阿陇的飞亭会合吧。"

盏古公主这样说罢就举起双手顶在头上,
那时宝殿离开了地面腾空而飞,
妖王看见了盏古公主和宝殿飞腾,
心里很喜欢地说道:
"我的女儿和阿陇真是相称到极点了,
让你们男男女女回到本国住在金殿里统领地方,

永远地享福吧,
那个旧有的国王无道,
马上让他败在你们手下吧。"
妖王这样说了吉利的话,
许可他们安全地回去。
那时三座金殿在空中闪闪地射出光来,
一起离了妖地成排地飞向巴腊拉西。
三座宝殿一并闪着宝光到达了巴腊拉西国家,
阿陇在空中像雷鸣样地吼,
结合风吹三座宝殿,
响出的声音像五种音乐一样,
宝殿的光和他们的衣服上的光,
像彩云遮着太阳光一样,
到了吉利的时候,
三座宝殿在空中停住了,
那样阿陇在宝殿里吼道:
"统领着巴腊拉西国家的我们的王呀,
你派我到森林里找千瓣莲花,
现在已经得到回来了,
现在我们还在空中等待着,
请国王出来迎接吧。"

阿陇声音传到国王耳朵里,
国王听到声音即时整理衣冠,
离内室出外来看了一看,
对宫里所有的人说:
"我心里想得的千瓣莲花是否感动了玉皇大帝?
他已经亲身送来了,
现在他已经在空中喊起来,
我要出去接千瓣莲花了,
你们好好地住在宫里,
一个都不要随我来,
各自稳住座位不能离开,
让我独一个出宫迎接吧。"

国王这样嘱咐了众人,
不许谁跟随着他,
真认为是玉皇大帝,
他独自一人到塑的骑象(这是几代传下来的象)旁边,
这条象关在金殿的东边,
国王骑上了这个贴着金的塑成的大象,
仰面朝天空中一望,
望见了三座宝殿,
金光、银光、宝光结合在一起,
夺取了太阳的光辉,
那时千瓣莲花的仙姑把殿门推开,
露出了粉红柔嫩而有光的脸面,
身上穿戴的东西发出了很好看的宝光,

所有的女子没有一个比得上她。

七仙姑把国王叫了三声,说:
"统领整个巴腊拉西国家的王呀,
你想得的香喷喷的千瓣莲花你注意接着不要放吧。"
说罢,七仙姑张口一喷,
嘴里忽然冒出香喷喷的千瓣莲花,
由空中旋转着落下来,
香气喷满了全城,
宽阔有十个"有正那"的全城都香满了千瓣莲花。
有些莲花的颜色和云彩一样;
有些随风到了山边,
化成了山腰上的白云;
有些落到别的国家,
化成了各种各色的花朵;
有些落到山顶上和山谷里,
化成了各种野花,
化成了各种奇特的少见的很香的花。
以前没有后来才有的花都是从七仙姑的口里掉下来,
现在我们看到的那些不知道名字的很香的花,
就是那时候长出来的。

国王将要接七仙姑赐给的莲花,
才看见七仙姑的面庞,
闪闪发光的穿戴衬托着美丽的脸,
以及她本身的威光,
使国王由象背上掉下来,
马上呜呼哀哉了,
因为他性情猛勇恶辣,
把穷苦到极点的阿陇母子整得太毒,
死后他的阴魂被押到阎王殿下油锅了,
把他放在像翻腾的铁水一样的锅里面,
把他熬在那里永远不得超生了。

众菩萨、比丘,各个我的儿呀,
所有达到菩萨位分的听众们,
以及智慧无边的沙里补达拉,
是你恳求我讲故事的,
将我所讲的过去故事牢牢记住吧,
凡人不可歧视他人,
谁也莫学巴腊拉西的便骂达国王,
他无故给阿陇治罪,
使阿陇受了千般万苦,
最后只落死期来临,
从大象上跌下来死在草皮上,
凡对他人要心怀热爱,
以他人的性命为重,

看见他人不论富和穷，
心里要平平地看待，
以后才会得好结果。

无道的便骂达国王死了以后，
众宫娥彩女们个个见到国王已死，
个个出来观看，
皇后很悲惨，
个个都吃了一大惊，
哭声震地，各地都忧忧闷闷的，
各大臣、各先生们，
把国王的尸体埋藏已毕，
阿陇和三个公主还在天空之中，
稳定地站在飞亭里面，
那时阿陇看见轰轰的人群，
心里怜悯大众，
恐怕他们看着七仙姑，
把大多数人的性命害掉，
马上手持玉皇所赐的白海螺，
由空中洒下仙水，
全城的家里家外都洒遍了，
男女老少个个受着仙水，
才没有气绝，
随意观看飞亭和七仙姑，
那时大家焦愁着国家无主无后，
大家还商量说：
"我们的国王做事没良心，

他现在已经死了，
没有一个人掌管天下做统领，
他也没有什么后人，
现在住在空中宝殿里的肯定有继承王位的人，
整个巴腊拉西国家可以请他来掌握统领吧。"

众大臣、众先生同口同心，
马上预备了香花蜡烛，
朝天而拜说：
"身坐金殿在空中的主人呀，
现在我们国家没有王子了，
万众同心同意请您降下来继承王位吧，
请您怜悯全国的大小三班老幼，
给我们依靠您的照在我们头上的威德吧。"
众官、众先生们这样在地下又拜又请，
那时，阿陇在空中答道：
"众大臣、众先生们呀，
这宽阔的巴腊拉西国家要我做王是不应当的，
我并不是王侯和贵族，
我是穷困到极点的寡妇的儿子，
只因我不懂道理，

国王也丝毫看不上我们，
我母子住在叶子盖的草棚里，
国王要让我死，
让我出去寻找千瓣莲花，
我确实去到森林里，
碰到她们三个公主，
成了恩爱夫妻，
带了千瓣莲花回来，
现在国王受不了千瓣莲花才死去了。
你们将国家献给我这穷困的孤儿，
因为我是穷极困极的人，实在不称，
你们选别的吧！"

阿陇说出这些话来表示态度，
众官战战兢兢地又拜，
大家才认识到是以前的穷孤儿。
"因为我们国王做事不讲道理，
他才死了，"
大家说，
"主要是国泰民安，万民安居乐业，
国无王不成，
请您像仙水一样地洒透万民吧。
把过去的一切怨仇放下，
请您下来继承国家的王位吧。"

众官这样三番五次地恳求着，
阿陇听了很有慈悲的心，

怜悯全国大小老少的人民，
阿陇才答应了他们的恳求。
那时阿陇才和三个公主一同降下来，
接受他们请求的王位。
美观的飞亭宝殿的光，
和阿陇与三个公主身上的光结合
在一起，
自然映出五种乐器的声音来。

众大臣和先生热烈地拜阿陇为新王，
和三个公主同在一起，
身为巴腊拉西国家的新王，
登了龙磴宝座，
全城男女上殿祝贺，
从此享受人间的幸福，
身披袈裟的听众们，
以及智慧广大的沙里补达拉呀，
我过去的前身遭苦遭难到了极点，
后来又反来享福极乐，
那时阿陇成了巴腊拉西国家的新王，
才把在树叶盖的棚子里的母亲请
到宫中，
从此摆脱了一切穷苦。

阿陇掌管天下，
他掌握了十条王规，
增加了全民的快乐，

看到富裕和穷苦的人民，
查看后就布施，
修桥补路，
兴修大塔，
那时，巴腊拉西国家焕然一新，
四季天时分明，
森林里花果不绝，
田里五谷丰收，谷穗饱满，
雨水非常及时。

消息传到各国，
各国都用象和马来进贡给阿陇，
所来的各地的人民，
阿陇教他们守规和布施，
阿陇款待各地人民，
以前犯大罪和在监房的所有的人，
教育了一番后一概开放了，
从此阿陇母子得到了幸福。
这是前世间的因果，
那时嘎沙把佛主成佛的时候，
度众生完毕归涅槃以后，
他留下舍利子和塑像，
那时阿陇的三个妻子和他共同投胎在一个国家，
那时阿陇成为巴腊拉西穷人家的儿子，
心性很纯洁，

他心里想寻找佛像拜拜，
那三个姑娘对他说：
"我们哥妹四个一起做功德吧。"

三个姑娘的话阿陇很喜欢，
阿陇说：
"我们要去拜佛只是没有棉花，
依靠你们行不行呀？"
那时三个姑娘说：
"讲到棉花我们是有的，哥哥不必焦。
只要哥哥把佛像旁边打扫干净，
我们要纺线。"
阿陇依她们的话把地点扫光，
三个姑娘就在那儿纺线织布，
她们纺线织布时，
阿陇也扎了三座小房子，
三个姑娘织好布做成三个幡，
把房子和幡施舍在佛像旁，
他们施舍的时候阿陇先出口祝告：
"我领这三个姑娘来此做功德，
做了三杆幡、三座房子，
这几项的功果后来给我们热烈地打伙在一起，
功圆果满，都成为佛。"

大的姑娘又祝：
"我心里最怕的是投胎在人的肚皮里，

后世给我去银山投胎吧,
让世界上所有的女人都没有我漂亮,
给我口里吐出千瓣莲花遍地皆香,
给我与现在这个领头的哥哥同住一起,
成为恩爱夫妻吧,
那时我的容貌如果人家看见,
谁见就让谁亡掉身体。"

第二个妹妹祝道:
"我对投胎在人身里也很厌烦,
我做这件功德,
后世给我投胎在花里,
也与领我们的哥哥成为夫妻。"

第三个姑娘祝道:
"我也厌烦投胎在人身上,
后世让我投胎在盏古花里吧,
投在离人间很远的妖魔地方,
也成为领我们的哥哥的妻子,
一同居住,享受极乐在万民伞下。"
她们三个同心合意祝的同在一起
住在会飞的亭子里面,
她们这样祝告后共同敬水在地下,
请大地做证,

和守卫佛像的众神做证。
后来他们死了,
阴魂到了天宫,
享尽了天上的寿命,
又由天宫下来,
男的投胎在巴腊拉西国家,
大的姑娘投胎在银山成为七妹,
另外两个投胎在深山老林里的花蕊上,
所以才碰在一起,成为一夫三妇,
只因前世这样出口祝告过,
因为他们做功德祝告的时候是出洼①时间,
所以他们的愿望没有落空。

众菩萨们以及听众们呀,
你们恳求我佛说的故事牢牢记住
传与后代吧。
那时我说的巴腊拉西国王,
世世代代都仇恨我破坏我,
他想的千瓣莲花他享受不住,
死去很久地受苦在地狱里,
到现在转为地哇达。

那时巴腊拉西国的新王,

---

① 出洼:傣族的佛教节日。——编者注

我的前身阿陇，
现在转为我释迦牟尼佛。
那时盏古公主的妖王父亲，
现在转为坝腊的富人，
是尾沙汉女子的公公。
那时的盏古公主，
世世代代不离地帮助我，
现在转为尾沙汉，
是建筑神八弄寺院的施主。
那时七仙姑的银山王，
现在转八泄那底过沙拉国王。
那时的金莲公主现在转为谢骂，
功圆果满成了比丘尼了（菩萨）。
那时凶猛的妖王，

现在转为达嘎短，
正在与我作对，
终究他要自己灭亡。
那时教咒语给阿陇的雅喜，
现在转为沙里补达拉，
是坐在右位的大弟子。
那时荷花池里的雅喜，
现在转为左位上的摩格烂。

现在全套的故事说完了，
书就在此结束吧。
让它像由塘子里出来的荷花，
太阳照着时间到了歇下吧。

（完）

文本四

翻译者：岩峰、刀孝忠
记录者：雷波、李仙
搜集地点：云南省西双版纳傣族自治州勐海县勐遮镇
材料来源：歌手唱本

我要唱一篇发生在一个大地方的
故事，
这个大地方叫勐巴拉西。
这大地方宽十六约那，

城里有高楼大厦，
周围布满了村寨，
土地肥沃物产丰富，
金银财富到处都是。

大臣们到那个地方都骑着大象，
道路上车辆来来往往，
牛马一群一群的，
布满平坝山岗。

河里的鱼虾样样有，
粮食也很丰足，
米酒和一切吃的东西都不缺，
布匹绸缎各种各样的花色都有。
金银铜铁埋在地里，
还有金矿和银矿。
围墙是用石头砌的，
宫殿盖得很辉煌。

这是一个很宽很大的地方，
管理地方的国王骑着大象。
他的名字叫坡麻丁拉，
是一个很有福气的人。
他美丽的妻子叫喃①底里，
宫殿里宫女有六万人，
他的妻子陪着他，
替他扇着扇子。
皇后美得像仙女一样，
天天都是这样，
他们时刻不分离，

他们在宫中吃喝作乐，
享福不尽。

妻子拿着鲜花来送给国王，
国王把它插在桌前，
天天观看。
皇后头上插满了金钗银钗，
是为了讨得国王喜欢，
她扇着扇站在国王的身旁，
皮肤又嫩又白。
在他后面有一群大臣，
管理军队的和管理国事的有六万
个头人。
坝子里的百姓来来往往，
就像蚂蚁样，
车轮声、象叫声、马啼声交织成一片。
这是个很大的地方，
天下的国家没有哪个像它这样大。

到了赶街天，
各寨百姓都从村子赶来，
国王也向街上走来，
大家见他都朝两边让路，
街上很热闹，
不分白天和晚上，

---

① 用在贵族姓名前的词缀，有"南""喃""嫡"等不同汉译用字。——编者注

都在做着买卖。
只听见人喊、马叫、车辆声,
小路上行人不断,
大路上很多人在赌钱,
小的竹楼没有,
全是高大瓦房,
全部都是嵌着玻璃镶着宝石,
到处都是这样,
看这里也是很辉煌,
看那里也是很辉煌。
许许多多的姑娘,
擦着粉,戴着花,
有些走路,有些坐车,
热热闹闹的声音传到很远的森林,
传到很高的云峰。
歌声和话声,
震得大地摇晃。

威武的国王,
骑着他的大象,
象上挂满金片、银片、金鞍、银鞍。
这条象,
有椰子树一样高,
随时都放着鞍,
等待着国王来骑。
国王骑着这条象,
巡回视察他管辖的地方。

关于这个城市的辉煌富丽,
我就唱到这个地方。

现在我要唱一个穷人将要出生,
这个穷人投胎在一个穷苦寡妇的身上,
但是他有做丞相的福气,
他的血缘很尊贵,
他属于皇后、大臣的后裔,
他来投生在勐巴拉的地方,
生下来啦!
母亲请来有学问的老人,
来替他取个名字,
各地老人都来看相后,
觉得他是个很有智慧的人,
应该取个很响亮的名字,
经过老人的商量,
取名召好勒,
意思是说力量大无穷,
将来要立下了不起的功劳。
他长大以后,
一定要征服天下的人,
森林里的虎豹豺狼都怕他,
都要向他求饶,
他的智慧胜过坝子里所有人。

慢慢长大起来,

到了三岁的时候,
他父亲离开了母子死去了,
竹楼里只剩下他和母亲很悲伤,
母亲用泪水把他养大,
他们的日子非常痛苦,
没有谁来抚养、周济他们,
他们仓里找不出谷子。
父亲死了变成鬼,
让母亲变成了寡妇,
卖了他们宽大的竹楼,
来养活自己的儿子。
厩里的牛马也拿去卖完了,
田地竹楼也卖完了,
所卖这些都是为了养活儿子,
让他长大成人。

所有的东西都卖完了,
他们成了更穷苦的人,
只能向人家讨来吃,
儿子渐渐长大,
到了十二岁,能帮点忙了,
母亲领着儿子到山上去,
开田种地,
种粮食和其他作物。
砍下了树后,
他们发现了两块很白很大的大石头,
这是天神从天上拿来送给他的,

那石头不大不小,
刚刚够他骑,
石头圆得像果子一样。
六个人去抬还抬不动,
但是召好勒一个人就抬动,
拿到了手上时,
就像一颗两颗小珠。

一个跑过去了,
另一个跟着出来,
母亲看他拿这两块石头,
就对他说:"孩子呵!
你不要玩这两块石头,
如果打着你的手和脚就不好了,
你不要一天拿着玩。"
"妈啊,你不要把石头当成火,
这两块石头我拿在手上,
就轻得像棉花一样,
就是打着手和脚,
也不会受伤。"

母亲领着他回到家来了,
走进竹楼的时候,
母亲走进房里,
儿子拿着石头跟伙伴们玩去了。
这里的小伙伴约起来和他比赛,
召好勒每次都得胜,

这里的儿童没有哪个不败给他。
有的输给他饭,
有的输给他鱼,
召好勒就把东西拿出来分给母亲吃。

从这天起,
他天天出去比赛,
过了不久谁也不敢和他赛了。
寨子里的儿童没有哪个能战胜他,
没有人来赛,
他走进房时,
手里没什么送给母亲,
母子两个一个看着一个,
没有什么吃,
很悲伤。
母亲对他说:
"孩子呀,从明天起,
你不要出去和其他人比赛了,
你这两块石头抬到竹楼边,
人家喜欢来看的,
他们会拿着东西来送。
如果有钱人,
他们会赏给我们一些金钱。"
成千成万的人,
都来看这两块石头,
但是母亲仍然带他到地里管理田园,
黄昏时才回来。

走进家,
他就一只手抬起石头,
走到母亲前,
玩着那两块石头,
天天都是这样。

这两块石头,
变得愈来愈好看,
像簸箕一样圆,
它们互相摩擦,
发出一种很响亮的声音,
这种声音如雷声一样,
有些人听后就害怕,
但都想看看。

他玩这两块石头,
所有赶街的人都来看他,
就像赶摆一样。
有的拿衣服有的拿布匹赏给他们,
在这些礼物中,
有香蕉、瓜和其他一切吃的东西,
他们的日子一天一天好过起来了,
有吃的也有穿的,
困难和痛苦没有了。
今天我就先唱到这个地方。

现在我又要唱那个威武的国王,
他的福气像高山一样,

他整天住在金殿里。
有一个晚上他梦见,
在一个池塘里有一朵千瓣莲花,
每一瓣都有它自己鲜艳的色彩,
在水面上散发着清香,
芬芳的花儿随风吹进寨子,
整个坝子都香遍了。
有一个天神把它从湖心采下,
双手递给国王。

国王接在手上,
呆呆地观看,
看了很久,香味把他唤醒,
才发觉自己双手空空,
他想:"我梦见这朵花,
大地上有没有呢?
如果我派人去寻找,
能不能找到?"
国王天天盼望着能得到这朵花,
心神不安,连肌肉都松下去了,
他渴望的心很迫切,
就骑着大象走进了宫殿,
大臣、宰相也吃完饭来到他身边,
国王对他们说:
"在我们国土上,
有一朵千瓣莲花,
大家立刻去寻找,
不管它在哪个村寨都要找到。"
可是他们到处寻找都找不到,
只有失望地回来了。
威武的国王并没有甘心,
他派人敲响大鼓,
响来了更多的人。

于是众头人和所有百姓都跪在他面前,
国王宣布说:
"哪个能找到千瓣莲花,
让花的芬芳香遍整个国土,
就像我在梦中看见的一样?
你们大家应该约起来,
成群地去寻找!
不论这朵花是在哪一个国度,
哪一座山,哪一条箐,
你们都必须找到。
我要把这朵花当成我们国家的国花,
让我们的国土,
像这朵花一样美丽。"
丞相和头人听完后,
就分头四处去寻找,
可是不管走得多远的人,
都没有找见,
仍然空着手回来拜见国王。

于是国王要亲自出去找，
他下令挑选三万年轻精干的士兵
陪着他一起去。
象队准备好了，
马队也准备好了，
众头人也来齐了，
国王选择了个吉祥的日子，
就要准备出发，
他骑在高大的象上，
前前后后跟着大量的丞相。
他走到一间小竹楼旁，
遇见召好勒在玩两块大石头。
召好勒看见成群的象队、马队，
还有那个红绿的旗，
眼都看花了，
他不知道是发生了什么事情？
心里十分恐慌，
于是手里大石头就掉下，
滚到国王前，
打伤了国王的大象脚。
大象的左脚被打断了，
它发出一声巨大的吼声，
国王很愤怒，
就下令叫随从武士，
一起上前捆住这小伙子。

挂着刀抬着矛枪的人，

像一窝蜂冲上去，
有的拉住他的手，
有的拉着他的衣裳，
他们拉去拉来，
用绳拴住他的脖子，
他就跪在国王跟前哀求说：
"我是一个穷人的孩子，
家里没有什么财产，
父亲早已死了，我的母亲是个寡妇。"
可是不管小伙子怎么哀求都不行，
国王的怒火，
就给他判了罪，
要把他立即杀死。

那些剑子手拔出刀来，
凶恶地拉住他奔向龙林（杀人之地）。
这时候母亲已经得到消息，
从破烂的竹楼跑出来，
拉住儿子的衣裳，
悲伤地哭啼。
哭声扰乱了森林的安静，
树枝上也挂满了她的泪水，
这个可怜的母亲跪在国王面前，
又哀求道：
"不懂事的孩子犯下了死罪，
请国王饶恕他是个穷人的儿子，
免去他的死，

因为我只有这样一个孩子,
他死了,我就没有依靠了。"

国王回答说:
"如果他能替我找到莲花,
我就可以免去他的死罪。
如果找不到这朵花送到我手里,
让我天天闻到它的香味,
我决不会免掉他的死罪,
这是我的命令,
一点也不含糊,你要听清!
就是你们拿来一万两金子,
我也不会改变我的主意。"

悲伤的母亲和儿子,
就像野火烧身一样,
他们的头上像压着一座大山,
如果找不着这朵花,
儿子的生命就保不住了。
母亲这样想了以后,
又跪下向国王哀求:
"国王啊,国王!
这朵花到底在哪个地方?
请你给我们指点指点!"

国王回答说:
"这朵花在天与地之间的一个湖上,
到那里要经过森林、高山、大河,
你们一定要前往,
拿不回来,
我就要处死你儿子!"

儿子看见母亲很悲伤,
担心她会伤心地死去,
就对母亲说:
"阿妈,不管它在什么地方,
我都能找到,
请您放心!"

他就离开母亲找千瓣莲花去了,
国王听到他答应去找花,
就命令随行人解下他的绳子,
召好勒得到了自由,
他便跪在母亲膝下说:
"生我的亲娘啊,
你把我生下来,
我也没有好好孝养您,
现在就要离开您了,
我们家这样穷苦,
我离开您以后,
可能您的日子就更不好过了。"
母亲不让他走,
他又对母亲说:
"如果不走的话,

还是要死，
我宁愿死在森林里，
也不愿死在国王的刀下，
如果我们有福气的话，
出到外边也不一定死，
日子还很长，
我们一定能得到团圆。
那时我们母子相见，
就不再有痛苦，
国王也不会迫害我们，
请母亲不要哭啼，
不要伤心，
悲伤多了会得病，
但愿母亲健康，
活到一百岁，
只要母亲在家活着，
稍微种点田地，
维持着生命，
或者种上点黄瓜、苞谷、芭蕉，
用果实来维持生命。
母亲要像大树一样，
安心地住在竹楼里，
请不要想念我。"

母亲听了儿子的话，
把儿子抱在怀里：
"孩子啊！

你的命为什么这样苦？
你生在穷人家，
刚刚满三岁，
父亲就离开你到天上去了。
没有吃过甜的东西，
没有听过温暖的话，
尝到的只有痛苦。
虽然从小母亲用奶喂大你，
但是奶里也含的是苦汁，
在痛苦的日子里，你长大了，
现在已经满十二岁。
本想你长大后日子会好些，
谁想到又会出现这样的灾难，
我希望你在身边长大，
帮助母亲干活，
让我们的日子更好过，
现在你要离开母亲远走他乡，
森林里有虎豹、豺狼、野象，
他们会伤害你的身体，
叫母亲怎样会放得下心？
再说，你怎么能走得过去？
想到这些母亲的心怎能放得下？
可是，不去又不行，
这件事真是为难啊！
你出了门，肚子饿了到哪里找饭吃？
口渴了到哪里找水喝？
望天神保佑你，

不要让野象伤害你，
到哪个地方也吉祥平安，
遇到魔鬼也能战胜。
不要让疾病和死亡靠近你的身体，
愿天神保佑你一路平安，
早日找到莲花，
快快去，早早回！"

儿子听了母亲的话，
双手合着跪在母亲面前，
母亲用手抚摸他的头，
给儿子增添福气，
他就这样告别了母亲离了家。
他走时，
两条泪水的河流跟着他走，
他的痛苦没有什么可以相比，
整个坝子的人都为他哭啼、悲伤，
在他走出坝子时，
国王骑着象，
回到了宫殿里。

现在我要唱唱召好勒去寻找千瓣莲花，
他离开坝子，
孤单单地一个人走出坝子，
坝子在他眼里消失了，
前面只有一座又一座的高山。

深深的树林里不知藏着多少艰苦，
他走过一山又一山，
越过一岭又一岭，
快要接近黄昏了，
他走到一个新的坝子。
坝子里布满了很多村寨，
他仍然继续走，
心里想：
"走到哪里天黑，
就在那个地方住下。"
走了七八天，
他才走到京城的边缘，
可是，这个地方还是没有莲花，
他只好继续前走，
又走到密密的深山里，
继续走了五天，
还走不过森林。

他想起自己的母亲，
不觉眼泪就簌簌地掉下来：
"母亲是不是也像我一样寒冷，
也像我这样饥饿？"
想着想着大哭起来了，
已经有很长时间了，
他都拿山茅野菜充饥。
有时采不到，只有饿着肚子，
吃芭蕉根，找野菜，

已有七天了。

他又走到另一个国家,
这个国家的土地很宽大,
他穿过坝子,
向街上走去,
一穿过街子就到达了京城,
这个京城也很辉煌,
来来往往的人都骑着大象。

他走进京城,
大家都围着他观看,
人们对他说:
"年轻人啊,
你生在哪一个国家?
看你的模样,
是远方的来客,
我们这里的人没有一个的装束像你。"
老人们问他后,
都纷纷要请他到自己家去住,
可是召好勒都是摇摇头,
谢谢大家的好意。
大家就问他:
"你来这里是为了哪样?
你心头挂着什么事情?"

召好勒回答说:
"年老的乡亲,
你们的话是那样柔软、甜蜜,
我听后很感激,
我的家在遥远的勐巴拉西,
来到这里,
是为了替国王寻找千瓣莲花,
这一朵花香得很久,
它有一千种一万种颜色,
如果你们的国家那里有,
希望告诉我吧!"

周围的人听后说:
"年轻的小伙子啊,远方的客人,
关于这朵花,
我们生长在这里很久了,
就是年纪最老的人也没见过。
这朵美丽的花,
只听传说它在湖里,
我们这个地方很大,
但是,每个人都说没见过,
大地上根本就没有这种花,
你到哪里找,
也不会找到,
你再继续走,
前面只有魔鬼虎豹,
在等着你,

你要走只有死亡,
我们劝你,
还是回去吧,
回去向你们国王哀求,
他会免去你的死罪。"

召好勒说:
"我还是要继续前走,
找不着这朵花,
我不回家,
就是死在森林里,
我也愿意。
因为我找不到这朵花,
国王不会饶恕过我的罪,
所以,我不能违反命运的安排,
才来到你们这个地方,
现在还没有找到这朵花,
我怎能回去?
请乡亲们告诉我,
离开你们这个地方,
向前走,
前面到底是什么地方?"

周围的人见他意志很坚决,
就告诉他继续前进的路,
他一一记在心上,
人们各自回家拿来各种各样的礼
物来送他。
有的拿来枕头,
有的抱来被单,
有的抱来衣服,
他又和这里的人,
饱饱地吃了一顿饭,
住了一夜,
到了第二天早晨,
太阳出来的时候,
他告别了主人,
继续前走。

他经过宽阔的大街,
街上行走着许多姑娘及寡妇,
她们头上插着许多鲜花,
打扮得很漂亮,
耳上戴着金环,眼睛很明亮,
有一群姑娘走过来问他说:
"年轻而又英俊的哥哥啊,
你是哪个地方的人?
请来到我们身边,
让我们多看一看。"

召好勒说:
"发亮的宝石啊,
年轻而又芳香的姑娘们,
见了你们,我很高兴,

你们的美丽使眼发花，
使我的心咚咚不停，
我的脚步已经不愿向前，
也是为了你们的美丽，
你们一个个都像天上的仙女，
我怎能向你们走近？
要是我有福气的话，
愿意一辈子和你们在一起，
可惜啊，我没有福气，
和你们在一起，
看我这种打扮，
我越近你们我越害羞，
我是远方的人，
生得像魔鬼一样丑，
不像你们家乡的小伙子漂亮，
要是我真的走近你们的时候，
你们一定要后退几十步，
再见吧！亲爱的姑娘，
我不能和你们在一起了，
我还要继续朝前走，
漂流到更远的地方。"

他就这样告别这群姑娘，
走到国王的宫殿前面，
只见宝石珍珠闪放光芒，
于是就想：
"啊，这样一个国家人民善良，

宫殿辉煌，可惜我不能久住。"
他又继续向前走，
穿过许多森林和大山，
来到一个新国家。
这个国家叫勐买短，
他走近了一个寨子，寨子竹楼很高大，
主人把他领到家里，
召好勒双手合掌向主人请求住一夜。
那头人问他：
"年轻的小伙子，
你从什么地方来？
生长你的国家叫什么名字？
为什么来到我们这个边僻的国家？
这一切啊，都请你告诉我们，
我们不会伤害你，
愿意尽自己的力量，
来帮助你达到你的愿望。"

召好勒回答说：
"年老的头人，
你的话像花一样香，
我就是想来到你们国家，
想借你们的福气来实现我的希望。
我的家乡很大，
管理我们地方的是一个威武的国王，
他叫我寻找有一千瓣有一千种颜色的莲花，

这是国王的命令,
他已给我定了死罪,
这样才来到你们富饶的地方。
关于千瓣莲花生长的地方,
如果老人知道,希望给我指点。"

年老的头人回答他说:
"小伙子,你放心,
等一下通知所有百姓来这里,
我慢慢地帮你询问。"
等了一会,寨里所有人都来了,
他们围在头人楼房里面,
年老的头人说:
"我们寨子来了一个远方的客人寻找千瓣莲花,
如果哪个知道就告诉他。"
周围的人听了以后,
一个都回答不出这个问题,
只能对他说:
"最好是去报告一下我们的国王,
也许他会晓得。"
召好勒到了国王的宫殿里,
把自己的希望告诉了国王,
其他人也跟着他一起去,
替他请求国王帮助:
"高贵的国王啊!
我们有这样大的年纪,

头发都白了都没有见过千瓣莲花,
希望托你的福找到千瓣莲花。
是不是要用人工来栽培?
如果不栽培想来会找不到,
要是让青年人去找,
就是他走遍所有的地方,
也不会找得到,
我们非常同情这个小伙子,
他已经走了很多地方。"

国王回答说:
"那也是没有办法的了,
那是一朵仙花,
就是我们全勐去寻找,
也找不到。
年轻人啊,我们国家没有这朵花,
你还是到别处去寻找吧。"
有个老年人对他说:
"那你就进森林里吧,
你是个有福的人,
天神一定会帮你找到这朵花。"

于是他就告别了这个国家,
又继续往前走,
走到一个小小的寨子,天黑了,
他就在这里住宿。
第二天清早鸡叫的时候,

他又继续向前走,
在路上又遇见了很多行人,
老的小的青年小伙子,
都和他打招呼,
并且互相议论说:
"这个小伙子就是找千瓣莲花的那个。"
当他走到一条小街时,
一群姑娘挡住了他的路说:
"勐巴拉西来的小伙子啊,
你已经走过了很多地方,
到我家竹楼上喝一口水,
让我们看看你的容貌和心。"

召好勒用温和的语言回答:
"谢谢啦!谢谢啦!
亲爱的姑娘,
我走过很多地方,
从没有听过像你们这样亲热贴切的声音,
我是一个流浪人,
是帮工吃饭的,
怎能和你们这些有福气的姑娘坐在一起。
一串一串的珍珠啊!
多情的妹妹,
我能看你们一眼就已经够了,
只有爱神才知道,
我是很想坐在你们身边。"

姑娘们说:
"远方的哥哥啊!
你身上有那么多芬芳,
能不能分我们一半?
你要继续游历很多的地方,
能不能让我们同去?
如果你同意,
我们就背起口袋,
跟你一起走,
就是走到森林里,
我们也是欢乐的。"

召好勒说:
"谢谢你们的好意,
你们安心地住下吧,
等哥哥找到千瓣莲花,
一定来看你们。
再见吧,姑娘们!
愿你们长得更美丽,
这就是我心里的祝福。"

他告别了姑娘们后,
就继续走向东方,
时间又过去好几天了,
他白天走,晚上歇,

一个月以后来到勐喝傣国家。
这也是一个很广阔的地方，
宫殿又高又亮，
他呆呆地看了好一阵，
脚都不想离开，
就像着了迷一样，
看了很久，
他才放步走向丞相的竹楼，
把来意向丞相述说，
丞相听了很同情他，
把他当成高贵的客人看待，
吃过饭后，
丞相要求他把一切希望都说出来。
召好勒没说些什么，
他的一切希望就只是找千瓣莲花，
丞相只好把他领到国王那里去，
国王知道了他的要求后，
就下令：
"不管是丞相，是宫女，
都要帮助他，
并且叫他们凡是在他的国土范围内，
都要寻找到。"
可是，这有千瓣的莲花，
谁也没有见过，
勐喝傣的土地上，
哪个寨子都没有它的影子，
他只好又回来报告国王。

国王又告诉他：
"我已经尽到自己的力量了，
没有找到，你就到其他地方去找吧！"
其他的人也告诉他：
"不要找了，这种花是找不到的。"
召好勒只好又拜别了国王，
回到借宿的丞相家，
到第二天早晨，
他就双手合掌，
拜别了丞相。
继续往前走，
到了坝子中央，
又遇见一群姑娘，
她们交头接耳，
都在议论这个青年说：
"天下的青年都没有他漂亮，
他为什么会在这个地方行走？
如果他能够变成金簪，
飞到我们的头上来，
那该是多好。"

召好勒也听到这窃窃的声音，
他从内心里感激这群多情的姑娘，
于是他走上前对姑娘说：
"你们寨子最美丽的花，
永远不会败，
可是我已经枯老了，衰败了，

苍老了，像一片落叶样，
没有香味和活力，
颜色也减退了，
失去了光彩，
怎么能插在你们头上？
倒是我能站在你们身旁，
就是最大的快乐。"

那些姑娘听了，
都高兴得跳起来，
就像要来抢他一样，
召好勒用歌声感谢了这些姑娘的
情意。
继续往前走，
一个月以后，
他又到了另外一个大国家，
这个国家叫勐赶塔，
那里的人很多，
街上和路上到处都是人群和牛马，
他从田野上走过，
走了七天才走到田野的中间。
按照这个国家的风俗，
他先去找国王的丞相，
用最好的语言，
述说他的要求和这几个月来的经历。

丞相听了他的话后，

觉得他是个很有志气的青年，
为了寻找千瓣莲花，
离开家园，远走长途，
召好勒又对丞相说：
"听说这朵千瓣莲花，
在一个大湖里，
不知它在哪一个方向，
如果老人知道，
请告诉我。"

丞相又领他去见国王，
向国王诉说青年的要求，
国王又派人去找，
所有的湖都看过了，
还是没有一朵莲花，
他只好回到丞相家。
第二天早晨，
又拜别了主人，
走出了这个国家的京城。
这天正是街子天，
从乡下来赶街的人很多，
男男女女往来不绝，
街上的货物很多，
但是人们的眼睛不去看货物，
穿着绫罗绸缎的丞相姑娘，
都忙着整理自己的衣裙，
把镯带好，把头梳好，

把裙穿好,
有些披着三块纱巾,
如果要计算起来,
抵得很多黄金,
远的地方还坐着车子赶来,
担心看不到这个小伙子,
她们把担子停在小伙子前面,
问他:
"年轻的哥哥啊!
你是生长在哪个地方?
为什么会长得这样漂亮?
是国王的公子,
还是丞相的儿子?
你的容貌不像一个凡人,
是不是天上的神,
来我们地上投生?
我们这些都是没有福气的人,
你才不来投生在我们地方,
你虽然没生在我们地方,
也希望你在我们地方生活,
只要你住在我们坝子,
我们坝子就更漂亮。"

召好勒回答说:
"我眼前是否都是刚刚开放的缅桂花?
说出来的话比一切花都更香,
我的耳里听到的都是些车马声和好听的歌声,
是不是我来到天堂?
本来我有福气的话就不离开这个地方,
要是我能在这个地方有家,
那一定很幸福,
可惜我是穷人,
没有福气跟你们这些美丽而又有福气的人住在一起,
你们是明亮的宝珠,
我只能看不能用手去摸,
如果没有什么事,
一定住在你们地方,
再见吧!
年轻的姑娘们!
我就要离开你们了,
你们不要恨我无情。"

姑娘们听说他要走,
都忙着拿各种礼物来送他。
离开了勐赶塔的这群姑娘,
走了廿天到了另一国家。
这个国家的坝子,
布满竹楼,一间连一间,
穿过这个国家,
走了一个月,
来到勐戛西国家。

这个国家的京城,
是在一个坝子的中间,
召好勒走了七天,
才到这个坝子的墙脚下,
进入城后,
他向一个老些纳①(官职)打听莲花的事,
并请求老些纳帮助他,
些纳又领他去拜见国王,
国王在宫殿里接见了他。

召好勒对国王说:
"我是勐巴拉西派来找莲花的,
请求国王帮助。"
国王派了人到各地去寻找,
都没有找到,
只好用最好的饭菜来招待他。
召好勒寻找莲花的心很切,
不敢在这个国家多停留。
住一夜后又继续向前走,
穿过平坝后到了一条街子。
这个街子很热闹,
各种各样货物都有,
人们高高兴兴地做着买卖,
打扮得很讲究的姑娘,
在街上穿来穿去,
看见了一个陌生的小伙子,
便一群群约着朝前去问:
"年轻的哥哥啊!
你那明亮的眼睛啊!
我们这里的人从没见过,
你是不是从远方走来?
一定很累了,
请到我们寨吃几个水果吧!"

召好勒回答说:
"我的口也很渴,
本想到你们寨喝口水,
就怕把你们竹楼沾臭,
我生得又丑又脏,
怎能走进你们的寨里
美丽又干净的竹楼?
我还希望嚼到你们的槟榔,
但是怕你们醒来反而厌恨,
再见吧!姑娘,
我没有福气,
不能在你们国土久留。"

召好勒说了这些话后,
就离开了勐戛西国,

---

① 些纳:官员,大臣。

走到一个深箐里，
他碰见一片野花，
野花绽放，看着他，
就像那群姑娘送行他一样，
他本想停下来和它们在一起，
可是一想起莲花来，
只好继续前走。
又过了很久很久，
他到达了勐贴巴，
一个老些纳又把他
领到国王面前，
他跪下对国王说：
"我是来寻找千瓣莲花，
请求你帮助。"

他的声音很诚恳，
双手合掌跪在国王面前，
勐贴巴王又派人到处寻找，
还是没有找到，
也只有用好饭好菜来招待他。
他在这个国家京城住了一夜，
第二天又继续往前走。
这个城很大，
他还没有走出城门，
就遇见很多男女老少，
还没有离开家时，
就听说这是个繁华的地方，

现在亲眼看到了，
勐贴巴什么东西都有，
这时他看见一群姑娘，
头上插着鲜花，
手上戴着金镯，
衣裙随风起舞，
耳上戴着金耳环，
头发梳得很漂亮，
他想走过去询问，
可是姑娘先到了：
"哥哥你是哪个地方的人？
为什么张开翅膀飞到我们地方？
能看见你是我们的幸福。"

召好勒回答说：
"姑娘啊！我看见你们，
我就像看见糯粘巴花，
谢谢你们！
你们的话像椰子样甜，
你们的裙子像草叶随风飘荡。
我是从远方飞来你们国家，
你们的国家这样富饶美丽，
可是我没有福气能和你们一起成长，
可惜我的身子太矮了，
摘不到你们那已熟的瓜果。
我和你们啊，
就像地上的眼睛，

看天上的星星样，
再见吧！芳香的糯粘巴花，
哥哥要走了，祝你们开得更香，
我只希望你们以后不要忘记哥。"

召好勒说了这些话后就告别勐贴巴，
他又走了一个月，
才最后同国王告别。
进入了里打王打的领域，
还在远远的地方，
辉煌的宫殿，
就在云里出现了，
他想：
"这个是不是大地上最边的国家？
不然为什么这样辉煌？"
进入城里又找到一个老的些纳，
老些纳又领他去拜见国王，
他又向国王请求帮助他寻找千瓣
莲花。
国王答应了要求，
派所有的头人丞相，
带领百姓去找，
可是走到哪个寨子哪条河都是没
有找到，
他们只好空着手回来见国王。

他又告别了国王继续走，

走到坝子边，
一群姑娘走来劝他：
"远方的哥哥啊！
我们地方是大地的边缘，
不能朝前走了，你就住下来吧！
前面就不是人住的地方，
是魔鬼是野兽生长的地方，
你怎能走过？"
尽管姑娘们真心相劝，
召好勒还是没有听，
又朝前走，
送行的人为他担心，为他流泪。

走了七天，
走进密密麻麻的森林，
路迷失了，
虎豹在咆哮，
雀鸟在头上飞，
他悲伤忧虑，
不觉想起了自己的母亲，
在家的时候每天不离娘身，
现在，单独一人，
在深山老林，
叫也叫不应，
迎接自己的是刺脸的荆棘，
他只有带着眼往前走，
到哪个地方天黑了就在哪个地方

住下来。
他走了三天才穿过森林,
来到另外一个地方。
这个地方在天与地之间,
他什么也看不见,
坐在树下,
树上有蛇盘旋,
周围有野兽怒吼,
只有那个野鸡的啼叫声还可以安慰。

到了深夜,
野兽叫喊得更厉害,
叫声越来越接近,越来越可怕,
召好勒想:
"莫非我的命运就这样完了,
我的身体就这样给野兽充饥吗?
四周都是荆棘,
我到底要向哪方走?
莫非前边没有地方了,
这就是土地的尽头?"
于是就向天上祈祷,
要求天神来帮助,
请求死去的父亲来帮助。

天神听到了他的哀求,
就下凡来站在岩石上,
岩石就似棉花一样软,

天神变成一个体弱年迈的老人,
来问召好勒:
"小伙子啊!
你年纪这么轻,
为什么来到这个地方?"

召好勒说:
"我是勐巴拉西来的人,
因为犯下了死罪,
国王才派我来找千瓣莲花,
要是老人知道哪里有,
就请告诉。
你老人家又在哪里呢?
为什么会来到这里?
是不是天上有福的人,
来搭救我?
如果是凡人的话,
这么老的人怎能走到这个地方?"

老人听了他的话后对他说:
"是的,我原是天上的神,
因为看见你在这里受苦,
才从天上下来救你。
千瓣莲花在地上是没有的,
就是你到水底下,
到龙宫都不会找到的,
你还是回去吧!

这朵花是不会找得着的。"

召好勒哀求说:
"你真是天上的神,
一定知道。
我应该怎么办呢?
请你指教我,
如果我找不到这朵花,
就只有死路一条,
我以后回去死,
还不如在这个森林里死。"

天神只是想试一试他的毅力,
现在看出他很有决心,
就取出一个螺蛳宝给他,
这个宝一拿出来,
就吐出许多水,
洗得召好勒更漂亮更聪明,
力气可以抵得七条老象。
这时老人又指点给他:
"这个螺蛳是个宝,
吃的穿的都在里头,
就是一千或一万个敌人来,
只要你一吹它,
有了它,老虎也不会咬你,
老象也不会踏死你,
火也不会烧死你,

水也不会淹没你,
一吹螺蛳,
什么都不怕了。"

天神说了以后就飞回天上去了,
召好勒得了宝后,
更大胆了,什么也不怕,
继续前走,
走了一段,
走到了一个花园。
各种彩色的花,
都争着开放,
他数不清到底有几千种几万种,
再往前后,
有一条深箐,
有一群野象,
有一群老马鹿,
有一群老熊,
在那里自在地游玩,
头上飞着各种各样的鸟,
还有松鼠、孔雀在树上跳来跳去。

召好勒又越过两座山,
看见一个很大的魔鬼寨子,
一间连一间,竹楼有三千间,
他们也像人一样。
召好勒走到那个地方,

他们一群群扑向他,
吼声就像几百只老虎一样,
整个山林都轰动起来了,
有些在他的前头,
有些在他的背后,
有些正在他眼前,
他受惊以为自己难逃,
后来想起宝来才安定下来,
于是他吹起螺蛳,
起初三声,
魔鬼的心像裂开来一样,
他们四处逃走。
召好勒就这样战胜了魔鬼,
离开这个地方朝前走,
到达了猴子国(勐王维哦)。

有一条河从它们居住的地方经过,
把它们的土地分成两个部分,
这一边是哥哥管理,
那一边是弟弟管理,
这时候猴子的大哥到山上寻找野果,
弟弟就走进洞里去,
把它的嫂嫂背着过河去了。

召好勒在河边正在发愁,
不知道怎样过河,

这时看见一只猴背着另一只猴过河,
心里暗暗想出了主意。
这时候猴子从山里回来,
看见妻子不见了,
就问它的家奴,
到底哪里去了,
它的家奴宫女回答说:
"有人来偷去了。"
它急忙到外面寻找,
到河边什么也看不着,
就哭哭泣泣起来。

这时候召好勒正在河边一棵树下
睡觉,
突然听见猴子的哭声,
并且有似雨一般的泪水,
从树上掉下来,
他想:"为什么这雨越下越大?"
抬起头来才知道是猴子在哭,
问它:
"你为什么眼泪和尿一齐下来,
把我的衣服都搞湿了,
我是一个有智慧有武艺的人,
我已走过很多地方,
没有人能战胜我,
为什么你要来欺侮我?"

猴子听后，心里很害怕，
赶忙下树来跪拜说：
"我并不想犯罪，
我不是有坏良心的人，
因为我的妻子被人偷走了，
我才这样悲伤，
我弟弟是一个坏人，
妻子可能是被它偷走了。
我的眼泪就是我的悲伤，
才淋湿你的头，犯下了罪，
如果大王见我妻子朝哪方走，
请告诉我一下，
我是这里的猴王，
如果你救了我，
我一定不忘你的恩，
你用得着我时，
我一定会全力效劳。
河那半是我弟弟管辖，
它良心不好，
会做贼。"

召好勒说：
"我走了很多路才来到这里，
我是来寻找那最香最美丽的千瓣
莲花，
要是你晓得哪个地方有，
请你仔细地告诉我。"

猴王说：
"我住在深山里，
到处都到过，
可是这种花从来没见过。"

召好勒见猴子很诚实，
对它说：
"我刚才在这里坐，
倒见两只猴子互相背着走过去了，
我原以为是它妻子，
经你一说知道可能是它偷去的了，
你怎样才能去拿回来呢？
你背我过河去吧！
过了河我就把你妻子救回来。"

猴王听后很高兴，
它擦干了眼泪说：
"我背你过河，
过河后，请你一定帮我的忙。"
猴王便把他背起来，
召好勒搂着猴王的脖子，
过到河那半。
召好勒跟着猴王到处找，
走到一个很大的房子里，
只见猴王弟弟领着三万只猴子在
欢宴，
三万只猴子都非常凶恶。

召好勒对猴王说:
"你在这个地方,
我帮你进去要!"
进去以后,
对猴王弟弟说:
"你为什么去抢你的嫂嫂?
这样做是违反良心的坏事,
你犯下了罪,
得到的只有死。"

猴王弟弟听了很害怕,
召好勒把猴王的妻子夺过来交还它,
猴王弟弟不甘心,
叫来三万只猴子,
拿着木棒、刀枪,
飞来和哥哥打仗,
召好勒拿出螺蛳来吹,
三万猴子就向森林里逃跑,
猴王才得以背着妻子回家。

召好勒离开猴子国向前走,
一个月后到了一个魔王国,
魔王名字叫叭牙。
他在荷花里发现一个少女,
他把她领回来养大,
现在已变成一个很美的小姐。
他怕女儿逃跑,

白天出去的时候,
就用魔棍把她打死,
晚上回来的时候,
又把她救活。

这时候召好勒走到他的城里,
看见这姑娘死在宫殿里,
他四处寻找也找不到什么,
只见一魔棍靠在旁边,
他用棍去敲姑娘,
那姑娘变成三截,
他又转过来敲,
姑娘又活起来,
并且站起来了。
她看见召好勒便问:
"哥哥你是从天上来的,
还是从人间来的?
你是有福气的人,
还是魔鬼的化身?"

召好勒说:
"我是从人间来的,
我要来寻千瓣莲花,
我不是天神也不是魔鬼,
姑娘你又是哪个地方的人?
为什么住在这个地方?
从你的容貌来看,

你不是从天上来的。"
姑娘说：
"我原是人间的女儿，
被坏人把我关在这荷花里，
被魔鬼把我带到这里来养大。
听魔鬼父亲说，
我是随着雨飘落下来的，
我的父亲是哪个？
我的母亲也不知道在什么地方，
他给我取了个名字叫南苏干塔，
我没有什么亲人，
只有魔王父亲和魔王母亲，
他们日夜在山上寻找野物，
只留我一个在家里，
是不是我们过去有什么姻缘，
才能在这里相会？
哥哥啊，如果能把我救出去，
我愿谢恩做你妻子。"

召好勒回答说：
"这也许是前世，
我们赕了佛滴了水才能相见，
可是我身犯了罪，
要找到千瓣莲花，
才能回去见得着母亲。"
两个人谈着谈着就相爱上了，
他们交换了心，

许下了誓言，
他们的爱情像水不会分，
他们的爱情像火不会熄，
他们的爱情像山不会倒。
这时候魔王父亲从森林里飞回来了，
召好勒想离开，
姑娘说：
"哥哥不要怕，
我可以请求父亲不要伤害你。"

现在我又要唱召好勒怎样和姑娘成亲。
魔王回到家，
把打得的麂子留在外面后，
就进家去。
一进家就嗅到一股人的气味，
他睁大眼睛四处瞧看，
他问女儿说：
"你为什么会自己活起来？
我们家为什么会有人的气味？"
姑娘忙跪下，
从头到尾地把召好勒的事告诉父亲并说：
"这怕是过去我们有姻缘，
才会看得见。
父亲啊！请你同情我们，
不要给我们带来痛苦。"

魔王答应了姑娘的要求,
叫姑娘把召好勒叫出来,
姑娘便把他叫出来,
召好勒跪下拜见魔王。
魔王问他:
"年轻人,
你是哪个地方的人?
名字叫什么?
为什么会来到这个地方?
如果你要愿意的话,
就和我的女儿结成夫妻,
我愿让位给你。"

召好勒说:
"我是来寻找千瓣莲花的,
住在勐巴拉西,
因为伤了国王的象,
才来到这个地方,
可是我已经走了很多很多地方,
却没有找到,
是不是我不有见它的福气呢?
如果是允许的话,
我愿同她结为夫妻。
我和她是交往的人,
结成了爱情。"

于是魔王就敲大鼓,
把他的丞相、头人和百姓叫来,
给召好勒和姑娘拴了线,
结为了夫妻。
过了一久①,
他又要离开姑娘,
继续去找千瓣莲花,
姑娘听了很悲伤,
怕他去了不回来。
召好勒对妻子说:
"妹妹你不要悲伤,
你难道忘了,
我们以前立下的誓言,
那些誓言连天神都听到了,
不要让悲伤来烧你的心,
我找到千瓣莲花就来接你,
那时我们一起回到故乡。"

姑娘回答说:
"你是我的眼睛,
没有你,我就看不见光明,
不管你走到哪个地方,
都不要把我忘记,
愿天神保佑你,
让你早日找到千瓣莲花,

---

① 一久:意为"不久",是云南地区方言,故遵照原始资料。

来接我。"

离别了妻子,
召好勒又来到了另一森林,
不久又来到勐维他国土。
这个国家,国王很喜欢打猎,
这一天他恰好在森林里,
追逐一只金鹿,
他在森林里遇见了国王,
国王就把他领回自己的宫殿。
一进宫殿他又看见一个姑娘,
死在那里,
一问才知道那是国王的公主,
召好勒仔细一看,
虽是死人但仍然美丽,
就像才睡着一样。
他用魔棍碰了一下姑娘的身体,
姑娘又醒回来了。

召好勒对她说:
"姑娘啊,我是来找莲花的,
能不能给我在这里宿一夜?"
姑娘说:
"你像一只金凤凰一样,
莫说住一天,
就是住一辈子,我都很喜欢。"
召好勒又说:

"你们这里是什么族?
什么国家?
你父亲叫什么名字?
他是怎样治理国家?"
姑娘说:
"我原是一朵花,
也受了天神保佑才变成一个人,
可是刚变成人就被父王带到这个地方,
我就是这个地方长大的,
我的名字叫南后香。
我父王原是个魔鬼,
但他不吃人只吃野兽,
他的心还是善良的,
他和人差不多一样,
可是他的生活不像人一样,
不像人间那样幸福,
哥哥啊!
你为什么来到这个地方?
你有妻子儿女没有?
你是来找他们的吗?
这里的人也好像人间一样。"

召好勒见姑娘很美丽,
心欲动,竟忘了自己是拴过线的人。
他说:
"妹妹啊!请不要说,

我来到这个地方后，
就不愿离开你，
我爱你像爱自己的眼睛一样。"
他就与姑娘结了婚。

过了一久，他离开了这个姑娘，
继续去找花，
离别时他嘱咐妻子说：
"再见啊！妹妹，
我找到千瓣莲花再来接你。"
姑娘听了非常伤心地说：
"如果我不放你走，
你的心也是会痛苦，
不过我记住你的话，
你说你爱我像爱眼睛，
我相信以后你一定会来接我。"
告别了妻子又去告别国王，
国王看见女婿要离开心里也很悲痛。
他说：
"你一定要走也是福气注定，
我没有什么送你，
只有这根宝棍，
我们这里没有这朵花，
你到更远的地方去找吧。"

召好勒拿着宝棍离开了国王。
他走进了森林，

天黑了，他只得在一棵大树下睡觉。
第二天早晨，
他又起来继续走，
几天后走到勐布离达国，
这个国家，国王生下一姑娘要满月了，
他正在寻找一个人来祭公主，
他下令到处找陌生的人，
他抱着自己的孩子，
含着一个宝，
坐在高高的宫殿上四处张看，
看见远远走来的召好勒，
就叫人快去捉他，
这时召好勒已在一棵大树下休息，
突然听见鼓声、人声、喊杀声一片，
他睁开眼睛来见一群魔鬼向他奔来，
当这群魔鬼快要包围他时，
来了个叭拉西用咒语
把这群魔鬼吹走了，
召好勒又疲倦地睡着了，
当他睁开眼睛，
看见一个叭拉西站在他眼前，
他便跪下双手合掌地问道：
"刚才有一群魔鬼向我扑来要伤害我，
一下又不见了，不知为什么，
是不是佛主来搭救？"
叭拉西说：
"刚才那群鬼来得很凶，

是我念咒语把他们赶走的,
你有什么要求?"

召好勒提出自己的要求,
请叭拉西帮助他寻找莲花,
叭拉西答应了他后,
便领着他到自己拜佛的棚里。
过了几天后他又跪下说:
"有福有智慧的佛主,
我是勐巴拉西的百姓,
母亲还在家里,
希望你早日告诉我,
千瓣莲花在什么地方。
如果我找不着这朵花,
我就不能回去见母亲,
我已经走遍好几个国家了,
都没有找到,
你是知识无边的人,
一定知道这朵花在什么地方。"

叭拉西说:
"这朵花生长的地方,
我从来不晓得,
关于这朵美丽清香的花,
它离我们很远很远,
我只知道有一个湖,
什么花都有,

湖边有一个什么都知道的佛主,
那个地方在天与地的中间,
只有会飞的龙和会飞的人,
才能到那个地方,
凡是在那里生长的鸟雀兽类,
都是很幸福的,
是天上来的。
那个佛主住的地方,
只有飞鸟才能到达
人从来没有到过,
如果你有恒心有毅力的话,
还要走三个月才能走到。"

召好勒双手合掌跪在地下说:
"佛主是个知法术通经书的人,
是不是能帮助我顺利到达这个地方?"
于是叭拉西就教给他法术和经书,
他学会了各种法术及经书后,
心中非常高兴,
可是没有什么来报答他,
只好天天去为他挑水,
以表达自己的心情。

叭拉西见他很诚实,
又告诉他:
"这个湖是在太阳出来的方向。"
于是他便选了一个吉日,

拜别了叭拉西,
向着太阳的方向奔走。
走了三个月后,
果然看见一个又宽又平的大湖,
湖里有一个高大的亭子,
他便在河边砍了一些竹子,
做成一只竹筏,
坐着竹筏向亭子划去,
到了中间,河里的龙知道,
成群地向他走来说道:
"我们自古生长在这里,
从来没有哪个来过,
现在我们要吃你。"

召好勒说:
"我要去找佛主。"
金龙和大鱼说:
"我们是叭因派来保佑佛主的,
你不能来接近他。"
召好勒说:
"你们不要来挡我的路,
我是来找佛主,
就是你们有什么本事,
我也不怕你们,
你们快快退回去吧!
如果你们不走,
我就要使用我的宝棍,

那时你们就只有死了。"

说了以后,
召好勒取出宝棍,
那些金龙和大鱼只有退回,
召好勒就顺利地到达对岸,
拜见叭拉西说:
"佛主啊!
你在这个地方,
也没有人来赊,
吃的米是不是充足?
身体是不是平安?"

叭拉西便睁开眼睛一看说:
"我在这里念经拜佛,
疾病不敢来接近我,
饥饿不敢来接近我,
飞到我身边的只有那善良的小鸟,
我吃的是生长在湖边的果实,
这里很丰富,
就是没有哪个培植,
它们长得很好。
青年人啊,是什么人领你来到这里?
你对我有什么要求?"
召好勒跪下说:
"我是生长在勐巴拉西的百姓,
只因犯下了罪,国王罚我来,

找千瓣莲花,
……"

年老的佛主听了他的话,
就明白了一切事情,
对青年说:
"这样的花天上没有,
这样的花龙王没有,
这样的花地上也没有,
一千瓣的花从来也不会培植出来,
只有一个姑娘叫喃金细里,
她生长在花岭地方,
她是国王的第七个公主,
她每说一句话口里都会吐出一瓣莲花,
只有她才能是千瓣莲花,
她到哪个地方,
那个地方就一片清香,
她生得很美丽并且能在天上飞。
她是七姐妹中最美丽最聪明的一个,
她们的住处是在大地之外,
地上的人,
谁也没有见过她们,
如果不会飞,
凭脚走是不会走得到的,

旁边还有一座金山(莱罕),
另一边还有一座宝石山(岭叫),
这三个地方都是富足的地方,
你还是回去吧!
这三个地方你是走不到的,
你要去只有受苦。"

召好勒听后,
无论如何要求叭拉西帮助他,
要看看这七个仙女,
他得不到这朵花,
心都要碎了,
叭拉西只有答应帮助他。

现在我要开始唱银山这个地方,
这是一个富饶的地方,
这七个仙女就在这个地方生长,
她们美丽得像七朵花一样,
地下的人中找不到这样美丽的姑娘,
她们像金子一样亮,
她们像水一样清,
她们像银一样白,
最小的姑娘每说一句话,
都要飞出一片清香的莲花,
那片莲花冲出她的口,
飞向天空,整个天都香了。

她的声音飞得很远，
这座金山国的国王叭团[①]，
早就爱上了这个姑娘，
早就想把她接到金山上，
只是这姑娘不愿意，
但是他还是不甘心，
一定要千瓣莲花做妻子，
他每天每夜都这样想着。

七个姑娘长大以后，
她们穿着一样美丽的衣裳，
戴着一样香的花，
在一起游玩。
她们每七天就到天宫飞翔一次，
每七天到天湖里洗一次澡，
这一天整个湖都飘着她们的笑声，
每一滴水都香完了，
洗完澡后又按时飞回宫殿里去。

现在我又唱召好勒怎样去寻找千瓣莲花。
临走的时候，他要求叭拉西教导他怎样才能得到千瓣莲花姑娘。
年老的叭拉西对他说：
"如果你真的要得到的话，

你要有毅力朝前走，
走到河边，
你就躲在那最密的森林里。"
他记住这些话后就出发了，
越走路边的花草越茂盛，
就像到了另一个天国一样，
走了一截又被叭拉西喊回来，
告诉他：
"如果这七个姑娘来洗澡时，
你要把她们的衣服藏起来，
拿着衣服后赶快跑，
然后把它们藏在石洞里，
但是你要好好地保护，
如果她们来要的时候，
你要闭着眼睛，
不能看她们一眼，
就是她们拿一千两一万两银子来换，
你也不要还给她们，
如果你看着她们的话，
那你的生命就难保。
你只能向她们要求，
叫她们给你第七个妹妹，
如果第七个妹妹答应跟你走，
你再把衣服还给她们。"

[①] 叭团：不正派的天神，专门干些伤人等邪事。

年轻的召好勒把这些话，
一句一句记在心里，
第二天就按照叭拉西指引的路朝前走，
三个月后来到了这个湖旁，
那个湖真是美丽，水清面平，
各种各样的花都有，
他按老叭拉西的话，
选择一个地方藏了起来。
可是等了好几天还不见，
天晚了睡在树上，
第二天又起来等待。
当雀鸟在叫的时候，
他以为是仙女下来了，
他抬起头看，
看见七朵云彩，
也以为是仙女下来了，
麂子、金鹿从森林走过，
拖响树叶的声音，
他以为是仙女的脚步声。
可是声音越来越远了，
他在那个地方，
什么都看见了，
什么都听见了，
就是听不见姑娘们的声音，
也看不见她们下来，
他只得耐心地再等待。

他心里想：
"哪个时候能和仙女在一个竹楼上，
同盖一个被子？"
他就是怀着这种心情在那里等待。
"山上的树林都成双，
我单独在山上等待。"
现在我要唱七个仙女的歌，
到了第七天，
七个仙女穿着美丽的衣裳，
从天空飞到了湖边，
湖水微微起伏着水波，
七个姑娘脱下衣服放在石头上，
便跳到湖里。
召好勒急忙跳到石头边，
抱起姑娘们的衣服便跑到森林里，
姑娘们在湖中看见了，
她们慌慌张张地说：
"是什么鬼把我们的衣服偷去了？
快把他抓住。"

七个姑娘一边说，一边追赶到岸边，
召好勒听见这柔和的声音，
他想："这群姑娘一定很美丽，
连说话都这样香。"
于是他忘记年老的叭拉西的话，
睁开眼睛一看，
啊！当他的眼光触到姑娘的身体时，

他倒下去了，已停止呼吸。
七个姑娘拿了衣服，
便飞回天空去了，
湖边只留下召好勒的尸体和他的宝贝。
那宝贝还很亮，
野兽不敢来吃他的尸体。
现在我又要唱年老的叭拉西，
他坐在亭里念佛，忽然吹来一阵风，
这时，他才知道召好勒死了，
于是他飞到湖边，
用手抚摸了发臭的尸体，
然后便取出仙药喂入嘴中。

召好勒醒来了，
他跪倒在地上说：
"能战胜一切的佛主啊，
如果没有你的福气保佑，
我的生命怎能复活？
我现在又重生了，
今后一定要听从你的话，
只要能够得到喃金细里（即千瓣莲花），
要什么都依佛主的话。"
听了召好勒的话，
年老的叭拉西对他说：
"你要能够忍耐，

不能看她们一眼，
这样你才能得到胜利。"

召好勒回答说：
"老人的话我记住了。"
于是叭拉西送他一个宝石，
嘱咐他要有毅力，
记住刚才说的话，
只有这样才能得到千瓣莲花。
召好勒拜别了叭拉西后，
带着宝石飞到湖边，
他得到了这个宝石，
会在天空飞，
能在水里走，
他什么也不怕了，
他在湖边静静地等待着
七个美丽的姑娘。

现在我又要唱七个姑娘，
到了第七天她们和过去一样，
飞到湖边来了，
她们皮肤白，眼睛亮，
腰身和手都很好看，
她们发出的光彩，
和阳光交错在一起，
她们身上的芬芳，
和湖边的花草一样。

坐在湖边等待的召好勒看见了，
三步当作两步跑过去，
一把抱了姑娘的衣服，
像飞鸟一样飞到山洞里，
这一次他紧闭着眼睛，
再也不敢对着姑娘看一眼。
过了一阵，七个姑娘又发现衣服
被人偷走了，
她们赤裸着美丽的身体追赶到石
洞边，
可是召好勒背着她们，
不说话也不看她们一眼，
七个姑娘赤裸着身体，
害羞得脸发红，
她们哀求还给衣服。

召好勒对她们说：
"这湖是我的，
湖边的鲜花百草也是我的，
现在都被你们踏坏了，
这衣服要当作赔偿的礼物，
就是拿金银来赎也不还给。"

七个姑娘用好言好话回答：
"我们不知道人间的事，
请哥哥原谅我们年幼无知，
望快点送还衣服啦，

家里的父亲正在等待着女儿，
只要哥哥还给我们衣服，
就是要多少金银都可以。"

召好勒回答说：
"我来这里是为了寻找千瓣莲花，
她是你们最小的妹妹，
我金子不要银子也不拿，
我要的就是美丽的千瓣莲花，
姑娘啊，这也许是我们有姻缘，
才会在这里相见。"

六个姐姐听了召好勒的话，
心里很悲伤，
最大的姐姐说：
"亲爱的小妹妹呀，
我们姐妹个个长得一样，
但这位哥哥却只要你，
这也是命中的姻缘，
愿你和这位哥哥同心和好，
让姐姐穿上衣服飞回家。"

喃金细里听了姐姐的话，
温和地回答：
"命运既然这样安排，
就请姐姐们回去吧！
见了父母请替妹妹问好，
父母不要为妹妹伤心。"

这些话虽然说得很轻,
但都被召好勒听到了,
他很欢乐,把衣服送还了姐姐,
便向喃金细里走去,
喃金细里对他说:
"哥哥啊,你把我的手捏得这样紧,
叫我怎样穿衣服?"

召好勒这时才发觉姑娘赤裸着身体,
他忙把脸转过去,
姑娘穿好衣服说:
"哥哥啊,刚才你那样热情,
为什么现在又不再看妹妹一眼?"
召好勒欢乐地转过脸来,
握住姑娘的手:
"现在你不能再飞走了,
亲爱的妹妹,
我为了寻找你受尽了痛苦。"
喃金细里低头回答:
"我从来没有哄过谁,
我的心已属于哥哥了,
怎么还能高飞?"
六个姐姐的脸又喜欢又悲伤,
她们一个个祝福了妹妹,
便飞回天空去了,
这时湖边只剩下两个青年,
太阳的光辉映红了他们的脸,

喃金细里开口说:
"哥哥啊,你是哪个地方的人?
请告诉妹妹啊,
我应该如何告诉父母亲?"
召好勒回答说:
"哥哥是勐巴拉西的百姓,
只因为国王想要千瓣莲花,
才派哥哥来到这里,
大地上的森林,
我都走遍了。
大地上的山岗,
我都爬遍了。
只因为有佛主的保佑,
才能走到这里和妹妹相会,
我们结为夫妇,日子一定很甜,
请妹妹不要悲伤。"

喃金细里听了回答:
"哥哥是为了寻找千瓣莲花,
妹妹愿意送给,
请哥哥拿了花就回去吧!
妹妹要住在这森林里。"
召好勒心碎了:
"姑娘啊,其他的花都是假的,
只有你才是真正的千瓣莲花,
为了你,我越过千座山万条河,
受尽了痛苦,

就是大地全都沦陷了,
就是天空塌下来了,
我也不和你分别。
现在我要领你回勐巴拉西,
领你回我的家乡,
到了那里,
请姑娘把你的莲花送给国王,
而你却应该和哥哥永远在一起,
这是我的心,
请姑娘收起来吧!"

喃金细里听了这话,
知道召好勒是真的爱自己。
六个姐姐和妹妹分别后,
飞到自己的国家,
这时候她们的母亲,
看见只回来六个姑娘,
最小的姑娘不回来,
便昏了过去。
一千六百个宫女忙把她扶起,
一千六百个宫女都哭泣,
众丞相和众头人听见了,
都慌忙向宫殿飞来,
这时母亲醒来了,
六个女儿把妹妹被召好勒拉走的
经过从头到尾告诉了母亲,
母亲听了心里又喜欢又难过,

她对众丞相和众头人说:
"这也许是他们的命运,
我们应该如何祝福他们?"
不等众丞相回答,
国王就宣布说:
"我们应该到大地上,
到森林里祝福我的女儿,
我的姑爷。"

丞相们准备了各种各样的礼物,
一起骑着象、骑着马,
没有马和象的插上了翅膀,
男的背着弩、弓,
女的戴着花,
一群一群飞来,
落在湖边的草地上,
国王命令大家搭起棚子,
建立一个临时宫廷,
然后找来了喃金细里和召好勒,
父亲看见了喃金细里,很高兴,
他命令大家在湖边,
为女儿建盖一座宫殿,
过了好久,辉煌的宫殿便盖起了,
他们选择了一个吉利的日子,
给喃金细里和召好勒拴线,
拴了线,泼了七次水,
祝福他们不疼不病,

一起生活到年老。

各种仪式做完后，
还赶了三天三夜的摆，
在湖边的新宫殿里，
玩耍了一个月后，
勐东板的国王要和女儿分别，
要回天空去了，
他叫丞相取出许多金银，
许多布匹绸缎，
嘱咐女儿要听丈夫的话，
临走时，父王又说：
"在人间生活，
不像在天上，
你们要互相帮助，
一起种田盘①地，
不要吵架使双方都伤心。"
这对夫妇双双跪下，
把父王的话记在心里，
勐东板的国王最后看了女儿和女婿一眼，
便飞回天空去了，
喃金细里和召好勒便幸福地在湖边的新宫殿里生活。

现在我又要唱召好勒的母亲，
儿子出门已经好久了，
为什么还不回来？
母亲天天在哭泣，
身体都瘦下去了，
到了黄昏的时候，她想：
"别人的儿子都回家，
孩子呀，你已经到了什么地方？
为什么不回来？
莫非你死了，
母亲再也看不见你的脸？
莫非魔鬼吃了你，
连尸体也不剩？
啊，但愿这些都不是，
愿你寻找到千瓣莲花做国王。"

母亲的思想飞到天上，
天神知道了，
派底伩拉下凡来，
把母亲的思想送到儿子的身边，
召好勒在梦中看见母亲瘦了，
很伤心，泪水淋湿了枕头，
泪水流到喃金细里的脸上，
喃金细里醒来问道：
"哥哥啊，你是生病了吗？

---

① 盘：云南汉语方言，意为"耕作"。——编者注

还是想起了什么事?
姑娘就睡在你的身边,
你为何这样伤心?
望你仔细告诉我。"

召好勒回答说:
"我没有生病,
是我梦见母亲在哭泣,
梦见母亲在哭着叫我。
我可怜母亲,
才流出这么多的眼泪,
我想带领你回去,
回到勐巴拉西。"

喃金细里回答说:
"如果真的是这样的话,
姑娘愿跟着哥哥回到家乡,
可是这里的花太可爱了,
我们去了,
哪个时候才能回到这湖边?
我们应该到处都走遍,
饱饱地看看,
然后再回勐巴拉西。"

召好勒又说:
"姑娘啊,你的话说得对,
明天我们到处去玩一次,

这里的花正香。"
夫妇两个在床上甜蜜地谈了好久,
才闭上眼睛睡觉。
第二天早晨太阳出来的时候,
他们夫妇一起去串山游水,
喃金细里插上了翅膀,
召好勒含着宝石,
他们一起在天空飞,
地上的东西什么都看得见。
召好勒对妻子说:
"美丽的妻子,你好好地看吧!
让这里的风光增加你的欢乐。"
喃金细里回答说:
"我们一起看,
得到的欢乐也是同样的。"
他们飞到各地,什么都看遍了。

现在我要唱莱罕(金山)国的人
的故事。
在勐杆团旁边有一个宽阔的坝子,
这个国家就是莱罕国,
他们威武的国王叫叭团,
他很有本事,能变成火、变成风、
变成老虎、变成一切凶猛的动物。
今天,他正在森林里游玩,
忽然看见一对情人,
你拉着我的手,

我拉着你的手，
丈夫对着妻子唱歌，
妻子对着丈夫微笑，
这对情人就是喃金细里和召好勒，
喃金细里一说话，
嘴里便飞出一片莲花，
这片莲花飞到空中，
落在叭团的手里，
叭团便知道这是千瓣莲花，
他想这是个美丽的姑娘，
谁来跟她在一起？
他想过以后，便藏在森林里。
到了晚上，
年轻的夫妇回到家里，
很甜蜜地睡在床上，
两双手紧紧抱着，
两张脸紧紧相望，
一会便睡着了，
走进了幸福的梦了。

这时叭团从森林里出来，
轻轻地抱走了喃金细里。
为了不让别人看见，
叭团把喃金细里关在一个边僻的宫里，
周围围了一千道篱笆、荆棘、铁条，
到了晚上，叭团想去跟喃金细里睡，

但他一走近，
火就要烧身体，
没有办法跟姑娘在一起。
又过了一会，姑娘睡醒了，
她睁开眼睛看不见丈夫，
悲伤地哭泣起来：
"我的丈夫啊，
英俊的召好勒，
现在你在哪里啊？
我们为什么会分别？
是什么魔鬼让我们离开？
你是在找我吗？
还是没有来找我？
哥哥啊，你要是不来救我，
哥哥啊，你要是不来救我，
妹妹就要死了，
望你早日得到消息，
战胜叭团，救出你的妻子。"

喃金细里哭得满脸都是泪，
她很悲伤，
望丈夫快些来救。
听吧！现在我又要唱召好勒，
到了太阳从森林里升起来时，
他睡醒了，
他坐在床上往里面一看，
啊，为什么妻子不在了？

是什么人来偷去了啊?
这才是怪呢!
风不见吹,树叶不见动,
为什么喃金细里不见了?
是她不习惯这里的生活,
飞回去了,
还是老虎来咬去吃了?
但为什么不见一滴血?
如果这些都不是,
莫非她以前有情人,
是她新情人来偷去了吗?

召好勒在床边,
仔细地想了很久很久,
然后,他走遍森林,
也找不着妻子,
他伤心透了,
他自己对自己说:
"我们相处这么久了,
我爱你像爱眼睛,
从不想离开,
为什么现在离开了?
你看我们昨天的脚印,
还留在这森林,
而你却不见了。"
他一边哭,一边找,
以为妻子又回到宫里去了,

便又转回宫殿,
但也看不见妻子,
只见枕头仍然横横地摆着,
他用手抚摸了一下枕头,
便昏倒在床上,
晚上他吃饭后含着宝石飞到天空寻找,
他飞了一阵后到达勐东板,
走进宫殿去拜见国王及皇后:
"父王啊!母后啊!
昨天我和喃金细里一起睡在床上,
醒来时她不见了。"

国王及皇后听了姑爷的话,
心头很悲痛,脸色变得很苍白,
六个姐姐也个个哭哭泣泣,
都说:
"妹妹为什么有这样的苦啊?"
过了一阵,国王敲响大鼓,
六万个丞相和头人都来了,
他们双手合掌,
跪在国王脚前,
国王宣布说:
"我的最可爱的女儿,
被人抢走了,
是什么人这样可恶?
你们大家知道不知道?"

六万个丞相和头人听了,
同声说:
"一定是莱罕国的叭团,
他有坏良心,又有武艺。"
国王听了说:
"那你们要立即派出军队,
到各处去打听寻找。"

丞相们接受了命令,
有的骑上飞马,有的骑上飞象,
带着武器和宝贝,
飞往天边,
这时叭团看见了问说:
"你们成群结队,
你们要到哪里?
我看是地方上有事叫你们来的。"

大臣答说:
"我们要到莱罕去,
我们的人是勒歪硬(银山)的人,
也就是勐东板地方的人,
我们是来寻找小姐,
听说是被你们偷来了,
所以我们准备来跟魔王打仗,
夺回我们的小姐。
如果你们不老实告诉我们,
那么最大的战争就要在你们地方
发生。
所有的老百姓得亲眼见到这次战火。"

叭团听了以后,
知道两国的争夺就要开始了,
他说:
"如果真的有这次战争,
我们倒很高兴,
我们吃人的时候来到了,
世上的男子还怕什么战争,
没有战争还叫什么世界?"

叭团的人说:
"战争来到我们眼前了,
我们得要爱战争,
这是我们的愿望,
大地上发生战争是我们所喜欢的,
我们希望早日打起来。"
他们一边说,一边跳,
跳到天空,又从天空跳到宫殿,
报告他们的国王叭团,
叭团宣布说:
"紧急的战争是要来了,
快敲响我们的战鼓吧!"

勐团国(金山)所有的百姓都来了,
大丞相们也来了,

他们在天空飞来飞去,
一个转告一个,
天空都被他们挡住,
地上看不见太阳。
他们的吼声像暴雷,
他们的长刀、长矛像森林,
他们的旗帜遮住了天。
凡是属于叭团管的神也来了,
有的头是象,身子是人,
有的头是马,身子是人,
有的头是狮子,手上拿着长刀,
有的头上有角就像牛一样,
有的眼睛像老虎,凶猛无比,
其中有十六个的本事最高明,
这十六个是他们的首领,
他们指挥士兵到各个寨埋伏起来,
这时勐东板的军队来了,
他们一共来了六阿贺①个士兵,
个个都英勇,忠于国王,
一定要找到千瓣莲花喃金细里,
他们飞到天边遇上了叭团的军队,
两边便拔出长刀,
互相戮杀起来,
叫喊声震撼着天空,
森林就像裂开要倒塌,

天边是很宽的,
但每寸土地都在动动摇摇,
对方的头人都在后方,
叫自己的军队向前杀,
叭团的人拔起大树,
向勐东板的驻处扔来,
勐东板的人也有力气,
来一根接一根,
双方都有本事,
都飞到天上去厮杀,
血从天上落下来,
就像下大雨,
双方也不后退。

前面死了,后面又上来,
这时勐东板的一个大臣张起弩,
射死了叭团的一个最凶狠的大将。
叭团下命令退了,
退到自己的京城休息。
勐东板也不追,
他们也没力气了,想休息了,
休息了一阵,他们写了一封信,
叫人送去给国王,
报告打仗的情况,
勐东板国王读完信,

---

① 阿贺:一个阿贺相当于一亿,又有一说是数不清的意思。

到了太阳出的时候，
他召来了丞相，
叫他们添了很多兵，
双方又打起来了，
厮杀的吼声很可怕，
尸体从天上掉下来，
山上、沟里、平地都是尸体，
来帮叭团的那些大神，
那些象头人身的大神，
那些马头人身的大神，
都去吃死肉，
勐东板的兵打不死他们，
打死了一个他们的尸体会变成两人，
打死两个尸体变成四个，
死的愈多，来的也愈多，
这时勐东板国王这一边，
有一个叫召喃达的大将，
他能把叶子吹成人，
他一吹啊，
森林里所有的叶子都变成了人，
这些人自动拿起刀去杀敌，
叭团命令自己的士兵都变成鬼，
把这些人吃掉。
可是吃到肚子里，
那些叶子变成的人还是不死，
在里面用刀砍他们的心，
砍他们的肠子，

叭团的人就这样死完了。

他们那些尸体，
有的变成象山，
有的变成牛山，
有的变成魔鬼山，
这些名字一直传到现在，
叭团死了很多人，
但还是不怕，还继续打仗，
双方死了很多人，
血像雨一样落到地上，
到底死了多少人呢?
双方都没办法知道，
天黑了，他们休息，
天亮后又继续打仗，
就像是把大地翻过来，
看起来双方都有福，
双方都有神在帮助。

勐东板的大臣又把厮杀的情况
写信告诉国王，
报信的人对国王说:
"叭团在天边寻了很多荆棘，
双方见了就互相杀，
我们双方打仗快一个月了，
我们的人死亡很多，
叭团的人相当多，

希望国王继续动员人去补充,
对于小姐,
肯定是叭团人偷走了。"

当时国王听了这些话,
非常愤怒,
就敲大鼓动员勐东板士兵,
当大臣、百姓听到鼓声,
急急忙忙跑到国王宫殿去集中,
其他地方大臣、百姓来了卅个阿贺,
勐东板人有十二个阿贺,
国王、皇后、女婿都参加了,
一共四十二个阿贺。
一切都准备好了,飞象、飞马,
拿着武器就往天空出发了,
好像月亮和星星一样,
布满了整个天空。
飞到坝尖麻板(天堂),
到时就从天空落下,
在坝尖麻板休息,
国王的女婿将宝石含在嘴里,
又背着螺蛳飞向天空,
将螺蛳上的水往天空洒下,
如下大雨,
雨落在地上的大臣和百姓身上,
死的活起来了,
未死的增强了威力,

刀枪再也打不死他们,
他们得到了女婿的福气,
没有被雨洒到的,
皇后又用宝棍一指又都活了,
这样救活了的人有二亿。

被救者对女婿说:
"王子女婿啊,
你救了我们,
我们一定要和叭团战到底。"
被救活的人精神更旺盛,
骑上马,带上武器,
又去与叭团打仗,
王子与叭团这次的决战,
比前次更剧烈,
武器的响声,
如天上轰雷,
欲震翻整个大地,
叭团的士兵带着武器,
向前冲,
任他们怎样打都不中,
他们两边兵力相当。

相持了很久不分胜负,
两边伤亡都很大,
叭团的人死了三分之二,
还剩下头人和战术高的魔鬼,

他们一时变风，一时变动物，
杀也杀不死他们，
打也打不伤他们，
打死一个变两个，两个变四个……
魔鬼共剩下廿个阿贺，
国王的士兵用刀砍敌人，
刀一下又变成更多的人，
国王的人马与叭团的人马相混，
叭团人增多了几倍。

国王女婿，
拿起宝棍头端向叭团的人一打，
都被打得三段两截，
魔鬼到处死亡，
再也活不起来了，
国王女婿飞往天堂，
将宝棍向叭团最凶狠的人打去，
都被打成段落到地上，
没被打死的都跑到魔王面前，
报告魔王：
"我们实在困难，
现在有喃金细里的丈夫，
跑到我们战场用宝棍，
将他们的死者救活了。
同时还用宝棍插于他们士兵身上，
我们怎么打也打不死。
他们的士兵比以前更旺，

我们被他们打死了很多，
现在我们只剩下廿个阿贺，
这样地打了三四天，
我们的领头也被打死，
使我们的情况变得阴沉，
望你及时想办法，
现在王子兵士也快追到我们地方。"

魔王听后慌张无措，
动员人紧紧守住地方，
现在我要讲讲王子女婿打仗的情况。
王子女婿说：
"我们粉碎了敌人阵地，取得了胜利，
回到阵地休息，
明天我们要到叭团地方去，
望众位准备好象、马和武器。"
大臣、百姓照办好了，
敲锣打鼓出发了。

关于喃金细里母亲的心，
时时想念姑娘，
想急忙走到叭团的地方去，
那时候国王、皇后、女婿，
都骑上象、马飞上天空，
挤满了天空，遮住了太阳，
他们一边走，一边跑，一边练武，
他们走到叭团边境，

震动了整个叭团地方,
魔王及时通知大臣守卫地方,
国王一接触到他们,
就打起仗来,
魔鬼的人共有十二个阿贺,
都出来应战了,
国王和魔王又开战了,
魔鬼的人一天比一天增多,
大臣向女婿说:
"魔鬼人很多,我们怎样打也打不死。"
女婿飞上天空,
用宝棍去和魔鬼打,
魔鬼有六万,
全被打死了,
只剩下守路口的魔鬼,
纷纷逃跑了,
剩下魔王妻子当寡妇,
四处哭啼,
魔王身子死了,
而他的脑袋还叫着,
叫女婿说:
"望你帮我们救活,
我们的错误请你原谅,
王女福气很大,
她像四周有烈火围着她一样,
烧得我无法接近她。
但我确实偷来你的爱人,

将她关在铁房间,
她虽不出房门,
但时时在盼望你,
若你救活了我,
我将你妻送还你,
并永远不忘你的恩情,
关于我们叭团地方,
老百姓就死了十八阿贺,
剩下的都是女人,
她们的丈夫都是为我偷来了你妻
子而战死的,
望你救活救活吧,
若救活了,
我们今后再也不敢反对你了,
我们地方都来投降你,
望你救活百姓。"

叭团脑袋就这样再次要求,
王婿听了又想到将来的事,
有些可怜死去的人,
就问:
"你要我救活群众,
你是否老实投降我?
若是真的,我就救活他们。"
叭团说:
"我是老老实实投降你。"
王婿用螺蛳上的水滴在魔王身上,

用宝棍指魔王，
魔王就活起来了，
跪向王婿磕头，
飞向铁房间，
打开铁门说：
"请你出来吧！
你的丈夫来找你了。"
魔王叫车子来送小姐，
小姐出了铁门，
飞向天空，
女魔鬼见了王婿，
要求王婿救活她们的丈夫。

小姐见到了父母和丈夫，
这段时间的悲欢离合的滋味，
激动得她哭了。
她将离别后受苦受难的情况讲了，
天晚了他们就住下。
第二天王婿想到魔鬼寡妇的要求，
他将宝水从天上洒下，
死的魔鬼就活起来了，
回去见了自己的亲人，
魔王百姓商量：
"我们应如何答谢，
救活我们的恩人。"
他们以赶摆拴线，
表示保佑王婿夫妇，

魔王说：
"我们叭团地方，
从今再不提出反抗你，
我们两个订下友好条约，
准备礼物去祝贺王婿夫妇。"

王婿对众人说：
"明天我们要回去了，
望大家准备敲锣打鼓。"
骑象骑马回到了原地。
国王一家人团聚了，
天晚了也就住下。
第二天王婿问父母：
"现在我向父母要求，
我离家已两年了，
非常想念妈妈，
妈妈也盼望着我回去，
我希望喃金细里同我回到勐巴拉西。"

国王夫妻听了女婿的要求说：
"你既提出要求，
就让你们走吧！
并祝你们一路平安，
当你们走到人间以后，
一切灾难都不要近你们，
望你们战胜外来的一切敌人，

战胜一切病魔。"
大臣、百姓纷纷向王婿夫妇告别
祝福。

国王夫妇看了女儿、女婿，
告别以后，
心里万分难过，
舍不得他们离去，
女儿、女婿，
向天神、地神、山林的神祷告：
"我俩夫妻的姻缘白头到老，
就将房子，
从天空举起来。"
所有天神，
知道王婿是有福的人，
就把王婿的房子，
举向天空，
房子五光十色亮得刺眼。
当王婿的纱帕往天飞时，
都举手祝贺高呼。

王婿夫妇回到南罕地方，
佛爷看到纱帕里有二人，
佛爷从天上飞到纱帕里，
王婿夫妻向佛爷磕头，
将其经历告诉佛爷，
佛爷说：

"你们要去就去，
祝你们一路平安，
你们在人间要爱护人民。"

佛爷转回家，
王婿夫妻往前走，
碰上第二个佛爷，
佛爷上了天，
他们碰在一起谈话问好，
佛爷问：
"你们自离开我，平安吧，无祸吧？"
王婿答：
"我们很好！
一切困难都被我们战胜。"

王婿夫妇又朝前走，
到了离香魔鬼地方，
王婿夫妇在纱帕里，
从窗子伸出头，
叫侯香（魔鬼王女）：
"来吧！我的妹妹，侯香，
我去找千瓣莲花回来了，
望你同我们一起走，
回到勐巴拉西去住吧！"
王婿又滴螺蛳水，说：
"若侯香能成为我的妻子，
请天神将她住的纱帕举起来。"

侯香从窗伸出头,
看到滴下的水,
向父亲说:
"我的丈夫回来了,
他要我和他一同到勐巴拉西。"
王妻说:
"儿呀!你要去就去吧,
你的父母不会不准你去,
就望你们一路上能战胜敌人,
若有外来的敌人,
你就念起你的父亲吧。"
侯香父亲说:
"我将要把魔鬼集中起来。"
王女有了父母的支持,
天神又把侯香纱帕举到天空,
两个纱帕就在天空齐走。

走了几天后,
路过喃金荒纱帕停住了,
王婿喊:
"金荒啊!
侯香我都叫回来了,
望你快来一起走吧!
来吧,来吧,亲爱的喃金荒,
望你快来,我们一起回去。"
王婿又把螺蛳水一滴又说:
"若金荒与我是夫妻,

就请天神将她的纱帕举到天空。"

喃金荒打开窗一看,
天空有两个纱帕,
纱帕坐着自己的丈夫和两个女人,
就与父要求说:
"我的丈夫在天空叫我,
望给我去吧!"
父亲说:
"你要去就去吧!"
望你一路上战胜魔鬼和灾祸,
金荒说:
"望众天神将我的纱帕举上天。"
天神听了就把纱帕举上天,
三个纱帕在天空闪着光,
三个小姐且也在纱帕里,
喃金细里戴在身上的贵品,
送给侯香、金荒,
三人和和气气在一起,
魔鬼王见到了他们,
向他们问好。
魔鬼王祝贺他们四人一路平安,
他们路过哪里,哪里的地就震动。
纱帕路过猴子住的地方——腊他,
猴子看见纱帕闪着金光、银光,
以为是天神到来,
所有的猴子都抬头看,

纱帕由上空而过，
当纱帕在天空行走时，
路过了很多地方，
每到一个地方，
人们都以为是天神来了，
天上的纱帕闪着金光、银光，
人们都准备了金、银礼物，
欢欢乐乐地等着。

他们四个并没有落下，
一连走了七天，
到了勐王大边境——天堂旁边，
这就是帮助他找到小姐的住处，
天晚了便停住休息，
这是在天空的树尖上啊！
第二天又继续行走，
走到人间河边，
人间的人纷纷谈到，
天空有了四个太阳，
人们看到时，似天翻地覆，
男女老少都看到了，
看见天空的纱帕在走，
闪出各种各样的金光，
人们知道了，互相询问：
"是不是天神到来了？"

大家准备黄蜡、芭蕉，

地面上打扫得清清洁洁，
都说天王会下到地上来，
纱帕就是这样在人们的疑想中路
过了这个地方。
纱帕往前走，
人们在地下往前走，
有的忘了家里睡着的娃娃，
有的忘了衣服和包头，
就是这样往纱帕去的方向追去，
纱帕对着城方向走去，
到了城中间，
土司、大臣、百姓，
积极准备迎接纱帕的到来，
有的说是天王到了，
有的说是天神到了，
有的说是魔王到了，
有的说是龙王到了。

人们问：
"你们在天空走，
到底是什么事？
或是要到什么地方去？
或是要来救百姓。"
在那时王婿回答：
"我们也是人间人，
我们不是天神，
我们不是龙王，

我们不是山神，
我们走过了大森林，
我们战胜了魔鬼，
我们一路与魔鬼作战，
魔鬼被我们打死的很多，
所以拿来了喃金细里，
喃金细里本来是在很远地，
我来到腊他又将侯香、金荒二位
小姐约来，
要回到勐巴拉西去。
现在我已经将那喷香的千瓣莲花
找到带来了，
但是到我们地方后，
就要将莲花交给国王。"

人们说：
"这人福气很大，
在勐章哈的魔王都被他战胜，
我们地方上空，
落下狮子、老虎……
这就是那时打仗的神吧！"
所有在天上的人没有谁能战胜他的，
我们大家也应该投降他，
不然，今后他来我们地方，
打仗我们没把握。
人们商量：
要求土司让这几个人落下，

要欢迎祝福，
拴线祝他们平安吉祥，
王婿等四人就停下，
人们将这消息传远去了，
各地方的人都知道这事情，
都来朝贺他们，
王婿和大家见面后，
回到纱帕与三位妻子休息住着，
喃金细里不敢露面，
怕头人、百姓见了发昏，
让地方的人能安全地看他们，
男女老少都看到了，
一见有的发呆，
有的流涎三丈，
有的看到侯香、金荒，
都刺得头昏脑胀。

四人在那里休息一晚，
第二天纱帕又继续由天空走，
走到了勐章巴。
章巴百姓被震动，
路过勐唱傣、喝广，
地方上的人都举手祝福。
纱帕不停地走，
到了勐巴拉西，
铃声响遍了整个坝子，
纱帕的亮光闪闪，

地下的人有的以为是天神，
有的以为是魔王，
有的说：
"天上有四个纱帕。"
有的说有五个，
有的说有十二个，
纱帕走到勐巴拉西国王宫殿上空，
喃金细里开口说话了，
香味传出，
下边的人也嗅到香味，
纷纷议论：
"纱帕漂漂亮亮、闪闪发光。"

到了勐巴拉西城，
人们都挤进城来，
想看王婿和小姐，
王婿说：
"那时你——勐巴拉西国王叫我去找千瓣莲花，
现在找到了，
你出来接吧。"
勐巴拉西的国王，
认出这就是他命令去找千瓣莲花的人回来了。
王婿说后，
回到纱帕，
勐巴拉西国王穿好衣服，

骑着椰子树高的象，
来迎接千瓣莲花，
喃金细里打开窗子，
勐巴拉西国王看见三个女子，
三个女子柔声柔气地说：
"好好接住千瓣莲花吧。"

于是遍地都飘着千瓣莲花，
香味传遍了大地，
十六个国家都嗅到这香味，
莲花有的被吹到山上，
有的被吹到树上，
所以现在花都在树上，
有的被风吹到湖里，
变成各种各样的花，
勐巴拉西国王正准备接花，
喃金细里打开窗子，
国王看见了就昏倒在地上死了，
他的妻子、儿女、亲戚、朋友痛哭流涕。

大臣商量决定，
赶七天的摆埋葬国王尸体。
国家没有国王不像个样子，
要尽快另找国王，
大家商量，有一个大臣说：
"找来千瓣莲花的人应该做我们的

国王。"
大臣、百姓都同意了,
就准备请召好勒来当国王。
六万大臣都拍手欢叫,
安好象、马,
带上有金银装饰的蜡条来迎接王婿。
大家说:
"我们地方的大臣、百姓,
喜欢你在我们这里当国王。"

王婿回答说:
"谢谢你们了,我不想当国王,
我是下等百姓,
被国王拴打压迫的人,
令我去找千瓣莲花,
我过了山林,
过了魔鬼地,
战胜了各种敌人,
最后才找到千瓣莲花,
来交给国王,
我还是要回到我的地方。

"关于我的地方,
是个魔鬼的地方——喝罗,
这地方的国王便是金荒父亲,
还有侯香地方的国王,
勐东板地方的国王是喃金细里父亲,

那叭团地方我也战胜了他们,
他们的百姓、地方都交给我管理,
现在我想念着母亲,
我要把母亲带走,
现在我交了千瓣莲花,
就要带走母亲了。"

大臣、百姓知道,
王婿不接受要求,
就拿着礼品去求王婿,
去求三个小姐,
王婿为了百姓就接受了这一要求,
王婿和他的妻子都来了,
王婿怕百姓见喃金细里而死掉,
将螺蛳上的水洒下,
避免人死。

人们看见了三个小姐,
有的发呆,
有的忘了要带的东西,
有的将槟榔水流红了胸前,
王婿找到母亲后,
将螺蛳水给母亲洗头、洗澡,
拿出变物的宝,
给妈妈要什么就有什么,
要穿什么就有什么,

要吃什么就有什么，
他们就这样在勐巴拉西，
过着幸福美满的生活。

（全诗完）

文本五·第三部分

看见他很有福气，
感到很羞愧，
跪着拜求他：
"请你送还衣裳。"

召捧勒故意威胁为难：
"朗亭池塘，
生长千朵莲花，
是我居住的地方，
你们怎么脱光衣裳，
飞进金湖嬉戏浮荡？
搞断了千万朵莲花，
千万朵莲花枯萎死去，
你们未得到金湖主人的允许，
竟敢这样无礼轻狂，
我才抱走衣裳做抵押，
我是不会送还你们，
就是拿千万两金子来赎，
我也不退。"

美丽的曼诺娜跪拜：

"我们到金湖来玩，
有不专敬处，
请你饶恕我们的无礼，
请你还是把衣服送还我们。
我的父母住在窝慌板，
我们来到遥远的森林，
离家在这样边远，
我们要赎还衣裳，
请你多原谅。
你要多少金银，
请你告诉我们，
就是千万两金子，
我们也愿意。"

召捧勒回答：
"到遥远的亨莫板森林，
是为把千瓣莲花找寻，
千瓣莲花内万千道霞光，
千瓣莲花生在窝慌板。
美丽的千瓣莲花，
就是国王的第七个姑娘，

她说每一句话，
会变成一朵莲花飘在天上，
喷发出馥郁的清香，
世上千万个美丽的姑娘，
我一个也不看在心上，
我单单爱上千瓣莲花姑娘。
我真有福气，
能来到亨莫板森林，
遇见美丽的七朵莲花，
只有交出第七个姑娘，
我才送还衣裳。"

七个美丽的姑娘，
仔细商量，
想一个好的办法：
"他住在亨莫板森林，
我们冒犯无礼，
他也藏起衣裳，
这是我们不对。
他又非要第七个姑娘，
我们如果不交出摩欢，
就永远回不到家乡，
会死在森林里，
我们还是交出摩欢，
我们才会有好处。"

诺娜规劝摩欢：

"亲爱的摩欢妹妹，
你真有福气，
引来了美丽的情人，
六个姐姐他都不爱，
单单只爱上摩欢，
命里的姻缘已经来到，
你还有什么话说？
请你安心留在森林，
我们就能飞回家乡，
会感激你的恩情。"

摩欢看着六个姐姐，
依依怜惜不忍离分：
"我真正是有这样美好的姻缘，
一定听从六个姐姐的话语，
只由我跟他住在一起，
请你们告诉双亲和亲戚，
请求他们准许。"

六个美丽的姑娘，
跪拜交出摩欢：
"你们两个真有福气，
远人引在一堆，
请求你送还衣裳，
别把衣裳搞错。"

召捧勒手里拿着衣裳，

紧紧闭上眼睛一个个递给，
最后递给摩欢姑娘，
抓住她的手紧紧不放。
摩欢姑娘说道：
"把我的手抓住不放，
我的衣裳怎样穿上？
我已是你的妻子，
你为什么把头偏朝一方？"

召捧勒回答：
"亲爱的姑娘，
我的心真想看看你，
可是眼一睁开就要死亡，
只好不看，
松了手怕你会飞开，
剩下我一个人多么孤单凄凉，
你必须有什么做证。"

摩欢只好卷上包头，
拿衣裳在他眼前看望，
他也不会死去，
摩欢跪拜召捧勒：
"我生来没有学会欺骗，
我说出的每一句话，
就会变成清香的莲花，
我们的婚约已经订下，
请天上的爹八那（神仙）为证，

我永远跟你生活在一起，
我们要分离，
除非是我的生命结束，
我永远跟你生活在一起，
到死也不离开，
即使这世死了，
二世也要跟随你，
你到哪里，
我就紧跟到哪里。"

召捧勒相信了她的人，
才放开了手，
跟她住在一起。

六个美丽的姑娘，
祝福摩欢：
"永远幸福地生活在一起，
生活里找不到怨恨，
和和气气、顺顺利利，
丈夫的话要听记在心，
不要顽抗，要有耐心。
要有善良的心，
要安心同在森林，
疾病灾害离得远远的，
别沾染你的身体，
每种准则要铭在心里，
生命才会永远年轻。

到处传遍你的美名,
别人才来纳贡。"

摩欢和召捧勒住在一起,
你爱我,我爱你,
过得和和气气,
摩欢只要一开口,
整个森林飞遍了莲花瓣儿。
摩欢问召捧勒:
"亲爱的丈夫呀!
你生长在什么地方?
你叫什么名字?
我们现在虽住在一起,
互相的身世还不熟悉,
我只好向双亲奏禀,
我们的婚礼才好举行。
请你别离开我,
我们会共床共枕,
永不离分,
即使你钻进水里,
也要跟你一起钻去。"

召捧勒回答:
"亲爱的妻子,
感谢你的好意,
我们有了福气,
才会双双相遇,

永远不会抛弃你,
家住在勐方板,
国王想得千瓣莲花,
派遣我到这里寻找,
召捧勒是我的名字。
到了亨莫板森林,
才遇见了你,
我们的爱情,
就像千瓣莲花,
能生活在一起,
是因为有了过去的福气,
是因为我们的海水经过土地,
请你不要难过担心,
一切婚事由你办理。"

摩欢听到了丈夫的话,
想试探一下他的心:
"感谢你来到森林,
寻找千瓣莲花,
话音变成许多花瓣,
飘满整个森林,
千瓣莲花的姑娘将献给国王,
还是别转回家乡。"

召捧勒回答:
"你说这样的话,我很不高兴,
千瓣莲花开放,

我才得到摩欢，
我是经历了无数地方，
只是为了你，
我们真正有了福气，
永远不会离开去得远远的，
就是有千万个士兵和大象来打我，
我也不会离开千瓣莲花，
我们两个结为夫妻，
我要将你带到勐巴拉去。
你将千瓣莲花吐向天空，
我们就可以观看，
让勐巴拉国王来接花瓣，
请你记住这些话不要忘记。"
摩欢知道不会抛弃她：
"我实实心心同你住在一起。"

六个美丽的姑娘，
听了他们的谈话，
婚姻便订下来了，
摩欢流了眼泪，
向六个姑娘告别，
六个姑娘展翅飞进森林，
飞过滚滚的江河，
飞过重重的云山，
到了勐埃窝慌板家乡，
母亲正盼望在窗旁。
看见六个女儿个个飞来，

唯见心爱的摩欢女儿不见，
心头痛苦悲伤，
急忙跳下窗子迎接询问，
昏晕倒地要死去，
国王看见小女儿不回来，
同样昏死过去。

六万个宫女哭哭叫叫，
国王、王后才苏醒过来，
群众赶忙奔向宫廷，
把国王、王后抬上去，
用敢抵仙水洒在手上，
活起来坐在凳上，
六个美丽的公主，
从头到尾跪禀父王：
"在亨莫板森林里，
有个金湖，
叭拿无隐居在那里，
他满腹经文，
像叭因一样，他真有福气，
披着轻飘飘的袈裟，
上面还镶着许多宝石。
他从边远的勐巴纳西来，
到了森林里遇见召捧勒，
他抢走衣裳，
藏在石洞里，
摩欢姑娘不交出，

他就不交出衣裳,
我们如果不交出摩欢姑娘,
就不能回转家乡,
他们两个若有情感,
一个不丢一个,
父王呀!
天下的千万个姑娘,
不管哪个终归要招情人,
求求你,
亲爱的父王,
让他们结成夫妻,
这本来就是件喜事,
望父王别怒恨谩骂。
摩欢托我们来说,
转告国王、王后和王亲国戚,
知道这件婚事。"

王后听信渐渐心安,
脸上现出笑意,
国王命令西拿,
快快准备丰盛的婚礼,
给他们拴红线,
国王想着自己的把那(驸马),
西拿们骑着飞马、飞象,
驾着飞向亨莫板森林,

有的穿上孔雀服装,
千万男女老少,
团团蜂拥着国王,
掠过蓝蓝的天空,
披着像金子的云雾,
钻进蒙蒙的云雾,
飞向亨莫板森林。

召波啦[①]和摩欢在唐巴宰地方迎接,
国王拥抱把那,
王后拥抱摩欢,
他们跪拜双亲,
国王、王后心头高兴,
国王命令西拿,
砍竹子盖八角竹楼,
房檐绘上各种花卉,
还镶上彩色玻璃,
新盖上哈累哈宰(沐浴升为驸马的澡房),
请大家来赶大摆。

西拿派了三万多个木匠,
个个的手艺熟练精巧,
有的去砍伐树木,
打洞的打洞,

---

① 疑为召捧勒。波:在傣语中意为"父辈""长者",常用于人名前缀的尊称。——编者注

有的盖新房子，
有的雕花贴金，
有的铺地面，
有的在找位置，
木头搞好了，
七拼八逗新房落成，
新房漂漂亮亮。

到了三天后，
召捧勒和摩欢住进新房，
有新新的泉水，
供应他们沐浴，
他们双双进入哈累哈宰浴房，
淋浴着敢抵仙水，
有金床，
房上插着旗子，
啊毡向他们祝福，
森林里开始赶大摆，
象脚鼓、铓锣，
响在森林，
到处一片光亮。

千万个美丽的姑娘，
唱唱跳跳，闹闹嚷嚷，
祝福他们的婚礼完毕，
国王和人民要回到窝慌板，
留下了金项链、金瓦柱，

许多珍珠宝贝贵重物品，
摩欢手上戴的，
价值十万个地方，
金项链值十万个地方，
柔软的绿色包头，
像熊熊的火焰，
一件衣裳值一百万两黄金，
送给他们的金子数不清。

召捧勒和摩欢，
准备野花和蜡条，
双双跪拜父王、王母，
父王也向他们祝福：
"一辈子也不生一次病，
让身体健健康康，
不要有灾害，
你的名声威震四方，
敌人个个投降，
过得和和气气，
不吵一次架，
过着幸福美好的日子。"

父王的句句教训，
深深地记在心里，
他们双双流着泪水，
送别了双亲，
摩欢心头痛苦难过，

老百姓也来向他们依依惜别，
一起飞回银山，
国王、王后穿过云雾彩霞，
飞到了六角楼房，
无数人民集在金房。

召捧勒和摩欢，
两个真有福气，
住在八角楼房，
可任意到森林里悠闲游逛，
叭因降到了森林，
赠送给怀桑，
没有什么疾病和灾害，
天天生活在一起，
过得自由自在。

召捧勒的母亲，
住在勐巴纳西地方，
天天想念他的儿子，
天天呆望着坝子，
不见儿子回来，
来来往往的人虽多，
可惜不见自己的儿子，
心头想不通，
天天哭泣悲伤，

变得瘦起来了，
双手高合指过头顶，
默默为儿子祈祷：
"可怜的召捧勒呀，
你流浪到什么地方？
为什么还不回来？
是否已经死掉？
活不起来了吧？
为什么人还不回来？"

时间快满一年了，
母亲时时思念，
心头酸痛难挨，
是不是钻进森林，
被老虎抬①去吃掉？
亲爱的孩子呀，
像刮大风一样，
永远无影无踪，
母亲老得发昏，
今天等，
明天等，
天天等，还是等不回来。
眼睁睁看了好久好久，
心肠都快要断一样，
双手合着祈祷神仙，

---

① 抬：云南汉语方言动词，意为"偷"，通常用于动物。——编者注

请求把他带引回家,
请求带个口信给他,
母亲的命快要断气了,
只等儿子快快回来。

在半夜三更时候,
母亲进入梦境,
自己哭了又哭,
老想到她的儿子,
见到儿子清晰的面孔,
泪水直往下流,
身体被泪水漂浮。
醒来后眼泪打湿枕头,
用手摸摸丈夫,
亲爱的丈夫,
恐怕会有灾难。

梦见泪水漂,
浸没了被褥。
"如果有什么灾难,
我死也不离开你,
你为什么不告诉我?"
丈夫苏醒过来,
紧紧地抱着她:
"亲爱的妻子啊,

你不会有什么灾难,
我梦见母亲痛哭,
可怜母亲流着眼泪,
就醒转过来了,
我不会抛弃你,
要把你带回勐巴拉西家里,
母亲一定很痛苦,
正如我梦见的一样。"

摩欢回答说:
"你不把我远远丢掉,
我是很高兴,
摘集森林里的鲜花,
飞翔在亨莫板上空,
森林有多宽,
嗅到糯抵粘花香(白色清香)。
摩欢不想离开森林,
因为我已迷上了这个地方,
我能有福气跟你在一起,
心里感到幸福,
你身上披着琳琅宝石,
请你带领我各处看看,
才回转勐板纳①。
我们身戴宝石,
就不会有灾难。"

---

① 勐巴纳西和勐板纳都是指今天的西双版纳。——编者注

召捧勒回答：
"要玩要耍随你吧，
明天还要引你见见老象，
糯抵粘花儿最香，
我们将愉快生活。"
他们两个在床上又说又笑，
他们居住森林里，
太阳冒出森林，
召捧勒领着摩欢，
换上漂亮的新衣裳，
乘风飞上高空，
摩欢飞跟丈夫，
掠破了云雾，
俯望四大州。

召捧勒对摩欢说：
"亲爱的摩欢，
你可尽量看看大水地球，
四大州紧紧包住外边，
一片汪汪的海洋，
一个岛上，
有七个鲁马（星球），
七个薅傻打那盘绕围着岛，
其他的岛上，
又围绕着地那滚（宝石山），
四大州都有人住，
三个大州有金山、银山，

周围都是人住的地方。
我给你以后，
你要好好记在心里，
听听吧，
亲爱的摩欢！
你那麻果远大州在角角上，
要上彩色玻璃，
红通通的，
常常观看，
窝祖州到处明亮，
西北边是玻璃反着光亮，
有很多森林，
补巴拔要抵哈州，
有着无数玻璃，闪闪发光，
坐着望不穿绿油油的森林，
搭克拿州在东方方边，
什么东西全是碧绿碧绿的，
阿鲁玛河流流出石洞，
从石狮子口里吐出水，
由石洞流到塔弯拿州东方。

"水有四千里，
这一条流进肿补（西双版纳），
阿那踏里河流出马嘴，
流进维抵哈，
这条河叫沙阿晋媛，
从象嘴里流出到马哈，

叫马西叫纺筛英河，
流往大海又分为两条支流，
一条绕着两个大州，
变成约四千约宽（海洋），
又流进肿补地方，
每个岛上住着两千多人，
每个大州住着五个天神。

"另一条流进亨莫板森林，
流过四块大石头，
流过四座金山、银山，
又变成五条支流，
水流汹涌澎湃飞溅浪花，
拱戛塔那里这条河。

"另一条拱戛有麻那，
你要牢牢记住，
亲爱的摩欢快看吧，
宽大的勐肿补有一万多约，
一个州一望无边，
亨莫板有三千约，
以攀枝树为界跟人分开，
亨莫板有百分之百全是平地，
亨莫板的边边是海洋，
宽四千约，

你要记住啊，
亲爱的摩欢！
我们去森林玩玩，
心头愉快高兴。"

摩欢拜跪：
"亲爱的召捧勒，
领我到亨莫板去玩玩。"
飞进了森林，
感到有些累，
玩玩耍耍，
花蕊芬香，
到了水塘里，
他们飞进了池水去洗澡，
浑身凉爽，
皮肤红红的反着金光，
到树下歇凉。
像在家里一样，
穿好了衣服，
走向前面的地方（向前边走去）。
"亲爱的摩欢，
你可以远远地望。
帅夯很花儿（深红色藤树好看不香），
香爬[①]、苏拿郁，
罕捧[②]，

[①]—[②] 都是花名，翻译者无法译出。

到那本①、罗能冠②,
莲花③、诸骂里来④,
罗古那⑤开在湖边,
头都看得昏昏沉沉,
浑身无一点力气,
这些花配你戴上,
戴上了来耍耍,
像凤凰翩翩起舞,

老壳子断(鸟名)回顾尾巴,
罗雷里鸡叫⑥,
糯沙把⑦,
朗街⑧,
曼吾⑨,
寄生开放在树上,
朵朵美丽清香。"

(唱本不全,未译完。)

章响⑩(唱本)

记录者:张星高、朱宜初
翻译者:刀安民、李文贡、曾仲益、刀荣光、刀文学

有一个地方,
有十六个约扎那⑪,
长和宽都是一样,
城池都有围墙,
整个城种有各种水果和花树,
一行行的金粘巴花、香粘巴花占
满了整个城市,
还有吊兰花、糯绣花……

全城无处不花香,
这城名叫章响。

那个地方的国王名叫叭打罕,
国王的兄弟有三个,
一个叫混鲁,
一个叫混厅,
一个叫混路。

---

①—⑨ 都是花名,翻译者无法译出。
⑩ 章响:小地名。
⑪ 约扎那:表示距离的单位,其说有三种:人眼能看到的最远距离;朝前丢一粒豆子,人眼能看到的最远距离;骑马走一天的距离,都称一个约扎那。

国王的妻子叫巴铎麻莫香,
她嘴很滑,
相貌似画出来一样美丽,
她说话先笑,
她手下管着一万六千个女人,
国王有大小地方一万六千个,
每个地方都有一个首领,
他们都属勐章响管辖,
各勐都向他不断缴纳金银财宝,
各勐都向他朝贡。

那时候天神叭英的女人,
名叫喃舒扎腊,
叭英向她说,
你的寿命要亡了,
你到凡间去超生,
你超生在勐章响国王的妻子莫香
的肚子里,
喃舒扎腊知道自己寿命要终,
接受叭英意见要下凡间,
在当月十五走到天边,
当天晚上国王妻子喃莫香,
在天亮鸡叫时,
梦见一棵金色的大青树①从天上掉
下来栽在自己的对面,

那棵大青树,
有铓、鼓、笙……各种乐器声,
非常好听。

喃莫香听见这些声音,
思想上感到很好在,
她也嗅到那棵大树有各种香花的
气味,
当时从梦中醒过来,
回想梦中的事情很喜欢,
漱洗完毕将梦告诉国王,
国王不能解释梦的秘密,
派人去找秘书旁满纳阿章来,
将他爱人的梦提出来问秘书,
秘书老人来推算梦情,
知道叭英要给她在他的大妻子
这里出世,
如果这个姑娘长大后,
这里的人就要拿大象、牛马来向
国王朝贡,
国王夫妇二人听了也喜欢,
就用金银来送给这位秘书。

当时皇后也感到已怀孕,
过了十个月就生了个女孩子,

---

① 大青树:云南汉语方言对桑科榕属植物的泛称,尤其指榕属乔木。——编者注

女儿生下来后很清秀,
她父母找了块价值很高的布来包她。
包了她以后给宫女们领,
皇后用不着操心,
国王看见自己的公主很高兴,
就打锣打鼓叫远远近近的人,
凡属他管的地方的人都叫来,
远远近近的人听见锣鼓声都来了,
戴高帽子的、跳舞的,
都高高兴兴来祝贺。
她父亲与大家商量给公主取名字,
大家就说以皇后梦见的那金大青树为名,
叫喃西里罕①。
有些人提到这姑娘长大后,
要找到配得上她的人都很难。②

这时天神叭英看见了喃西里罕,
知道她很想生个男孩子,
他能是佛主的金身,
天神知道她急迫想得爱子,
有谁能配喃西里罕呢?
值得她来配成双,
天神想来想去,

看遍了整个凡间,
任何大臣、头人都配不上。
看去看来看中了个神将,
他与喃西里罕有姻缘,
天神对他说:
"你寿命将终,
应该到凡间勐章响,
投胎于公主喃西里罕。"

此天将接受了天神的嘱托,
天神又叫来另一个天将苏里雅底,
叫他下凡与公主梦中相遇,
共享云雨互相匹配之乐,
他接受此托就下凡,
下到了公主的闺房内,
同公主一块生活,
共同睡在细白的绸缎床铺上。
这时公主睡着了在做梦,
望见天上下来了一个漂亮的小伙子,
名叫苏里雅底,
他身有白绿的光芒,
使人看了非常清凉喜欢,
他来到了闺房,

---

① 西里罕:即金大青树。
② 指因她长得太漂亮。

向自己拥抱，
整个宫廷香喷喷的鲜花在开放，
公主随手拿起朵鲜花，
把它放在枕头边，
此时公主心情很爽快，
直到天快亮。
又见他把自己再来抱，
一时吓得公主一觉醒，
原来是一梦。

这时该投生的天将丢尾，
他下来投进公主的肚中，
公主自己不知道，
她还天天跟宫娥彩女一块玩，
时间过了一个月，
公主心身无力懒洋洋，
面黄肌瘦不健康，
话也不想多说，
一处也不想去，
她还不知道自己有了身孕，
这是皇后——公主的母亲，
近来少见公主的面，
她走进公主的闺房，
公主见母亲进房，
起身迎接，

她又向母亲朝拜，
皇后看见公主黄黄的脸面，
好像女儿有了身孕。
"亲爱的儿啊！
你深居宫中，
有什么灾难来降临？
你为何面黄肌瘦不健康？
莫非是哪个大臣、头人来操你的心，
使我儿身心不正常，
好像怀了孕？
是何事情？望儿向娘说清，
莫非是雪梯①或生意人，
或者是平民百姓，
这些人的小伙子来同公主戏耍？"

公主西里罕听了母亲的追问，
举手向母亲朝拜说：
"母亲呵！
孩儿要把情由说分明，
孩儿不是狡猾的人，
乱想小伙子，
所有天下的官家、雪梯、平民百
姓的小伙子，
谁都没有进过我的房。
有一天晚上，

---

① 雪梯：即沙铁，有钱人，百万富翁。

孩儿做了一个梦,
梦见天将苏里雅底,
他降到了儿的身边来同房,
他将儿的身拥抱,
那时一阵惊醒,
骇得心惊肉跳,
这一定是天神下降。"

这时皇后感到很奇怪,
感到此事说得很空虚,
莫非是她怕羞不敢直说,
此事如果被她父王知道了,
一定不会可怜,
两母女谈起来很悲伤,
两母女没有什么可说,
急得没有办法。

晚上公主睡着了,
梦见天神下到闺房,
对她说:
"关于你怀孕的事不要发愁,
他不是下贱的人,
他是佛主的金身,
我是天神,
看见你母女悲伤,
特来告诉,
从今后不要有什么发愁和焦虑,

希由你们好好保护胎儿,
本天神要将他作为人间的依靠,
现在本天神,
将很英明灵验的金天秤赐交给你们,
你们需要什么,
都可以向它祈祷,
你们就能不断得到所需的东西,
银钱财宝,
象鞍马辔样样有,
还有粮食会堆满仓,
要向大地上的所有人做赕,
它都不会尽绝,
如果拿起金天秤手中舞,
所有上述的东西就会淌出来,
如果要向大臣、头人们做赕,
它也不会完,
如果你的父母不相信,
可将金天秤做证明。"
天神说完后就回天庭,
公主惊醒过来睁眼看,
看见灵验的金天秤摆在身边。

皇后——公主的母亲,
始终对女儿的事很焦心,
她跑来公主的闺房中,
趁半夜三更才向公主说,
公主又将后一梦向母亲叙述,

希望母亲听分明：
"有一天晚上，
天快五更的时候，
女儿梦见天神下降，
他自称天神住在天庭，
他对我说：
'你不必发愁焦心，
是我叫天将苏里雅底，
来和你同房，
因此你怀了孕，
这胎儿英明无比，
将来他可以战胜人间一切王，
不该欺侮他。'
他又将英明灵验的金天秤留下。"
她说完拿起金天秤给母亲看，
她母亲痛快得好像洗过了澡，
转回了宫廷。①

当时母亲知道说：
"为什么我的女儿会有小孩子，
我没有什么怀疑，
是因为天神来和她睡，
天神送她的金天秤就是明证。
只怕她父亲不相信，

问题在她身上怀孕，
思想很愁闷。"
母亲说完后，
离开女儿回到自己的房间，
母亲和女儿在了三天。

父亲很长时间不见女儿出来玩，
心中非常想念，
父王很久不见女儿，
担心女儿出事，
是否女儿生病了？
国王派了宫女去探望，
宫女到公主的宫廷，
亲眼看到她脸色惨白有孕。
公主软弱无力地睡着，
宫女看看后慢慢走向宫殿，
跪着向国王报告。

国王知道后很气愤，
卷起手袖捶床大骂：
"是什么人敢来调戏我女儿？
他为什么这样可恶？
太侮辱人了，
使我失去脸面，很害羞。"

---

① 以上部分主要译自贝叶经文献，以下部分主要译自章哈歌手的民间唱本，其内容是相互衔接的。——编者注

气愤中派人叫女儿来见，
女儿知道很着急，
怕父王摇摇抖抖脸色也变了。

公主到金殿见父王，
走路像老象走行那样慢，
一步步到父王面前跪下，
想去想来说不出话，
母亲得见后就去看守，
拿着天神送下的金天秤，
因为怕女儿受死罪，
她将身走进去朝拜。
那时国王追问原因，
追问黑眼睛珠漂亮的女儿：
"为什么私自怀孕肚子大？
是谁与女儿同床共垫？
莫非是哪国的王子和女儿戏玩？
莫非是哪个大臣、头人的公子……
莫非是哪勐贵族雪梯的儿子……
莫非是地方上的百姓和其他人吗？
此事操在为父的心中，
才把女儿问，
望我儿将原因详细告诉。"

这时女儿已经不会说话了，
她只会阵阵哭得很伤心，
波浪的眼泪流个不停。

她不会隐瞒将真情报告，
但是悲伤得话塞咽喉，
要说说不出口。
母亲将实情陈述，
开头发生的祸根……
从头至尾一点跟一点摆出来。
她举手把天神送的金天秤献上，
那时国王很生气，
一眼都不看她母女的脸面，
开口说：
"我的皇后和女儿，
你们母女一条心，
你天天放纵女儿，
不进行教育，发生这件事，
我失去了千百个脸面，
在地方上很害羞。
你们所说的不是实话，
无人听说过，
经书也从来没有讲，
天神下来配凡人，
神仙下来梦中遇，
此事哪点曾有过？
关于金天秤有很多，
到处都是，
谁人都有，
为何用此来欺哄本王？
各处做生意的人个个都有，

章响（唱本） 235

我不稀罕金天秤来称用。"
国王冲过来将天秤抓起，
一手将它摔在地，
打着皇后的眉宇间。
"你们欺哄没有好处。"
此时他胸部发热骂不停，
他要杀头和打一千鞭，
指派武士将她捆绑，
他抬起手抽长刀，
要将女儿杀死免害羞。

那时很多大臣和头人，
还有公主的叔父，
他们合掌向国王请求，
国王见到两皇叔进谏，
暂时把此事停歇。
很多大臣和头人害怕国王发怒，
他们一大片跪在地上，
个个脸色骇得青又黑，
谁也不敢向国王求情，
谁都怕祸事降到自己的头上。
他们个个怕死抖颤着，
可怜公主又伤心着自己，
薄薄的眼睛落下一颗颗的眼泪，
谁也不会为她担忧和抢救，
全城发疯似的个个惊动，
因为将要失去美丽和有福气的公主，

不论在什么地方，
谁都发愁挂念在心，
可怜这朵暖木香花和金叶子，
白白眼看得见大伙拿不着。

那时公主的母亲皇后，
她非常可怜和想念女儿，
她哭得死去活来，
她将身向自己的国王丈夫朝拜，
请求国王各事赦免罪过，
请不要杀死女儿以至灭亡，
希望降下福气救女儿，
希望国王降下怜悯的心，
她不停合掌向自己的丈夫国王哭拜。

那时大国的国王大发雷霆，
他向皇后咒骂：
"你两娘母有了罪过，
应该砍死丢河随大波浪淌。"
宽胸美丽的两娘母，
没有办法只好双双抱头哭泣，
两娘母哭在一起不会分离，
要生要死都随便。
国王派人把筏子扎，
扎得宽宽有五十拃，
将饭和盐巴，
肉伞其他各样有，

穿的、垫的和盖毡,
放上筏子样样全,
然后将公主和皇后放在中间,
所有公主的侍女和用人,
一起清除放在上面,
将筏子放在深深的河流中,
淌向大海。

那时广大的皇城,
到处惊动得哭声震地,
可怜皇后和公主,
还有婢女和用人,
男女老幼个个哭泣,
为的是金枝玉叶受了罪。
再说那筏子顺水漂流,
沙沙的水流击着筏子转去转来,
哭声震响在波浪中,
这种苦难空前未有,
皇后和公主伤心得哭声不停。

漂亮的公主和皇后,
顺着岩石和波浪漂流,
经过石夹缝顺水漂去,
回过头远远地看不见皇城。
居住在水两岸的人,
他们见公主和皇后哭叫,
男女老少个个哭,

皇后和公主苦难的事挂在他们心上,
公主心中难受,
一边哭一边说,
眼泪像水一样顺脸淌下来,
满身大汗流下来,
眼泪、汗水像高高石岩上的水,
流下来时那样飞溅。

水里的巴鲌鱼摇摇摆摆在游动,
有的到沙滩上去摆子。
水里三三两两的花背龙在一处游动,
鳄鱼游动追鱼吃,
鳄鱼背上小小的凸起,
花花的脖子很漂亮,
他们躲在水塘底的大石岩下面。

孔雀、水乌鸦、野鸡成群结队,
有的在水中游,
有的停歇在河岸上,
公主看到更是伤心想哭泣。
河岸上的花树开着美丽的花,
斜斜倾到水面上,
金黄色的沙子刺射着眼睛,
眼花缭乱不知如何是好,
乌鸦在水边边的沙滩上,
互相很高兴地游玩。
河两岸那些较矮的野竹,

扑向河面上，
公主合掌抬在头上，
请求阴功帮助，
恐怕筏子翻了被淹没，
人和物资都消失，
所以公主举手求神保佑生命财产。

公主合掌沙沙地阿弥陀佛喊：
"请求佛主保佑不要丢我们，
可怜帮助我们。"
当时天神叭英知道公主的祈祷，
走到天门来观看，
看见公主有灾难在河中间。

叭英派大神丢瓦温下凡保护，
不让筏子沉水，
不让母女俩发生危险。
叭英又派手下一神叭天罗
下凡教育国王，
使国王知道自己的错误很害怕，
国王不了解情况办事不讲理，
不该将母女俩放在筏子上被水淌走，
那时惊动了上界①天神天将，
天庭一片漆黑，
到处响声吼声震，

整个天空唳唳响，
大风大雨一齐来，
雷声闪电震动了大地，
那么大的地方一时好像要垮，
电火闪闪绕着宫廷，
天空响好像要倒塌下来，
呼呼的风雨一齐落下，
让地上的人骇得躲起来不敢动，
全勐混乱得好像火烟蒙起来，
鸡在厩里骇得不会啼叫，
凤凰歇在树枝上不会抬头，
很多骡马、老象都不会嘶叫。

整个国王的地方，
哭声阵阵咒骂国王，
因为可怜皇后和公主，
发生了很不幸的事件，
国王不该发怒将母女俩流放，
他不该把地方整得暗淡无光。
他是个残暴无情的国王，
压迫女儿，与她断绝关系，
连同自己的妻子都撵走，
到处的人都咒骂勐章响的国王。

红红的火光围绕宫廷，

---

① 上界：天堂。

电火一直烧到国王身，
国王坐不住跪到宫廷下，
火光闪闪刺眼睛，
国王骇得全身发抖，
抱着头跳出去，
躲进床底下，
在不住又急忙跑出来，
缩着两手又跑进睡处，
一头钻进被窝里，
连同帐子放下盖得严严的，
闪闪的火光又刺进了他的眼睛，
刺得眼睛烫乎乎，
风力很大吹动了他的床铺和帐子，
吹跑了他的帐子和被窝，
那时国王又急急忙忙跑出去，
好像发疯鬼附在他身上，
他跑出宫廷到处乱钻，
跑到外面到处去来，
他简直昏得不能识别方向，
简直找不到安全的地方，怕雷打。
昏沉沉地又跑进厕所里面躲，
将身跳进了最肮脏的粪坑，
全身沉下去单剩脖子上，
粪水淹到下巴壳，
国王累得没有力气躲在里面，

单剩耳朵、眼睛、嘴巴和脸，
国王真是吃够了苦头，
这样的苦头从来没有尝过，
全身泡在粪水坑，
他全身沾满了蛆虫，
真是给他受够了苦头，
转朝哪方都是大粪臭，
他躲在里面谁人都不甩①，
各处的人都各自躲起，
这次灾难真不小，
一直延迟到七天，
风停雷歇天才开亮，
个个高兴心喜欢。

天气清爽四处不见国王，
大臣、头人一起上宫廷，
内外宫殿到处找，
无法找到国王身，
互相叫喊到处找遍都不见，
大殿、小殿、上殿、下殿都找遍，
花园、菜圃都找到，
找了三天都不见，
又派人全城到处找，
急得大臣、头人个个无法想，
连百姓都来帮忙找，

---

① 甩：云南汉语方言，此处语境意为"理睬"。——编者注

他们跑进小房厕所内，
看见国王掉在里面，
单见鼻子、耳朵和嘴、脸，
他已经累得气要断，
大家你喊我叫来帮忙，
将梯子放下去搭救，
他们手牵国王拉上来，
拉着国王全身屎臭，
国王全身大粪沾得黄生生，
谁也忍不住臭，
纷纷逃开，
男男女女响声嘈杂，
有的人咒骂国王太残暴，
全身沾满了黄生生的大粪，
他无情无义应该受此罪，
罪大恶极才发生此事，
因为英明的公主和皇后，
她们没有罪过，
亲生儿女他来切断关系，
看来公主比国王福气大，
因此国王遭了此灾难，
害羞得不敢与百姓见面。
国王走到了河边，
下水洗澡又洗头，
洗得干干净净转回宫廷，
将身朝金殿上坐，
心中想去想来感觉懊悔，

他的心热乎乎的似火烧，
他后悔得非常悲伤，
想念公主和皇后。

话说公主和皇后，
天天哭得不歇停。
这时看守河海的水神，
暗中保护两娘母，
顺着波浪往前流。
随从婢女个个哭，
在水中漂流无法睡觉，
因为水急河宽人害怕，
她们看哪方都不知道方向，
单见一堵堵石岩排对排，
眼睛看不见好像失去了知觉，
她们哭得真伤心，
她们顺水顺波浪漂，
远离了宽宽的国家，
离开了世界淌进森林，
她们想念国家哭个不停，
她们一面哭一面说：
"慢慢在啊！
亲爱的宽宽的生我的地方。
光辉闪闪的皇城是用大石做基础，
宫殿的脊梁上安有花纹塑像，
宫殿的墙脚上嵌有各种宝石和花边，
接连不断又有花树开，

还有五种金缅桂和香缅桂花,
风吹来的时候香得很愉快,
现在离别了宽宽的地方和大大的宫廷,
金光闪闪全城亮,
我顺水漂流离开了美丽的地方,
慢慢在着吧!
宽宽的花园长满了鲜花,
天天我同姑娘们一起采花,
园中长有桂花和根罕木香花①,
还有荷花和沾光花②,
还有美人蕉和染饭花,
还有栀子花和缅桂,
花卉有很多,样样都齐全,
喃丢下了天天玩赏的地方,
慢慢在着吧!
各亲戚和大臣、头人们,
还有全勐的百姓,
祝你们无灾无难好好在着,
喃要向你们哭别。"

睁开眼睛向天空看,
只见云彩飘去飘来,
大筏子被水冲流得很快,
大波浪冲得紧又急,

日日夜夜不会停,
这条河淌到那条河,
时间已过一月多,
所带的粮食和肉类已经吃光,
喃拿起金天秤举在头祈祷,
希望金天秤显灵应求,
那时粮食和肉类,
转眼间摆在面前,
所有的人都吃得饱饱的,
有了金天秤的帮助,
天天不愁吃,
大家很喜欢,
因为依靠了它。

话说有一妖魔,
住在很远的森林边,
他们自己管有地界。
这时公主的筏子,
漂进了妖魔住的森林中,
妖魔看见了互相叫喊起来,
把筏子拖到岸边,
这正是半夜三更鸡叫的时候,
雾露下坝蒙住了森林,
妖魔冲过来抓吃随从和婢女,

---

① 根罕木香花:叶像菠萝叶,有刺,花是长长的。
② 沾光花:样似荷花,但比荷花小。

好几百个都被吃光,
单剩下公主和皇后,
因为公主、皇后的发髻上,
有天神赐的符咒,
妖魔见了不敢吃,
好像大火一样妖魔近不了身,
另方面公主怀有身孕,
这些妖魔都跑光,
这时白胖柔软的公主和皇后,
遇见此事非常着急害怕,
心中跳跳赶紧将筏子撑划,
娘母俩急急忙忙顺水流,
流过了很多险湾,
又遇上了急流和旋涡,
母女俩漂到
帕拉西①居住的、
修行祷告的地方,
正逢他走到河边来洗澡,
公主、皇后的筏子刚刚漂到,
帕拉西把筏子拉出水中,
公主、皇后即时下拜。

帕拉西详细询问,
公主、皇后将实情诉说,
学问渊博的帕拉西,

明白了所说的原因,
照料两母女住在凉亭,
两喃天天来打扫,
朝拜服侍帕拉西,
天天煮饭烧水打扫庙宇,
日日不停用心苦修,
尊崇教义不犯规,
天天到森林寻找山茶水果,
献给圣父帕拉西,
时间过了很久,
公主近临产,
生了个五官端正的小孩,
时间是六月十五,
刚是太阳当顶正中午,
正逢天狗吃太阳,
天地昏暗无光,
小孩下地,天才慢慢明亮。

公主和皇后非常喜欢,
互相替换招呼来抚养,
头发生得黑黑的小孩,
慢慢长大一月多,
圣父帕拉西要给小孩取名,
照着出生年月时辰来计算,
他知道这小孩,

---

① 帕拉西:野佛爷。

是天神苏领达①降生，
长大后是世上的真主，
圣父帕拉西很喜欢，
喜爱得如同亲生儿女，
小孩取名苏领达。

小孩慢慢长大，
长到足十岁，
体格长得很漂亮，
好像炼金钵内金子闪光惹人爱，
帕拉西将本领传授给他，
小召苏领达样样都学会，
千百个咒语记在心中，
不怕任何妖魔和灾难，
他锻炼得又英明又勇敢，
气力很足抵得住大象，
几乎有七条象的力气大，
聪明智慧本领高，
喜欢游耍森林，寻找芋头和山药。

天天进森林，
走到了水边又进了庙宇，
帕拉西有心救济他，
想到了一种仙药麻模树，
此树长杈一千枝，

高高伸到半空中，
有一杈的果子吃了毒死人，
有一杈的果子吃了会有灾难，
面黄肌瘦风都吹得倒，
有一杈的果子吃了会变猴子和猩猩，
猴儿到处爬树枝，
有一杈吃了鼻子会坠下，
好像长长的象鼻子，
有一杈吃了会变成老虎，
老虎长得毛茸茸的有花条，
发脾气咆哮怒吼。

有一枝的果子吃了相当甜，
如果年老也会脱皮成青年，
力气抵得十条象，
有一杈生长在中间，
又高又细很苗条，
果儿结得一串串，
个儿大得三杈长，
气色阵阵喷喷香，
吃了聪明智慧高，
千百个咒语样样懂，
身体变得像镜子一样漂亮，
寿命可到一万年，
力气大得比老象强十倍，

---

① 从前文看，此处相当于天将丢尾，原文如此，予以保留。——编者注

五官端正，本领和天神一样高，
行走似箭飞。

帕拉西驾云腾空去，
到了森林水塘边，
帕拉西摘下麻模果，
专摘树尖上熟得黄黄的，
最大是三权长的，
帕拉西把它放进口袋，
腾云驾雾转回来，
到庙宇就将果儿送给苏领达，
苏领达接到手中就吃掉，
马上聪明智慧成倍增，
苏领达英俊标致好像天神一般，
力气大得如同十条象，
帕拉西又将这仙果交给公主和皇后，
她们吃了更加年轻和漂亮，
美得就像天仙女下降，
嫩得好像十五岁的姑娘，
又有力气和智慧，
这是道法宽广的帕拉西赐给的。

神通广大的小召苏领达，
慢慢地长大，
公主对儿子的长大很放心，

她将保存的金天秤交给他，
小召苏领达把金天秤收藏身边，
三娘们在很长的时间，
天天勤谨地服侍着帕拉西。

再说小召苏领达，
他天天锻炼本事到处周游，
到了很远的大森林边，
走进了妖魔的地界，
大妖魔住在山洞里面，
宽广的森林都属他管辖，
小召苏领达游到以后，
妖魔见了冲过来，
他叫喊咒骂：
"你这小子从什么地方来？
来到我的地界，
是不是要来给我做吃食？"
妖魔说完跳着舞着纵过来，
眼睛鼓得大大的，
头发白白又很长，
腮巴① 长有胡须，
张开红红大口，稀稀的牙齿露出来，
手脚生毛，
胡须长到肋巴边，
妖魔冲过来用手来抓苏领达。

---

① 腮巴：云南汉语方言，意为"下巴"。——编者注

那时召苏领达做了退让，
一跃腾到半虚空，
一把抓住妖魔的脖子，
往地上一砸，
砸得妖魔陷进土，
苏领达又捏住魔鬼脖子，
手摇脚踢，魔鬼越陷越深，
一面说："胆大的妖魔，
你有本事你就走。"
只见妖魔挣扎摇头起不来，
两手撑在地上不会动，
他发怒大叫大喊，
手和脚埋在土里，
只有声音能够哼叫，
声音震动了森林，
真正是全森林都是鬼叫声。

召苏领达向魔鬼说：
"这次你认识我了吧，
如果你想活命，
赶紧向我投降，
内心服从向我下拜，
我才免掉你的罪过。"
大妖王开口答话，
不但不服从而且还咒骂，
他说：
"我守住在这里，

是一个神通广大的魔王，
我不下拜于你，
更不做谁的奴隶，
死在森林也甘心，
我决不能向一个小孩来下拜，
我不但不投降，
而且要把你吃掉。"

苏领达又把他脖子捏，
一手把他又砸进土，
刹那间泥土陷到魔鬼的脖子，
叫他开口举手下拜，
否则死亡在眼前。
"如果下拜服从我，
将会把你救出泥土坑。"
妖魔又说："我死在你手中也甘心，
决不用心向你投降，
你把我杀死也要将此仇记下。"

小召苏领达非常愤怒，
一脚将妖王的头踢得开花，
老妖王一命呜呼丢下了尸体，
因为他骄横野性改不了，
这是他该死的报应，
他死了还记下仇，
他的阴魂不散，
到处漂流去偷生变成害人的东西，

在水中生成蚂蟥,
他的筋生成了毒蛇,
躲在石缝里等咬人,
他的皮和毛也生成了辣人的青虹子,
他的血变成了专门吸血的蚊虫,
他的肉和肠变成了虎豹,
躲在深草丛中等着吃人,
他又黄又长的头发变成细长的唠蛇①。

召苏领达战胜妖魔以后,
到处去周游,
森林间去找芋头和山药,
只要吃得的水果他就摘,
满载而归,
回到庙宇见到了帕拉西,
见到了母亲和祖母,
大家高兴把水果和山药吃,
他们幸福地住在庙宇森林中,
没有灾和难。

不觉时间已过两年多,
帕拉西对小召苏领达说:
"在东边有一个远方的森林,
那里有个大水池是仙境,
它有五种莲花和各种鲜花,

生在池中非常香,
大池水是洗澡的地方,
池边边上有着黄生生的沙子,
蜜蜂乱嚷嚷在花间采花蜜,
宽广的大水池,
天气晴朗它显得更清秀,
如果哪个洗过澡,
他的身体就像天神一样,
红光满面,容颜鲜润,
避免了百病缠身,
年寿可到一万年,
头发不会白,牙齿不会掉,
眼睛明耳朵清。
可是妖魔鬼怪经常在这里出没,
各种各样毒辣的东西都出在这里,
希望我儿不要去。"

召苏领达知道了以后,
他很想到水池那里走一遭,
他想到水池洗个澡,
多少妖魔鬼怪他都不怕,
因为他练过了很多本事,
他曾经杀死了妖王,
他心直勇敢喜欢去,
合掌拜过圣父帕拉西说:

---

① 唠蛇:一种细小的五寸长的专会钻洞的蛇。

"父啊!
孩儿想到水池去玩耍,
恳求圣父允许去。"

帕拉西说:
"如果孩儿一定要去,
可将泥土捏成牛,
你可念动咒语,
让它变成活牛,
你就有本领不怕任何困难。"
帕拉西又交给很多的咒语,
过了一久,
有一天,
苏领达向母亲说:
"母亲啊!
现在有一莲花水池,
风景美丽水清清,
它有红、灰、蓝、白各种鲜花,
还有很多孔雀在鸣叫,
孩儿有心想到那里去玩耍,
又想到清清的湖水洗澡。"

公主对儿子说:
"亲爱的儿子啊!
你不要去了吧!
大森林的水池中,
是妖魔虎豹出没的地方,

母亲很害怕,
恐怕发生其他不幸。"
苏领达又说:
"儿就是想去森林中玩耍,
想到那个荷花水池边,
孩儿单人独自去,
不会有什么困难。"

那时公主有了爱子心,
她将孩儿劝说:
"豺狼虎豹很是多,
路途遥远难走到,
看我儿如何能到达,
如果孩儿一定要去,
希望早去早归。"

这时母亲带了孩儿,
一起走向大森林,
不久就走到荷花水池边,
看见了各种各样的鲜花,
看得眼花缭乱,
嗅到香味忘去忧愁,
但是这里尽是妖魔玩耍的地方,
荷花池中荷花开,
池水底下有白沙,
水中动物成群结队跳去游来,
还有水中的青龙,

到水面来戏耍，
还有水底老龙王，
他有一孙女名叫喃根沙娜，
整个龙宫地方，
没有谁能匹配得上。

老龙婆听说，
有一个很有福气的小伙子，
他生长在很远的森林中，
他是大贵族的子孙，
他将来管地方为王，
老龙婆出水看见他母子俩，
她想把苏领达配给孙女喃根沙娜，
老龙婆在水边跑来跑去，
非常想得召苏领达，
她跑到母子俩的身边，
这时苏领达将泥巴捏成各种牛，
摆好以后排成队，
他把帕拉西教的咒语念动，
泥巴牛立即变成活的牛，
在水边跑来跑去，
这时母子俩下到水中洗澡，
游来游去，
随心戏耍，
他母亲先洗后，

出水到岸边，
将细细的裙子、花花的飘带，
一起穿戴在身上，
此时召苏领达，
还在水中洗个不停。
这时还有一个魔王叭团，
他腾云驾雾从空中来，
他看见了美丽的公主，
正在洗澡。
他暗暗躲在水旁边，
那群牛儿跑过来，
用角来抵斗他，
叭团害怕这些牛，
他跑进了森林，
腾空跃起又降下来，
迅速落在公主身边，
他用手抱起公主身，
又腾云驾雾在空中。①

话说叭团同样腾云驾雾空中走，
他飞过了森林不停地往前进，
来到了广宽的大水池边，
看见公主抱起腾空就走，
一时急得公主哭叫喊，
惊动了小召苏领达，

---

① 以上两页由经书补缺，以下是唱本。(此处两页指的是247页第四段至此。——编者注)

召苏领达睁眼看见母亲被抱走，
急忙出水来穿戴，
速速急急去追赶，
找遍各处森林都不见，
没有办法很悲伤，
他一边哭一边进行追找，
独自一个没有伙伴，
真是又寂寞又伤心，
只听见八哥叫白头翁鸟鸣，
还有猴子、猩猩叫去叫来，
听起来好像人叫，
听起来好像母亲在叫喊，
急急忙忙走进去找又不见，
不知母亲在何方，
急得他眼泪不停心很慌，
小召苏领达一面哭一面找，
走遍了森林里的每个树缝，
手不停揩眼泪，
好一个苦命的苏领达。

他一面哭一面想念母亲：
"母亲呵！
不知你到哪里，
真让我非常伤心，
母亲呵！
莫非你就死在他方？
莫非被妖魔吃了？

但是又不见血迹，
莫非母亲啊，
你要转回金水池边？
莫非你回到了帕拉西圣父身边？
现在你是不是还等待儿子？
真可怜啊！
亲爱的母亲，
你不幸被妖魔抱走，
为什么会发生这样的苦楚？
远别了你亲爱的儿子，
不知母亲你现在何方，
你为什么拿儿子丢在森林中？"

天天哭找都不见母亲，
小召苏领达还是到处找，
他又找到了最高的山上，
陡陡的石岩到处凸凹不平，
无论高低凸凹地方，
召苏领达都已找遍。
是不是有贼心的叭团，
把母亲偷来藏在石洞内？
找遍所有山洞都不见母亲，
树林草丛到处找，
千百个山头和箐底都找遍，
没有办法只得往前找，
天黑下来就住在树林中，
睡在高山陡岩的洞中，

这里是老熊、虎豹、大象出没的地方，
半夜雾露下，又冷又抖，
天亮星出来，
东方发白，
小召苏领达又想起母亲哭不停，
大森林中真寂寞，
只听见雀鸟在树上叫，
凤凰在树枝上啄吃花蕊，
没办法只好离开此山往前走，
寻找母亲还是不见，
单听见蟋蟀、蚂蚱在叫，
离开这里又往前行，
走到一条清清的大河边，
他顺河岸找下去，
单人独身真苦闷，
他坐在水边休息，
全身热得大汗淌，
走下河洗澡冲凉，
那时龙王小姐嗅到了一种很香的气味，
跪出龙宫来看望，
看见了年轻的召苏领达，
一时心中很喜爱，
摇身变成一个美丽的姑娘，
红红的脸儿肉色闪金光，
开口调笑召苏领达。

召苏领达急忙跳出水中来穿戴，
恐怕是妖魔鬼怪耍花样，
他一句也不开口，
龙王小姐对召苏领达一见钟情，
心里热乎乎的想着他，
一心一意爱着他，
这件事被龙母知道，
想办法出主意，
争取得到苏领达配女儿，
出来对召苏领达说：
"你快回去，
你母亲已等在金水池边。"
苏领达不知是计就转回，
龙母说完事先到金水池边，
龙母摇身变成苏领达的母亲，
坐在金水池边哭泣：
"我的召苏领达儿啊！
娘已经走脱了妖魔返回来，
到处寻儿找不见，
不知我儿在何方，
亲爱的儿啊！
娘非常想念你转回来。"

召苏领达见了后，
以为是自己的亲娘，
非常喜欢跑过去，
倒在"母亲"怀中哭个不停，

以为真是自己的亲生母亲，
不停地将一切哭诉。
这时龙母将苏领达来哄骗：
"母亲福气大，
不死已经返回来，
母子像过去一样亲亲热热，
现在时间不早应该转回家。"

龙母说完就领着召苏领达走，
一时辰就走到了龙王地方，
苏领达看见这个地方又宽又广，
宫殿林立好像芭蕉花，
这时龙母又哄骗说：
"我们由此已经去了人间，
这里地方宽广非常好在，
不知它叫什么名，
我母子俩应到城中宿歇，
或者在此居住一些时间。"

那时龙母带领召苏领达进城，
走到了她家，
蔬菜肉伞样样有，
准备好了要吃饭，
苏领达还以为她是亲生娘，
家里的用人侍女都来帮忙，
迎接人间的小伙子，
龙王地方的很多姑娘都来看，

她们互相悄悄接耳私语，
都说人间的小伙子真漂亮，
有的姑娘很想和苏领达说话，
紧守在那里不愿离开，
天黑了该睡觉的时间，
召苏领达疲倦得睡着了，
龙母悄悄跪回龙宫，
把情形对龙王讲：
"现在我将人间小伙子带到，
他生得有福气又漂亮，
他应该成为龙宫驸马，
我们应该赶快做出主张。"

龙王听了非常欢喜，
他说：
"世间凡人，
没有谁能够到这里，
现在他能到这里，
一定是个不凡的人。"
龙王那时召集大臣来议事，
各大臣听了国王的命令，
遵从命令，
了解苏领达的来历，
大臣又向龙王报告：
"应该即时把他调来，
出题给他猜，
如果他是有福气又有本领的人，

一定猜得着，
如果他无本事就解答不了，
那时他将自取灭亡。"

大家决定以后，
时间不早了，
急速派大臣去请苏领达，
龙母也去告诉他：
"现在我俩到这里，
已被当地国王知道，
召集我俩进城朝见。"
这时苏领达开始有怀疑，
恰巧龙王使臣刚到，
请召苏领达进城见国王。

召苏领达和龙母，
一起走进城，
进到王宫见龙王。
他离开了宿地走进城，
看见了很多漂亮的姑娘，
耳戴金耳环，
头插闪闪的金簪，
身穿闪耀夺目的服装，
小伙子见了，
都想和她们说笑，
一群群美丽的小姑娘，
发插梳子，

又抹滑亮的油，
她们互相交头接耳，
她们说：
"召苏领达真漂亮，
整个龙宫没有第二个，
天下的人也不能与他相比，
他真是生得英俊标致胜过人，
可惜我们没有福气，
不得在他身边服侍，
有福气的小伙子，
使人越看越爱。"

这时召苏领达才知道，
他来到龙宫地方，
这是深水下面，
他又回想起来洗澡的时候，
曾有一个漂亮的姑娘来说笑，
现在他不再怀疑，
他又想起了还找不到母亲，
又被哄骗到这里，
已经走过了人间地界，
他想起了母亲就流泪，
低着头很悲伤。

他走过了全城，
他进到了龙宫，
照礼节朝见龙王，

龙王请他坐下，
龙王看见召苏领达生得英俊标致，
很是逗人喜爱，
漂亮的小伙子稳稳地坐着，
龙王开始向他问话：
"年轻的小侄儿啊！
你脸带微笑从何处来？
你生长的地方叫什么名字？
你是何种人[①]？哪一个民族？
小侄儿！
你又叫什么名字？
有何事情来到此地？
你有什么事情，
可以向叔叔我谈。"

这时召苏领达又向龙王朝拜说：
"小侄儿是凡间的人，
我生长在宽宽的人间大地，
我的故乡是勐章麻尼[②]，
我是当地国王的儿子[③]，
小侄的名字叫苏领达，
我走过了高山和森林，
我喜好学习本事和咒语，
森林的主人是神父帕拉西，

他将三班武艺都教给，
小侄学了以后到处游，
所以来到此地龙王宫，
听说龙宫地方宽有一百约，
有千百万颗宝石和珍珠，
名声响震到人间，
侄儿我非常想见才到来，
请求国王大发慈悲，
不要将侄儿丢一边。"

龙王听了很喜爱，
他开始向召苏领达讲话：
"有福气的小侄儿，
你来到了龙宫地方，
照礼节应该出题给你猜，
这是地方和经书上的规定，
叔叔我要向你猜问，
小侄儿你慢慢解答给我听。
现有七颗宝石，
发着闪闪烁烁的亮光，
它白得像一朵棉花，
它是早晚观赏的宝贝；
还有三颗乌鸦色的宝石，
它们黑得像熄火炭，

---

① 何种人：含有是官家的子女或是百姓的子女之意。
② 勐章麻尼：大地名。
③ 儿子在云南汉语方言中是对小男孩的爱称。——编者注

它们是随身的宝石；
还有一份是五颗放在憨罕①上面，
如果憨罕要烂掉，
这些黑白的宝石就会自然消失。
亲爱的侄儿，
请你解答。
如果你解答得对，
叔叔我要将你提拔高升，
有姻缘合配公主，
照礼节你可以上宫廷，
配当驸马，
你俩可以坐镇龙宫，
全盘代管。
如果小侄你不便解答，
或者完全不会解答，
那将产生对你不利的事情，
该你自身取灭亡。"

召苏领达明白了这事以后，
照礼节来做解答，
他说："此两份题目真英明，
国王如果想知道，
请调所有大臣来静听，
题目出在英明龙王的座前，
应该举行仪式隆重来解答，

不能轻视，
一定要照经书礼节，
不然国王将会失去尊严和威信，
请叔叔赶快准备举行仪式，
小侄儿才可以做解答，
请各位都听一听。"

国王和大臣都听到了，
急急忙忙来准备，
打起鼓调动所有的人，
惊动了所有龙宫地界，
人人听到了要解答题目的名声，
跑去跑来忙着争看，
急急忙忙跪到了宫廷，
所有的姑娘都到了，
这时美丽的皮肤香得如香粉一样的
龙宫公主也来了，
她走出了内房坐在外面看，
她白白的好像一朵棉花，
身姿袅娜观看人间的小伙子，
她的耳朵和眼睛，
一刻也不离开召苏领达，
她越看越爱，
很想接近他。

---

① 憨罕：一种专门放宝贵物品的有脚的小盘子。

一切准备就绪，
龙王请召苏领达上坐，
全宫廷的人，
个个紧张静听，
又撒谷花又敬蜡条，
这时苏领达开始解答。
他说：
"那七颗白的宝石，
它们是人间最好的心，
如果有它们，
人就会有智慧和忠诚，
他就会尊崇礼节和经书，
它们的名字叫撒塔叫宝石，
它们又叫白宝石。
那三颗黑色的宝石，
一颗名叫啦嘎多，
一颗名叫塔萨腊，
一颗名叫魔哈洪，
有了这三颗宝石，
叫人起异心为非作歹，
死了以后入地狱，
永不得超生，
所以它们黑黑的，没有亮光。

"还有那五颗宝石，
一颗叫厄噜帕罕，
它会变成人的身体；

一颗叫尾达那，
它是人的四肢；
一颗叫先雅，
它能思考，什么都想得到；
一颗叫桑哈腊罕，
它会催人年老；
一颗叫尾雅腊罕，
它使人身丑陋。
一共说来是五颗，
如果放它们的憨罕老了，
它们就会爆炸消失，
它们就是世间的人，
人死了心不在，身体腐烂，
没有什么智慧和聪明，
丢下尸体在臭烂，
丢下了他的金银财宝，
又丢下了他的妻子和儿女。
如果他行阴功做好事，
如果他福气高，
就会超生上界；
如果福不大，
就降临凡间人世；
如果罪恶多端，
就得下地狱受罪，
不论男女都是这样的结局。
龙王及诸位，
请你们细细听吧！"

这时龙王为首的各大臣们，
举手庆贺苏领达的胜利，
此事一时震动了龙宫地方，
原来双方的公约不能退悔，
龙王只好将公主匹配，
配给苏领达为妻，
委托重任给他俩，
委托他俩管理地方。
各大臣积极准备举行婚礼，
还有宫娥彩女一千个，
陪嫁给他做嫔妃。
婚事完毕，
他俩管理地方，
很幸福地生活着。

话说还在森林庙宇的，
苏领达的祖母，
她安心地等待着女儿和孙子，
等到下午天要黑，
女儿和孙子不见转回来，
一时心中很焦念，
她进森林到处寻找，
一边找一边叫，
也找不着女儿和孙子，
她急得停下来哭，
焦念儿孙两娘母，
她一边哭一边说：

"痛苦的事为什么又来临？
苦死我啊！不见儿和孙，
莫非是儿和孙在森林迷失了方向？
莫非是妖魔鬼怪、豺狼虎豹把你俩吃掉？
亲爱的儿和孙，
你俩为什么不转回来？
可怜呵！
亲爱的两娘母，
你们为什么单独把亲娘丢下？
你们两个不见了，
莫非是魔鬼叭团
到森林玩耍把你们偷走？
你们永远不能来见娘的面了吧！
娘死了也要跟随你们，
可怜呵！
我亲爱的漂亮的孙子，
你一去了就不会转回城呀！
好像一阵风刮进了森林，
娘永远不会忘记，
苦得我到处寻找。"

天黑后她还在林中哭个不停，
哭醒了她才摸黑回到庙宇。
第二天天明，
她去拜见圣父帕拉西。
帕拉西知道此事，

对她进行教育说：
"她俩母子离开此地，
这是因果报应该如此，
人生在世，
个个都免不了灾难，
除非是生在天和人间的外界，
就能免去灾难，
否则总是有灾难。
如果死了重新超生，
还是要生活在天底下，
受很多的灾难，
如果福气高法道重，
他就会超生外界，
不受人间罪过，
关于女儿和孙子，
她俩分开不见面，
需要三年的时间才能相见。
但是还是要在庙宇这里相遇，
那时你们母子儿孙才得见面。
现在希望你，
忍苦耐寒安心在，
加强用心在庙宇修炼，
他不会像水一样消失，
在这里慢慢等待你儿孙。"

她听了圣父的教育，
转回住地庙宇边的小凉亭，

她天天修行吃斋祷告。

话说她的女儿公主，
魔鬼叭团抱走，
腾云驾雾在半虚空，
哭得死去又活来，
飞过了千山万水，
一阵风就走过了九十约。

妖魔心中想：
"要把她在半路上吃掉，
或者是带回去做自己的妻子。"
这时公主心中祷告，
祈祷天神来搭救，
一方面是公主的福气，
不该受此灾难。
所以公主的全身发出烈火，
烫得妖魔不能挨身，
烈火烧着妖魔，
从半虚空掉下来，
跌得他昏死过去。
公主没有跌伤醒转来，
睁开眼睛只见大森林，
知道情形不对头，
赶紧拔脚就开跑，
跑进森林快如射箭，
因为她吃了仙果力气大，

她走过了很多山和水，
还不知道是何方。
她害怕叭团来追赶，
她要大声叫喊又怕被魔鬼知道，
单人独身一声不响往前走，
她不停地在森林中行走，
草蓬刺丛挂破了她的衣裙，
划破了她嫩嫩的肉皮和脚杆，
发炎浮肿脓血淌出来，
苦得她生死不得，
她日夜不停往前走，
走到大水河边，
她坐在河边石岩上，
不会下水游过去，
坐在水边等待着，
她坐在石岩，睡在石洞中，
不停地哭着，
她想起了儿子很伤心，
想起了母亲，
又是哭得更难过。

"亲爱的儿子呀，
不知你此时住在何方，
莫非你还在森林寻找母亲？
是不是你还哭个不停，
单人独身在寻找？
我的苦命的儿呵，

你没有亲戚和朋友，
你是在苦难中和圣父帕拉西长大。
你刚刚长到十二岁，
单独离开了母亲，
是不是你停在森林中找不出来？
是不是你遇着了妖魔叭团，
把你抓去吃掉了？
是不是你已转回圣父帕拉西身边？
母亲时时焦念，
娘不见儿在身边，
心中好似要开裂，
又可怜呵！我的老母亲，
你生活在帕拉西的庙宇边，
你还不知道儿被叭团偷走，
娘一定哭得死去活来，
太阳落山仍不见儿女转回城，
娘啊！你一定到处找。"

她日夜不停地哭哭啼啼，
操心得无时间休息，
泪水日夜不停挂在眼睛边，
她摸索着去找水果吃，
拾得了水果放在沙滩上，
睁眼再看不知何方。
单见陡陡的石岩围在大水边，
黄生生的金沙，
闪着金光刺眼睛，

花乌鸦和水乌鸦在水边玩,
展开翅膀飞去飞来,
还有种乌鸦戛啦比和,
凤凰在水边玩,
她看见这情景,
思想难过又哭泣,
她走来走去一方也走不进,
尽是大崖怪石一条路也走不进,
太阳落山天将黑,
鸟儿鸣叫找歇处,
潺潺的水声,
冲击着水中的石头,
鱼儿在水中游,
在沙滩上摆子,
一群群鱼儿游在深水中,
微风送来了鲜花香,
八哥领着伙伴在树上栖息,
老母雀领着小儿在树上睡觉,
还有猩猩猴儿到处叫喊,
还有山鬼披雅惑①,
还有成群的斑鸠飞在树上歇,
太阳落山天漆黑,
眼睛看不见四方,
夜鸣雀在大森林中啼叫,

雾露笼罩坝子灰沉沉。

她感到全身发冷,
星星在天边无精打采地眨着眼,
她只得睡在大石缝中间,
大风吹动了大树叶,
山中野猪、马鹿、麂子出来玩,
还有恶性的老虎和豺狼,
岩羊在石崖上走,
野牛在石崖下跑,
还有狮子和犀牛,
它们的吼叫声,
震动了半夜的森林。
她见了这些,
害怕得全身颤抖,
毛骨悚然,心惊肉跳,
睡在冷冷的大石板,
翻来覆去睡不着,
蟋蟀叫声唧唧响,
蝗虫沙沙地响,
野鸡不停地啼,
雾露从天空落下,
她没有被子和垫单②,
光身睡在石板上,

---

① 披雅惑:像猩猩一样的很少见的小动物,头发长长的,传说它会迷惑别的动物,抓吃肠子。
② 垫单:云南汉语方言,意为"床单"。——编者注

她又梦见儿子睡在身边,
清醒过来又不见儿子,
单听见波浪冲动大石头,
她坐起来,
想起儿子又哭个不停,
她停在森林水边,
将近一个月,
她无法到别处去。

这时有一伙做生意人,
他们一共五百人,
他们坐着船,
到处做生意,
由别股河道淌下来,
他们顺水一直走了好几个月,
到了这里看见公主在石头上坐着,
公主也看见了他们,
坐着大船冲破了波浪,
顺水驶下来,
她心想希望他们搭救,
但是,想去想来很难开口,
因为单人独身不好说,
她祷告希望天神帮助,
还有土地和龙王,
希望各个神灵来搭救,
祷告后忍气吞声独自坐着。

此时那些生意人将船拢岸,
他们看见了公主就喊话问:
"眼睛珠黑黑的公主啊,
你为什么单人独自在这里?
黑黑的发鬓,你是人来还是鬼?
或者是龙王小姐上岸玩?
或者是仙女下凡来玩耍?"

这时公主不说话,
她只是微微笑不发言,
船儿急急来靠岸,
冲到了公主的身边,
他们叫叫喊喊,
公主还是装聋不答应,
他们说:
"为什么漂亮的美人耳朵聋?
我们将她来带走。"

船长和水手们,
一起来商量,
他们离开了船,
走到公主身边,
用手轻轻拍拍她的肩,
有的人摸摸她脸,
指着她叫她进船,
这时公主起身走进了大船,
公主一句话不说在装憨。

公主像天仙一样美貌,
因为她曾经洗过金水池,
她好像圆圆的月儿,
没有缺的地方,
简直把船长想得发疯,
想得他头昏眼花倒在河滩上,
只要谁看着公主一眼,
谁就会身不由主地倒下去,
大家无法互相叫喊,
有的人还想再同公主说。
虽然她是耳聋憨色不会说话,
还是想要把她带走。

有的说:
"我懂得医药,
把她送给我。"
这时有一个人走出来说:
"现在个个同样都想要,
谁要就用高价来买。"
船长听后就将银钱拿出来,
送给大家钱十万,
作为高价购买公主身,
这时他们将公主送给了船长,
船长得了漂亮的公主非常喜欢,
喜得他骨头都酥软,
他的眼睛一刻也不离开公主。
这时众水手们,

将船开动,
行了一程到水岛沙滩边,
他们将船儿在此停留,
太阳落山天要黑,
他们就在此歇宿。

天黑了,
公主想睡的时候,
他们铺起垫单撑起蚊帐,
还有枕头和被盖,
铺好了漂亮的床铺,
送给公主去睡觉,
等到半夜三更时,
黑心的船长老板,
想去和公主睡觉,
他心中发奋摸到公主床边,
他用手摸找公主身,
要将公主来搂抱,
忽然他自己变成了女人,
这时他很着急和奇怪,
急得他脸面没有一点光彩,
丢下公主跑出来,
坐在地上垂头丧气,
他细细想起了根由,
他不告诉别人,
单独自己想去想来,
他想自己失去了男子的身份,

如何对得起自己的儿和妻,
他暗暗悲伤哭泣不停。

到了东方发白天亮时,
船员们起来烧水煮饭,
他们看见老板在那里垂头丧气,
他们互相叫喊跑出来讲,
大家不约而同地说,
老板为何还在瞌睡?
莫非是看到美女总是看不饱,
或者舍不得公主熬夜不睡觉?
他们个个指着老板说说笑笑。
这时老板答话说:
"漂亮如画的美女,
两只眼睛像黑色的宝石,
你们想要我也卖了,
如果谁赔了我的本钱,
我就将她交给谁。"

那时又有一个小伙子说:
"我想得到她,
请老板把价钱降低一点,
我出七万钱给老板。"
老板答应接收了七万钱,
小伙子将公主带进了船中,
等到天黑半夜的时候,
他又摸到了公主的身边,

即时头晕发黑眼睛看不见,
由头到脚全身都疼痛,
痛得他在地上滚去滚来,
突然他又变成了女人,
急得他赶紧离开公主,
跑出来垂头丧气地坐着,
低头摸肚一夜哭不停,
等到天亮的时候,
大家见着跑来问:
"是不是你又熬了一夜没有睡觉?
为何这样低头丧气?"

他又说要卖漂亮的公主,
又有一个他想要:
"我愿出五万钱给你。"
钱交清楚,
他把公主带去。
这样互相出卖,
价钱降到一百,
又降到一分,
五百个船员都买完,
完全都变成女人,
个个发愁很苦恼,
个个无力身子痛,
没有力气来划船,
凭波浪把船儿冲走,
一直顺水淌了两个多月。

这时船老板，
开始向船员追问说：
"我已经早变成女人，
不知你们怎么样？"
这时个个齐声讲出来，
知道了个个都变成了女人，
他们个个互相发愁，睡也睡不着，
有些人哭得面黄肌瘦，
这时中间有一个人，
他心想："我们一定得罪了公主，
因为公主是有福气的贵人，
应该向她赔罪，
请她赦免。"
他准备蜡条和谷花，
双手向公主跪拜，
请公主赦免一切罪过，
当时他还原成了男人，
他心中非常高兴，
又向公主跪拜了才转回来。

他向伙伴们叙说此事，
船员们个个来准备，
准备好谷花和蜡条，
跪在地上拜见公主，
请公主将一切罪过来赦免。
"我们曾经欺负公主得了罪，
犯了规矩不应该，

请求公主赦免我们的一切罪过。"
他们跪拜后，
突然感觉个个恢复了原状，
他们个个非常喜欢，
真心诚意不怠慢公主。

他们开始来行船，
走过了无数的水夹石缝，
路程很远，行了三个月，
才走到了人住的地方勐帕董，
他们将船开到了城边，
当地人看见了他们，
很多人都来同他们做买卖，
小伙子掺着小姑娘，
也跑来问买他们的东西，
他们一面买一面从船中看，
他们看见了公主在船中坐，
但是比姑娘还漂亮，
润白的肉色红红的脸，
好像天神下降，
他们个个看得发了呆，
不会说话，声音颤抖，称赞不绝，
急忙跑回报告帕董国王。

国王派人叫船老板传进城，
其他船员也跟着跑进去，
这时国王问船老板说：

"漂亮的仙女,
你们从何地游玩而来?
是不是妖魔鬼怪所变的?
是不是豺狼虎豹所变成?
或者是生在人间的什么民族?
或者是你们老板的妻子?"

这时船老板将情来报告:
"小人行商坐船顺水来,
走到森林河水边,
看见那公主坐在水边,
我们就把她带着来,
现在还不是哪个的妻子,
要买银钱一百万,
她是有福气的贵人,
小百姓不能和她匹配,
只有坐宫殿的国王才配得上她,
她不是水底龙王的小姐,
也不是大森林中的魔鬼来变化,
她天天同人吃饭是凡间人,
只是她耳聋不容易听话,
她不会戏耍说笑话,
她的眼睛和耳朵比天底下的人还漂亮,
她白白的脸儿配得上居住宫廷,
现在我们要将她来奉献上,
献给国王一定喜欢,

如果国王不喜欢要,
我们要将她带回勐章响,
献给勐章响国王。"

这时帕董国王听了很愉快,
感谢船老板的传情,
他有心想见公主,
积极召集各大臣,
他要亲自去看望,
那时各大臣、头人急忙随从国王
走到了大船边,
看见美丽的公主坐在船中,
一时把他们看得目瞪口呆,
急急忙忙跑回城,
跑回城告诉他的皇后,
他还有十二个妃子做伴。

国王说还要找个新皇后,
皇后和妃子听了很生气,
她们说:
"如果国王要新皇后,
请国王允许我们回父母家。"

国王听了也生气,
把皇后和妃子撵出宫廷,
国王开口又骂说:
"本王已经出了不少钱,
才把你们接进宫,

好似买来的奴婢,
你们还有什么话来对抗本王?
你们看不起本王想出走,
你们简直是欺负本王太胆大,
你们要走随你们的便。"

这时皇后、十二个妃子,
她们听了国王的咒骂,
她们只得暗中逃出了这个地方,
她们又听说,
有一个宽广很远的地方,
它出有七股仙水,
此水从大石顶上流出来,
有一股水,
人们吃了或洗过澡,
就可以脱皮变年轻,
漂亮得好似天仙女;
有一股水,
人们吃了或洗过澡,
胆大勇敢,寿命可到一千岁;
有一股水,
人们吃了或洗过澡,
可以无病无痛消除灾难,
千百年都身体健康;
有一股水,
人们吃了或洗过澡,
力气大可抵得上千只大象;

有一股水,
人们吃了或洗过澡,
能有高度的本领和智慧,
又能腾云驾雾走遍天地,
快如一阵风;
有一股水,
人们吃了或洗过澡,
全身柔软无力气,
肉色也变得漆黑,
下巴壳的毛长得像鬼脸;
有一股水,
人们吃了或洗过澡,
会变成猴儿和黑黑的大猩猩。
她们个个知道后,
互相邀约都想去,
一共约得三万人。

大伙走进森林,
想去吃仙药,
她们恼恨国王,
因而相约出走。
她们走过了大森林和大箐,
皇后和十二个妃子为首,
她们走进了陡陡的大山和石岩,
找遍了千支山和万条箐,
她们到了很远的地方,
时间很长已有一个多月,

找到了出水的石崖,
水就由这里流淌喷下来,
水积拢变成宽宽的大水池,
她们看见了心中非常喜爱,
她们脱下了漂亮的衣裙,
跳下池中洗仙水,
一时变成老猴头,
一脸生毛又生出了尾巴,
皇后、妃子和所有去的人,
个个洗过澡,
个个都长出了猴毛和尾巴,
她们是逃出了皇城进了森林,
她们的心是恼怒和毒辣,
所以洗了仙水变成猴头,
真正是狠心的妇人会变成野猴,
人家取名叫喃尼①。

她们居住在森林中,
时常叫喊,
有些变成扎先②和打买③,
她们永世居住在林中到现在。
常言说得好,
狠心的妇人说话会恼怒,

终归倒霉落在自己身。
人家说妇女没有喉结,
就不应该懂事,
发了脾气也胜不过人家的主张。

听吧!
男女老少们,
微微的笑脸,
刚刚长大的青年男女们,
发挥你们的智慧,
好好想着,
接受这个教训,
不要学她们。
身心灵活的姑娘们,
你们要好好地记住,
哥哥要把各种各样告诉你们。

现在我要将国王的事情说清楚,
他已经开口发过怒,
用恶语撵走皇后,
使她们半夜三更暗中逃,
国王怒气消失后,
他走进宫廷内,

---

① 喃尼:是猴的一种,但比一般猴长得更高,尾巴更长,更黄,传说是由女人变的,所以称之喃尼。
② 扎先:是没有膝盖骨的山野人。
③ 打买:是一种山鬼。

所有皇后、妃子都不见，
他懊恼不及，
灰心垂头丧气到天亮，
到太阳已出山，
他召集各大臣，
配备好大象，
车子备好，
马也备上了鞍，
各种配备的东西都齐全，
要去接美丽的公主，
国王又带了银钱十万，
作为向船主购买公主之价，
船主接了十万银钱，
他的心感觉喜欢，
把公主交给国王。

国王得了公主，
离开水边转进城，
车马声响成一片，
人群围拢来迎送，
还有伞盖撑在人群中间，
又吹箫来又拉琴，
还有铓锣鼓声响，
伞盖撑起又有旗子飘着，
人山人海闹嚷嚷，
整个皇城挤得不可开交，
谁都想看国王新得到的美女。

一时传遍了整个勐，
热热闹闹进了宫廷，
举行仪式升公主为皇后，
其他宫娥和妃子，
重新找来献给国王，
照礼节热闹赶大摆，
各种活动一直闹三天。

话说太阳落山天黑了，
整个宫廷都开始休息睡觉，
国王走近公主的床边，
感到公主的身体全身是火，
烧得国王无法接近，
只得退了出来，
他单人独身想来想去，
他怀疑为何此女是这样。
"她热得像火堆，
莫非她不能在此宫廷？
我要重新来建盖，
把她接去在新殿，
那时她的火气可能会退。"

国王派了各大臣去准备，
他们开始伐木锯板，
盖出间很美的宫殿，
完全装饰好，
已经一月多，

他们把公主迎到美丽的新宫，
天黑到半夜，
国王进到新宫找公主，
刚把身子走到公主的床边，
他忽然感到头昏眼花，
公主的身体又发出大火一样的热，
他在不住急忙跑出来，
自己暗暗地想：
"为什么公主的周身会火样的热？
莫非是公主要在临近地面上，
她的热火才会消？"

国王又下令给大臣们，
拆掉宫楼，
改成地殿。
他又将公主接进地殿内，
晚上又进去找公主，
走到地殿中间，
火光射出来，
射得他热得昏昏沉沉。

他又退了出来，
坐在外边想来想去，
他感到悲伤和气愤，
又白白地贴了十万银，
他想道："公主一定是福气很高的人，
不能留在低贱的地方，

应该给她住在半空中，
风吹在公主身上，
可能火气凉下来，
才能同我成亲。"

国王又下令给大臣们，
急速准备要建盖，
调动十万个人工，
伐木锯板快快做，
时间盖了很久，
已经是九个多月，
宫殿高到半空中，
约有三十多丈高，
一层层装饰得富丽堂皇，
他们又将公主接进高楼，
国王又在晚上去找公主，
热热的烈火照旧烧身，
一方面公主福气大，
有天神的保佑，
一方面是因为公主头上有符咒，
符咒线儿拴在发髻上，
所有邪气的人都不能接近她。

第二天，
国王又想：
"公主的身热像火，
是不是不能在地上人间？

莫非是居住在水中，
火气才能消凉？
我要建盖宫殿在水中。"
又下令给大臣们准备，
重新进森林伐木砍树，
整得百姓个个有负担，
时间一年多还没有盖好，
日日夜夜不停工，
日常生活和礼节影响得不能正常进行，
一直影响勐章响，
他向勐章响进贡的礼节都停了，
章响国王派了钦差大臣，
带了人马一千个，
前来责问帕董国王。

这些人走了一个多月，
进入勐帕董地界，
国王和大臣、头人们出来迎接，
钦差追问情由，
帕董国王传来报告，
从头至尾说分明，
说到要将公主逼成亲。
此时钦差大臣明白了，
责备帕董国王说：
"你犯了地方规矩和国法，
无事生非乱派人做事情，
连应有的礼节都不做到，

年节朝贡的也不朝贡，
我是奉了章响国王令，
要你们准备人马，
连同公主到勐章响，
听候章响国王的命令。"

帕董国王不敢违抗命令，
他调集大臣们，
将耳聋漂亮的公主，
连同服装用具都带走，
日夜不停往前走，
一排排走通了勐章响，
停在沙拉凉亭中，
人多互相叫喊跑出来看，
这时有一个姑娘，
她是大臣的女儿，
名叫喃扁罕，
公主下水漂流时她不在家，
她到远方去串玩，
公主被水漂流后，
她才回来。

现在她去洗澡转来，
走过凉亭边边，
看见很多人走来走去，
她上前去问众人，
众人告诉她，

现在由远方得来个漂亮姑娘，
她耳聋又不说话，
现在大家正来看，
这时喃扁罕就进凉亭去瞧，
她见了公主的面，
跪下哭拜，
哭得她话也不会说，
公主见了她也伤心掉泪，
一时双双哭成堆，
这时大家都惊得跑来看，
男人和女人，
谁见了都喜爱公主，
人人也为她伤心掉泪，
一时哭声震动全城，
因为他们想起了跟公主流走的母亲和妻儿，
他们想到自己的妻子、儿女在筏中被水漂流。

这时喃扁罕开始来问询，
她说：
"美丽的公主呵，
现在你转回来，
你的母亲和所有的随行人员，
为何一个不见？到何处去了？"
这时急得公主把话答，
她说：

"扁罕妹妹呵，
那时姐姐坐了筏子，
漂流到很远的地方，
关于那些随从人员，
被森林中的妖魔吃光，
单剩我们母女俩，
无法又再顺水漂流，
漂到了帕拉西的森林中，
帕拉西将我们搭救，
所以我们才没有死，
我们一直在森林，
和圣父帕拉西生活着，
那时我又来生产，
生得一个漂亮的小儿子，
他和圣父帕拉西生活长大，
那时我们的灾难还没有消尽，
又被大森林中妖魔叭团，
把我偷走，
抱起我飞在半虚空，
所以我们母亲儿子三人就分离，
一直到现在。"

公主说完后，
喃扁罕就转回家去告诉她的父亲——
大臣，
大臣听了女儿的报告，
知道了公主的底细，

急忙跑进宫廷，
将情报告大大的国王，
国王听了报告后，
调动所有的大臣们，
连同很多嫔妃，
积极准备，
准备金花玉轿，
去接公主转回城，
此时国王很喜欢，
皇城内千万个人都召拢来，
去迎接美丽公主转回来，
将此事不论男女个个传，
很多姑娘个个穿上新装，
人人想见漂亮的公主，
有的哭来，有的笑，
有的想着伤心事，
有些喜欢得在大笑，
他们个个互相叫喊，
全城的人都要去接公主，
大臣、头人和所有的人，
个个跑到凉亭边，
他们将蜡条和谷花，
献给公主，请她回宫廷，
这时公主接受了众人的请求，
她又向大家问候。

她说：

"地方上和父王，
大臣、头人和百姓们，
是不是个个都健康，
没有病痛？
整个勐章响，
是不是平安无灾难？
是不是顺利如以往？"

这时为首的大臣，
举手来朝拜，
他说：

"大臣们和百姓，
国王和地方，
都平安没有灾难，
没有什么病和痛，
只有公主离开的时候，
到处的人都感到很悲伤，
全勐的百姓都等待见公主，
现在有福气的公主转回来，
大家感到幸福和喜欢，
年年月月事事平安。"
英明的公主，
她接受了炒谷花和蜡条，
被人扶上金鞍大象。

很多人前呼后拥，
伞盖旗子行行插，

人很多还掺有象队和车子，
强壮的骏马蹈去蹈来，
姑娘和小伙子，
还有离过婚的女人，
耳戴金耳环，
手戴银镯，
还有勐先①的绸缎也穿在身，
还穿着织着凤凰的裙子，
小伙子见了都很喜爱，
姑娘的裙子都像用金子织出来一样，
银镯子掺着金镯头在闪闪发光，
她们走起路来，
好像凤凰飞舞，
苗条的身子，细细的腰，
走去走来互相看看自己的对象，
椰子林中响出了阵阵的歌声，
人群走过了长长的街子，
整个勐章响热闹非常，
全城锣鼓声响成一片，
韵板声、海螺声，
还有筚声和打琴声，
龙头旗子飘扬。

天快黑他们才走到宫廷，
人群多得好似蚂蚁出动，

谁都想见美丽的公主返回来，
宫廷内出出进进挤满了人，
这时国王——公主的父亲，
很喜爱女儿，
对她非常可怜，
他走下宫廷迎接亲生女儿，
这时他又伤心掉泪，
因为他迎接了女儿不见皇后，
他抱着女儿哭得昏了过去，
同时公主也见了父亲的面，
她也哭得昏了过去，
个个都感到同样的悲伤，
男男女女老老少少，
一时哭声震动了全城，
好像大青树要倒下来，
急得各大臣、头人们，
急急忙忙抱起国王和公主，
喊的喊来泼水的泼水，
才把国王和公主叫醒过来，
国王想问公主，
同时心里很后悔，
只怕公主会生气。

他又想起了公主的母亲，
他不停地哭。

---

① 勐先：昆明。

"亲爱的儿呵!
父亲我老了,
一时心花缭乱,
好像魔鬼附在身,
所以把你母女俩放水漂流,
现在女儿有了福气转回来,
但是你的母亲呵!
她还在森林何地方?
莫非是死在森林和水中?
你腹中的身孕怎样了?
是不是流产了活不成?
为何不见孙子一起转回来?
或者他死在森林何地方?"

公主答话:
"请父亲听分明,
当时父王发怒的时候,
将娘儿放上大筏子顺水漂流,
漂到了远方的森林,
那里有妖魔鬼怪和豺狼虎豹,
妖魔来把人吃掉,
其他的人都死亡了,
单剩下母女二人,
因为带有天神赐给的符咒,
妖魔不能吃才顺水漂流,
漂到了帕拉西住的地方,
帕拉西天天吃斋念佛,

他又是神通广大的圣人,
他将母女二人搭救,
救出了水中进到森林,
住在帕拉西的庙宇旁边,
我们效学帕拉西吃山药和水果,
我们天天勤勤恳恳服侍帕拉西,
住在森林很长的时间,
那时小孙儿他也出了世,
神父帕拉西他将名字取,
孙儿就叫召苏领达,
他生得英俊又聪明,
各事依靠圣父帕拉西,
孙儿一天天长大,
帕拉西就将神通本事来传授,
使得孙儿本事样样有,
不论魔鬼和豺狼虎豹,
他都能战胜。

"年龄到了十二岁,
女儿带他去游玩,
在金水池中洗澡,
女儿事先洗好,
那时魔鬼叭团,
飞下来将儿抱走,
飞到了很远的森林,
不知有几十约,
当时烈火烧着了叭团身,

他没有办法才把儿丢下，
儿跑进森林走到大水边，
有一伙坐大船的商人，
他们顺水下来，
把我抱进船，
又将船划进了勐帕董，
他们又将儿卖给帕董国王，
由勐帕董就到这里了。

"关于我的亲娘，
她还在很远的森林中，
小孙儿也还在金水池边，
他可能哭去哭来找母亲。"

国王听了女儿的叙说，
着急得好像心要炸出来，
他一时非常想念，
想念亲爱的皇后和孙儿，
感觉心疼和懊悔。
他对公主说：
"我得了女儿回来，
现在又有了孙子，
我也老了，
要将王位让给儿孙代管，
依靠儿孙享荣华。"

国王又对大臣们说，

"关于帕董王是要办罪或是如何
处理？
或者是重偿给他银钱？"
大臣们向国王提议，
"关于帕董国王事，
他买下了公主应该有功，
如果没有他买下，
公主就没有人搭救，
不知公主还要受什么灾难，
所以他是有功臣，
应该对他酬偿重谢，
不能办罪伤感情，
不能造成今后的不利。"

国王听了此提议，
他下令来升偿，
偿给他百样官家用的必需品，
还偿给他十万金银，
还提升了他的王位，
还给了他八把伞盖，
还有很多的大象，
事毕帕董国王转回城，
国王又将公主来祝贺，
祝贺她平安转回城，
举行拴线仪式给公主拴线，
祝公主平平安安享荣华富贵。

话说英明的召苏领达，
他战胜了龙王住在龙宫，
他又有福气当了王，
他的皇后只有十二岁，
还有嫔妃一千个，
天天服侍不离身。
召苏领达住在龙宫，
不觉就是满一年，
他想起了被叭团抢走的母亲，
日夜发愁很悲伤，
皇后见了就问他：
"亲爱的国王——我的丈夫呵！
你为什么一天愁眉苦脸？
莫非是你厌倦我们在发愁？
或者有其他的事操在心？
希望国王将情况对妻讲，
请你不要愁闷在心，
千百事妻子我可以帮助。"

召苏领达答话说：
"谢谢你的好意，
我对你没有什么厌倦，
我爱你如同爱眼睛珠一样，
任何人都比不上你，
我爱你才来到这龙宫地方，

同时也达到我的愿望才来到这里，
现在与公主匹配，
算是我很有福气，
我没有什么厌恶和后悔，
不管如何我的意志坚定，
我不能丢下你离家出走，
如果我有福气能转回老家人间，
也要带你一同去，
现在我有心想念，
想念我的亲生母亲，
魔鬼叭团他偷了去，
是生是死还不知道，
现在我向亲爱的公主说，
并向你辞行要去找母亲。
自从母子分离已经一年，
现在请求公主准许我到人间。"

公主知道了此事说：
"亲爱的王子呵！
你不要气，
母子分离是会得到明确的，
我俩同去禀报父王，
一起看看母亲。
父王有颗像玻璃样的宝石，
名叫底八扎呼①，

---

① 底八扎呼：这宝像望远镜一样。

不管多远也能照得见，
往下看，
可看到地府，
就是远方的森林，
金水池边，
都能样样看见。"

他们商量好就去找父王，
将情报告，
从头至尾说清楚，
那时龙王听了女儿的报告，
就把底八扎呼宝石交给他们，
苏领达接了宝石，
立即拿来照望，
望见亲生母亲，
已经生活在老家勐章响，
已经住在皇城宫廷内，
还有很多宫娥彩女，
她们过得很幸福，
没有什么灾和难，
他又将宝石朝森林中照看，
看见圣父帕拉西，
又看见自己的祖母，
她没有什么灾难好好地在着，
她年年月月念经拜佛。

召苏领达看清楚后，

知道了母亲渡过了难关，
得到了幸福，
住在原地宫廷内，
他安心与龙王小姐欢度年月，
时间不觉又过三年。

苏领达又想起了母亲，
他想转回勐章响，
他焦愁在心中向公主说：
"亲爱的公主呵！
祝你平安地在着吧，
千百年不要有灾和难，
我想起了母亲要返回，
此事一直焦在心，
所以我这次要回到人间，
到了以后看情形，
如果没有什么灾和难，
我就即时转回来，
愿把公主你接去，
接到了勐章响，
我是国王，
你是皇后，
双双共同享荣华，
希望公主你不要离开我。"

公主听了此情后，
她心急如火烫乎乎，

因为一时要离开自己的丈夫——
年轻的国王,
她一时非常悲伤,
眼泪不停地淌下来,
她一边说来一边祝告:
"亲爱的有情人呵!
你慢慢去,
如果回到家,
时间不久你就要转回来,
你去了,
不要把我忘记,
你不能辜负我的等待,
因为我会想得你心中不安,
或者是想你想得我会有病痛,
希望你不要去得久,
赶快转回来,
那时你又将我来接去,
去与父母在宫廷。"

说完后他向龙王辞行,
老龙王知道女儿和驸马的心事,
他马上允许和帮助,
送给他底八扎呼宝石。
"拿了此宝石,
可以飞像凤凰,
如果要建盖宫殿,
只要将宝石来祈祷,

就可以不费力而出现,
为父祝你到人间,
能战胜一切,
另外还赐给一把宝剑,
它可以斩碎大石岩,
它是天下无敌的宝剑,
在人间独一无二。
还有其他本事和咒语,
也能战胜一切灾难,
又可以战胜一切妖魔鬼怪,
也可以消除人间的一切苦难,
希望我儿好好记住,
所有这些交给我儿为随身之宝。"

这时召苏领达很高兴,
他接受了这些宝物以后,
下拜向老龙王辞行,
与公主同住了一日,
第二天,
所有龙宫的大臣,
甚至宫娥彩女和嫔妃,
个个都出来送行,
还有很多平民百姓,
他们都前呼后拥欢送驸马,
连同亲爱的公主都来送,
苏领达坐在金色的车子上,
车子上镶有宝石和花边,

离开了龙宫，
走到了树林中沙滩上，
他走上陆地返回勐章响，
临别时向公主祝告：
"亲爱的像眼睛珠一样的公主，
你不要忘记我呵！
时间不久我会转来，
我不会把亲爱的丢下，
我俩的爱情不能让它暗淡，
慢慢在着吧，
平平安安、稳稳当当，
一切病痛和灾难，
不要来接近公主身，
祝你长命百岁。"

此时公主向驸马下拜，
一时咽喉阻塞，
眼泪往下流，
因为要离开了亲爱的丈夫，
她一面哭来一面祝告：
"亲爱的天天不离身边的丈夫，
从小在一起没有分离，
怎么能使我心中会忘记？
请求驸马快去快转，
不要丢下你的妻子在后悲伤。"

苏领达又安慰公主：
"美丽的公主，
你有很大的功劳，
你帮助了我不少的宝贝，
虽然离开你到遥远的地方，
决不会忘记你的恩情，
人生在世，
不能失去信义，
不能像小孩开玩笑，
上面还有天，
天神是会做证人，
我们的相处不会疏远，
好像真金耐火烧一样，
请公主牢记牢记。"

这时公主听了内心喜欢，
她知道召苏领达坚定不移，
她又转过来祝告苏领达，
两口子互相掉泪告别，
公主依依不舍转回宫廷，
单剩召苏领达一人，
他没有伙伴独自走，
走进了森林中间，
他揣着锋利的宝剑，
挎着装宝贝的口袋，
他走过了千千万万的树林，

只听得小雀和白头翁在箐里叫,
戛朗冬①叫去叫来使人很伤心,
看看前面的路静悄悄,
没有一个人,
看看后面也没有一个人,
寂寞得他又想起了龙宫小姐,
眼睛流下了眼泪,
风吹树叶送来了花香,
香香的香檀木掺着毕叶花②,
嗅了香花心跳动,
心慌意乱又想哭,
大森林中只有几只马鹿做伴,
单人独自到处走,
啸啸的八哥声和野鸡声叫成一片,
还有路晓③在树梢叶,
又看见豺狼、虎豹、大象和犀牛,
喃尼的叫响震箐底,
长毛的大熊在树上睡觉。

岩羊在石岩上跑,
野牛在草坪上奔,

孔雀皆同锦鸡,
一群群地出来在水边玩,
还有一对对的鸳鸯和树上的鹦鹉。
他又想起了美丽的公主,
嗅见香花味好像公主又在身边,
他远看森林空空的,
单听见鸟群争争吵吵在花枝上,
恍恍惚惚心神不定,
他在大水池边停歇,
宽宽的水池被雾露笼罩,
凤凰领伴找树歇,
太阳落山天将黑,
知了声掺着"土狗"④叫,
蚂蚱也在树林中叫,
天黑单人感到很寂寞,
睡到树林中很受苦,
化冠鸟⑤成对地叫。

月亮上升满天星宿,
半夜三更很寂寞,
露水落在树叶上,

---

① 戛朗冬:像喜鹊一样的鸟,在箐底静处叫,啼声很悲惨。
② 毕叶花:一种野香花,树干高大。
③ 路晓:尾巴长长,身体小,但能追逐乌鸦。
④ 土狗:小虫。
⑤ 化冠鸟:夜间寂静时叫的鸟。

□见得鸟①叫得一起一落，
还有风猴在树上叫。
半夜三更野鸡喔喔啼，
冷冷的露水掉在他的脸上，
使他感到发冷。
他又要预防魔鬼的侵袭，
他又起来手持宝剑，
等到天亮太阳升起来，
他又继续往前行，
背起宝剑挂起装宝贝的袋，
注意力集中精神紧张，
不断地走过很多大森林。
话说有一个魔鬼叭团，
他在大森林中为王，
他在森林到处玩耍，
他有飞靴又有弩和箭，
随身宝贝样样有，
他飞到了人间，
将当地的公主偷走，
偷去作为他的妻子，
不久就怀孕生产，
生下来一个男孩，
也是生得英俊秀丽，
他的名字叫丢哦，
他的本领比叭团强，

他生来力气就很大，
叭团就把弩箭和法宝都交给他，
不久他的父母就死掉，
单剩下丢哦一人，
单他一人管着森林地界。

他掌握了武器后，
心就狠起来了，
他进森林到处玩耍，
他又猎取各种野兽，麂子、马鹿，
大象、犀牛他也能挑得回来，
年年月月在森林中窜，
他长到十五岁的时候，
他窜玩到大水池边，
他遇见了召苏领达，
他见苏领达正在往前行，
背着宝剑挂着法宝袋，
他想："是何人能走到这里？
是不是人间来的人？
我要把他杀掉，
抢他的法宝袋。"
他搭弓射箭，
弓弩声震得地动山摇，
好似霹雳雷声响，
但是箭射不出去，

---

① 半夜叫的鸟，经常住在大山大林中。

落在他身边。
苏领达看见此事，
他不惊慌也不害怕，
他自由自在地看来看去，
黑心的丢哦他又开始射箭，
接连不断发射了三回，
箭还是飞不出去，
落在石岩边，
苏领达此时冲过来，
右手拿剑，
左手将他脖子捏，
把剑架在他脖子上，
丢哦就动不得，
他知道了苏领达本领比他强。

苏领达骂他：
"你这恶人为何来斗我？
现在我捉着了要把你消灭，
你的死期到了，
我不放你，
要你的命。"

这时丢哦急得大哭，
低头认罪承认错误，
请求苏领达不要杀他，

请苏领达不要办罪：
"留给我生命一条，
我可以做你随从，
服从你指挥，
并感谢你不杀的恩情，
我的话说一不二。"

苏领达就把他放掉，
他跪拜召苏领达，
两人一言为定，
苏领达就收他为随从，
说起年龄两人是一样，
因此就产生了互相喜爱之情，
双双天天走森林，
你问我答，
走在大森林中，
共同赏花又打猎，
道朗花① 到处开得红艳艳，
让人看起来精神清爽，
他二人把花插在头山，
双双窜森林，
太阳下山的时候，
池中的荷花低下了头，
寂寞的森林露雾笼罩，
他二人就在树下歇宿，

---

① 道郎花：木本的花树，花一排排地开在树枝上，如刷子一样，很好看。

第二天天亮又开始走，
肚子饿了想吃食，
他就将英明灵验的金天秤，
拿出来祈祷，
茶水饭菜样样有，
随心所欲样样全，
他二人共同来进餐，
吃起来味道很鲜美，
饭后他俩又往前行，
走过了千支山，
万条箐，
走过了不知多少路，
他俩天天不停，
还是在走路。

现在又要再说一个地方，
居住着一个神通广大的帕拉西，
他的名字叫西帕满当，
他在树林的庙宇中，
天天念经修行，
此时有一只金马鹿，
它也生活在此森林中，
它到处找吃食，
找到帕拉西居住的庙宇边，
它嗅到了水气就去舔吃，
它慢慢舔吃了以后，
肚子也慢慢大起来，

几个月后它生小鹿在庙宇边，
生下来原是个小人，
它本身急得逃跑了，
单丢下小儿在啼哭。

此时帕拉西听见了哭声，
帕拉西将小孩抱来抚养，
他的相貌生得不错，
帕拉西天天嚼饭喂，
最后的香蕉拿来给他吃，
还有山药和芋头，
都拿来喂小孩，
不觉时间已过，
小孩慢慢长大，
他长得聪明秀丽，
取名叫捧玛，
帕拉西又将本领来传授，
他也学会了各种各样的法术，
力气大得如十条象，
他还学会了寻找药草，
此药草一边吃一边念咒语，
就会腾空远飞一个约扎那，
这是他的一个宝贝，
小捧玛他一样也不怕，
长到十五岁，
心灵手巧，
他又跪拜圣父帕拉西，

请求辞行到大森林中玩耍，
他又想去看看远地各方。

帕拉西准许他，
小捧玛天天到森林玩耍，
走到了深山老林，
山又高又大，
森林宽得到天边，
他又遇着苏领达和丢哦，
苏领达和丢哦，
互相说话走着来，
这时小捧玛听到了声音，
他躲在路下边，
悄悄地听到声音，
他想："是何人敢走到此森林中间？
不知是妖魔或是生人，
我要试验我的法宝。"

他念动咒语，
吹成了很多东西，
有妖魔鬼怪，
又有狮子和大象，
还有老虎和老熊，
还有红冠子的蛟龙，
还有吸子① 和鳄鱼，

长长的水蛤蚧，
花花的大蟒蛇，
还有长长的大蜈蚣几百条
和最毒的蝎虫，
还有黄蜂和毒蜂，
各种各样在满森林，
都好像要咬两小伙。

这时丢哦看见了，
立即将弓来射，
苏领达把他劝：
"不要急！
不必用箭射，
你可看我自己来收拾。"

他念动了龙王教给的咒语，
向野兽万虫一吹，
它们纷纷飘走，
苏领达又好好再看，
在一颗树下，
看见了小捧玛，
他跑过去抓住了他，
一手提着脖子骂：
"你这恶奴，
为什么兴妖作怪？

---

① 吸子：一种水中的动物，有很大的伸缩性，全身是嘴，专门吸动物为食。

难道你要与我做对头？
你的法宝被我吹走了，
我要将你来杀掉。"

这时捧玛话也不会说，
只有眼睛鼓鼓的在看，
他只有低下头举起了手，
苏领达才把他来放，
小捧玛就跪拜请求说：
"我一时大意做了错，
希望一切罪过得赦免，
留给我小小的性命，
我答应做你的仆从直到终生，
一切听从你的指挥，
一言为定不会失信。"

此时两人互相亲热地问话，
原来小捧玛与他是同年同月同时生，
三小子都是十五岁，
他们是非常亲热的老庚①，
三人决心永远亲爱，
有福同享，有难同当，
永远不变心，
三人一起朝森林中走，
大伙共同采花采果，

鲜花野花开得样样有，
比告花、沽底花、塞板腊花到处开，
小雀飞来飞去在花边，
斑鸠在花丛中唻唻鼓鼓地叫，
三个亲爱的朋友看了鲜花又听了鸟叫，
个个心情愉快，
他们虽然生在寂寞的森林中，
但是也感到热闹，
尤其是千百只小知了，
叫的声音很嘹亮，
他们三个还是不停地前进，
不几天就又到了帕拉西的庙宇边，
三小子向圣父帕拉西跪拜。

帕拉西问他们：
"亲爱的小孩儿！
你回来了吗？
你的母亲为什么不回来？
现在还在什么地方？
为何不顾你亲娘来？"

这时他的外婆知道孩子回来，
急急忙忙跑出小凉亭，
跑到苏领达身边，

---

① 老庚：是同岁的朋友。

紧紧将孙儿拥抱，
哭得她死去活来，
一直在庙宇边哭个不停，
哭毕问情由，
苏领达向祖母陈述：
"开头我和母亲走出去，
到金水池边去洗澡，
遇着魔鬼叭团，
他飞下来把母亲偷走，
小孙儿哭着到处追找，
小孙儿找到水边，
孙儿遇上一个老龙婆，
她变成了亲娘一样，
哭哭啼啼找儿子，
她把孙儿领走，
一走就到了龙宫地方，
被老龙婆骗了，
到龙宫府内后，
他们出题给孙儿猜，
猜对后他们才喜欢，
把孙儿招为驸马，
孙儿一时威震龙宫，
龙公主她叫喃根沙娜，
孙儿在龙宫满了三年，
想起亲人才请求转回来，
得到老龙王的允许，
送了孙儿宝剑和宝石，

那宝石能看天上和地下，
孙儿看到了母亲，
她已经回到勐章响，
她好好地生活着，
圣父呵，外婆！
此时孙儿才放心，
老龙王赠送的宝剑，
还有很多咒语，
它完全可以战胜灾和难，
孙儿已将它永远记在心，
孩儿独自走来，
又遇上了亲爱的朋友，
一个叫丢哦，
一个叫捧玛，
个个神通广大有本事，
三人一路喜喜欢欢走着来，
今天到了此地。"
圣父帕拉西，
听了孩儿的禀报，
感到满意和亲热，
外婆听了小孙儿的话，
心中一时宽宽的，
对孙儿更加热爱。

这时召苏领达，
他将龙宫宝石捧出来祈祷，
要造两间美丽的宫殿，

好宝贝真灵验,
祈祷过后就实现,
两间都是一样美,
门窗齐全,
还有漂亮的大厅,
镶有发亮刺眼的花边,
苏领达将一间献给圣父帕拉西,
一间献给外婆,
召苏领达也住在此地,
他安排有粮食和盐巴,
吃的肉类样样全,
召苏领达就在此居住,
暂时告一段落。

下面来讲苏领达的母亲——公主。
她回到勐章响后,
常常想起亲爱的母亲和儿子,
她还不知道母亲和儿子的情形,
她提出此事向父王报告,
她想去把娘儿找回来,
国王接受了女儿的报告,
下令各大臣、头人做准备,
调集军队和百姓,
还有千百个宫娥彩女嫔妃,
跟随公主前往,
国王的命令传到各个勐,
人马调齐了,

个个情绪非常高,
都愿意跟随公主到森林。

国王委派了两个大臣为领队,
一个叫混粉,
一个叫混鲁。
两人是皇叔,
他俩为首带管人马,
众武士全副武装,
伞盖和金伞,
前呼后拥随公主行。
国王又下令制造大船,
上面插有旗子,
风吹旗子很威武,
还有其他小船三千支,
吃的食品准备齐全,
还有小伙子和姑娘,
所有的人都前呼后拥送公主,
锣鼓声、炮响声连成一片,
还吹笙,
还弹琴,
又敲打琴和应板,
人山人海闹嚷嚷,
公主登上车子,
车上撑起了金伞和镶边的伞盖,
真是闪闪发光,
人人想看,个个来瞧,

她离开了章响皇城到了水边，
大家一起进了大船，
大船又大又漂亮，
船上镶有宝石，
一起做好顺波浪开行，
船上插得有飘飘的旗子，
船儿又分成了几队，
他们一直在水上走了两个月，
走到了帕拉西居住的水边。

公主叫把船停住，
很多船停满了水面，
吹起了号，打起了鼓，
又唱歌来又打琴，
声音响震了整个水边，
人马就在沙滩边住宿，
这时召苏领达，
听见了人马嘈杂声，
锣鼓声、歌唱声，
响遍了整个水边码头，
苏领达听了以后，
他知道是母亲带了人马，
他将此情告诉捧玛：
"我的母亲和人马已来到，
你可以把你神通显一显，
去把我的母亲抱上来送到宫廷。"

捧玛开始配药，
吃药后念动咒语，
他飞上天空降到水边，
他的咒语一吹，
出了很多妖魔鬼怪，
妖魔长得长毛大手，
眼睛鼓鼓的，
头发红红的，
一时出现千百个，
声音又哼又叫，
还有豺狼虎豹，
还有尖角的大野牛，
马鹿、老象和犀牛，
蛟龙、鳄鱼都出现，
还有黄蜂和毒蛇，
还有蝎虫和蜈蚣，
每个树林中间都在满，
完全跳出来想咬人，
很多人马都急得跑去跑来，
众人惊惊慌慌又哭又叫，
有些人怕得叫爹娘，
莫非是要死在这些魔鬼手中吧？

众人怕得直发抖，
互相跑拢为依靠，
有些人又叹气又哼叫：
"爹呀！妈呀！

我这一次要被魔鬼吃了，
过去单听别人讲，
说森林中有鬼吃人，
现在亲身来遇到，
现在我一死不得回家了吧！"

男男女女哭得不可开交，
这时捧玛又从空中吹了口气，
马上雷声响电光闪要下大雨，
他又大声叫问：
"你们这些由何地方来？
你们是哪里人？
为何到这里？
你们为何哭喊爹娘？
你们不认识我们三人在森林吗？
你们可知道英明的召苏领达？
他派我要来接他母亲，
接去住在我们住的宫廷，
去与他外婆同居住。"

他说完一阵闪电飞下来，
将公主西里罕抱去，
飞回宫廷住地，
他把公主交给召苏领达，
这时三母子一起见面，
喜欢得简直无法形容，
三母子又向帕拉西跪拜，

一时过得没有灾和难，
也没有什么来焦心，
捧玛他又飞到水边，
将他的咒语收回，
所有野兽和鬼怪一时不见，
一时云开雾散亮堂堂，
所有人马个个喜欢心安定，
大家拜见捧玛并问情形，
他将情况告诉给大家，
这时大家举手庆贺，
佩服捧玛的神通，
他们又拍掌打锣敲鼓，
他们吹着笙和笛，
一时很好听，
小捧玛他又飞转来，
将情况报告给召苏领达，
苏领达准备接待人马，
他拿出猎人的宝石来帮助，
一时有了歇处和吃的地方，
睡的枕头和被盖，
还有盐巴、辣子和肉类，
样样都准备得齐全，
等人马进来歇。

到了第二天，
为首的大臣混粉，
他调动人马离开水边进到苏领达

的住地，
人马一时挤满了所有的凉亭，
男女百姓个个喜欢，
他们个个一起跪拜了皇太后，
他们又拜见了帕拉西，
他们又在那里热闹地赶摆，
他们又参观了新的宫廷，
漂亮得好像天空，
世上没有哪点可以比得上，
这时大家一起进到了宫廷，
要准备给召苏领达他们三人拴线，
他们请求苏领达、皇后、公主转
回勐章响。
苏领达说：
"感谢各位大臣和头人，
亲戚和朋友，
感谢你们来迎接，
我本来是没有父的小儿，
被祖父放水漂流，
一直到了大森林中，
仗得圣父帕拉西，
他将我搭救，
现在我没有什么发愁，
想要什么都有，
就是要建盖宫廷和调动人马，
都可以样样实现，

所以现在我不愿回去了，
说到勐章响，
还有老国王和大臣们，
你们可以坐镇和管理，
孙子不能回去抢占老父王之位，
一切归老父王吧！
我的亲戚还在远方，
他是丢哦苏里耶哈①，
他就是我的父亲，
他还留下了金天秤，
还有数不清的银钱，
多得堆积如山，
我还有最灵验的宝石，
想要什么都是随心所需，
我要安安心心在森林中居住，
你们大家可以慢慢地回去吧。"

这时所有来的头人和人马，
个个都向他请求，
他都不答应，
他领起捧玛和丢哦二人，
进山中去了，
他们到处游玩观赏，
大臣们无法只好拜见帕拉西，
请求帕拉西积极帮助，
帕拉西说：

---

① 从前文看，此处相当于天将苏里雅底，原文如此，予以保留。——编者注

"此事由我慢慢来劝他,
劝苏领达回去享福管理地方,
你们不必发愁。"

大臣们跪拜后,
就互相回来住在行营,
等到了第二天,
苏领达他们三人转回来,
进到庙宇间,
照例跪拜圣父帕拉西,
帕拉西就将情形来劝告:
"英明的我儿呀!
现在有大臣、百姓们,
还有你的母亲,
他们一起来请求,
要把你迎接转回勐章响坐镇地方,
要让你回去继新王位,
他们正在等待着你,
希望我儿还是回家吧,
你不要有什么怀疑和顾虑,
什么事情都得要有忍耐心,
什么事情都要从长远着想,
还是领起外婆和娘转回去,
他们各事都要依靠你,

好像一颗太阳被星宿做边边,
发出了很亮的光芒,
天底下的人都喜欢用它,
现在大家向你请求,
你不要丢下了头人和百姓,
不要让他们伤心,
这是理所当然,
过去到如今都是这样相传,
其他罪孽和仇恨,
只有改掉不能结,
你慢慢地回去承继王位。"

那时召波啦①听了圣父的劝教,
接受了教导,
这时,
所有大臣、头人们准备谷花、蜡
条来请求,
连同他的外祖母也请,
召波啦只好听从母亲的劝告,
召波啦无法只好接受请求,
召波啦接受请求,
大家喜欢得到处撒鲜花,
他们互相奔走相告,
大家都说:

---

① 按原文意思,召波啦与召苏领达是同一人。——编者注

"漂亮的椰子树已在发叶,
厚厚的树叶百姓们要依靠它躲荫凉,
百姓们要依靠它享安乐,
从今后勐章响要光荣发展,
好像千棵花树正开花发芽,
勐章响更会比以往光亮,
新的国王登位,
战胜一切管理人间。"
这时众百姓一起举手朝拜,
一面拜一面撒鲜花,
男男女女叫叫喊喊,
热闹在森林,
又是赶摆庆祝热闹,
时间差不多一个月。
这时苏领达又想救济人们,
他腾起半空中,
进到大森林,
一直把仙果芒模,
拿回来给眼瞎耳聋的人吃,
吃了后个个好了年纪轻,
老的颜色变得像姑娘,
不论男女个个都变得很漂亮。

到了第二天,
章响的大头人,
催他快快转回,
这时三母子举手拜了帕拉西,

感谢圣父的教育,
帕拉西又重新教导他们,
向圣父辞行后,
他们个个急忙准备上船,
千百只大船一起逆水而上,
船中间插有五颜六色的旗子,
红黄绿白的旗子到处飘扬,
天天逆水而上非常热闹,
在大水中,
天天吹筚吹叶,
铓声、鼓声轰响,
各人自愿庆祝召苏领达,
有的又吹箫又拉琴,
有的边唱边跳,
舞去舞来个个喜笑颜开,
姑娘们亮亮的发髻,
又插上鲜花,
身体袅娜舞蹈,
天天唱唱跳跳都不厌倦,
唱声和波浪声,
一起逆水上去,
一直走了三个月。

走到了勐章响的大渡口,
大船一条条停着,
人声嘈杂闹哄哄,
头人们派人去报告国王,

跑进皇城报告国王和大臣们，
这时章响国王知道，
此事震动全城，
锣鼓铓锣声和炮声，
一起响起来，
头人和百姓各个奔走，
谁都想看见年轻的王子，
个个都丢下家庭跑到大河边，
只见河边到处都是人，
不论头人和百姓，
个个举手庆贺，
他们见了王子生得天神一样，
他漂亮又有神通，
天底下没有谁比得上，
他真是天神下降的召苏领达，
他还有宝石和法宝，
法宝是他爹①送给，
在他未出世前就有，
他真是皇亲国戚高尚贵人，
他能战胜一切，
事事平安在人间，
个个互相奔走告诉。

话说老国王，
知道此事就调拢头人，

部队和百姓做准备，
大象和马都配好鞍，
还有各种各样的车子，
抬起伞盖又撑起金伞，
一切仪仗的东西都准备出来，
还有很多姑娘和嫔妃，
都穿的新装准备迎接，
呼呼的风吹动了旗子，
铓锣和大鼓声，
敲打调拢人，
准备齐全就出动，
他们离开了宫殿，
老国王要去接小外孙，
他们走到了大河水边，
又走进了歇宿的帐篷里，
召苏领达见了老国王，
赶紧朝拜请安，
这时他的外婆和母亲西里罕，
都跑出来拜见老国王，
变得又年轻好似姑娘，
白白的肉皮软软的身。

国王感到很奇怪，
他问：
"皇后为什么又年轻转来？"

---

① 他爹：天将。

他又说：
"亲爱的我的皇后，
你平平安安没有病痛，
本王天天在想念，
我真是后悔来不及，
以前发疯乱来，
也是我们的福气，
现在你又转回来，
大家又得团圆，
希望皇后各事来忍耐，
不要有什么恼怒，
那时我做错了，
因为一时好像有鬼来操心，
希望皇后照旧放心。"

皇后听了后，
跪拜国王：
"谢谢国王的好意，
过去我与国王做伴侣，
各事顺利没有灾和难，
等到事情发生，
国王就将我们放水漂流，
当时我们如何请求，
国王都不赦免，
将我母女放水漂流，
要将我们喂龙和鱼，
我们一直漂到了很远的大森林边，

不觉十六年才转来，
现在儿女孙子都来到，
我想依靠外孙到终生。"

这时国王听了后无话可说，
他只得用好言来相劝：
"亲爱的皇后，
你不必追究以往，
我不能把你丢掉，
如果你不同我说话，
我对你还是不厌倦，
还是要像过去一样亲热，
请你还是细细想，
我们还要长期相处，
因为我们还有年轻的王孙，
希望你以地方和礼节为重，
好好地继续做皇后。"

这时皇后无话可说，
因为国王已说了好话，
这时皇后的心软下来，
她不再和国王争吵，
她也只得听从儿孙的劝说，
她也只得尊重，
照礼节来顺从，
互相劝解后，
大家重新互相祝贺，

大鼓敲得轰轰响，
其他锣鼓一起敲，
一时热闹得好像地都震，
大家一时过得很幸福，
有的穿上了新装，
还有年轻漂亮的姑娘，
她们穿起勐先的绸缎，
穿上金线织的裙子，
花花的裙子上还钉上了各种亮的
银片，
有的裙子还织有凤凰画，
发髻上还会有花圈，
耳朵戴上金环，
手上戴着金镯，
白白的手指上，
还戴有金银，
姑娘小伙子互相调情，
年轻的姑娘，
穿戴得很漂亮，
走起来摇去摇来地卖弄，
一百一十多个国家，
他们个个都穿戴得很漂亮，
来参加庆贺赶摆。

时间一个月多，
老国王下令给大臣们，
大家一起转回宫廷，

他们又将谷花和蜡条，
献给召苏领达，
请他转进城，
大家一时吹吹打打前呼后拥，
迎接召苏领达进城，
路两边插有旗装饰，
还栽有芭蕉树和甘蔗树，
其他各种花树也栽，
时间一到四娘母子，
还有捧玛和丢哦两朋友，
大家一起蹬上大象，
向城慢慢进发。

连路不绝都是人，
一百一十多个国家的国王，
撑起了金伞，
铓锣鼓声和吹奏乐哭声，
还有很多人的嘈杂声，
热闹洋洋，
前面抬起象牙把金壳刀，
还有包金头挂红缨的枪矛，
还有雄赳赳的武士们，
一队队前呼后拥，
还有很多姑娘和嫔妃们，
个个穿戴全身都有金银片的服装，
个个都在皇后公主的身边，
他们都撑起了金丝伞，

一场一场的宫娥彩女和嫔妃，
漂亮得好像天仙，
看起来真使人喜爱，
红红的脸儿阳光照，
看起来个个都是红光满面非常好瞧，
宽宽的勐章响，
一时热闹得比过去更繁荣，
他们迎接后就进皇城，
车马声还有大象吼声，
人喊马嘶，
跑去跑来只听见马铃响，
到了皇城就进宫廷，
到了吉祥的日子，
就向召苏领达举行拴线，
祝贺召苏领达永远坐镇地方。

这时召苏领达救济百姓，
物资救济又有很多金银，
他拿出金天秤祷告，
即时有了很多金银，
还有其他的绫罗绸缎，
出来堆积如山有十万百万多，
随心苏领达赕送，
赠送给千百万个百姓，
连同一百一十个国家，
个个都赕给，
男女老少人人有一份，

他们个个心满意足，
没有到场的人都带去赕给，
很多银钱都没有用了，
还堆得有千千万万，
宽宽的勐章响，
百姓个个生活得很富足，
他们的银钱好像石头样堆起，
谁都不穷个个一样富足，
他们天天穿戴上街，
穿的尽是绫罗绸缎，
他们就这样随意赕佛，
都是依靠了召苏领达。

名声传到远方，
远方的人都跑来依靠，
做生意的人也来，
一时市场很繁荣，
远方的人来来往往，
真是个繁荣富强的勐章响，
千百个地方都不断来服从，
名声不断地传出去，
接连不断地都有其他地方来朝拜，
比过去还要多，
勐章响真是一时繁荣富强，
一样都不缺，
他又将头人们来升偿，
他看到两个朋友丢哦和捧玛，

应该进行升偿，
升他俩为大臣共同议事，
还赈送他俩一百样，
另外还有用人，
大象和车马也有，
配鞍的骏马各有十万，
赠给他俩各坐镇一个地方。

现在从头说起，
天神在上界，
他用眼睛朝人间看，
召苏领达当新老叭了，
提为当地最大的官了，
可是他一样东西都没有，
白色红牙象都没有，
叭英就下凡来帮助，
召苏领达找白象，
叭英自己就到山中去找，
进了山中，
就看到泥塘样的山窝窝在那里有
白色红牙象，
那象有十八尺高，
又白又漂亮，
毛又白又细像攀枝花样，
气色像香木树一样香，
它是象群里的王子，
这条象是与召苏领达同日生，

它是专为召苏领达而生的。

叭英对白象说：
"你真是伟大，
你与召苏领达是同日生，
俗话说有人就有象，有象就有人，
我要领你去与召苏领达一起，
你去与他一起吃、在一起住，
有的时候就要用着你。"

老象听了后也很感谢，
就问叭英：
"我的主人在得远还是近？
他的名叫什么？
请你告诉我。"
叭英说：
"他的名字叫召苏领达，
他故乡在勐章麻尼，
他做勐章麻尼的官，
这次我从天上下来，
专为找你送去那个大地方。"

老象就抬起鼻子来向叭英跪拜，
要求叭英板它的脊背，
让它变得像只小老鼠样，
老象变成了小老鼠，
装进了藤篾编的箩箩，

叭英变成了白头发的猎手，
他背着箩箩经过了许多勐，
说："谁要我就卖给他。"

他一直背到了勐叭拉，
当时各级头人都在宫廷里开会，
这个老猎人背着箩箩拄着拐棍，
走进宫殿去问卖这只美丽的象，
当时那些头人都来看这象，
猎人就将箩箩递给他们，
大家看了就哈哈大笑，
到闻到这象满屋子香，
就问："这象小得像老鼠能值多少钱？"
老猎手说：
"我的象又香又白，
牙齿又是红的，
要卖十二万两金子。"
大家听后都发笑了，
说给他几钱银子。
"你卖就卖，
不卖就到别处去卖。"

当时老猎手就背起箩箩，
戳着拐棍出来了，
老猎手一直走到大家看不见，
宫殿里面都是香的，
说这香如麝香，如香木香，

老猎手又背着象走，
走到了勐沙格达聂，
又问卖这伟大的象，
谁也不要，
又到了勐西丙，
大家也不要，
最后到了札麻尼，
一直进到勐章曼尼，
走到了章响这个地方，
遇到召苏领达来逛花园。

老猎手将象背到召苏领达面前，
老猎手向他问卖，
还将象拿出来给他看，
召苏领达问要多少钱，
老猎手说想换点红金子。
召苏领达可怜他又老又穷，
就叫他跟着走进宫廷，
说："宫殿里红金子很多，
我会给你。"
召苏领达就领着他父母与老猎手
一起回宫。

回宫后就拿出金天秤就祝祷，
就得到了一百二十四万两红金子，
就将金子都给了老猎手，
老猎手也将象给了召苏领达。

老象出了笼子，两个牙齿像金颜色，
它的毛又细又白，
香得满城都香，
章曼尼都香遍了。
当时召苏领达问道：
"这象会不会长大，
还是只长到这么大？"

老猎手说：
"现在它还没吃麻叔罕①，
吃了就要长到十二索②，
要长到三丈高。"
召苏领达就将麻叔罕给老象吃，
霎时就长得比三丈还高，
整个勐都香遍了，
满城的家象闻到这象的气味，
吓得都跑完了，
都竖起尾巴来叫。

召苏领达问老猎手：
"为什么家象都跑完了？"
老猎手说：
"这是因为他们怕这象的牙是红的，
气味又是香的，

就要用水来洗这象，
用这水给其他象吃，
其他的象就不怕了。"
召苏领达按老猎手的话去做，
房内的象就安定如旧。

老猎手就告诉苏领达，
一百二十四万两金子带不动，
先寄放在他这里。
如果七天不来取，
就算老猎手送给他了，
就将金子送给召苏领达，
召苏领达将老猎手送出门后转眼
就不见了，
这是因为他飞上天去了。

老猎人回天宫后，
这个地方的人得了白色红牙象心
中十分感激。
官也喜欢，
老百姓也喜欢，
召苏领达指派人专门给象盖了一
所院子，
各地区的人都来看这老象，

---

① 麻叔罕：金芒果。
② 索：一索一市尺五。

大家来了后都给象身上、脖子上
拴线祝贺,
并且将他封为象里最大的。
那个官儿得了老象,
就是还没有娶妻子,
大家集起七个井的水七条溪的水,
将金花来泡成香水,
用金花来将香水浇在召苏领达头上,
给召苏领达搭高台,搭凉台,
按老规矩,
用檀檀将水送下来给召苏领达洗澡,
并下令叫一百多个勐的头人、官、
小姐、少爷都来,
来跳舞赶摆,
让召苏领达来选他的妻子。

大家将这意见告诉召苏领达,
召苏领达也同意大家的意见,
他对大家说:
"很好,弟兄、头人、百姓都给我
出主意,
都给我来选妻子。"
大家来商量一百零一个勐里哪个
金衙门的公主好,
请召苏领达来选择,
他自己也好好地斟酌,
如果没有好的,

他宁愿一个人一辈子过下去。
如果地方上有好的姑娘,
他就下命令去娶,
如果没有他就不要了。

头人听了后又回来告诉召苏领达,
召苏领达就拿出那颗宝石,
这宝石的名字叫底八扎呼,
他用宝石一照,
全世界都看见了,
一直看到了底下的龙王,
看到水里也有山,
还有森林、城池、宫殿,
陆上、地下、天上、大勐、小勐,
一百零一个勐东南西北都看完了。

朝东方一看,
看见了一个大宫殿,
大宫殿有九个金子的塔尖,
宫殿建在城子中间,
这城军队和老百姓都很多,
这个城子占的地方也很大,
这个地方有个官,
这个官有个妻子,有个儿子。
儿子抵着他的位子,
将来可以代替他办事情,
这官的儿子本事很大,

也和叭英一样会驾云上天，
他有七条老象的气力，
吹弹样样会。

他还有个伟大的妹妹，
他的妹妹也是他父亲亲生。
她全身漂漂亮亮，
像一面镜子一样。
她好看得像吊挖啦①的女人样，
世界上没有第二个了，
用笔来画的画不到那么美。
召苏领达用宝石看，
就好像她坐在他面前一样看得那么清楚，
看得想不起要离开她，
看得引起了他的爱情，
随时都不忘，
并且看见了一群鹦哥，
在给她做伴，
每天都拾给她一些鲜花，
这些都看得清楚，
就是不知道这是什么地方，
也不知道这官和姑娘叫啥名字，
就好像在梦里一样，
只能眼睛看心里想。

他把他看到的情况，
告诉了所有的头人，
大家都集在一起，
打算去娶这公主。
大家根据这情况，
就去找到一只会说话的公鹦哥，
喂它饭，教育它，
给它取名叫早打新，
叫它到公主处去找公主，
这时召苏领达就写一封很漂亮的信。

"我是在勐章麻尼，
是地方很大的一个官，
但是还像一棵孤零零的独树。
我看上了这颗宝石，
因此我走遍了世界，
来找这颗灿烂的宝石。
看着一个开满荷花的水池，
其他的花也不少，开得十分美丽。
池中心有朵金荷花，
香遍世界，
水清如镜子。
水池里有金鱼，
水池边有老虎和狮子，
还有蛤蚧在守着。

---

① 吊挖啦：天神。

蜜蜂和蝴蝶绕着花香，
采着金莲花，
莲花有五种颜色、五种香味，
远离此地有只小蜜蜂，
来到此地要采这金莲花，
正因为这花香传四方，
才引得这远方的小蜂来。
想不到为什么花离得那么远，
花香还是那么近。
所有的动物，包括小蜂，
都因池水大深飞不过去，
更作难了我这只小蜜蜂。
小蜜蜂嗡嗡地绕着池塘转，
小蜜蜂在这种情况下，
只有飞回去。
不知道是不是有大马蜂去采了，
是否我这信是白写，
是否这花已有动物来守，
已有其他蜂来采。
不知道这金花是不是初开，
是不是还没有其他蜂子来采，
是否发着光的宝石还没有沾上污点，
是不是一股金线还没有人将它来
打成结。

"章麻尼有个年轻的官像颗宝石，
天上有颗宝石，
落在地上来投生，
北方有个地方，
名叫屋贝那，
那里有颗宝石，
没有裂缝，
也没有污点，
我们知道了信息，
想得到天上这颗宝石，
就来与这颗宝石比比，
看看是不是一对宝石降生的，
看看两颗宝石的心是不是一个。
这件事天上、地下都知道了，
我们章麻尼地方也很大、很好，
人民老百姓得到了这颗宝石，
大家很高兴，
国家也会富强。

"我有多少话，
都写信给妹妹，
是否合公主的心？
我写的这些，
可以让世界上都知道，
也让许多勐都知道了，
这是我远方的人的书信，
来征求另一国家公主的心。"

王子将他写好的信卷起来，

用丝线拴起，
挂在鹦鹉的脖子上，
召苏领达手下有个头人名叫捧玛，
将信念上咒、涂上药，
如果谁来摸着鹦鹉和信，
使他心惊胆战个不停，
交给鹦鹉叫它送到公主处，
叫它不要遗失。
"你朝北方去，
一面飞去一面探信息，
你要想法把信带到。"

当时鹦鹉接受了这信和教导，
就向头人叩头，
然后飞向空中，
向北方飞去。
飞出了勐塔尼，
越过了无数深山野林，
一直向公主处飞去。
到太阳要落的时候，
就停在棵浓叶子树上，
等天明再飞。

第二天天亮的时候，

鹦鹉就找麻海洪①，
它吃饱后，
又向前飞。
它无时不在寻找公主的住处，
突然它又遇见一群鹦鹉正在寻找
果子吃，
它暗暗地跟随这群鹦鹉，
偷偷地察看偷听公主的住处，
听去听来也听不到公主的住处，
它又向北方飞向另一个地方，
一直到了很大的勐西丙。

到了勐西丙城外，
看到城内有座金色的宫殿，
很美丽地建在城子中间。
宫殿伸出去，
高出九个塔顶。
太阳照来时，
各种颜色反光，
十分美丽。
它回忆召苏领达告诉他的那些□，
它飞进一个渡口的大树上，
就在那里住下来，
慢慢地打听公主的音信。

---

① 麻海洪：一种叶子，先是一种藤子缠在树上，将树缠死，自己才能长出粗干，果子有小指大。

当时有不少的人，
来打水、挑水、洗衣服、洗头的
汗、洗铺盖、洗澡，
人多话多，
其中就有的讲到了宝公主，
说她是在勐西丙大地方生，
世界上没有任何地方比得上，
她降生出来就做了国王的后代，
取名叫景达兰西公主，
长得十分美貌。
她坐在宫殿里一根柱子的脚下，
她使用的宫女将近一百人，
美丽的宝公主，
也有只雌鹦鹉，
这鹦鹉从小养到就会说人话，
随时飞到花园里采花献给公主，
公主也十分喜爱它。
大家都说这公主很有福气，
从表面上看，
就像很好的金子，
说话也很好听，
大家都爱护她。

鹦鹉听到大家的谈论，
就知道了公主的信息。
它飞进了花园，
它找到了棵大树，
就在权巴处躲了起来，
它等待公主的雌鹦鹉飞出来。

这一回又从勐西丙讲起，
勐西丙什么都有，
牛、马、大象，金、银、铜、铁……
什么都不缺少。
这个地方又大又美丽，
房屋街道建筑得一路一路。
共有二十多条街，
繁华如天庭。
当地的国王名叫鹏玛加，
皇后的名叫巴拍瓦里，
宫女有一万六千个，
随时都在国王的周围服侍。
皇后生了王子，
取名叭桑哈。
他的本领很大，
天下人都敌不过他。
可以驾云如闪电，
可以念各种咒语，
可以让任何东西想变成什么就变
成什么。
他有七个老象气力，
他的好心肠谁也比不上。
还与王子同年同生的共有三十三人，
这些都是头人的子女，

本领与王子一样强，
他们的心肠像老虎一样想吃人。
这些人都做了王子的部下，
相互都不分开，
很是亲爱，
其中有两个人，
有三十个妻子，
其他的也有很多妻子。

说起王子还有个妹妹，
她真是个好公主，
美丽如仙女，
名叫喃景达兰西，
好看得世界上的美女都不如她，
一百零一个勐的头人、百姓都属
公主家管，
都要向公主家贡献，
没有哪年间断过。
勐西丙这城子用眼睛看不到边，
城外有大寨、小寨，
人多得无法计算，
整个地方都是寨子。

现在要讲公主的一些事情，
这公主与宫女们一起生活在宫殿，
她有只雌鹦鹉，
从小就养它，

取名叫苏年达，
常常与公主在一起做伴，
公主什么都教给它，
它也会说话了，
公主叫它去哪里，
它就去哪里。
它飞到山上找鲜花来献给公主，
公主又打发它出去，
它又采了许多好花来献给公主，
叫它去采花的时间不要太长，
鹦鹉就飞到花园去找花了。
花园里有小雀、松鼠在吃果子，在
喧闹，
雌鹦鹉在那里的时候，
远方来的鹦鹉看见了，
就飞过去问公主的信息。
它说："可爱的鹦鹉妹妹，
可惜我不能经常去帮你摘花，
我是诚心来找你，
请你不要避开，
我们一起谈谈。
我是远方的鹦鹉，
但是心还是直率的，
你应该喜喜欢欢，
丢开一切的烦恼。"

当时年轻的苏年达鹦鹉，

听到这些也感到高兴,
它就一步步靠近了雄的鹦鹉,
就去询问一切根由。
"你也生得很漂亮,
讲得也很好听,
比其他鹦鹉都讲得好。
我从过去到现在,
都没有看见过这么漂亮的哥哥。
今天机会好才会碰上你,
你从什么地方来?
是否是远方官家叫你来走串?
要办什么好事情?
想要什么好东西?
存心到这里来,
问我这些我也想不到。
与我说这些我也配不上,
我也不配与你在一起。"

绿鹦鹉身子靠近了雄鹦鹉,
雄鹦鹉转过来问年轻的绿鹦鹉,
公主的信息怎样,
互相想配成一对,
苏年达鹦鹉讲解道:
"我是人家养的,
随时都关在一个金笼内,

是那个宝公主将我从小养大,
我常常都要找些花给公主,
这个人是勐西丙的公主,
也是我的主人。"

雄鹦鹉听了后,
心里明白得好像亲眼看见了公主,
当时年轻小伙子(雄鹦鹉)将它
来的原因,
告诉了年轻的姑娘(雌鹦鹉):
"我是从天下面的勐章麻尼来的,
那里又叫美丽城子章响。
召苏领达是那里的官,
这个官年轻又漂亮,
他还没有漂亮的宝公主来配他。
他独个儿骑象欢乐,
各地方的消息都听在耳朵里,
有的讲天上叭英拿一个姑娘降生
在勐西丙,
她的美丽超出了我们眼睛的范围。①
这个官知道了这消息,
才派我来看看这美丽的宝姑娘。
为了这事情,
才派我到来,
共来了一个多月,

---

① 指未曾见过,也未料想到。

希望你不要丢哥哥,
帮助我想些办法,
将我带来的信送去。
这信我已带在身边,
请将我的话听清楚,
去告诉你的公主。"

雌鹦鹉就飞回去了,
它向雄鹦鹉告辞,
还采了些花。
它到了金宫殿,
当时公主怪鹦鹉为什么这么啰唆,
不分时候去玩了这一整天。
"今天你回来的时间,
与过去的不同,
你存心想离开我,
你不想想你是我养大的,
我想杀你,
我想拔掉你的毛和尾巴。"

当时苏年达鹦鹉就向公主跪下朝拜:
"不是我想去摘花,
也不是存坏心,
我小心原想快去快回,
原想采到花就回,
但是遇到了只很漂亮的鹦鹉。
它别处派来的,

它想知道公主的情况,
它想知道我们地方的情况,
它是从比较大的勐章麻尼来到这里,
那里的召苏领达,
比世上的人都高一等,
他像天上的一面镜子样,
他是那个地方的王子,
为了想得个漂亮公主做妻子,
操了许多心,
他还是个单身汉,
他的鹦鹉想来看看各地有没有美
丽的姑娘,
它要求我替它来告诉公主。"

公主知道后心中还是喜欢,
并且很想看到召苏领达,
心中很是爱恋着召苏领达,
可能前一世他俩,
吃在一起、睡在一起、住在一起,
所以今天才会那么相恋,
她告诉雌鹦鹉,
去找那雄鹦鹉进来相见,
告诉远方的雄鹦鹉赶快进来,
它在花园里不会飞走吧,
她怕去找迟了雄鹦鹉会飞走。
当时苏年达宝绿色的鹦鹉就飞到
花园里去了,

去找远方年轻官派来的鹦鹉。

雌鹦鹉找到雄的后，
商量了一下就一同飞到公主那里，
年轻的公主也在家中的窗口前，
一直在等待没有离开。
它俩飞到公主前磕头，
金色雄鹦鹉下拜向公主说：
"听说椰子树叶往下垂又厚又好看，
章麻尼年轻的官知道消息，
有汉族地方的官，
降生到傣族地区，
金宫殿盖得很漂亮，
知道了天上的宝石在人间降生，
我的主人知道你降生在勐玛尼，
随时挂记在心中，
所以这次指派我来，
我的主人无时无刻不想念，
他听得宝公主你的消息后，
天天心思不定心情不安，
很大的章响地方，
很年轻的官叫苏领达，
他叫我一路路地寻来，
到了西丙这最宽的地方，
也就是公主住的地方，

请公主不要嫌弃，
公主是否眼高心大，
喜欢不喜欢我们的主人苏领达，
请想一想这重要不重要①。
如果不合意，
也请不要见怪，
也请不要骂人。
如果我们的主人配不着、爱不上，
请不要恨我们，
不要使我们丢掉脸面，
如果我的主人命小，
我这次来也是白白地来了，
路又远，山又大，
事不成就一切都完了。
从我的主人来说，
不管路远山大，
他仍旧会随时挂在心头，
我们那里虽然隔得很远，
虽然隔着很多大山大水的别一个
国家，公主不喜欢，
我主人仍旧会想念你，
仍旧会无时无刻不思念你，
请你不要怀恨，
现在我主人写信来征求你的心意，
依我主人的心意，

---

① 意思是公主重视不重视。

是恨不得马上跳上天，
飞向你面前，
马上与你在一起，
所以才写下了金子样的话、玉一样的句子，
请公主念一念。"

公主也还是比较客气，
感谢了金色的鹦鹉，
她感到合意，
就很客气地对鹦鹉说：
"勐章麻尼地大人多，
为什么还缺少一个美姑娘？
章响人家还是很昂扬，
生在那里的人都很漂亮。"

当时公主就从鹦鹉脖子上解下了丝线，
取出信来念，
看了信的内容，
心中也感到产生了爱情，
全身感到一阵耸然的兴奋，
满心的高兴，
足够的欢喜，
公主翻开书信，
好像信上出现了他的影子，
公主就将书信抱贴在她的胸前，

因为她过分地怀念，
她将书信看了一遍又一遍，
放也放不下，
经常她看书信，
好像看到苏领达一样。
爱情很深，
公主就写回信，
都是写些好听的话，
信写好后，
就用金线拴起，
又将信拴在鹦鹉金色的脖子上，
并告诉鹦鹉表明自己是高兴的，
请鹦鹉将信带回去。
"请你不要去得慢，不要去得久，
请你一天一夜去，
得到你的主人的信连夜赶回来，
我等待见你和你带来的信，
你将这些话告诉你主人，
好好坏坏你的眼睛已经看到，
这个事并不是开玩笑，
男子汉说话不能反悔，
依我妹妹的主意是一言为定。
决不三心二意。"

公主交代后，
鹦鹉就张张翅膀飞向天空飞走了，
穿进雾里离开了勐西丙，

经过了好几个勐,
穿过了许多大山野林,
经过了艰苦很长的时间,
又一夜时间就进了章麻尼,
到了章响进了金殿见了主人,
脸对着主人叩头下拜。
主人见鹦鹉回来了很高兴,
将鹦鹉抱在怀里,
并召集当事的头人,
等待着听消息。

年轻的鹦鹉也向大家报告,
说已按主人指示,
走遍了四方,
走了一个多月,
到了达尼大地方,
坝子中间建了座城子,
美丽的金殿有几个塔顶伸向天,
各种红绿颜色真是漂亮。
"我想到主人的话,
就找了一棵大树躲了起来,
听到一些人在讲话,
大家在说公主漂亮本领大,
是天上降下来的,

她的名字叫喃景达兰西。

"她像颗叫打令①样,
四处闻名,
飞到一个花园,
遇到了公主养的绿鹦鹉,
问过后知道它会说话,
整个情况都是它告诉的,
后来它就领我去见公主。
未进去以前,
由雌鹦鹉飞进去报告,
然后我才飞进去。
我将主人的话告诉了公主,
公主还问了前后,
我才将信给了公主,
公主看了信也很满意,
她复了信,
我连夜带信回来了,
情况如何,
请拆开信看吧,
我看到她漂亮得,
世界上一个这么漂亮的也没有,
配得上做您的爱人。"

---

① 叫打令:打,眼睛;令,黑;叫,宝。黑睛宝,放一文钱就有许多的宝,放一粒米就得许多的宝。

大家听了鹦鹉的话，
都十分高兴，
并派人叫秘书把信念给大家听，
信上还盖着团团的一颗印，
秘书按规矩来念，
信上说："现有妹妹勐西丙公主来
信给章麻尼年轻的官苏领达。"
话很清楚，
说："官的来信也收着了，
信中要以宝来试我的心，
这个美丽的宝在的远山坡也很大，
这个宝生在大山上就是我的心。
山大有七个约远，有一百约扎那宽，
山中有豺狼虎豹、老象、犀牛等，
专门在山上害人，
哪个命大有本领，
要取这颗宝也容易，
正直的、有决心的人，
要取这颗宝也容易。
这颗宝石从天上四层天降生，
这颗宝石没有污点，
非常清洁、闪光，
她还没有给人拴线，
也没有人纠缠过，
她五脏都在想公子，
等待与公子结成一条心，
像大池塘里各种花草、鱼兽，

无所没有，
中间还有朵荷花还没开，
清香可贵，
大金鱼守在这池塘里，
要去池塘中间荷花的地方，
是很难得，
那些蜜蜂、蝴蝶也去不了，
荷花开得清静如旧，
没有什么进来，
什么时候金凤凰才从远方飞来？
什么时候金凤凰才衔着花儿飞到
金山来，
把花儿放在水里？
那个时候各种鲜花会开得更美更香，
请（王子）周密地考虑考虑，
如果觉得适当就双方都好，
如果不适当也请不要烦恼，
怎样实现愿望？
请想办法，
不要灰心失望，
妹妹的心思不变，
妹妹有心写信寄给王子。"

官和头人听信以后，
大家在一起商量，
都说女方有这样的肚才，
我们也要想一些东西去试试，

她的肚才本领，
当时王子与头人就商量回信，
写好后封好又用丝线拴在鹦鹉的脖子上，
鹦鹉也就经过了许多地方，
到了勐西丙，
进了公主在的宫殿，
并向公主下拜，
公主也很好地招待鹦鹉，
公主说："你来了呢。"
就将信解了下来，
并叫宝鹦鹉（雌）出来，
招待雄鹦鹉一起进金笼休息，
还招待吃凉水、米花，
一粒粒地啄啄啄地相互招呼着吃。

那时公主差不多将信也念完了，
看到信中所说的王子、小伙子都向西丙的公主问好，
说："你是否健康？
哥哥我心中很挂念，
并且有心爱护你，
哥哥说了是不改口的，
好似大石头放在地上不动，
放在水面不浮，
十万条水来冲也不淌下去，
不管什么天翻地覆也很稳固。
现在有心试问，
有人说有个地方有个官，
他坐享那个地方，
他是那个地方的大人物，
好似等于他的骨头可以盖成一所房子，
拆开他的四肢，
可以做梁、柱子来盖房子，
他的皮可以盖在屋顶上，
筋可以扭在全屋子里，
走到什么地方，
他摇去晃来的。
他门窗①共开九个，
风吹进去有进有出，
有四个贼头背着宝剑守在里面②，
青年男子有五个在里面③，
有十条老象在卫护他，
有象奴招呼老象，
给草和水老象吃，
心中倒没有什么，
如果供养不起，
它就要发脾气，

---

① 门窗：指嘴鼻等。
② 指四种疾病，可能如此解释。
③ 指五脏。

不能满足时就管不住,
用锁锁着谁也开不脱。

"有好几群火牙老象,
在头一格的象叫达尼①,
它是耐战的、坚强勇敢的,
它也不怕发生冤仇;
有条老象名叫那底②,
力量很大,
谁也胜不了它,
不合它的意,
它又会发怒;
又有条名叫挖答③,
它的心很毒辣,
由象奴管着养,
不放出关住它的地方,
关着又拴着。

"第一个最大的国王叫即达拉扎,
坐镇管理那个地方,
十个人经常在他周围听候使用。
一座宫殿只有两根柱子撑着,
塔顶朝天安装着宝石,
有大门进宫殿里去,

门脚上支着三十来块白石头,
穿过那个地方的大路有三条,
从没有刺的那条路走,
那条路有个用人守着,
心比较凶暴,
随时都在想砍杀。

"最大的那国王叫即春,
他睡着也想得像火一样,
拿一大桶水来浇也不熄,
好似要熄又着起来,
信就写到这里,
请公主念一念。"

当时景达公主看清以后,
又即时写信回答,
写好后交给鹦鹉带回去,
按来信所问来回答,
合情合理地回答了,
除了答复还提出了新问题,
信写好后挂在鹦鹉脖子上。

第二天天亮了,
鹦鹉就飞离开勐西丙,

---

① 代表土。
② 代表水。
③ 代表风。

经过昼夜辛苦，
就到了勐章麻尼，
进了章响很热闹的地方，
鹦鹉飞进了宫殿并向主人报告，
王子解下信后就念，
信件上说：
"景达妹妹有信送给章麻尼小伙子，
现在王子写信来到这里，
提出的问题，
至于大城市、大宫殿就是人的身子，
城墙像皮肤包着身子，
至于柱子、梁，
是我们身上的全部骨头，
肋骨盖在上面，
索子缠在上面的是象筋，
人走到那里是摇摆着的，
门窗开着九道，
就是人身上的各种眼眼，
风吹进去有出有进，
是身体的呼吸。

"四个家贼守着这房子，
等于思想上四个敌人——怒、骗、
欺、奸，
四个常在一起，
五个青年第一是心，
第二是眼，
第三是嘴，
第四是手，
第五是行动，①
有一千五百个青年男子就是人身
上的脏东西，
如鼻涕、口水、痰、汗等。

"四条火牙老象等于压在我们身上
的四座塔，
一座是火，
一座是水，
一座是土，
一座是风，
两根柱子支着一栋屋子，
就是人的两只脚支着身子，
门口支着三十二块白石头，
是我们说话的嘴，
三十二块石头是人的牙齿，
屋顶上安着宝石，
是人头上绕着发髻②，
人老了发花白了，

---

① 此五者有二意，一指淫，对人先是心想，再用眼看，用嘴说，手动，行动；二指经济，想钱，见钱，要钱，拿钱，行动。
② 傣族三十年前连男子也有发髻，如女子一样。

就是顶上开花一样。

"横穿地方的三条路，
一条是求神赕佛，
这条是上天的道路；
一条是人大了后要当和尚念经纳
福一直到死，
那时一切也完了；
一条是通向不好的路，
第一走向调戏妇女，
第二是欺骗，
第三是吃酒醉，
第四是践踏经书辱宗教。

"这个最大的国王即达，
就是人的心，
关于用火烧不熄，
是人心总是在想，
睡着了也会想，
特别是关于男女想得多些，
这些提出来送给王子想想。

"另外妹妹要提出一些来问王子
哥哥，
有水塘眼睛看不到边，
两个水塘成一对，
还有荷花在池塘中间一带，

荷花尖尖伸出水面又软又嫩，
花蕊喷出美妙的清香，
遇着大风吹来时，
花瓣不会收敛起来，
是否其他地方也有这样的池塘？
希望王子对于这些，
给我回信，
请时间不要长，
希望很快地回答，
不要让鲜花谢掉。"

当时王子看清楚了，
心中似火一样热，
并十分怀念，
十分喜欢地写了回信，
解答公主提出的一些问题，
写好后又交给了年轻的小鹦鹉，
鹦鹉又飞向空中，
离开了自己的地方，
飞了一个多月，
才到了勐西丙大地方，
直飞进了公主的宫殿。

当时公主也看见了，
公主随时都在盼望着王子信息，
等待着王子的信到来，
在窗子面前等，

等到信时,
她见到鹦鹉喜欢得,
好像她什么地方都能去,
高兴得抱住了鹦鹉,
立即拆开了信来看,
信中说:
"远方的王子小伙子,
问勐西丙妹妹的信,
哥哥随时都在想念妹妹,
妹妹写来问的信收到,
请妹妹好好听。

"关于两个大池塘成对在一处,
这是妹妹的眼睛,
看清了勐章响召苏领达;
生在池中的荷花和花骨朵,
那是公主和公主的手合掌;
那伸出池子的又软又嫩的荷花,
就像公主想和情人在"帕垫"①上睡的样子,
就像公主的思想考虑那些比较合心。
希望妹妹的思想坚定,
哥哥不会欺骗妹妹,
不管怎样也要与妹妹同一个褥子睡在一起。

如果我俩有姻缘,
不管地方隔得多远,
都能联合在一起成为夫妻,
如果父母允许,
我自己就要到你那里来会公主,
如果父母不许可,
亲戚弟兄也不许可,
我还是要想尽办法,
得到你,
不管天下闹得怎样,
也要得到你,
希望公主放心、坚定,
要像勐西那的大石头样不动,
如果能这样,
就不用操什么心了。
哥哥怎样都能得到共同在一起温暖的日子,
如果是一个宝的王子就不会轻易地放过这事。"

当时公主看清楚了王子是不会丢她的,
思想上就放宽了,
像一千一万棵椰子树样,
大风大雨吹来不动摇,

---

① 帕垫:傣族的睡垫。

当时公主写了回信，
信中表示羡慕男方，
写好后就将信挂在鹦鹉的脖子上，
并口信又做些交代，
鹦鹉就飞回勐章响，
飞进宫殿，
将信交给了王子，
王子双手接了那封回信，
并将信拿来看。

勐西丙的公主景达有信送给伟大
的召苏领达：
"妹妹出生在天底下是有福气了，
也是因前世同在一起吃住、同赕，
所以这世才又能在一起，
不管怎样我的心是不变的，
妹妹的整个身子都交给哥哥，
像金子用千万次的火都烧不变质，
我俩的姻缘拴在一起，
请英鹏①来做媒人，
让我们早日成双，
望王子抓住不放（这件事），
至于妹说多少是白说，
主要是望王子来娶去，
事情才能实现，

妹妹随时都在盼望，
只怕妹妹白白地空等，
望王子将姻缘赶快结起来，
怎样才能成对在一起，
永不分离，
经常在一起？

"虽然我们在得很远，
即使有一百万个约，
只要我们相爱，
也能实现我们的愿望，
整个天底下有宝石降生，
也没有王子强，
尽管天地有多宽，
还是有王子来管理，
希望赶快想办法，
赶快派人来求婚，
希望按规矩办事，
不要拖延时间。"

这些话送给王子，
当时王子知道以后，
心中就比较放心了，
王子也很想马上去到公主的地方，
王子读了信，

---

① 英鹏：天王。

就像亲眼看见，
永远不会忘记，
当时王子就拿底八扎呼宝来一看，
照见了公主就不离开，
后来就天天都用这宝来看公主，
从宝上看见公主就舍不得放，
天天转过来转过去瞧，
眼睛瞧着，
心里念着，
当时王子召集了所有的官来，
命令大臣们预备老象等婚礼，
要到很远的勐西丙去，
大家向王子拜了一拜，
就分头去准备了。

王子也将这事从头到尾，
向祖父母和母亲说清，
祖父母和母亲听后也很喜欢，
就叫王子快些去办，
当时各大臣将东西准备齐全，
有金子打的康①、金槟榔盒、金痰盂、金碗、金锅、金桌子、金茶壶、金盆、金碟，
送去的金子十万两、钱十万两，
并逐条写在单子上，

还写好一封信，
请大家来看，
好才送出去，
派两个大臣专负责这些事，
拣选出六十位年轻能干的头人，
还选了三千个老百姓，
一起向公主那里出发，
这时敲锣、打鼓、打铓，
还有打伞的、抬旗子的，
有骑象的，有骑马的，
有坐车的，十分热闹，
一边修路一边走，
专为修路的有三千人，
修路的去了一个月后，
其他的人也跟着去。

走了三个月才到了勐西丙，
到了勐西丙城后，
许多人都出来看，
他们在城外搭起棚子住下，
有些人见了就去报告国王，
不知道是谁的军队驻在这里，
国王即时去叫王子叭桑哈，
那时王子听了父王的话后，
就问父王。

---

① 康：像小桌子样的东西，德宏叫"格"。

父王就对儿子说了一些情况，
当时有勐迷梯拉王子来说了三年的婚，
都没有说成，
就与勐章麻尼的人碰在一起了，
当时公主的哥哥就叫那三十三个与他同时出世的人来，
其中胆大的心中似火，
连那些求婚的人也找来了，
共六十三人，
问勐章麻尼的人：
"你们是哪里来的？
为什么来这么多人？
你们的服装和说话都与我们不同，
你们来这里干什么？
你们是想来打我们还是来做生意的？

"要说是做生意的，
你们带的武器又那么多，
好像是哪里的官要打仗一样，
我们知道后，
我们好向国王去报告；
如果是来打仗的，
我们也很高兴，
你们这么多人，
不给你们跑掉一个。"

当时章麻尼的大臣就答复：
"我们喜欢到了勐西丙，
请不要害怕，
也不要怕我们远方来的官，
我们从远方来，
是来求婚的，
我们是伟大的章麻尼王子召苏领达派来的。
我们在章麻尼的章响这热闹美丽的地方，
那里是用金子来盖宫殿，
国王有很多的天下的好东西，
最有本事、最伟大的召苏领达想念公主景达兰西，
她是最漂亮的，
在西丙地方，
我们还来过信要联婚，
这才来到了这里。"

勐西丙的人听了后，
就回去报告了，
当时的国王知道后，
国王也想到自己的公主，
考虑两个王子的求婚哪个好，
一个地方是勐迷梯拉，
一个地方是勐章麻尼，
也决定不了，

就由女儿自己选择。

当时国王就叫妻子去找公主谈谈，
宽宽女儿的心，
当时皇后就到宫中去找女儿，
女儿拿出一些酸甜的水果来给妈妈吃，
皇后就说：
"现在有两个地方来求亲，
按规矩就当选一个嫁出去，
两个地方的人都来了，
一个是勐迷梯拉金殿的地方，
一个是勐章麻尼，是个都城，
来到以后，
送礼物求婚，
女儿是否喜欢勐迷梯拉大金殿的官？
他管一千个地方，
什么东西都有，
够得上来配你。
听人说，
章麻尼地方很小，
是人家管辖的人，
宫殿也盖得不够堂皇，
不适合女儿去，
不合女儿的身份，
将来会受人的耻笑。"

皇后当时与同去的那皇后的朋友说：
"你们好好地给我的女儿说，
迷梯拉那个地方，
大有一千个约，
他是北方的数不清的人的国王，
这个地方公主还不想去。"

公主说：
"章麻尼地方又大，
宫殿还是用金子盖的，
他是那里最伟大的召苏领达，
他是天底下最伟大的人，
他英俊得像叭英，
英俊得无人比得上，
财产、金银堆积如山，
衣服、家具也很多，
粮食、盐巴、辣子不缺，很丰富，
章麻尼是很富的地方，
没有谁在什么时候叫过穷，
他已经派鹦鹉来求婚，
我也给他表示愿在一起，
双方互相热爱不能分开。
苏领达很有福气，
姑娘已写信去，
来往信件都谈得很合心意，
信件来往的相亲，
好似在宝望远镜中相见了一样，

与苏领达同时降生的，
有两个大臣，
他们的聪明、办法谁也不如，
他们飞上天如闪电一样，
他们每个人的力气都有十条象的
力气大，
而且这象还是大象，
他们是降生来帮召苏领达的，
他们的本领，
下可以到龙宫，
上可以到天上，
这个王子地上是没有比得上的，
他的威望人人都佩服的。"

公主将这些说给那皇后的朋友，
要那朋友去告诉皇后，
那人到宫殿将这些从头到尾给皇
后讲了一遍，
当时皇后巴拍瓦里也清楚了这些，
就去告诉她丈夫，
国王就召集大臣们商量如何答礼，
叫大臣们去准备粮、盐、柴、槟
榔、烟、马草。
准备好了后，
章麻尼大臣的秘书，
他是从别处跑来，
他负责去说亲，

去到城门那里，
见到门官那里要求，
他们就进了城，
就分别拜见了一些大臣，
各大臣带他们到宫殿里去，
两个负责的大臣，
到了宫殿，
按当地的制度，
先找到了主要的大臣，
将来的意思说清，
后来两个勐的大臣，
就一起去见国王。

拜见了国王，
国王比较客气地说：
"你们是从哪里来？
谁都没有生病吧？"
当时章麻尼的人就合掌说：
"我们来到已三四天了，
我们沾福，沾国王的福，
我们没有什么困难，
也没有生什么病，
住得舒服，吃得甜。"
当时地方的大臣就向国王
说清了他们的来意，
当时章麻尼的大臣也向国王合掌，
请听他们报告。

"因我们的王子,
要来向公主请求配成一对,
听见勐西丙的信息传来了,
也闻见勐西丙的花香,
飘到了勐章响,
香遍了勐章响,
消息传来后,
才派我们来拜访你的,
所以准备了礼物来求婚,
希望让景达公主与我们王子配成对,
睡在一床。
请从长远来看,
不要让勐章麻尼陷于孤独,
要让我们两个地方合在一起,
使双方永远和好,
我们送来了礼物,
请让公主去到我们那里,
做我们王子的王妃。"

勐西丙的国王听了后又看了来信,
一切都按礼节办了事,
国王做了这些,
好像打开了窗子,
眼睛也更为明亮,

心中感到非常喜欢,
并说好话答应,
送女儿过去,
大臣听了也都高兴。
当时国王的儿子桑哈,
有话向父亲报告,
他说:
"我们勐西丙祖祖辈辈,
也没有将公主嫁到别勐去,
只有别勐的公主嫁到这里来,
这是古老规矩,
所以勐迷梯拉大地方求了三年婚,
也没有答应,
章麻尼是个小地方,
是落后的一种人,
为什么轻轻易易地就决定给呢?
娃娃[①]是路上怀的,
他像是我们的烂鞋子样被丢掉。
至于我们的公主,
是天上降下来的一颗宝,
全世界没有一个比得上她,
给章麻尼是不适当的,
依我的意见是不要嫁过去!

---

① 娃娃:指苏领达。

"父亲！
随随便便办一台①事，
别人要耻笑我们，
大小事情以后不消你操心，
事情发生得天大我也不怕，
父亲安心在宫廷办理朝政，
发生的事由儿来抵挡，
关于亲爱的妹妹，
儿不能轻易放给勐章响。"
这时国王听了后，
想不通，一句话也不说，
所有头人听了也害怕，
大家都不开腔。

这时章响的使臣混鲁和丢哦，
听了叭桑哈的骄横咒骂，
心中发火地答道：
"勐章响是伟大的地方，
高尚的王子战胜了许多地方，
王子本领大、福气高，
整个世界没有谁抵得上他，
比起你们勐西丙来要超出十倍，
他又生得英俊聪明，
好似天神一般，
他是天上的天神降生，

天神丢哦苏里耶哈是他的父亲，
所以他生下来很英明伟大，
他还有父亲留下的宝贝，
他可以下地到地府，
他又可以入水到龙宫，
所以天下的人他都能战胜，
天天都有人向他朝贡，
他还有火牙的大白象，
他又可以飞在天空似凤凰，
他的力气比老象还大，
大得可以抵一千只老象，
他有了宝贝想得到什么就得什么，
他的东西用不完，
堆积如山，
你们勐西丙如何抵得上？

"章响的名誉到处流传，
关于公主喃景达，
话已说在先，
他两人也愿意，
前次已经有情书来往，
话已经说出拿不回，
不管你们如何不愿意，
我们坚决要她，
不会放过，

---

① 台：云南汉语方言，量词，意为"次""场""回"。——编者注

你们等着瞧，
你们不给，
我们仍旧可以取得，
只不过是按规矩要派人来说，
如果我们想要随时都可以带走，
容易得像吃芭蕉剥皮一样。

"勐西丙值不得与我们比富，
你们也比不上苏领达的本领，
单用我们的计谋，
也可以战胜你们，
我们一个人也不出动，
单用道理也可以战胜你们，
最后我们不到勐西丙，
也可以得到这颗宝石。"

混鲁和丢哦说了后，
就走出宫廷，
带了礼物，
走进了公主的房中，
将礼物和情书献上，
公主接了以后，
心中高兴，向他们说，
同时又打开情书来念，
念出来的话，
句句合心，
她又提笔写回信，

又将回送的礼物来准备，
交给来人去送给苏领达。

这时混鲁和丢哦，
辞别了公主转了回来，
来到了他们住宿的地方，
第二天就离开了勐西丙，
走过了无数森林和很远的路程，
走过了无数的地方，
时间已走了三个月，
走到了伟大的大地方，
回到了勐章响，
接着就进了城，
回到了家，
休息后就向老国王与王子苏领达报告，
将各项情形报告，
从头到尾都讲完，
他又将礼物和情书献给国王。

国王听了报告，
接受了礼物，
也不答话，
也不生气，
只见他脸带笑容，
他慢慢地说：
"人家不答应，

不给也算了。
如果有姻缘，有福气，
是可以得到的。
等着以后瞧吧！"

但是大臣、头人们都很愤怒，
他们说：
"勐西丙为何这么不讲理？
骄傲得出口就骂人，
我们勐章响是伟大的，
在世上没有任何地方比得上，
我们这样强盛也不欺辱别个，
我们也不曾骂过别的国家，
现在只有勐西丙，
他们骄傲得要比天王高，
他们有多大的本领，
我们可以向他们开战，
比一个高低，
我们一定要战胜他们的。"

这时大臣捧玛和丢哦向国王朝拜
并向国王保证：
"我两个有办法来战胜他们，
可以将西丙的公主拿过来，
我们可以用木头变成猴儿将公主换过来。"
众头人个个都赞成，

国王听了后就下令：
"准备一切东西和礼物，
第二次再去迎娶，
如果他们好好地接受出嫁公主，
我们也可以照礼节长远打算，
把公主迎接过来；
如果他们要恶来不准迎娶，
那时我们又显本领将公主拿走，
把公主抢到我们的地方。"

头人们接受了命令，
个个准备迎接的礼物，
交给召烘混和捧玛二位大臣负责
办理，
还有神通广大的丢哦，
他也负责办理。
三人为首来管带人马，
每人带人马一万，
还有其他随从，
总共有三万三千人。
三人带领人马准备出发，
那天日子好，
就离开了勐章响。

他们天天走路不停息，
时间已到三个月，
走到了宽宽的勐西丙，

驻在原来驻过的地方，
西丙的人看见了，
都跑来看，
看过后他们又去报告国王。
勐西丙国王知道后，
他就通知公主喃景达，
又通知了王子桑哈，
桑哈召集各大臣来议事商量，
他又调集了三万人马，
他又派人向客人询问，
询问明白就来回话，
问清楚了后，
就回报给国王。

国王知道后，
心急如火。
公主，漂亮的喃景达，
她知道这情况后，
她就准备粮食和蔬菜、肉类和盐巴，
她就派了内侍，
将这些礼物，
送去给章响的客人。
到了第二天，
章响的捧玛等三人，
他们也照礼节，
准备礼物，
进宫廷拜见国王，

他们还是照礼节办事，
一样也没有怠慢。

他们又将迎娶的礼物送上，
按礼节拜见国王，
将情形从头到尾又说一遍，
这时桑哈王子又恼怒谩骂。
他说："就是千只大象来进攻，
也不为奇，
我们不是困难得想依靠你们，
你们勐章响专门找麻烦，
前回已经说了一次，
我们曾经不许了，
你们不想想，
现在又来了，
你们老是想得我们的公主，
不消想你们到别处去找，
别处还有很多的老少姑娘，
还有许多寡妇和离婚掉的妇女，
丈夫死掉的寡妇在等待着你们，
你们可以迎娶到勐章响，
做你们王子的王妃。
关于勐西丙漂亮的公主，
配不上给你们的小地方，
我们是高高的椰子树，
你们怎么攀得上？
你们只能抬头望望月亮，

望一辈子也拿不着。
你们简直是笨得不知道害羞，
你们的王子和头人简直是疯了，
如果你们想得公主，
可以来比比武艺，
或者来比斗比斗，
如果你们比得赢，
公主喃景达可以送给你们勐章响；
假如你们战不过我们，
你们将要遭到毁灭，
我们要将你们男女老少杀光，
要拿你们王子召苏领达的头颅做水瓢用，
打水来洗我的屁股。
你们所有来的听到了没有，
你们回去以后，
告诉你们的王子，
调动人马和大象，
准备齐全快快来比一比，
你们有什么神通也拿来斗斗。"

这时勐章响的大臣，
听了这些骄傲的话，
感觉他们真是欺辱人，
捧玛和丢哦二人，
急得恼怒发火，
卷起袖子拍着桌子，

他们就要变成力气大身子高的魔鬼，
用手抓起宫廷使力摇，
摇得晃晃动，
捧玛又念动了咒语，
一时又飞到空中，
在空中又吼叫，
声音震动了全城，
叫起来很是威武怕人。

他一面叫一面说：
"所有天底下的人，
能在我们头上的，
只有天神，
天底下我们完全可以战胜，
勐西丙小地方，
没有神通可以和我们相比，
你们的桑哈，
还抵不得我们的小手指，
他何必这样地欺辱我们？
我们是真正的宝石降生在勐章响，
我们可以用水来将你们淹死，
或者我们只用口水，
都可以战胜你西丙。"

这时桑哈和头人们，
看见了他俩的神通，
害怕得好像羊羔怕老虎，

所有的人都吓着了，
只听得声音叫得地皮动，
声音叫得天昏地暗，
只叫得阵阵起大风，
整个勐黑得都看不见。

这时混喷、捧玛和丢哦三人，
他们一起进到公主的闺房，
他们照礼节向公主辞行，
他们又将王子的书信递给她，
她看了后，
知道王子不将她抛弃，
她心中高兴，
就问长问短，
辞行了后，
他们三人就回到了宿处。
到第二天，
他们离开了西丙，
转回章响，
所有的人马一起走，
离开了西丙走了七天。

走到了大森林中的大水池，
就息脚在清清的水池边，
营房一间连着一间，
搭满了水边，
商量如何将公主拿来。

他们就派人分头去砍树，
将木头刻成许多猴子，
嘴呲、牙尖、花尾巴，
刻得很多，
大大的有人高，
好几百个白毛的猴子，
其他总共五百多。

捧玛就念起咒语，
所有的木头都变成了猴子，
还有其他的山林中的妖魔鬼怪、
豺狼虎豹。
他们又祷告到天神，
请神来帮助，
又祷告请圣父帕拉西，
又祷告到召苏领达。
祷告了后，
他们就向木头猴子一吹，
猴儿就到处跳去跳来，
整个森林都有猴子跑去跑来。
这时捧玛又来准备，
做出四个木头的高房子，
一间连着一间，
一共有四间，
里面还安上了土和水，
又安上了火和风，
是它的动力。

又用铁桶做成了它的头，
还把它安装好，钉好铁钉。
这房子的头安上机器能转去转来，
还可以拉上拉下。
安装以后，
他又念动咒语，
他就发动了火转动起来，
又能飞到空中。

捧玛和丢哦两个，
带了众猴子坐在里面。
开动机器飞到空中，
飞过云彩和雾露，
飞过了无数大山前进，
飞到了勐西丙，
正是半夜鸡叫的时候，
雾露很大，
到处昏沉，
微风吹来，
雾露纷纷落下。
他们刚刚飞到，
到了公主的宫廷边，
他们大声地叫了三声，
所有的京城里的人，
就睡着了不会醒，
周围的人都不会醒，
有白皙的手的美丽公主，

也睡得很甜不会醒。
众猴子跑出了机房，
跳进了宫廷，
把公主连床，连被子、铺盖、蚊帐都抬起来，
还有碗筷用器都抬光，
搬上了机房，
连同公主的侍女用人，
都带走，
都捆在机房上，
大小共五百多人。
搬来后，众猴子，
就住满了公主的闺房，
把房门紧紧地关住，
只要谁来一开，
猴子就跳出来咬人。
这时捧玛等，
坐上了机房，
开动了机器，
又飞了回来。
飞在空中速度很快，
一时飞过了勐西丙，
飞到了大水池边。
到了第二天早上，
他们将机房降下来落在水边。
住在水边的人，
都跑出来迎接，

互相庆祝热闹。

早日太阳升起来的时候,
小雀在树上吵闹,
孔雀和野鸟拍着翅膀掠过森林,
还有鹦鹉的叫声。
星宿落了,
天大亮了,
这时公主喃景达醒过来,
她睁开眼睛看四方,
好像不是自己的宫廷。
看看外面都是黑黑的森林,
她急得心又跳又哭喊,
所有的婢女也都醒了,
她们跑去与公主一起,
哭着找爹娘。

这时捧玛与丢哦,
他们就对公主劝说:
"公主呀!
你要细细想,
你不必悲伤想念家乡,
现在你有了福气到这里来,
要与年轻的章响王子匹配,
王子召苏领达,
他很英明,神通也广大,
上界的天神也帮助他,

才把公主由西丙接来这里,
现在才到了此地的森林。
我们俩是奉了召苏领达的命令
才来接公主,
但是公主的哥哥他不答应,
他还欺辱我们。
没有办法我们只能转回来,
到了第二天早上,
我们就将公主与婢女接来这里,
这里恐怕是天神的帮助,
公主与召苏领达能匹配在一起,
这也是感激天神的帮助。
美丽的公主,你不要顾虑吧。"

这时西丙的公主,
她看见了捧玛和丢哦,
坐在那里来劝说,
公主一面想一面问:
"这是怎么回事?
你们是不是魔鬼变的?
是不是想把我们吃掉?
你们所说的话我不相信,
如果不见王子召苏领达亲自来,
当面把话说清楚,
我不去哪里就死在这里,
或者我把毒药来吃掉。
等一天,

到天黑时，
如果不见王子的面，
我坚决一定要死了。"

急得捧玛和丢哦，
赶紧向公主请求，
他们说：
"勐章响到这地方需要三个月，
现在请公主宽限一个月。"
公主又说：
"我听说召苏领达，
他力气又大，
又能腾空飞起，
他又能下水到龙宫。
整个天下的地方他都能飞到，
现在为什么不到勐西丙来？
莫非是他不喜爱和欺骗我？
如果他有心喜爱我就请快快来，
我要限定明天正午，
如果不见来，
我就要死了。"

说得他两人没有办法，
只得找混喷一起商量，
路途遥远三个月，
谁能走得到？
如果要将公主装进机房再飞走，

公主又不肯进去，
公主和所有的人，
共有好几百，
他们真是哭着等死，
他们还是不停地哭。
哭哭叫叫，叫喊爹娘，
看他们真是哭得伤心。
"我们要如何办才好呢！"

这时上界的天神，
看到了此事，
他就变成个老猎人下来，
他来到了丢哦的住处，
混喷和丢哦看见了就问老猎人：
"老猎人，你由哪里来？往哪里去？"
老猎人说：
"我是到处打猎走到这里，
我是住在很远的勐章响，
现在我打猎到这里，
也将要转回去，
你们有什么事情焦心？
我今天要走了。"

丢哦他们听了很高兴，
他们对老猎人说：
"我们也是住在勐章响，
我们也是住在京城内，
现在我们有信，

希望老人帮着带去,
带到勐章响城交王子。
需要多少路费随你说好。"

这时老猎人说:
"我本是打猎来到这里,
我走得不会累,
我有咒语一念动,
走起路来如飞箭,
天天走到森林,
都感觉不远,
我是顺便回家去,
不要你们一文钱。
王子的信我是会将它送到的,
随便给点吃的就行。"

这时混喷、丢哦他们就赶紧写信,
交给猎人,
又做了饭团和鱼肉,
还有草烟、槟榔、绿叶,
送给了老猎人,
请他快快走。
老猎人走过了森林,
就腾空飞走。
他很快就到了勐章响,
他就进城将书信送交,
当王子与大臣一起议事时,

就将信送去了。

接受了来信,
知道是混喷和捧玛送来,
他拆开书信来看,
知道已经得到了公主喃景达。
召苏领达就拿出龙宫宝石来照看,
看见公主与所有的宫女们坐在一起,
他急得心跳跳的,
睡也睡不着,
坐也坐不住。

到了第二天早晨,
他洗过了脸,
吃过了早饭,
他就穿起宝衣与宝鞋,
他又背上了弓箭和宝剑,
他又带着随身法宝金天秤和龙宫宝石,
他穿戴好后,
他就腾空飞起,
一直飞到了天空,
与云雾一起飞舞,
他又与星宿和月亮飞在一起,
他眼睛又向人间看,
看见了各处很远的大森林。

他又朝东方飞行，
飞到了大水池边丢哦他们住处。
他慢慢地降落下来，
所有住在那里的人马，
他都看到。
刚刚落到地面，
住在水边的所有人马，
都跑出来迎接，
人群又叫又喊，
又敲鼓又敲铓。
鼓声敲得响震森林。
这时公主喃景达，
所有由西丙来的人，
都看见了召苏领达。
他生得很英俊，
他漂亮得好像天神一样，
他的脸红红亮亮的好像金叶子，
他真是名不虚传胜过其他所有的王子，
召苏领达就走进去，
在公主的身边坐下，
他又慰问公主，
这时头人和百姓，
个个都向他朝拜。

这时勐西丙公主喃景达，
她也开始说话。
她很怀疑地问召苏领达，
她说：
"英明的、漂亮的、年轻的召苏领达王子，
你是不是天神下降到这里？
或者是水中龙王出来玩？
是不是大洞里的妖魔叭团？
或者是大森林中的主人出来玩耍？
是不是勐章响的小伙子？
是不是召苏领达情人？
妹妹不知道，
请问哥哥。"

这时召苏领达开始答话：
"谢谢你把我来问，
请你仔细听着，
亲爱的喃西丽萌妹妹，
我不是天神下降，
也不是明麻① 生长在天上，
也不是龙宫王子，
也不是在得很远的妖魔叭团，
我真正是生长在凡间世上人，
我就是勐章响小伙子召苏领达，

---

① 明麻：天将。

听说妹妹你生长在勐西丙，
我爱你并非常想念，
曾经派鹦哥来找你，
也曾经有信给过妹妹，
两相爱定下了誓言，
不会变心，
我曾经派钦差走来，
照礼来求婚。
我曾经三番五次求过你，
现在我俩的福气应该合拢来，
也仗得了天神的帮助。
妹妹你呵！
不要有什么怀疑、顾虑吧！
这是我们前世已经注定，
我永远不会把你丢弃，
请妹妹在心中细细盘算细细想。
关于亲爱的父亲和母亲，
如果有福气，
将是会相逢得见的，
那时我会把你——妹妹呵！
带领着去相见，
去到妹妹生长的地方勐西丙，
妹妹你不要太过焦心和悲伤。
妹妹，希望你，
想起我俩开头的话。"

这时漂亮的小姐，

她听了召苏领达的话，
心内喜欢得软软的，
兴奋得举起了手。
她不轻视有福气的自己的丈夫，
她转过脸来跪拜苏领达，
跪拜以后坐在一起。
两个互相谈情说爱在一起，
其他很多头人和姑娘们，
个个都来拜见苏领达。
这时威武的召苏领达，
他就把带着的龙宫宝石拿出来，
又把天神赐的金天秤拿出来。
举手祈祷要盖宫廷，
还要有垫的盖的，
枕头和其他样样有。

还有粮食和肉类，
用具甑子和碗碟都齐全。
很多人随心吃和用，
这是依靠了苏领达才没有困难。
话说留在章响的大臣，
他带领三万个武士人马，
还有其他很多大臣和头人，
还有很多的姑娘和嫔妃，
车马大象各样都有，
他们将火牙白象配备了鞍架，
釉上了金花边的伞盖，

他们造出了皇城要去跟召苏领达，
他们全部人员走进森林往前走，
他们踏上了很远的路程。

这时天神又来帮助，
他把路途缩短，
时间一月多就到达。
再说天神变成只金鹿，
长得花花的脖子胖胖的身，
头上生得有角十二杈，
立起尾巴走过来。
由人群队伍后面跟着来，
它顺路离人不远朝前跑，
它又跑到了人群队伍的前头。
它走得好像很累，
走起路来伸着舌头好像咬人，
人群见了个个叫追。
这时领队的大臣武将，
举起了弩弓发射，
射着它的肚子好像要死，
一面叫一面滚，
眼睛朝天鼓得圆圆的。
众人跳过去要捉它，
它又跳起来往前跑。
它的脚杆跑得一颠一颠的，
人们又举弓弩射击，
金鹿还是不停地往前跑。

人们个个叫喊不停地追赶，
一群群的人一直追到天黑。
他们歇宿下来到天亮，
天亮他们又继续赶路，
看见连路都有血迹，
个个说金鹿已经朝前走，
个个说赶紧走一段追着，
他们走了一程看见金鹿，
金鹿浑身无力睡在树边。
他们举枪射击，
金鹿见人又继续往前跑，
众人叫叫喊喊追着跑，
日日夜夜追过了宽广的大森林。
三天的时间就追到，
追到了苏领达住的地方。
金马鹿就突然不见，
后面人马个个才赶到，
带队的大头人骑象赶到，
小的头人骑马赶到，
漂亮的姑娘们坐着车子也赶到，
大家一起去见召苏领达，
又见了他的王妃——勐西丙的公主，
他们向王子和王妃朝拜，
一面询问情形，
这时所有的人马个个都热闹得很，
他们开始赶摆跳跳唱唱，
吹筚声 fie fie 地响，

弹着三弦又拉琴，
弹的声音叮叮咚咚响，
又敲着很好听的打琴。

很多的姑娘穿戴一新，
她们身腰柔软舞去舞来，
黑黑的发髻上插满了花朵。
耳朵穿有耳环，
身上还有镶银片的花边，
美丽得好像天仙一般，
她们个个歌唱王子和王妃，
她们又赶大摆，
在宽宽的森林中，
热热闹闹三天的时间，
她们朝拜王子，
请求王子、王妃转回勐章响，
一面派人转回去告诉，
叫名字的大臣们准备歇宿的地方，
路两边要插有白白的旗子，
还栽上芭蕉树和鲜花，
回去的人接受命令回去报。

这时召苏领达他们全部人马启程，
王子和王妃骑上火牙的白象，
千百个嫔妃和姑娘们也骑上车马，
她们左右不离召苏领达。
还有勐西丙的雪梯和头人们，

他们也骑上了车马来送行。
前呼后拥往前行，
一行跟一行，
一队跟一队，
走了很多天。

不觉走了很多路，
时间已经三个月，
走到了勐章响的地界。
很多勐的人都排队迎接，
勐章响的老国王，
他调动了全部百姓，
出城来迎接，
男男女女，大大小小，
他们个个都想见新王妃由勐西丙来，
人群挤人群个个都争着瞧。
他们盖好歇宿的营房，
老国王和老皇后和苏领达的母亲
为首，
带领众大臣和百姓，
来迎接自己的王子和新王妃，
驻扎宿营盖在城门边，
也盖有漂亮的宫廷，
这时召苏领达为首，
带人马到达城边，
驻扎在行宫内，
鼓声和铓锣声响成一片，

鸣炮声不停地放着。

很多的人黑压压一大群，
后面的人马不断地到来，
年轻的大臣骑上骏马，
打起金伞，
大臣骑上了金鞍大象，
撑起了镶花边的伞盖，
妇女的领头也坐上了车轿，
撑起了镶边的伞帐，
还有黑的红的绿的伞盖，
每辆车上都撑着。
看起来好像天上繁星，
看去到处一朵一朵白白的，
好像树上开满了白花，
又掺着车声、马声和大象声，
马儿跑得纷纷叫。
一时挤满了半个勐章响，
到了以后全部停歇。

召苏领达和新王妃，
在行宫内拜见了老国王，
又拜见了老皇后和母亲。
他母亲看见了勐西丙的儿媳，
伸手把她抱在怀中，
一面向她接吻。
"亲爱的儿呵！来吧，

娘正在天天想念你，
现在为了我们的福气，
我们又得团圆。
儿媳们到来使娘心中高兴，
祝我儿长命百岁无灾无难，
祝我儿坐镇地方永远巩固。"

这时新王妃她又重新拜见丈母和
老婆婆，
拜后在旁边坐，
西丙来的宫娥彩女们，
她们也拜见了喃西里罕——苏领达
的妈，
连同他的外婆也拜见，
西里罕又将大家来问询，
对他们非常喜爱。
这时千百个大臣和头人，
个个都准备有谷花和蜡条，
都敬献给召苏领达和新王妃，
还有一百一十勐的各个国王，
连同其他地方的国王，
算起来将近五千个勐，
都到勐章响来挤满全城，
住不下的就在城外驻扎。
大家一起赶大摆，
都庆祝苏领达和新王妃的到来，
整个勐章响热闹洋洋，
有的舞来有的跳，

那么大的地方到处都是人，
他们要进行添盖宫廷，
各式各样有七种。
还有清清的水井七个，
准备齐全等待吉祥日子。

卜卦先生来计算，
到了黄道吉日，
请召苏领达进城，
拥护他上了宫廷。
举行洗澡仪式，
准备登殿。
洗澡过后举行登殿仪式，
大家拥立他为正式国王，
还献给他宫娥彩女和嫔妃，
共有一万六千人。
还有其他国家都来朝贡，
不论大小国家都来朝贡。

从此他就照经书礼节坐镇地方。
召苏领达又想起心中事，
他想到地方的国事，
他又想到宽宽的勐西丙，
心中曾经爱过他们，
时间久了，
他们会知道，
西丙的国王他会恼怒，

不幸的事件是会发生，
思想应该做好准备，
提高警惕各样准备，
整个皇城准备得呈现新气象。
他下令给大臣们，
准备齐全待出发，
他骑上了火牙的大白象，
周游整个城。
各个城前呼后拥，
视察了周围城墙，
他要把城加修得更巩固，
他拿出龙宫宝石祈祷，
出现了又高又大的石头，
砌满了城墙的脚跟，
城墙根到处都栽了鲜花，
白缅桂花和黄缅桂花，
样样都齐全，
长出来团团围住了城边，
还栽有果林树和芭蕉树。

城墙边还挖了护城河，
河中有水族和鳄鱼，
蛟龙、毒蛇和吸子。
只见鼓鼓的眼睛、花花的皮子到处游，
进城的路只有四城门，
其他都全是水，

除了四城门无路可进,
到处都是连接着河道,
就是千百支弓和箭好像雨点送来,
都会纷纷掉落河中间,
威胁不着城里面。
准备好后,
召苏领达又全城巡视一遍。
一个月的时间,
全城准备得非常周到,
这时大臣捧玛抬着一块大石头,
吹上口功咒语,
一时大石变成高大的妖魔,
红红如火的眼睛,
黄如棵麻的头发,
钢针一般的须,
手拿钢鞭,
被派去守四城门,
好几个这样的大妖魔,
他们高得顶天,
狰嘴獠牙鼓眼睛,
个个都守在四城门,
准备就绪,苏领达转回宫廷,
他照常登殿审理国事,
皇后不离他身边,
按礼节经书教义,
教导头人、百姓,
国家光明一时过得很安宁。

话说宽宽的勐西丙,
第二天太阳升起天大亮,
众人个个醒来,
他们跑进宫廷,
急忙向宫廷内寻找,
不见了漂亮的公主,
也不见公主的随行婢女,
公主的宫廷完全静悄悄。
看她的门还在关着,
也听不见说话的声音,
他们赶紧打开公主的闺房门,
朝里面看,
单是见很多猴儿在满堂,
他们吓得急速后退,
急急忙忙跑去报告国王和皇后。

国王和皇后知道后很着急:
"是什么魔鬼来这里捣乱?
我的儿呵!你死了没有?
莫非连宫女也一起被妖魔吃了?
莫非公主你变成了这样的猴儿?"
国王跑到公主的闺房,
手拿宝剑把门开,
这时白毛的猴儿们,
跳出来又抓又咬人。
国王和其他人没有办法退出来,
这时国王很恼怒,

下令调集人马，
又调他的大儿子桑哈，
叫他把猴儿打走。

这时桑哈也有本领，
他有随从武士一起生的三十三人，
三十三个武士个个力量大，
他们个个懂得口功和咒语，
他们还配药方搽在身上，
还有各种仙丹药品，
他们个个吃了勇敢非凡。
他们打起武术跳去跳来，
他们砍杀众猴儿，
呐喊声震动全城。
有些拿起长枪和大刀，
有些搭弓射箭，
为首的桑哈，
他恼怒地冲杀，
众猴儿调过来咬他。
众猴儿鼓鼓的眼睛，嘴又叫，
哈哈咔咔响震宫廷。
桑哈为首砍杀猴儿，
砍死一个出来一双，
砍死四个出来八个，
这样越砍越多抵挡不住，
猴儿多得有百十万个，
花花的尾巴长毛的猴儿。

追咬叭桑哈，
他没有办法只得退走。

有些猴儿脚跛手断，
有些猴儿头破血流，
有些猴儿到处滚追人。
人群抵挡不住纷纷跑开，
整个皇城到处乱纷纷，
猴儿跑出来占满整个城，
众人没有办法只得纷纷逃出城外，
国王没有办法跑开宫廷，
跑到城外驻扎，
他调集头人来商议，
寻找能战胜猴子的人，
或者有人能懂解除猴子的口诀，
如果谁能战胜猴魔，
要将江山分给他一半，
各大臣、头人们分头去找，
找遍了各个地方都找不到。

时间一直拖了七个月，
这时有别个国家来了六个人，
他们专门周游别国学习本领，
他们来到此地，
他们听别人讲了猴魔捣乱的事情，
又听说公主和嫔妃们都变成猴儿，
他们听了以后去找国王，

他们将学到的本领报告给国王,
国王允许他们去攻打,
并加派兵丁每人十万,
他们带领人马去攻打,
他们到了阵地面前,
他们一面念动咒语一面冲进去,
猴儿又冲出来咬他们,
咬得他们个个头破血流,
全身衣服被撕得烂烂的,
他们抵不住只得跑转来,
猴儿还是不断地追赶,
六个人无法只好退走,
众猴儿又向他们追击,
由此过了七个年头。

这时有一个远方的人,
名叫苏拉罕玛,
他有本领和智慧,
他由勐西腊来,
他来到了勐西丙,
他听见有人在讲,
他向国王报告,
愿意负责消灭猴儿,
国王当即准许他,
并愿许给他千万金银,
苏拉罕玛要去攻打猴儿,
他带领三十三个武士,

他拿起大砍刀,
大砍刀长一丈宽一肘,
刀背厚一□,
重量千斤,
他们一起走到了猴子所在地,
苏拉罕玛念动了咒语。

他的咒语战胜了群魔,
它们纷纷逃跑,
一律都变成了木头,
整个城到处都是木头堆,
这时国王见了才好过。
苏拉罕玛又报告国王,
关于公主和嫔妃们现在还不见,
是不是被人抢走了?
因为东西用具一样都不在,
连睡的被盖和用的碗筷,
所有穿和戴样样都不见了,
一定是到了别个地方居住。

这时国王和皇后都非常想念公主,
只得哭哭啼啼,
这时国王给苏拉罕玛升赏,
升他为大臣,
给他参加了国事。
国王又派人到各地寻找,
寻找的人找到了勐章响,

他们进了皇城到处逛游，
正逢苏领达国王和皇后，
出逛花园，
还有其他成群的嫔妃们，
还有穿戴得漂亮的姑娘也跟着，
武士们和头人、百姓们，
前呼后拥不离车子左右，
还有火牙的大白象，
还有马队也跟着行，
仪仗队装饰得样样齐全，
有的抬刀，有的抬轮，
还打起了锣和鼓，
大家一起到花园，
这时由西丙来的人，
他们看见了苏领达和皇后，
都骑在大象上，
他们看得目瞪口呆，
他们感觉这不是人间的下贱人，
这是英明的有福国王，
他的福气没有谁比得上，
他还像天神下降，
人间的人谁也抵不上他。

关于皇后喃西丽萌，
她有福气得来配上，
这是再好不过的一对，
他们互相说互相看，

苏领达他们进了花园，
西丙的来人他们看得清清楚楚，
他们看后又到处游玩，
他们参观了全城，
他们看见城墙高入云霄，
城墙脚跟到处花香，
还有酸的甜的水果长满城，
他们到处看去看来，
他们又看见了四方城门，
看见大魔鬼坐守城门，
手拿钢鞭把守城门，
城内城外他们已经看瞧，
他们看清后就转回来，
走了三个月才回到，
回到了勐西丙，
他们就报告国王，
其他各大臣个个都来探听。

使臣将情报告：
"我们走了好几个地方，
一直到了勐章响，
我们亲眼得看见，
看公主和苏领达国王在着。
他漂亮得好似天神一般，
他与公主骑在大象上，
他们正在到花园游玩，
他们不是人间的下贱人，

他真正是有福气的国王,
他真是一样不缺各种都齐全,
世间无人和他相比,
他的皇城太伟大,
大石头砌满整个城,
高处直入云霄,
看起来好像镶有宝石亮堂堂,
还有大河围绕城,
没有可走进去的地方,
单有四个城门,
城门有妖魔守住,
如果是千百万个人围攻,
一百年也攻不进去。"

这时叭桑哈发怒,
他跳着过来抓住报告人的脖子,
一手摇动又吐口水和咒骂说:
"你来报告没有什么好处,
你这呆笨的人,
你见他们穿戴得好,
你就说他们像天神一样,
你见大石头,
你就说那是人造的城墙,
你见白白的石头,
你就说那是白大象,
你见什么就说什么,
你翻来翻去乱造谣。

关于苏领达,
他是最小的下贱人。
我要去打他拿他头,
拿来做洗屁股的水罐,
他们的所有人我都不留命,
我只用一只手好像捉田鸡。"

他说后就走出宫廷,
这时国王和皇后知道了,
放下心不再焦挂,
这是他俩的福气得在一起,
这时国王大儿子桑哈不服气,
调动人员积极准备,
人马和百姓个个要到齐,
要去向勐章响开战,
要去把公主——他的妹妹夺回,
这时大臣、头人们,
互相和国王商量。

他们说:
"章响国王,
他是神通广大,
他能战胜一切,
他还有两个大臣捧玛和丢哦,
他俩曾经说过,
勐西丙小得像小拇指,
它抵不上勐章响。

他们曾经显神通,
把公主拿去放了很多猴,
我们曾经战不过退出城。
曾经七年的时间才了事,
现在知道公主在勐章响,
现在我们又要去攻打,
恐怕难得取胜,
单单猴儿我们都战不过,
现在只得慢慢用计想办法,
要调动人马一万万六千万,
要所有的世间人都来归顺,
这样才可以去攻打章响。"

这时桑哈非常恼怒,
他恼怒骄横得不得了,
他手拿长刀跳上天空,
连三十三个武士也跟随,
他们一起跳在空中,
腾云驾雾不停地往前行,
并说:"小小的勐章响,
单我一人都能战胜,
你就是天上的人都来我都不怕,
我自己打进去,
要全部把他们消灭,
并要把苏领达杀掉,
将我的妹妹抢回来。"

现在其他大臣和头人,
个个都不敢说话,
桑哈他们又降下来,
他要调动人马,
这时到处发命令调动人马,
各个勐的都调来,
一千六百个国家都调到,
真是把整个勐西丙都忙得不可开交,
天天不停地有人马开进城,
各种弓箭刀枪齐全,
准备开到前方打仗,
有的骑上大象,
有的骑上骏马,
队队战车也不少,
他们的兵丁人马个个都强壮,
穿戴齐全一样都不差,
还有粮食背袋个个挎,
步兵抬枪走路,
战鼓锣声咚咚响,
个个勇敢情绪高。

国王开始点调人马,
一共有一百一十个国王,
三个月的时间才到齐,
人马百姓一起调,
一共有三十二个阿贺,
只等到吉祥日子要出发。

桑哈为首就出发,
整个西丙都出动,
他们要去别国开战,
他带领人们意图征服世间,
他分路进攻各勐,
被他战胜了好几个国家。
一直打到了勐巴金,
打了三年,
征服了一百多个国家,
他又带领人马朝东征,
打到了勐巴腊,
勐巴腊是个宽宽的富足的国家,
人口多生产也发达,
他们坚决不投降,
勐西丙的人马到了以后,
他们坚决抵抗,
一直坚持三年,
人民百姓不得生产荒了田地,
很多百姓饿肚子,
坚持不下只好投降勐西丙,
服从西丙的调动,
叭桑哈又进攻勐章巴,
勐章巴已被他战胜,
一直战胜勐西腊,
所有被征服的国家,
都被桑哈指挥调动,
被他征服的勐,

共有一万六千。

开战时间将近七年,
他征服了各勐以后,
他调动各勐人马转回勐西丙,
人马将近一百个阿贺,
他们又积极准备去攻打勐章响,
他们又分成前后两部分,
个个手中都拿了尖锐的枪杆,
锋利的长刀,
各个勇敢得像要飞起一样,
国王想念公主西丽萌,
他跟着想去见女儿面,
一方面教育他儿子要好好教育各勐。
到了吉祥日子桑哈为首就出发,
话说勐章响国王苏领达,
他听到了勐西丙要来进攻,
他要把勐章响征服,
他心中想:
"战争总有一天要爆发。"
他积极准备,
内部调动了年轻的壮丁,
探到以后赶快来报告,
派到各个勐探听消息,
他又派了一千六百个大小头人,
有的化装成生意人,
有的化装成百姓,

到各勐住起探听消息，
各个都奖赏了金银，
苏领达外部安排好，
内部又调动大臣们，
积极准备等待应付一切，
苏领达又拿起龙宫宝来照看，
他看见了各个勐都被勐西丙攻打，
很多勐被勐西丙征服。

他看到后将情况告诉大臣们，
他调动了全部人马，
积极准备守城，
各个要口地点都派人驻守，
所有服从他的各勐都调来，
要他们帮助准备抵抗，
调来的国家有勐戛西和勐帕董，
还有勐柏朗和其他，
还有勐苏往纳，
他们的国王是捧玛，
他也来帮助。
一百一十个国家都调动人马，
一齐开到勐章响，
等待抵抗即将到来的战争，
等着向叭勐西丙开战，
人马众多天天不停地调动，
有些骑在大象上，
他们个个情绪很高又热闹，

有些骑上马一群群互相比练，
只听得鼓声不停地响，
到处都见白伞盖，
战车马车到处有，
人喊马嘶大象怒吼，
也只见到处撑有金伞，
人马众多一时在满了勐章响，
所有的锣声、鼓声、吹唱声，
震动了整个勐，
连姑娘们都穿戴得漂漂亮亮跑来瞧，
各个勐的人马都说：
"我们是志愿喜欢帮助国王苏领达，
准备要向勐西丙开战，
我们要试瞧叭勐西丙的本领多大，
我的武器也好，
咒语也学过，
坚决不怕他们。"

有些人说：
"我们也是被调来帮助，
我们坚决不退让，
我们的刀已经磨得很快，
还没有砍过，
我们将用我们的刀砍向叭勐西丙。"
有的说：
"我们是帕朗的人马，
我们已经训练得人强马壮，

也等待着要斗一下叭勐西丙。"
有的说：
"我们是东方勐帕董的人，
生来就是要勇敢善战，
我们很想向西丙斗打，
赶紧叫他来，
我们马上都可以开战，
坚决不退让。"

有的说：
"我们苏往纳国王捧玛也来了，
他来帮助伟大的苏领达国王，
不管是大贼小贼我们都不怕。"

有的又说：
"我们是勐沙管，
我们的人马也调到，
我们也喜欢向西丙开战。"

有的也说：
"我们有信心战胜勐西丙，
人对人，象对象，
我们都不怕，
我们是勐戛西的人马，决不退让。"

有的说：
"我们是勐阿腊麻底的人，

我们应调，出动了人马，
我们也想与西丙开战，
走了好几个月才到这里，
我们有信心速战速决。"

有的说：
"我们住在很远的沙漠地方，
风吹沙子好像雨点落下，
我们也来帮助国王苏领达，
我们的刀也磨得快快的。
就是千百万人马我们也不怕，
战不胜他们算不了好汉。
请勐章响等着看吧，
我们一定可以战胜他们。"

有的说：
"我们是勐章满大的地方，
我们也调动了人马，
准备来斗勐西丙，
任何战争我们都不怕，
一定要打到战争结束。"

各个勐的人马到齐后，
由北方到南方，
由东方到西方，
方方都到齐，
大臣们将情况报告国王苏领达，

他的心中很高兴，
向各勐一一进行奖赏，
奖赏用的和穿戴，
又奖赏金和银，
物质丰富，堆积如山，
是因为有了金天秤的帮助，
还有龙宫宝石，
所有人马个个都赏得，
大臣混鲁来计算，
全部人马共有十六个阿贺，
单勐章响的人马就有十四个阿贺。

又调动了人马，
驻守各处边界，
带队为首的混路和丢哦两大臣，
见识很广，本领也强，
其他来帮助的各勐都调动出去，
他们走过了森林，
一层层安排驻守。

一直到一个多月，
人马驻守的地方，
百姓只得丢下房屋，
躲进城内，
真是地方烂来人逃走，
所有的房屋都拆来做工事，
宽的地方到处防守，

弄得百姓万分困难，
什么也没有。

勐章响内也同样，
整个章响的人都收藏东西，
个个都退进城，
所有的人马都到处驻守满，
勐章响一时稳下来。
话说勐西丙为首的桑哈，
他带管了一万六千个国家，
他已经调动齐全，
到了吉祥的日子，
他们开始祭祀地方和天神，
各处来的人马都同样祭祀天神，
好几百瓶酒和槟榔绿叶，
准备留在祭神的地方，
还有红布和绿布，
还有要杀祭的水牛，
要祭的水牛条条都是黑黑的，
一共收来了七十万条多的水牛。

巫师开始来祭奠，
滴下了烧酒祷告天神，
巫师开始把牛杀，
杀死牛后看牛卦，
看见所有的牛都低头跪下，
都朝勐章响方向，

条条都一样，
头都转向章响方向，
象征着要战胜章响，
他们个个喜欢得又喊又叫，
到处枪声炮声响成一片。

祭祀鬼神以后，
他们准备要出发，
他们敲锣打鼓到处响，
炮声放得轰轰响，
勇敢的在先行，
他们就是开路先锋，
当头人的武士有三百万，
还有千百个马车和马队，
还有好几万大象，
有些是大刀队，
有些是枪杆队，
有些专门是弓弩手，
各种各样都有总的负责人，
战斗人马有三百万，
还有粮食和盐巴，
又备办肉类样样全，
大臣们各负其责离开这个地方，
调动的百姓都有三百万，
当头人的武士也有三万，
国王骑了大象跟着走，
跟着国王又有三百万，
还有象队和马队。

大臣、头人一共三百万，
跟着又有叭尾底哈，
三百万人马也跟着他，
还有捧玛兰干国王和大臣们，
也带着人马跟着走，
他也有三百万人马，
还有三十三个武士，
他们个个都是大力士，
他们个个都带动人马出发，
桑哈和他的父亲国王，
也跟着出发了，
还有捧玛札也跟着出发，
所有出动以后来计算，
共有二十六个阿贺全部出动，
炮声到处响，
勐达戛西腊和勐沙发底的人马也
开动走，
跟着又有勐哈傣、勐章巴，
跟着又有沙铁尾底哈、勐帕掏和
勐帕尾，
跟着又有勐巴腊、勐哥西拉勒，
这样共有一万五千勐，
人马一共一百二十六个阿贺，
前面走了后面跟，
天天不停地调动着，

这样七个月，
到处路线都驻满，
后面还未走出宫，
前面的已到达勐章响。

桑哈为首带领人马，
他指挥人马调动人员，
前后左右都安排，
还有中间阵地，
准备好要一天出动，
进攻的路有三条，
条条都有人进攻，
左右两条一天进，
开始要进就放炮通知，
战鼓打得咚咚响，
各人的阵地各人负责打，
东方和西方到处都有人驻守，
人喊马叫鼓声响，
四面八方都进攻，
大战火已经打到来，
炮声隆隆震得山摇地动，
煮饭的火烧得到处红，
火光笼罩着到处山林，
一看过去到处烟火，
整个勐都有人围着驻守。

等到天亮时，

他们开始进攻，
到处开枪叫喊。
打鼓声好像地方要垮，
武士们个个都冲杀。
骑马的马队也冲进去，
人群冲进去好像水来淹。
一面冲一面叫好喊，
骑在大象的人也追进去，
一时震动得天翻地覆，
冲杀声、叫喊声，
好像暴风骤雨，
这时勐章响见敌人打进来，
他们先把大象放出去斗，
他们分成左右各路抵抗，
有些拿着枪杆刺杀敌人，
两方很勇敢互相不退让，
双方都是强猛的国王互相斗打，
喊杀声响震天空，
枪炮声响得整个勐好似要垮下去，
这时勐章响的国王，
骑着大象冲出了城，
鼓声、铓锣声响成一片，
又撑起金线的伞盖，
又吹号来又奏军乐，
号声吹动了人马，
大臣捧玛朝前走，
跟着又是大臣丙麻桑，

跟着又是勇敢的格的嘎,
跟着又是大臣将达拉,
跟着又是大臣梭里,
跟着又是年轻的大将根西,
跟着就是大力士的嘎腊拉,
跟着就是神通广大的大臣丢哦,
跟着就是全部人马接连不断开出城。

大象冲出去抵抗,
所有的头人和战士,
个个手拿宝刀,
冲向敌人勐西丙,
有的人开弓又射箭,
武士战士纷纷对打,
后面的人呐喊着追上,
勐西丙的人马也冲拢来不退让,
各方面都在用大象抵斗,
双方都是勇敢地互相砍杀,
双方的大象不停地斗着,
他们不停地催促大象冲来,
他们个个手拿金刀冲向章响阵地,
这时章响的捧玛,
他骑着大象冲出来,
射出了箭,
他的箭射中大臣罕板,
大臣从象上滚下来一命呜呼,
这时有个大臣木骚,

骑着大象又冲出来,
他一手拿宝刀,
一手拿盾牌,
他冲到捧玛身边,
被捧玛一手挡着盾牌,
一手提着宝刀,
锋利的宝刀把他砍成两截,
他落象而死,
大象队互相冲击,
西丙的人马也被催促前进。

喊杀声震动空间,
枪弹弓箭纷纷像大雨落下。
战死的人数不清,有好几百万,
两边都是大地方,
都是一样勇敢。
互相斗象不退让,
有的冲进工事用枪杆刺杀,
勐西丙有个大将尾捶罕,
带着大象冲进了章响的阵地。

又有一个大将丙八桑,
骑起大象冲进来。
他提起弓箭射击,
射勐章响的一个带头人,
掉下象来死了。
这时人群互相砍杀,

两方人员都死伤。
太阳落山天黑了,
两边收兵回阵休整,
两边各自收拾阵地。

第二天双方又继续战斗,
双方互相冲杀不退让,
大象队还是不停地对打,
互相开战不觉有三个月,
天天不停地冲杀。
有时勐西丙战胜冲杀过来,
有时勐章响战胜又追击过去,
所有骑马的人都用箭射击。
杀得天昏地暗,
双方不分胜负,
双方不停地作战,
有的甚至互相抱起摔跤,
简直没有空闲的时间,
真是一场大战。

战鼓声不停地响,
那一百一十个国家,
同样吹吹打打战得人喊马叫,
战火的烟蒙盖了大地,
随在什么地方都互相喊杀,
真是天天不停地砍杀,
这时西丙所有的大将,
都纷纷骑上大象冲杀。
勐章响也是纷纷抵抗,
拿起宝刀,
割开敌人的盾牌,
锋利的宝刀把人砍成两截,
敌人碰着宝刀,
个个纷纷从象上掉下来,
死在地上。

这时章响的武士们,
个个喜欢得发笑叫喊,
有的人不停地舞去舞来,
这时勐西丙的大将舒底纳,
他心中冒火冲杀不退,
他骑着大象冲杀章响的人马,
这时章响的大将格西朗,
冲过来和舒底纳对打,
双方一样勇敢。
勐西丙的大将舒底纳,
他举刀砍伤了格西朗大将,
格西朗落象而死。

这将答拉又冲过来抵挡,
稳稳地抓着了舒底纳,
抓住他的脖子舞来舞去。
又把他脚朝天头朝地地举起来,
一刀两断砍死了舒底纳,

勐西丙的人非常生气，
督促象队来冲杀，
他们增加了年轻的叭梭腊，
带了人马又冲进来。
他一面冲杀章响的人马，
他一面舞刀念咒语，
一时很多大石头、大砍刀，
从天上掉下来，
打着人个个活不成，
纷纷死了。

这时大将丢哦，
他看见梭腊使用法术，
他也念动了咒语来破法，
梭腊的法术纷纷消失不见。
丢哦他又跳向空中，
飞下来抓住了梭腊，
将他朝空中丢上去，
他又跳上去接着，
又把他丢下西丙的人群当中
一命呜呼了。
这时西丙的人马看见了有点害怕，
他们心中焦急得发抖，
他们向西丙国王报告。

禀报国王：
"我们来向章响开战，

时间已经七个月。
不能战胜也进不了城，
因为勐章响神通广大力量强，
他们能破了我们的法术，
现在很多人马大半死伤，
大将舒底纳、梭腊都阵亡，
一共死了大将六人，
人马死了三个阿贺零一万，
现在事情很紧急，
请国王快快出主意想办法，
赶紧调拢各勐的国王，
催促他们各人各负责冲杀。"

西丙国王听了以后，
他调动了人马，
他又派了同他长大的三十三个大将，
分头负责督促各个勐，
他们分成三路进攻，
左一路、右一路、中间一路，
他们带头冲锋，
还有西方的十个大将，
带头人马冲锋杀，
他们杀朝中间这一路，
他们各路都纷纷不停砍的砍射的射，
他们坚持不退让。

西方由叭西腊负责，
勐章响分头来抵抗，

互相一直打了七个月，
打的地方都到处乱糟糟，
西腊和沙往底与往纳捧对打，
他们念动了咒语吹上空中，
一时很多大石和尖刀落下来。

由空中掉下来打着人马就死亡，
一时哭声叫声响震云霄。
这时叭往纳捧，
念动咒语朝空中一吹，
变成大风把大石头吹跑完。
叭西腊又念动咒语，
吹出了大火，
大火烧得人马往后退。
这时叭往纳捧又吹动咒语，
又有大雨降下把大火浇灭，
两人互相斗法术。
还有一个沙往底大将，
他又冲杀过来，
他一手拿盾牌，
一手舞刀砍杀，
他又将弓箭来射。

这时约腊底把剑拔丢，
纵过去抓住沙往底脖子，
把他刺杀死，
很多人都害怕得跑来跑去。

这时大将芒戛塔腊非常恼怒，
他骑上大象冲杀，
他又将弓箭来射，
射着了札板大将，
从大象上落下来死了。

这时萨戛拉又冲过来抵住，
他开弓射箭，
射着了芒戛塔腊大将，
他从大象背上掉下来死了，
这时哈董大将又冲过来，
与苏腊曼斗打，
互相你砍我杀，
只听见砍在盾牌上的刀声。

这时叭苏腊曼，
拔开了哈董的刀，
他接连两刀把哈董砍成两截，
从象上掉下来死了。
这时战鼓声、铓锣声不停地响，
还有人叫叫舞舞，
死伤的人千千万万，
双方都一样，
他们坚持不退，
战火的烟子蒙蔽了整个地方。
整个勐都臭气熏熏，
暗淡得不见太阳。

开战了七个月，
双方都不分胜败，
暂时停火，
休息以后又再干。
话说东方战场有勐尾底哈和勐巴腊，
还有一个勐章玛，
勐尾萨梯和勐帕掏，
及勐帕尾……
大小共有八千个勐，
他们与勐塞板斗象，
还有勐章玛的大将捧玛为首，
带了其他各勐，
还有勐戛西和勐干打，
勐塞板和勐帕董，
他们驻扎守卫边界，
这时两边冲在一起互相砍杀，
有的骑象，
有的骑马，
有的手拿宝刀在舞动，
有的手拿弓箭在射击，
人们纷纷冲杀，
好像云和大雨一样多，
射在天上的弓箭飘去飘来，
双方互相不退让，
打鼓声、人叫声响成一片。
响震得山摇地动，
有的放枪，

有的用枪杆儿刺伤，
炮身打得轰喊响，
打铓打鼓助威风。

各队都插满旗子，
为首的人撑起了伞盖，
还有亮亮的金伞也撑着，
看上去好像密密麻麻的亮星，
白牙的大象队也不少，
到处都是人马叫喊声，好像要塌。
太阳落山天黑了，
双方退守休息，
查点人马，双方死的人数也数不清。

第二天太阳升起，
双方催动人马又开战，
车马和大象，
双方互相冲杀，
叫喊声到处都响震，
战鼓声不停地轰响，
冲锋的人也不停，
抬白旗的在前面冲，
长刀和枪杆杖子，
互相刺杀。
双方互不退让，
冲杀声响震半空，
炮火烟笼罩了整个大地。

这时勐帕掏大将，
骑着大象冲进来。
念动咒语吹在树叶上，
将它一撒，
树叶都通通变成人，
个个手拿盾牌和长矛，
冲进来又砍又杀，
就是砍着它也不会死，
杀一个变一双，
杀一双变四个，
越杀越多，到处都是人。

这时捧玛大将，
他也吹动了咒语，
一时起了狂风，
把所有的树叶都吹走。
叭帕掏又吹动咒语，
跳出了许多老虎，
千百只老虎冲过来，
老虎吼声呼响，
身子花条尾巴白，
眼睛有芒挕①大，
嘴呲獠牙很怕人。
它纵起来跳在空中，
到处咬人，

咬得章响的人马倒退。

怕虎咬纷纷逃跑，
这时大将捧玛又催动了咒语，
又变出了很多大象冲出来，
战胜了老虎，
它们又到处追人。
帕掏大将又吹动了咒语，
又变出了很多狮子，
千万只狮子追咬大象。
捧玛大将又吹动咒语，
吹出了强烈的大火，
烈火烧着了狮子群。
这时帕掏大将，
非常恼怒和生气，
他跳上塞板的大象，
在象背上两人互相厮杀。

叭帕董看见了，
跳上象背去帮助，
他用刀刺伤了帕掏，
帕掏完结了他的一生。
这时帕尾大将，
又开弓射箭，
射中了塞板，

---

① 芒挕：拳头大的水果。

塞板掉下大象死了。
叭兰大将也开弓射箭,
射中了帕尾,
帕尾落象而死。
众人的喊叫声震动战场,
帕掏和帕尾两人死去了,
他们离开了妻子命归阴。
太阳落山天黑了,
双方退守休息。

第三天太阳升起,
双方又骑着大象和战马,
纷纷又冲杀,
象斗象,马斗马,
坐车的坐车,
射箭的射箭,
战鼓响,金伞亮,
黑红白旗到处飘。
战鼓声催促人冲锋,
大号小号吹响助威信,
弓箭射得好像雨点,
剑声、枪声响彻了战场,
战火笼罩着整个地方,
太阳光都显得很暗淡,
真是一场大战。
人马死的无法计算,
死尸滚得像木头到处有,

尸首臭气冲天。

这次战火双方力量一样强,
双方都相互不让退。
有些冲进工事用枪刺杀,
勇敢的尾底哈向前冲杀,
冲杀的人流好像洪水泛滥,
还有汉族地方的大炮,
冲进火药千百斤,
点着火发射出去,
响得山摇地动,
打死的人摆满了战场,
炮烟笼罩着整个大地,
到处都是炮火烟。

他要到外处去作战了,
叭美侬自己出动了,
领着头人们、战士们。
出发的时候,
还带了各种旗帜,
还带了各种武器,有长刀、弩箭,
叭美侬就骑在老象上出发了。
在行军时有唱的,有跳的,
就向勐戛西走去,
到了勐戛西就与叭戛西打起来了,
他们骑在象上打得很激烈,
当他们作战的时候,

两边都用刀、矛、弩箭，
一个砍一个都没砍死，
一个劈一个也劈不着。

叭戛西想出个办法，
他变成一个很软弱、一点力气都
没有的人，
最后两边都向他冲来，
他屁股朝叭美侬就走，
叭美侬追来，
叭戛西猛不防给叭美侬一刀，
叭美侬砍成两截，
从象上掉下来。
叭美侬弟兄看见他们头头死了，
都纷纷逃走，
这样，叭美侬就战败了。

戛西这边向前追了，
当追的时候，
还有勐西丙的一个叭，
来帮助叭美侬，
他拔起槟榔树、椰子树，
丢过去，打起来。
将戛西这边的人打死了几千，
这时戛西这方有个捧玛西那①，

他忍不住就亲自出马了。
捧玛西那力气更大，
他拔出一棵大榕树，
接着又拔出一百棵大榕树，
向勐西丙的人丢去，
树从空中落下来，
西丙的人个个都用手蒙着头，
怕树打着，
打得西丙乱哄哄血流在地，
当时西丙的老叭发现事不对头，
就手拿长刀向天上飞走。

西丙那边的人共有十个，
他们见那叭飞上天，
也都飞上天，
当他们嘴里一吹的时候，
就变成了大风。
捧玛西那见情况不好，
就拔出长刀上天作战，
长刀在阳光下闪闪发光，
他们在空中作战的声音，
好像雷声一样，
西丙的人又嘴里一吹变成风，
当时戛西的捧玛西那，
他的武力和武术更强，

---

① 捧玛西那：军官。

他一手就在空中抓了三个,
抓住脖子向西丙那边甩过去。
那边的人见他们最有力气的三个
都甩下来了,
就东奔西跑的乱了,
他们就跑回去了,
连气都不敢出了,
只剩下七个头头也转回来了。

捧玛西那战胜了西丙,
他就返回休息去了,
下边勇敢的勐于喋哈,
勐巴腊、勐沙里,
勐章巴以及勐朱腊尼,
各勐都带领着强大的兵力和武器,
跟勐干沓□玛佤的又起来作战,
官吏骑上马象,
士兵地上步行,
战场上很激烈,
有的开枪放炮,
有的拿着铁棍、长刀及弩箭,
有的敲锣打鼓,吼着杀头的喊声,
个不怕个地勇猛砍杀,
死的死,伤的伤,
人血流成河。

时间一天一天过去了,
人越来越少,
数月战争无法分胜败。
这次勐章麻尼的国王,
想起在战场上的各勐友好弟兄们,
他就拿出明亮珠宝来照望,
发现那边死人太多,
当时他就下令调回兵力,
要全部军队撤回勐章麻尼城内住宿。
下面接到命令后,
各勐官长率领各勐的部队,
全部都撤回勐章麻尼城内来了。
几万万的军队回到城内之后,
各勐官长和士兵,
都收到了勐章麻尼国王的奖品,
锣鼓及号声日夜不停,
有的吹笛,有的拉二胡,
有的唱,有的跳,
有的丢包,有的欢笑。

勐章麻尼的城壕有数丈高,
东南西北四处都开着大门,
军队被调回城内的时候,
国王下令让捧玛西那带领一些弟
兄看守着东门,
身壮力强的混鲁带领着弟兄看守西门,

聪明智慧的混粉带领着兄弟看守南门，
援满战术①和武艺英勇的丢哦带领着看守北门，
不让敌人赶来进攻城内。
西丙见到章麻尼军队被撤回城后，
为了战术计划的研究，
他们也撤回西丙去了，
这次的战斗告一段落。

听吧，亲爱的读者们，
最后的战争又要开始了。
以西丙为首的一万六千勐的军队，
一排一排地离开了勐西丙，
对着勐章麻尼的方向开去。
行军中有的唱，有的水②，
有的选长刀和标枪的舞蹈，
有的打枪放炮，
人的唱声和行军的马掌声，
锣鼓声和枪炮声，
使人听着真感到有无比强大的威力，
一个月的行军中，
翻过了几十座高耸入云的大山，
跨过了几十条大小河流，
通过了浓密的森林和悬崖绝壁，
终于到达了勐章麻尼的边境。

各勐部队由各勐官吏率领，
四面八方猛冲，
冲到了勐章麻尼平坝去了，
西丙占领了勐章麻尼平坝之后，
就把城内包围起来了，
西丙很快要战胜章麻尼，
可是不那么容易，
当西丙攻到了城外，
郊外围着一条很大很大的江水，
水里生长着很多可怕的动物，
要过江去又没有竹筏和船只，
要游过去又怕江水里的动物咬，
只好停在江岸对准对岸城里开枪炮，
可是江水太宽了，
枪弹和炮弹飞不到城内，
飞到江中就下落了，
困难重重无法前进。
以西丙国王为首的一万六千勐军队，
越望对岸城里越眼红，
他就急速下命令，
要全部军队抢渡这条大江。
当军队跳进江里游到江中的时候，

---

① 原文如此。——编者注
② 水是傣族最欢乐的一种叫声。

被水里的动物一个一个咬死了。
看情况不妙，
死人过多，
不能前进，
只好回到原处。

当时西丙国王更急了，
马上召集各勐领导会议，
研究情况，如何渡江的问题。
最后决定造船编竹筏，
竹筏与木船造出了数万只。
当军队坐着竹筏和木船向着对岸
进攻时，
到了江中又被水里的动物将船打翻了，
军队乱得东叫西喊救命，
不能前进就调头回到原岸。
西丙两次进攻都失败了，
当时又有一个聪明人提出好办法，
发动大家砍树枝和杂草，
用树枝和杂草往江中丢，
江水被堆满了树枝和杂草，
军队把它当作木桥走过。

数万军队第三次又开始进攻了，
进攻的号声一响，
四面八方的军队，
慌乱地冲过杂草桥，

有的叫着"杀头杀头"，
有的喊着"缴枪不杀头"，
有的说"章麻尼快低头向我们认错"，
当西丙军队冲到了江心时，
江心的水流得很急，
杂草桥被水冲垮了，
军队掉进水里，
喊着"救人啊！救人啊！"，
死了数百万人，
数千人受伤，
很多武器也损失了，
军队无法抢渡前进，
掉头回到原岸。

第三次向章麻尼城进攻也失败了，
以西丙为首的一万六千勐的军队，
还没有进攻到城内，
向章麻尼作战，
为抢渡三百丈宽、一百丈深的这
条江河，
就死去了数千万的军队。
西边的太阳落了山，
处处的鸟雀都归林，
战败了江水的西丙军队，
无声无息处处都宿营。
东边的山坡露出了月儿，
月亮出来月亮青，

军队睡得打着鼻鼾声,
有的睡中说:
"我的老天爷呀!我的老天爷呀!
请下凡来援助援助。"
有的说:"救命,救命!"
又有的说:
"我的爹呀!我的爹呀!"

天亮了,
太阳从东方升处来了,
处处都是鸟虫的啼声。
人们都起床了,
勐西丙的国王桑哈打,
就下命令要挖沟将水淌走。
要将三百丈宽、一百丈深的水淌走,
士兵就按他的命令去挖,
挖的时候很热闹,
锄头东边的抬起,西边的落下,
江水就顺沟淌出去了。
当江水淌出去已经很久了,
江水不下降还是那么满,
最后勐西丙国王就只有召集各勐
的官来开会,
研究与江水做斗争并进攻城内,
大家讨论来讨论去,
也想不出办法,
感到没有办法渡江进城,

只有眼睁睁望着这座城。
当大家没办法时,
西丙国王说:
"只要大家在江边等着,
因为各勐来支援勐章麻尼都住在
城里。

"那么多人住在城里,
总有一天粮食要吃尽,
另外,城里不能到城外来汲井,
城内井水一定会被打干,
第三,城内盐巴也一定要吃完。
还有城内的牲口也多,
牲口吃的草也会吃光,
烧的柴也会烧光,
所以我们一定要将城守着,
总有一天他们要开城向我们投降,
到那时我们再将勐章麻尼与支援
他的各个勐官抓起杀掉。"

大家就下决心在江边守着。
当时勐章麻尼他们发现了勐西丙
开到坝子来了,
很快要进攻城了,
他们向王宫报情,
因为勐章麻尼国王有福,
天神就送给他一个小厘等,

国王就向天神合掌跪拜。
他得了小厘等，
想什么就有什么。

他拜拜小厘等，
他想要城里有流水流，
城郊原来没有树林，
要让它长出树木来，
还要长出新鲜的青草，
还要有可以做柴烧的枯枝，
要把稻谷草，
由城里的小河淌出城外流入大江。
当他一伏拜，
这些都出现了，
东南西北城外有许多稻草淌入大江，
淌了几个月也淌不完。
勐西丙等了很久看见这些，
觉得原先他们盼望城内没有油盐柴米，
现在却有了新的变化，
西丙他们再等下去也是无法了，
他们在江那边等了十年了，
但是勐章麻尼也不来投降，
再等也等不下去了，
各勐弟兄都说要敌人缺粮结果是他
们缺粮了。

就向勐西丙国王请示，
勐西丙国王就下令要进攻，
首先有三十个最得力的老叭，
从空中向城内进攻。

当那三十个老叭飞到空中，
唱起小调来：
"我们是勐西丙的老叭，
现在为了勐章麻尼苏领达国王的
脑壳，
我们才飞到空中来，
要来抓勐章麻尼的贼头子，
现在你们快出来与我们应战，
或者向我们低头认罪投降。
另外，一定要把勐西丙桑哈打国
王的妹妹退还，
才有出路，
不然城里面的男子都要杀光。"

当城里边的看见西丙军队把城子
包围了，
连忙到王宫报告，
他们知道后，
捧玛西那与丢哦就用嘴来吹，
他们一吹，
就有很多有毒的动物，

还有一些批牙①、豹子、老虎、大
猴子、大猩猩,
批牙全身长着很长的毛,
大猴子、大猩猩长得像槟榔、椰
子一样高,
睁着圆眼睛,
牙齿也像香蕉一样大。
还有老熊、狮子、老象、蛇、蜈蚣……
在东南西北的大门守着,
天空里还有蜜蜂、黑蜂,
满天都是蜂。

当西丙的军队来进攻时,
那些动物就来咬、来叮、来放毒,
西丙军队就挡不住了,
都往回跑了,
回到原处只有眼睛望着,
一点办法也没有。
还有空中三十个飞起来的,
捧玛西那与丢哦在空中作战了,
他们拔出长刀,
长刀在阳光下银光闪闪,
当时捧玛西那嘴里一吹,
天空马上变黑,
到处乌云布起,

什么地方也看不见,
西丙那边三十人也都看不见,
想下来也下不来。

捧玛西那与丢哦就将他们脖子抓起,
使力地向下摔下,
地下的西丙军队,
看见他们的头头死了,
个个都发抖,
军队全都乱了,
好像西丙国王的左手被砍落,
右手也砍掉了。
他们三十人被打死后,
只有西丙国王桑哈打一个头头了。
他感到难过,愁眉苦脸,
最后西丙国王的父亲鹏玛加拉鲌
年老经验多些,
他看到人死得太多,
得力的头头都被打死完了,
看来是战不胜了,
就对儿子说:"这场战已经打了十
年了,
人命也死掉几万万了,
三十个好的助手人也死了,
就剩下你一个人了,
要轮到你亲自出马作战了。

---

① 批牙:魔鬼。

人力武力打不赢勐章麻尼，
就领军队去向苏领达投降好。
早向苏领达投降对我们有利，
对各勐也有利，
苏领达的福更大，
向他投降将你妹妹就嫁给他好。
我老了，
以后就由你们了。"

他儿子一听见叫他带兵、武器向
贼头头投降，
全身热成火烧似的。
他就大怒说："苏领达是小地方来的，
他是下等人，
又是大贼的头头，
他们来侵略我们，
又来偷我妹妹去当他的妻子，
假如这次战争我们输了，
还有人也要与他打，
天下人死光了也要与他拼，
坚决不投降。
父亲，你是发疯了吗？
你叫儿子向大贼投降，
就压倒了我的一切力量，
降低了我的威信，
死去了数万万的军队和助手人，
不能把这座城攻下，

就是因为你这个老头子。
你是大敌在我身旁，
要判你死刑。
立即执行枪决你，
下次战斗才得到胜利，
最后胜利就是我。
要枪决又是父亲大人，
现在只好把你送到江里去，
让水浪冲死你。"

说完就下命令，
几十分钟人们就把竹筏架好了，
桑哈打就把父亲放在竹筏里，
推出了岸往江心送，
竹筏被水冲到危险的波浪，
但竹筏没有被水浪冲翻，
竹筏安全顺着水浪流到勐章麻尼去了。
守卫的章麻尼军队看见了，
就把小木船救起，
人们就问他情况的来源，
鹏玛加就把情况从头到尾说清。
守卫军知道了鹏玛加是他们国王
岳父，
立即向王府禀报情况。
苏领达与喃景达妻子下令，
派混鲁与混粉为首的数百个军队，
带着匹马和老象往城外去接，

西丙老国王鹏玛加到了勐章麻尼
王宫后，
召苏领达与南景达俩都出宫来□。

数年的分别，
当父亲突然见到女儿面时，
心里难受得像刀割似的，
口里一句话也不能出声，
只是流着一粒一粒有玉米粒大的
眼泪。
女儿往前冲去抱住父亲，
父亲女儿在人群中昏倒了几十分钟，
当人们叫醒了以后，
召苏领达与喃景达才领着父亲进宫，
从此西丙老国王鹏玛加拉鲆，
才脱离了生命危险，
得到了勐章麻尼召苏领达国王、
喃景达女儿的安慰。
听吧！各位男女老少们，
西丙桑哈打拉鲆国王，
军队死了不少万数，
得力的助手人也死光了，
父亲也被赶走了，
最后只有自己亲自出马了。

没有出战前，
西丙桑哈打亲自提笔给勐章麻尼
召苏领达国王一信，
信中写着：
"听吧！下等小雇儿苏领达，
十年的战争，
死了不少人民生命，
就是为了你的大贼，
你是怕死了吗？
逃到何处躲避了呢？
现在我要你亲自来见我面，
让人民群众看我俩的
力量和威风。
最后我要你的脑壳
做盆洗脚。"

信写好了就派人极速送交对方，
捧玛西那接到信后就看，
信里说得无人情，
捧玛西那把信带到王宫。
苏领达看后微笑着说：
"战争的结果是快要结束了，
桑哈打为首的西丙人和他们的友邦，
全都要来给我们割马草，
最后战争的胜利就是我们的。"

为了苏领达亲自要出动，
向西丙桑哈国王作战，
人们都高兴来个大庆祝，

女的唱，男的水，
男的跳，女的来献花。
七天七夜的大摆场，
人们乐得天神无法比。
苏领达骑在白象背上，
向城外开出，
军队抬着枪支和大炮，
敲着锣鼓，
吹的笛等各种乐器，
还抬着红、黄、蓝、白色的彩色
旗子，
象的背上还挂着金色的伞，
围着苏领达国王向城外走去。

当苏领达国王离宫的时候，
人们放了七声大炮，
苏领达到了城外一个宽阔平坝时，
他就举起双手向天神跪拜。
平坝里就出现很多的房子，
人们看到这座城都说：
"自然，自然，很自然，
天神给苏领达的。"
召苏领达福很大，
当时召苏领达受到群众高度的信
任和爱戴。
苏领达为首的友邦军队，
就停驻在这个自然城，

人们住在这个自然城里，
乐得天下无法比。

苏领达到了这座城后，
捧玛西那又给西丙桑哈打一信，
信里写着：
"接到你的信，
我们都很高兴，
现在苏领达已到战场来了，
就等着见你面。
桑哈打国王啊，
如果你有道德像你心中所说的，
迅速来向苏领达国王应战，
你不要自大说身不动，
现在最后的战果，
人民群众共盼望着你与苏领达亲
自作战……"
此信送到了西丙桑哈打国王后，
撕开一看，
当时桑哈心里有点波动，
因为大官吏都被打死完了，
但当时他没有暴露他的思想，
坚定他的立场要战到底。
他说："我明明有福才生来当王，
天下只有我一个人，
还怕苏领达小王八？"

最后西丙桑哈打国王为首的友邦军队，
离开了阵地，向苏领达应战去了。
队伍前面有的耍长刀和标枪，
敲锣打鼓，
抬着各种彩色的龙头旗子，
有跳的，有唱的，又有水的声音。
桑哈打国王骑在象背走在队伍中间，
向战场开去。
当时桑哈打动身离开阵地时，
还放了七声威武大炮。
到了战场，
西丙桑哈打骑着老象，
碰上了苏领达骑的白老象，
就很快地低下头在白象面前跪下，
抬着又粗又长的鼻尖儿往天上叫着。

西丙桑哈打国王见到了自己的老象，
在苏领达白象面前跪下投降，
桑哈打发起大怒，
左手抓住弓弩和一千多斤重的铁棍，
右手抓住白银色光亮长刀往天空起飞。
苏领达发现桑哈打往天飞后，
他也抓住长刀就跟着往天上飞去，
两个国王在天空作战，
刀声响得如同天上打雷的声音，
地上的人们，

处处怕得发抖，
举起双手跪着请求天神救命。

当时勐章麻尼老叭捧玛西那
望着天上口里一吹，
天上就起了大风，乌云密布，
太阳被乌云遮住了，
天空和陆地都失去了阳光，
什么都看不见，
西丙桑哈打国王，
在漆黑的云雾里，
心里急得认不出方向。
当时苏领达跳到了他身边，
拿起长刀，
对准桑哈打腰身砍去，
桑哈打猛然一跳就跳过了险刀，
桑哈打突然翻过身用长刀向苏领达回手，
苏领达用千斤重的铁棍接头应付，
桑哈打长刀被铁棍打断了。
桑哈打手里握不住刀把，
就掉落到人群中。

人们看到桑哈打长刀被苏领达打落下来，
拍手欢呼跳起来，
桑哈打的长刀被打落了，

他又抓住弓弩对准苏领达开射,
可是弩箭飞不出去,
西丙桑哈打国王困难更大了,
心里又急又怒,
他又抓住一千多斤重的铁棍,
向苏领达打去。
铁棍又被苏领达右手抓住了,
苏领达把铁棍向地上人群中甩下来。

人们见到西丙国王铁棍,
又乐得拍手跳起来,
像海岸雁群起飞似的。
西丙国王越战越困难,
神圣宝贵的武器,
长刀、铁棍都被苏领达打落了,
手里只剩一支弩箭,
最后双手拿稳弩箭,
对准苏领达脑壳打去,
又被苏领达抓住了。

苏领达力气很强,
西丙国王拉也拉不动,
他又往前冲也冲不去,
只好向左扭,也扭不动。
两人各掌一边谁也不肯放手,
最后弩箭被扭断成两半了。
苏领达拿一截,

向地上人群中丢去,
地上的锣鼓声和叫喊声,
响得震动了大地。

弩箭被扭断了,
西丙国王在云雾里翻滚着,
急得西丙国王的脸变得苍白,
还硬着脑壳拼命到底,
最后抓住扭断的一小半截弩箭,
又冲到苏领达身边,
用小半截弩箭向苏领达打过去,
又被苏领达国王抓住了。

长刀、铁棍、弩箭等武器,
都被苏领达粉碎打落了。
西丙国王最后只靠双手和双脚,
他又猛冲到苏领达身旁,
要把苏领达抱住往地上甩去。
可是他的武术又没有苏领达强,
最后被苏领达右手抓住了脖子,
用右脚一踢,
自大凶恶的西丙国王,
从天空的云雾里昏倒了,
向地面翻滚下来。

西丙桑哈打国王滚到地上后,
地面突然炸裂成洞,

西丙桑哈打国王就滚到洞里埋住了。
西丙桑哈打国王的一生，
到此就结束了。

苏领达战胜了西丙国王，
乘着云雾飞回了阵地，
人们见到了苏领达胜利归来，
阵地处处想起震动如雷的歌声和鼓掌声，
有的跳出老古的舞蹈，
有的唱着胜利的歌曲，
有威望、胜利的枪声和炮声，
处处都放着，
人们表示祝福自己国王胜利归来。

苏领达回到阵地之后，
骑在白象背上，
带领的数万万自己的军队，
向对方西丙队伍开去。
开到了西丙阵地的队伍中，
以西丙为首的各勐官吏和军队，
抬着一盆蜡香条和鲜花
向苏领达跪拜。
请求宽大，
万众无心，
因被迫而战，
求释无罪并提至原则判决。

苏领达见到以勐西丙为首向他求释认罪，
当时他又给西丙为首的军队训了话：
"从今后我们都是友邦亲兄弟了，
各勐的千万人民，
都是共同一个长城，
都是共同一条心。
官吏要按各勐政策治理，
不能侵犯他勐的领土，
也不能强横霸道强占人民的财产，
杀人，抢劫，成自……"
千条万条重大事件，
都得到苏领达国王宽大原谅，
西丙为首一万六千勐官吏和军队，
又得到苏领达国王的关怀和爱护。

当时苏领达国王训完话，
突然响起雷声和鼓掌。
苏领达骑在象背，
最后他向西丙阵地转了一圈，
就回到自然城里来了，
原城宫内的人们
听到苏领达胜利消息后，
鹏玛加是西丙的老国王，
就带领了宫里的军队，
敲锣打鼓，有唱的，有跳的，
往勐西丙阵地那里开去。

到了阵地以后,
鹏玛加就把一万六千勐官吏的领
导人组织起来,
研究出一些政策。
会后以西丙为首一万六千勐军队
都按古老的政策办理,
他们都找来十万斤的大米,
一头千斤重的黑色黄牛,
内装千斤重的一缸雪白的酒,
一万斤重的干槟榔,
一对用黄金打的蜡烛条,
一对用银子打的蜡烛条,
几百对黄蜡烛条和千朵鲜花,
千万两的白银……作为国际礼物。

以西丙鹏玛加老国王为首的一万六千
勐军队,
抬着这些礼物,
又抬着各种彩色的旗子,
开到自然城来了,
到了自然城里就把这些礼物献给
苏领达国王,
表示以西丙为首的一万六千勐的
军队道歉,
又表示以西丙为首的一万六千勐
的人民道歉,
苏领达收取了这些礼物后,

又给他们进行教育,
在这座城七天七夜大赶摆,
闹得热闹无比。

当时苏领达带的一些军队回宫去了,
几天后苏领达又带着妻子和数百
姑娘以及军队,
向城外的自然城那里大庆祝,
女的唱,男的笑,
男的唱,女的笑,
男的跳,女的也跟男的一起跳。
笛声和号声等乐器,
人声和马叫声,
锣声和鼓声,
闹得头人三餐茶饭不想吃,
时过境迁了,
人们在胜利大庆祝,
也比往次大不同,
这次胜利大庆祝,
使人乐得忘了家里的亲人。

战争过去了,
最后又来统计人数,
以西丙为首的一万六千勐的军队,
共一百二十六万万人,
死去五十万万人,
还剩着七十六万万人。

以勐章麻尼为首的军队,
共有三十万万人,
死去七万万人,
还剩着二十三万万。
全部人数总计一百五十六万万人,
死去五十七万万人,
还剩九十九万万人。

人数统计以后,
苏领达就按各勐不同的情况,
不同的个人发给奖状、奖章和奖品。
人们在苏领达国王的光辉照耀下,
都有吃有穿有用,
一切穷苦和困难都没有了,
日夜都乐得大唱大跳,
天上的云雾都散了,
明亮的阳光更加明亮了,
陆地上的战场也停战了,
胜利的结果也归苏领达了。

当时苏领达想起了龙宫的妻子,
他就宣布以捧玛西那、混鲁、混粉、丢哦等四人为首,
领导各勐军队在自然城里等待着,
只他一人就到海底龙宫去了,
见到亲爱的姐沙纳玛里妻子了,
对妻子说:"因战争十多年了,
没有能见面,
现在战争结束,
我带你到勐章麻尼去做皇后。"
妻子同意了,
就在龙王处去请求,
龙王同意女儿到陆地上去。
苏领达在龙宫住了三天,
就先回来了,
准备礼物接姐沙纳玛里。
龙王准备各种礼物给女儿,
带到苏领达那边去,
并叫了很多侍女和官员陪送女儿,
打着彩色的旗帜,
龙王又叫人造船,
船造好后,
配上各种彩色,
父母出来欢送,
打锣,打鼓,吹笛子。

到了勐札玛里地方,
勐札玛里地方,
打着旗帜,
敲锣打鼓,
官员们骑着马,
苏领达骑着象,
南西丙也陪同去,
数千万人在江边等候。

苏领达在江边跪拜天神，
使江边变成一座城市，
以便让龙宫来的人休息。

苏领达拜了天神后，
马上就出现一座城市，
龙王的人一到后，
苏领达就亲自去迎接，
问候一路可好，
喃景达见苏领达亲自出来迎接龙王女儿，
也随着一道去。
姐沙纳玛里见到喃景达后，
两人互相问好。

喃景达比姐沙纳玛里大一个月，
姐沙纳玛里为了尊重喃景达，
认作妹妹。
出了船后，
就在江边那座城市休息。
喃景达说："有福气才能使我们相见，
我们要好好地对苏领达。"
喃景达又说："妹妹要做什么都可以。"
姐沙纳玛里说：

"我们两人能相见，
是因有福气。
我生活在海底里，
什么也不懂，希望姐姐多多指教我。"

俩人非常谦让、尊重，
她们离开江边的城市，
要回到自然城里去。
到了自然城里，
举行大赶摆，
赶了七天七夜。
为了给姐沙纳玛里拴线，
祝贺姐沙纳玛里做皇后，
百姓官员做了一个喝得喝宰①，
仆人打了七个井的水，
给喃景达与姐沙纳玛里洗澡，
并拿了南姆熟姆簸②放在水里，
用金银做水管，
直通到喝得喝宰，
通过圣水洗澡的仪式后，
才能正式做皇后。

苏领达娶姐沙纳玛里做皇后，
这个消息传遍了各个地方，

---

① 喝得喝宰：一种房子形式。
② 南姆熟姆簸：果子名称。

人们都说，苏领达有福气，
前来纷纷送礼。
乌暖喝地方送来了姑娘，
在自然城举行大赶摆，
有一个多月之久。
仪式完后，各个地方的人都回去了，
向苏领达、喃景达、姐沙纳玛里、
乌暖喝告别回去了。
喃景达的父亲带着军队回勐西丙
去了，
来自各勐的人走后，
苏领达带着三个妻子去皇宫了。

住了数年后，
喃景达挂念母亲，
想回勐西丙去，
于是就向苏领达求拜，
苏领达同意了，
苏领达就命令官员们
为喃景达准备礼物，
苏领达又命令官员们做了两支拥峰①，
一支苏领达和三个妻子坐，
一支官员们和军队坐，
就出发了。

拥峰飞向天空，
在阳光下闪闪发光，
拥峰里面打鼓、敲锣、吹笛子，
经过很多森林，
落到勐西丙地方。
勐西丙地方的人，
看见两支拥峰飞在天上，
心里害怕得跳起来，
苏领达把字单扔下去，
于是人们拿着花果、黄蜡条来迎接，
喃景达的父母出宫了，
迎接女儿和女婿。
拥峰慢慢地降落在宫殿旁，
苏领达和妻子走出拥峰，
随同喃景达父母进了皇宫。

母女见了面俩人拥抱，
昏了过去，
当她们清醒以后，
两旁都挤满了人，
母女在人群中谈论起来，
双眼不停地流着泪水，
人们也跟着她俩哭起来，
宝贵的西丙大鼓响了，
鹏玛加安排了官吏，

---

① 拥峰：能在天空飞行的一种交通工具。

官吏们都按古老政策实行，
日夜举行大赶摆。
时间一天一天过去了，
苏领达为首要返回勐章麻尼了，
最后来个大庆祝，
以鹏玛加和妻子为首的勐西丙，
给苏领达和三个妻子拴了线。

一个月的时间过去了，
苏领达和三个妻子及随同的人们，
坐着拥峰向西丙告别了，
拥峰飞过了高山和云雾，
飞过了急流的大小江河，
最后抵达了勐章麻尼宫廷。

以混鲁和混粉为首的数千人都到
宫廷里迎接，
又举行大庆典，庆祝苏领达回宫。
举行庆祝中，
人们给苏领达和三个妻子拴了线。
战争结束了，
各勐军队都回去了，
到了三年，
各勐都按时给苏领达送来很多礼物，
银子、金子、老象、马匹等。
战争结束了，
苏领达就在城外建了六间亭子，

请来往的行人休息，
每天他赈来往穷苦人，
六千两白银和六千两黄金。

时间一年一年过去了，
苏领达三个妻子怀了孕，
满了十个月后，
都生了强壮的孩子，
西丙喃景达妻子生了一个男孩，
满月了，苏领达召集了全勐的官吏
给三个孩子起名，
喃景达生的男孩叫：
召榄玛加公满。
龙宫的妻子生的女孩叫：
喃尖丙。
勐乌暖喝的妻子生的女孩叫：
喃斤纳里。

一年、两年、三年过去了，
孩子们一年比一年长大了，
西丙喃景达妻子又生了一个男孩，
起名叫：召西立腊公满。
十年、十五年过去了，
苏领达子女也长大了，
苏领达为首的家族，
给召榄玛加公满与喃尖丙两兄妹
结了婚，

另给召西立腊与喃斤纳里两姐弟
结了婚。
西丙鹏玛加老国王，
因年老了不能再搞国家大事了，
苏领达就派召西立腊与喃斤纳里
夫妻当西丙国王、王后去了，
召榄玛加公满与喃尖丙夫妻留在
身边。
苏晚纳年满一千岁了就去世了，
他的灵魂上了天堂。
在森林里的喃波香，
也返回宫廷来了，
从此再也没有什么困难了，
喃波香年老了，就去世了，
他的灵魂也上天堂。
西丙鹏玛加老国王与妻子，
年老以后就去世了，
他们的灵魂也上天堂。

苏领达当了勐章麻尼数十年的国王，
二十年、三十年过去了，

年纪一年比一年老了，
年老以后就去世了，
他的灵魂也上最高的天层。
苏领达去世以后，
召榄玛加（与妻子喃尖丙），
接了苏领达父亲位子，
当了勐章麻尼的国王。
勐章麻尼在召榄玛加领导下，
人民的生活一年比一年富裕，
粮食一年比一年丰收，
人们都乐得无比。
喃景打、喃姐沙纳玛里以及喃乌
暖喝三人年也老了，都去世了，
他们三人的灵魂都跟着苏领达上
天堂。

亲爱的兄弟姊妹们，
亲爱的读者们，
苏领达的一生经历，
到此就结束了。

欢笑的南览河

记录者：曹爱贤
翻译者：鲁洁、柳澄
时　间：1962 年
搜集地点：云南省西双版纳傣族自治州勐腊县
材料来源：勐腊县文化馆

1　南览大沟

看吧！乡亲们，
阴沉沉的雨云布满天空，
大地不见一点光明，
狂风呼啸着从四面八方吹起，
闪电划破整个天空，
雷声震动着所有的森林，
暴雨好像漏了底的大海，
强迫着这美丽的森林。
狂风折断所有的树枝，
暴雨洗刷着一座座的山坡，
所有的岩壁崩裂，
由山顶滚向深谷，
使一切的深箐狂吼，
绿色的森林啊，
崩裂成一道道受伤的斑痕，
遍地流着森林的眼泪，
我的故事哟，
就从这里讲起。

在祖国的边城勐腊坝的土地上，
居住着勤劳善良的傣家人民，
在过去很久很久的年代里，
傣家人过着悲惨辛酸的日子，
好日子做梦也没有过一天，
在蒋介石统治压迫的时代，
人民悲痛得愁眉苦脸，
他没有给人民带一点好处，
也没有给国家办出一点好事，
人民痛苦得无法生活呀！
还得为召勐[①]种田种地，
粮食是我们种的啊！

[①] 召勐：国王。（召勐：傣族土司。——编者注）

但是我们吃不上一碗饭，
年年月月都在闹着饥荒，
由于没有水来灌溉田地，
庄稼种不出来，
悲痛的人民啊！
水！
又带来了更悲惨的灾难，
在那个时代啊，
苦难的人民只有靠叭因来帮助，
要到八九月间才能犁田，
过了节的庄稼长不出谷粒，
收成不好人民吃不上饭，
饥饿的是我们傣家百姓。

在勐腊坝的东边，
有一条滚滚的南览河，
由南览河山谷流向南边的山谷，
傣家人只有眼巴巴地望着南览河
水白白流去，
广阔而又干涸的土地上没有留下
一滴水，
田里没有水，
庄稼长不好，
饥饿的傣家人啊，
饿得肚肠咕咕直叫，
可怜的傣家啊，

住的是冬果叶搭成的竹楼棚，
国民党来派挑夫，
召勐来要做工的，
傣家人啊，
连冬果叶做的楼棚都不得好好住，
傣家人啊，
世世代代做召勐的牛马。

听吧！傣家人！
灾难又要来临，
召勐叫来了总叭和鲜片，
在商量着定下毒计，
欺骗傣家人民。

田没有水长不出庄稼，
百姓没有召勐不能成家，
召勐世世代代爱护百姓，
要在南览河修一水坝，
每户出十块修沟费，
来把水沟挖，
苦难的傣家人啊，
连吃的都没有，
哪里有十块钱交给官家，
岩温坎一家住在曼那因，
他的妻子叫玉①康，

---

① 玉：在傣语里是表示女性的词缀。——编者注

穷得家里没有米下锅,
穿的衣裳好像山里的野藤条。
大的儿子叫岩遍囡,
小女儿叫玉波坎,
两个可怜的孩子啊,
自从生下来,
欢乐的日子没有梦过一天,
天天被饿得哇哇地哭。
召勐的狗腿子昏憨到各房来收修沟费,
今天来到了曼那囡,
他们凶恶的狗脸伸到了各户,
也伸进了岩温坎的家。

最穷的房子是曼那囡,
十块钱谁能拿得出?
有的逼得被拉去了耕牛,
有的逼得被抬去了肥猪,
有的逼得拿去了铁锅、衣服,
有的逼得拉去了还下蛋的母鸡,
整房子闹得鸡飞狗跳。
平静的房子呀,
顿时变成了悲伤和叹息。

可怜岩温坎家,
没有什么东西,

出不起修沟费受了打骂,
昏憨又是几次来催逼,
没有钱啊,
只有到头人那里去请求,
只有到召勐那里去求情。
召勐啊,
狠着心没有给一点同情,
岩温坎还挨了一顿骂,
哭着回来,
把求召勐的事告诉了玉康,
怎么办呢?
没有一点办法,
全家人啊,急得放声大哭,
孩子哭得叫肚子饿,
家里没有一点吃的东西,
两夫妇看着两个孩子,
哭得死去活来,
叭因啊,没有一点同情和帮助,
眼睛哭得红红的,
眼泪啊,流湿了整个身体。
召勐的狗腿啊,
拉着牛,抬着猪,抱着鸡走了,
临走又冲进了岩温坎家:
"你的修沟费快点交,
卖儿妻女你也得交。"
说了摇摇摆摆地走了。

召勐把钱装进了口袋，
命令一户传一户，
要百姓到南览河边集中，
所有的头人是召勐的狗，
到处逼迫着百姓。

我们的召勐啊，
名叫召勐坎翁，
他是一块大石头，
压在傣家人的心上，
他的命令不敢不听从，
可怜百姓啊，
只有拿起锄头到南览河边集中。
昏憨挥舞着棍子，
挖沟在叹息中开始，
一天两天，一月两月，
饥饿磨折着百姓。
毒热的太阳晒着百姓的背脊，
谁要是抽烟、休息片刻，
棍子就沾上了你的皮肉，
可怜百姓一个个变成鬼样。

昏憨在检查人，
发现岩温坎没有来，
修沟费他不交，挖沟他不来，
不听召勐的命令，
真是混蛋东西。

岩温坎交不出十块修沟费，
急得病倒在床上不能起，
凶恶的狗头又伸进了岩温坎家的竹楼，
大声噪骂岩温坎违抗命令：
"修沟费限你明天交清，
你卖儿妻女我不管，
挖沟你得去，
不去按规矩罚你。"
岩温坎颤抖着嘴唇，睁大着眼睛，
喘着气无力地支起身子来又倒下去，
病魔又加重了他的病情，
眼泪啊，流湿了整个竹楼，
玉康哭哑了声音，
可怜的岩温坎啊，
天下的痛苦啊，不能和他相比。

2 卖女

岩温坎流着眼泪无声地看着妻儿，
两个孩子饿着肚子哭着望着父亲，
妻子哑着声音坐在火塘边瞪着眼睛，
叭因呀，
为什么灾难尽降在百姓的竹楼里？
太阳灰暗无力地将要落下森林，
修沟费明日一定要交清。
玉康急得没了主意，

眼睛直望着玉波坎小女。

"我的金莲花玉波坎小女啊!
不是你父母狠心,
只因要给召勐十块的修沟费,
为了救活你父母的性命,
要你去叭坎翁家做奴女。"
拉着玉波坎的小手走下竹楼,
哭着抱起玉波坎,
向曼童叭坎翁家走去。

"善心的波叭啊,
只因明天要支十块修沟费,
为了要救活他父亲的性命,
请求波叭收留这可怜的小女。"
波叭翁好笑着看了玉波坎一眼,
心中另有打算。
"为了爱护百姓,
就十块钱收留你这小女。"
一口小猪也要十五块呀,
一个人不如一口小猪。
玉康气得不奈何,
也只有狠下了心,
就这样卖去了金莲花玉波坎小女,
玉波坎啊,
还不知道什么事情,
只知道从今天起离开了母亲。

母女抱着大哭啊,
眼泪像南览河一样,
哗哗向竹楼下流去。
"我的金莲花玉波坎啊,
不是你父母狠心,
只因叭因降临了灾难,
才使我们骨肉分离,
请听你有罪的妈妈的话,
在这里要好好听波叭的话。"
孩子哭着拉着母亲的衣裙,
不愿离开母亲。
昏憨过来扒开了孩子的小手,
玉康就这样离开了小女。

听吧!我的乡亲们,
我已看见你汪汪的眼泪,
我已听见你鼻子的抽泣,
但是黑云还没有散去,
灾难还没有完,
请静静地听吧,
我还要继续唱下去。
玉康哭着那沙哑的声音,
跌跌爬爬,
捂着头回到了竹楼里,
岩温坎见妻子一个人回来,
碰不见波坎小女,
心里已明白发生了什么事,

眼睛瞪着妻子。
她看见丈夫这样看着她，
把十块钱拿在手上，
慢慢走向岩温坎，
心里好似刀割，
头上好似火烧。
岩温坎看着妻子手中的钱，
心里好似刀箭刺穿，
颤抖着嘴唇无力地支起身体，
刚要说什么，
眼前一片金花，
昏倒下去不省人事。
玉康一声尖叫，
扑向丈夫，
哭着那沙哑的声音，
昏过去又活过来，
卖去了女儿虽然得到了钱，
破碎的只是全家人的心。
从傍晚哭到深夜，
从深夜哭到天明，
白雾茫茫地绕着竹楼，
风在呼呼哭泣，
树在战抖，
森林洒着同情的眼泪。

3 岩温坎死

修沟费，修沟费，
限期昨天已经过去，
岩温坎急得歪斜着身子起来，
沉痛压着他那带病的身躯，
战战抖抖地拿着卖女得的十块钱，
跌跌爬爬，歪歪倒倒，
向南览河边走去。

召勐在南览河边的凉棚里，
监督着挖沟的百姓，
岩温坎跪在召勐的脚下：
"好心的召勐啊，
可怜你的百姓吧，
家里没有一颗米下锅，
修沟费限期过了我无法交，
昨天卖小女玉波坎得十块钱，
今天才到召勐这里来交。"
召勐一见大怒：
"你这大胆的鬼东西，
召勐的命令你敢违抗，
限期不遵守，
挖沟你不来。"
收了钱一脚把岩温坎踢倒。

痛得无力的岩温坎啊,
怎能经得起召勐的一脚,
岩温坎全身战抖,
眼睛花花地看着召勐,
心中充满着沉着和仇恨,
两只眼睛充满血丝,
眼泪变成了血泪。
他忍着病痛慢慢爬上河边菩提树下,
岩温坎呵!
病在身上仇恨在心里,
召勐啊,多么狠心的召勐啊,
仇恨加重了岩温坎的病,
口里吐出了鲜血,
岩温坎死在南览河边。

召勐听到了岩温坎死了,
怒气还没有消,
跑到菩提树下,
踹了岩温坎的头两脚。
"召勐的命令你敢违抗,
死了你一个穷鬼,
修沟费也不会减少一文。"
召勐逼着百姓,
在河边挖下了一个沙坑,
昏憨用绳索套在岩温坎的脚上,
岩温坎被埋下沙坑,
可怜的岩温坎啊,

死了也不能埋在龙林,
可怜的玉康啊,
丈夫死了也不能看见一眼,
悲痛使她生了疾病,
倒在床上不能起来。

4　群众对岩温坎的同情

在南览河边,
昏憨挥舞着皮鞭,
人民悲痛地流着血汗,
在房子里,
昏憨逼着每一幢竹楼,
要出门户的负担,
谁要交不出负担,
灾难就要临在他身上,
百姓的牛猪都被他们拉去,
可怜的百姓啊!
灾难接着灾难。

在过去的年代里,
年年在挖沟,
年年不见一滴水流到田里,
召勐说:
"南览有屁打瓦撒死了,
因为我们没有祭他,
所以他不给我们堵坝,

是他把坝穿调,
是他把坝推倒,
每户出一头牛、一头猪,
每户一对鸡、一对鸭,
叫波呀选择一个吉祥的日子,
快把屁打瓦来祭。"
可怜的傣家百姓啊,
灾难又在各个村户降临。

祭品已经准备好了,
波呀在通书里找到了一个吉祥的日期,
乌云笼罩着大地,
阴沉沉四周没有一点声音,
只有南览河边一声声牛羊的惨叫,
鲜血染红了南览河水,
整个勐腊坝,
散布着血的腥臭,
不,
这不是牛羊血的腥臭,
这是召勐暴杀傣家人民的血的腥臭。

河边,
一排排地一堆堆地,
摆满了被挖去心脏五肝的牛羊的尸体,
凶恶的魔鬼——召勐、总叭、昏憨,
指手画脚地坐在中间,
被愚弄的善良的傣家人民,
成群地跪满了河边,
波呀鬼哭似的,
嘶哑着喉咙叫喊:
"屁打瓦撒辰勐啊,
今天是个吉祥的日子,
傣家人啊,
献上猪、牛、羊,
求屁打瓦撒保百姓,
南览河水给一点流在田里。"
波呀念过祭鬼的祭文,
又求召勐把幸福赐给百姓,
冷天是祭屁打瓦撒的吉祥的日子,
托召勐的福气,
给傣家人降下幸福,
坝庄已经准备好了,
托召勐的运气,
求召勐打下第一棵。

召勐高兴,波呀开了血口大笑,
摇摇摆摆,
走上了预先架好的竹桥,
百姓扶着坝桩,
同时又丢下了第一块石头。
召勐拿起斧头轻轻敲了一下,
算是打下了第一棵坝桩,

同时又丢下了第一块石头。
堵坝开始了，
百姓在急流中搏斗着，
召勐却在岸边喝酒，大吃大喝。
"今天是一个吉祥的日子啊，
小坝会到千年万年。"

顷刻天空里黑云满布，
狂风四起，
闪电撕破着天空，
雷声震动大地，
一阵暴雨泻下来，
南览河水怒吼，
汹涌地狂奔下来，
穿了水坝，
推倒了坝桩，
卷走了一切祭品。
召勐吓得，
由总叭、昏憨护抱着逃回房子。
可怜百姓啊，
修沟费，牛、羊、猪，
一切都完了，
眼巴巴看着南览河水，
痛苦的眼泪也像暴雨一样流在地上，
流进南览河里，
与南览河一起流向远方。

流啊，流啊，
何时才能流尽？
这傣家人的眼泪。

召勐吓得回到了房子，
第二天就回到了宫廷，
又叫来了总叭和昏憨，
请来了专说鬼话的波呀，
又定下了毒计，
又来残害傣家人民，
第二天各个房子都传遍了谣言：
"这次水坝被屁打瓦撒推垮，
不是我们不祭他，
是岩温坎死在河边，
岩温坎的老婆是枇杷鬼，
触怒了屁打瓦撒，
要堵好水坝，
必须把枇杷鬼撵走，
打瓦撒才能保佑。"
可怜玉康啊，
旧的灾难还没有过去，
新的灾难又降临了。

玉康病在床上不能起来，
年幼的岩遍因急得团团转，
铓锣一阵响，

百姓被迫拿着扫把，
站在房子的岗曼①，
几个昏憨冲进了玉康家里，
一阵扫把打在玉康身上，
可怜的玉康啊，
被打下了竹楼，
被撵出了房子，
波呀疯鬼似的，
洒着水，
一面叫着"撵枇杷鬼，撵枇杷鬼"，
传遍了整个房子，
可怜玉康啊，
病得不能起床，
现在又被打得遍身是伤。
善良的傣族人啊，
有的偷偷地流着同情的眼泪。
可怜玉康啊，
被逼得卖了女儿，
死了丈夫，
今天又变成了枇杷鬼，
被撵出了房子，
有家不能回啊，
要到什么地方？
叭因啊，
你为什么不可怜可怜百姓？

灾难为什么一个连着一个地降临？
玉康哭得变成了疯子，
撕破了衣裳，
抓破了脸，
紧紧抱着儿子遍囡，
一阵汗珠出遍了全身，
眼前飞溅着金花，
倒在地上，
岩遍囡啊，哭得死去活来，
父亲死去的创伤还没有好，
如今又死了母亲，
灾难啊，一层压着一层。

"父亲死了，母亲死了，
谁来照管我？
肚子饿了叫我怎么办？"
岩遍囡没有了父母，
跑到曼童去找妹妹玉波坎。
田依旧干得裂开了口，
但是田租不得不交，
门户不得不出，
饥饿依旧是饥饿，
南览河啊，
何时才能把傣家人的苦难流完？

---

① 岗曼：傣语，指房屋石基。——编者注

有一天，岩遍囡到山上放牛，
一阵狂风，
灾难又降临在岩遍囡的身上，
跳出一只老虎，
拖去了岩遍囡的一条牛，
这是叭坎翁的牛啊，
这怎么办呢？
岩遍囡哭得叫天天不应，
叫地地不灵，
没有了妈的岩遍囡啊，
这叫怎么活下去？
回去挨打不要紧，
丢了牛这叫怎么办？
逃走，
又走向哪里？

岩遍囡没有办法想，
走出了森林，
望着勐腊广阔的土地：
"死去的妈妈啊！
可怜你的儿子吧，
妹妹玉波坎啊，
你的哥哥将要离开你走向远方。"
岩遍囡又转向森林，
走向通往思茅的大路上。

5　太阳照亮了森林

听吧！我的乡亲们，
请抹去你斑斑的眼泪，
请你不要哭泣，
抬起你的头吧，
吉祥的时辰已经降临，
光辉的1950年已经来到。
听吧！
我要唱这光辉的世纪。

太阳升上了天空，
灿烂的阳光照亮了整个森林，
大地百花含笑怒放，
喷香绕着千人万人，
整个世界五彩缤纷，
金光闪闪，
今天我们才感觉到作为一个中国人的骄傲，
眼睛看到了光明，
遍地鲜花开放。
傣族人啊，
有了毛主席共产党的福气，
今天已做了大地的主人，
感谢毛主席共产党给我们的解放，
好像花朵哟得到了雨水和太阳，

花朵开得更鲜更好看，
因为有真理指引我们，
使我们村村户户有了笑声，
使瞎了的眼睛重新看到光明，
使我们忘记了愁苦和灾难，
使我们感觉到像生活在幸福的天堂，
白天有温暖的阳光，
夜有皎洁的星星和月亮，
傣家人啊，千百年来的梦幻，
今天已经实现了，
太阳照耀在傣家人的心坎上，
傣家人啊，唱出了千百句诗行。

看吧！
我们的心胸无比宽广，
我们没有忧愁和苦闷，
一心只是安心工作和生产，
每一个人的脸上，
洋溢着兴奋和喜欢，
共产党领导我们发展了生产，
祖国的大地一天天变样，
看吧！
所有的森林，
都换上了新衣裳，
各族人民团结得一个人一样，
苦难的日子一去不复返了。
每一个人都在歌唱，

歌唱灿烂的太阳，
歌唱鲜花怒放，
歌唱森林里绕着芳香，
歌唱毛主席共产党。

最难忘的1956年啊，
岩遍因怀着无比感激的心情，
感谢毛主席共产党的关心和培养，
刚二十二个开门节的岩遍因啊，
今天由解放军转业到了家乡，
他的立场坚定，
是一个光荣的共产党员，
领导着傣家人民斗倒了领主，
又领导着积极建设生产，
建设着美丽富饶的家乡。

过去是叭坎翁家奴女的玉波坎，
今天已是十七岁的美丽姑娘。
善良美丽的姑娘啊，
也怀着无比感激的心情，
感谢党给她奴隶的解放，
现在她是生产战线上一个出色的姑娘，
在共产党领导下，
各族人民团结起来了，
各族人民一律平等。
过去灾难重重的傣族人啊，

今天站起来了，
打垮了封建领主，
进行了土地改革，
傣家人啊，
第一次做了土地的主人，
做了国家的主人。

听吧！我的乡亲，
离了娘的孩子会哭，
离了水的花朵会枯死。
水，
过去，
不知给了我们傣家人多少灾难，
今天，
水，
它将要听从我们的使唤，
现在我要把兴修水利唱一唱。

党，
为了傣家人民更好地发展生产，
为了实现傣家人八百年来的愿望，
为千百年来干裂的土地喝到南览河水，
为使千年荒芜的土地变成良田，
县委订下了宏伟的规划，
要在南览河边修起水坝，
修起南览大沟，

派来了勘测队，
他们走遍了广阔的平坝，
走遍了所有的深箐和所有的岩壁，
克服了重重困难，
也来到了南览河边。
南览河两岸啊，
耸立着高高的峭壁，
一重重巨大而光滑的岩壁啊，
南览河水从它上面流下，
形成汹涌的瀑布。
勘测队的同志们，
进行了千辛万苦的测量，
把小小的红旗插上了岩壁，
在岩壁上画下了红的沟线。

在我们的人民政府里，
也正进行着各项准备，
有砍伐森林的斧头，
有打炮眼的栏杆铁锤，
运来的炸药，
也堆成像小山一样。
电话线由县城架到南览河边，
运送工具和粮食的骡马，
也准备停当，
一切工地上所用的东西，
都准备好了，
只等县委一声号令。

在一个吉祥的日子里，
县委召集了全勐的人民开动员大会，
宣布了兴修南览大沟的命令，
会场上所有的人群高兴得欢呼，
几千年来傣家人的愿望，
今天在党的领导下将要实现，
每一个人都高兴得举起了双手，
每一个人都提出了保证：
"我们要听党的话，
我们一定要把南览大沟修好，
一定要使千年干渴的土地喝上南览河的水。"
一片沸腾的欢呼震动了大地，
水！水！水！①

大会的消息传遍了所有的竹楼，
所有的竹楼传出欢乐的笑声。
不论男的和女的，
大家都表示着自己的决心，
争着要去参加修南览大河的工程。
有的在磨着自己的斧头、大刀，
有的在整理着自己的背包，
有的把口粮袋装得满满的，
有的包好辣子和盐巴，

情人们在相互约着，
相互赠送着饭盒，
有的在东跑西跑，
不安地询问着出发的日期，
大家是多么的快乐啊！
也感到无比的幸福，
好像追求已久的情人，
第一次得到她的温暖那样，
快乐和欢笑，
从一个竹楼转到另一个竹楼，
从一个房子转到另一个房子，
所有的竹楼都在欢笑，
一切都准备好了，
只等县委发出出发的号令。

6 向南览河边前进

二月十日是一个吉祥的日子，
这吉祥的日子终于来到，
党委号召各单位支援的干部，
号召全勐各族人民，
向南览河边前进。

要让高山低头，

---

① 水！水！水！：叫好的欢呼声。(水！水！水！：傣族日常语言中用来表示欢呼、干杯、喝彩等情绪高潮的特殊套语——编者注)

要使河水让路,
向南览河边前进。
全勐的傣家人,
从各个房子出来了,
排着长长的行列,
高举着红旗,
向南览河边前进。

机关的行列,
部队的行列,
各民族团结的行列,
红旗飘扬着,
向南览河边前进。

静静的南览山谷,
河水咆哮着的南览河边,
人山人海一片欢腾,
出现了无数的一排排的彩色帐篷,
过去给傣家人带来灾难的南览河啊,
今天从帐篷里,
飞出了悠扬的笛声、
爽朗的笑声和西定的琴声,
以及祝贺南览河将要新生的歌声,
飘荡在南览河的天空,
天空也欢乐地放射出霞光,
映出了南览河。

当东方出现彩色的光辉,
红旗已插遍了南览河岸。
县委高举着锄头:
"同志们,乡亲们,
为了建设社会主义,
为了建设祖国边疆,
我们要让高山低头,
要让河水听我们使唤。"
县委挖下了第一锄,
随着千锄万锄,
叮叮当当,
震动了南览河、山谷,
各处展开了红旗竞赛,
下决心提保证,
欢腾在南览河边。

一座光滑而高大的岩壁,
耸立在工程的道路上,
阻碍着工作的进行,
岩壁上光滑得没有一点岩缝,
只有青苔绣过岩壁上的美丽花纹,
站在岩壁顶上往下看,
岩下的树林,
好像浮在岩壁下的绿色的云彩,
据说这就是屁打瓦撒的神灵。

岩石阻碍着工程的进行,

沟线在这岩壁的中腰，
谁有天的本事，
能在这光滑而高耸的岩壁中腰开
出沟道？
一时难住了一伙青年人。
有的说："沟线必须改道。"
有的说："这样沟道只有神仙才能
挖掘。"
有的说："这是屁打瓦撒的神灵。"
谁也不敢到中腰开道，
这时从人群中冲出一个健壮的青年：
"你们胡说乱道，
为了革命，
为了傣家人的幸福，
岩壁就是岩壁，
哪来的屁打瓦撒神灵？
我下去，
我一定要在这岩壁中腰开出沟道。"
"我也下去。"
"我也下去。"
"我也下去。"
随着很多青年人都要下岩去，
这第一个冲出来的小伙子就是岩
遍囡，
他想起了过去封建领主的压迫，
父亲就是死在这岩下的。
他父母的灾难啊，

今天他还记忆犹新，
他充满了一身的仇恨和力量，
拉起了绳子，
勇敢地走下了岩壁，
光溜溜的岩壁，
脚没有一点蹬处，
只有绳索把他们吊在空中，
一手撑着炮杆，
一手挥舞着铁锤，
叮叮当当，
岩壁被他们穿成了一排排的小孔，
放上了炸药，
放上了长长的引线，
轰轰轰，
一阵霹雳的巨响，
天摇地动，
屁打瓦撒被粉碎了，
岩石滚了深谷，
岩壁炸出了一个平台。

青年的小伙子们，
不断地由岩顶下来，
在岩壁中腰的沟线上，
又挥舞着无数的铁锤。
任你巨大的岩壁啊，
在年轻人面前，
又把它打穿成无数排的小孔，

放上炸药又放上引线，
让开，让开，放炮了，
点火，
轰轰轰，
又是一阵巨雷似的排炮，
天崩地裂，山摇地动，
震撼着大地和森林，
被粉碎的岩石，
飞向四面八方，
好远！好远！
也飞上了天空，
好似蜜蜂离开了蜂房，
拥着蜂王飞向远方，
接着岩下一阵暴风雨般的欢呼，
欢呼声又震动了所有的山岳，
也震动了所有的森林，
这屁打瓦撒的家乡，
这老虎、黑熊出没的地方，
今天在这些青年英雄们的面前，
屁打瓦撒被粉碎了，
老虎、黑熊也被吓得，
不得不领着它们的子孙，
搬到远方。
排炮昼夜不停，
被打碎的岩石，
落下了深谷，
堆满了南览河岸，

岩壁上出现了一条深深的沟渠。

看吧！
玉波坎也在这热火朝天的工地上，
她是多么愉快，
一挑挑地来回挑着土和碎石，
工作又积极带头，
又是整天笑个不停，
为了革命，
为了建设社会主义，
每一个人都在愉快地欢笑，
每一个人都在鼓足干劲，
干劲最大的要数玉波坎。
回想玉波坎过去的苦难，
三天也说不完。
今天解放了，
这美丽的金莲花也开放了，
玉波坎啊，
越长越美丽，
越长越坚强。
岩遍因、玉波坎两兄妹啊，
他们把过去的仇恨记在心里，
把今天的幸福记在心里，
在党的教育培养下，
他们干劲冲天，
他们多么坚强。
群众信任他们，

群众喜欢他们,
真是傣家人的好儿女,
在他们的带动下,
展开了红旗竞赛,
岩石吓得低了头,
鬼神也吓得远远跑开。

深夜大地是那么寂静,
森林已经睡熟,
百鸟儿已经进入甜蜜的梦乡,
但在南览河边,
无数的篝火还在燃烧。
天上的星星已失去了明亮,
最亮的星星已搬到南览河边。
南览河啊,
灯火辉煌和白天一样明亮。
铁锤锵锵的声音,
伴奏着欢笑和歌声,
在夜空荡漾在南览河岸。

又一个夜晚,
火光依然明亮在河岸,
整个工地上还进行着沸腾的夜战。
小伙子们,
挥舞着铁锤、锄头,
叮当地打着炮眼,
挖着岩石,

年老的把剖开的竹片一把把捆起,
有的点着通明的火把,
姑娘们来回地挑着一挑挑的碎石
和土块,
脸上流着闪光的汗珠,
在明亮的火光下,
每个姑娘的脸上,
都在红红地发光。
你看,
夜雾已经降临了。

所有明亮的火光,
都罩上了美丽的光环,
在那森林里,
还未睡的纳告,
在一声声唱催眠的歌,
纳小金也在睡梦中啼叫,
在那深箐夜里,
哇哇、哇哇的青蛙,
还在唱着夜战进行曲,
天空中挂着的半月,
又老是紧催着人们赶快去睡,
但是岩遍囡领导着的夜战队啊,
依然紧张地在战斗,
岩石又被穿出了一排排小孔,
放上炸药,
引火!

忽！忽！忽！
轰！轰！轰！
像巨雷样，
又震动了大地，
雷声响彻了天空，
各户竹楼里睡的人们，
在睡梦中听到了炮声
脸上个个浮现了愉快和欢喜的笑容。
有的被一阵炮声惊醒，
也就起床做饭，
做了一些美味可口的菜汤，
等着自己的亲人回来，
好好吃上一餐。

白茫茫的雾纱，
还在笼罩着森林的竹楼，
我们已一排排地走上工地，
再大的岩石也被我们战胜，
再大的岩石都被我们推下深箐，
你看，
年轻的姑娘也不甘落后，
她们积极地来回挑着碎石和土块，
向小伙子们进行挑战。
看吧，
无论在岩石上，
无论在任何一个地方，
不论在白天和黑夜，

人们不休地战斗在南览河边。
铁锹和锄头击在岩石，
迸出火花，
叮叮当当地，
响震了南览河边。
响声冲上了云霄，
在广阔的天空里回响，
人群欢乐的歌声和笑声，
在整个森林上荡漾。
整个南览河啊，
一片沸腾气象，
回忆起过去没有水的痛苦，
人！
只有由水支配，
今天，
人们做了大地的主人，
干劲冲天，
粉碎了岩壁。

在党的领导下，
互相帮助，
团结一致。
再硬的石头，
也被我们战胜，
我们在岩壁上开出了水沟，
要使河水听我们使唤，
红旗在南览河边飘扬，

汗水打湿了每个人的衣裳。
红旗映红了每个笑着的脸,
姑娘们羡慕小伙子的英勇坚强,
小伙子们喜欢姑娘们的美丽善良,
他们相互爱慕着,
传递着深情的眼神,
欢乐而幸福地对唱。

"喃啊,喃,
你美丽得闪闪发光,
好像那美丽的孔雀开屏,
好像森林里飞起的金凤凰,
好像金纳里一样,
红红绿绿的,
闪着彩色的金光。
我在你这彩色的金光下,
我全身充满了力量。"

"宰啊,宰!
宰对喃的赞美,
喃着实不敢当,
喃比不上金凤凰,
喃只像麻鸡一样,
也许你对喃的赞美不是真心,
要是喃真的到宰的身边,
宰恐怕吓得像麂子一样,
早跳到另外那支山上去了,

不管你跑不跑,
跟宰在一起,
工作起来都很快活。"

"喃啊!喃啊!
你说得太客气了,
你像攀枝花一样红艳的脸上,
闪出红红的光芒,
像那飘扬的红旗一样光亮。
在这修沟的工作里,
我一定要积极努力和坚强,
听党的话,
一定要提前完成党交给的任务,
争取抬到飘扬着的红旗。"

"可爱的宰啊!宰!
你像那五月的攀枝花一样红,
也像萝东些花一样红艳。
宰有这样的决心参加建设水沟,
有这样的冲天干劲,
喃一定向宰好好学习,
宰在前面打出来的石头、土块,
喃在后面一定能把它挑完。
再困难也不怕,
喃一定像宰一样坚强,
也要把红旗抢来,
插在我们的土地上,

要使红旗的光辉照耀在喃的心坎上。"

他们愉快地劳动着,
又愉快地歌唱,
好像那彩色的金纳里,
整天唱个不停。

7 长长的水沟

水沟一天天被挖深下去了,
深得要搭上梯子来送土,
一排排的是人群,
排列在沟的两边,
从沟底向沟顶送出一筐筐的土块,
长长的沟,层层的人,
来来往往像穿梭一样。
姑娘们的耳环,
在太阳光下闪着金光。
笑声,
"水!水!"的欢呼声,
从沟头传到沟尾,
好似千万只青蛙齐声在合唱,
远远看去,
水沟弯弯曲曲的,
好像一条长长的红龙,

在那森林里游动,
有的地方又像飞翔的雄鹰,
盘旋在森林的周围。
看吧!
两公尺①多宽的大沟将要出现。
人群互相挑战着,
在紧张的劳动中,
整个工地都在欢呼:
"水!水!水!"

在密密的原始森林里,
大树一棵棵在倒下,
这里的深箐,
一时变成了光明,
每向前进一步,
在你后面就留下横七竖八的树枝,
推拢堆起了树枝,
用火把它烧起。
熊熊的大火呀!
火焰冲上天空,
南览大河啊,
还在向前伸长。

看吧,
这火火的水沟,

---

① 一公尺为一米,为呈现资料原貌,予以保留。——编者注

共长一万七千二百八十多扒①,
这长长的大沟啊,
将要灌溉这广阔而干裂的土地,
几千年来干旱荒芜的土地哟,
将要变成大片的良田,
这良田收成的粮食,
将要给傣家人带来无比的幸福。
几个月来,
大家日夜苦战,
按照党委要求的规格,
水沟将要完成,
我们将要胜利,
只要水坝的筑成。

听吧!我的乡亲,
我再唱一唱水坝,
这个水坝叫滚龙石坝,
再汹涌的河水也不怕。
过去的水坝啊,
要祭上牛羊给屁打瓦撒,
要请波呀来说鬼话。
年年修水坝,
年年被水冲垮,
今天我们的水坝就怪屁打瓦撒,
我们制服了屁打瓦撒来做水坝。

你看,
群众在修水坝的地方集中,
你推我抬地搬运着岩石,
把最大最硬的岩石选出来,
把它打成一条一条的石埂,
有四方的,有长方的,
打好的石条,
堆满了河边。

测量队测量了河宽,
算一算流水,石坝要多高多宽,
六尺六寸宽的石坝,
将要出现在南览河上,
大家奋不顾身地,
向急流的南览河水搏斗。
出色的岩遍囡,
清了河底的乱石,
放上了四方整齐的石条,
岸上紧张地拌着混泥土,
打好了最底的一层石条,
石头一层砌到南览河的中央。
在汉族老大哥的帮助下,
比岩石还硬的水坝啊,
截断了南览的河水,
高大的水坝闸门,

---

① 扒:傣语量词,指约为成人臂展长度的长度单位。——编者注

站在南览大沟沟头。
只要它一张口,
南览河的水就流进了大沟。

南览河边人山人海,
有的在高高兴兴地议论纷纷。
"过去的年代里,
傣家人只有眼巴巴地看着河水流去,
水,
不知给了傣家人多少灾难。
南览河水呀,
一点也不同情我们的灾难,
你像猛虎一样狂吼地流去,
灾难却留给了我们傣家人民,
今天,
在党的领导下,
我们用巨大的岩石
——屁打瓦撒的神灵,
堵起了石坝。
看吧,
这高大的石坝,
像巨象一样,
站立在南览河中央,
不管浪头再大,
南览水多么汹涌,
石坝却站立着不动,
一万年也不能把它冲垮。

"我们是多么骄傲呀,
有党的领导和汉族大哥的帮助,
我们战胜了汹涌的南览河,
我们战胜了屁打瓦撒魔鬼,
今天是人民的世纪呀,
我们的力量是多么巨大,
一切巨大的岩石啊,
今天,
都一座座地向我们低下了头,
向我们投降。"

水坝修好的消息,
从一个竹楼传到另一个竹楼,
七八十岁的老人,
也高兴得手里拄着拐杖,
一摇一摆地去看南览河大沟,
一个个激动得流下了眼泪。
几千年来傣家人为南览河的水呀,
天天受尽不少的灾难啊,
一阵阵过去的灾难和痛苦,
涌进了老人家们的心头。
"我们傣家人几辈子啊,
今天才能第一次看到南览河
的水流进这个干裂的坝子。"
向着水坝和大沟,
跪了下来,
把手高高地举在头上合掌,

两只眼睛也像南览河水一样，
眼泪不断地哗哗流下，
这眼泪啊，
是过去遭受灾难后悲痛的眼泪，
是今天欢乐、幸福和激动的眼泪。

五月六日这一天，
是吉祥的日子，
是欢乐的时候。
南览大沟工程完工的庆祝典礼的
日子，
南览河边啊，
一片节日的景象，
各寨家人来了，
机关部队也来了，
姑娘们和小伙子们，
都穿上了彩色的衣裙，
戴着美丽鲜艳的鲜花来了。
各个民族都高兴地来了，
县委来了，县长来了，
所有的领导同志都来了，
每个人都抱着兴奋与欢乐的心情
来了，来到南览河边。
闸门上鲜红的彩绸，
像花朵一样闪着红光，
在千万人欢腾的歌声中，
县委高高地举起了剪刀。

"在党的领导下，
傣家人民站起来啦，
在红旗的飘扬下，
我们战胜了一切困难。
高山也向我们低头，
河水已听我们的使唤，
傣家人八百年来的愿望实现了。"
"开！"
开的一声剪断彩绸，
南览河的水也欢笑着哗哗流进大沟，
歌声、笑声、拍掌声响成一片，
水！水！水！
男男女女跳着叫着，
震动了大地，
在这欢腾的快乐声中，
大会上又宣布了模范，
岩遍囡、玉波坎，
是修沟堵坝的特等模范。
下面又是一阵欢哭，
水！水！水！
二等、三等的简直数不清楚了。
长长的大沟啊，
叫着，跳着，唱着，笑着，
听吧，
我们的乡亲们，
我简直无法形容。
一切的沸腾、高兴和欢呼，

响遍了整个森林和天空。
看吧!
南览河的鱼儿也参加了庆祝,
它们穿着红色衣服、白色衣服,
以及那五彩的衣裳,
它们也欢乐地舞动着,
尾巴甩来甩去,
游上游下一群一群的,
不论白天和黑夜,
它们都高兴地在沟中欢舞。

天上的鸟儿也从森林里飞来祝贺,
穿着五彩金光的衣裳。
美丽的金凤凰飞来了,
纳哥尖、纳哥坎也飞来了,
金孔雀也开屏舞动,
从沟这边跳到沟那边,
从沟那边跳到沟这边。
有的在洗澡,有的在吃水,
有的在天空中飞翔舞动,
有的欢舞的歌唱不停。

森林里的金麂来了,
连那胆小的麂子也来了。
夜猫也来了,
所有山里的居民都来了,
在大大的沟边,

快乐地舞来舞去,
祝贺南览大沟的落成。

看吧,
森林也在欢呼祝贺,
那些高大的松树和一切的树,
也高兴得向着南览大沟的水,
发出青青的树叶,
在那微风中欢呼着拍掌,
在阳光照耀下,
抬着绿色可爱的脸儿,
嘻嘻地笑着。

天下一切万物,
都在为着南览大沟的落成,
都在歌唱欢呼,
说也说不清了,
也无法来形容。
我只能这样说,
让一切万物都来祝贺吧,
让我们高声歌唱和欢舞吧,
让我们大声欢呼吧,
水!水!水!

天空升起了太阳,
太阳照亮了整个大地,
也把森林照亮。

森林换上碧绿的衣裳,
更显得美丽健壮。
大地五彩的鲜花开满,
散发着清爽的芳香,
在过去干裂的土地上,
今天飘扬着姑娘的歌声。
在清凉的微风中,
飘来一阵阵稻谷的清香。

整个坝子掀起了金黄的稻浪,
每一个竹楼里传来丰收的笑声,
每一个竹楼里都住着金凤凰。
多么美丽的祖国边城勐腊啊,
多么美丽的祖国边疆。
托着毛主席共产党的福气,
开遍了美丽幸福的鲜花,
闪亮着五彩缤纷的金光。

松帕敏

翻译者：刀新民
记录者：周开学
时间：1962 年
搜集地点：云南省西双版纳傣族自治州景洪市勐龙镇

很久很久以前,
召松帕敏是个有福气的人,
他是一个召,
他受过苦难,
当他诞生在勐张巴的时候,
些纳[①]、混勐和几万万宫女跟着他,
宫女有一万六千人,
有雄壮的大象,
有高大美丽的宫房,

召松帕敏睡的床刻着龙。
他当召勐张巴是按勐的规矩来办事,
他不压迫老百姓、混勐和头人,
国家大事交给混勐解决。

混勐是由百姓中产生,
混勐有大有小。

召松帕敏是个有威望的召,

---

① 些纳：官员，大臣。

一百零一个地方的召都来向他跪拜,
各个民族都给他送礼,
做生意的人也很方便,
老百姓很幸福。

有一个公主叫南格西,
她的样子像玻璃珠,
她有很多的福气,
是召的王后,
他们①两个常在一起,
有一万六千宫女给她办事。

美丽的王后南格西,
比任何人都漂亮,
所有的"南"都比不上她。
哪个看见她,站着要倒,
她一行一动像天仙一样,
她的两只胳膊又圆又滑,
她的笑脸红得像果子一样,
天神的姑娘也比不上她。

她和召松帕敏睡在一处,
像天仙的南格西和松帕敏生活在
一起。

许多年以后生下两个男孩,
孩子的祖父和亲戚给他们取名叫
宰牙新和宰牙跌,
她生了两个男孩,
两个男孩都很漂亮,
像叭英从天上下凡一样。

当召松帕敏当勐张巴的国王时候,
有一个最蠢笨的松帕敏,
他是勐张巴国王的弟弟,
他们是同一个母亲所生,
犯罪的松帕敏想把哥哥害死,
自己当上勐张巴的国王。

他召集了许多立本和混罕②,
杀人的刀磨得亮闪闪的,
他要去杀自己的哥哥,
他又叫立本和混罕去包围宫廷。

召松帕敏的混动发现有人来杀召,
混动就进宫告诉召松帕敏:
"像金莲花开的召松帕敏啊!
现在你的弟弟要来杀害你,
杀死你,他要当勐张巴的国王,

---

① 他们:松帕敏和南格西。
② 混罕:士兵。

明天或后天他们就要来杀害,
我知道这个情况后,
急忙来向召报告。"

召松帕敏听了混勐的报告,
他就回答混勐:
"谢谢混勐来告诉我,
不管他们杀人的长刀磨得怎样快,
我一点也不怕,
要用我的双眼向天神拜福,
不怕哪个来侵犯我们的国。
希望不要担心和着急,
用我们的宝刀砍去,
他们一定全部死光,
他们一定死在我们面前下地狱,
他们要丢下妻子儿女死亡。"
召松帕敏一边说话,
一边愤怒地拍打着桌子,
但他又想道:
"如果我过度地生气,
对自己也有损害,
我是要办桩好事情,
死后才能上天。
我要让他来当勐张巴的国王,

我要到遥远的森林去做一个有福
的人,
要让兄弟来管国家,
如果两边都打起来,
那就要损伤兄弟,
我要到遥远的森林去,
到其他的勐去,
勐张巴送给兄弟来管理。"

召松帕敏要离开勐张巴,
些纳和混勐向他磕头跪拜,
难过得又哭又滚:
"敬爱的召松帕敏要离开勐张巴,
我们要到何处去住才会忘记你?
宝贵得像人心的大叭龙①啊,
你要把四个大混勐留下来自己单
身走,
走了山坡一座又一座,
擦起眼泪望四方,
你要把宫女和百姓留下来,
你离开了勐张巴,
你的兄弟来享你的职位,
做召勐张巴,
像过去的召底迷离开自己的父亲,

---

① 叭龙:西双版纳傣族古代的政治官衔,其行政范畴是由7—10个同级别村寨组成的基层政权"火西","叭龙"即为"火西"的行政长官,或称为头人。——编者注

受过无数的痛苦。"
些纳给他磕头跪拜。

当时召松帕敏听了很气愤,
他跟些纳说:
"我要把王后和孩子留在勐张巴,
让王后和孩子做南勐①。
我给你们告别很寂寞,
老百姓不投降我就要离开勐,
再见吧!
亲爱的格西妹妹,
你和宰牙新就在勐张巴,
我离开了你,希望你不要变心,
七年以后再相会,
七年以后还是盼望着你,
哥哥要离开了所有的宫女,
亲爱的眼珠啊,
望你不要忘记百姓和宫女。"

当召松帕敏向南格西告别时,
南格西一面听一面哭:
"敬爱的国王很吃苦,
为什么要把妹妹我留下来做后婚?
一万金子、一万银子装在竹筏上
送来也不要,

也不如跟国王、孩子在一起,
一文钱没有也感到幸福。
你为什么要离开自己的妻子和孩子?
你要到遥远的森林去,
我也要跟你去,
我要抱着孩子跟你去。
敬爱的召松帕敏啊!
请你不要丢掉我,
如果你要丢掉我,
我只有死路一条。
敬爱的召松帕敏啊!
还是不要丢掉我吧!
宽一百约、有一千个柱子的宫房,
你也要离开,
但是希望你别把我留下,
还是让我跟你走。
人家说'女的离了丈夫是恶女人',
人家说'我跟丈夫做了不好的事情',
人家说'做一个后婚婆是很伤心',
哪一个女的当丈夫受到损害的时候,
就想跟丈夫离婚?
这不算一个真正的女人,
这种女人应砍下头丢在河里。
我这个南格西要跟丈夫生活在一起,
丈夫不得当国王,

---

① 南勐:王后和王子。

也要跟他在一起，
生活怎么苦，
日子怎么难过，
我也不骂丈夫，
一定跟你走。
你要走到遥远的森林去，
我也要跟你走，
请你不要把南格西和孩子丢下，
我做你的王后是从十六岁开始的，
请你不要把南格西丢下单身走。"

召松帕敏对妻子说：
"格西呀！
你好好地打扮，
穿着薄薄的像蛛网一样的裙子，
你要到森林去，
睡在铺着芭蕉叶的床，
你可能不习惯，
你习惯在宽大的宫房，
你想跟我走一定很痛苦，
蚊子来叮你，
你的身体要黄瘦，
你要想到勐张巴幸福的日子。
亲爱的南格西呀！
你还是不要走，
你到森林去要看见鬼和神，
老虎、熊子、大象，

它们要来抢你，
你要是跟我一起去，
那么就会很痛苦，
还是领两个孩子在勐张巴，
住在勐张巴也不会受什么灾难。"

王后向召松帕敏两次跪拜，
一面哭一面说：
"我还是要跟你去，
不怕虫子不怕大象，
不怕老虎也不想回家，
老虎妖怪吃了我也不懊恼，
跟国王去是应该的。"

召松帕敏不丢下王后，说：
"现在我们要离开勐张巴，
要给勐张巴的混勐告别。
再见吧！
住在城里中间高大美丽的宫房，
日夜许多混勐出出进进。
再见吧！
凉房和阁铃，
当太阳升到空中，
风吹阁铃当当响，
现在我们可能不会第二次回宫房来住，
要丢下了空的宫房到遥远的勐去。

再见吧!
祖父、祖母、舅舅、孃孃。
再见吧!
四个混些纳。"
当他要离开勐张巴时,
又舍不得离开,
到森林去也很累,
脚也可能会踩裂掉,
他的心很寂寞。

离开了勐张巴,
睡也可能睡在地下,
不像当国王时候。
因为兄弟想他的职位,
想当勐张巴的国王,
他想带妻子和孩子到森林去。

"兄弟呀!单你一个在吧,
你要当好召勐张巴,
不符合百姓的事,
你不要做,
不要压迫老百姓。
再见吧!
亲爱的老百姓和混勐,

有国家的规矩,
大家不要改变。
再见吧!
雄壮的白象,
随时我观望着你,
现在我离开了你,
无法观望。
再见吧!
雄壮的骑马[①],
哥哥要离开你到远方去。"

"走到森林去,
过了一山又一山,
擦着眼泪爬高山,
不会有第二次骑上雄壮的大象和白马,
再见吧!
美丽的座位,
不会有第二次来坐了。
我最喜爱的是生长在缅寺[②]周围的菩提树,
它经常叫老百姓去打扫树脚割草皮,
现在风吹叶子落,
没有人去割草和打扫树脚。

---

① 骑马:此处指可供骑乘的马。——编者注
② 缅寺:滇南地区民众对南传佛教寺院的称谓。——编者注

再见吧！
住在城中间的宫房，
雕着龙的美丽的床铺。
再见吧！
宫房的阁铃，
当太阳升到空中的时候，
我观望着你，
哥哥要丢下了你们，
走到遥远的地方去了。
再见吧！
摆在官吏中间的金银桌子。"

松帕敏告别后就离开了勐张巴，
松帕敏和王后离开了勐张巴，
松帕敏背上背着两个孩子，
宰牙新和宰牙跌在父亲背上哭：
"为什么时间这么迟还要走路？"
一面哭一面对父亲说：
"把我们弟兄俩背回家去吧！
这么时候了还要到森林里去？
为什么天这么黑还要走路？
请父母亲背我们回勐张巴去，
到森林以后还要到何处去？
为什么不住在勐张巴？
是不是人家跟父亲打仗，
父亲就逃走了？
亲爱的父亲哪，

今天到这里，明天又到何处去？"

宰牙新和弟弟一面哭一面向勐张
巴告别，
松帕敏很爱两个孩子，
用手去擦他们的眼泪，说：
"亲爱的宰牙新哪，
为什么天黑还要走路你也不知道，
你不要想回勐张巴去了。
可爱得像眼珠一样的孩子，
你们弟兄俩睡在父亲的背上。
亲爱的两个孩子，
我们离开了勐张巴走到森林去。"
南格西背着包包饭盒，
走进了森林，跨过了高山，
森林里缅桂花、藤子花散发芳香。
松帕敏走在前面，
她跟在后面也感到幸福，
因为森林里嗅到花的香味。
走到了一棵大青树下，
经过了许多森林，太阳快要落山了，
召松帕敏和南格西走得很累，
召松帕敏在森林里休息吃晚饭，
听见知了和其他动物在森林里叫，
看见猴子、老鹰、凤凰、小鸟在
树上跳，
两个孩子用眼睛看着这些大树，

看见鸟在窝里，
两个孩子问父亲：
"我俩出去玩看鸟在窝里，
请父母亲去拿花花的鸟儿来给我
俩玩。"
父亲爬上树捉鸟来给孩子玩，
鸟毛落了三根，
父亲怕鸟儿死掉，
又把鸟送回窝里去。

离开了休息地方走进森林，
走到了一条河边。
这一条河很宽，
他们到河边不会过就在河边休息，
他们考虑：
这样宽的大河怎么过？
要浮过去是过不去的，
要划过去又没有船。

松帕敏叫妻子照顾孩子，
召松帕敏一直在河边转，
他看见水边有一只船，
这只船是打鱼的渔船。
松帕敏回来跟妻子说：
"亲爱的南格西，
我有福气看到了小船，
是人家来拿鱼的船。
我量这只小船只能坐两人，

如果四个都坐船要翻，
哥哥要把漂亮的南格西渡过河去，
再来接两个孩子。"

召松帕敏对孩子说：
"亲爱的孩子，
你不要盼望着我，
因为河水很宽，
如果四个人都一起去，
船就坐不了。
如果划到中间船翻了，
就要出危险，
你俩在河边等着，
送过母亲再来接你们。
如果宰牙跌哭，
宰牙新要跟他玩，
父亲送去母亲后再来接你们，
宰牙新要好好地领着弟弟，
你不要丢掉宰牙跌。"

两个孩子对父亲说：
"你去了以后赶紧回来接我们，
不要把时间拖长掉，
如果去的时间太长，
我俩会在草棚里死掉，
请父亲送走母亲后，
赶紧转回来，

不要把我俩丢在河这边。"

母亲很爱两个孩子,说:
"亲爱的两个孩子,
母亲很爱你们两个,
像爱我的两只金眼珠一样。
宰牙新要好好照顾弟弟,
不要让一个蚊子来叮。
亲爱的两弟兄啊,
你们俩暂时在河这边,
母亲先过河去,
到了河那边后,
再请父亲来接你们。"
母亲把红布送给宰牙跌,
兄弟俩坐在一排,
她给俩孩子告别以后,
坐在船上渡过河去,
渡到对岸的沙滩上,
母亲坐在沙滩上哭起来。
召松帕敏牵着王后的手,
叫她到树下去休息,
丈夫离开了她,
又划着船来接两个孩子。

有一个做生意的人来看见南格西,
就跟南格西说:
"年纪轻轻而漂亮的南格西,
你是从何方来?
为什么单单一人坐在大树下休息?
是不是天神的姑娘下来玩?"

南格西像凤凰跳舞一样回答生意人:
"我不是天仙姑娘,
也不是龙宫的公主从水里出来,
也不是天神的姑娘下来玩,
我是住在勐张巴的王后,
我是召松帕敏的妻子,
我的丈夫现在正在划船。"

做生意的人知道了这个情况,
他就不放掉南格西,
他拉住南格西坐在船上,
把南格西偷走。
河里有龙有金鱼,
他们划过大河,
南格西哭了起来,
一面哭一面想起了丈夫。
南格西全身发热说:
"为什么到这里来偷我去?
亲爱的宰牙新哪!"
她一面哭一面想起两个娃娃,
"亲爱的两个孩子,
用我的福气去养活你们两个,
我的福气传给你们父子三个,

使你们战胜困难，
使我今后有机会，
第二次做松帕敏的王后，
能看见两个孩子。
福气呀，给我领找松帕敏的路，
现在我要跟船长走了，
离开了亲爱的丈夫。"

当召松帕敏送南格西过河以后，
两个孩子盼望着父亲来接：
"亲爱的父亲啊，
我们两个孩子睡在草棚里，
盼望着父亲来接，
为什么父亲和母亲不赶快来呢？
弟弟盼望着母亲来喂奶。"

这时候有两个拿鱼的人，
到宰牙新和宰牙跌这里来打鱼，
他们看见两兄弟正在哭，
走到了孩子身边，
孩子把打鱼的人当作自己的父亲。

拿鱼的人说：
"是哪个娃娃在草棚里哭？"
拿鱼的两个人去看孩子，问：

"你们是哪个的孩子？
为什么在草棚里哭？
哪个领你们到这里来，
把你们两个丢在这里？
你们的父亲、母亲到哪里去了？"

两个孩子回答说：
"感谢你们两个给我们的问！
我的父亲是召勐张巴，
我的父亲送我妈妈过河还没回来，
你们两个老人来找什么？"

两个渔人急急忙忙牵着孩子的手，
来到河边，
把他们两个放在船上，
划到了自己的寨子去，
又抱孩子去找他们①的妻子。

召松帕敏送妻子过河以后，
想起了两个孩子，
就划回来找两个孩子，
孩子不见了。
他说："亲爱的两个孩子，
你们到何处去了？
是不是你们出去玩还没回来？

---

① 他们：渔人。

父亲全身发热了,
眼泪淌出来啦!
因为想起来你们两个孩子。
亲爱的两个孩子,
你们到何处去玩?
为什么不转回来?
父亲身上热得像火烧一样。
亲爱的两个孩子,
父亲非常伤心,
父亲来找你们两个到这里,
还不见你们两个转回来,
谁来偷你们两个去了,
使两个孩子离开了父亲?
到草棚去找两个孩子也不见,
呀!我的心哪,
熊子、老虎抓去吃也不见脚印,
是不是大象到这里来玩,
把他们两个拿去?
亲爱的孩子,
随时跟在我身边今天又不见,
你们到何处去了?
是不是想起母亲出去玩没有转回来?
父亲很可怜你们两个的脚踩在地下。
亲爱的宰牙新哪,
母亲叫你照顾弟弟,
现在你领他哪里去了?
是不是黄叶鬼来拉你们去了?

父亲永远不会忘记你们两个,
怪不得你们玩鸟的时候,
给鸟毛弄掉了三根,
父亲怕鸟死掉就拿去放在窝里,
把鸟离开了窝可能是鸟怪我们,
才会给我们父母子四人离散。
父亲到高山平地河流去找,
都不见两个孩子,
父亲要转回去找母亲了,
你们两个离开了父母亲,
好像花朵离开了树,
转去转来找你们两个也找不见。
最好去找王后,
我要把事情告诉王后:
'两个孩子在草棚里遗失,
两个孩子被河水淌下去了。'
划到了河岸又不见王后南格西,
身体热得像火烧一样,
一面哭一面找王后也找不见,
离开了国家非常痛苦,
我又到何处去依靠谁呢?
亲爱的南格西呀,
你到何处去了?
是不是远方的人来抓你去?
是不是凶恶的动物走过你的地方,
你害怕它们跑去躲起来了?
绿茵茵头发的南格西呀,

你到何处去了?
聪明的南格西妹妹,
我比任何人都痛苦,
召宰牙新也不见,
可能是妖怪来拿他们去吃了,
唉,我很伤心,
找不到王后也找不到孩子,
三个眼珠也找不到。"

松帕敏很寂寞,
找王后、王子也找不着。
"所有的痛苦集中在我身上,
这么大个树林没有个动物叫声,
单单光我一人在这里很寂寞。"

松帕敏到高山河里去找也找不到,
在河那边找两个孩子也找不到。
"亲爱的王后南格西随时在我身边,
今天我找不到你,
我非常牵挂着你,
不得见你的面我死不甘心。
亲爱的南格西呀!
你跑到何处去?
什么时候才能找见你?
亲爱的南格西,
我走到这里又不见两个孩子,
走过了一山又一山,

走到哪里太阳落就住在哪里。
找不到一个伙伴单我一个留在森林里,
森林里找不到一条路,
不像人家住的地方有大路,
如果我不死掉总有一天会找到。"

走过了森林到一条大路边,
走到大花园去,
因为松帕敏有福气,
福气引他到花园去。
花园里有块四四方方的大石头,
是叭龙戛西拉坐的位子,
松帕敏到那里就坐那石头,
他的心里还在动荡,
因为找不到南格西,
他用落落的纱布蒙在身上,
睡在这块叫亨西拉的大石头上。

睡着以后他就做梦,
梦见三朵莲花在一枝上开,
三朵莲花松帕敏都拿在手里,
他看了一下就把莲花放下。
松帕敏醒来,
三朵莲花像风一样迷失了。
他睡在大石头上想了半天,
远远地离开了王后和孩子,

他想到古老时候传下来的一传说。
"我的孩子拿鸟来玩,
鸟毛掉了三根,
可能是鸟让我们分离。"
松帕敏想起王后和孩子,
眼泪如水一样流淌。

"我离开了勐张巴,
是因为我的弟弟想我的地位。"

召松帕敏是有福气的人,
勐达夏西拉是个宽广无边的勐,
召勐达夏西拉当勐的国王,
老百姓很喜欢他,
有一千个勐都给他送礼物,
送大象、马匹、宫女给召。

召勐达夏西拉管理国家很好,
有些纳、大象、马匹、宫女……
样样都有。

有一条小河在城市的脚底流淌,
谁也不敢来侵犯这个国家,
有些纳阿玛随时在他身边,
经常赕佛,
住在勐达夏西拉的人很幸福。

召勐达夏西拉年纪老了,
离开了人间到天神叭英处去了。
当叭达夏西拉死的时候,
召些纳很年轻,
因为召达夏西拉死了没有人管理
国家和人民,
他们就来商量:
要去找像召西拉的国王找不到,
如果要到遥远的勐去找,
他要对老百姓热爱,
如果不按国家规矩办事,
不爱老百姓,
他自己就不好,
给叭达夏西拉的女婿来当国王。

当时叭留是混勐,
他向国王的女婿跪拜:
"请召上国王的位,
希望你不要丢掉四个大头人,
要按照国家的规矩办事。
国家有什么事情请国王指示,
把我们国家搞得更好。"

漂亮的女婿回答:
"感谢混勐和百姓,
我不能当国王,
因为我年纪还小,

像萤火虫一样比不过太阳,
我还不会办国家的大事。"

国家的女婿不当国王,
混勐们也无办法,
混勐和些纳另外想了办法,
叫一个摩古拉来卜卦,
摩古拉算出来了:
有一个有福气的叭勐张巴,
老百姓来打他,他跑出来了,
这个有福气的人,
已来到我们勐的周围,
他坐在大石头亨西拉上,
他就躲在亨西拉,
我们拿宝车去迎接他。

他们把宝车布置得漂漂亮亮,
又说:"如果哪个叭有福气,
就来坐上这车来当召勐。"
他们准备大象、马匹和些纳,
敲锣打鼓地跟着大象、马匹走,
把宝车放在前面。
走到了花园,
到了亨西拉大石头这里,
就敲锣打鼓。
叭松帕敏看见敲锣打鼓的人越来越近,

他就悄悄地躲在那里,
老百姓看见他就说:
"是什么人从何处来的?
为什么单个坐在这里?
为什么来睡在我们的宝石上?
没有福气的召不能睡,
我们大家来试试他是不是有福气的人,
如果是有福气的人,我们可以发现他。"

他们敲锣、打鼓、放炮、吹笛、唱歌,
整个花园里都响着声音。
松帕敏一点不动地躺着,
有一个混些纳拿着金蜡条去看他,
看见他的脚印都像莲花一样,
脚印周围长着花瓣,
有一个混些纳向他磕头跪拜:
"召,你住在哪一个勐?
叫什么名字?
勐的名称怎么叫?
来到这里辛苦了,
没有一个人跟在你身边,
单你一个来吗?
妻子和儿子为什么不见来?
有什么事情告诉我们,
单你一个走过深山万里路,
像红霞一样到我们花园里来,

你的名字叫什么?
请你告诉我们。"

召松帕敏回答他:
"亲爱的百姓和混些纳,
正因为我们有很多困难,
我才到这里来。
我不说你们也会知道,
漂亮得像凤凰一样的南格西哟,
被贼偷到何处也不知道,
他们在河边偷走了南格西,
我没有福气就离开了妻子和儿子,
现在我很挂念他们三个,
我离开了河边到花园来了。"

些纳磕头跪拜:
"你到这里来很好,
不要把这个勐的百姓和头人丢下,
我们人家要求你当勐达戛西拉的
国王。
勐达戛西拉的国王因年纪老了,
离开了人间到天堂去了,
老百姓感到寂寞,
重新找一个国王很困难,
现在碰到你是个很好的机会,

请有福气的召到我们国家当国王。"

有福气的召松帕敏回答:
"我是单一个人走过森林来到这里,
我原来住的地方是遥远的勐,
现在我想当一个叭拉西,
住在森林找山药当饭吃。
我要当叭拉西,
不想当国王,
请你们原谅,
不要说我侮辱你们的国家,
我这样子说请你们不要怀疑,
请混龙①带百姓转回去。"

有几个混勐和些纳又叩头跪拜:
"有福气的召呀!
你们是生下来当召的,
还是请你到我们国家去当国王,
请你骑在大象背上到我们国家去。
勐西拉的城市很好看,
宫房非常漂亮,
到处安着玻璃窗,
请你到宫房去当召片领,
管理国家的老百姓。"

---

① 混龙:头人。

有福气的召松帕敏,
伸手去接金盆和金蜡条。
些纳和百姓把给谷子做的花拴在
他身上,
敲锣打鼓从大石头这里走到了森林,
叫声啊,
响亮在整个山头。
有的吹笛子、拉二胡,
有些跳舞,跳长刀舞,
阳光照在人身上一闪一闪地亮,
马声和锣鼓声连天响,
他们愉快地回到城市来。
看到宫房很漂亮,
到处安起玻璃窗,
宫房的外边有大小的阁铃,
像天神的宫房一样,
很多的些纳来给松帕敏洗澡拴线,
让他当召片领。
他们敲锣打鼓,
不停的声音传到各个勐去,
叫各个勐准备礼物——大象、马匹,
按照国家的规矩来送礼。

一百零一个勐准备了礼物,
一对大象和很多些纳,
把大象送给召松帕敏,
给他拴线,

敲锣打鼓送礼来。
叭松帕敏幸福地当国王,
管理着国家大事,
管理着国家的百姓,
一百零一个地方的人都来向他叩
头跪拜,
天天都送礼物来给他。
他的名声传到各个地方,
有六万宫女欢乐地跟他在一起,
勐达戛西拉比过去更好,
威望更高。

渔人乃帕赫抱走两个孩子以后,
孩子变得又黄又瘦,
一方面没有奶吃,
一方面想念父母亲。
渔人乃帕赫还是很好地养活孩子,
两个孩子和渔人在一起捕鱼生活。

召勐达戛西拉的名声传到渔人耳里,
听说召勐达戛西拉的脚印像莲花
一样,
听说他有很多的福气,
整个世界都在称呼他。
渔人乃帕赫想:
"是不是把两个孩子送给召达戛
西拉?

送给召达戛西拉可能很好,
将来会有一定的报酬,
明天早上要把两个孩子送给召。"

召达戛西拉晚上做了一梦,
梦见整个城市满着清清的河水,
梦见螃蟹和鱼在水里很多,
梦见绿色的大水塘发出亮光,
梦见白旗在天空飘来飘去发出亮光,
梦见宫房发出各种各样的颜色,
非常漂亮,
有许多宫女挑水,
梦见小鸟的娘抓鸽子来喂它,
小鸟长大以后都飞跑完了。

叭达戛西拉梦醒,
第二天吃早饭的时候,
他叫摩古拉来卜卦:
"昨天我做梦,
请摩古拉卜卜是什么事情。"

摩古拉向召西拉叩头跪拜,
给召西拉好好地听。
摩古拉说:"血淌在你床上,
就是说召得当国王,
绿色水塘发出亮光,
先得要受苦,

后来得在宫廷享福,
白旗在天空飘来飘去,
可能要得到南格西,
老鸟找鸽子来喂小鸟,
就是要有人来祝福召的幸福,
请召西拉很好地考虑吧!"
召达戛西拉心里很高兴。

两个孩子已经长大,
听说渔人要把他们送给叭召,
两个孩子就向所有的老人和姑娘
告别。
"再见了!亲爱的乡亲们和男女老少,
再见了!干爹和干妈!
从小就养活了我们,
给我们不断地成长,
现在我们要离开了干爹和干妈,
亲爱的干爹和干妈,
我们两个经常跟你们在一起,
现在要离开你们了,
不论到什么地方去,
永远不会忘记。
敬爱的干爹、干妈,
祝你们活到一百二十岁。"

他们走下了竹楼,
走出村寨的房子,

小姑娘们来给他们祝福。
"亲爱的情人哪,
你们为什么把我丢下?
走到遥远的地方去,
今后不可能有第二次相会。
现在你们两个要走了,
你们要把我们留在村寨,
想起亲爱的情人时又到何处看?
你们要去就去吧!
但到什么地方去,
请你们不要把我们忘记,
不可能有第二次的见面了。
几年以后请回来给我们在一起,
你们要去就去吧,
亲爱的情人像鲜花一样漂亮,
我们很可怜你们,
你们要走很远的路程,
你们要去就去吧,
你们到宫房去,
去跟宫廷里的姑娘谈情。
亲爱的情人,
这一辈挨不到你们,
死后在天堂相会。
亲爱的情人,
你们别忘记我说的话。"

宰牙新和宰牙跌,
一面向姑娘告别,一面擦着眼泪:
"再见吧,
亲爱的姑娘们,
阿哥要到远方去了,
再也看不见你们,
舍不得离开美丽的姑娘们,
走起路来辣辣的阳光照在身上,
想起漂亮的小姑娘要到何处去看?
阿哥离开亲爱的情人,
擦起眼泪走起路来,
再见吧!像莲花一样漂亮的姑娘,
我们要走到森林去找父亲。"

渔人乃帕赫领孩子走到宫廷,
向召阿雅①叩头跪拜:
"有两个孩子送来给召勐,
有福气的召西拉,
我把两个孩子送给你,
将来是不是会有报酬?"

两个孩子跪下来,
召西拉问:
"这两个孩子你从何处拿来?"
渔人叩头跪拜:

---

① 召阿雅:管一切东西的国王。

"有福气的召西拉,
这两个孩子是我自己的,
是自己亲亲的孩子,
我不会欺骗召西拉,
拿自己亲生的孩子来送给召。"

召松帕敏又问渔人:
"这两个孩子长得很好,
为什么是你自己生的?
你欺骗不了。

"两个孩子的脸像金子一样,
两个孩子都长得一样漂亮,
两个孩子的脸红光满面,
为什么会是老渔人的孩子?"

渔人向松帕敏说:
"召松帕敏啊!
我不会欺骗你,
这两个孩子真的是自己亲生的,
这两个孩子像我的妻子一样漂亮,
因为召的威名大,
才把这两个孩子送来给召。"
渔人非常不老实,
他不让两个孩子说话,
他把孩子送给松帕敏后就回家去。

宰牙新和宰牙跌住在召西拉宫房里,
召西拉跟两个孩子说:
"从今天以后你们跟我在一起,
过着幸福的生活。"
他们父子三人在西拉见面,
从此就在一起生活。

南格西离开召松帕敏已有十年,
但因为她有福气,
没有一个男人和她发生什么关系,
船长抓住漂亮的南格西去,
可是不敢接近她。
南格西福气大,
整个世界找不出第二个来,
如果哪个男人福气不大配不上她,
船长的福气很小,
南格西对他没有什么感情。
船长要是想接近南格西,
南格西的身子就变成一团火,
他再也不敢接近。
南格西坐在船上,
划到勐达戛西拉河边来休息,
看见勐达戛西拉的城市和宫房,
前面擦上各种颜色的漆。

船长准备给召西拉送礼,
他拿缎子、宝弩、花布价值一万

块钱，
拿到宫房送礼，
向召西拉磕头跪拜：
"有福气的召西拉，
现在我送礼物来给你，
请召西拉接下这些礼物。"
召西拉回答做生意的人：
"感谢你们送礼物来，
你们从何处来到这里？
是不是从遥远的地方到这里来？"
做生意的人回答召西拉：
"我们从遥远的一望无边的大河水来，
三个月以后才到这里。"
召松帕敏又说：
"亲爱的召十戛①，
到这里来是很好呀。
旧年过去了，新年来了，
现在我要召集所有的老百姓和雪拉②，
到花园桑波岩去赶摆。
你们在这里给姑娘们谈情，
看看这个国家的姑娘，
是不是比你们国家的姑娘还要漂亮？"
奈实宝③对召西拉说：
"感谢召西拉对我们很好，

现在没有人看我们的东西，
我们的东西还丢在河边。
还是给召西拉告别，
回去看东西，
怕贼来偷东西。"
当时召西拉回答：
"没有什么关系，
我要派人去看你们的东西。"
叭龙派两个孩子，
去看东西。
对孩子说：
"你们去看客人的东西，
不要玩小姑娘，
也不要玩客人的小姑娘，
你们两个到河边去看客人的东西。
我说的话不要忘记，
不要跑到遥远的地方去，
可能有贼从遥远的地方来偷，
我说的话要好好地记住。"
两个孩子给召西拉磕头跪拜，
带领着几个伙伴到河边去，
两个孩子给伙伴包围这个船，
因为召西拉说，
要好好地看客人的东西。

---

① 召十戛：生意人。
② 雪拉：头人。
③ 奈实宝：船长。

河边的船上很热闹,
南格西一个人悄悄地坐在船上,
她不知道两个孩子格能够第二天见面。
两个孩子就悄悄地坐起来,
看人家赶摆。
当深更半夜鸡叫的时候,
召宰牙跌已经瞌睡了,
召宰牙新就跟弟弟说:
"我们要来的时候,
召西拉给我们说了许多话,
如果我们瞌睡,
有小偷来偷客人的东西,
我们要拿什么东西来赔他们呢?
亲爱的弟弟,
你好好地听吧,
哥哥要把过去住在勐张巴的事给你谈谈。
我们住在宽广的勐张巴的时候,
我们的父亲叫召松帕敏,
管理着勐张巴的老百姓,
有一个叔叔的心很黑暗,
叔叔想夺父亲的职位,
有福气的召松帕敏和妻子,
晚上就背我们两个逃走。
自从离开了国家,
就到大河边来。

这时有渔人到河边来拿鱼,
看见我们两个,
渔人就抱我们到他家当亲生子。
我们亲亲的母啊,
她的肉色很漂亮,
白得像攀枝花一样。
她的眼睛黑溜溜的,
好像天上的叭英,
从天上飞到了人间,
整个世界上没有一个比她漂亮。
她说话的声音好听得像弹琴,
她的一行一动像孔雀一样,
漂亮的母亲名叫南格西。
亲爱的弟弟呀,你好好听,
父亲召松帕敏领我们逃走时,
母亲南格西也跟我们走,
走的路程很远,
走到森林就累了,
母亲背着大包包爬了很多大坡。
如果我们两个哭,
父亲、母亲就给我们俩喂奶,
喂好奶后就走路,
走过了大山一座又一座。
现在母亲可能挂念着我们两个,
可是她找不到我们两个,
不知到什么地方去了。
我们两个是亲兄弟,

是一个母亲生下来的,
召宰牙跌弟弟好好记住,
哥哥知道多少给你谈多少。"

这时候南格西知道清楚,
知道两个孩子是自己亲生儿子,
南格西跑来抱住他们两个:
"天神掉下来的亲爱的孩子呀,
离开了很久现在又见面了。"

两个孩子想起父亲临时的嘱言,
叫他们不要玩弄小姑娘,
漂亮的南格西说:
"亲爱的两个孩子从何处来?
母亲离开你们两兄弟将近十年,
现在亲爱的孩子来到这里,
母亲不放你们俩到别处去。
亲爱的孩子,
母亲不会忘记你们两个,
亲爱的孩子要随时跟母亲在一起,
你们两个是母亲生下来的。"

两个孩子抱起妈妈哭:
"敬爱的亲生母亲,
我们离开了你心里很寂寞,
我们两个去做渔人的奴隶,
渔人又把我们两个送给召。

现在有紧急事情,
叫我们俩到河边看吓人的东西,
就在这里碰见有福气的亲生母亲。"

他们两个抱起母亲,
南格西很爱自己的孩子,
一面哭一面用手轻轻摸孩子的脸,
他们三人好好地坐下来。

做生意的人看见了他们三个,
对南格西说:
"为什么这样胆大,
敢玩弄两个小伙子?"
这个人跑到森林报告做生意的长官:
"有两个年纪轻轻的小伙子,
他们不听国王给他们说的话,
他们两个来玩弄漂亮的姑娘,
他们两个把你的妻子,
抱去抱来还不放。"

做生意的长官很生气,
就向召松帕敏磕头跪拜:
"现在有两个小伙子玩弄我的妻子,
他们两个这样大胆!
请召叭龙西拉支持。"

召叭龙西拉很生气,

举起手敲在金桌上说:
"你们去把两个孩子杀掉!
抬起脚来踏在他们的胸上,
今晚捆去杀,
不要给他们两个来见我的面。"
波格① 跑出去,
有的背着大刀,
有的拿着棍子,
跑到两个孩子前面,
把他们掀倒在地,
用绳子拴起脖子来。

两个孩子大哭,
因为士兵无理拴起他们,
两个孩子跟士兵说好话,
士兵也不听。
士兵把他们两个拉去,
问他们叫什么名字,
又说:"你们要死了!"

给母亲分别了十年,
今天才见面又要离开,
士兵对两个孩子说:
"你们两个为什么来玩弄长官的妻子?
你们两个要死了,

人家要杀你们两个变成泥土。"
士兵咒骂他们两个,
把他们的头敲出血来。
孩子说:"很痛苦呀!
我们要死了,母亲还不见来,
我们两个全身都被绳子捆着。"

士兵用刺刀戳他们的背,
两个孩子痛苦,说:
"啊,很残酷啊,父母亲!
如果父母亲跟我们在一起,
我们就不会遭受这个痛苦。
亲爱的弟弟呀,
哥哥全身都是血。"
他们两个昏倒无精神,
因为很多的人都来打他们两个。

两兄弟一面哭一面滚,
因为绳子紧紧勒在身,滚也滚不掉。
"我们两个已快要死了,
再看见父母亲一下。"

南格西看见两个孩子被人拴,
她哭到在地上滚:
"我爱得像眼珠一样的孩子呀,

---

① 波格:士兵。

自从在河边分别以后,
现在才见面,
亲爱的两个孩子。"

士兵一面敲他们两个,一面拉出去,
守在大门的老人发现了,
就咒骂士兵:
"是不是两个孩子犯了什么罪?
如果他们两个犯罪,
明天再杀,
今天已经晚了。
如果你们拉出去杀,
将来对你们没有好处,
做一件事情不要盲目去做。
现在我给你们讲一个从前的故事:
很久以前有两夫妻生得一孩子,
他们夫妻天天都出去劳动,
有些时候时间去得很长才转回来,
把孩子丢在家里哭。
孩子盼望着父母亲回来,
娃娃丢在家里没有老人看。
太阳落山以后,
他们转回家看见一只小白兔,
小白兔会听人的话,
两夫妻就把小白兔带回家,
让兔看小娃娃,
小娃娃哭就让白兔哄他玩。

"有一天,夫妻俩又去地里劳动,
给白兔把娃娃当它的弟弟看着,
他们两个到森林里去劳动。
白兔没有好好地领娃娃,
有一条恶毒的大蛇爬到家里来,
这时候娃娃正在睡着,
恶毒的蛇把娃娃咬死。
白兔看见恶毒的大蛇,
一下跳去咬住蛇的脖子,
大蛇在火塘边死了。

"夫妻俩劳动转到家里,
看见自己的娃娃已经死了,
他们怀疑娃娃是白兔咬死的。
丈夫很生气,
用棍子敲打白兔,
白兔眼睛一鼓一鼓地死去了,
后来看见恶毒的大蛇死在火塘边,
他们两个很懊悔。
你们不知道吗?要慎重考虑。"

有些士兵听老人的话,
有些士兵还在咒骂要杀要打,
有的还吓唬孩子:
"你们两个要死了,
我用长刀砍你们的头,
要吃什么赶紧吃饱。"

一面说一面敲打孩子,
孩子的全身流着血,
两个孩子就哭了,说:
"亲爱的妈妈,
你格想到我们两个孩子?
现在我们两个一面想父母亲一面哭,
我们两个要离开人间啦,
明天他们要拉我们到龙林去杀。
再见吧!亲爱的妈妈!
再见吧!做生意的人!
以后你们给我们俩赎佛,
现在全身血淋淋,
心里非常痛苦。
衣服裤子都破烂,
因为他们无情地敲打。
亲爱的妈妈,
士兵杀了我们还是好,
省得活着给他们打,
省得活着给他们用刀戮。
亲爱的妈妈,
全身都是血,
心里很难过。"

守在大门的老人听见孩子的哭喊声,
老人问两个孩子,
他要把这个事情弄清,
他说:"这两个孩子一点也没有犯罪。"

老人赶快跑到宫房向国王报告:
"召勐西拉呀!
他们两个孩子没有什么罪,
被士兵打得头破血流,
全身捆得紧紧的,
两个孩子一面哭一面挂念他们的母亲,
他们说:'亲爱的母亲啊,
我们两个要死了,
漂亮的母亲啊,再见了!'
他们两个这样哭。
我就问他们两个,
他们两个又说:
'看见母亲坐在船上,
就跑去抱住母亲。'
做生意的长官不顾一切地跑来抓他们两个,
请召去救救他们两个,
他们两个犯了什么大小罪,
也应该去问一下。"

召叭龙西拉知道这个情况后,
他全身像火烧一样发热,
下命令给守大门的人,
赶快去把他俩背来。

守大门的老人赶紧跑去,
将两个孩子背到宫房。

两个孩子全身都是破烂衣服，
全身鲜血淋淋，
全身捆着绳子，
坐在宫房的宫女和其他人都哭起来，
因为是可怜他们两个。

两个孩子向召西拉叩头跪拜，
把自己的事情从头到尾向召西拉
说明：
"坐在大象的召西拉，
我们两个在大河边离开了母亲，
今天才在船上看见母亲，
我们两个跑去抱住母亲。"

召西拉叫他们从头到尾好好说清，
宰牙新向召西拉叩头跪拜：
"坐在人们头上的大国王，
如果我们犯罪请召西拉原谅，
不要杀害我们的生命，
给我们两个同你生活在一起，
我的弟弟叫宰牙跌。"

召西拉听了孩子的话，
心里热得激动起来，
问宰牙新什么名字，
宰牙新向召西拉跪拜：
"感谢召西拉问好，

我要从头到尾说给召听。
我是宰牙跌的哥哥，
我们两个住在国家的时候，
有一个叔叔也叫松帕敏，
来抢我父亲的王位，
父亲背着我们两个孩子，
母亲背着大包包，
走到了森林。
我们两个离开父母亲好几年，
今天才看见母亲，
可是灾难又在我们身上降临，
我们两个看见母亲南格西，
就跑去抱她。"

叭龙召西拉很激动，
他的身上像火烧了一样，
他的眼泪一滴一滴地落到地上，
他问两个孩子。
宰牙新就叫宰牙跌从头谈，
宰牙跌向他叩头跪拜：
"感谢你的问好，
如我们两个犯罪请你救命，
话说不对请你原谅。
坐在大象上的召西拉，
说话好像召勐张巴一样，
他的人格很漂亮，
就像召西拉一样，

请你好好考虑一番,
我们说错了,希望你别给我们加罪。
我的父亲叫召松帕敏,
我父亲当召勐张巴的国王时候,
千万老百姓都给他送礼,
召勐张巴很爱护老百姓,
他当召片领的时候还有乘坐的大象,
宫房盖成大象的样子,
用金水来美化,
安着很多的玻璃窗。
他要离开勐张巴的时候,
所有的老百姓舍不得给他离开,
现在我们两个内心非常痛苦,
离开了父亲不知有几年了,
也不得见面。"

叭龙西拉知道得很清楚,
知道孩子就是自己的儿子,
叭龙西拉离开了座位,
来抱起两个孩子哭起来:
"亲爱的两个孩子,
你们伤心啦,
你们的衣服都是破烂,
全身都是鲜血,
几乎你们两个孩子要离开了人间。
我的心哪!
我永远不会忘记你们两个,
士兵几乎杀害了你们,

因为有人来给父亲造谣,
给两个孩子受伤。
父亲听信他们的谣言,
才叫士兵去抓你们来,
被士兵打得头破血流。
父亲的心很黑暗,
不问清楚就叫士兵去抓你们。
亲爱的亲生儿子,
我不放你们两个到别处去,
像莲花开的宰牙新哪,
父亲的儿子有福气,
现在已经长大了。"

所有的百姓和宫女很可怜他们,
整个宫廷都响起了哭声,
姑娘和百姓们说:
"两个孩子从头到尾给召西拉说,
现在两个孩子全身都是血。"

召西拉下命令给些纳,
叫他们赶快去接南格西来,
又说:"南格西王后坐在河边,
你们赶紧去把她接来,
不要拖长时间。"

些纳骑上雄壮的马,
飞跑到河边去,

让南格西骑在马上回到宫廷。

南格西看见自己的儿子坐在那里，
全身沾满了血。
她全身都在发热，
她忙去抱孩子，
她马上昏倒在地上，
她用手轻轻摸着孩子的脸：
"亲爱的两个孩子，
我以为你们两个死了，
再不得见母亲的面。
现在你们两个还没有死也是很好了，
我认为你们两个被人家杀死了，
像莲花一样亲爱的两个儿子，
你们两个没有离开人间，
从今以后给你们两个活得一千年。"

办国家大事的召些纳，
抱两个孩子去洗澡，
些纳一面给他们洗澡，
一面流着可怜他们的眼泪。
洗好以后用花格子衣服给他们换新，
拉来了两匹红毛的雄马，
用绿缎子盖在马背上，
又放上了马鞍，
让两个孩子骑在马上。
敲锣打鼓地祝福他们俩，

给他们两个拴线。

他们给南格西第二次做王后，
他们父母子四人重新生活在一起。
有福气的召松帕敏，
就是召勐西拉的国王。

老百姓和些纳准备了大象、马匹，
红红绿绿的各种颜色的旗子，
要把宰牙新升为国王。
父亲年纪大了，
让儿子继承王位，
召宰牙跌小伙子，
让他随时跟哥哥在一起。

宰牙新当上了国王，
不压迫百姓，
管好国家大事。

各个地方的头人、百姓，
都来向他祝贺。
有的吹笛子，有的吹长号，有的
吹牛角，
有的唱歌，有的跳舞，有的喊"水"！
整个城市很热闹，
有福气的召西拉和儿子在一起，
更好地带领老百姓，

按照国家的规矩办事。
每天赕佛六千斤金子，银子不缺少，
更好地管理国家大事，
使勐西拉的国家幸福富强，
使召勐西拉活到一百二十岁，
使召勐西拉和老百姓生活更美满。
召西拉大叭当国王管理百姓多年，
他年纪老了离开了人间，
回到天堂叭英在的地方。

松帕敏想侵占哥哥的王位，
所以他死后下到地狱。

召宰牙新是天神叭英下来生的，
所以他有很大的福气，
召宰牙新的名字又叫拉火，
是有很大的福气的人。

王后南格西离开国王和儿子，
后来又见面了，
又叫南苏塔拉丙把，
像莲花一样，
是召拉火的母亲。

年纪轻轻的召宰牙跌，
离开了父母亲，
全身都是血，
他的福气非常多，
谁也比不上他，
是天神叭英下来生的。
他又叫阿年达听，
他有很大的福气。

守在大门的老人不准士兵杀害孩子，
他是阿拉罕达，
谁也比不上他，
如果升和尚就叫先达听。

松帕敏，骑在大象的召勐张巴，
他的弟弟想夺他的王位，
他就离开了宫房，离开了百姓，
离开了国家勐张巴，
逃走到森林直通勐西拉。
因为他有很多的福气，
他是"萨般若"佛祖，
是第一个教育经书的人，
他死后到天堂去，
到很漂亮的天上宫廷去住。

苏文

记录者：周开学
翻译者：刀兴明
时间：1962年5月29日
搜集地点：云南省西双版纳傣族自治州景洪市勐龙镇

很久很久以前，
有一个国家叫勐巴拉纳西，
接近一条大河，
有一个骑在大象上的台哈下①，
他的名字叫叭雅阿金，
出生来就骑在大象上，
住在宽广无边的勐巴拉纳西。
有年纪轻轻的王后，
她的名字叫南洒里洛丙把，
有六万宫女随时守在她身边。
有很多的百姓和些纳，
到下午时骑着马匹在大路上跑，
一到街子天，些纳、头人更愉快
地骑着马匹来赶街。

勐巴拉纳西的城市和宫房，
随时发出善良的光芒，
像金黄色一样，
有遥远地方的头人都来送礼，
国王的金钱吃不完，赊不完，
把这些钱救济穷人。

勐巴拉纳西的国王，
如果他死就没有人来抵他的职位，
他梦想着一个儿子和姑娘，
等他死后来替他的职位。
国王和皇后说：
"亲爱的王后啊！
你好好考虑一下，
我们的宫房永远像金黄色一样。
现在没有一个儿子和姑娘来抵我
的职位，
以后怕别的国家来侮辱我们的国家，
希望王后帮助想办法，
我们要想些什么办法才有儿子来

---

① 台哈下：国王。

替位。"

王后听了以后想：
"现在国王说要有一个儿子和姑娘
来抵王位。"
王后带领着六万宫女到河边洗澡，
到十五月亮圆的时候，
王后很规矩很信佛，
随时保护自己的五个佛或八个佛，
到了深更半夜鸡叫时候，
王后南娥赦①，
向天上的叭英、叭彭请求一个儿子。

当她的话传到叭英、叭彭处时，
叭英、叭彭就知道了，
从天上观看世界上，
知道年轻的南洒里洛丙把想要孩子，
叭英就说："应该帮助！"
叭英下楼告诉年纪轻轻的掉瓦布②，
叫掉瓦布从天上飞到勐巴拉纳西，
他们飞到了王后的宫房，
这时候时间已经晚了。

南洒里洛丙把睡在床上很甜蜜，

叭英用好听的话叫她：
"爬起来吧，
亲爱的南丙把妹妹呀！
你不是说想要个儿子来抵你们的
职位？
现在哥哥已经到了，
要把孩子送给你。"

王后听见声音醒来了，
她知道叭英下来帮助她，
她向叭英和掉瓦布磕头跪拜，
叭英和掉瓦布就不见了，
他们变成漂亮的果子麻哈岛，
王后将麻哈岛吃了一半就掉在楼下，
果子被鸟捡去吃了，
叭英回到天堂去，
王后睡醒就睡不着了。
这时候已经深更半夜了，
天越来越明了，
天亮了，南洒里洛丙把起床。

她来向国王磕头跪拜：
"亲爱的哥哥呀，昨晚妹妹做梦，
梦见一个男孩子进到我寝室来，

---

① 南娥赦：即南洒里洛丙把。
② 掉瓦布：天神。

把麻哈岛送给妹妹,
妹妹接过来吃进肚里去了,
吃了麻哈岛就全身发抖,
究竟是怎么一回事,
我也不知道,
请国王给我解释。"

国王知道后向王后说:
"昨天晚上你也做梦我也做梦,
骑着大象的国王梦见整个巴拉纳西,
发出闪亮的光芒,
像太阳照在镜子上,
梦见勐巴拉纳西出现金矿、银矿,
梦见大海水变成红色,
梦见肠子出来围绕城市三转又回到肚子里。"
国王召巴拉纳西很着急,
去叫摩古拉来卜卦。

摩古拉卜卦后向国王跪拜说:
"国王和王后昨天做梦没有什么问题,
今后勐巴纳西要更加幸福,
以后王后要生得男孩子。"

召勐巴拉纳西很高兴,
随时都跟王后在一起。
"亲爱的丙把妹妹,
我们要生得孩子来顶我们的职位,

现在你还没有生孩子,
要好好地保护身体。"

王后很高兴,
随时小心保护身体,
一行一动都很注意,
盐碱和辣子的食物都不吃,
怕影响自己的孩子。

她怀孕已经满十个月了,
鸡叫时她生下了小孩,
小孩和母亲的身体很健康,
也没有什么病,
生孩子好像捡得石头大的金子。

有一个些纳的妻子和王后同时生孩子,
绿色的马也同时生下一匹小马,
这匹小马身白头绿,
这匹小马力气很大,
飞到天上绕了三转,
观察世界的森林,又回到宫房。

召勐巴拉纳西想给儿子取名字,
叫最会卜卦的摩古拉来卜卦,
所有的摩古拉都到宫房来,
都来向国王跪拜:

"国王有什么事情叫我们到这里来?"

国王说:"王后生的男孩已经满月,
应该给他起名拴线,
要怎么起名才起得合?"

摩古拉给王子起名,
叫个有福气的"召苏文",
他身材很漂亮,
他长大以后,
小姑娘和老百姓很喜欢他,
国王和王后很爱他,
随时给他打扮和吃好的东西。

召苏文一年年地已长成小伙子,
国王下命令到所有的地方,
叫所有的漂亮姑娘来到城内,
要打扮得非常漂亮。

富翁召西梯的姑娘,
各个召勐的姑娘,
老百姓的姑娘,
所有的都一定要来,
所有的姑娘打扮得非常漂亮。
有些纳的姑娘和百姓的姑娘,
她们要看看召苏文漂亮成什么样,
她们全部来到了宫房。

她们一排排地坐下,
国王和王后叫儿子苏文来看姑娘。
"亲爱的儿子呀,
现在所有的小姑娘已经来到了,
像金子一样的儿子来看小姑娘,
喜欢哪一个,
哪个符合做你的妻子,
你就来拣一个。
你结婚以后要给你当国王,
妻子做王后,
所有的勐巴拉纳西都给儿子管理,
大象、马匹、宫女、百姓、宫房,
全部归你管理,
要按国家的规矩办事。
父亲年纪老了,不当国王,
要靠孩子养活,
亲爱的孩子呀,
父亲告诉你,你要好好记住。"

有福气的召苏文小伙子,
跟父亲磕头跪拜:
"敬爱的父亲啊,
请你原谅,希望你不要说,
我不听你的话,
所有漂亮的小姑娘我一个也爱不上,
我也不具备这个条件配她,
因为过去没有在一起赕佛,

现在我还不想结婚,
请父亲原谅。"
骑着大象的父亲不说什么,
请所有的姑娘回到自己的地方。

宽广无边的大森林坝亨毛版,
有各种各样颜色的花,
有糯格告花、糯根花,
有宽宽的大水湖,
有许多动物在森林里跳去跳来,
坝亨毛版跟勐巴拉纳西相近,
在勐巴拉纳西的北面,
大水湖有叭拉西住在这里。
水湖里有很多的金莲花,
开花时候很香,
有棉布[①]和蜜蜂飞去采花,
有小雀、凤凰、乌鸦、鹦哥,
一群群地歇在树枝上吃野菜。
哪里有成林的草棚,
动物就到哪里去歇,
有李子树,有玉米、山药、芋头,
有甘蔗、绿叶子[②],
有桂花,有缅花……
就在水湖的周围开满,
像一个大花园一样。

叭拉西住在这里,
选最好吃的野果当饭吃,
叭拉西住的周围树枝上,
有蜜蜂在上面做窝,
叭拉西选最好一窝的蜜来吃,
所有好吃的东西都长在坝亨毛版。

森林里有大老虎转去转来,
阿呜阿呜地叫着,
有熊子和猴子一群地在树上跳,
捡野菜来吃,
有八哥、有凤凰飞到花树上,
捕食着小虫,
有一对对糯花[③]在树上,
有老虎、大象在水湖里吸水。

水湖里有金鱼、白鱼、鳄鱼和龙,
在水里游来游去,
接近叭拉西住的房子。

有一个天仙在天堂,
她是一个公主,

---

① 棉布:黑壳虫。
② 绿叶子:吃槟榔用的。
③ 糯花:鸟。

住在勐打瓦丁沙，
她的年纪已经老了，
她的花布已经褪色，
她所有的宝布、宝鞋、皮东西，
颜色已经失去了。
她死了以后，
灵魂又超生来世上，
叭英给她离开天堂的宫房，
到人间城市来，
叭英叫天仙到森林坝亨毛版来，
哪里有水湖和叭拉西住的地方，
她就到哪里来。
叭英给天仙说：
"这里的水湖有金莲花，
还有一个接一个的莲花，
这些莲花在湖水里开花，
你就到金莲花里住。"

天仙叫南西拉，
当她进莲花里以后，
莲花合起来不再开，
因为怕阳光晒着小姑娘，
怕受老虎和蛇的伤害，
许多的莲花围在这朵金莲花周围。
周围的莲花开了以后，
小鸟经常飞来飞去歇在这里，
但是小鸟飞来时金莲花就闭了。

满四个月还是不会开，
有些时候风不刮它会动，
有一天，叭拉西发现了，他很奇怪。
有一天，叭拉西飞到坝亨毛版去玩，
去采野果来吃，
叭拉西又飞到房子里来，
他回来很热，就到湖水里去洗澡。
像火一样的宝眼，
他发现金莲花不开，风不刮会动。
叭拉西去看，金莲花朵很大，
他就用手打开金莲花，
有一个小姑娘叫南西拉睡在里面。
叭拉西很高兴，
他把姑娘抱到佛寺里来，
叭拉西去拿金莲花来给姑娘睡，
去拿金莲花瓣来做被子。

金莲花姑娘慢慢长大，
叭拉西非常爱她，
爱得像自己亲生的女儿，
他经常找最好吃的东西来给她吃，
把手指当作奶给她吸，
她吃了最好吃的东西。
她吸了手指头，
一年一年地长大，
她的身子、头发很柔软，
父亲叭拉西给她取名字，

找最好的日子来取名，
她的名叫作巴独马告摩罕南牒，
她长大以后，将她带到森林去玩。

南波罕一年一年地长大成十六岁的小姑娘，
天天到森林去找芋头来给父亲叭拉西，
森林的树很茂密，
有老虎、熊子、麂子、马鹿，
有很多花树：缅桂花、糯根告、糯格，
花树周围散着花的香味。
南波罕小姑娘，
摘最香的花插在头上，
她看见一对对的野鸡飞去飞来地叫，
唯有南波罕无伴地独去独来。

太阳快落山的时候，
她已回到自己住的地方，
背着许多芋头来送给父亲叭拉西，
随时给叭拉西做事情。
晚上，叭拉西插蜡条在桌上拜佛，
她也跟着叭拉西拜佛。

第二天早上，太阳升上天空，
吃了早饭出去玩，

她有着一个理想：
"小小的八哥都成双，
唯有自己独一人。"
她心里感到发慌，
这是天仙的话激动她这样想，
在森林里她看见凤凰、鹦哥一对对在树上，
衔着果子一个送给一个。
"我自己究竟是什么一回事？
是不是会像小雀一样成双？
小鸟是只鸟，我是一个人，
是一个漂亮的姑娘，
将来是否会有人来求婚？"

巴独马波罕找绳子把花串成一圈圈的，
将花圈丢到天空又向叭英磕头跪拜：
"如果我有福气，
以后会有一个很漂亮聪明的小伙子来做我丈夫，
这样聪明的小伙子在哪里？
请叭英把鲜花送到他那里去。"

有一天，南巴独马波罕到河里洗澡，
她把鲜花丢到河里，
鲜花一直顺水漂流，
鲜花一直漂到勐巴拉纳西地方，

鲜花就在勐巴拉纳西河里转去转来。

有一天，有福气的召苏文，
他带着士兵和些纳，
到街上去跑马。
许多小姑娘看见他们在跑马，
都想来和他谈情说爱，
结了婚的女人也想来给他谈情说爱，
街上的人一个叫一个地看召苏文。
"小伙子呀！怎么这样子漂亮？
如果能和他同床一晚上，
比和自己的丈夫同床更舒服。"
宽广的勐巴拉纳西，
好像只有召苏文一个男人。

他跑马回来很热，
他带领着所有跑马人到河里去洗澡。
有的在水里比赛游泳，
有的像鱼一样钻到水里，
在水里你追我赶的，玩得很愉快。
年纪轻轻的召苏文钻到水里去，
当他从水里漂出来，
鲜花挂在他的脖子上，
其他的人还没有发现，
只有他一人知道，
鲜花挂在他的脖子上，
他也觉得很奇怪。

召苏文告诉大家：
"混些纳和士兵像椰子树一样，
你们看看鲜花是怎么一回事，
我也不知道。"
召苏文拿着鲜花心里很慌乱。
他把鲜花拿到父亲和些纳面前去问：
"究竟是什么事情？
请父亲和些纳告诉，
自从嗅着鲜花味以后，
我的心很慌乱，
随时挂着亲爱的情人，
但不知她在何处。
是不是叭英从天上下来变成鲜花，
来告诉我们？
我的心里很寂寞，
晚上睡时没有人来盖被窝。"
为了追求爱情，
有时他孤单单的不说话，
有时候饭也不想吃，
随时在想着情人，
有时好像身上有病，
坐在那里悄悄无言。

有一天，
他走下宫房来看大象和雄壮的马匹，
雄壮的马匹是同他一天生的。
马看见召苏文悄悄地站着，

马的心发起热来，说：
"高贵的召苏文哥哥，
你不要太寂寞了，
这对你的身体不好，
你的理想我早已经知道了。
漂亮的公主是天神叭英变来的，
肉色白生生的公主，
在何处我已知道，
除了我俩看得见，其他人都看不见，
现在亲爱的妹妹正在等待你，
她住在森林坝亨毛版地方。
她的父亲就是叭拉西，
叭拉西捡她去养，
把她当亲生女儿一样。
有一天总会达到我们的理想，
请金黄色的召苏文赶快想办法，
这个事情也要很慎重，
因为漂亮的姑娘等待着，
我们飞到森林去寻找她，
我们飞到宝房去跟有福的叭拉西求婚，
漂亮的小姑娘是叭英从天上下来，
到森林坝亨毛版来生。"

年轻的召苏文知道以后，
他的心里非常感动，
他向父亲和母亲跪拜：

"我的情人在遥远的地方，
但是还不知道她在何处，
请父母亲许可儿子去寻找情人，
我的情人在何处就到何处去找。"

管着国家的国王很为儿子担心：
"亲爱的孩子呀！
你要到远方去寻找情人，
希望你最好不要去，
这样宽广的国家就要你来管理。
如果你走以后，
宽广的国家没有人来当国王，
父亲不同意你去，
你不要乱去寻觅情人。"
王后知道自己的儿子去寻找情人，
她阻挡不准去：
"亲爱的孩子呀！
要听父母亲的话，
神秘的大森林是大动物居住的地方，
有老虎、熊子、大象、毒蛇，
这些都是凶恶的动物。
请儿子不要去了，
不要想到寻找情人，
不要乱想了。"

漂亮聪明的召苏文，
父母阻挡不了他，
因为天神叭英的话，

来激动着他的心。
召苏文向父亲、母亲请求，
希望得到父母亲的许可，
因为他的心随时挂念着姑娘。

后来得到父母亲的同意，
给召苏文一个希望：
"亲爱的孩子，你要到森林寻找情人，
希望你在路上不要有什么灾难，
父母亲等待着你带着公主回来，
你到什么地方要使许多老百姓喜欢，
使得老百姓给你献礼，
金钱如山吃不完穿不完，
很好地保护自己的身体。"
儿子召苏文知道父母亲已经同意，
把双手合在头上跪下向父母亲告别，
把金的马鞍放在马的背上，
骑上飞马飞到坝亨毛版去了。
宽广一望无边的坝亨毛版，
是飞马领着召苏文去，
白色漂亮的小姑娘喜欢到河边来玩，
她坐在河边很高兴地唱起歌来，
歌声伴着鹦哥小鸟叫，
像叭英、叭彭的声音一样。
歌声传到召苏文的耳里，
像吃着蜂蜜水一样甜。

漂亮的小姑娘，
已看着召苏文骑在飞马上，
就等待着看召苏文，
她看见召苏文骑飞马下来时，
非常漂亮，身子圆圆的，
当她看见召苏文的时候，
心里非常激动。

白色的飞马已经落地休息，
红色的太阳已经偏下去了，
小虫正在叭叭喳喳地叫。
召苏文就下马，
因为他看见南波罕，
心里非常激动，
他把马放在宽宽的草坪上，
让马吃着草，
召苏文就到森林里，
跟漂亮的小姑娘谈情说爱：
"亲爱的年轻漂亮的小姑娘，
你的脸红得像果子一样，
你带着笑脸谁也比不上。
当你一个到森林来玩，
找不到伙伴，
是不是天神家的姑娘到人间来？
是不是龙王的姑娘从水府到地上来玩？
是不是叭英变成漂亮的姑娘飞下来？

是不是宝姑娘从天上下来？
哥哥有福气今天才看到你，
像花朵一样漂亮的姑娘，
请你跟哥哥谈一谈，
哥哥爱着你，今天才到这里来，
哥哥爱着你才到这里来寻找。"

年轻漂亮的姑娘回答：
"亲爱的哥哥，
你走路像凤凰跳舞一样，
你说的话像宝鸡叫一样，
你的身体像叭英一样漂亮，
青色的头发很柔软，
如果你是好吃的东西，
我要当作槟榔含在嘴里，
哥哥的身体像椰子树一样，
长得很漂亮，
说话非常好听，
只不过妹妹配不上哥哥。
说话声音硬，
妹妹是妖怪姑娘，
我很生气我配不上你，
我住在森林里，是妖怪姑娘，
请哥哥不要乱形容我，
哥哥是国王的儿子，是有福气的人，

国家的规矩你也知道，
哥哥应该说好话，
我最怕的是哥哥乱形容我，
有很多的好话，
漂亮的哥哥应该谈，
如果哥哥这样子说，妹妹很伤心。"

召苏文感到很懊悔，
他又用小小的声音跟姑娘谈：
"像宝果一样美丽的小姑娘，
希望你不要生气，
有什么话应该好好地谈。
如果不好好地谈，
就像勺子烂了用黑夯①来粘也配不上。
哥哥听见很多人说，
妹妹是从天上下到坝亨毛版来生，
因为天神叭英的话激动着我的心。
有一天，哥哥到河里去洗澡，
看见一个花圈漂在河水里，
哥哥就捡着鲜花。
这鲜花感动着哥哥的心，
像一把钥匙开了大门的锁，
现在哥哥骑着飞马来寻找妹妹，
情人在何处哥哥就到何处来，

---

① 黑夯：胶质。

请妹妹不要丢掉哥哥，
有话说就应该谈谈清楚。
如果我们两个成双，
就是我们两个的福气，
哥哥要带领妹妹回到国家去，
过着幸福的生活，
请你做一个骑在大象上的王后，
哥哥在的国家居住着许多老百姓。
亲爱的妹妹，
哥哥是生长在南方的勐巴拉纳西，
居住在勐巴拉纳西的老百姓很富裕，
有四个些纳混龙办国家大事，
最鲜艳的花朵就是妹妹了，
或者是哪一个请妹妹告诉哥哥。"

皮肤白得桂花一样的南巴独马，
给苏文回答：
"亲爱的有福气的漂亮的哥哥，
自从我生长在森林坝亨毛版，
也没有见过这朵鲜花，
妹妹很奇怪！
像妹妹这样的不会做。"

姑娘心里暗暗地想，
她很相信召苏文，
她直用双眼看着召苏文。

召苏文又回答南巴独马，
南巴独马一下子跑到叭拉西住的地方，
像宝珠一样的召苏文跟她跑去。
"亲爱的巴独马妹妹，
你为什么丢掉哥哥？
是不是哥哥身材不漂亮，
妹妹看不上？
哥哥也不是妖怪会吃你，
是不是哥哥是大老虎要吃妹妹，
才把妹妹吓跑？"

小姑娘把门关起来，
把召苏文留在门外。
召苏文继续叫她：
"亲爱的妹妹像一朵桂花开一样，
发出了芳香的气味，
哥哥到这里来也是妹妹的客人，
按规矩来讲你应该接待客人，
亲戚朋友客人到家里来玩，
应该给人家见面谈话，
给客人问好。"

年轻漂亮的巴独马姑娘，
她的笑像叭英一样：
"感谢哥哥对妹妹问好，
以规矩来讲接待客人是应该的，

希望哥哥不要顾虑,
我们两个理想都是一样。"
小姑娘用漂亮的话祝福召苏文,
小姑娘的话像唱歌一样,
跟召苏文谈。
小姑娘用小缸子打水从窗口递给
苏文吃,
姑娘从窗子里递槟榔给召苏文吃,
当姑娘从窗口伸出手来时,
被召苏文捏住不放。

姑娘的心跳得很厉害,
她忍不住地打开大门,
走出来和召苏文谈情说爱。

父亲叭拉西要给他们俩成双:
"亲爱的儿子①和姑娘,
正因为你们两个有福气,
过去你们赕佛的时候,
在地上滴上了水,
说了自己理想的知心话,
所以你们两个才得以见面。
今天好像拾得千万金子、银子,
父亲要给你们两个拴线,
使你们夫妻成双,
你们两个要随时跟父亲生活在一起。"

有福气的叭拉西说完了话,
就用线给他们两个拴上,
骑大象的召苏文已和南巴独马同床。
他们两个天天到森林去,
拿最好吃的野菜来养活父亲叭拉西,
给叭拉西得到温暖,
天天保护叭拉西,
给他抬水洗脸洗衣服。

每天饭后他们就到森林去,
找野果和芋头,
凉风一阵阵地吹在他们身上,
他们两个很快乐。
森林里有花树和果树,
有很多动物在森林里跳去跳来,
在宽广无边的森林坝亨毛版里,
嗅着各种各样花的香味,
有一群群的蜜蜂飞来花间采蜜。

他们两个在森林里玩得很愉快,
森林里有一个猎人,
腰上挂着大包包,
抬着铜炮枪,
在森林里走去走来,
寻找着麂子、马鹿、老虎,
哪里有野兽他就往哪里走。
走来走去走到召苏文和南巴独马那里,

---

① 指的是女婿。——编者注

猎人赶快跑到草棚去躲，
两只眼睛悄悄看着南巴独马。
像花朵一样的南巴独马和召苏文，
坐在一起谈着幸福话。
猎人看见他们两个谈有趣的话，
口水一股一股地咽进肚里，
他想怎样才能将南波罕抢过来：
"我要把她的丈夫杀掉。"
他拔出弩箭要打召苏文，
弩箭尖头放一两毒药，
猎人瞄准召苏文的胸部就打，
弩箭穿进召苏文的胸部，
召苏文已经倒下对南波罕说：
"亲爱的南波罕，
究竟是怎么一回事？
发生这不应有的事情，
请你不要丢下哥哥，
你快来抱哥哥，
哥哥的心脏非常痛，
可能不会成人了，
再见吧，亲爱的妻子。"

皮肤亮的南巴独马，
看见丈夫滚来滚去地叫喊，
她忙跑来抱住丈夫，
南巴独马在地下招呼着丈夫。

他们两个见面的时候，
将骑马放在草坪上，
召苏文忘记了自己的马，
把马放出去忘记拉回。

头上绿色的马匹，
哪里有青草就跑到哪里去吃，
它走到妖怪的国家去，
妖怪的国家叫洛玛底，
有很多的妖怪在这个国家，
妖怪的大城市在大海边上，
妖怪的城市美丽宽广。

妖怪的国王有一个公主，
名叫南苏戛拉，
随时跟父亲在一起。
父母亲爱她像爱自己的眼珠一样，
妖怪的批牙国王，
做宫房给自己的女儿住，
有成千上万的宫女，
跟妖王的姑娘在一起。

白色雄壮的马飞到妖怪的国家去，
很多的妖怪听到飞马的声音觉得奇怪。
批牙国王很注意听，
听见飞马声音响，

他就跟些纳说：
"是什么大的动物飞过我们宽广的
国家？"
批牙生气了。
飞马飞过去又飞过来，
飞到妖王的宫房，
用后脚将宫房踢烂。
妖王很生气，
飞上天去追飞马，
一直追到森林坝亨毛版去，
当时飞马很伤心。

批牙国王到森林去抓飞马，
被马踢住胸部淌出血来，
批牙不放过它，
抓住飞马的脖子，
当时飞马已无力，
被妖王抓住，
批牙又骑住飞马飞回自己的国家。
飞马很伤心，
批牙将飞马紧紧关住，
周围用铁网和刺围起来。

白色雄壮的飞马心里很痛苦，
有时候很寂寞，
想到召苏文眼泪一滴一滴淌下。

召苏文和南巴独马，
因为猎人想要南波罕，
召苏文被猎人打伤，
身上都是血，
这叫妹妹南波罕身子发抖，
抱着亲爱的丈夫咒骂猎人：
"是哪个笨拙的人，
到森林来打我的丈夫？
是不是凶恶的妖怪想吃人，
来杀害我的丈夫？
是不是猎人到森林来打猎，
看见我和丈夫坐在一起，
生我丈夫的气来打？
看见我们两个在一起，
找不到麂子、马鹿，
来生我们的气把我的丈夫打伤，
究竟是怎么一回事呢？
我也不知道。

"像一棵漂亮的花树的丈夫啊！
你的心很痛苦了，
我的丈夫一点没有犯罪，
为什么受这样的痛苦？
亲爱的丈夫啊，
你要在森林里死掉了，
要把妹妹丢下单独生活了，
妹妹要到何处去找你？

我和你死在一起也甘心。

"哪个要来帮助妹妹做棺材？
哪个要来帮助妹妹砍柴扎火把，
送亲爱的丈夫去埋？
现在把丈夫丢在这里被老鹰吃。"
南波罕和丈夫坐在一起，
用手摸他的胸部，
丈夫的心脏还在咚咚地跳。
她把亲爱的丈夫抱起来，
丈夫不会说话，
闭起眼睛咬紧牙……
因为弩箭的毒药进胸部，
痛得比较厉害，
南波罕很可怜丈夫整天都哭，
红色的太阳要落山了，
小鸟在森林里喳喳地叫，
跳到树枝上栖歇。

年轻的南巴独马坐不住了，
她昏倒在地下，
因为可怜丈夫受苦的折磨。

天神叭英、掉瓦布、叭彭，
就从天上下来救召苏文和南波罕，
保护着召苏文和南波罕，
不使召苏文死亡。

笨拙的猎人躲在草棚里，
看见召苏文睡在地下，
他跑来跟南波罕说好听的话：
"亲爱的妹妹南波罕，
受什么痛苦坐在这里哭？
哥哥来给你救命，
哥哥要带你回人间去。
亲爱的妹妹不要哭了，
要来做你丈夫的人还有，
哥哥要带你回去，
不再给你受痛苦。"

南巴独马大骂猎人：
"最笨最黑暗的猎人，
你要我做妻子是办不到的，
像你这样的人几百个我也不要，
你干脆把我杀死还好，
我死后要回天堂去。"

猎人用甜言蜜语给南波罕说，
南波罕一句也不听。
猎人生气了，
他拉一条绳子勒她的手和脖子，
很快地拉到森林去，
一面咒骂一面敲打南波罕。

有时猎人想玩弄南波罕，

但南波罕有福气,
一身热得像火一样烧着猎人,
猎人奸污不了南波罕。
猎人把南波罕一直按到森林去,
太阳快要落山了,
他知道森林里有凶恶的动物,
怕老虎出来伤害南波罕,
他用绳子紧紧将她捆在大树上,
给南波罕受着很大的痛苦,
森林里的蚊子和苍蝇都来叮南波罕。

猎人因为怕凶恶的虎豹,
就爬到树枝上。

南波罕向叭英请求:
"请在天上的叭英,在森林的神灵,
在河水上的神龙,
在大水湖中的水神,
请你们来帮助我,
不要给我受到死亡,
我的丈夫死了还是没有死?
请天神来告诉我。"
南波罕觉醒起来:
"如果我不用软弱的办法对待猎人,
就要被猎人杀害。"
她想办法让猎人放了她。

南波罕用甜蜜的话对猎人说:
"亲爱的猎人哥哥,
你的心甜得像甘蔗一样,
因为我们两个有福气才会见面,
你把我当作宫女,
给你抱柴挑水也很好,
你要把我当成妻子,
随时跟你睡在一起也可以。
亲爱的猎人啊,
你可爱我像我亲生父亲一样。"

猎人听到南波罕用甜蜜的话说后,
他爬下大树来给南波罕解开绳子,
他跟南波罕说:
"亲爱的妹妹呀,
如果你早这样说,
我也不会拴你不会敲你了,
现在妹妹的身子都是绳子印,
你的身体受了伤。"

南波罕带着笑脸笑起来,
猎人相信南波罕会要他做丈夫,
他怕南波罕受伤,
他跑进森林去找药来医南波罕。

南波罕的身体医了慢慢好起来,
他跟南波罕说:

"亲爱的妹妹呀,
我要带你到宽广的国家去,
我在的国家叫勐般札。"
笨拙的猎人穿着破衣裳,
脸黑得像火炭一样,
哪个看见都害怕,
他的眼睛一闭一鼓像猴子一样,
腰挂着大包包,背背着烂雨帽,
南波罕只得跟他走了。
如果不跟猎人走又怕猎人打她,
太阳快要落山,
她走得很累,
笨拙的猎人跟南波罕说:
"亲爱的南波罕,
哥哥的大包包里样样都有,
有马鹿干巴[①],有斑鸠,
马鹿干巴要炒香,
斑鸠要搞生[②],
给我们两个吃得饱饱。"

南巴独马回答他说:
"亲爱的哥哥,你说得很对,
妹妹要好好地煮、煎马鹿肉,
剁剁生,各种各样都要整。"

南巴独马炒好菜叫猎人来吃:
"亲爱的哥哥,
你劳累了,赶紧来吃饭,
把饭吃饱后,妹妹给你捶背。"
南波罕又甜言蜜语给猎人说。

猎人吃好饭就来睡下,
让南波罕给自己捶背,
猎人渐渐睡着了。

到了半夜深更南波罕想:
"要把猎人杀死。"
她拔出猎人的长刀,
砍在猎人的脖子上,
猎人在森林里死去了。

南巴独马逃走了,
她走到森林里去。
当时正是刮大风下大雨,
南波罕一人睡在大树底下,
她的脚走痛了用膝爬上山,
她要休息时用树叶当床铺。

南波罕在森林里受着很多痛苦,
有时候冒着暴雨,

---

① 干巴:云南的一种风干腌制肉制品。——编者注
② 搞生:生肉剁细。

有时候晒着烈日，
一面走一面想起亲爱的丈夫，
眼泪不住地流下，
她向天神请求：
"请天神下来帮助找着丈夫。"
她在森林里到处寻找丈夫，
在森林里受着很多的伤，
皮肤脸色黄黄的没有精神，
在森林里找不到丈夫，
一面哭着一面走路。

南波罕在森林里迷失了方向，
自己不知道方向，
任凭自己的脚走动。
她走到一条大河边，
看见大河起伏的波浪隆隆地响，
南波罕不会过河，
就在河边休息。

父亲叭拉西住在房子里，
看不见他们两个回来，
父亲叭拉西心里很着急。
眼睛像火一样的叭拉西，
看不见儿女回来，
第二天早上他就出去找他们。
他背上药包，
背上宝弩、宝刀，

离开了房子去找儿女，
他到神秘的森林去找，
上坡下坡地找都不见他们两个，
他下坡去找另一个地方，
他看见坡脚有一条水沟，
看见召苏文就倒在这里，
可是南波罕却不见。

叭拉西用手摸召苏文的胸部，
他的心脏还在跳动，
他把最好的药给召苏文吃，
召苏文慢慢地醒过来，
他爬起来坐在地上，
睁开眼睛看不见南波罕，
只见叭拉西在他身边看着他，
召苏文向父亲叭拉西跪拜：
"亲爱的父亲啊，
有一个最笨的猎人，
他躲在草棚里把箭射进儿的胸部，
儿子就昏倒在地，
如果父亲不来救我，
儿子就要离人间。
现在只见父亲不见南波罕，
不知她到哪里去了，
请父亲许可，
我要到森林里去寻找南波罕，
还有雄壮的飞马也看不见，

请父亲许可，
我要去寻找飞马。"

叭拉西同意他去寻找妻子和飞马，
叭拉西拿宝石和宝刀、宝弩给召苏文，
召苏文向父亲拜别说：
"我来做你的儿子不满一年，
受到了不少的灾难，
妻子睡在身边像风一样消失，
不知道她到何处去在。"

叭拉西说："亲爱的儿子呀，
你要去好好地寻找他们，
把她带回来。"

召苏文向叭拉西告别，
走到了森林去，
到坡脚去找也找不到妻子，
森林只有打个① 和知了叽叽叫，
召苏文听到虫声倒很高兴。

他走到大河边去，
看见河水淌得哗哗地响，
他看去看来看见一个大沙坝，

大沙坝里堆着很多骨头，
是过去妖怪变成漂亮的姑娘，
来河里洗澡又变成蟒蛇吃鱼，
把鱼拿到沙坝上咬吃。

有一个最笨的猎人到河边来，
看见大蟒蛇吃着鱼就说：
"我要试试我打得准不准。"
他拔出弩箭就把大蟒蛇打死。

猎人走到森林里去，
召苏文去寻找妻子和飞马，
走到大河里去了，
他顺着河边走，
看见南桑木达札死在河边。
她的身上有鳞甲，
像个大蟒蛇一样。

召苏文说："我应该救她。"
他把宝药和宝水，
拿出来给大蟒蛇吃。

大蟒蛇变成非常漂亮的小姑娘，
带着笑脸给召苏文打招呼：
"亲爱的哥哥，

---

① 打个：一种在土里的虫。

你像一朵香花一样美丽。
妹妹生长在这一带有亲戚、朋友、
父母亲,
妹妹的名字叫桑木达札,是神姑娘,
从古老传说下来,
这条大海洋叭英交给我来看。

"有一个猎人他走进沙坝,
妹妹没有发现他,
猎人就把弩打在妹妹身上,
把妹妹打死了。
妹妹觉醒过来就给有福气的哥哥
跪拜,
现在哥哥来救妹妹的命,
妹妹无比的高兴,
哥哥有什么事情请告诉妹妹,
妹妹没有什么话说,
因为哥哥救了妹妹的命,
全身都要交给哥哥。"

召苏文回答说:
"亲爱的漂亮的小姑娘,
你生长在这一带哥哥很爱你,
哥哥从森林里到大河边来救着妹
妹的命,
妹妹的全身交给哥哥也很好,
让我们两个做朋友,

走不完的路程,
哥哥有事情就到这里来,
哥哥的第一个妻子和飞马像风一
样迷失了,
哥哥来寻觅他们两个,
如果亲爱美丽的妹妹看见,
请妹妹告诉哥哥。"

漂亮的妹妹回答说:
"骑大象、有福气的哥哥,
宽广无边的大森林,
哥哥有事情到这里来寻找,
亲爱的南巴独马妹妹没有看见,
只看见绿头白身的飞马,
飞马昨天已被批牙抓去了。
妖怪的国家接近北方,
在大海洋的边边上。"

召波提雅苏文知道很高兴,
召苏文高兴得要飞一样跳起来,
召苏文用甜蜜的话对南桑木达札说:
"亲爱的桑木达札妹妹,
哥哥心里非常挂念飞马,
哥哥要走的路程很艰难,
路程还是远,
请妹妹不要丢下哥哥,
请给哥哥送路。"

漂亮的神姑娘回答：
"告诉哥哥对妹妹照看，
妹妹不会把你丢掉，
哥哥的朋友还多，
妹妹还要送丈夫过大河。"
南桑木达札用甜蜜的话给召苏文说：
"这个大海洋和森林坝亨毛版，
是天神叭英交给妹妹来管，
妹妹要帮助哥哥过大海洋。"

这时这个神姑娘变成一只漂亮的
小船，
给召波提雅苏文坐在上面，
他们两个过了大海洋，
到了接近妖怪的国家，
就坐在海边休息。

蟒蛇姑娘向召苏文告别，
要转回自己住的地方。
召苏文又给蟒蛇姑娘说了希望：
"亲爱的妹妹，要去就去吧！
哥哥不会把妹妹丢掉，
给妹妹成为寡妇。"

蟒蛇姑娘转回自己住的地方，
单她一人心里很寂寞，
因为离开了召苏文。

召苏文过河以后就坐在海边，
等过路人来时询问。

大海洋附近有一妖国，
叫宽广无边的勐塔尼，
从古老的时候人们传说下来，
国王的名叫洛曼底，
在大海洋的附近。
国王有一个小姑娘，
她很爱洗澡。

有一天，她叫许多宫女去海洋洗澡，
洗澡时有说有笑很快乐，
有的做大鱼，有的做小鱼，
你追我赶地玩耍，
她们全身脱得光光的，
有时钻在水里，
有时又在海边休息。

有一个姑娘叫喜娃里，
她单个离开了集体，
来碰见有福气的召苏文，
被召苏文抓住不放，
吓得她全身发抖，
要求召苏文把她放掉。
她说："哥哥有什么事情请给妹妹说，
哥哥住在哪个国家请告诉妹妹，
是不是叭英天神下来救妹妹？

是不是在海洋里的国王出来河边玩?
看起来非常漂亮,
哥哥来做什么?
请哥哥告诉妹妹。"

召苏文回答说:
"亲爱的妹妹呀,
妹妹的身子呀,像椰子树漂亮,
哥哥很如意,
如果哥哥能和妹妹生活在一起死
也甘心,
现在哥哥把知心话告诉妹妹,
哥哥还有很多事情:
飞马和第一个妻子像风一样迷失了,
所以哥哥来寻找他们两个,
宽广无边的大国家,
人们传说叫什么名字?"

南喜娃里给召苏文回答:
"亲爱的哥哥,
宽广无边的大国人们传说叫勐塔尼,
哥哥到这里来找妻子吗?
雄壮的飞马妹妹看见了,
批牙妖怪把飞马关起来,
周围用铁丝围住,
漂亮的妻子没有看见,
只看见飞马。

妹妹还是住在人间的国家,
妖怪批牙到森林去玩,
把我抱到他们的国家,
批牙的姑娘叫南苏戛拉,
单她一个人住在宝房里。
现在她也来洗澡,
如果哥哥要看她,妹妹告诉你,
太阳落山以后,哥哥就去找她玩,
妹妹要打开门给哥哥进来,
南苏戛拉在什么地方,
妹妹就领着哥哥到哪里去看,
这一匹宝马妹妹要领着去看,
会达到哥哥的理想。"
南喜娃里这样告诉召苏文以后,
召苏文心里无比高兴,
像拾得一万斤金子,
召苏文将南喜娃里放回去。

以南苏戛拉为首来洗澡的姑娘,
洗完澡就回到自己住的地方。
漂亮的大宫房在城市的中间,
苏戛拉回去以后就好好地在这里
休息。
太阳落山了,
小鸟、小虫叫起来,
到了深更半夜时候,
露水一层一层滴下。

召苏文离开了海边，
单个走进妖怪的大城市去，
把两只手放在头上，
请叭英来帮助达到自己的理想。
走进了城里去看见了宝房，
召苏文想："是不是南苏戛拉住的宝房？"
这时城市没有一个妖怪在走路，
所有的妖怪都睡着了。

召苏文走进了南苏戛拉的宝房，
南喜娃里给召苏文开门，
让召苏文走进苏戛拉睡的房间。
这时已是深更半夜，
在城市住的妖怪睡得甜蜜，
南苏戛拉很甜蜜地一人睡在床上，
召苏文又想使苏戛拉醒来，
他叫起来："亲爱的妹妹呀，
你为什么单个睡在床上，
睡得这样甜蜜？
你的丈夫到何处去了？"

苏戛拉醒来没有看到苏文，
南苏戛拉就说：
"是哪一个来叫妹妹？
时间这样晚了来叫醒我，
是不是父母亲来叫？"

召苏文说："亲爱的妹妹呀，
不是妹妹的父亲母亲来叫，
哥哥是在遥远的地方，
为了亲爱的妹妹才到这里来，
请妹妹不要丢下哥哥，
给哥哥在妹妹宝房里休息一晚。"

南苏戛拉知道，就在心里想：
"是不是天神叭英要来帮助我？"
她爬了起来把手围在苏文脖子上，
领召苏文到床上去，
年轻的南苏戛拉和召苏文盖一床被，
好像亲亲的夫妻一样，
因为前世他们两个结的福气，
所以这一代才能得到同床。

宽广无边的妖怪国家，
苏戛拉的宝房有几千几万的些纳守卫，
但是守卫的人都睡着了。
深更半夜的时候，
他们并不知道南苏戛拉和苏文同床。

他们两个睡在床上谈情说爱，
南苏戛拉非常喜欢召苏文，
召苏文和南苏戛拉已经睡着，
天亮了，太阳升上天空，

他们两个起床了,
他们两个洗好脸又开始谈情。

南苏戛拉看见召苏文长得非常漂亮,
他的腰、胸很好看,像叭英一样,
她怕召苏文逃走,
就随时依在召苏文身边,
他们两个就在一起生活。

十个月以后,南苏戛拉怀孕了,
她很担心,脸色都变了,
像鸡蛋黄一样,
她又怕父母亲知道。

南苏戛拉就对宫女说,
给一个叫吉达的宫女说:
"亲爱的南吉达,
请你快去向父母亲磕头跪拜。
告诉父亲母亲说:
'昨天南苏戛拉做梦,
梦见一个小孩子到宝房来,
拿金莲花来送给,
等到我睡醒时金莲花不见了。'
我这样子做梦要有什么事情,
请你去告诉我的父亲。"

宫女跑到国王那里去告诉:

"昨天晚上南苏戛拉做梦,
梦见一个小孩子拿金莲花来送给,
刚睡醒时金莲花就不见了,
到了今天早上南苏戛拉很着急,
因为怕受到灾难,
南苏戛拉叫我来禀告国王。"

批牙国王知道了,
就对宫女说:
"你回去好好告诉南苏戛拉,
给南苏戛拉好好过幸福的日子,
一切灾难都要离开她的身上。"

她的父母亲还不知她有情人,
批牙召集了整个国家的些纳和混罕,
让他们来保护南苏戛拉。
国王又下令给一个些纳,
叫所有的些纳和混罕来。

些纳和混罕接命令以后,
全部骑着马飞到批牙宫房来,
国王命令给一个些纳:
召集所有的混罕去保护南苏戛拉。

南苏戛拉四周用铁丝围了起来,
混罕在铁丝网里保卫,
因为怕有人来宝房搞南苏戛拉。

南苏戛拉和召苏文在宝房里很幸福，
他好好地问南苏戛拉：
"亲爱的妹妹，
你生长得像椰子树一样漂亮。
勐塔尼所有的人有什么宝？
什么东西最珍贵？"

南苏戛拉回答：
"亲爱的哥哥呀，
国家的鬼是宝，
妖怪住在国家有各种各样，
住在城里的妖怪会变各种东西，
要变成什么样子都可以。
如果哥哥想知道就试试看，
有一种动物发出亮光，
是一匹白马，这是最宝贵的，
它的身子全部是白色，头是绿色，
整个国家就是这匹马最宝。
这一匹宝马就留在国家，
这一匹马要到什么地方去，
它就飞上天去，
这一匹叫麻本尼戛宝马，
有福气才有这宝马。"

召苏文跟南苏戛拉说：
"亲爱的妹妹，
哥哥想看这一匹绿头白身的宝马，
究竟漂亮成什么样子，
哥哥从小长大到现在没有看见，
也没有听哪个说过。
亲爱的妻子呀，
请妹妹领哥哥去看看。"

南苏戛拉回答他说：
"亲爱的丈夫，如果你想看，
你就悄悄钻一个小洞偷偷看，
大门和大路你不要去，
妖怪守的很多，
你去他们要抓你。
宫房后面有条路是父亲到花园去玩的路，
哥哥要去就顺这条路去。"

召苏文知道以后高兴得跳起来，
他身上带着宝弩、宝刀，
离开了南苏戛拉的宝房，
已经是深更半夜了。

南苏戛拉正在睡得很甜蜜，
召苏文悄悄钻到山洞里，
顺着苏戛拉告诉的那条路走。
走到飞马在的地方，
一看见就要拉出这匹马。
召苏文静静走去看，

但周围被铁丝网围住，
开也开不动，
要拉这匹马出来很困难。
这时候他想到眼睛像火亮一样的
父亲叭拉西告诉他的话，
他把两只手放在头上，
向叭拉西父亲跪拜：
"请叭拉西父亲来帮助我，
所有学过的口功吹去解开铁丝。"

召苏文吹口功把铁网吹开了，
他拉出飞马骑在背上，
飞过妖怪的国家。

妖怪发现了就一个叫喊一个：
"是哪一个来偷国王的飞马飞上天？"
召苏文咒骂妖怪：
"烂妖怪，
你们到处去找人吃，
头大大的妖怪，
你们会吃人，
就是你们犯罪。
笨妖怪，
我已在你们国家十个月，
你们还不知道，
我在南苏戛拉宝房，
和南苏戛拉同床，

现在南苏戛拉已经怀孕了。
眼大牙呲的大妖怪，
现在这个国家是老妖怪管啦！
你们最笨了，
我在你们国家已经十个月还不知道，
我来跟你的姑娘同床，
肚子搞大了你还不知道，
等南苏戛拉生娃娃，
你要好好保护孙子了，
你不要，她也要生出来，
你要抱孙子，
再见了，笨妖怪！
现在我要回到我自己的国家去了，
你告诉最凶恶的妖怪来追我。"

凶恶的妖怪生气了：
"是哪个这么狡猾来咒骂我们？
为什么混进我们的大国家来？
要被我们当作肉吃，
我活到现在，
没有哪一个敢来侮辱我们的国家。"

批牙召集了凶恶的些纳阿玛来，
不知有几千几万，
准备去追召苏文，
凶恶的妖怪全部集中到城里来。

批牙妖王下命令给妖王，
骑着大象，骑着马匹，
所有的混些纳、混罕和百姓，
全部带武器长刀，
飞上天去打召苏文。

这时召苏文看见妖怪追他来，
他拔出宝刀、宝弩来。

凶恶的妖怪飞来包围召苏文，
被飞马用脚踢跑，
跑不脱的被飞马踢死，
因为飞马力气大，
召苏文拔出宝刀在头上挥舞。
妖怪不败，
越打越追来，
有些拿着棒棒，有些拿着长弓，
来追召苏文和飞马。
有一个眼睛大大的老妖怪，
全身像鬼一样，
飞来要抓召苏文，
召苏文看见情况不对，
就抬起宝刀砍妖怪脖子。
被召苏文杀死的不知有多少，
还有飞马踢死的妖怪也不少。

妖怪打败以后回到自己国家，

批牙看见妖怪败退回来，
他很生气地说给儿子，
叫自己的儿子去告诉些纳阿玛
和所有的妖怪，
再一次集合到城里来。
飞上天去追"强盗"，
要把"强盗"捉回来。

"这个'强盗'来欺侮我的姑娘，
他悄悄进到女儿的宝房，
跟女儿同床。"

妖怪飞上天用弩打召苏文，
有些变成大蟒蛇追召苏文，
批牙的儿子胆子很大，
他追召苏文不退。

飞马很生气，
批牙的儿子被飞马一脚踢死，
召苏文看见是南苏戛拉的哥哥。
这时候有一个金达，
跑回来告诉批牙，
批牙飞上天去追打召苏文，
苏文一点也不怕。

批牙飞上天就射弩，
弩箭被召苏文一手捏断，

将箭丢回，又打死许多妖怪，
妖怪死了的又活起来。
有些跑到岔路变成叭拉西，
去等待召苏文来打。

召苏文飞到岔路碰到妖怪，
像叭拉西一样，
飞马的宝眼看清了，
不是叭拉西，
是凶恶的妖怪变成的，
要等着召苏文来到抓他。

召苏文知道就追他，
凶恶的妖怪生气了，
飞上天去高出椰子树几倍，
召苏文又追去砍掉妖怪头。
召苏文又往前飞出去，
召苏文继续飞到森林里去，
美丽的南苏戛拉睡醒了，
看不见召苏文睡在床上，
南苏戛拉到处去找，
找不到亲爱的丈夫。
"亲爱的丈夫啊，
妹妹非常挂念着你，
妹妹要到森林去找亲爱的哥哥。"

南苏戛拉离开了宝房到森林里去，
在森林里受到许多痛苦，
丈夫睡在身边什么时候走也不知道，
爬了几座高山，
下了不少的坡，
走到了一条大河。

聪明的召苏文战胜妖怪以后，
就转回自己的国家去，
他飞到一棵很高大的树，
这棵树叫"梅尼棵"，
树枝宽长有一百约[①]，
召苏文在大树底下休息。

年轻的南巴独马，
到了大河边坐在大石头上天天哭，
因为没有伙伴，
只听见知了、小鸟的叫声。
河边的森林有花树，
小鸟一群群地在花树上玩，
有时小鸟一群一群飞到河边吃水，
有些时候听见猴子声音叫，
给南巴独马更增加了痛苦，
眼泪淌得如水流。

---

① 约：量度单位。

有一个划船的管长，
从大河的下面划上来。
他们是专门做生意的人，
他们住的地方是勐苏宛纳捧马，
做生意的人顺大河边划上来，
划到接近南巴独马坐的地方，
就看见南巴独马，
他们就说：
"是什么东西坐在大石头上面？
我们划船过去好好地看。"
他们看见南巴独马坐在大石头上，
就开口问南巴独马，
他们一开口就说不出话来，
因为看见南巴独马非常漂亮。

南巴独马就想：
"他们可能是要来迎我到人间地方
去了。"
她双手擦着眼泪问做生意的人：
"亲爱的管长，
你们要到何处去？
给妹妹跟你们去吧。"

做生意的人问南巴独马：
"漂亮的小姑娘，
为什么单独一人来坐在河边？
很寂寞了吗？"

像宝鼓的漂亮姑娘，
感谢生意人的问好：
"妹妹非常痛苦，
我离开了丈夫很长时间了，
把野果当作饭吃，
天天要走路，
无伙伴，单独一个人走。
以前丈夫和我是在一处生活，
有一个老猎人，
他把弩箭射入我丈夫的胸上，
丈夫昏倒了，
所以我离开了丈夫，
走进了走不完的森林，
迷失了方向，
来到大河边，
被大河水隔住过不去了。"
管长去抱南巴独马坐在船上，
跟南巴独马说：
"妹妹呀，你不要多心了，
哥哥要与妹妹配成双，
你不要想找其他的男人了，
也不要想玩弄坐在船上的小伙子，
他们是不会听话的人，
妹妹不要离开哥哥到别处去，
哥哥把你爱得像眼珠一样，
好好跟哥哥在一起吧，
哥哥说完以后请妹妹回答。"

头发白白的老船长就跟小姑娘开玩笑，
把南巴独马当作自己的妻子。

南巴独马不会说什么话，
如果你不听他们的话，
怕他们杀死或丢入大河里，
最好的是忍下来。

这时候小伙子大喊大叫地说：
"老人拿着年轻的妻子很高兴啦，
我们就是出门来做生意，
是个好的机会，
老人抓住小姑娘很高兴了。"
小伙子们都给老人开玩笑，
小伙子们对南巴独马说：
"妹妹很伤心了，
小伙子你爱不上，
真正的小伙子你不想跟他谈情说爱。"

南巴独马痛苦得说不出话来，
因为找不到丈夫，
单她一人跟生意人走，
被他们侮辱着。
心里有很多话说不出来，
要说又怕他们拷打。

他们给南巴独马坐在船上，
顺着大河划下去，
到了一个平平的沙坝就停下休息。
太阳快要落山，
小鸟叽喳地叫，
在河边找小虫吃，
水只是哗哗地流下去，
抬头看上面只见一座座的大石头，
看坐在船上的人不见丈夫。
太阳落了山，
南巴独马更加痛苦。

头发白的船长去玩弄南巴独马，
用甜言蜜语小声小气对南巴独马说，
一面说一面靠近她，
想把南巴独马抱起来。

因为南巴独马有福气，
她的身子变成了火，
管长不能靠近，
只能离开和南巴独马说话：
"我最生气了，
如果像这样我早就不拿你，
我想怕会与你同床，
你的身子为什么会变成火这么热，
使我不得接近？"

管长睡也睡不着,坐也坐不住,
为想玩弄南巴独马连饭也吃不下。
南巴独马因为有丈夫,
她只是暂时离开丈夫,
如果乱搞会得罪丈夫,
她又怕犯罪,
随时都想着亲爱的丈夫,
她用软话给管长说好:
"亲爱的管长情人,
如果你想要我做妻子,
吃晚饭的时候准备结婚,
好好地煮饭做菜准备酒,
拿钱给天神献礼,
除此以外,
还要给客人准备很多菜,
所有坐在船上的人要给他吃饱。"

管长答应了她的要求,
把肉和菜拿出来给南巴独马煮,
南巴独马叫船上的人来帮助,
有的炒菜,有的搞剁生。

不听船长的话怕他打,
南巴独马左手擦泪右手煮饭,
忍下心来跟他们在一起煮饭,
将做好的饭在平坝上一排排搭起来,
叫船上所有的人来吃饭吃酒。

管长把酒一滴滴滴在沙滩上,
叫天神来吃,
给管长和南巴独马拴线成夫妻。

把他们俩的线拴好以后,
客人们就吃菜吃酒,
个个吃得肚子饱。

酒吃醉了,他们就睡在沙坝上,
像大木头一样动也不会动。

管长和南巴独马在一起,
和南巴独马谈情说爱,
南巴独马向管长敬酒。
管长吃酒醉了以后,
南巴独马就抱他去睡,
看见管长动也不会动,
南巴独马从箱里拿出最□的衣服,
宝珠、金银……样样都拿,
她坐在一个小船顺水流下去。

南巴独马对管长说:
"你们就在这里了,
什么地方也不能去,
你们的妻子儿女在等你们,
不要想见我的面了。"

南巴独马的小船顺大河淌下来，
有些地方水很猛波浪大，
她怕船翻就向叭英请求，
请求叭英来帮助，
不要使小船在水里翻。

南巴独马坐着小船下去，
看见水里的龙和大蟒蛇，
但是南巴独马她不怕。
有时刮大风下大雨，
大河波浪起伏更大，
小船淌不下去，
在大河里转去转来。

神姑娘南苏戛拉，
为寻找丈夫到森林去，
走到了大海洋看不见亲爱的丈夫，
坐在大海边哭，
要回森林坡更陡，
山高爬不上去，
她就跳到大海洋里去，
如果死了二世能见丈夫。

她被大海洋淌下去了，
一直淌到一块大石头那里，
淌到了南波罕坐船的地方。
南巴独马看见一个东西淌下来，

好像一个人一样，
南波罕划船靠近去看，
看见的是一个真正的人。
南波罕拉她的手坐在船上，
南波罕用布给她揩脸换服装。

南苏戛拉慢慢觉醒起来，
南苏戛拉向南波罕道谢，
南波罕看见她手指上有金戒指，
她想："是不是情人送给她？
我还不知道，应该问清楚。"

"亲爱的漂亮的妹妹，
你在的国家是叫什么名字？
为什么被河水淌下来了？
妹妹叫什么名字？
你的金戒指哪个送给你？
请妹妹告诉姐姐。"

苏戛拉跟南巴独马说：
"亲爱的姐姐，
你像我母亲一样，
我已经死了半身，
你把我救活起来，
妹妹要把姐姐当作母亲一样。
妹妹住的地方是勐塔尼，
接近大海洋，

召洛曼底是妹妹的父亲，
他是勐塔尼的国王，
管理着勐塔尼的国家。
他有一个漂亮的姑娘，
就是妹妹我，
父亲做了很漂亮的宝房，
给妹妹单个住在宝房里，
有许多宫女随时跟妹妹在一起。

"有一个小伙子把自己的国家找错了，
他来找妻子和飞马。
到了深更半夜鸡叫的时候，
城市的妖怪全部已经睡了，
妹妹很奇怪，
不知他从何处来，
他到我的宝房来没有一个人发现他，
他就进到妹妹的房间来，
和妹妹同床谈情说爱。
我们两个感情非常好，
在妹妹的宝房里已经十个月，
父母亲都不知道。

"他随时挂念着飞马，
他叫妹妹来给他送路，
头绿的飞马，
过去妹妹的父亲到森林里去玩，
看见飞马就抓过来养在国家，

用铁丝网把马围起来，
不让马飞出去。

"这时候召苏文出去看飞马，
一看见他就和马谈起话来，
他骑上飞马飞上天，
他也不给妹妹告别。

"妹妹的父亲生气了，
召集了很多的士兵追打。
在天空叫喊着打架的声音，
在天空打仗死了不少妖怪，
被召苏文杀死了几千几万妖怪，
连妹妹的父亲也被召苏文杀死了。
这时召波提雅单个飞到森林去，
不知他现在何处，
妹妹盼望着他回来，
不见他回来，
妹妹心里很着急挂念着他，
就跑出来寻找他，
到处去寻找也没有找到。
妹妹就跑到森林里来，
在高山的森林里找也找不到。

"为了寻找丈夫，
妹妹受了不少痛苦，
妹妹的丈夫叫有福气的召苏文，

他住在勐巴拉纳西的大国家，
我手上的金戒指就是他送给的纪念，
还有缎子花布送给妹妹，
他就离开了妹妹，
妹妹单独在很困难，
所以到森林里来寻找他。

"丢下了父亲、母亲和国家，
就跑到森林来，
在森林里找不到父母亲，
找不到亲戚、朋友和丈夫。
妹妹的父亲叫洛曼底，
城市在大海洋边上，
妹妹叫南苏戛拉，
妹妹的父亲死掉了，
被有福气的召苏文杀死了。

"父亲把儿子、孙子、姑娘丢下死去了，
妹妹因为挂念着丈夫，
就离开了宽广的勐塔尼大国到森林来寻找丈夫，
在森林里吃的东西很困难。"

"现在妹妹已经怀孕三个月，
将来召苏文就是胎儿的父亲，
因为召苏文离开了妹妹，
所以要寻找他，
妹妹跳到大河里去，
大河水把我淌到姐姐这里来，
姐姐就救了妹妹的命，
使妹妹避免了灾难，
全身都交给姐姐了，
因为我们两个都受着痛苦，
妹妹要永远跟着姐姐，
姐姐到什么地方妹妹也要去，
姐姐有什么事情妹妹一定要帮助。"

南巴独马回答：
"感谢妹妹对姐姐的尊敬，
现在妹把从前的事情谈得很清楚，
现在姐姐也要谈。

"从前姐姐跟父亲召拉西，
住在森林里坝亨毛版，
姐姐在这里找不到亲亲的父亲，
从小叭拉西就养活姐姐，
姐姐慢慢已经长大。
姐姐长大到十六岁的时候，
有一个召波提雅到森林里来看见姐姐，
我们两个就谈情说爱，
就生活在一起，
我们两个就同叭拉西在一起生活。

他有一匹飞马，
当时它一个在平地上吃草，
召波提雅住在勐巴拉国家，
他的名字叫召苏文，
来向叭拉西求婚，
叭拉西同意他跟姐姐结婚。
我们两个天天就到森林去玩，
去找芋头、山药、野果来养活父亲。

"有一天，有一个老猎人在勐般扎，
老猎人走到森林去玩，
专门来打麂子、马鹿，
来看见姐姐和召苏文坐在一起，
我们两个谈幸福话，
这个最笨的猎人，
他就躲在草棚里，
看见我们两个坐在一起，
他的心里发热，
口水一股股地咽到肚里，
他拉起弩瞄召苏文的胸部，
把召苏文射倒。

"姐姐在那里伤心痛哭，
森林里有野猪、老虎，
姐姐很可怜丈夫，
这时候最笨的猎人，
从草棚里跑出来，

来和姐姐坐在一起，
要姐姐做他的妻子。

"姐姐不同意，
被猎人拿绳子来拴，
拷打姐姐，
拿姐姐到森林去了。
这时候姐姐的心里像吃毒药一样
非常痛苦，
猎人到什么地方去，
就拉姐姐跟他去。

"走到了一个平坝，
猎人强迫姐姐煮饭，
饭煮好以后送给猎人吃，
猎人吃饱饭就睡着了。
深更半夜的时候，姐就想，
拿猎人的长刀砍猎人的脖子，
猎人就在森林里死去了，
姐姐就赶紧跑掉，
就在森林里转去转来，
睡也不好睡，走也不好走，
森林里坡陡路滑树叶多，
在森林里找不到饭吃吃野果，
天天在森林里哭。
因为找不到伙伴，
姐姐就走出大森林，

转到大河中来了,
坐在河边大石头下,
全身都是汗水。

"这时候勐苏宛纳捧马有一群做生意的人,
他们坐在船上划下来,
他们看见姐姐就划来把姐姐抱在船上。
到了晚上的时候,
姐姐就悄悄坐在小船上划下来,
我们两个就在这里见面了。

"高贵的召苏文在森林里就分别了,
召苏文是我们两个亲爱的丈夫,
请妹妹不要生气,
姐姐不会把你丢掉,
我们两个就在一起生活,
要怎么想办法才能离开大河水?"

南波罕怀孕已经十个月了,
她们两个都怀了孕,
坐着小船顺流划下去。

大河水里有大鱼,有小鱼,
大河水的两岸是大大小小的石头,
还有一棚一棚的竹子,

大鸟小鸟飞来飞去,
凤凰一群一群地飞到花树摘花。

她们看见动物更加寂寞,
大河水呀哗哗地流淌,
河水淌的声音连天响,
小船在水中转去转来。
这时已快到勐沽巴的附近,
南波罕怀孕满十个月,
她肚子痛了起来。
把船划到河边,
在河畔休息,
这里的河岸是大蟒蛇住的地方,
周围是大蟒蛇管理,
专门找动物来吃,
这条大蟒蛇就在河岸等动物吃。

她们俩在这里休息,
没有火点,直坐到天亮。
冷风哗哗地刮着,
打在她们两个脸上很冷,
她们找树叶当铺睡。

南波罕的肚子越来越痛,
南苏戛拉很喜爱她,
一天到晚看守着南波罕,
因为怕南波罕受风吹雨打。

到了深更半夜的时候,
露水一层一层地下,
打得她们两个身上全湿透。
南波罕已经生孩子了,
南波罕的精神很衰弱,
苏戛拉抱南波罕的孩子来洗,
南波罕已经睡着了,
只有南苏戛拉抱着小娃没睡着。

当她们两个到这里的时候,
大蟒蛇已经到大森林中去咬动物,
到时间就转了回家。
大蛇来到住的地方才嗅到人的气味,
大蟒蛇嗅着她们的脚印走来,
看见她们两个坐在一起,
一个睡着,一个抱着孩子。
大蟒蛇说:
"是哪一个到我的地方来住?
我得食肉了,
是个好机会。"
大蟒蛇就咬南波罕,
南波罕在地上滚来滚去地哭叫,
大蟒蛇咬了南波罕就走了。

南苏戛拉可怜南波罕,
见她滚来滚去地哭,
可没有什么办法医救。

苏戛拉脱下衣服来包小娃,
要去找药又怕南波罕死了,
一天坐在南波罕的身边看守着,
苏戛拉一天抱着南波罕的小孩。
"亲爱的南波罕姐姐,
你为什么丢下妹妹和娃娃,
这里是大森林,
没有哪个来帮助妹妹抬姐姐回去,
姐姐在这里死要被老鹰、老鸹来吃。"

南波罕紧紧咬住牙齿,
眼睛一亮一亮的,
因为大蛇的毒进入身上。

南苏戛拉丢下她在沙坝,
离开了南波罕姐姐,
她非常痛苦,
又要背娃娃,
肚子里又怀孕,
远远地走到森林去,
没有一个伙伴,
一个人背着娃娃在森林里。

森林里很深密,
走也走不通,
一层层的乌云从天空涌来,
大雨就要降临。

雨打在娃娃的身上，
南苏戞拉可怜他，
把他抱在前面哭起来，
叭英在天上已经知道，
叭英从天上看见南苏戞拉受很多痛苦，
叭英很可怜他们两个，
很快地为他们想办法，
应该给掉瓦布下来森林里变宫房。

掉瓦布从天上飞到坝亨毛版，
在坝亨毛版变成美丽的宫房，
宫房的周围种上椰子树和槟榔树，
种上了各种各样的花树和果树，
这里的宫房像天堂一样，
各种各样都有。
把各种各样颜色的漆漆在宫房，
有千万的宫女和混些纳，
有大象有马匹在宫房周围转去转来，
还有姑娘、小伙子，
随时派人守在大门。
如果哪个进来要好好地问，
把情况问清楚就开门，
整个宫房大小的门都有人看，
工坊里布置着缎子、绸子，
睡的床雕上龙凤，
用各种颜色的玻璃安上。

掉瓦布变的宫房四周长着莲花，
莲花的气味很香，
宫房像玻璃一样明亮，
宫房做好后掉瓦布回到天堂。

南苏戞拉天天背着小娃在森林里走，
她在森林里看见了城市，
她走到了城里去，
在森林的周围喊人，
她看见城里的人走来走去，
有小姑娘、小伙子，
小姑娘的耳朵戴上耳珠，
头发擦上金子做的发油。

南苏戞拉看见他们，开口就问：
"亲爱的人们，
这个国家叫什么名字？
妹妹不知道，
请你们告诉妹妹，
让妹妹在这里休息。"

人们告诉了南苏戞拉：
"亲爱的漂亮的小姑娘，
单你一个走到这里来，
究竟是从什么地方来？
背上背着娃娃，肚子怀着孕，
你的名字叫什么？

森林里的宫房是叭英下来做的，
漂亮的姑娘去休息吧，
你的肚子很饿了，快去吃饭。"

人们这样对待她，
南苏戛拉非常高兴。
她走进城里去，
踏着街道。
小姑娘、小伙子看见南苏戛拉到街上，
都跑来看，
有的来牵着她的手领她到宫房去，
有的跟在她后面走。

宫女守在宫房看见漂亮的南苏戛拉，
她们就来迎接南苏戛拉进宫房。
有的为她抱小娃，
用缎子给小娃换服装，
用米粉来给小娃吃。

他们两个的痛苦日子已过完了，
掉瓦布做的城市天天都热闹，
随时有人给南苏戛拉送礼，
七天七夜在城里赶摆，
叭英做的宫房像天空一样美丽。

这时候在城里人们升南苏戛拉和

男孩子做召，
住在世上人们都来献礼，
给他们两个过着幸福的日子。

日子一天天过去了，
漂亮像花朵一样的南苏戛拉，
怀孕已经满十个月了，
她生下了一个男娃娃。

住在城里的天仙和头人，
知道南苏戛拉生娃娃，
就告诉宫女到南苏戛拉宫房去，
把南苏戛拉娃娃抱出来洗，
用缎子包了男娃娃，
到了深更半夜时候，
南苏戛拉身体已恢复了。

有福气的南苏戛拉，
生得一个男娃娃来顶自己的职位，
西那和啊麻给两个男孩子起名，
南波罕的男孩子叫哈底牙文沙，
长得非常漂亮，
是南苏戛拉孩子的哥哥。
南苏戛拉的男孩子叫召苏立牙文沙，
是南波罕的男孩的兄弟。

西那和啊麻给两个孩子起名字以后，

把两个男孩子的手拴上了线,
而且给了两个男孩子的希望。

这时候城里非常热闹,
人们都在这里赶摆,
有些人在大路上赛马。

南波罕和南苏戛拉的孩子,
他们两个兄弟像一个母亲生的一样,
天天在宫房里跟母亲在一起生活。
一年又一年长大到八岁了,
天天只看见母亲在一起生活,
看不见父亲,
两个孩子心里很奇怪,
就向母亲说:
"亲爱的母亲呀,
现在我们已经长大了,
看不见父亲,
是不是父亲到何处去玩没有转回来?
是不是父亲死掉丢下母亲?
母亲生下了我们两个孩子,
是哪一个先生出来的?
我们两个是不是国王的儿子?
或是老百姓的私生子?
请母亲告诉儿子。
如果是老百姓的孩子,
就要去种田耕地,

如果是国王的孩子,
就要学口功,
学摩古拉卜卦,
我们要骑着大马在公路上跑马才
像国王的儿子,
其他勐的人才不会来欺侮我们的
国家。"

母亲听见儿子这样问,
就抱起孩子来说:
"亲爱的两个孩子呀,
你们问父亲的情况,
母亲寂寞得流出眼泪。
亲爱的孩子,
母亲要把从前的事和你们谈谈,
母亲不是生长在勐,
母亲的国家是妖国勐塔尼,
在大海洋的附近。
父亲离开了母亲到森林里去跟召
拉西在一起,
召拉西经常给他教口功,
召拉西爱父亲像爱亲生孩子,
你们父亲天天去找芋头给召拉西吃。"

宽广的勐沾巴的人,
天天到森林里去打猎。
有一天,勐沾巴的国王,

叫些纳、百姓到森林里去打猎，
哪一个森林最深密就到哪个森林去，
到森林里去以后就吹牛角，
叫打猎的人包围山头，
准备打麂子、马鹿、野猪。
有一个想喝水，
就一个人从山上跑到大河边洗澡吃水，
澡洗好，水吃饱，
就穿上衣服在河边玩耍，
他看见南波罕睡在河岸上，
他说："是哪一个到森林来玩，
跑出来在这里睡？"
猎人近近地跑去看，
把南波罕看得清清楚楚以后，
就跑回山上去，
去告诉了召勐沾巴。

召勐沾巴知道了，
他的心里非常挂念南波罕，
他叫约塔、些纳和百姓，
骑上大象、马匹跑到大河边来，
南波罕睡在哪里就住哪里去。

召勐沾巴也到了南波罕那里，

看见南波罕睡着，
他心里很可怜她，
想把南波罕救活。

召勐沾巴叫摩雅太①来看南波罕，
摩雅太用手摸她的胸部，
发觉心脏还在跳动。

因为南波罕被蛇咬了，
中毒很严重，
摩雅太就去找药来医，
端一碗水来念了口功，
给南波罕吃这一碗水。

南波罕慢慢醒起来，爬起来坐着，
所有的人看见南波罕爬起来坐着，
都张着大大的嘴巴看，
有些向南波罕说：
"亲爱的妹妹呀！
你为什么一个人单独跑来森林里玩？
找不到一个伙伴给你谈话，
究竟有什么事情才到森林来？
妹妹住的国家叫什么名字？
请有福气的妹妹告诉。
妹妹叫什么名字？

---

① 摩雅太：傣族民间的医师。——编者注

父母亲在哪一个国家？
妹妹有什么事情才到森林来死在河边？
是不是妹妹的国家打了败仗，
才跑到森林里来？
是不是坐在船上被河水冲走，
才到河岸来死？
是不是由龙国到地上来玩？
你的身材比任何人都漂亮，
是不是天神掉瓦布变成人？
是不是妖怪想吃人，
来变成人在这里迷人？
请妹妹好好地告诉哥哥。"

"哥哥不会丢掉妹妹，
哥哥要给妹妹做王后，
管理着勐沾巴的国家，
勐沾巴有大象、马匹，
有些纳阿玛，
勐沾巴的国家像一个大镜子一样亮，
有几万万的老百姓住在勐沾巴，
把勐沾巴所有的东西交给妹妹管理。"

南波罕说："感谢国王给妹妹问好，
我不是妖怪变成人，
也不是龙变成人，
也不是天仙从天上下来，

请干爹救姑娘的命，
把妹妹拿去做宫女也可以。

"从前我住在森林里，没有父母亲，
依靠叭拉西养活，
经常到森林里去找芋头给叭拉西吃，
天天在森林里玩。
有一个小伙子他在勐巴拉，
从勐巴拉飞上天来，
来到姑娘住的地方，
他来给叭拉西求婚，
要姑娘做他的妻子，
他做叭拉西的姑爷，
叭拉西同意给我们两个结婚，
我们两个就天天到森林里去找芋头。

"有一天，老猎人到森林里来打猎，
看见我们两个坐在一起谈话，
猎人用弩射我的丈夫，
我的丈夫被射昏了，
姑娘怜爱丈夫就哭。

"有一群做生意的人坐着船划来，
看见姑娘坐在石头上，
他们就把我抱在船上划来了，
他们在平坝上休息，
把姑娘丢在这里。

"这时姑娘怀孕已满十个月,
在这里生了一个男孩子,
有一条大蟒蛇来把姑娘咬昏。

"现在国王来救活姑娘的命,
要把姑娘做王后,
现在姑娘已经有丈夫了,
姑娘的丈夫在勐巴拉,
现在做你的王后怕以后有罪,
姑娘要做国王的女儿,
把国王当作父亲。"

国王相信南波罕,
从长远来看待南波罕,
国王说给南波罕,
想给南波罕做王后,
可她已经有丈夫了。

南波罕说:
"如果国王要把我选作王后,
就来试试哪个有福气。"

南波罕请天神叭英和掉瓦布来帮助:
"国王要把姑娘做王后,
现在国王召勐沾巴很寂寞,
召勐沾巴年纪大了,
要给他当我的父亲,

请叭英赶紧下来帮助,
给召勐沾巴亲眼看到,
给召勐沾巴的乳头变成妇女的奶。"

国王召勐沾巴的乳头果然变得葫芦一样大,
这时国王才相信南波罕有福气,
国王说:"有福气漂亮的南波罕,
我要把你当成自己的姑娘看待。"

南波罕不大相信国王召勐沾巴,
南波罕靠近国王召勐沾巴,
用嘴吸国王的奶,
勐沾巴国王的奶被吸干了。

勐沾巴国王把南波罕变成了亲生女儿,
给南波罕骑在大象回国家来,
走到了森林,
森林里响起了马声和歌唱声,
有的说:"召勐沾巴有一个女儿了。"
他们走到了宽广的宫房,
宫房有二十层,
当南波罕走进宫房的时候,
宫女和王后都来迎接,
她们带南波罕到宫房里去坐,
整个城里的人都跑来看。

"国王捡着一个姑娘,
比勐沾巴的姑娘漂亮。"
整个勐的人都跑来看南波罕,
在城里像赶摆一样,
有的唱歌,有的吹笛子,
敲锣打鼓地来祝贺南波罕。

坐大象的召勐沾巴赶紧下命令,
叫些纳和混龙去召集木匠,
到城里来盖二十层的宫房,
板子要刻上龙凤、莲花图案,
给南波罕在宫房住。
有的用金水来画,
有的做花,
有的用玻璃安窗子,
宫房做好以后请南波罕来住,
天天吹笛、打鼓、拉二胡,
祝福南波罕上宫房,
像在天堂一样幸福。

勐沾巴的国家有金矿、银矿,
还有其他勐送来的礼物,
南波罕天天用金钱去赕,
她就在勐沾巴过着幸福的日子。

南波罕想起了亲爱的丈夫,
天天在床上哭,
天天挂念着丈夫,
她就想赕佛,
为人做休息房,还有千朵莲花,
想拿米、肉、布匹去赕佛。
她想好以后向国王、王后跪拜,
给国王、王后说,
召勐沾巴同意她这样子做。

赶紧下令给些纳阿玛,
赶紧叫木工来盖萨拉①。
混些纳骑大马去叫木工,
到城里来做漂亮的萨拉,
在萨拉处画着人和花,
给萨拉做了四道门,
叫士兵把住四道门。

南波罕叫他们去叫艺术师来,
画出自己亲身的经历,
从长远考虑,
以后丈夫可能会经过萨拉,
好像是告诉丈夫一样,
上面写上字,
哪个来到这里请看图画。

---

① 萨拉:休息的地方,如亭子。

南波罕叫写上她和叭拉西在时的
情况,
写召苏文骑着飞马到森林去和她
谈情说爱,
画叭拉西同意他们两个结婚的图,
写他们到森林去玩,
被猎人把召苏文打昏,
写猎人用绳子捆南波罕到森林,
又写南波罕把猎人杀死的事情,
画出南波罕爬坡用手采果子吃,
南波罕从森林到大河边,
画船长拉南波罕坐在船上想要南
波罕做他妻子,
写南波罕坐着生意人的小船逃走,
画南苏戛拉跳水漂到南波罕前面,
被南波罕救起,
画南波罕在沙坝生小孩,
南苏戛拉帮她抱小孩,
写大蟒蛇来咬南波罕,
写南苏戛拉抱着小孩离开南波罕,
写南波罕昏倒在沙坝,
召勐沾巴来救命。

萨拉房盖好以后,
南波罕出来观看萨拉房,
来看四道门和他们写波罕的事迹。
她在萨拉房哭起来,

她在萨拉房向叭英跪拜,
请求叭英下来帮助。

南波罕转回宫房,
她单个带着宫女在宫房生活,
天天挂念着丈夫召苏文。

有福气的召苏文离开了妖王,
要转回自己的国家,
他从妖怪的国家飞到大青树上,
又在大青树下休息。

红色的太阳火辣辣,
苏文想起南波罕:
"亲爱的南波罕啊,
你离开哥哥很久了,
不知你在什么地方。"
召苏文正在挂念着南波罕。

天色已经变了,
黑黑的乌云罩住了太阳,
雷响得像高山倒了一样,
狂风大雨要来临。
天空像大炮一样响,
闪电一闪一闪地亮,
召苏文怕老虎出来伤害,
就取出宝弩来打。

弩箭的声音似雷鸣，
好像森林的大树要倒。

天空中喀喀地叫，
召苏文抬头看天堂，
看见批牙乎抓大批牙那，
在天上飞，
批牙那很伤心，
血滴在召苏文前面。

召苏文认为应该救命，
召苏文用弩射上天去，
火箭像火一样在批牙乎身上转，
批牙乎就放掉了批牙那，
批牙那就掉在森林里，
批牙乎就飞走了。

批牙那掉在森林里心脏还跳动，
眼睛不张开，
身上的鳞片脱落了很多，
全身都是鲜血。

召苏文去救批牙那，
批牙那活起来自己也有福气，
召苏文把宝药宝水灌在龙王批牙
那嘴里，
龙王批牙那慢慢醒过来，

他们两个成了朋友，
龙王变成了人坐在召苏文前面，
向召苏文磕头跪拜：
"我们从大河水里到森林来玩，
碰到了大乎，
被他抓我去吃，
如果没有你救命，
我就被批牙乎吃了，
你有什么事情，我一定要帮助。
召苏文离开了家到这里，
又要从这里到什么地方？
请召好好告诉我，
我一定要给你想办法，
我有很多主意。"

召苏文把自己经过的事情，
从头到尾给龙王朋友谈：
"我到森林里去玩，
因为飞马和妻子失了，
不知道他们在什么地方，
所以到森林里来找他们两个，
龙王朋友知道不知道？
如果知道他们在什么地方，
就请告诉我。"

龙王就跟召苏文说：
"自从我长大到现在，

龙国没有一人这样问过，
龙国没有看见南波罕，
现在我要请求有福气的召到龙国去，
去找找南波罕会不会在龙国。"

召苏文说："你说的很对！
我们就去找找南波罕
会不会在龙国。"
他们两个就到龙国去。

龙王带领着召苏文到龙国去，
所有的龙都跑来看召苏文，
有些变成人用好听的话带着笑脸
向苏文说话，
龙国漂亮的小姑娘都来看，
看看召苏文比任何人都漂亮，
龙姑娘想和召苏文谈情说爱，
有的跟召苏文说：
"亲爱的哥哥，
听说你要到龙国来，
整个龙国的人移山倒海地等着你，
现在你要到何处去？
请到妹妹的家来玩，
到妹妹家来喝茶，吃酸吃甜的东西。
妹妹想一辈子跟哥哥在一起生活，
因为妹妹是龙，
不像勐巴拉纳西的人，

妹妹没有福气配上哥哥，
想起来还是很害羞，
像这样漂亮的小伙子到龙国来玩，
我们还没有见过。
哥哥的身子像叭英一样，
两双眼睛像宝珠一样。"

所有的龙姑娘都来跟召苏文谈话，
召苏文跟龙姑娘说：
"亲爱的龙姑娘，
你们说话声音非常好听，
你们叫哥哥到家里去玩，
哥哥非常高兴，
哥哥也想跟你们谈情说爱，
可是哥哥没有福气，
哥哥也不是经常得到龙国来玩，
哥哥要走的路程还很远，
如果不走时间又晚了，
不做生意没有钱用，
哥哥失了国家就到龙国来，
看见你们，哥哥想做你们的情人，
亲爱的龙姑娘。

"亲爱的龙姑娘，
你们像森林里的花一样，
千万只凤凰飞来采花，
哥哥想变成小小的斑鸠，

落在花树枝上，
哥哥只能用两眼看龙国的姑娘。
亲爱的龙姑娘，
哥哥配不上你们，
你们是金龙国的美丽的姑娘，
哥哥是串森林的人，
在森林里找不到一个伙伴，
哥哥受着很多痛苦，
哥哥到金龙国来在不久就要走了，
再见了，亲爱的龙姑娘，
哥哥要到城里去。"

召苏文骑着飞马走到龙国的城里去，
有些龙说："召有很大的福气，
把批牙那龙王的命救出。
如果是没有福气的人，
不可能救出批牙那龙王，
他还来到了龙国，
如果是一般的人不可能来到，
只有有福气的召才能来到。"
龙国所有的龙都信任召苏文，
因为召苏文很有福气，
在龙国没有受到什么灾难，
所有的龙都可怜有福气的召苏文。

龙王带着召苏文到宫廷去，
带领着召苏文上宫房，

宫女和王后非常高兴，
因为丈夫被召苏文救活没有死。
他们两个就到金龙国来，
整个龙国的龙很害怕召苏文，
有的拿礼品来祝福召苏文，
为召苏文赶摆，
整个龙国的城市非常热闹。

龙王给召苏文献礼，
龙国最宝贵的东西，
有宝珠、大象、龙王漂亮的姑娘，
都献给召苏文。

龙王姑娘送给召苏文做妻子，
召苏文做龙王的姑爷，
召苏文离开了妖怪的国家到龙国，
做了龙王的女婿，
这都是召苏文有福气。
跟龙王的姑娘在一起生活，
召苏文在龙国已经十个月，
他就对妻子说："亲爱的妻子呀，
我们两个在一起生活时间很长了，
我不会把你丢掉，
给你做一个寡妇，
正因为我们两个有福气，
这一代才能在一起生活。

哥哥想起了南波罕不知在什么地方，
她是我第一个妻子，

哥哥在森林寻找她的时间很长，
所以才到龙国来跟妹妹一起生活，
再见吧，亲爱的妻子，
我想转回自己的国家去，
如果找到了南波罕，
让南波罕在足以后再来接妹妹。
哥哥要走的路程很困难，
舍不得离开亲爱的妻子，
再见吧！亲爱的妹妹，
你好好地住在宫房里等待哥哥回来，
希望你不要挂念，
哥哥要到森林里去找原来的妻子，
森林里有老虎、大象和蟒蛇，
要带妹妹去又怕在森林走累，
现在要离开妹妹心里很苦闷，
不是哥哥想把妹妹丢下成寡妇，
请妹妹不要怀疑，
时间不久，哥哥转回来接你。
希望你不要寂寞了，
太寂寞了对自己的身体不好。"

龙姑娘说："亲爱的丈夫呀！
哥哥给妹妹告别，
心里非常痛苦。
哥哥要到遥远的地方去，
离开妹妹很远了，
红太阳快落山的时候，

哥哥要在什么地方吃饭？
要有哪一个来做哥哥的伙伴，
可以拿饭到半路去吃呢？
只有飞马做哥哥的伙伴，
亲爱的丈夫，你要去就去吧，
几千年不要把妹忘记，
妹妹在等待哥哥，
如果哥哥找着姐姐以后，
转回来接妹妹，
亲爱的丈夫，如果你要去，
就到宫廷向父母亲戚告别再去。"

召苏文知道得很清楚，
好像打开二十层的玻璃窗。
召苏文离开了妻子到龙王的宫房去，
来向岳父岳母和亲戚朋友告别。

岳父岳母很寂寞，
因为召苏文要转回自己的国家，
他们不舍召苏文离开，
难过得说不出话来。

父亲对召苏文说：
"亲爱的召苏文，
你到父亲的龙国来，
所有的龙都向你献礼祝福，
给龙国带来了幸福，

现在你要离开龙国，
到自己的国家去找南波罕，
父亲要欢送你。"

龙王叫些纳阿玛、王后、亲戚和姑娘，
敲锣打鼓地欢送召苏文，
一直送到龙国的边界。
召苏文向所有来送的人告别，
骑着飞马飞上了天空。

欢送的人回到了龙国来，
他们舍不得离开召苏文，
漂亮的妻子说不出话来。

召苏文骑着飞马一直飞到大河水上去，
骑着飞马在天空飞去，
他牵着马在河边寻找南波罕，
只看见两岸的大石头相互连着，
只看见各种花开在河边。

召苏文顺河边下去找南波罕，
也找不到南波罕。
召苏文又到一个平平的沙坝来，
这里有勐干团的南根娜里，
每个月的十五日、三十日，
她们飞下沙坝来洗澡。

这里的沙坝有天神盖的漂亮的宫房，
出现在召苏文的面前。
因为天神下来帮助，
因为前世召苏文和南波罕到沙坝这里来放牛，
他们两个在这里洗澡，
召苏文用沙堆成小塔，
南波罕来跟他玩塔向塔跪拜。
他们两个用竹筒打大河水倒在塔上，
小塔的边边一滴一滴滴下水，
先给南波罕滴水，后给召苏文滴，
这就成为他们两个的福气。
这个小姑娘死了以后，
灵魂到天堂，在勐庄好介拉投生，
他们用沙堆成塔，
塔变成了宝房，
男孩子死了就来勐巴拉投生，
这就是召苏文。
因为他们前世在小沙堆上滴水，
所以这世才成了姻缘，
所以这一代能见面生活在一起。

召苏文向河边沙坝平平下去，
看见眼前有一个宫房，
当他看见宫房的时候，

他感觉很奇怪,
为什么沙坝这里有一个宫房?
召苏文静静地走进去看,
看见一个漂亮的小姑娘坐在宫房里,
找不到伙伴,
召苏文问:"是哪一个在这里盖宫房?
宫房又高又大。
是不是凶恶的妖怪变成人?
只有一个小姑娘住在宫房里没伙伴。"

太阳已经落山了,
小姑娘看见召苏文,
打开门来看,
看见召苏文骑着飞马。
"漂亮的小伙子,
你来问妹妹很好,
妹妹不是妖怪变成人,
妹妹有福气才生长在这个地方。
妹妹生长在勐干团,
因为妹妹很好玩就到森林来玩,
昨天到这个宫房来休息直到今天。
妹妹叫南根娜里,
不宽广的勐干团,
自己很好玩,
玩好以后睡在宫房。
哥哥为什么到这里来?
要准备到什么地方?

小声小气地问妹妹,
像叭英一样,
你说话的声音非常好听,
哥哥要到什么地方去?
哥哥要去就去吧,
这里的森林是妖怪住的地方,
还有老虎、豺狼、大象,
这里的森林有凶恶的大动物,
妹妹很担心,怕动物把哥哥吃了,
哥哥要去赶紧去。"

召苏文说:"亲爱的妹妹呀,
你把这里的情况告诉哥哥,
哥哥非常高兴。
哥哥到森林里来什么都不怕,
千万凶恶的动物和妖怪也不怕,
哥哥要把它们全部杀掉,
请妹妹给哥哥在宫房里休息一下,
现在太阳已经落山了,
要给哥单个去,天已经黑了,
还要爬坡,下坡路很难走,
今天哥哥不会到什么地方去了,
请妹给哥哥在这里这一晚上。"

南根娜里对召苏文说:
"进来吧,
长得像椰子树一样的小伙子。

妹妹很担心，
要走的路大河水隔着，
今天时间太晚过不去。
亲爱的小伙子，
不是聪明的人不会到这里来，
不会飞可能来不到，
哥哥要在这里休息，
妹妹也没有意见。
如果没有福气的人要在宫房外睡，
有福气的人就在宫房里休息，
和南根娜里同床。"
召苏文下了飞马走进宫房，
宽大的宫房就是他们两个在，
因为前辈他们两个有福气。

南根娜里向召苏文跪拜，
问他从哪里来，
给召苏文煮饭、倒茶，
拿槟榔给召苏文吃。
南根娜里招待召苏文，
像对待自己的丈夫一样，
南根娜里很尊敬召苏文，
经常给他倒开水。

召苏文问漂亮的姑娘：
"亲爱的姑娘，
你像宝珠一样漂亮。

哥哥从遥远的地方来很辛苦，
离开自己的国家时间很长，
天天在宽广的森林里上坡下坡。
有时候顺河边走，
河两岸有一块连一块的大石头，
还有野芭蕉树，
有时候用野芭蕉当饭吃，
有的地方是神秘的藤子，
哥哥在森林里受了不少痛苦，
因为亲爱的妻子遗失了，
才到森林里来找，
哥哥今天到妹妹这里来，
哥哥爱你像眼珠一样，
亲爱的妹妹，你好好听吧！
现在哥哥要离开妹妹，
哥哥在遥远的地方，
在宽广的勐巴拉纳西，
哥哥走过了不少大森林，
为寻找原来的妻子南波罕，
哥哥今天才来碰到妹妹，
在河边的客房里休息。
哥哥跟妹妹在一起生活近三个月了，
哥哥要离开妹妹舍不得，
非常挂念着亲爱的妹妹，
妹妹好好地住在宫房里，
如果我们两个有福气以后还会见面。
希望你不要寂寞，

要给妹妹单独一人住在河边的宫房，
妹妹要难过了，
妹妹还回到勐干团去，
勐干团比这里还热闹。
这里有熊、大象，
只有河水和鱼，其他都不见，
哥哥要帮助妹妹，请叭英来帮助，
让这个宫房飞到勐干团去。"

召苏文对她这样说，
她感到很寂寞，
召苏文向她告别离开了宫房，
召苏文想："如果我有福气，
以后我要做'昭苏般汝'①，
请叭英赶快使南根娜里飞上天去。"

南根娜里的宫房飞上天到勐干团，
南根娜里和她父母亲在一起，
过着幸福的生活。

召苏文离开了南根娜里的宫房，
骑着飞马顺河边走到森林去，
挂在马脖子上的铃在森林鸣响。
森林里有猴子、豺狼、妖怪和老虎，
有凤凰、野鸡在森林里飞去飞来，

有斑鸠一对一对地在树枝上叫。
森林里有葫芦瓜果，
召苏文把这些当作饭吃。
在森林里爬了不少坡，
有些时候很累，
太阳落山以后，
在森林的小鸟和小虫叫起来，
召苏文在树脚下休息，
把树叶当床铺睡，
飞马放出去吃草。
在森林里大风刮得竹棚很响，
睡也睡不着，
召苏文一直坐到天亮。
天亮了，召苏文把马鞍背②上，
骑着马又在森林里走。
有些地方花树很多，
闻着花味非常香；
有些地方是草坝，
走起来很险。
飞马跳过路险的地方，
有些是一块连着一块的大石，
召苏文给飞马围绕石头走，
要飞上天去怕找不到南波罕，
所以才在森林里找。
走到了一个城市，

---

① 昭苏般汝：世界唯一的救命人。
② 此处指把马鞍背在马背上。——编者注

就是天神掉瓦布给南苏戛拉做的城市,
召苏文很奇怪:"森林里为什么有城市?"
他又看见城市的宫房非常漂亮,
越看越想看:"这是哪个国家的国王?"
召苏文就在路边的萨拉房休息,
看见过路的人就问:
"这个城市叫什么名字?
有没有国王在?
这个国家的国王叫什么名字?
请你们给我开门进去看一看。"

城里的人赶紧跑进去告诉南苏戛拉:
"有一个小伙子长得非常漂亮,
现在他歇在萨拉房,
有一匹绿头白身的飞马他骑着,
就是他一个人来。
他问城市,
说话声音很好听,
像吃着糖一样甜。
我很怀疑他,
他的耳朵、眼睛、鼻子很好看,
他叫我们开城市的门,想进来休息,
是不是要把城门打开让他进来?

请南勐①回答。"

南苏戛拉知道自己的丈夫来到,
她叫宫女赶紧跑去打开城门,
让召苏文很快到城里来。
又叫许多宫女去接他,
问他从什么地方来,
是哪个国家的小伙子。
叫些纳去说给守门的人,
赶快打开城门。

守城门的人赶紧打开大门,
他们邀请从远方来的小伙子进来。
小伙子骑着飞马叫些纳领路走进城来,
整个城里的人都跑来看。
有的说:"是哪个国家的儿子?
长得这样漂亮,
像叭英从天上飞下来。"

些纳、头人和百姓送召到宫房,
南苏戛拉看见很可爱,
就跑出来迎接,
领他到宫房里去坐王位。
南苏戛拉高兴丈夫来到,

---

① 南勐:公主。

召苏文看见自己的妻子和儿子,
心里非常高兴,
他们互相拥抱着哭,
南苏戛拉向召苏文磕头跪拜:
"亲爱的丈夫,
我天天挂念着你,
自从离开勐塔尼后,
都在森林里寻找丈夫,
在森林里找不到丈夫,
只得在森林里乱走。
在森林里都是一个人,
有些时候上坡把果子当作饭吃,
在森林里乱走,
直走到大河边来,
妹妹站在大河边的大石头上,
看见没有一人,
就跳到河里去了,
被大河水冲下去,
碰到南波罕坐在小船上。
南波罕拉妹妹睡在船上,
只有心脏还在跳动,
南波罕给妹妹吹口功,
把妹妹吹醒,
妹妹就向南波罕跪拜,
我们才知道是同一个丈夫。
我们两个住在一起,
天天过着痛苦的生活,

我们两个坐着小船划下去,
到大河边的一块大石头下休息,
南波罕姐姐肚子痛了走不得,
我们两个就在勐沽巴边境休息。
有一条大蟒蛇就来咬南波罕,
这是在南波罕生娃娃的时候,
南波罕可能死在大河边了。
妹妹抱着小娃娃逃走,
来到了叭英做的城市,
把南波罕丢在河边的沙坝里,
这是我们两个经过的经历,
给丈夫谈清楚一下。"

骑大象的召苏文对南苏戛拉说:
"亲爱的妻子,
哥哥离开了你很懊悔,
到森林里去找不到城市,
离开你时要向你告别,
又怕妖怪包围哥哥跑不脱,
看不见妹妹,哥哥就飞上天去了。
这时候大肚子的妖怪来骂我,
有些大喊大叫,
有些拿着木棒和长刀,
不知有几千几万妖怪追打哥哥,
不是哥哥故意想离开妹妹。
后来妹妹到森林里来寻找哥哥,
来碰见南波罕,

你们两个在河里坐小船,
南波罕生娃娃时被蛇咬死,
妹妹抱南波罕的娃娃逃走,
今天我们两个见面是有福气。
两个孩子哪个是南波罕生的?
哪一个是哥?哪一个是弟?
请妹妹告诉哥哥。"

南苏戛拉向召苏文磕头跪拜:
"亲爱的丈夫,
哈底牙文沙是哥哥,是南波罕生,
召苏立牙文沙是弟弟,是妹妹的儿子。"

召苏文听了很高兴,
抱起两个孩子用嘴吻。

哈底牙文沙看见父亲很高兴,
召苏立牙文沙天天跟父亲坐在一起。
父亲很可怜两个孩子,
因为有福气父子才得见面,
这两个小孩天天在宫房里走去走来,
父亲下楼去玩,他们也跟着去。
有时候到森林跟叭拉西学口功,
叭拉西天天给两个孩子教口功,
最宝贵的东西都教给孩子,
这两个孩子已经长大有十岁。

住在城里的些纳和百姓,
为了祝贺两个孩子长大,
他们就在城里赶摆,
整个城里热闹得像天神住的打瓦丁沙。

召苏文想起妻子南波罕,
南波罕是死是活他要弄清,
思想上只有一个印象弄不清,
像天上的星星一样,
有时候有乌云来遮,
究竟在什么地方他不清楚。

召苏文跟南苏戛拉说:
"金黄色的南苏戛拉,
哥哥非常喜爱你,
现在哥哥非常挂念南波罕,
究竟死了没有想弄清楚。
究竟在什么地方,
哥哥想到各个勐去找,
知道各个勐的风俗习惯还是好,
一方面去找南波罕,
宽广的国家有几千大象,
他们如何管理他们的国家,
哥哥也想知道。
如果天天在宫房跟你和孩子在一起,
就不会知道其他国家怎么做,
要被其他国家的老百姓来侮辱,

哥哥是有宝刀、宝弩的王子，
要让各个地方的人都知道哥哥的
名声。"

"宽广无边的勐沽巴国家，
有几万万的老百姓和很多些纳都
住在这个国家，
他们有着大象、马匹，
头人和老百姓住在这个国家，
天天赕佛，天天赶摆。
勐沽巴的城市用石头做城墙，
勐沽巴中间有一条宽广的路，
有骑马的些纳和骑象的些纳，
天天在大路上跑马。
勐沽巴的城市像天堂一样，
他们天天赕佛，
把肉、饭、黄被、水牛、黄牛、宝
珠、马匹都拿去赕佛。
哥哥要到宽广的勐沽巴城市去，
哥哥很可怜妹妹和儿子，
但是不去不行，
希望亲爱的妹妹好好在家看儿子，
好好在宫房里等着，
哥哥不久就要回来。"

召苏文把南苏戛拉和儿子交给叭
拉西看着，

因为他去的时间很长，
不放心妻子和儿子在家。
他骑着飞马顺森林中的大路走去，
飞过宽广的坝亨毛版到了勐沽巴，
飞马飞到勐沽巴停下，
飞马在休息的地方吹凉风。

有勐沽巴的人在路上过来过去，
他们看见召苏文和飞马，
他们感到很奇怪：
"这个召从什么地方来？
勐沽巴的人没有这样漂亮。"

人们一个接着一个来看召苏文，
召苏文的耳朵、身材很漂亮，
他们看得很清楚，
他们赶紧跑回去告诉所有的人。

召苏文骑着飞马跑到城里去，
在萨拉房里休息。
他看见勐沽巴很多人在赶街，
宽广的街子上有各种民族，
有缅甸人，也有汉人、傣人。

勐沽巴的国家各种民族都有，
许多人都看见召在萨拉房休息，
看见召苏文的飞马绿头白身，

他们一个接着一个看召苏文。
有的叫喊街上的人来看,
有的说:"是不是叭英下世?"
他的服装不像一般的人,
全身的服装都是缎子绸子,
用玻璃配上,
好像是会飞上天一样。

他们赕佛的日子来到了,
连讨饭的人也集中来,
人们把所有的东西都拿出来赕,
有金、银、被子、马匹,
都拿出来赕。
召苏文到人集中赕的地方去看,
看见萨拉房里留着许多东西。
召苏文骑着飞马进去看,
所有来赕的人也跟召苏文进去,
个个都想来看召苏文,
整个勐沽巴的人都来看,
有的说:"这个召呀!
我们勐沽巴人没有他漂亮,
这个召是从什么地方来的?"

勐沽巴的人在萨拉房出出进进,
这么多的人没有一个问召苏文,
也没有一个人说话,
因为看见召苏文非常漂亮。

骑着马的召混① 在路上赛马,
还有年轻的召混跟小姑娘谈情,
一群一对地在萨拉房里赶摆,
召苏文在萨拉房这里看得很详细。

这里的人很多,
召苏文不出不进。
讨饭的人来向赕佛的人要东西,
要得了东西就回家去。
召苏文心里想得很清楚,
他转着看萨拉房。
萨拉房里画着很多东西,
他看见画的人物背景,
看见南波罕和叭拉西在森林里住,
看见南波罕跟叭拉西磕头跪拜,
又看见自己骑的飞马,
又看见叭拉西给他们俩结婚拴线,
又看见他们两个坐在森林大树下谈情,
又看见猎人用弩射倒他,
又看见猎人用绳子拴走南波罕,
又看见南波罕用猎人长刀杀死猎人,

---

① 召混:头人。

又看见船长划着船上来拉南波罕，
又看见南波罕把生意人的小船偷走，
又看见南苏戛拉跳下大河，
被河水冲走，
又看见南波罕拉着南苏戛拉的手坐在船上，
又看见南苏戛拉和南波罕坐在大石下休息，
南波罕被蛇咬死，
又看见南苏戛拉抱着孩子逃去森林，
又看见南波罕死在大石头底下，
又看见召勐沽巴国王救南波罕命，
把南波罕叫回勐沽巴去当女儿，
看见南波罕住在宫房，
看见南波罕赕佛。
召苏文看见他们画的事迹，
心里感到很痛苦，
眼泪一滴一滴地淌出来，
好像看见南波罕一样。
召苏文在萨拉房里坐下休息，
守在萨拉房的人看见召苏文，
很快地跑到城里去，
跑到南波罕的宫房磕头跪拜：
"南波罕哪，你好好地听，
看见一个小伙子，
不知他从什么地方来，
长得非常漂亮，

现在他住在萨拉房，
他有一匹飞马，
飞马的头是绿色，
他到萨拉房的时候，
哪一个也不给他打招呼。
勐沽巴的人没有这样漂亮，
我们住的勐沽巴没有见过，
他看见萨拉房里画着的事情，
眼泪一滴一滴地淌。
他的人格不像一般劳动的百姓，
他像一个召，
这个召好像要飞上天的样子，
他的身子、眉毛、眼睛非常漂亮，
哪一个看见都很羡慕，
哪个也没给他打招呼，
他也不跟勐沽巴的人说话，
现在他还住在萨拉房，
不知这个召还要到什么地方。"

南波罕想："可能是丈夫来到。"
南波罕不告诉任何人，
只叫些纳赶紧去请召到城里来，
是哪个地方的人得弄清楚。

些纳去叫召苏文到城里来，
因为南波罕等着看。

召苏文知道了就想:
"可能南波罕住在勐沽巴。"
就骑着飞马走到城里去,
看见宫房前面各种各样的旗子,
在迎风飘扬,
看见宫房周围,
有一排排的椰树和槟榔树,
看见大小的铃挂在宫房,
看见宫房都用金水美化。

召苏文走进宫房一点不怕,
把宝刀、宝弩紧背在背上。
大路两边站满很多人,
有小姑娘、小伙子,
有山头、山坳的民族,
有汉族,有傣族,
在大路的两边等着召苏文,
所有的人都跑到宫房去。

召苏文到了宫房以后,
南波罕看见是自己的丈夫来到,
就跑去抱住召苏文。
召苏文看见南波罕,
心里很高兴。

南波罕磕头跪拜,
领召苏文到宫房里去,
他们两个就在一起生活。

南波罕告诉勐沽巴的国王和王后:
"亲爱的父母亲哪,
现在我的丈夫来到了,
离开了很久的时间,
现在我们两个能在一起生活。"

召勐沽巴的国王很高兴,
好像拾得一万斤银子。
国王对南波罕说:
"亲爱的姑娘啊!
现在你丈夫来到了,
父亲不死掉就不会给你两个受什么痛苦。
你们不要担心,
你的丈夫在哪一个国家?
是从远方来还是附近的国家?
他叫什么名字?
是哪一个国家的王子?"

南波罕说:"亲爱的父亲哪,
我原来的丈夫像一颗宝珠一样,
像几万斤的金子。
他是住在勐巴拉纳西,
是召勐巴拉纳西的王子,
他会飞上天。

他离开姑娘已有十多年,
现在我们两个有福气,
才有机会得见面,
我们两个要同父亲在一起生活。"

召勐沽巴同意他们两个在一起生活,
南波罕非常高兴,
回到自己的宫房生活,
两个感情非常好,
南波罕又带召苏文到召勐沽巴宫房去,
向父亲和母亲拜见。

勐沽巴的国王问召苏文:
"亲爱的儿子,
你从什么地方来?
你是哪一国的王子?
希望儿子好好地告诉父亲,
因为我们的国家距离非常远,
儿子不告诉父亲不会知道。"

召苏文把自己的经历告诉国王:
"儿子是一个在森林生活多年的人,
因为寻找妹妹南波罕,
十年以后才在勐沽巴看见南波罕。
儿子在的国家是勐巴拉纳西,
管理勐巴拉纳西的是儿子的父亲,

他的名字叫叭雅阿金,
他的威望很高。
叭雅阿金是儿子的父亲,
儿子离开了父母亲和宽广的国家,
到宽广的森林去,
到叭拉西住的森林里,
就碰见南波罕。
儿子向叭拉西求婚,
叭拉西同意我们两个在一起生活,
我们两个天天到森林挖芋头摘野果,
来送给父亲叭拉西。
这时有一个猎人就来杀害我们,
南波罕就在这里和我分别。
我天天到森林去寻找南波罕,
南波罕被敌人拉走,
宽广无边的坝亨毛版都找完,
还是找不到南波罕,
一直找到宽广的龙国也不见,
儿子才到父亲的国家来找,
才找到了南波罕。
现在我们两个要回到自己的国家,
因为离开了父母和国家,
离开了些纳和百姓,
已有十多年了,
现在请父母许可我们回家去。"

威武的召勐沽巴很担心他们两个,

召勐沾巴很喜爱他们两个，
用好话对他们两个说：
"亲爱的儿子和姑娘，
宽广的勐沾巴也要让你们来管，
现在你们两个要回自己的国家，
父亲也很同意。
因为是我们的风俗习惯，
现在父亲要给你们两个拴线，
让两个国家成为一个国家，
哪个国家有事情应该帮助，
要从长远来看，
如果你们两个不同父亲在一起，
父亲也同意你们去了，
你们两个好好地回去，
父亲就召集百姓和士兵欢送你们，
因为你们两个要到的国家很远，
还要经过很多的大森林，
森林里有各种各样的花，
有高山，有凶恶的动物，
有妖怪、大象、大虎会出来吃人。
宽广的大森林儿子怎走得通？
如果走不紧不知几月才到自己的国家。
现在父亲要叫勐沾巴的百姓送你们两个，
有大象、马匹，些纳阿玛骑着大象，
欢送你们两个回到自己的国家去。"

召苏文听见父亲这样说，
心里非常感激，
因为召勐沾巴爱自己像亲生儿子，
召苏文跟父亲说：
"亲爱的父亲，
你爱我们两个像亲生的儿女一样，
怕我们两个回不到国家去。
茂密的大森林和大水湖，
一般的人不会走得通，
我们两个要飞上天去，
经过宽广无边的大森林，
森林里有凶恶的动物会吃人，
儿子都不怕，
大妖怪来几千几万，
儿子会杀掉他们。
现在父亲担心我受灾难，
请父亲放心，
因为我们有福气，
是有宝弩、宝刀的王子，
什么也不怕，
儿子还是要做好事情，
些纳和士兵不要送了，
请父亲说给他们回去，
儿子和姑娘去就行了。"

国王召勐沾巴为欢送儿女，
又叫些纳和百姓给他俩拴线。
勐沾巴的各个民族都来，

都来欢送召苏文和南波罕,
混些纳和百姓都在城里赶摆,
赶摆了七天。
召苏文和南波罕想起儿子和南苏戛拉,
他们离开了勐沾巴和父母亲。

召苏文和南波罕骑飞马,
飞过了宽广无边的大森林,
到了叭英给南苏戛拉做的宫房,
召苏文告诉南波罕说:
"好好地看吧!亲爱的南波罕,
在我们眼前的城市是我俩要在的地方,
漂亮的南苏戛拉和儿子等一会就见到。"

飞马已飞到了城里,
召苏文牵着南波罕的手上宫房。
南苏戛拉看见了,
就跑出来迎接丈夫和姐姐到宫房去,
两个儿子也跑来接父亲和母亲,
漂亮的召哈底牙文沙来抱住父母:
"亲爱的亲生母亲,
儿子出生以后就看不见母亲,
单儿子和母亲南苏戛拉在一起。
儿子很感谢南苏戛拉,

她爱我如亲生的儿子,
到儿子长大以后,
南苏戛拉告诉我:
'亲生母亲死掉了。'
儿子哭起来了,
吃饭也咽不下去。"

可爱的母亲说不出话来。
"现在母亲来到,儿子很高兴,
请母亲不要丢掉儿子,
免使儿子受着痛苦。"
南波罕听了儿子的话,
哭着紧紧抱住儿子:
"亲爱的儿子呀,
母亲不能把详细经历告诉儿子,
因为说了怕儿子难过。"

南苏戛拉对南波罕很尊敬,
牵着儿子的手送给南波罕。
南波罕的儿子看见南苏戛拉的儿子才不哭,
他们两个在一起玩。

召苏文和两个妻子、儿子,
在城里已经住了三年,
他想起了根娜里在勐庄好介拉国家,
又想起在南桑木达扎妻子,

这两个也应该去接来，
如果不慎重，
自己的威望要受到损失。

召苏文和两个妻子说：
"亲爱的两个妻子，
我永远爱着你们两个，
现在我还有困难。
从前哥哥在森林里寻找你们的时候，
哥哥到龙国去，
龙国的龙都来向哥哥跪拜，
龙国的国王把公主交给哥哥做妻子。
有福气的漂亮的桑木达札，
她是守在大海洋边上。
还有宽广国家勐庄好介拉的南根娜里，
她们的国家就在好生里海附近。
因为寻找你们才到各地结婚，
哥哥要去接她们两个来在一起生活，
你们两个好好领孩子在宫房。
亲爱的两个妻子呀！再见吧。
哥哥要到森林里去寻找她们两个，
时间不长哥哥又转回来，
来接你们两个回到勐巴拉纳西。"

召苏文离开了座位下到宫房去，
两个孩子挂念自己的父亲，
拉着父亲的手哭起来。

召苏文抱着两个孩子，
给他们说好话，
两个孩子听父亲的话走进宫房。

召苏文配上了马鞍，
骑飞马飞到森林坝亨毛版，
一直飞到宽广的大湖水去，
到漂亮的南桑木达札那里，
召苏文去寻找南桑木达札。

南桑木达札看见自己的丈夫来，
就向苏文跪拜，
给召苏文抬水抬饭，
吃好饭就在这里休息。
到了太阳快落山的时候，
召苏文带着南桑木达札飞到龙国去，
经过龙国的城市就到宫房去，
龙国的龙王听见女婿来了，
所有的部属都跑来看新姑爷。

龙王看见召苏文来心里非常高兴，
龙王带领着女儿来与召苏文见面，
给自己的姑娘和召苏文在一起，
召苏文问龙王姑娘：
"亲爱的妻子，
自从我们离开以后，
你的身体还是很好，

现在哥哥要接你去宽广的勐巴拉
纳西去,
妹妹有什么意见?"

龙王姑娘说:
"亲爱的丈夫啊,
妹妹应该跟哥哥走,
妹妹没有什么意见,
哥哥到父母宫房去,
向父母、些纳阿玛告别,
如果他们同意,妹妹就跟你去,
要领妹妹进洞里去,
妹妹也没有什么意见,
妹妹要跟哥哥到勐巴拉纳西去在
一起。"

有福气的召苏文就向父母、些纳说,
他们也不阻挡,
同意姑娘跟召苏文走。
召苏文非常高兴,
在龙国很久的时间了,
要离开龙国时又舍不得国王、些
纳和百姓。
龙姑娘向所有的人告别,
召苏文领着龙姑娘和南桑木达札,
离开了龙国回到自己的国家。

召苏文可怜两个妻子走得累,
就在大河边休息吃东西,
召苏文就想到南根娜里,
就在勐庄好介拉的国家。
他就对两个妻子说,
带领两个妻子飞到勐庄好介拉去,
飞到南根娜里的宫房去。

宽广无边的勐庄好介拉大国,
住在国家的百姓都有翅膀和尾巴,
他们个个都会飞。

召苏文领着两个妻子到南根娜里
的宫房,
南根娜里就出来迎接丈夫和他的
两个妻子,
南根娜里把离开丈夫后的事情告
诉召苏文,
召苏文的三个妻子都跟他在一起。

召苏文就跟三个妻子谈话,
三个妻子向召苏文跪拜,
因为前世他们在一起赕佛,
所以三个姑娘才同一个丈夫。
她们三个非常高兴,
个个都想跟召苏文到勐巴拉纳西。

召苏文跟南根娜里说:
"亲爱的南根娜里妹妹,
哥哥要带领你回到勐巴拉纳西去,
宽广的勐巴拉纳西是哥哥生长的地方,
妹妹有什么意见?"
南根娜里向自己的丈夫跪拜说:
"因为我们是夫妻,
只要父母亲同意,
妹妹就跟哥哥去,
请哥哥去告诉父母和亲戚、朋友,
给他们知道。"
召苏文去跟父母和亲戚说,
要把南根娜里带回自己的国家。

勐庄好介拉的国王和亲戚,
同意女儿和召苏文回到自己的大国,
勐庄好介拉的些纳和百姓,
都来欢送召苏文和南根娜里。
有翅膀有尾巴的勐庄好介拉百姓,
些纳带着在草坪上飞舞,
像孔雀展翅一样,
比世界上的人还漂亮。
有些说:"勐庄好介拉的姑爷,
如果是一般的人就飞不来,
他是有福气的召,
才来到勐庄好介拉。

现在召来到我们国家不久,
他就要回去了,
要为欢送他们赶摆,
赶摆的时间是七天。"
南根娜里来向所有的人告别,
有福气的召苏文向所有的人告别,
些纳阿玛和百姓向召苏文跪拜。
召苏文带领着三个妻子骑着飞马,
飞到了天上,
飞到叭英做的宫房。
召苏文带着三个妻子进了宫房,
南波罕和南苏戛拉出来迎接,
两个孩子听说父亲回来,
跑出来抱父亲,
召苏文用两手抱起孩子。

南波罕和南苏戛拉,
向三个妻子问好,
爱三个妻子如同自己妹妹一样,
他们幸福地生活在一起。

南波罕是大妻子,
南苏戛拉是第二个妻子,
南桑木达札是第三个妻子,
龙王的姑娘是第四个妻子,
南根娜里是第五个妻子,
最聪明、漂亮是南波罕,

南波罕是神变成的姑娘。

他们几个人在叭英的宫房里,
已有十年多了,
召苏文想起了父母、亲戚、朋友、
些纳,
想起了勐巴拉纳西的人民,
守在宫房里的天仙,
变成了人,
为召苏文祝福。
有福的召苏文想回到勐巴拉纳西
的城里,
要走的路程很远,
召苏文就给叭拉西叩头跪拜。
"叭拉西父亲呵!
请你心放宽些!
你的儿子要回勐巴拉纳西去,
要走的路很远,
不知道该如何走,
请求父亲告诉。"

叭拉西说:
"有威望的召苏文,
你想回到宽广的勐巴拉纳西去,
父亲一定帮助你,
在森林里走路,
不给你带来灾难,

让你一帆风顺地到达勐巴拉纳西
地方。"

这时候,
叭拉西使口功,
用泥土做了马,
并使马飞起来,
交给召苏文。

有一匹飞马叫麻哈哄,
马的脚是白颜色,
给哈底牙文沙骑。
黑的飞马给苏戛拉儿子骑,
白马给哈底牙文沙的母亲骑,
灰马给龙王的姑娘骑,
胖的红马给南桑木达札骑,
蓝的飞马给南根娜里骑。

叭拉西又用泥土做成马,
使口功又使马变成了飞马,
叭拉西就将这些飞马送给召苏文。
召苏文得了飞马后,
心里很高兴,
于是就和些纳、大官、百姓告别,
说:"有福气的天仙,
我要走了,
再见吧!

守在宫房的姑娘、小伙子们,
再见吧!
高大的宫房,
美丽的宫房,
我要离开你们了,
可是我的心常挂念着你们。"
于是就带着五个妻子和儿子,
到叭拉西处去告别。

叭拉西同意了,
叭英做的宫房,
突然间不见了。
召苏文叫妻子、儿子,
一同骑上飞马,
飞马就马上飞上了天。
这时,天上刮了大风,
飞马带着他们飞了三千里,
飞过无数的高山大河,
终于到达宽广的勐巴拉纳西。

召苏文领着妻子、儿子,
来到了城里,
勐巴拉纳西的人,
都跑出来观看。
有些人说:
"是天上的天仙,
来到人间观察世界。"

官员们和百姓看见各种飞马,
飞马闪出各种颜色。

召苏文到了宫房后,
见到了父母,
父母很高兴。
宫女们忙出来,
迎接召苏文和妻子。
召苏文的父亲见到召苏文,
心里非常喜欢,
就派了一位官员,
下令要所有的官员和百姓,
到宫房来,
说是召苏文已来到勐巴拉纳西,
要为他盖一座休息的房子。

官员到城里,
叫了百姓到宫房里,
要百姓为召苏文祝福,
盖休息的房子。
城里的头人,
骑着大象,背着宝刀,
百姓挑着草排、斧子、砍刀、鸡、
盐巴、辣椒……
来到了国王的宫廷,
为召苏文盖房子。

房子盖好后，又挖大路，
给召苏文盖的房子，
非常美丽。
官员们就拿出金蜡条，
向召苏文跪拜，
请他进新房。

召苏文就带着妻子、儿子，
进了美丽的宫房，
亲戚、朋友、官员都来欢迎。
这时，
官员和百姓向召苏文献礼，
给召苏文拴线，
官员准备礼物、马匹，
并给召苏文的妻子、儿子拴线。
接着就赶摆，
使得勐巴拉纳西更加热闹。

勐巴拉纳西的百姓更加喜欢召苏文，
勐巴拉纳西的百姓更加努力劳动。
国王要召苏文继承他的王位，
国王派一位官员到召苏文的宫房去，
叩头跪拜，并叫速来国王宫廷。

召苏文到宫廷后，
向国王跪拜：
"父亲啊！

有什么事情叫儿子来？"
国王说："没有什么事情，
父亲老了，
要你继承父亲王位。"

召苏文向叭英请求：
"如果我真正有福气，
请下来帮助，
把我的威望传遍四方。"
天神、龙神、妖怪，
勐乌弹喝、勐庄母耗盖娜梯、勐塌里……十六个国家，
集中到召苏文处，
拥护召苏文当勐巴拉纳西的国王，
并为召苏文用圣水洗澡。

这时，
十六个国家的人，
都集中在勐巴拉纳西。
有些人去挑水，
有些人准备金蜡条、毡子，
铺在宫房里，
准备好就敲铓锣、打鼓，
迎接召苏文进宫房。

南根娜里展开翅膀翩翩起舞，
妖怪拿着花布舞甩，

勐乌弹喝撒出朵朵的花，
龙王、勐南戛拿宝珠献礼，
龙王使口功又做了一座宫房，
就给召苏文，
叭英又造了一座美丽的宫房，
为召苏文献礼。
一间给召苏文和南波罕住，
一间给南波罕儿子住，
一间给南苏戛拉儿子住，
一间给龙王姑娘住，
一间给南桑达木达札住，
还留一间预备冬天住，
还留一间天热时住，
还留一间下雨时住。

叭英因为召苏文当国王，
为召苏文造了很多美丽宫房。
勐巴拉纳西地方，
有四个金矿、四个银矿，
有铁矿、铜矿。

有福气的召苏文，
所有的人都害怕不敢抵抗，
妖怪、龙王、勐庄母耗盖娜梯，
一百零一个地方的人，
都来为召苏文献礼。

天神、叭英、妖怪、天仙……
拿宝刀、宝弩为召苏文献礼，
向召苏文献礼后，
就向召苏文、姑娘们告别，
回到自己国家去了。

召苏文当了勐巴拉纳西的国王，
全心治理国家，
天天赕佛，
并在大路旁盖一个休息亭子，
将金、银、肉、盐巴、辣子、被
子、水牛、黄牛、大象、马匹……
都拿来赕，
为了今后有更大的福气。

这时，
勐巴拉纳西的百姓、官员，
敲铓锣、打鼓、赶摆，
异常热闹，
住在很远地方的人，
都赶来观看，
因召苏文有很大福气。

从此，
召苏文天天过着幸福的生活。
不久，
南波罕怀孕了，

生了一个女儿，
非常漂亮，
就像叭英一样，
年龄长大了，
取名叫南尖达。
南尖达骑着马，
天天在城里游玩。

南尖达带着很多侍女，
到花园里采花插在头上，
花园里响起了姑娘、小伙子的歌
　　声、笑声、谈话声……
南尖达长到十六岁的时候，
父母想让她出嫁，
就将南尖达许配给哈底牙文沙，
从此，他们两人就在一起生活。

不久后，召苏文的父亲死了，
就上天堂去了，
宽广的勐巴拉纳西地方，
就由召苏文继承了王位。

召苏文和百姓做了一个美丽的棺罩，
送去火葬，
送葬了国王，
就到缅寺来赕。

南尖达① 和儿子、孙子，
天天去缅寺赕佛。
召苏文的母亲，
年纪老了，
不久后也就死了，
上天堂去了，
把所有的财产留给儿子、孙子。

召苏文和百姓做了棺材，
送去火葬，
第二天早晨，
拿了很多金、银……
去缅寺赕佛。

这时，
龙王的姑娘，
又生下一女儿，
长得像叭英般漂亮，
父母、亲戚、朋友选择吉日，
为她取名叫南苏戛娟。

父母非常爱南苏戛娟，
天天抱着她，

---

① 南尖达：苏文的母亲。

南苏戛娟长大到十六岁，
就把她嫁给召苏立牙文沙，
于是他们就在一起生活。

召苏文年龄老了，
就让哈底牙文沙当国王，
又叫召苏立牙文沙当第二国王。

宽广的勐巴拉纳西地方，
就由他们两人来管理，
所有重要的事情由召苏立牙文沙
办理。
自他们兄弟俩当了国王以后，
百姓非常拥护，
勐巴拉纳西地方变得更加富强。

召苏文死后就升到勐达娃丁沙，
兄弟两人就召集龙国、天仙、叭
英、天神……
十六个国家的人为召苏文送葬。
所有送葬的人都哭了，
鸡关在笼里拍翅膀不叫，

鱼在水里不游，
大象、马都不叫，
勐巴拉纳西的一切都非常伤心。

送葬了召苏文，
兄弟俩人就拿了金、银、马、象……
去缅寺赕佛。

不久后，
召苏文的妻子南波罕就死了，
南根娜里、龙王姑娘、南桑木达札、
南苏戛拉，
年纪老了，
慢慢都死了，
死后都到天仙住的地方，
留下很多金、银给两个儿子。

兄弟二人天天去赕佛，
拿了金、银、宝珠去寺庙赕，
他们二人精心地管理国家，
按照规矩办事情，
领导勐巴拉纳西的人民，
过着幸福的生活。

姆莱（花蛇）

记录者：卢自发
翻译者：岩峰
搜集地点：云南省西双版纳傣族自治州景洪市勐海县勐遮镇
材料来源：歌手唱本

1

勐密梯腊纳地方，
有一个名叫岩罕冷的穷孩子，
十岁时便失去了父母亲，
就像一只没有羽毛的小鸟，
失去了温暖，
没有什么欢乐。

他流浪在坝子的四方，
到东边的寨子讨糯米饭吃，
到西边的寨子要衣服穿。
遇到慈善的人，
可以饱饱吃一顿；
遇到石头心的人，
便要饿肚子。
天黑了，没有睡的地方，
泪水淋湿了他垫睡的树叶。

他流浪到了一个边僻的地方，
停在一栋破烂的竹楼前，
竹楼里走出来两个慈善的老人：
"天黑了，小鸟都飞回森林了，
孩子，你为什么还在这里，
伤心得眼泪淋湿了衣襟？"

孩子回答说：
"我是一只没有窝的小鸟，
很早以前就失去了父母亲，
吃的是露水，
睡的是树叶。
慈祥的老人啊，
请让我在你们的竹楼里，
住宿一夜。"

两个老人没有了儿子，没有姑娘，
他俩的心像星星一样闪亮，
看见这样受苦的孩子，

他们的热泪塞满了眼眶：
"快上竹楼吧，孩子，
看见你，我们像得到金银万两，
如果你愿意的话，
我们要将你当作自己的孩子，
永远跟我们住在这个地方。"

孩子回答说：
"小鸟离不开森林，
小鸡离不开娘，
我感谢老人的热爱，
愿意做你们的儿子，
和老人一起居住在这个地方。"

几年的时间飞过去了，
岩罕冷跟收养他的养父一起干活，
学会了许多本领：
种田、种地、捉鱼、打猎，
他样样都胜过伙伴们。

有一天，他独个到山上砍柴，
突然遇见了一件可怕的事：
首先是乌云遮住了太阳，
森林变得很暗淡，
后来空中发出轰隆隆的一声巨响，
那声音好像山倒一样。
风吹落了树叶，

雨敲打着大地，
沙石草木在空中飞。

狂风过去后，暴雨过去后，
岩罕冷抬起头来，
只见一条巨大的蛇妖，
缠着一个美丽的姑娘在空中飞舞，
那姑娘的哭声一直传到地上，
岩罕冷听得很清楚：
"救命啊，救命啊，
可怜我这命苦的公主。"

岩罕冷抬起斧头，
想飞上天去救那悲伤的姑娘，
可是他没有翅膀，
无法飞到天上，
他只能用同情的心，
牢牢地记住蛇妖飞去的方向。

2

勐密梯腊纳的国王有许多妻子，
但只有一个美丽的姑娘，
他爱如珠宝，
吃睡都把独生女放在心上。
这一天他清早起来，
见女儿迟迟不进宫来朝拜，

他急忙叫宫女去喊，
宫女到公主的宫殿，
不见公主美丽的容颜，
只见镜子衣裙撒满地。
宫女很着急，
跑去报告国王和王后：
"高贵的国王啊，
有福的王后啊，
公主不见了，
不知道是有人偷走，
还是被魔鬼藏在什么地方。
我们到处寻找，
都不见她的身影，
都听不见她的声音。"

王后听说公主不见了，
倒下龙椅昏死在地上，
众头人、宫女急忙吐出口里的槟榔，
把王后扶起，
可是王后仍然昏昏迷迷，
脸上没有一点血色，
苍白得像悲伤的月亮。

众头人叫来了医生，
给王后吃了很多药，
王后才醒过来。
她一睁眼就说：

"快去找我的女儿啊，
没有她，我怎么活在世上？"

国王的心也像王后一样，
早就被刀剑砍碎了，
他叫头人敲响窗前的大鼓，
把这不幸的消息向全国宣布。

听到咚咚的鼓声，
全国的老百姓都跪在辉煌的宫殿前。
国王压制住心里的悲伤，
走出宫殿站在高高的阳台上，
他宣布说：
"我的乡亲啊，我的百姓，
现在我们国家发生了一件不幸的事情，
我们的公主不知哪里去了，
宫廷里失去了一颗明亮的星星，
要是谁能找到公主，
把她送到我的身边，
我愿意把一切荣誉都赠送给他，
让他做我的女婿，
继承我的事业和财产。"

宫廷里有十八个头人，
他们个个听了都很高兴，
认为自己手下的人多，

定能找到公主,
定能得到公主的爱情。

他们率领着自己的军队
和自己管辖的百姓,
从四面八方出发,
走进了茫茫的森林。

他们走遍了勐密梯腊纳的高山,
他们踏遍了勐密梯腊纳的荒野,
可是谁也没有看见公主,
谁也听不到一点消息,
他们又伤心又失望,
脚都走疼了,荆棘又划破了衣裳。
"回去吧!回去吧!"
他们互相叫喊说,
"别在野外受苦了,
这样下去呀,
还没找到公主,
我们要死在森林。"

过了几天,
所有寻找的人都回去了,
只有年老的叭那细继续前进,
因为他是国王最忠实的助手,
他爱公主,知道国王的心。
他每到一个地方,

都一边寻找,一边宣读国王的命令,
想动员更多的人,
为国王建立功勋。
国王的命令传到各个地方,
有一天,岩罕冷听到了,
他回去跟父亲和母亲商量。

"阿爹、阿妈啊,
有一天,我上山砍柴,
看见一条蛇缠走一个公主,
现在你们听见了吗?
国王到处在寻找公主,
能不能去告诉他们?"

阿爹、阿妈听了说:
"别去出头露面啦,
我们是穷人,
国王不会相信我们的话。
要是你找不回来哟,
灾难就会飞进我们的竹楼,
死神就会敲打我们的门窗。"

岩罕冷劝老人说:
"阿爹、阿妈不要着急,
我们是一片好心,
绝不会招来灾难。"
老人不再说话了,

他便跑去对叭那细说:
"高贵的头人啊,
有一天,我的确遇到一条蛇,
缠走一个姑娘,
但只见姑娘带血的手和扯破的衣裳,
分不清是百姓的儿女,
还是宫廷里的月亮。
我是一棵普通的小树,
愿意把一切枝叶献给坝子的乡亲,
不管这个苦难的姑娘,
是穷人的女儿还是宫廷的月亮,
我都愿意去寻找。
只要能替国王和百姓减轻一点烦恼,
就是走遍天涯海角我也甘心。"

叭那细听了十分喜欢,
当场给他黄金两万两,
立刻领岩罕冷去见国王。

他们就一起到了京城,
国王很快接见岩罕冷。
"站起来吧,孩子,用不着施礼,
不管你的命运身世如何,
只要你寻回公主,
我便让你做女婿,
继承我管辖坝子里的百姓。"

岩罕冷跪在地下回答说:
"我是一个普通的奴隶,
怎有福气做国王的女婿?
宫廷是有许多大臣和将军,
我这般破破烂烂,
怎能跟他们住在一起?"

国王又说:
"我的命令早就颁布了,
全国老百姓都已经知道这个决定,
你快去寻找公主吧!
救回我心中的月亮,
这是最大的功勋。"

岩罕冷带上自己的宝刀,
带上熟悉的弓箭,
跟着国王的两千人马,
向着蛇妖居住的地方出发。

他们越过森林,翻过高山,
像一群健壮有力的马群,
浩浩荡荡地向前。
走了十几天的路,
他们遇到了一条翻翻滚滚的大江。
岩罕冷拔出长刀砍来许多竹子,
教随行的伙伴做筏造船。
过了大江,

前面是又密又宽的森林,
有些人不想走了,
他们就像石头一样,
只想躺在江边。

"那就让我单个走吧,
小时候打猎习惯了,
我对森林不仅不怕,
还对它有很深的感情。"
岩罕冷这样对大家说罢,
便一个人继续前进。

3

听吧!乡亲们,
我的故事就要转到勐板加的国王,
他是个老头子,
很喜欢打猎。
有一天,他为了追赶一只金鹿,
离开了跟随的士兵和猎人,
独个走进了蛇妖居住的地方,
蛇妖立即把他缠住,
张开血口要吃他。

勐板加国王求饶说:
"叭姆莱啊,
我是年老的国王,

只有骨头和肉,
吃起来不甜不香。
我家里有两个年轻的女儿,
她们是地下最美丽的时候,
要是你放了我啊,
我一定把这两个女儿送给你。"

叭姆莱听了很高兴,
他放了勐板加的国王,
勐板加的国王照自己的诺言,
在叭姆莱居住的石洞边,
建盖了一座宫殿,
然后把两个女儿送到宫殿里。

这时岩罕冷寻找公主,
来到了这个地方,
看见了这个地方,
看见了这两个姑娘。

他唱歌问:
"姑娘啊,你们是天上的仙女,
还是天上的月亮?
为什么居住在这深山密林里?
难道你们不怕虎豹、毒蛇咬伤?"

两个姑娘唱歌回答:
"我们是不幸的人,

来到这里为了营救父王的性命。
等会蛇妖就要来了，
快走吧，远方的哥哥呀！
让我们俩变成饭菜就够了，
别再让蛇妖伤害你的生命。"

"我就是来寻找这条毒蛇妖，
救我们的公主，国王的月亮，
放心吧，姑娘，
只要我不死，
蛇妖绝不敢触动你们的衣裳。"

两个姑娘很高兴，
就像在黑夜里看见了光明，
她们把岩罕冷接到宫殿里，
称岩罕冷是生命的救星。

到了黄昏的时候，
森林里掀起了一阵妖风，
沙石飞，树叶落，
虫不敢叫，蝉不敢鸣，
雀鸟躲藏在窝里，
仿佛一切都死了，
听不到什么声音。

过了一会，
叭姆莱来了，

两个眼睛像火把，舌像利剑，
嘴像血盆。

岩罕冷看得清楚，
他立刻开弓射击，
霎时，
叭姆莱大喊一声，
吐出一团团妖气，
那妖气像云像雾，
叭姆莱在云中逃走。

蛇妖逃走后，
天亮了，
两个姑娘爱上了岩罕冷，
请求他一起回勐板加地方，
岩罕冷怕路上的风雨野兽
唬吓和侮辱两个小姑娘，
答应了她们的请求。
三人便离开森林，
转回勐板加地方。

走到勐板加京城的江边，
岩罕冷遇到了他原来的伙伴，
他停住脚了，不再向前，
因为他想起了公主还在受着苦难，
不应该到处游玩。

两个小姑娘单独回到城里,
把一切经过报告给勐板加国王。
勐板加国王听了十分高兴,
派人带了三双蜡条前来邀请,
要岩罕冷到京城里参加盛大的宴会,
做他的女婿,做勐板加的国王。

岩罕冷合掌感谢,他说:
"我救你们的姑娘,
不是为了荣誉,
不是为了金银和衣裳,
而是为了杀死蛇妖,
为了乡亲们铲除灾难。
现在勐密梯腊纳的公主还在洞里
受苦,
我怎能在这里停留,
让我们国王和全体百姓的眼泪继
续流淌?"
勐板加的使臣只得回去了,
岩罕冷又领着伙伴走进森林,
走到蛇妖的洞边。

岩罕冷叫大家下去,
但谁也不敢下去,
于是他背上宝刀,
坐在竹篮里,进入石洞。

那石洞里很黑暗,
只是最底的一层,
有一颗宝石在闪闪发光。
岩罕冷走向前去,
那宝珠便是勐密梯腊纳的公主,
世上最美丽的姑娘。

他忙上前去说:
"公主请莫哭泣,请莫悲伤,
我救你来了,
走出石洞,你便看到天空的太阳。"
公主在石洞里,
已经度过了好几个月,
她天天盼望有人来搭救,
幸福地回到宫廷里,
现在看见岩罕冷,
她像看见了天上的星星。

"哥哥呀,我是枯死的花,
早已失去了生命,
你是早晨的露水,
又给我新的青春。"

那公主苍白的脸,
霎时变得又红又润。
她亲切地请求岩罕冷,
请接受她真诚的爱情。

这时石洞里的竹篮摆了三摆,
那是地上的伙伴们问岩罕冷,
是否已经找到美丽的姑娘,
岩罕冷才从爱情的甜蜜中醒来,
催促公主快坐在竹篮上,
公主坐在竹篮,
外边的伙伴把她拉到地面上,
岩罕冷的养父看见公主,
就像看见了金山、银山,
他想把功劳和荣誉都抢在手里,
回去做国王的女婿,
继承国王的土地和财产。
于是,
他将公主搭上了大象,
便唬吓大家说:
"蛇妖追来了,蛇妖追来了,
快快躲闪,快快躲闪。"

人们像受惊的小鸟,
慌慌张张地向四方乱窜,
这坏良心的人冷冷笑了一下,
牵着公主的大象走了,
只将岩罕冷还丢在石洞里边。

4

黑心的养父领着公主,
顺着原来的路,
走到勐板加城的河边,
勐板加的公主以为是救自己的恩人,
领着众宫女到河边观看。

养父怕别人看见自己的黑心,
只顾低着头走,不看岸上的人,
走啊,走啊,
走了几个月后,
他回到了勐密梯腊纳的京城。

年老的国王看见公主,
像看见了明朗的太阳,
脸上出现了笑容,
热泪塞满了眼眶。

王后把公主紧紧地抱在怀里,
抚摸那瘦了的脸,
抚摸那乱散的头发,
她久久不让公主离开身旁,
就像公主又要飞走一样。

第二天早晨,
国王发布命令,
要对有功的人发奖,
这消息传到公主的宫廷里,
她急忙去拜见父王:

"父王啊，救女儿的青年还在石洞里，
还没有回到我们的家乡，
他是个勇敢的人，
我把幸福都寄托在他身上。"

国王心疼自己的女儿，
知道公主已经有了爱情的翅膀。
"孩子啊，父王已经发布过命令，
谁救回女儿，
便让他做女婿，
继承我的王位，
你欢乐地等着吧！
那青年会回到我们的国土，
会回到我们的家乡。"

5

听吧！乡亲们，
岩罕冷在石洞里坐了七天，
仍然没有人丢下竹篮，
他想："这么多的人哪里去了？
是有人把他们哄走了吗？
是野兽把他们吓散了吗？
是蛇妖把他们毒死了吗？
为什么没有人丢下竹篮？
想来，公主不会变心，
有意让我死在洞里，

去寻找宫廷里高贵的人。"

他没有办法，
只好顺着石洞往前走，
走了很远，很远，
他又遇着一个姑娘。
"姑娘，你为何在这里？
你生长在什么地方？"

姑娘回答说：
"我本是龙王的女儿，
被叭姆莱抢到这里，
他用石头塞住了通往海洋的洞口，
不让我回到龙宫去。"

岩罕冷说：
"叭姆莱的罪恶真大，
他尽欺侮各地的公主小姐，
快给我指点通往海洋的门吧！
公主，我送你回龙宫去。"

龙王公主指着一个洞口，
岩罕冷射出一箭，
洞口立即裂开。
龙王公主领着岩罕冷，
回到了分别很久的宫殿。

龙王感谢救女儿的性命，
把公主送给了岩罕冷，
岩罕冷接受了公主的爱情，
和公主在龙宫里拴线结婚。
龙国的百姓个个爱岩罕冷，
请求他在海洋的龙国长久居住，
但岩罕冷想念勐密梯腊纳，
要回到陆地上。

分别的时候，
岩罕冷对龙王公主说：
"别悲伤，
哥哥的缅桂花，
你像一棵柳树，
望你一年四季常青发绿。
我们的爱情像山一样重，
像海一样深，
别人要摧毁也摧毁不完，
我们的心像'称'一样，
你想念我的情，
和我想念你的情一样多，
你不要悲伤，不要着急，
耐心地等待着我吧！
回到大陆后，
我立即写信给你。"

龙王公主见丈夫要回大陆的心很切，

很是伤心，她的话很多很多，
但一句也说不出来，
只好把它留在心里。

岩罕冷见妻子悲伤的脸，
像水一样的淡，像云一样白，
又安慰了很多话，
便离开了龙宫。

公主把岩罕冷送出水面，
岩罕冷不久就到了收养自己的家，
他的养母说：
"孩子啊，我以为你死在石洞里了，
曾到缅寺为你赕佛，祝你平安，
现在回来好了，
这是佛祖保佑，
我们才又团圆。"

他的养父见了他，对他说：
"孩子啊，你回来好了，
你不回来，我的心像酸苦的果子。"
但他心里想：
"岩罕冷不死，
他会告诉国王，
我不仅不能做公主的丈夫，
还要被刀砍死。"

于是他又对岩罕冷说：
"我们的柴烧完了，
明天跟阿爹一起到山上砍柴吧！
让家里有了柴，
我们又去见国王和公主。"

他们到了山上，到了森林，
老头便把岩罕冷丢在树丛中，
想给老虎、豹子把他吃掉。
到了晚上，岩罕冷不见阿爹回来，
对着大森林大声吼叫，
吼声震撼着森林，
可是叫哑了嗓子，
养父也不回来。

太阳落山了，
他顺着月亮照映的小路，
回到了家里，
这时已经是深更半夜，
当他敲门的时候，
他养父赶忙道歉说：
"我到箐里找水找不着，
遇着一丛野山药，
便在那里挖山药，
阿爹也才到家。"
……

（材料不全，到此中断。）

玉喃猫

文本一

记录者：张星高
翻译者：李文贡
搜集地点：云南省西双版纳傣族自治州景洪市
材料来源：唱本

这回，
我要根据经书说一说：

石佛祖降生世间的时候，
他生来福气就很高，

他是由上界降到人间，
他生在人间一个地方，
宽宽的勐巴腊，
成为一个英明的国王，
他有很多大象和马群，
大臣、头人和百姓，
有千千万万，
他们建盖镶宝石的宫殿，
宫殿上挂着金光闪闪的阁铃，
四方开有光亮的窗子，
勐巴腊真是个又宽又大的地方。

勐巴腊的国王，
他有美丽的皇后，
是他的爱妻，
她带领六万个宫娥彩女和嫔妃，
她天天同国王在金殿坐在一起。

她生有三个王子，
三个王子都长大，
大的取名摩竜，
第二个取名叫摩罕，
第三个生来就像宝石一样的清亮，
他的容貌，
像熔化的金子闪闪发光，
他好像一颗宝石，
装在宝匣里，

他的名字叫召尖达。

听吧！
各位听众，
我说的话，
是合道理的，
勐巴腊国王是英明伟大，
他住在二十层的宫殿里，
三个王子还没有伴侣，
国王派人到处找，
找到了美丽的官家的姑娘，
老大老二都有了配偶，
单剩召尖达还没有伴侣，
国王找遍了大臣们的姑娘，
他也不要，
整个勐巴腊的姑娘，
他也一个不要，
所有漂亮的姑娘，
与他都没有姻缘，
国王没有办法，
只好把这件事搁下，
只好叫他自己去找，
随小儿的心，
找个合意的媳妇。

这时，
召尖达合掌齐头，

向父母跪拜,
并向父母辞行。
他准备各种东西作礼物,
他还准备有耳坠、镯头和金簪,
准备好了,
他就出发,
他走过了宽宽的坝子,
他单人独自,
很寂寞地走着。

这回,
我要说寨子里的很多姑娘,
她们听了英俊的召尖达,
要去远方找爱人,
她们互相邀约,
穿上漂亮的衣裙,
要来引诱召尖达。
她们黑黑的眼睛,
又穿有镶金花边的衣服。

她们找到召尖达就说:
"来吧!亲爱的召尖达,
我们非常爱你,
我们现在等待着你,
我们还没有人来配,
来吧!来向我们亲嘴吧,
何必单你一人到处走,

宽宽的森林里,
有野象和老虎,
还有其他凶恶的野兽,
你不要各勐到处乱串,
我们个个都是姑娘,
还没有伴侣睡在身边,
莫非我们还不能惹你喜爱?
来吧!亲爱的召尖达。"

有的人,
甚至拉起他的衣服和背袋,
她们希望成为她们亲爱的丈夫,
但是都白白地拉,
召尖达甩开她们快快走,
他说:
"我对你们没有什么心,
我与你们没有姻缘,
你们不要来拉我的衣裳,
耽误走路时间。"
急得众姑娘话都不想说,
姑娘很恼怒,
她们骂:
"真懒见召尖达,
我们生得也漂亮,
为什么他丢下我们就走了?
急得我们伤心得要死。"
她们个个哭得像田鸡叫,

她们说:
"等着以后瞧吧!
你找着什么样的妻子,
你到什么地方,
找着比我们更漂亮的,
我们要等着瞧。"
众姑娘个个叫骂也枉然。

召尖达还是单独一人走,
走过了森林,
走过了大箐,
看见了许多喜鹊和其他小鸟,
它们正飞在树上,
啄吃芷海罕①,
所有的八哥也飞来,
它们一双双地成对,
但是召尖达还是单独一人。

他听了雀叫,
心中寂寞得发愁,
他还看见了,
很多的豺狼、虎豹、大象和犀牛,
还有像羚羊样的动物也出现,
小野鸭在箐中叫,
凤凰在树上飞,

还有花八哥和鹦鹉在树上叫。

这时召尖达走到树下休息,
他把东西放下来,
他走得很累。
这回,
我要将故事照基础说清楚。
说到天神来看见,
天神看见召尖达要去找妻子,
召尖达的志气坚定,
他走过树林要去休息,
他要来考验召尖达,
他变成一个姑娘,
这姑娘美丽得有十二种肉色,
她的肉色闪闪发亮光,
耳戴金环,
头插金簪,
她忸忸怩怩地走过来,
走到召尖达的身边,
她用眼睛来传情,
她用娇滴滴的声音来问话:
"亲爱的英俊的小伙子呵,
头发披在额上的小伙子,
你从何处来?
我的心肝,

---

① 芷海罕:鸟喜欢吃的小果子。

你由什么地方走到这里？
有什么事情请说给我听，
或者有什么发愁事也可以告诉，
我见了你，
心中很喜爱，
我想与你同盖被是不是可能？
你的眼睛是不是喜爱着我？
请你赶快对我说，
亲爱的君子呵！"

这时召尖达开始答话：
"谢谢妹妹来问话，
哥哥是由勐巴腊来的，
哥哥不想见妇女，
才走进森林，
哥哥请求妹妹，
不要走拢我来，
今年我属象①，
不能同妇女接触。"
姑娘听了又重新向他劝说：
"亲爱的漂亮的小伙子，
你不要把脸扭过去，
背转过来，
我想同你坐在一起。"
她说了以后就走近他身边，

这时召尖达着急得挑起东西赶紧跑，
他走过一山又一山，也不停留，
这姑娘也继续跟着跑。
她又说：
"亲爱的小伙子不要把我丢下。"
召尖达连头也不转回来看，
只顾自己走，
姑娘还是积极地追赶，
她追到箐底，
召尖达已经到了坡头，
如果她到了坡头，
召尖达已经到了前面一支山，
她始终跟不上，
没办法，她只得停下来，
她心中想：
"变一个或者他害怕，
我要变成三四个。"
她又变成一个美丽的姑娘，
骑在马背上，
还有很多姑娘随从，
她在召尖达的前面等着，
这时召尖达挑着东西走来，
姑娘见了又问：
"小伙子呵！你要到哪里去？
亲爱的小伙子呵，

---

① 属象：傣族十二属相中，象相当于猪。

如果你爱我的话,
请来同我玩一玩,
来吃水和抽烟,
还有槟榔等着你,
来同我说说玩玩,
我亲爱的心肝,
远方走来的小伙子,
请你说说话。"

这时召尖达说:
"我不想同官家的儿女谈情说爱,
你们是坐着享福的官家儿女,
我是乌鸦配不上凤凰,
我的福气达不到你们。"
他说了也不停,
他又朝森林中走,
他消失在森林中。

姑娘没有办法,
就不再追了,
恢复天神的样子,
回到天宫,
召尖达意志真坚定呵!

话说召尖达单人独走,
他走过树林,
到了勐中罕,

又到了水池边,
他把东西歇下来休息。
话说宽宽的勐中罕,
宽有一千个约,
人口众多,牲畜兴旺,
有一个国王就住在这里,
他也是个英明的国王,
他生有七个公主。

七个美丽的姑娘,
来到水边洗澡,正逢召尖达来到,
召尖达歇在水边,
她们见了召尖达,
心中喜欢得个个发笑,
她们说:
"因为我们的福气吧!
才得见到英俊漂亮的小伙子,
他生得眉清目秀,
可以当得国王,
配得上我们同在宫廷。"
她们说后喊着走:
"亲爱的小伙子,
由什么地方来?
你的肉色为什么不断发光?
来同我们坐拢亲嘴吧!
你喜爱我们的话,
请来塘里洗澡,

我们是宫廷里面的姑娘，
肉色漂亮的小伙子，
微风吹在你脸上，
我们嗅着很清香，
妹妹想同你盖被成双，
哎呀呀！小伙子为什么是个小百姓？
白白的我们配不上你。"

召尖达说：
"谢谢宫廷的妹妹，
我不配你们来说笑，
我也不配你们来说情，
我的眼光就是百姓，
我的福气很低贱，
配不上你们。"
他说了几句就不开口，
任何姑娘说，
他都闭着嘴，
召尖达还是挑着东西朝前走，
很多姑娘和离婚的妇女们，
她们都跟着睁眼望，
她们说："漂亮的小伙子为何背着
东西单独走？
请到我家来歇歇吧！"

家家都是这样不停地叫着，
召尖达还是不说一句话。

姑娘们说：
"奇怪，
这个小伙子恐怕是憨人，不会说话，
我们这样叫，
他都不说什么。"
召尖达还是继续往前行，
又到了一个雪梯的寨子，
这个寨子有一万户，
这时有一户人家，
听声音他们在剁肉，
好像咚咚地击木板，
他们舂盐巴、辣子，
声音好像地要垮，
他就要到这家去歇宿，
很多姑娘都跑来偷看他，
看见他生得清秀个个喜欢他，
都希望能和他拥抱和亲嘴，
她们互相悄悄地说：
"这小伙子真不简单，
好像是官家子弟。"
召尖达走进去向雪梯拜见，
并向雪梯请求歇宿：
"因为走了很多天都没有休息，
请允许我的请求吧。"

雪梯说：
"小侄儿呵！你由何地方来？

要在这里歇宿很好,
今天正是好日子,
公公我正在请客人,
因为今天在讨媳妇,
请侄儿到别家歇歇。"
召尖达说:
"小侄儿是由远方的勐巴腊来,
侄儿请求就歇在这里,
如果是老人家讨媳妇,
侄儿准备将来做姑爷,
要在这里等着公公媳妇的姑娘生
出来。"
雪梯如何劝告,
召尖达都不依,
再说所有来做客的姑娘,
她们交头接耳地说召尖达:
"这小伙子太漂亮,
他的肉色光光亮,
应该配得上二十个妻子,
他为什么空手等在人家?
他还要等肚内的姑娘做媳妇,
真可怜呵!他为什么不来想我们?
我们真是檀香木的心,
又完全是姑娘,
每个人都没有丈夫,
他为什么不想来同我们说爱?
小伙子呵!你来找我们吧!"

任凭姑娘们怎样说,
他还是不开腔,
弄得姑娘们个个都害羞。
话说要来做雪梯媳妇的姑娘,
大家正准备要去接她,
一时热闹非凡,
鼓声、锣声到处响,
召尖达准备同去接,
他换上了新衣服,
他说要去接妈妈,
他去牵新媳妇的手并说:
"来吧!请妈妈去找父亲。"
吓得媳妇不知所以然,
她说:
"是哪桌的小伙子?
我十六岁都未满,
我刚才嫁丈夫,
为什么就来叫我妈妈?"
召尖达又合掌跪拜:
"妈妈呵!我说的话是好的,
现在妈妈当了媳妇,
我准备拿妈妈肚内女儿做老婆,
我要等着做妈妈的姑爷。"
他说完跟着就进家,
这时很多人围拢来,
要给新媳妇拴线,
新媳妇向雪梯公公拜见,

她又想起了刚才说话的那个小伙子，
她就对公公说：
"我生长在这个地方，
还没有成个双，
现在有人要来做儿子，
我心中真是愁得睡不着，
有一个小伙子，
他来叫我作妈妈，
请公公心中细细想。"

雪梯听了后，
就把召尖达叫来，
雪梯说：
"今天我娶了儿媳，
你说要等待做姑爷，
你是不是等待着要做劳动生产？
是不是等待着要拿肚内女孩做老婆？"
这时召尖达拜见雪梯说：
"我已说过一回，
不再说第二回，
不管如何我都在这里。"
新媳妇又将他细细问：
"现在你这样说，
到底有没有坚定的信心，
现在我要说一说，
如果将来我生了女孩那很好，
如果生了男孩那以后怎么办？"

召尖达听了以后，
他跪拜说：
"妈妈呵！不管怎样我都坚定，
妈妈不要对儿怀疑和顾虑，
如果将来生得小女就是我的妻子，
如果生的是男孩那就算作我的兄弟，
我要领他各处游，
如果就是干叶子，
我也要撇在腰杆上，
如果是小猫，
我也要嚼饭喂，
请不要把我另眼看待，
我要同妈妈在。"
这时大家听了都很喜欢，
他安安心心先做个空姑爷，
召尖达当空姑爷过了一年的时间，
他的妈妈怀了孕，
召尖达越发积极做家务，
他忍心在了两年，
到了八月天下雨时，
他也积极栽田种地，
他每天从早到晚都在田中吃饭。

到了十月的时候，
他妈妈要生产了，
有一天，
她肚疼生产了，

她以为要生出一个小娃娃,
结果生出一只小猫,
真是可怜妈妈的姑爷,
苦杀了她的姑爷天天积极劳动,
妈妈生的个小孩不是人,
妈妈可怜姑爷守空房,
她将小猫放在小笼中,
留在家屋边。
召尖达一天劳动后,
下午回家来,
每次回来都见母亲面,
今天为何不见,
或者是生了病,
家中随从将情况对召尖达说:
"你母亲已经生了小孩。"
尖达听了后,
他走进房中去看,
他急急忙忙走进去问,
他说:"母亲生了小孩,
身体平安吧!"

母亲边哭边说:
"我的可怜的姑爷呵!
可怜你天天积极操劳家务,
今天妈妈生了小孩,
认为是人,
谁知生的是只小猫,

妈妈真是急得不想在家中,
真想死了离开人间。"
召尖达听了他妈的话后,
说:"亲爱的妈妈,
你把她留在什么地方?"
他妈说:
"已把她留在屋角边。"
召尖达听了非常心疼,
他认为话已说在先,
不能把她拿去丢藏。
"我为她死了也甘心。"
他说了,
就去把小玉喃猫抱出来。
他一面说:"亲爱的,
我不会把你丢掉,
我要把你抚养长大。"
召尖达又向父母提出,
希望举行仪式拴线,
让她成为自己的妻子,
线拴了以后,
他就天天扶养玉喃猫,
成为他非常喜爱的妻子,
召尖达出来找妻子,
一找找到玉喃猫。

时间过得很快,
不觉他已经在了两年,

他向父母来跪拜,
现在想老家,
请求回去。
"我俩一起向父母请求,
并望父母不要悲伤。"
父母当即准许了,
此事已经是这样,
父亲不会怎样讲,
随心去吧!

召尖达说:
"感谢父母的许可,
虽然不给什么东西我也情愿。"
召尖达准备行装,
此时又有很多姑娘,
都来向他引诱传情,
有的说:"来吧!小伙子,
难道我们配不上你吗?
把我们带去作为你的终身伴侣。"

召尖达什么也不答,
他只说:"你们虽然这样说,
可是我不愿意听,
你们虽然生得漂亮,
还不抵我的玉喃猫,
你们不必三言两语也来调笑。"
姑娘们听了个个都很害羞,

召尖达准备好了以后,
就把玉喃猫装进了箩箩里面,
一切准备好,
就向父母跪拜要辞行:
"各位父母叔伯们,再见吧!
祝你们个个平安,
祝父母的福气越来越大,
一切灾难不要来降临。"

他说了后,
就背起箩箩挑起口袋,
离开了这个地方,
这时人们个个都问:
"小伙子挑什么东西?
做什么生意?
来的时候,
你挑箩箩,
回去时挑着小猫去。"
召尖达说:
"各位宫廷里的妹妹们,
你们细细听,
我到处串走来到妹妹的地方,
找到了一只小花猫,
我的妻子就是小花猫,
我的姻缘也逢上了小猫。"

他说了后,

就离开了地方,
走进了森林,
他走过了大山和石崖,
看见了很多香花,
开在树林中;
又看见了青青的毛草,
微风吹去吹来。
他单独一人没有伴,
只有亲爱的小花猫,
他只能对小猫说:
"亲爱的,
再过两三天,
我们就走到了宽宽的勐巴腊。"
这样天天地走,
他忍饥耐寒一山一山地走过。

一天,
他们走到一棵大树下,
那棵树叫嗨①罕树,
他就想坐下来休息,
他把装小猫的箩箩挂在树上,
他又说:
"亲爱的,
好好地在着,
我要睡一阵。"

他一睡就睡着了,
小花猫见召尖达睡着,
她就爬出了箩箩,
她又走进了森林,
她离开大树约有八千丈,
她听见树林中有响声,
好像咚咚的水声响,
她一看,
只见一个大水湖中,
有两个龙王小姐在洗澡,
她俩的东西摆在湖水边,
她就把东西拿来放在箩箩上,
她就坐在树下等着瞧,
这时龙王姑娘洗好澡,
来找东西忽然不见,
急得她俩到处找,
找过来见着玉喃猫,
她们问:"你在这里,
不见有人来过吗?
是否见着有人来把我们的衣裙偷走?"

玉喃猫说:
"我坐在这里不见什么人来,
单只见一只白老鼠跑进大树洞。"
这时两个龙姑娘,

---

① 嗨:很大之树。

请她帮助上树拿下来,
玉喃猫说:
"我是牲畜不会上树去拿。"
两个龙姑娘还是再三请求,
玉喃猫又说:
"我的志气很坚定,
为了姻缘我要到勐巴腊做媳妇,
我原来的地方是勐中罕,
现在我要去得很远,
希望你俩帮助,
不要把我丢掉得受苦。"

两个龙姑娘说:
"只要我们有坚定的信心,
是可以帮助的,
如果你什么时候有困难,
想到我们,
我们就会来帮助。"
说完后,
玉喃猫把东西还给她们,
就走回来照旧睡在箩箩里。

这时召尖达醒来了,
他睁眼看看玉喃猫,
他说:
"亲爱的妹妹呵!
我睡着了,
不得看见你。"
他说了就向小猫亲嘴,
背起箩箩他又上路,
他走过了无数的森林,
到了边界,
到了他原来的地方,
这时刚刚有群姑娘,
在山中找野菜。
她们见小伙子背着花猫来,
这时召尖达刚刚走到,
他走到了后,
她们跑来瞧,
她们互相说:
"赶快来吧!
赶快来瞧召尖达找到的妻子。"
她们互相追赶,
来到召尖达身边,
问召尖达找妻子找到什么地方,
找到了哪个地方的公主和小姐。

召尖达说:
"亲爱的姑娘们,
我去串地方得了一只小猫来。"
姑娘们听了,
大家都发笑,
她们个个跑去,
说给寨中头人来看,

个个听了都跑来瞧，
个个都说召尖达：
"你去串地方找到怎样一个公主或
小姐？"
"亲爱的头人们，
我去别个地方寻找，
找到一只小猫来。"
姑娘们听了都说，
人生在世间真不想见，
为什么人会找小猫，
她们说后就走开了。

这时召尖达领着小花猫歇在水边，
他另外盖了间小窝棚，
小花猫还是叫出猫的声音，
他见小猫叫，
他就问："小妹妹，
你想吃鱼吗？
我要到水中找鱼给你吃。"
他到了水边，
将所有在水中的鱼儿，
捉上来喂小玉喃猫。

小玉喃猫——亲爱的妻子，
鱼儿听了，
都自动游出来等着，
方便召尖达捡来喂玉喃猫，

玉喃猫知道丈夫去找鱼来吃，
就走出去迎接丈夫，
她褪了花猫皮走出来，
是一个非常漂亮的姑娘，
她的颜色有十二种，
看起来金光闪闪，
她又好像一颗亮闪的星宿，
简直没有任何人抵得上她，
她是仙女住在猫壳中。
"亲爱的丈夫，
请你把鱼交给我，
我来帮你提着走。"
召尖达说：
"哎呀呀！你不要来挨我，
我已经有了爱人，
我恐怕受不了背过失。"

玉喃猫说：
"亲爱的丈夫！我就是你的妻子。"
召尖达说：
"我的妻子是小猫，
不是这样漂亮的天仙。"
玉喃猫又说：
"我就是你的妻子，
由猫壳里面出来的，
请你把鱼交给我带回去。"

召尖达说：
"我不相信你的话，
请你不要多说，
我将怕失礼节背过失，
因为我已经有了妻子。"
如果玉喃猫走拢他，
他又远远地走开。

玉喃猫没有办法，
只好到水中各自洗澡，
召尖达转回了他的小窝铺，
他一看，
小花猫已经不会动，
召尖达很着急地说：
"亲爱的猫妹妹，
你为什么忍不得而死了？
真使我痛心，
我丢下你出去找鱼，
因为有别人来同我打岔，
现在才转回来，
你是不是肚饿死掉？
你丢下了你的猫身留在这里，
你死了，
将来我如何向父母交代？
你为什么死在水边丢下了我？"
又说玉喃猫洗好了澡，
回到小窝铺，

她照旧进到猫壳里面，
小猫她又活转来。

召尖达见了就说：
"哎呀呀！我不知道是你出来，
还以为是你死了，
现在你回来又照旧进去。"
召尖达真是喜出望外，
他好像战胜了天下，
得到了天仙，
他安安心心和猫妻子住在水边。
话说召尖达的父亲国王，
儿子的消息传到他的耳中，
他知道儿子去串别个地方，
找到了一只小猫，
他又住在很远的水边，
他非常生气咒骂不停，
他写信派人送给儿子，
召尖达看信后，
知道是父王叫回去，
他向玉喃猫说：
"现在父亲有信来叫喊，
我要进城去一转，
你好好守着小窝铺等到我回来。"

召尖达说了后就走进城，
先进宫殿拜见母亲，

他母亲问：
"亲爱的儿呵，
你串别个地方找媳妇，
找到了什么地方的人来？
天下百姓都等待着看。"
召尖达说：
"亲爱的母亲呵！
儿出去找得一个媳妇，
她是又矮又小，
也不会戴耳环，
她是一只小猫，
就是这样了，母亲呵！"

母亲说：
"不听话的儿子呵，
不听话的人就是这样。"
她又不停地咒骂，
召尖达又去拜见父亲，
父亲又问：
"儿呵！你到远方去找媳妇，
找到了什么地方？
找好了应该来在父母身边。"

召尖达跪拜说：
"儿找到了一个，
她的细细的尾巴是毛茸茸的，
如果带到家里老鼠不会来。"

国王听了儿子说了后，
他一时恼怒咒骂不停，
他又说：
"不听话的儿呵！
父王要办你的罪，
现在有一件事，
限你七天准备百样东西，
献给父王，
还要做出三间宫殿，
你的哥嫂们，
已经准备好，
现在限你按期完成，
到时间你一定要来献上，
到时间没有东西，
就要你的命，
决不饶恕。"

召尖达听了后，
非常着急，
他向父亲跪拜后就跑回来，
他到了小窝铺，
坐下来悲伤和叹气，
他一面抱着小猫，
一面哭个不停。

这时玉喃猫说：
"亲爱的丈夫呵！

你刚才进城找父母转来，
为什么转来就哭得很悲伤？
是不是父母给你为难？
是不是父母说了不好听的话？
你有什么困难和发愁请告诉我。"

召尖达说：
"感谢你——亲爱的，
你来问我，
父王他把我叫去，
问到我把小猫接来，
父王生气要办我的罪，
并且给我为难，
他要我俩做出百样东西，
要做三间漂亮的宫殿，
限七天就要献上，
所以我非常悲伤，
可怜你，
亲爱的妻子，你也不会做。"

玉喃猫听了以后说：
"亲爱的年轻的丈夫，
你不要哭得太伤心，
东西是人做的，
你不消着急，
愿丈夫好好保重不要太急，
你可以安安心心地睡觉，

关于父王的限期七天，
真是太长了。
恐怕做出的东西颜色会变，
你为什么不向父王请求答应三天？
我自己有办法能按期完成。"

这时玉喃猫想到了那两个龙姑娘，
水底龙小姐，
她们看到了世间玉喃猫有困难，
因为互相约定在先，
应该去帮助她解决困难，
她俩调集所有龙宫百姓，
她们来到了水边，
她们进去拜见尖达和玉喃猫。
她们问：
"你俩有什么困难调动我们？
现在我俩姊妹，
已经带领人员到来，
有什么困难赶紧说。"

玉喃猫将情形来说明，
说明后，
大家动手就来准备，
一天的时间就做出了一百种东西，
各种花彩和蜡条都做出来，
她们围拢庆祝，
非常热闹，

这时玉喃猫又举手向天神祈祷，
祈求天神来帮助，
这时天神做了三个宫殿，
它的尖顶有一千个，
宫殿宽宽的，
白白的现出金光闪闪，
好像丝线一样好瞧，
做了以后，
就交给玉喃猫和召尖达。

这时水底龙王又来帮助，
他变成一条大龙舟，
它有金光闪闪的颜色，
它开到水边，
献给召尖达和玉喃猫，
他们就把宫殿置在大船中，
准备开进城。

这时玉喃猫又走出了猫壳，
她美丽得像天仙，
她的颜色有十二种，
龙宫姑娘又把她来打扮，
打扮得她更加鲜艳美丽，
真是与仙女一样，
举世无双，
她又梳头结发，
插上了梳子又戴上金花，

两只耳朵戴上了耳柱，
金链银条挂满脖子胸口前。

玉喃猫梳妆以后，
她就向猫壳喊了一声，
很多奴婢都从里面跑出来，
女的一百个，
男的一百个，
还有大象四千条，
骑马四千匹，
都由里面出来，
还有其他仙铓锣和仙鼓，
铓锣鼓声响震水边，
他们又把宫殿和所有的东西，
装进龙船里面，
她们坐在龙船里面开进城，
铓锣和鼓声响震不停，
响震了整个勐巴腊，
有人马护送在路上走，
有配得金鞍的大象和骑马，
龙船开到勐巴腊，
召尖达写了信派人通知父王，
准备歇宿的地方。

国王接到信后说：
"哎呀呀，我不相信，
他为什么说这样大话？

他说给头人去准备,
盖一间小窝铺好像猪狗睡。"
再说很多姑娘和寡妇,
她们听到了玉喃猫和召尖达的消息后,
个个穿戴一新,
准备去看,
还有大嫂、大妈、老太爷,
病在床上的人都要牵起来,
统统出来都想去看,
有些穿得白白的,
有些穿得黑黑的,
有的戴着镯头,
有的没有镯头,
还向别人借,
有的包头不红要重新染,
她们互相说,
穿得好好的要去与玉喃猫比赛。

这时召尖达和玉喃猫坐的船已经开到,
众人的马接连不断拥进城,
尖达和玉喃猫下了船,
骑上象背走进城,
很多的姑娘和婢女,
都来蜂拥着玉喃猫走进去,
这时国王、皇后听说儿媳到,
跑出宫廷来迎接,
见了那些婢女以为是儿媳,
用手去迎接。

众婢女说:
"哎呀呀!我们是婢女不是王媳,
王的儿媳玉喃猫还在后面,
骑在大象上。"
皇后往前跑,
亲眼看见了儿媳玉喃猫,
她拜见玉喃猫,
玉喃猫见了皇后,
急忙从象背上下来赶紧向皇后拜见,
她一面拜一面说:
"哎呀!母亲呵,
你不应该来拜我,
请母亲转回宫廷吧!"
说完就牵着母亲的手转回宫殿。

又说姑娘们,
她们准备与玉喃猫比赛,
谁知还比不上她的婢女,
更谈不上与玉喃猫相比,
她们非常害羞,
到处跑躲,
她们只好睁着亮亮的眼睛,
远远地偷瞧。

这时召尖达和玉喃猫下了大象，
摆起排场朝前走，
后面还有龙王带着人马朝后跟，
这时国王出来见到了儿媳，
都感到想要下拜，
他又害羞得不敢出来，
只好推说身子不舒服，
拉起被子把头盖，
推说头疼躲在被盖里。

这时召尖达两夫妻，
赶紧准备蜡条，
向母亲拜见，
请母亲赦免一切罪过，
他母亲当面许可：
"原谅我儿各种不是，
愿你们两个平平安安，
千百年和睦到老。"
这时玉喃猫说：
"现在我们到了好日子，
请父王、皇后和亲戚朋友们，
请出来！
我们要将礼物来献上，
时间不能耽搁长，
恐怕颜色变样不好瞧。"

这时尖达的哥哥和嫂嫂们，

看见兄弟及弟媳，
非常雍容华贵，感到很害羞，
再说国王也害羞得不敢出来，
他又说头疼身子痛，
眼睛也花，
尖达和玉喃猫，
只得请母亲接受礼物，
把礼物送进佛寺里面，
他们滴水赕佛，
赕了以后，
他们清点了所有的东西，
有大象，还有骑马，
他们又向母亲说：
"父王大概不想见儿媳，
他不来同我们一起赕，
只有妈妈爱我们，
现在我要请求母亲允许，
照旧回到水边住。"

拜别后，
召尖达和玉喃猫，
骑着大象带着人走回去，
大家劝说，
他俩也不听，
他俩回到水边小窝铺后，
他俩就把大象、马、奴婢，
统统赶进了猫壳内，

恢复了原来静静的局面。

现在说到国王,
他见儿子、媳妇走了后,
他就急急忙忙打鼓调集头人议事,
国王说:
"现在王子和他的妻子已经转回,
我们要如何想?
如果他们回到了勐中罕,
将来我们的地方是会不安宁,
以后国家如何,
交由你们去办。"

这时有一个大臣报告国王说:
"国家的事如何办得好,
我来负责保证。"
他们互相来商量,
他们又互相问哪个能负责,
结果没有谁来负这个重责。

这时有一个老头人,
名叫尾床哈,
他年纪有两百二十岁,
他当头人有七代,
他们可以请他来,
头人们个个都同意,
他们就准备大象把他接来,

接到城里后,
他向国王拜见,
他说:"请国王赶紧准备人马,
我要负责把王子找回来。"
说了后,
他们准备人马,
调集的人有男有女,有老有少,
还有大象和骑马,
年轻的姑娘穿穿戴戴,
小伙子舞刀打拳,
他们互相打着玩耍,
勐巴腊国王,
他又调动山区的百姓,
来修挖大路,
有的用木头来搭桥,
到处的路也修起来。

路挖好后,
很多人马一起出发,
走过了坝子,
人群看不到头尾,
只见大象和骑马,
一个跟一个走到森林,
他们又敲鼓又敲铓,
热热闹闹走到了尖达和玉喃猫在
的地方,
他们将他俩围拢来,

这时老头人照礼节来准备,
准备了谷花和蜡条,
重新请求拜见,
请召尖达和玉喃猫,
转回家乡地方去,
他们请求说:
"有福气的王子呵!
你生来有福气,
应该接王位,
连同王子娘娘玉喃猫也请转去,
请王子娘娘不要发怒,
二位生来有福有禄,
应该继承王位,
现在国王年纪大了,
一定请求王子回去,
如果王子和娘娘不回去,
国王要气得浑胸膛炸开。"

尖达和玉喃猫听了后,
他俩接受了谷花和蜡条,
这时人群一齐举手庆贺,
又敲锣又打鼓,
声音响震了水边,
他们接着又赶大摆,
一直热闹了十天,
他们又请王子启程,
人群一队跟着一队走,

王子和娘娘都骑上大象,
娘娘玉喃猫告诉王子先走,
所有的人马又从猫壳里出来,
很多头人和百姓,
跟着两条大象走进城,
老国王他也出来迎接,
这时他对儿子和媳妇,
非常喜爱,
他派人准备了富丽堂皇的宫殿,
给王子和娘娘去住,
房间壁上还雕有龙凤,
王子和娘娘进了新宫殿,
大臣和头人们,
就来举行拴线典礼,
又进送了大象和骑马,
大象和马都是一队队的,
配起金鞍银辔,
还有六万个美的姑娘和宫女,
所有都照礼节献给王子。

老国王将王位让给儿子,
这时头人们向年轻的新国王祝词:
"今天是好日子,
是没有灾难的清吉日子,
今天的日子像宝石一样的洁白,
又像星星一样的发亮。
王子的福气又高又广,

有福气的老国王,
让位给王子,
愿国王召尖达永远登着宝殿,
永远同皇后及宫女们在着,
永远有很多的男女用人,
永远享福没有灾难,
今天是好日子,
得了有福气的漂亮的娘娘,
愿今后金银珠宝样样有,
远方的人们会来朝贡你,
愿国王时常做赕不会停,
愿勐巴腊平平安安,
愿国王和娘娘永远相爱在一起。"

祝词完了,
大家又齐声祝贺,
祝贺新国王和皇后
登上宝殿管理地方,
关于召尖达,
他出外找妻子找到玉喃猫,
好像蛀虫蛀进了树木,
最后当了国王,
坐政勐巴腊。

现在我要说一说,
美丽的玉喃猫,
玉喃猫当了皇后,

天天同国王在一起,
坐在金殿上,
不久她想到自己的父母亲,
她向国王提出来说:
"国王呵!
我现在很想念父母亲,
请求准许我回去看望,
因为离开了很久,
出来的时候我还在猫壳里,
现在我俩已当了国王和皇后,
我俩应该去看看。"
她不停地向国王请求,
国王见了非常可怜。

他说:
"亲爱的皇后,
我俩可以带起人马一起去,
去看双亲的脸面。"
国王将话来劝说,
他带领皇后拜见老国王和老皇后,
召尖达说:
"亲爱的父亲,
现在儿媳请求回勐中罕,
去看望她的父母亲和亲戚,
请求父亲来允许,
看了父母后她就转回来。"

老国王听了后，
感到很可怜，
他说："儿呵！
你要去看望父母和亲戚，
为父准许我儿子好好地去，
一切灾难不要来临，
平平安安地去吧！"

他俩赶紧跪下朝拜，
朝拜后积极准备人马，
一面准备穿戴的东西，
一面调扰各处的百姓，
武士和头人们都到齐，
他们准备了象和马十一万多，
全部武士都骑着马。
马背上都配有金鞍银辔，
又钉上了银纽扣，
姑娘们个个穿戴了新服装，
一共四千多人，
还有小伙子四千多，
又调集百姓有八个阿贺。

这时召尖达和玉喃猫就来准备穿戴，
玉喃猫又抱起小猫壳，
两个一起骑上了大象，

人很多，又忙又热闹，
离开了勐巴腊，
骑马的骑马，
骑象的骑象，
又敲锣又打鼓，
成群结队慢慢走着，
走进了森林中，
惊动了各种野兽，
吓得麂子、马鹿到处乱钻，
一站一站地走过了很多森林，
就到了边界上。

国王召尖达把信派人送去，
使臣带了信急忙跑，
他跑过了山，渡过了水，
到了勐中罕，
他找到了勐中罕国王①，
将信送上，
中罕国王他问使臣说：
"送信的使臣，
你有何事到此地方？"
使臣马上跪拜将情报告。

"现在我将信来送，
就是为了年轻的国王和皇后，

---

① 玉喃猫的家庭前后不一致，原文如此，予以保留。——编者注

他俩回到了原地方。"
国王、皇后听了后,
都不相信。
"我的女儿是小猫,
她不会变成人,
从前召尖达到来,
话说在先,他只能将小猫带领,
他现在是不是冒充欺骗?
我要罚他,
并把他冲进森林,
现在我要去等着瞧,
如果真正是女儿,
就把她接来,
如果不是真女儿,
我们不能饶过他,
我要治他的死罪。"

国王和皇后即时调动人马一万一千多,
带了人马来到森林边,
在满森林边等待着,
他们看见了豺狼虎豹,
又看见了麂子和马鹿
他们又见了猴子和山鬼,
个个都很害怕,
他们一直在这里等待了二十天。
再说召尖达和玉喃猫,
他们两个走到森林边,

这回要说一说召尖达和玉喃猫,
两个回到了勐中罕,
看见了她妈妈,
她妈妈也看见了女儿和女婿,
他们见了互相问话。

妈妈说:
"亲爱的女婿,
我早晚天天想念你们,
我已经来这里等你们,
现在已经等了廿天。"
这时娘母见面双方都非常高兴,
互相见面了以后,
他们就一起回到勐中罕,
人很多,一路很热闹,
人马叫喊的声音,
震动了整个坝子,
个个都跑出来瞧。
他们想见勐巴腊的国王,
玉喃猫的父母也准备了歇宿的地方,
单是歇的营房就有两万多间,
到了以后他们就歇下来,
玉喃猫的父亲沙蒂,
他就天天招待所有的人马,
单是吃的肉食,
一天水牛就是三千多条,
还添上黄牛两百条。

这时召尖达和玉喃猫,
就来拜见岳父、岳母,
他们又将分开的情形,
从头报告,
并愿今后两国永远和好,
因为他们是想念父亲才来到这里。
父亲听了以后就说:
"你是不是我的亲生女儿?
是不是我的女儿玉喃猫?
如果是的话,
请你重新走进猫壳去,
父亲才能相信。"

玉喃猫听了以后,
她就走进了猫壳,
她父亲见了以后才相信。
他说:
"亲爱的姑娘啊,
你走出猫壳来吧。"

玉喃猫走出了猫壳,
她的父亲见了抱起她来,
父亲说:
"亲爱的儿呀,你离开父母很久,
父母非常想念你们,
今后愿你们平安。"

这次要说一说众姑娘们,
她们是跟着由勐巴腊来的哟!
她们个个穿戴得很漂亮,
她们都想找到勐中罕的小伙子。
听吧,勐中罕的姑娘们!
你们也看看吧,
勐巴腊的小伙子也来得很多,
这时他们两边相互找寻着对象,
勐中罕的姑娘要嫁给勐巴腊的伙子,
勐巴腊的伙子要讨勐中罕的姑娘,
召尖达和玉喃猫,
小姑娘和小伙子来到勐中罕,
住了两年时间,
这时召尖达和玉喃猫,
他们想转回勐巴腊,
他俩就去向父亲辞行,
要去拜见父母亲。
"再见吧,亲爱的父亲和母亲,
我俩将要回到勐巴腊,
再见吧,我的亲生父母呀!
愿你们身体健康,
长命百岁,
所有的灾难不要再降临啊!
现在儿女要离开你们。"
告别他们后就出发了,
他们的父母送给他们一百个男役、
一百个女役,

又送金子九万九千两，
又送银子九万九千两，
送了很多大象和水牛，
送给姑娘和姑爷带回勐巴腊。

可怜的小姑娘和小伙子们，
你们要相互离别了，
他们相互依依不舍，
哭得很伤心，
他们牵着手哭着告别，
有些夫妻也是要分离，
他们相互不停地哭着，
他们有的送丈夫，
有的送妻子，
忙个不停。

他们出发了，不停地走着，
他们走进了森林，
到了歇的地方，
人声嘈杂，哇哇声混成一片，
好像田鸡在中吵叫。

他们走过了很多大山和森林，
三个月的时间回到勐巴腊，
召尖达和玉喃猫回到了宫廷，

从此他俩就天天赕佛，
各种各样的东西都拿去赕，
每天赕五千金、五千银，
他们又照经书礼节，
不断地赕佛，
他们生活很好，
没有什么灾难和困难，
平平安安地坐镇勐巴腊，
他们年纪活得四百年。

到他死了以后，
也上天升为神人，
连帮助变成龙船的龙王，
他也得超生上界，
度为圣人，
龙宫两姊妹，
死了以后也得上天，
变为天神的儿女。

玉喃猫的父亲，
也得上天为神，
她的母亲同样也得上天，
召尖达的父亲也同样上天为天神，
公主玉喃猫死后也升到天上为仙女，
召尖达死后也升天为佛主。

文本二

记录者：林中、朱宜初
翻译者：刀兴平、刀新民
搜集地点：云南省西双版纳傣族自治州景洪市
材料来源：章哈唱本

听吧，
听我唱经书中记载的故事。
经书里说：
有一个有福气的召，
自天上下凡到宽阔的人间，
英明有福的勐巴拉国王，
他照管富强的勐巴拉，
国家里有马也有象，
有成千的些纳，
有成千成万的百姓和头人，
他们用宝石、宝玉建筑了一座宫廷，
宫廷镶满发光的宝石，
用金子做成的菩提树叶，
挂满宫廷的屋檐，
宫廷的窗子都安上玻璃，
整个宫廷发出闪亮的金光。
勐巴拉是宽阔强大的国家，
勐巴拉的王后，
六万个美丽的宫女，

没有一个比得上她，
国王和她同睡在金床，
她身边有三个孩子，
孩子长大了，
亲戚和老人给他们取名，
大孩子叫召波隆，
二儿子叫召波坎，
最小的儿子是召苏年达。

召苏年达皮色像棉花一样白，
他身上发出闪亮的金光，
像一颗光辉灿烂的宝石，
他跟姑娘们说的话，
就像麝香和檀香一样。

请听吧，我把歌儿唱得更好听，
勐巴拉国王幸福地住宫廷里面，
他的身体经常很健康，
他只担心三个孩子没有成亲，

是给儿子娶媳妇的时候了，
召来些纳的姑娘，
先给大儿和二儿结婚，
又召来所有些纳美丽的姑娘，
让第三个儿子召苏年达挑选。

召苏年达走进美丽的姑娘群中，
姑娘们看见召苏年达，
好像看到天上下来的美男子，
有的姑娘看得张嘴发呆，
有的姑娘看得疯疯癫癫，
在召苏年达旁边的姑娘，
一个打着一个的肩，
低声提醒对方看苏年达，
姑娘们看到自己配不上，
和召苏年达说话感到害羞。

召苏年达在姑娘群中坐下，
姑娘们都是召勐和些纳的女儿，
召苏年达可以挑选，
无论哪个姑娘做妻子，
挑选不上的都回家去。
召苏年达边看边想到自己，
因为他前世的姻缘未注定，
他对那些纳和召勐的姑娘都没有爱情。

召苏年达对她们说：
"年轻漂亮的姑娘们，
父王召你们到这里来，
看见我这个丑陋的人，
你们会看不顺眼，
我也很喜欢你们，
可是与你们之间没有姻缘，
请妹妹们不要为我愁闷伤心。"

姑娘们纷纷合掌对召苏年达说：
"宝石一般的王子呀，
你像金子炼出来的一样，
你是天下难找的美男子，
我们舍不得离开你的身边，
我们舍不得离开你回家，
王子呀，我一身软弱无力，
我会为你伤心死掉，
我认为能和你同骑大象，
我认为能和你黄金一样的哥哥成双，
王子呀，我们要求在你的身边，
请你把我们这些姑娘捡起来，
请不要把我们丢下，
让我们伤心。"

召苏年达向姑娘们说：
"多么可怜呀，
你们说这些甜蜜的话，

你们会说这样柔软好听的话，
我不会把你们丢在一边，
我没有轻视和埋怨你们，
只是我们前世没有姻缘，
糯滴蒿花一样的姑娘，
我没有把你们丢在一边，
只不过我的路途未走完，
我不会忘记你们的话，
我还得离开你们，
去寻找我的姻缘，
如果我出去寻找不到姻缘，
我会再回来，
我不会让黄金般的姑娘伤心，
总有一天，
要和你们再见面。"

姑娘们合掌朝拜召苏年达，
跪着一排排的姑娘，
两耳戴着金珊瑚，
她们穿着合身的衣裳，
她们都是漂亮的姑娘，
她们都是没有丈夫的姑娘。
王后知道儿子要到各勐去游玩，
她担心地对儿子说：
"亲爱的儿子苏年达呀，
虽然父亲召来许多姑娘，
不要丢你父亲的脸，

你就多看看几个，
假如爱上的话，
父母会给你们办喜事，
让你们继承王位照管国家，
这样你不该反对了吧。"

召苏年达对母亲说：
"亲爱的母亲呀，感谢你，
因为我与这些漂亮的姑娘没有姻缘，
人间的姻缘命中注定，
请你把我的话转告国王吧，
关于要我办喜事和继承王位，
还要在别的国家挑选公主，
够得上母亲朝拜的人，
要找一个有强大的本领，
能够战胜天下的人。"

母亲听了儿子的话，
满身流出大汗，
回去和国王商量，
国王和王后领了宫女，
离开赶摆的地方回宫廷。

一百零一勐的王子，
领着人向国王朝拜献礼，
第二天粉白的召苏年达，
走进了父亲的宫廷，

请求父亲允许远行，
把心里所有的话告诉父王，
国王听了儿子的请求欣然答应，
并且祝福他说：
"祝你战胜一切灾难，
祝你寻找到贤妻，
你悄悄地出去，
不要让姑娘们知道，
自由自主地到各国去吧，
随着你的姻缘去吧。"

召苏年达准备行李，
向亲戚父老和些纳告别，
又向姑娘和宫女告别：
"祝你们在家一切安好，
六年以后我再回来，
黄金般的姑娘呀，
请你不要忘记我告别的话，
我不死去的话，
我既然是个王子，
我就不用担心将来不能继承王位。
黄金般的宫女们呀，
我不会把你们丢下，
使你们愁闷伤心。
祝你们避开疾病，
祝你们常年安宁。
姑娘们呀，

心里记住我告别的话。"

姑娘们对召苏年达朝拜说：
"多么可惜呀，
英明好看的王子，
照你告别的话，
不要欺骗丢开我们。
去吧，去寻找美丽的公主回来继承王位，
不管你去了多少年月，
妹妹都等待着你，
不管多美的花朵我们也不爱，
不管多芬芳的沽巴花我们也不搞在头上，
无论是哪一国的王子，我们也不爱，
我的心不动摇，等你回来，
祝你寻找到漂亮的妻子吧，
去吧，漂亮的王子。"

召苏年达背起母亲准备的饭包，
等过椰子和槟榔林，
姑娘们纷纷追来送行，
她们向召苏年达招手叫唤，
姑娘们都挨着召苏年达，
有的搭着同伴的肩膀，
匆匆忙忙地赶路，
有的赶不上前面的人，

提起筒裙露着白腿地追,
有的手拿着缅甸的花巾追去,
有的哭得很悲伤,
姑娘们纷纷议论说:
"是为了能得上父母朝拜的妻子。"

黑眼珠的召苏年达,
走过了森林,
一路都是石林,
没有走道,
只见一片大青树,
千只八哥飞来啄吃果子,
喜鹊和画眉鸟在箐沟里喧叫,
小麻雀成群飞来吃果子。
有的麻雀夫妻歇在枝头谈话,
在树上的八哥和小雀成双成对,
孤独无伴的召苏年达多么伤心,
小鸟的对话,
召苏年达听了更伤心。

森林里有各种猛兽,
有老虎、野象、豺狼,
还有凶恶的毒蛇和像老头子一样的猩猩,
它们能够和人一样走路,

还有野花猫和风猫[①],
长臂猴在吵闹,
白兔子在奔跑,
鸳鸯在箐沟里游玩,
有叫得最好听的金凤凰,
八哥和鹦鹉,
一个接着一个在树上叫,
有的在树上啄吃。

召苏年达走到驿站,
就住在树下,
他软弱无力,住下休息。

听吧,听我继续歌唱,
像天上暗淡的星星,
我要歌唱天上的欣西拉,
如果没有发生什么事情,
这块神石变得像棉花一样柔软,
如果有什么不幸的事来临,
欣西拉就摇摆震动起来,
当召苏年达走在森林的时候,
叭英看到了,
并知道他去找妻子,
知道召苏年达是个坚贞的人,
当时叭英从天上下到他面前,

---

① 风猫:懒猴。

叭英变成一个美女,
美女身上发出十二色光,
两耳戴着金珊瑚,
头上插着金花。

她假装走在森林的人正在休息,
她慢慢地走向召苏年达,
叭英看到召苏年达的身材,
召苏年达身上发出芬芳,
叭英向召苏年达问候说:
"我心上的美男呀,
你从哪里来?
你有什么愿望请告诉我吧。
你是多么美丽善良,
你像二十层的黄金一样闪光,
整个人间没有一个像你一样美,
你是符合做一个国王,
你的家乡在哪里请告诉我,
你不知道勐帕哇在何方,
为何这样冒失走来?
请把你的名字告诉我,
你挑什么东西来做生意?
难道你是来找漂亮的姑娘?
亲爱的哥哥呀,
妹妹真想和你同床做亲人,
请你把我捡去吧,
今天我见了你,

好像在亮澜的河里洗过澡一样舒服。
亲爱的召呀,
妹妹和你相遇,
请你把我带走吧。"

召苏年达听了说:
"甜蜜的话真可爱,
柔软漂亮的妹妹呀,
你真会问,你问得合,
妹妹呀,我告诉你吧,
我从勐巴拉来,
我讨厌人间,
才到宽阔的森林来。
请不要坐在我身边,
今年我属乌鸦又属老鹰,
这个月又属大象,
我不可以碰到妇女。"
召苏年达说完了。

叭英继续劝他说:
"我的美男子呀,
请你不要左也怀疑右也怀疑,
而把我丢在后边,
请你把我留在你身边,
服侍你,替你挑洗脚水。"

黑眼珠的召苏年达听烦了,

他挑起担子走上土坡,
他边走边怀疑,
累得一身无力,
他走得快,像向下流的船。

叭英又想办法放验他,
叭英想单独放验他,
他又不相信。
"莫非把我当成森林里的魔鬼,
现在我要多找三四个人,
我要装成一个公主,
骑在发金光的马鞍,
带着一些人在路上等着。"

当他挑着担子快步走出森林,
走过山来到叭英等的地方,
叭英问召苏年达:
"年轻的小伙子从哪里来?
年轻的美男子从哪个国家来?
你来到这里,还要到哪里去?
你要到哪一个宽阔的国家去?
找不出一个像你这样美的身材,
你那光辉闪亮的面容,
你那好看的身材,
应该做驸马。

"如果妹妹请你歇一会,

你就赶快来歇吧,
你累得一身无力气,
你走得口渴喉干,
请你歇下来吃槟榔,
请你和我们宫廷的姑娘谈情,
来吧,像花朵一样的召,
来吧,赶路的小伙子。"

不管叭英说了多少,
召苏年达不答应一声,
叭英感到奇怪又追问,
黑眼珠的召苏年达回答:
"感谢你的好意呀,妹妹,
我不想跟谁谈情说爱,
我的福够不上公主,
我的福够不上头人的姑娘,
好像软的箭落在靶的下面,
我的福够不上吃你们的金碗、银碗,
我的福够不上公主,
我就在旁边看。"
苏年达说着走了。

走过森林,
走过宽阔的檀香树林,
听吧,姑娘,
我要全部唱下去太长了,
现在只是开头唱一点给你听。

叭英看到放验不成，
回到天上说：
"坚贞的召苏年达呀，
我还要第二次来放验，
叭英看到得寿终的仙女，
叭英指示仙女下凡人间，
投胎在勐章罕一家西提的媳妇肚里，
西提的媳妇生出一只猫，
叭英说："我要送你一切宝物，
你去帮助他吧，
那一位召是佛生在人间。"

仙女遵循叭英的意旨下凡到人间，
现在我要歌唱召苏年达，
召苏年达往前走，
他一站过了一站，
来到宽阔的勐章罕，
走到人们经常洗澡的河边，
看见漂亮的姑娘们在水浪中游泳，
当召苏年达放下担子，
姑娘们向他问候。

听吧，
我歌唱勐章罕，

勐章罕是宽阔有名的国家，
是个很富裕的国家，
有一个国王名叫掬玛基迪戛，
他当了国王坐在金床的宫殿里，
他与王后相亲相爱，形影不离。

王后生了七个女儿，
召苏年达到河边，
正好七个公主下河边去洗澡，
召苏年达放下担子休息，
眼看着姑娘们在水浪里洗澡，
姑娘们看到召苏年达，
姑娘们说：
"眼珠般的小伙子呀，
你从哪里来？
好像画中的美人，
难道是天上下凡来的？
请你歇下来吧，
请来接近我们，
来和我们谈话，
请你下河跟我们游泳，
糯金花①和蝶蒿花②的召呀，
请你说话给我们听吧。"

---

① 糯金花：叶像菠萝叶，有刺，开花很香。
② 蝶蒿花：藤类植物，开白花很香。

"谢谢你啦，玻璃①一样的公主，
黄金般的姑娘呀，
你们真是会说话，
你们真会开玩笑，
有时会让我的灵魂随着你们的话走，
有时使我的心吓得跳动，
我是小小的百姓，
像覆盖地面的青草，
我的福够不上头人的姑娘，
好像风吹椰子树叶，
我的福轻够不上召的女儿，
好像射不中乌鸦的弩箭，
我不像召的女儿那样聪明，
因为我的福够不上你们，
我不能和你们谈情说爱。"

姑娘们又向召苏年达说：
"赶路的小伙子呀，
你真会说话，
你真会夸奖人家，
说自己是赤脚走路的百姓，
妹妹见你真奇怪，
你说话就像你美丽的身材，
看来你是乘骑大象的人，

看来你应该做国王。"

召苏年达挑起担子，
顺着河岸进城。
姑娘们纷纷来迎接：
"你为什么挑着担子来做生意？
你不是挑担子做生意的人，
黄金般的哥哥呀，
你该坐着金鞍，
该有人在你身边打着金伞，
无数的人跟随着你，
请你到我家来歇一歇吧，
我要做一顿好菜饭请你。"

召苏年达向姑娘们回答说：
"感谢呀，姑娘们，
不要担心我的晚饭，
我不能在这里吃饭，
不是我听了你们的话不高兴，
我的路途不遥远，
我不能在你家住下。"
召苏年达漫步在城里，
他看无数姑娘向他奔来，
他又走到城里一个寨子，

---

① 玻璃：傣语中水晶与玻璃、钻石都同字同音。

寨子的名字叫门得坎芒①,
这是西提住的村庄。

在一间大房子里,
听到人们的嘈杂声,
看到人们匆匆忙忙跑来跑去,
又听到剁生肉的声音,
像敲着船板一样响,
盐巴、辣子的声音,
像大房子要垮倒,
各种响声吸引他站住。
召苏年达走进西提的院子,
把担子歇在楼梯下,
走上楼梯,
到西提面前,
西提正在办喜事,
西提正为儿子讨媳妇。

在屋里鲜花般的姑娘们,
看见召苏年达,
奔跑出来迎接说:
"温柔的哥哥呀,你从哪里来?
你那香花般的身材,
很合适做国王,
为何挑着担子到处串?

我从未见过这样漂亮的小伙子,
今天我的眼睛真有福气,
见了你,我的心像檀香一样香,
我见了你,很喜欢,
我芬芳的小伙子呀。"

苏年达合掌朝拜西提,
请求西提允许寄宿,
西提听了苏年达的话说:
"我的孙子呀,你从哪里来?
孙子的家乡在哪个国家?
请你告诉我老人家吧,
你想来做什么事情?
你要到哪里去?
请说给老人知道吧。"

召苏年达说出自己的愿望,
他像江河流水一样说:
"我住在勐巴拉,
我的名字叫苏年达,
请你记住我的名字吧。"

西提说:"感谢你的介绍,
今天我家里办喜事请客,
请你还是到别家去住吧,我的孙子。"

---

① 门得坎芒:千万金子或许多金子之意。

苏年达再向西提说：
"我从勐巴拉西来到勐章罕，
我希望住在你的家里，
请你老人家不要替我担心各事，
我要帮助你做各种事情，
请你不要有丝毫怀疑，
让你的孩子住下来吧。"

西提不断劝，他也不听，
苏年达走下楼来，
挑起担子进屋里，
来做客的许多姑娘们，
纷纷等待苏年达走下楼梯。

有的姑娘说：
"上来吧，勐巴拉来的小伙子，
你为什么身材这样美？
身上穿的服装也不像我们本地，
请你上来吧，请到里面来，
要是爱我们的话，
请你向我们拥抱。"

召苏年达走上楼梯，
把担子放在屋里，
不管姑娘说了多少话，
他心里一点不动摇。
他把担子放在屋角，
自己坐在墙角。

听吧，年轻的姑娘们，
请你们详细地听，
我要一段接一段给你们唱。

当人们把新媳妇牵来，
人声更加吵闹了，
有的敲铓打鼓，
有的吹铜号，
铓锣、象脚鼓配着号声，
声音响彻四方。

召苏年达急忙换上衣服，
自己打扮打扮，
向西提告别去迎接新媳妇，
苏年达肩上挂着一块花巾，
大摇大摆地走去，
人们都朝着他看，
苏年达看见粉白的新媳妇，
上前唤声妈妈，
他跪下一手捉住新媳妇白嫩的手指，
拉着她的手说：
"我新媳妇的母亲呀，
请你赶快上楼去见爸爸。"

召苏年达连牵带拉，

弄得新媳妇面红耳赤，
这是怎么一回事？
新媳妇对召苏年达说：
"椰子树般的弟弟呀，
你是哪一个勐的小伙子？
你这样白得闪光，
我从来没有见过你，
你美得闪亮光芒，
你为什么像疯人一样，
随便来捉住我的手？
我年纪轻轻，
为什么叫我作妈妈？
我身边还没有丈夫，
看来你是个好人，
不会是疯人吧？"

召苏年达合掌朝拜祝福，
说着好听的话，
把事情说明：
"如果妈妈怀孕生小孩，
我要做你的女婿，
我要和你生下来的女儿成亲。"

说后就请新媳妇上楼去坐，
人们坐的坐，站的站，围着新媳妇，
他们排起桌子，
按照婚礼把礼物放在桌子上，

所有的人都来了。
召苏年达走到桌边，
新媳妇拴线祝福说：
"今天是吉利的日子，
今天像宝石一样发光，
今天是喜事临门，
下边的灵魂不要跑，
母亲的灵魂请来成双，
你的灵魂不要在龙国常在，
所有的灵魂都起来，
不要在天堂常在，
祝你的灵魂一起来，
住在我们的大家庭，
你的灵魂不要上坟墓，
你的闪光的灵魂，
请回到黄金做成的盒子，
你的灵魂不要去种千代的旱谷，
也不要去种能种千代的水田，
祝你的灵魂永世坚固。"

召苏年达拿起金线，
给新媳妇白嫩的手拴线，
苏年达对新媳妇祝福。
举行婚礼以后，
新媳妇拜见西提父亲说：
"在我头上的父亲呀，
我生在这个勐还未成亲，

现在父亲接我来做媳妇，
这使我十分感谢。
现在有一件使我感到奇怪的事，
勐巴拉来的小伙子，
把我当作妈妈唤，
我又不是个老太婆，
我够不上当母亲，
父亲呀，请你想想看，
他是与我们不同的民族，
他说话跟我们不一样，
请父亲不要把他看作攀枝花那么轻。"

当时西提听了媳妇的话，
西提对召苏年达说：
"远方的孙子呀，
今天我老人接来一个新媳妇，
你真的要等着当姑爷吗？
你要当空头的姑爷，
你实在没有办法，
要等待媳妇肚里的女儿当妻子，
你真的要住下干活吗？
我的孙子呀，请你说说吧。"

苏年达合掌举拜：
"父亲呀，我说过的话，
说一不再说二，
我要寻找一个像天上宝石下凡来
的妻子，
现在我要试试我的福气，
生在人间的人应该寻找前世有缘
的人来相遇，
我要求在你们身边，
等着你媳妇腹中的女儿。"

漂亮的新媳妇向苏年达说：
"你说的老实话？
我们双方来提保证，
假如我生下了一个女儿，
那也好办，
假如我生下一个男孩，
你要怎么办呢？
我的话请你两耳齐听。"

苏年达合掌回答道：
"感谢你的问话，
我说的是实话，
我生在人间是走路的人，
我经常赕佛，
我忠实受戒，
母亲生下女儿算我有福，
我就把她当作我的妻子，
要是母亲生下男孩，
我就把他当作弟弟。

"父母亲呀,
请你们幸福地住在宫廷里,
一切家务和劳动由我承担,
请你们不要担心,
把我收留下来吧。"

召苏年达陈述完了,
母亲感到十分满意,
苏年达高高兴兴在下做了空头姑爷,
他安居乐业在勐章罕。
姑娘呀,我歌唱召苏年达寻找妻子到这里为止,
听吧!

我要歌唱年轻的姑娘,
姑娘们人人把身上打扮,
满面笑容,
盼望做召苏年达的妻子,
当他们知道召苏年达,
在西提家等待做姑爷,
年轻姑娘们,
姑娘们纷纷到路上等苏年达,
召苏年达走到那里,
姑娘们迎面来说:
"召呀,你白白从远方来,
到我们家乡当空头女婿,
可惜你孤独地睡在一边,

难道你一点办法也没有了吗?
真是丢尽男子汉的脸,
难道你只有美好的外貌,
肚子里一点知识也没有?
你为什么不看一看,
我们无伴的姑娘?
你未来的妻子,
还没有向你岳母投胎,
还没有带着梳子来生,
真可怜呀,我的小伙子,
我想拿绸缎把你换回来,
要是姻缘注定我们相爱,
我死了也甘心。"

召苏年达向姑娘们回答说:
"姑娘呀,你不要再梦想要跟我成双,
也希望不要轻视和挖苦我,
也许是表面黑,
中间却是又软又白,
假如时间到了,
檀香树会开花,
你们会闻到芬芳。"

苏年达说后走进森林干活。
听吧,
我要在这里歌唱年轻的妈妈,
当她和丈夫同床盖被,

想到召苏年达这个空头女婿，
她马上合掌向天祈求，
请天神帮助，
赐下一个女孩。
她祈祷之后睡在床上，
到鸡叫时候，
她在床里做梦，
梦见下雨，
随雨落下一颗宝石，
她伸手去接，
宝石忽然变成一只猫。

当她从梦中醒来，
一身淌着大汗，
不知道是怎样的事情，
让她常常想起，
像一颗珠宝来投胎。
年轻的母亲怀孕了，
使她身体不舒服，面黄肌瘦，
想吃酸来又想吃甜，
她忍着辛苦，
一个月一个月过去了，
到了八月种田的时候，
当召苏年达领着家里的人到田间干活，
苏年达的岳母腹部绞痛生下了一只花猫。

花猫有十二种颜色，
白、绿、黄、红、浅蓝、灰，等等，
真是少见的猫，
就像她梦中见的一样，
她生下以后心慌乱，
想到未来的女婿，
天天在家勤劳干活做家务，
他会做生意赚到成千金银，
他会安排活计。
"惹气呀，前生姻缘为何如此？"
"为什么姻缘弄给我一只花猫？"
她无比可怜未来的姑爷，
她伤心痛哭，
找来一个笼子把猫放在里面，
挂在屋外墙角。

听吧，
我要唱年轻的召苏年达，
傍晚，他从田里回家，
他边咳嗽边打喷嚏走上楼梯，
没有一个人和他打招呼，
他走到晒台把手脚洗干净，
然后他等待母亲拿衣服换，
等了好久，也不见来，
难道母亲生病了，
家里人告诉他说：
"我们的姑爷呀，

你的母亲生小孩了,
她现在坐在火塘边。"

苏年达知道进屋里,
向母亲问好说:
"我的母亲呀,
你生小孩子了吗?
你的身体好吗?没有生病吧?"

母亲说:"可爱的贤婿,
请听母亲说分明,
是前世姻缘注定如此。"
母亲可怜地哭着说:
"红金般的姑爷呀,
我不把你看作外人,
现在母亲生下来的不是人,
是一只十二色小花猫,
母亲气得一身无力,
气得不愿在这一家住下去,
气得我不愿活在人间,
因为丢脸的事出在我身上,
不见了你以后,
我就不愿做人了,
我要找毒药,吃了死在床上,
叫人家议论议论我吧。"

召苏年达劝母亲说:

"我的母亲呀,
你不要这样慌张,
也不要哭得这样伤心,
我说了的话不会改变,
我提出的保证不会后悔,
我还要同你们一家在下,
我还要当你的女婿,
你不必为我灰心。
请告诉我吧,母亲,
你将猫放到哪里去了,
我要求和花猫成亲,
因为已经指腹为婚,
现在,我的姻缘注定
和花猫相遇,
我就要和花猫抱,
她是干芭蕉叶,
我也要别在腰上,
她是花猫,我也要嚼饭喂她。"

他说着就把花猫从笼里拿出来,
抱在怀里说:
"我亲爱的小花猫呀,
你的福使你生在西提的大家庭里,
你的母亲难为你,
就把你放在屋子外面,
现在我不会把你丢在一边,
我的花猫呀,

父母亲不喜欢不爱你，
你也别怕，
我不丢你这颗好宝石，
我不放你这檀香花。
我说过的话不动摇，
我不会把你丢在一边，
我不会把你丢下孤独无伴，
哥哥每天还要嚼饭喂你，
我还要在你们家里当姑爷，
我跟你——红金般的妹妹在一起，
我要把你放在我的身边。
假如我不死，
总有一天会得到人家的赞扬，
请求父母亲的福笼罩（福荫），
请求天神保佑花猫快长大，
一切疾病灾难不要来临，
不要产生一切困难痛苦的事。
我说的话不会动摇，
我不会离开小花猫。"

父母亲担心大象和花不能一担挑①，
父母亲准备了礼物，
把小花猫配给召苏年达。
听吧，我要歌唱小伙子召苏年达，
他找到妻子结婚以后，

时间已过了六年，
想到自己的父母亲和些纳们，
苏年达对西提父亲说：
"现在我有件担心的事，
我向父母亲请求，
我那住在勐巴拉的双亲年纪已经老迈，
他们每天都在盼我回去，
我上门当姑爷时间好长了，
怕父母亲太想念我，
我请求转回家去，
请黄金般的父母亲，
双双在下，
请你们不要愁闷，
我们千年万代永远是你们的儿女，
希望你们不要伤心痛哭。"
西提夫妇听了女婿告别的话就说：
"好吧，可爱的姑爷，
你要回自己家乡去，
你说得很对，
你父母亲在家盼望你，
我们自己又希望你在下。"
召苏年达接着回答说：
"父母亲说的话很对，
可是明月还有黑影，

---

① 大象和花不能一担挑：不相称之意。

请父母亲忍心在下,
我一定还要回去。"

父母亲知道女婿一定要去,
继续对女婿说:
"亲爱的女婿呀,
你丢下我们家回去,
父母亲希望你和我们永世同住。"

母亲边说边哭,
感到困难好像烂眼碰到树疙瘩,
母亲忍下痛对女婿说:
"母亲不会把你留着不放,
因为我生下的小孩是小花猫,
白白失去你的面子,
你到我们家来只带一只花猫去,
真丢你的脸。"
召苏年达对母亲说:
"我说的话都是香的,妈妈,
想到我的路途遥远,
我生长在勐巴拉,
勐巴拉经常有人进贡金钱,
我来了还得回去。"
话说完去找金竹子来编笼装花猫。

青年的姑娘们知道了,
她们跑到路上等着,
对召苏年达说:
"召呀,你挑着花猫,
是多么丢脸呀,
你在勐章罕不害羞吗?
你为什么不把我们藏在后边?"

召苏年达走着回答说:
"姑娘呀,你们白白跑来,
我不爱你们,
你们落空了,
你们还比不上花猫尾巴一根毛。"

他对姑娘们说了话,
就向父母亲和亲戚父老告别:
"你们在下吧,
祝你们一切都好,
你们不要担心我们一切事情。"

苏年达准备担子,
姑娘们在旁边守着,
召苏年达把猫笼挂上担子,
姑娘们弹舌跟着他去,
召苏年达把担子放上肩,
走进山箐,路过椰子林,
姑娘们纷纷追上去说:
"多么可爱的小伙子呀,
请你到我们面前来,

你不要提着猫笼吧,
还是把我们领去吧。"

苏年达对姑娘们说:
"亲爱的妹妹们呀,
我这次是来做生意,
找到一只猫做妻子。"

人们听了纷纷嘲笑,
消息传到七个公主,
七个公主戴金镯子、金链子,
打扮得漂漂亮亮,
出来和勐巴拉的小伙子说说笑笑:
"好看的召呀,你来到了,
花朵一样的召呀,
你挑着大担子,
还挂着花猫的笼子,
我们真可惜你,
你们宽阔的国家,
难道没有花猫吗?"

召苏年达说:
"谢谢公主的好意,
我不是挑着花猫做生意,
因为我做生意来到你们国家,

我与花猫有缘相遇,
请你别说可怜我的话。"

公主听了又说:
"这桩事情让我不放心,
它是不合规矩的,
请你作罢了,
请你上我家去吧,
来和我一同管理国家。"

苏年达又说:
"感谢你呀,公主,
你真不会抬高别人,
请你不要焦急,
请你等着命中注定的姻缘,
你不要担心着急,
在不长的年月里,
你可以听到消息了。"

他说着走进森林,
到站上住下来。
他们住在森林里,
微风送来苏拉披花①的芬芳,
他亲切地对花猫说:
"我亲爱的妻子呀,

---

① 苏拉披花:此花橄榄坝有,是一种树上的花。

红金般的妻子呀，你请听，
我们两个到勐巴拉去，
我们要双双住在宽阔的勐巴拉，
你就忍下心来做王后吧，
那时候你梳好发髻插上鲜花，
显出秀美震动整个勐巴拉，
使人们纷纷向你低头朝拜。

"现在我俩住在树叶搭成的窝棚，
露水打湿我们的衣裳，
使我们睡不着，
我们多么受苦呀。"
粉白的召苏年达，
把心里话都对花猫说了。

他们走在森林一站过一站，
来到一个山坡，
这里遍地开鲜花，
鲜花迎着太阳闪亮光，
他们来到这里，累得一身无力，
苏年达对花猫说：
"我的妹妹呀，我太累了，
我想歇下睡午觉，
然后再继续赶路。"

他把猫笼挂在树上：
"鲜花般的妹妹呀，
你好好在着吧。"
苏年达躺在树下睡了，
当时花猫离开笼子走进森林，
一片片竹林和树木，
长满高山水箐，
她来到檀香林里，
听到震动山坡的声音，
她再往前走去，
看见澄清的水，
看见龙公主在水里沐浴，打着水浪。

她仔细看看河边，
看见了龙宫宝石、项链，
花猫捡起来藏在树洞，
又坐在树旁注视着，
两个龙公主从水里出来，
上岸来穿衣打扮，
发现宝石、项链像风一样失去，
她们伤心地哭了，
到处找来找去，
遇见花猫，
龙公主向花猫说：
"椰子树般的花猫呀，

你像远方飞来的消坎鸟①，
你看见有什么人来这里，
现在我们的钻石、项链打失了，
如果你知道请告诉我们吧。"

花猫对两个公主说：
"姐姐看见金鼠衔去宝石、项链，
藏在树洞里。"
两个公主听后跪下，
请求帮助说：
"如果以后你有什么困难，
给我们带个信，
我们一定向你报恩。"

花猫对两个公主说：
"你们是不是说实话？
假如说了不守信用就不行，
姐姐有姻缘注定，
到勐巴拉王宫当王媳妇，
也许是我前世的罪过，
在勐巴拉会遇到灾难，
到时请两个妹妹不要把我丢在一边，
按照我们双方的保证给我帮助吧。"
说着，花猫爬上树，

把宝石、项链还给两公主。

两个公主很高兴，
两个公主把宝石、项链挂在脖子，
打扮好了回龙宫去。
小花猫走过森林，
回到休息的站上，
她照样回到笼里。

苏年达醒过来以后，
对笼里的花猫说：
"可爱的妹妹呀，
我累得呼呼地睡，
请你别见怪。"
他们又往前走，
走到一个山坡，
远远望到勐巴拉坝子。

他们双双走着，
来到一个边寨。
当他们到边寨，
听到人们讲话声，
召苏年达坐着休息，
人们走进来看见苏年达，

---

① 消坎鸟：比乌鸦小，羽毛黑，要追啄乌鸦。有一故事说乌鸦要羽毛黑，去消坎鸟那里染后，乌鸦不给钱，故消坎鸟一见乌鸦就逐啄它，要脱下乌鸦的裤子。

向苏年达问候：
"我们头上的召呀，你回来了吗？
你去找到哪一个国家的公主呢？
我们想知道，
请告诉我们吧。"

有福的召苏年达说：
"谢谢你们向我朝拜问候，
我按照自己的愿望，
去寻找妻子，
现在我的姻缘注定和花猫相配。"

人们听了召苏年达的话，
就回去告诉头人，
说："宝石般的召苏年达已经回来了，
我们看见他坐在坡角路边，
我们看见他带着花猫做妻子。"

头人和百姓，
急忙迎接召苏年达，
头人和百姓来到召苏年达身边，
向召苏年达朝拜说：
"请王子在寨子里住吧。"

召苏年达感谢百姓说：

"我不到你们寨子里，
我要到沙拉①去住。"
王子背着猫笼到河边沙拉，
花猫见到河水喵喵叫，
苏年达听了以为花猫想吃鱼，
苏年达对花猫说：
"黑眼珠的妹妹呀，
你想吃烧鱼吗？
我要下水去拿鱼。"

苏年达下到河边说：
"河里的金鱼呀，
你们命数完了快出来，
争先恐后地跳上沙滩，
我要拿去给花猫吃。"

河里命数该完的鱼，
通通跑出来死在一堆，
苏年达用索子穿鱼。

那里有福的花猫挂念苏年达，
苏年达捉鱼久未回来，
花猫变成一个美丽的姑娘，
身上闪出十二色光，
脖子上挂着金链，

---

① 沙拉：亭，傣族房边都盖一茅屋以便路人住。

手上戴着金镯子，
成千上万的姑娘，
都比不上她漂亮。

顺着召苏年达走过的路，
她向召苏年达要鱼说：
"可爱的召呀，
请你把鱼给我吧。"

苏年达说：
"妹妹呀，我不能给你，
这些鱼要拿给我可爱的妻子吃，
她在沙拉里面等着。

"姑娘呀，你从哪里来？
你是不是水里龙王的公主？
要不就是天上的仙女，
凡间的人哪有你这样美丽，
你是从空中飞来的吧？
请你告诉我。"
花猫姑娘说：
"我追你来，我就是你的妻。"

王子想了一下说：
"可爱的妹妹呀，
你别欺骗我吧，
我可爱的妻子是只小花猫，

她还在沙拉里。"

花猫姑娘说：
"召呀，你赶快回去吧，
小花猫已经死掉了。"

召苏年达知道了回去看，
猫姑娘就到河里去洗澡。
苏年达到沙拉看花猫死了，
他把花猫抱在怀里，
流着眼泪说：
"可怜呀，我的小花猫，我的妻子，
为什么让我白白落空？
为什么丢下我死去？

"不知道那美女从哪里来，
来和我说说笑笑，
使我耽误时间，
把你丢在沙拉，
现在你丢下尸体离开人间。"

猫姑娘洗澡回来，
美丽闪光的花猫姑娘，
来到沙拉，
走近花猫的尸体，
花猫活起来了。

苏年达看见明白了，
把花猫抱在怀里亲吻，
他们相亲相爱住在沙拉。
姑娘呀，是故事里有的事，
不是我胡乱编出唱词骗你们。

农村的头人，
听到百姓来将召苏年达的事唱，
说召苏年达带着猫姑娘住沙拉房，
村里的头人想看猫姑娘，
还有村里的老百姓，
都到沙拉房去，
叫召苏年达将有福气的猫姑娘抱出来，
请大家看看。

他们说有福气的猫姑娘，
他们从来没有看过，
召苏年达就将布拿开，
给百姓看猫姑娘。
猫姑娘身上有各种各样的颜色，
小姑娘就笑他，
长得像椰子树的召，
损坏了自己的名誉。

白白走了那么远的路途，
王子讨着一个猫姑娘。

这时猫姑娘的身上，
发出各种各样的光彩，
他的名誉传到整个巴拉那西，
他的名声又传到父母亲耳朵里，
父母亲听到自己的儿子的名誉，
就不想当国王，
也不想在勐巴拉那西。

小姑娘听见就想去看看，
她们就将金子塞在自己耳环眼里，
每个姑娘都穿了各色的衣服，
打扮得十分漂亮，
有说有笑地走过城里，
许多姑娘走到一棵大树底下，
就歌颂了菩提树，
唱道：
"高大的菩提树啊，
树叶长得绿绿的，
我们在底下休息很凉快。"

菩提树的附近，
有一条大河，
许多姑娘就在这里洗澡，
澡洗好后，
穿上自己的服装，
在这里有说有笑吃槟榔。

每个人的手里，
都拿着各种各样的美丽的手帕，
准备到沙拉房去给召苏年达谈情。
许多姑娘到沙拉房，
围住了召苏年达坐下来，
有个小姑娘给苏年达叩头：
"漂亮的召啊，
你来到了，
现在你娶着那家美丽的姑娘，
是哪个国家的公主？
连自己的母亲都要给妻子叩头。"

召苏年达说：
"亲爱的姑娘们，
我出去寻找第一个妻子，
就已经回来了，
现在在枕头边，
她不会戴耳环，
如果她跑到草皮上，
老鼠看见要吓跑。"

姑娘们响起了笑声，
召苏年达抱着猫姑娘出来，
给姑娘们看。
姑娘们替他害羞，
说不出话来。

许多的姑娘，
就赶快看花猫，
有的姑娘说，
这猫有黄，有蓝，
猫姑娘身上发出光亮的颜色，
哪个看见好像是看见金子样的亮。

有些说，
猫姑娘的身上，
发出白色的亮光，
白的亮光照得坐着的人全身都白了。

有些说，
猫姑娘身上发出绿色的亮光，
照得所有姑娘，
全身都是绿。
姑娘们看这猫姑娘，
想看也不过瘾，
舍不得离开，
因为时间已晚，
所以就回到自己的村寨来。

父亲与雪那说：
"我最恨召苏年达小伙子，
他寻找爱人，
却找到个猫姑娘，
使我们丢脸了，

不想做人了，
要到城外西方去自杀。

"你们知道后，
又怎么办？"
这时有个混雪那①的头头，
就向国王叩头道：
"威望高的国王啊，
金黄色的召苏年达，
是个聪明的王子，
他不可能给别人
来侮辱自己，
为什么娶着个动物？
这事应好好考虑。

"我们去试试看，
如果他有福气，
将来就看得见；
如果他没有福气，
就将他赶出国去，
他不可能做王子。

"人与动物结婚，
是没有听说过的，
我们应叫人去问。"

国王派一个人去叫，
这人就与召苏年达说：
"有福气的王子，
现在你父亲叫我来叫你，
叫你马上到城里，
去找你父亲。"

召苏年达与猫姑娘说：
"再见吧，
漂亮的妹妹，
今天父亲叫我到宫殿去找他，
你好好地住在沙拉，
等哥哥回来。"
召苏年达离开了沙拉，
走到了父亲的宫殿，
向母亲叩头。

母亲说：
"亲爱的儿子，
你到远方回来了，
你到哪个国家？
亲爱的妻子，
带回来了吗？
要给母亲叩头的妻子，
在哪里呢？"

---

① 混雪那：头人、官员。

召苏年达说：
"儿子的亲爱的妻子，
还在沙拉房。
妈妈啊，
妻子很漂亮，
但是没有服装，
头发不会梳，
会吃老鼠。"

母亲说：
"你最顽固了，
不听父母亲的话，
你该死了，
不要做人了。"

苏年达又给父亲叩头，
父亲问苏年达：
"亲爱的儿子来到了，
你出去很久了，
父亲怀念着你，
父亲等待着看你的妻子，
请你告诉父亲知道。"

像桂花样的召苏年达说：
"我出去转了许多国家，
后来就住在勐章罕。
我的妻子，

个子矮矮的，
她不会戴耳环，
如果她到宫殿来，
她会吓得老鼠跑。"

父亲说：
"是你顽固，
不听父亲的话，
才成了今天。

"现在父亲告诉你，
四月十四或十五，
月亮圆时，
父亲要大赕佛，
你回去告诉妻子，
来参加我们赕，
要求一百套袈裟，
三间漂亮的宫殿，
宫殿要求得整齐，
要将珍珠来布置好，
父亲要拿到佛寺去赕佛。
如果你们做不到，
你们将死在河水里，
决定七天一定要将赕品都送来。"

召苏年达向父母告别，
就回到了沙拉房，

自己悄悄地坐着,
不给猫姑娘说话。

猫姑娘发觉,
就赶快变成了人,
来问召苏年达:
"金黄色的召,
你为什么这么样?
妹妹不知道,
请你告诉。"

召苏年达说:
"父亲告诉我,
今年他要大赕佛,
叫我们七天准备一百套和尚衣服,
还有三间宫殿,
将赕佛品拿去参加他们赕。
哥哥对你很可怜,
怕你做不出什么来,
所以感到,
我们两个,
可能要被父亲杀害。"

喃宾巴说:
"赕佛的东西不会有困难,
如果时间太长,
赕品要褪色的,

最好你叫父亲决定三天,
你不要为赕品难过。"

这时喃宾巴就到河边,
去邀请龙姑娘:
"亲爱的两个龙姑娘妹妹,
过去我们已经提过保证了,
现在我有说不出来的事,
现在来邀请你们二位帮助。"

龙姑娘听见,
就赶紧出来,
在这绿色的湖水里,
变成了人,
龙姑娘与猫姑娘叩了头:
"你有什么事情叫我们出来?
请你们告诉我们两个。"

猫姑娘说:
"父亲叫我们二人去参加赕佛,
我有困难就请你们来帮助。"

所有的龙姑娘围着猫姑娘团团地
坐起来,
将赕佛的东西一天做完了,
蜡条也做好了,
将蜡条一堆堆地堆起来。

龙姑娘叫猫姑娘，
龙姑娘对猫姑娘说：
"请吧，请你从猫的宝皮里出来。"

像镜子一样亮的猫姑娘，
就从皮里出来了。
两个龙姑娘，
一个就来给她抹水粉梳头发，
使任何人都没有她漂亮，
一个龙姑娘来给她戴手镯打扮服装，
当时就伸手摸在猫宝皮上，
就叫猫女。

大象、马匹从猫宝皮里出来，
还有大鼓、小鼓、锣、笛、号，
都从猫皮里出来。
姑娘们就来叩拜赊福：
"这一辈我生长在地球上，
我赊佛请叭英来帮助，
这一代不要给自己损失自己的名誉。"
聪明的天神叭英，
从天堂里下来，
也不用砍，也不用盖，
就盖了三间宫殿，

还有四个扎得罗[①]，
下来盖了最漂亮的宫殿。

这宫殿天天发出亮光，
还有叭湖[②]，
就拿金子、银子来帮助，
来帮助盖一座金殿，
全都是用金子、银子做的。

宫殿做好后，
全都交给召和喃，
有福气的龙王，
又来帮助做金船，
交给召和喃二人。

猫姑娘的名，
从此叫喃宾巴。
所有的龙都从水里出来帮助，
抬宫殿在金船上，
宫殿一排排摆在船上，
非常漂亮。

这时，
召就把大象、马匹、宫女、赊品

---

① 扎得罗：天神。
② 叭湖：神王。

都放在猫皮里了。
这名声到处传开了,
天神掉挖木、掉挖柱也出来帮助,
整个勐巴拉西好似移山倒海,
到处听到人哭的声音。

这个好的时间到来,
叫"那些"送给父亲,
叫父亲盖很多管理台。
如果好日子到了,
他们就要用赕品,
参加父母亲赕佛。

这时金船,
就在水里动起来了,
发出了亮光,
他们二人就坐在,
宫殿里。
船开始走了,
整个勐巴拉那西,
都听到船声响,
金船一直走向城里,
也不用人划,
自己会走。

这时大象、马匹叫起来了,
勐巴拉西国家的人很奔忙,

像桂花样的姑娘走来走去。
有些人说,
叭英从天堂上下来帮助我们,
头人和百姓都叩头,
有福气的召和喃,
到了父亲的草坪上,
母亲出来迎接,
看见宫女就叩头。

宫女们都说:
"我们是宫女,
有福气的公主,
还坐在大象上。"
公主看见母亲在草坪上哭,
自己很担心,
叫管大象的人,
用金楼梯,
来盖在大象上。

天堂上的喃宾巴,
就从大象上、楼梯上,
一步步下了楼梯,
在宫殿前面,
一步步地走在地上,
穿的服装都是缎子绸子,
非常漂亮。

这时，
就向母亲叩头，
请母亲原谅。
父亲说，
身体不舒服，
就睡在床上，
召苏年达、猫姑娘，
就拿出东西来赕佛。
赕佛结束后，
公主就向母亲叩头，
母亲就向二位感谢。

召苏年达说：
"希望母亲，
好好住在宫殿里，
今后会实现我们的理想。"
他们两个，
许多头人也挡不住，
召和喃骑在大象上，
离开了勐巴拉西的城，
敲锣打鼓，
回到了河边，
就在沙拉房休息。

勐巴拉西的召，

很担心自己的儿子，
就说给头人听：
"召和喃，
如果他们回到勐章罕，
对勐巴拉西就没有好处了，
你们大家，
要为国王办事。"

去告诉管理公房①的人去敲大鼓，
大鼓声响，
所有的头人集中到公房来商量。
他们说，
谁口才最好，
就请他去邀召和喃回来。

有个老头人名叫菲罗哈，
是个秘书长，
自己对头人说：
"所有的事，
我可以保证，
你不必担心。

"我们要准备金蜡条，
一条要有一斤。"
将金蜡条和金花放在金盘里，

————————
① 公房：头人住的房子，通常用来集会。

样样都准备好了,
勐巴拉那西百姓来挖"路搭",
路边栽芭蕉树、甘蔗树、旗子,
大家准备好,
又来准备乐队的马匹,
小姑娘、小伙子,
打扮得很漂亮,
敲锣打鼓,
准备迎接。
菲罗哈领队人,
也打扮得很漂亮,
走在所有的人的最前面。

到沙拉后,
就向召苏年达叩头,
将金蜡条的盘子摆在前面。

"现在父亲怀念着你二人,
饭也不吃,
天天都哭,
请你们二人回到自己国家,
请召片领接下金蜡条。"

召苏年达考虑了下,
就伸手接金蜡条了,
召苏年达叫猫姑娘,
从猫皮里出来,

与自己坐在一起。

召和喃坐在一起,
好像一对金筷子样。
这时,
祝福召苏年达,
就敲锣打鼓,
猫姑娘就叫,
大象、马匹共五万多从猫皮里出来,
排成一排排,
叫在路旁等着。

召和喃骑着大象,
就骑着大象,
回到勐巴拉那西。

百姓取七个井的井水,
来给他们洗澡,
澡洗好后穿上新衣服,
就邀请他们二人上宫殿。

这时父母、头人、百姓,
都准备给他们拴线。
线拴好后,
就给苏年达做这国的国王,
让一万多宫女,

随时伴着公主。

当上国王后,
他就管了勐巴拉西的头人和百姓。
喃宾巴在晚上睡时,
做了个梦,
梦见自己回到勐章罕,
与母亲睡在一起,
梦见父亲到自己的宫殿来玩。

梦醒后,自己就想起父母,
就与丈夫说:
"昨天我梦里回了勐章罕,
自己孤单单走,
今后我是否要做寡妇?
现在我怀念着父母,
我想回到勐章罕,
去看父母,
请你给予许可。"

召苏年达说:
"我还想去看看父母、亲戚、朋友,
因为过去与母亲说过,
现在你想回去也好,
我们两个就回章罕,
去看父母,
但是我们要给混雪那说一下。"

召苏年达就在宫殿打大鼓,
混雪那听见,
就到大殿来,
向召跪拜。
召说:
"现在我俩想回到章罕,
去看父母亲,
请你们混雪那马上准备,
我要骑上大象,
到宽广的勐章罕去。"

这时大的混雪那,
就先写信去通知章罕,
信里说:
"召苏年达大王要回到章罕来,
不是有其他的什么事,
召和喃想来看父母亲,
请勐章罕的头人,百姓,
不必担心,
要按国家的规矩办事。"

送信的人骑上马匹,
就跑到了勐章罕。

勐巴拉那西的大王,
带了成千上万士兵,
离开了这国家。

要离这国家时，
就叫"摩"来算卦，
将日子和召出生的日子来算算后，
召要战胜勐章罕，
百姓更是高兴，
还要送给一个漂亮的姑娘，
在路上一帆风顺。

这时些纳、士兵、姑娘、小伙子
都来打扮，
欢送国王，
有一万六千多人。
这时放礼炮了，
在前在后的，
都站满了，
召和喃坐在大象上，
就离开这个国家。

这时敲锣打鼓，唱歌跳舞，
很热闹地欢送了召苏年达。
混些纳带领队伍，
走在前面，
头人与百姓围着召片领走了。
走到森林里，
熟悉了好些地方，
经过了森林，
就到了勐章罕。

雪梯勐收到送来的信，
就与喃宾巴送信的人说：
"听吧，弟弟，
有威望的苏年达，
他是来做我们的'假姑爷'，
等待我们肚内的娃娃，
与我们住的时间很久了，
但是，
不能达到他的理想，
娃娃生出来是小猫，
但是男人说的话，
要有信任，
他把小猫就带回去了。

"现在他已经丧失了自己的名誉，
他是不是将其他国家，
最漂亮的姑娘，
来冒充猫姑娘？
是不是将其他国家的，
最漂亮的姑娘，
说成了猫姑娘？
他面对勐章罕的百姓尤其是小姑
娘一点都不害羞，
就把漂亮的姑娘来比垮章罕的
姑娘。"

现在母亲要去看看自己的女婿，

如果真的有这种事，
就要把十二种猫皮拿出来看，
有十二种颜色的猫，
是不可能有。

这时候，
喃就来梳头发，
将鲜花和簪插在发上，
将最美的服装，
从猫皮里拿出来打扮。
当时母亲，
就来准备马匹，
要出来迎接喃宾巴。

喃宾巴已经来到，
马铃桑桑地响，
打着金伞，
前前后后抬着各种各样的旗子，
欢送召和喃到达了宫殿的门口，
母亲就跑出来迎接金色的公主。
一看见公主，
就叩头，
话也说不出来。
喃宾巴看见母亲，
就将母亲，

扶起来，
向母亲道歉。

当时母亲就问：
"召①啊，
你是不是我生出来的猫姑娘？
母亲没有见过。"
要说怕犯罪，
金黄色的喃宾巴，
为了珍惜自己的名誉，
为了给母亲更信任，
又将猫皮放在金盘里，
抬出来给父母亲、亲友们亲眼看。
亲眼看到后，
大家就没有一点怀疑，
谁也不敢侮辱，
威望高的雪梯勐向召苏年达问好：
"你们二人要离开勐章罕时，
父母亲很可怜你们，
儿子啊，
现在你已经当上召片领了，
你还不将父母忘记，
还是回来看父母，
现在父亲要给你们献礼，
来邀请你们，

---

① 召：对女的也可称召或召喃。

到宫殿愉快地过幸福的日子。" （因稿本太旧，所以最后一两页被人撕掉。）

文本三

记录者：朱宜初
翻译者：刀新民
时间：1962年6月19日
搜集地点：云南省西双版纳傣族自治州景洪市

（因为稿本过于破烂，前面数页已经失落，所以前面缺一些。）
……
召苏年达给小姑娘说：
"我好像小小的青草样，
生长在这一带没有福气，
好像是矮矮的人一样，
要伸手去摘椰子是很困难的。
我是一般的人，
配不上漂亮的姑娘。"

小姑娘说：
"亲爱的小伙子啊，
你说的话很好听。
你会侮辱自己，

夸大别人，
我看你不是像一般的人，
你说的话不像一般的人，
你应该坐大象当国王。"

这时召苏年达挑起箩箩[①]就走向森林，
他走到勐章罕城里去。
勐章罕的小姑娘，
就问召苏年达：
"亲爱的小伙子，
你为何挑起小箩箩做生意？
你的样子不像做生意的人，
是应该当国王骑着雄壮的马匹，
所有的百姓应该来祝福你。
亲爱的小伙子，

---

① 箩箩：云南汉语方言，意为"竹藤编制的小型箩"。云南汉语方言常用叠词来表述生活用品。——编者注

请你到我家来玩,
我要煮饭给你吃。"

召苏年达说:
"感谢你们对我关心,
我要走的路程还是远,
没有时间来给你们玩,
饭也不想吃了,不必麻烦了。

……
(以上唱本有数行看不清未能译出。)

召苏年达与姑娘谈后,
他就挑起行李继续走,
走到一间大公房,
他就听见响着各种各样的声音,
好像是大房子要翻一样,
召苏年达静静地听,
听清楚后,
就走到楼梯底下,
就将箩箩放在左右两边,
他就走向楼去。

这时召苏年达看见雪梯勐,
正看见雪梯勐在准备拴线,
来接他儿子的妻子,
这时里面的小姑娘看见召苏年达,

就出来与他打招呼,
她说:"亲爱的小伙子,
你从什么地方来到这里?
你的样子应该做国王,
为什么挑起箩箩,
到处做生意?
像这样漂亮的小伙子,
我还没有见过。
今天看见漂亮的小伙子是因为有
了好运气,
你的身材像一朵鲜花,
很漂亮。"

这时苏年达向雪梯勐叩拜,
要求在那里住一晚上,
这时雪梯勐说:
"亲爱的孙子,
你从什么地方来到这里?
住在什么国家?
你有什么事情来到这里?
你告诉我吧。"

召苏年达说:
"我的名字叫召苏年达,
是个大儿子,
我是住在勐巴腊那希。"

雪梯勐说：
"孙子说得很好，
因为这房子是结婚请客，
请你到其他房子去住。"
召苏年达说：
"我从宽广的勐巴腊那希来，
我一定要住在雪梯勐的这房子，
请父亲①不要担心，
我各种各样都准备好了，
请父亲不要怀疑，
今天晚上一定要在父亲这里住。"

不管雪梯勐如何说，
苏年达就抬起箩箩走进房子里去，
这时所有的小姑娘，
都准备招待客人，
就在雪梯勐的房内摆了一排排的桌子。
这时小姑娘对召苏年达说：
"来自勐巴那希的小伙子，
你为什么生得那么漂亮？
你的身子长得像椰子树一样，
但是你穿的服装，
却配不上人，
请你进来与我们一起，

如果你愿意，
来与我谈情说爱。"

这时召苏年达就将箩箩放在房子的角落，
召苏年达就坐在箩箩边。
这时所有的人们，
都出去迎接新娘，
进雪梯勐的房子内来。

在远远的地方，
听到叫"水！水！水！"的声音，
召苏年达请将他的新服装，
从箩箩里拿出来，
换上了新服装。

召苏年达就向雪梯勐叩头跪拜，
他说："我要与其他人去迎接新娘。"
说完他就走了，
走到所有的人的地方。

所有的人都来看召苏年达，
召苏年达走到新娘旁边，
他又向新娘说，
并称新娘为母亲，

---

① 父亲：年轻人对年老人可尊称为父亲。

牵着新娘的手一起走路，
说："心爱的母亲啊，
请你进公房一起去找父亲吧。"

新娘心里着急，
就与召苏年达说：
"你是哪个国家的小伙子？
身子长得白生生的，
我从来也没有见过，
你为什么来随便牵着我的手，
像个疯人一样？
我年纪还小，
你为什么来叫我作母亲？
我的丈夫还没有睡在我身边，
你是好人还是疯人？"

这时召苏年达说：
"亲爱的母亲啊，
等到你怀胎的时候，
我要当你姑娘的新姑爷。"
话说到这里，
已经走到房子里了，
就叫新娘坐在新娘的座位上。
这时他们就来摆桌子了，
围在新娘的身边。

这时召苏年达走向桌子，

坐在桌子边，
就要给新娘拴线，
召苏年达说：
"一年十二个月，
好的只有今天一天，
今天是宝贵的日子，
希望新娘结合后，
好好地在雪梯勐家生活。"

这时召苏年达拿金线来，
给新娘拴了线，
所有的人都来给新娘拴线，
拴线后，新娘就向雪梯勐父亲说：
"亲爱的有福气的父亲啊，
现在我到这里来做新娘，
也是很高兴，
好像是来做你亲生的姑娘样，
现在我担心一件事，
勐巴拉西的小伙子，
来叫我母亲，
我年轻还没有老，
也不能做这小伙子的母亲，
请父亲与我解释，
这小伙子说话很谦虚，
请父亲慎重对这事情。"

雪梯勐说：

"亲爱的小伙子啊,
现在我接着一个新娘,
是不是你要做她姑娘的姑爷?
如果你要这样做,
等她怀胎以后,
生出孩子后再与她结婚,
现在你住在这里,
与我们一起劳动。"

召苏年达说:
"我说的话说一就是一,
说过的话我自己要负责,
我就要等待她肚子里怀的小姑娘。
如果我有福气,
生出来的就是女娃娃,
现在我要与父亲在一起,
等待母亲怀胎的姑娘。"

雪梯勐说:
"她生出来是个女娃娃,
当然是个好事情,
如果生出来是个男娃娃,
你又怎么办?"

召苏年达说:

"谢谢你给我这个回答,
我说过的话,
如果我有福气,
生出来的就是女娃娃,
如果生出来的是女娃娃,
就说明我有福气,
如果生出来是男娃娃,
我就称他为弟弟,
请父母亲好好地住在房子里,
所有的事情我都保证,
不发生其他的事故,
也不要担心,
希望你们对我可怜。"

召苏年达说了后,
他母亲听了很喜欢,
召苏年达就在房子里当"嘿旁"①,
召苏年达就与他们在一起劳动。

在宽广的勐章罕国家,
把好好的东西摆在街上卖,
有纱布、缎子,有花布、花缎子,
有红布,还有香水,
摆在街上卖的东西,
各种各样都有,

---

① 嘿旁:嘿,姑爷。妻子常不在家的挂名姑爷,叫嘿旁。

数也数不清。

漂亮的小姑娘,
她带着笑脸,
打扮得很漂亮,
个个都想做召苏年达的妻子,
知道召苏年达等待肚内的女娃娃,
小姑娘就在路两旁,
等待召苏年达过路,
召苏年达过路的时候,
路两边的小姑娘就向他说:
"白白走那么长的路,
自己已失去威信了,
这么漂亮的人,
还做人家的'嘿旁',
自己单个人睡,
丧失了自己的名誉,
长得这么漂亮,
为什么这么不聪明?
小姑娘那么多,
你怎么也看不见?
你亲爱的妻子还没有生出来,
还在肚子里怀胎,
生出来以后,
要成什么样子的人还不知道。
我得做你的妻子,
死也甘心。"

召苏年达说:
"你们不要侮辱我,
不知道以后我们可能在一起生活,
你们不要与我说不好听的话,
我外表是黑,里面是白又软,
今后会像朵鲜花的香,
会传到姑娘的鼻子上,
姑娘们要闻到香花的香味。"

召苏年达与姑娘们说话,
就挑起箩箩回家了。
吃了早饭后,
又到森林去劳动,
召苏年达的岳母就与丈夫睡在一起,
就想起姑爷,
挂念着姑爷,
她就用双手合掌在头上,
向叭英请求,
请叭英将最漂亮的姑娘给自己怀胎,
到了深更半夜的时候,
她就做梦了,
梦见从天上降下一阵大雨,
有一颗宝珠和大雨一齐落下来,
她就伸手去接那颗明亮的宝珠,
这颗宝珠到自己手里,
就变成了猫。

梦醒以后，
全身淌汗，
自己在心里想，
今后要发生什么事了？
自己想不通就悄悄地在着。
几天后就怀胎了，
身体不好，
脸色变了，
想吃甜的，想吃酸的东西，
九月过去以后，新月到，
怀胎得愈来愈大，
这时正是农忙的时候，
召苏年达带领几个人，
天天到田里去劳动。

岳母住在家里，
肚子已经疼起来了，
这时已经生出了娃娃，
生出来的时候是只猫，
一生下来就喵喵喵地叫。
这只猫是花猫，
有十二种颜色，
有白、绿、黑、青、黄、红、灰、
蓝……
这样的猫从没看见过，
生出来的娃娃，
像自己做梦见的一模一样，

娃娃生出来以后，
心里还是慌忙，
这时想起姑爷，
心里想：
"他白白与我在一起劳动，
这个姑爷在家劳动，
不管干什么都勤劳，
又会做生意，
家务大小事情都做得很好，
各种各样的事情都想到，
我最恨为什么生出来的就是猫，
我很可怜姑爷。"

当时眼泪就淌出来了，
就用小箩箩装了小猫，
挂在竹楼外面，
太阳快要落山的时候，
召苏年达去劳动已经回来了，
到了楼梯底下，
又打喷嚏又咳，
就走上楼梯到了房子外边，
坐在房子里的人，
大家都不给召苏年达说话。

召苏年达又到流水的地方，
去洗脚、洗身子，
等待岳母拿新衣服来给自己换，

今天不见岳母出来，
是不是有病不能出来？
还是睡着了没有醒？

这时有个宫女就出来给召苏年达说：
"长得像金子样的召苏年达，
母亲生出了一个小娃娃，
现在她还坐在火塘旁边。"

召苏年达急急忙忙跑进屋内，
给母亲说：
"啊，
亲爱的母亲，
你生了小娃娃，
没有什么病吧？"

母亲说：
"亲爱的姑爷，
你好好地听吧，
母亲告诉你，
我对你很可怜，
母亲生出的娃娃不是人，
是只小花猫，
小猫身上有十二种颜色，
母亲不想在地球上见人了，
对人们很害羞，
也不想在地球上做人，

母亲想把毒药的藤子，
来泡水，
把毒药吃掉，
生得这种娃娃很背时，
把这种毒药吃掉，
就跳到河里去死掉，
在地球上死掉后，
到天堂上去生。"

召苏年达说：
"亲爱的母亲啊，
你不要慌慌忙忙，
你不要急躁，
对自己的身体会损坏，
过去姑爷说的话已经提出了保证，
我还是要与你们在一起，
我还要做你们的姑爷，
生的虽然是小猫，
也不要懊悔。
现在小猫放在什么地方？
请告诉姑爷，
姑爷要将小花猫拿来，
这个娃娃早在怀胎时，
就说过了，
因为前辈的姻缘，
这一辈娶着一只花猫，
也是有福气。

如果是干叶子，
要将她别在腰上，
是小猫，
要拿饭给她吃。"

这时召苏年达就将小箩箩解开，
将花猫抱在身上，
他对小猫说：
"圆圆的小花猫啊，
现在你有福气生在雪梯勐屋里，
母亲很担心你，
把你放在小箩箩挂在外面，
现在我——哥哥不会丢掉你，
哥哥的父母亲不同意也算了，
哥哥说的话，
哥哥会负责，
哥哥要将饭放在金盒里请你吃，
哥哥要在宽大的房子里做姑爷，
要给漂亮的小花猫在一起，
要给你随时都在身边，
如果我们不死掉，
要给人们称赞我们，
请父母亲的福来保佑，
请叭英的福来保佑小花猫很快地成长，
不要给你有各种各样的病，
要你愉快地、很快地成长起来，

哥哥永远不会丢掉你。"

这时父母亲很担心召苏年达，
好像是将大象和老鼠挑成一担。
这时父母亲给他们两个拴线，
使他们结为夫妻关系。
召苏年达与猫姑娘结婚以后，
就住在雪梯勐房内很长的时间了，
自己就想起了勐巴拉那西的父母
和些纳（头人）、百姓，
就向雪梯勐叩头跪拜。
"亲爱的父母亲啊，
现在勐巴那西的父母已经年老了，
他们等待儿子回去，
如果我住在这里很长的时间，
父母亲要挂念了。
现在我要求回到勐巴拉那西去，
请父母愉快地住在房子里，
不要为了女婿感到难过，
离开你们几千年，
我也仍旧是你们的女婿。"

父亲雪梯勐听了后，
就给女婿说：
"亲爱的姑爷，
你的身子生长得给金子一样，
现在你要回你的国家去，

父母亲还是很担心，
还是请你继续和父母亲在一起生活。"

召苏年达说：
"明明的月亮有时会有云来遮，
请父母亲愉快地住在房子里，
女婿要走了。"
母亲听见女婿要走，
就好好地与女婿说：
"亲爱的姑爷啊，
现在你要离开父母亲了，
恐怕你们是一辈子不能与父母亲
在一起。"

这时母亲的眼泪一滴滴淌下来，
说不出话，
母亲就用软软的手帕，
揩她的眼泪，
再次地给姑爷说：
"母亲的姑爷，
现在我不好意思说话，
因为亲生的是小花猫，
损害了姑爷的名誉，
把小花猫带回去很不好意思。"

有福气的召苏年达说：
"亲爱的母亲，

儿子这朵小花很香，
这朵桂花，
它的香味还是很浓，
宽广的勐巴拉那西，
有金子，有银子，有大象，
随时都有百姓来送礼，
要把勐巴拉那西的事，
说给母亲是说不完的。"

召苏年达与母亲说完话后，
就用许多篾子来编小箩箩，
要把小花猫放在小箩箩里。
勐章罕的小姑娘，
听说苏年达要走了，
都摆了凳子在路边来等着。
"亲爱的勐巴腊西的小伙子，
长得那么漂亮，
现在娶个花猫，
损伤了你的名誉了，
在勐章罕那么多姑娘面前，
你还一点不害羞，
将你的小花猫拿出来给我们看看吧，
亲爱的小伙子，
请你到我们家里来玩吧。"
召苏年达说：
"勐章罕所有的姑娘，
还抵不得小花猫的一根毛。"

这时召苏年达就与祖父母、父母、
亲戚、朋友们告别了。
"再见吧,
亲爱的父母、亲戚、朋友,
你们好好住在房子里,
希望你们不要担心我,
我走掉以后,
还是要回来看你们。"

召苏年达就准备挑那箩箩,
这时小姑娘,
团团地围在召苏年达身边,
召苏年达将小花猫的箩箩,
挂在扁担上。

这时小姑娘咬起牙关来,
想跟召苏年达走,
召苏年达就挑起箩箩,
走向森林里去了。

有些小姑娘就跟召苏年达跑,
说:"长得漂亮得像椰子树样的小
伙子,
请你坐在这里,
让我们看看,
你为什么挑起小花猫走掉?
你不要这样做了,

还是跟我们小姑娘一起好。"

召苏年达说:
"亲爱的小姑娘啊,
你们长得很漂亮,
像金笋一样。
到了各个地方去做生意,
后来娶到一个猫姑娘。"
这时所有的小姑娘都笑他了,
召苏年达说完话后,
还是继续地走,
这时话已经传到七个小姑娘那里,
她们七个就打扮得很漂亮,
挡住了路,
来与召苏年达说话,
说:"亲爱的小伙子,
你来了吗?
你挑的大箩箩装的是花猫,
我们很想像你挑起箩做生意,
这么宽广的国家,
是不是一个漂亮的姑娘也找不到?

……

(原唱本被撕掉一页。)

猫姑娘就与龙姑娘说:
"我们双方要提保证,

如果我们哪个有事情，
双方要互相帮助，
现在我要到勐巴腊西去了，
我到勐巴拉那西后，
请你们帮助。"

这时猫姑娘爬上树去拿珍珠给龙
姑娘，
龙姑娘拿到自己的珍珠后很是高兴，
将珍珠挂在脖子上回到了龙国。
猫姑娘回到自己休息的地方，
苏年达给猫姑娘说：
"亲爱的姑娘，
我很累了，
我已经睡着刚醒。"
他们两个继续走，
快走到勐巴拉西边境，
他们就看见勐巴拉西很宽广，
走到勐巴拉西最边境的地方就休息，
他们听见勐巴拉西的人说话，
威望高的召苏年达就与猫姑娘坐
在这里休息。

这时过路的人，
看见召苏年达两个，
就问召苏年达：
"威望高的召苏年达啊，

你回来了，
你到别个国家去找爱人，
你找到哪个国家？
我们百姓想知道，
请告诉我们。"

召苏年达说：
"现在我是寻找爱人，
回来找着个猫姑娘。"
老百姓知道后，
就回到房里说给头人：
"苏年达回来了，
在最边境的房子休息，
背着个花猫回来。"

头人很仇恨他，
这时许多头人
都急急忙忙地集中来了，
就叫大家邀请召苏年达回来，
房子里的头人，
就去邀请召苏年达并说：
"威望高的召苏年达，
请到我们房子里休息。"

召苏年达说：
"感谢百姓对我们的关心，
希望不消担心我，

我要到路边沙拉房里去休息。"
就到召苏年达说的,
那河边的沙拉房去休息了。

这时猫姑娘看见清清的一条河,
就说出话来,
喵喵地叫,
苏年达思想上就考虑:
"你是不是想吃鱼?
如果想吃,
我就去拿给你。"

召苏年达走近河边,
就给水里的鱼说:
"如果哪条鱼年老了,
就到河边来死,
我要去拿来给猫姑娘吃一顿。"
在水里年纪老了的鱼,
就来到河边死,
就在河边一堆堆地死,
白生生的一片。

召苏年达就拿签子穿鱼,
一甩一甩地走回,
有福气的召苏年达,

到各处去找爱人。
百姓为他害羞,
有的说要去刺杀掉。

有一个老雪那①,
给勐巴拉西的头人说:
"召苏年达是个聪明人,
他不可能让别人来侮辱他,
人要与动物结婚,
也是不可能的,
我们应试试,
如果召苏年达有福气就好,
要不,我们就赶他出去,
现在我们要叫苏年达来问。"

这时勐巴拉西国王是召苏年达的父亲,
他说去到召苏年达面前说:
"有福气的苏年达,
现在勐巴拉西国王来叫你,
叫你到勐巴拉西去找他。"
召苏年达与猫姑娘说:
"再见吧,
漂亮的猫姑娘,
现在勐巴拉西国王叫我到宫殿,

---

① 老雪那:老夫人。

你好好在这里休息,
我一小下就回来了。"
召苏年达就走到宫殿,
就向妈妈叩头跪拜,
妈妈对召苏年达说:
"亲爱的儿子啊,
你出去玩,到了哪些国家?
寻找的爱人,找到了怎么样的爱人?
什么样的人,
也应该与妈妈叩头跪拜。"

召苏年达说:
"我的妻子已经来了,
现在她在沙拉房休息,
我的妻子很漂亮,
但是她不会梳头发,
她会吃老鼠。"
母亲说:
"召苏年达,
你不听母亲的话,
母亲不想做人了。"

召苏年达,
又向父亲叩头跪拜。
父亲说:
"你回来了,
你出门的时间很长了,

母亲在家里,
等待着你回来,
把出门的事,
告诉给父听听。"

苏年达说:
"我到其他国家去,
后来我就在勐章罕住了,
现在妻子已经带来了,
她在沙拉房休息,
个子矮矮的,
不会戴金耳环,
如果她来到宫殿,
要将宫殿的老鼠吓跑。"

父亲说:
"儿子不听父亲的话,
这像哪样事情?
现在父亲要给你一样事情,
到四月十四、十五月亮圆时,
父亲要大赕佛,
你回去告诉妻子,
准备一百套袈裟来赕,
还要准备三个漂亮的宫殿拿来赕,
如果这件事做得到就算好,
如果办不到,
你们两个就要在河里结束生命。"

决定七天就将东西送来，
召苏年达就回到沙拉房来，
就一个人默默地坐着，
心中十分难过，
猫姑娘见召苏年达不说话，
就变成了一个漂亮的姑娘，
出来问召苏年达：
"你有什么事情？
请你告诉妹妹。"

召苏年达说：
"我到勐巴拉那西去，
父亲向我说，
他们准备大赕，
叫我们准备一百套袈裟、三个漂亮的宫殿，到七天时间拿去赕，
现在我回来就悄悄地在着，
如果这些准备不出来，
我们就要处死了。"

猫姑娘说：
"请你不要担心这一百套袈裟衣服，
七天才拿去赕，
颜色要褪，
你为什么不叫父母亲叫我们三天就拿去？
你不要担心要赕的这些服装。"

猫姑娘到河边，
叫醒河里的龙姑娘：
"亲爱的龙姑娘，
过去我们提过保证，
现在我已经有事情了，
请你们出来帮助。"
两个漂亮的龙姑娘听见后，
就带了很多侍女，
变了人出来了，
到了猫姑娘休息处，
就向猫姑娘叩头跪拜，
龙姑娘问道：
"你有什么事情要告诉我？"

猫姑娘说：
"现在父亲要赕，
叫我们准备一百袈裟、三个宫殿拿去赕，
请二位龙姑娘帮助。"
这时龙姑娘就准备赕佛，
一天全部就准备好了。
有一百斤槟榔，
还有蜡条，
所有要赕的，
全都准备好了。

这时二位龙姑娘，

就叫猫姑娘：
"亲爱的猫姑娘，
请你出来吧。"
这时就从猫皮里出来个漂亮的姑娘，
龙姑娘见猫姑娘变成了美姑娘，
非常高兴，
第一个龙姑娘也打扮得很漂亮，
第二个龙姑娘也打扮得很漂亮，
这时猫姑娘，
就用自己的手去摸猫皮，
猫皮里，
走出成千上万的小伙子来，
还有大象、马匹、锣鼓，
都从猫皮里走出来。

这时以猫姑娘、龙姑娘为首的一些小伙子，
都来拜这些赕的礼物，
请求叭英下来帮助，
来给他们盖三间高大的宫殿。
这时叭英派了四个天神，
四位神都落下到地上来盖宫殿，
宫殿盖得很漂亮，
阳光照着宫殿，
发出了金黄色的光芒，
宫殿就交给了猫姑娘和龙姑娘。

这时，
龙王做了两张大船，
将宫殿放在船上，
就将这些交给了龙姑娘、猫姑娘。
现在猫姑娘就叫喃宾巴，
所有的都来帮助准备赕佛。
赕佛准备得很好，
召苏年达召集了所有宫女和百官，
将所有的人都送进猫皮里去。

天仙滴控木和滴控玛，
都来祝贺，
整个勐巴拉西，
好像要翻一样。
到时间，
请父母的福来帮助，
到时间就将东西送去，
苏年达派了一人将信送去。

这些赕的服装，
人也没有动着，
自己就动起来了，
宫殿就从水里溜到城里去，
勐巴拉那西的大象、马匹都叫起来了。
勐巴拉那的人也说：
"叭英来帮助我们了。"

于是叩头跪拜。
召苏年达与猫姑娘已经到国王的门口，
母亲就跑出来迎接他们两个，
母亲看见宫女就叩头跪拜，①
所有的宫女看见就说：
"我们都是宫女，
有福气的公主，
还是在大象背上。"

喃宾巴看见母亲这样做，
她非常担心，
她就叫宫女拿楼梯下来，
下来找母亲，
就向母亲叩头跪拜。
他的父亲国王就装病睡在床上，
母亲和召苏年达、喃宾巴，
就拿这些赕的东西到缅寺去赕。
赕佛后，
喃宾巴就问母亲：
"父亲为什么不来与我们赕？
是不是对我们不高兴？
望母亲愉快地住在宫殿，
今后会实现我二人的理想。"

他们二人骑着大象，
回到自己住的地方去了。

这时所有的宫女和随从，
都走进了猫皮里。
召苏年达回去以后，
勐巴拉西的国王、混雪那说：
"现在他们二人已回去了，
如果他们回到勐章罕去，
对我们没有好处，
希望你们赶快邀请他们回国来。"

这时他们就敲大鼓，
所有的混雪那都集中到宫殿前来商量，
他们有的说，
找个最懂得那个国家规矩的人去请他们回来。
他们就找着一个老人，
这老人名叫咪罗罕，
是波攒②的头头。
波章说：
"所有的事留下来，
让我去办。"

---

① 苏年达选不上头人的女儿做妻子时，他母亲曾骂他，他说要找母亲都会向她叩头跪拜的有福气又美丽的姑娘。
② 波攒：寨内最懂礼节的人。

这时准备了两串金蜡条和槟榔花，
来迎接他们回国，
现在所有的人，
都来挖大路、大桥，
两边的大路，
将芭蕉树、甘蔗树、国王用的旗
子都插在路两边。

这时大路准备好了，
又来准备马匹和一对大象，
给小伙子和小姑娘，
打扮得漂漂亮亮、整整齐齐，
这时他们就敲锣打鼓，
迎接他们二人回国。
咪罗罕也打扮好，
就抬着金盘子，
走在最前面，
到了苏年达住处，
就向苏年达跪拜，
他说："现在父母亲，
挂念你们二人，
饭也吃不下去，
现在请你们回国，
现在父母亲很寂寞，
因为看不见亲爱的儿子，

请你们今天回到国家去，
请你们接下金蜡条。①"

召苏年达听到他们这样说，
也感到很对，
召苏年达就对猫姑娘说：
"请你变成姑娘。"
这时猫姑娘就从皮里面跑出来，
变成了个漂亮的姑娘。
喃宾巴就与召苏年达坐在一起，
这时咪罗罕有什么话，
就问召苏年达请求，
召苏年达伸手来接蜡条。

……

（原稿因破旧，此处失掉半页。）

要把勐巴拉那西，
交给召苏年达来管理，
所有的百姓都来祝福召苏年达身
体健康。
混雪那召集了城里所有的人，
小伙子、小姑娘都打扮得漂漂亮亮，
有一万六千人围着召苏年达，
这时他们就来放礼炮，

---

① 不接就是不同意，接了就表示同意。

他们敲锣打鼓、唱歌跳舞，
由混雪那在前面领队，
老百姓在召苏年达后面，
欢送召苏年达到休息的地方去。

经过两三天后已经到了勐章罕，
就在勐章罕盖了一座休息房，
就在休息房休息，
雪梯勐看见了送信人回来，
他心里很着急。
这时雪梯勐的妻子，
就给送信人说话：
"过去有福气的人到我们这里来住，
做个'嘿旁'，
来接待肚子里怀胎的姑娘，
但是没有达到他的理想，
姑娘生出来就是一只猫，
因为过去提过保证所以不得不要，
就把猫姑娘带回去了。

"现在他要回来看母亲，
是不是仍带了猫姑娘来？
是不是到别国找了个漂亮姑娘
来冒充猫姑娘？
是不是将漂亮的姑娘，
带来了勐章罕啊，
要大家来看？

现在母亲要来看看，
是不是真的？
听说猫姑娘有十二种颜色，
这样的猫没有看过。"
自己就来打扮、梳发，
要出来看猫姑娘。

他们就来准备马匹、礼物来欢迎
召苏年达和喃宾巴。
他们没有出去时，
召苏年达已经到城里了，
前后都是欢迎召苏年达的人，
苏年达到父母亲家门了，
母亲就跑下来迎接，
就给猫姑娘叩头。
猫姑娘说：
"亲爱的母亲，你不要这样做。"
母亲问：
"你是不是我亲生出来的猫姑娘？
请你告诉母亲，
母亲不会丢掉你。"

喃宾巴就将猫皮拿出来给大家看，
自己亲眼看到猫皮才完全相信。
雪梯勐父亲就向他们二人问好，
他说：
"你们二人离开勐章罕以后，

父母亲经常怀念着你们两个,
现在你们当上了召片领,
还不忘记父母亲,
你们还转回来看父母亲,
现在父亲要派雪那来邀请你们上宫殿,
二十层楼的宫殿要送给你们住。"

雪梯勐召集了许多混雪那邀请了召苏年达,
还摆了蜡条、槟榔、鲜花向召苏年达邀请,
说:"有福气的召勐巴拉那西,
请你接下蜡条。"
这时召苏年达就伸手去接蜡条,
这时他们就放礼炮,唱歌,跳舞,
祝贺召苏年达。
所有勐章罕的人都来看召苏年达,
有些人说:
"过去是挑个大箩箩走路,
现在有福气了,
是个聪明的王子,
这个小花猫变成了聪明漂亮的姑娘,
世上的任何人都比不上她,
她的腰像黄蜂,

她的脸像一朵红花,
是配得上召片领。"

这时大象、马匹叫起来了,
围着他们的人群也唱起歌来了,
人山人海迎接召苏年达,
进到有二十间的房子里去休息。
这时混雪那,
就邀请召苏年达,
雪梯笼①就进宫殿,
给召苏年达说,
他说:"亲爱的女婿,
你们来到了。"

这时他说:
"你们好好住在二十层高的房子里。"
雪梯笼给召苏年达告别后,
就到国王那里去说:
"有福气的召勐巴拉西来到了,
过去他是来做我们的'假姑爷',
到娃生出来后,
她就是猫,
召苏年达将猫带回宽广的勐巴拉西去了,
现在猫变成了个漂亮的姑娘,

---

① 雪梯笼:大沙铁。

他们两个转回来看我们,
现在我想准备些礼物送去,
究竟要怎样搞才搞得好,
请雪梯勐支持。"

雪梯勐说:
"我还要把自己的姑娘,
送给召苏年达。"
自己就写信叫所有的混雪那,
他们就集中到宫殿来,
他们都按自己的座位坐,
有个有口才的说:
"召苏年达到我们国家来,
就像一朵莲花开放在这里,
整个国家都闻见了它的香味,
要把勐章罕的国家,
交给召苏年达。
如果老百姓喜欢这样做,
我们就按这样办,
请你们到宫殿去商量。"
这时所有的混雪那都到宫殿里来,
还有来自农村的混雪那也集中来了,
他们就在宫殿里商量,
说现在雪梯勐要将女儿送给他,
并且要将勐章罕的国家交给他管理。

所有头人混雪那都很喜欢,
好像自己拾着金子,
放在自己的腰包里一样。

这时所有的混雪那向勐章罕的国王叩头,
说:"现在所有的百姓都高兴了,
你要怎样搞,
就给我们说,
我们一定要做得更好。"

雪梯勐说:
"你们赶快回去准备,
那些送礼的各种礼物,
很快拿到宫殿里来,
把我的女儿一起来拴线,
给他们二人愉快地过日子。"

这时他们就准备了一对大象、一对马匹,
大象、马匹布置得很漂亮,
还有金镯头、金簪,
一共有一百种礼物。
时间到了,
就将这些送给召苏年达,
雪梯勐就将这些东西和自己的女儿,
送到召苏年达那里去。

雪梯勐父亲牵着女儿的手,
叫混雪那走在前面。
走进了宫殿,
按自己的座位坐在一定的地方,
也准备新娘、新郎坐的地方。
苏年达与召勐章罕问好:
"祖父祖母身体还好吗?
孙儿怀念你们,
就转回来看了,
今天看见你们身体很好,
我也高兴。"

召勐章罕说:
"你说的话,
我们非常高兴,
好像一条大河冲走了肮脏的东西。"
"孙儿要离开你们后,
你们愉快地住在宫殿里吗?
所有的百姓身体还是很好吗?"
召苏年达说,
"当我要离开此处时,
那时父母身体也很好,
勐巴拉那西国家尚未发生意外事情。"
这时雪梯勐就将礼物和女儿,
送给了召苏年达,
将勐章罕也交给了他管理,
并请召苏年达接金蜡条,

这时召苏年达伸手去接金蜡条,
这时大家都合掌祝福召苏年达身体健康。

这时召苏年达与自己的妻子,
住在高大的房子里,
过着幸福的生活。
在一起生活很长的时间,
妻子怀孕了,
过了十个月后,
就生了个男孩,
样子很聪明,
就给他取名为召树彭玛。
将来他大了,
就管勐章罕,
召苏年达带领着喃宾巴,
与自己的人回到勐巴拉西,
在勐巴拉西的宫殿里住着,
就像在天堂一样,
管理着勐巴拉西所有的百姓,
所有的百姓都很喜欢召苏年达。

歌已经写完了,
自己的水平有限写得不好,
天天坐在家里写不去劳动,
别人要说自己懒,
自己又不是秘书,

漂亮的小姑娘啊,
你们天天到山上去砍柴,
森林里响着刀声、歌声,
太阳落山后,
你们就将扫把来扫地,
准备纺线,

像你们这样勤劳的小姑娘,
我也很爱,
你们打扮整整齐齐,
好像要飞上天的样子,
亲爱的姑娘啊,
你们来听玉喃猫的歌声吧。

乔三冒(三只鹦哥)

时间:1962 年
搜集地点:云南省西双版纳傣族自治州

勐不那兰西那个地方,
有一座金制的缅寺,
缅寺里有一个长老,
他的名声很大,
缅寺里的和尚很多,
大大小小有上千个,
长老天天讲说故事,
听故事的人川流不息,
他说人死了会变成牛,
狗死了又能变成虎,
故事一个跟一个不同,
每一个都是变化多端。
一天,长老讲起乔三冒的故事,
这事就出在勐不那兰西,

听的人一个个挤眉眨眼,
长老直讲了三天三夜……

1

勐不那兰西有数不清的竹林,
在一个竹林旁住着一户贫穷的
种田人,
种田人有三个儿子——
摩罗门、摩柳和摩哄。
朽烂的竹楼上落下一颗明星,
三弟兄长得漂亮又英俊。
有人说摩罗门好像莲花,
莲花没有受过他那么多赞赏。

有人把老二比作天神,
天神也不敢和他站在一起。
如果把宝石放在摩哄身旁,
宝石顿时就会失去光芒。
董娥花的香气千层篱笆关不住,
三弟兄的漂亮远近闻名,
乡亲父老人人夸赞,
说他们是真正的勐不那兰西人。

十个芒果有大小,
天下人心不一样。
当地有个坏心肠的土司,
对三弟兄的声名十分嫉妒,
他的鬼主意,
像田里的黑蚂蟥一样多;
他的坏心眼,
比田坎上的黄蚂蚁还毒。

有一天,他去找摩罗门老爹,
老爹的门槛上盘着一条毒蛇。
"你的三个儿子都不是好人,
整天只知道打牌游戏,
野箭林飞不出孔雀,
你也不像个老爹!
这个地方归我管理,
这里的人都要听我的,
我要把你儿子引上正道,

明天叫他们来学骑马射箭!"

风吹过树头一阵响,
土司的鬼话没人听,
勐不那兰西的天,
永远是蓝蓝的,
父子四个人照旧下田。
土司一见动起火来,
跳来跳去活像一只螃蟹。
螃蟹钳死万朵花,
弟兄三人被捆起一阵毒打,
三个人被打得头青脸肿,
三个人被打得皮破血流,
三个人被打得死去活来,
三个人被打得人事不知。

金鸡叫了几十遍,
鸟雀飞来几十回,
三弟兄在寒风里号啕痛哭,
老土司坐在屋里,
毫不怜惜。
他们叫爹爹,
爹爹不在,
他们喊妈妈,
妈妈不来,
芭蕉直哆嗦,
石头流下泪,

后来幸亏舅舅讲情，
他说了三箩锅好话，
背回家三个血人。

妈妈看见说不出话，
晕死过去，
半晌才苏醒。
妈妈半天才苏醒，
看着三个受伤的小鸟哭不成声，
我的可怜的宝贝，
你们走错了什么路，
你们碰上这个杀神？
你们犯了什么过错，
你们挨了这么大苦刑？
从缅瓜在土里发芽，
到它爬到枝头开花，
妈妈把你们，
当着胸前的珍珠，
不忍骂一下、打一下，
天知道刮起一阵什么怪风，
怪风吹落我的三朵鲜花。
天知道冲来一股什么恶水，
恶水淹坏我，
三棵白生生的甘蔗。

妈妈哭了又哭，
妈妈骂了又骂，

怒火在心里烧，
眼泪滚滚下，
最后她告诉儿子，
草窝里小兔撵大鹰，
穷人虽穷要报仇。
妈妈请摩雅太给儿子治病，
摩雅太叫妈妈尽管放宽心，
他细心敷上药草，
又念神咒，
七天后弟兄们才能行走。

摩罗门和两兄弟偷偷商量：
"水和火不能相容，
猫看见老鼠要吃掉，
小鸡碰见野猫一定遭殃，
这地方我们不能常住。
弟兄们，
我们离开这个倒霉的地方！"
老二赞成大哥的主意，
遍天下都有朋友，
要幸福必须自己寻找。
老三说：
"最好到半夜再走，
别让那个毒蛇知道，
但我们要和妈妈说一声，
免得她为我们心焦。"

妈妈听说儿子要走,
抱着他们的头,
哭个不休。
她到房里拿出衣服和刀枪,
又包好一大捆盐粒和米菜,
她怕儿子在路上挨饿受冻,
一样一样,
准备得齐齐全全。

"小路上蛇多,大路上坏人多,
你们还是走小路,
白天太阳晒人,
晚上月亮明,
你们还是晚上赶路。"
三兄弟喜喜欢欢上了路,
走着走着见前边的房屋金碧辉煌,
三个人心头一阵宽敞,
不知不觉向宫殿走去。

摩罗门走在兄弟们前面,
他敲门问里面有没有人。
五彩的画柱、玉雕的栋梁,
金银涂满墙壁,
透明的玻璃装饰着门窗,
从门窗里透出一阵阵芳香,
这是谁家的漂亮高楼?
到底是人间还是天上?

它的主人是神仙还是妖怪?
他们碰上它是好了还是遭殃?

弟兄们在屋外徘徊观望,
摸摸墙壁又闻闻芳香,
他们谁也不想再往前赶路。
这时屋里走出一个漂亮的女郎,
原来这是一个死了丈夫的女妖,
年纪轻轻,十分美貌,
她的腰肢像棉花一样轻软,
她的皮肤又白又细嫩,
她每天要到外面找野兽和人吃,
今天想不到有人送上门来,
她想如果是坏人就一口吞下,
不管他是男是女,是老人还是小孩。

看见三兄弟,她吃了一惊,
想不到世间有这样漂亮的男人,
忙拉着客人的手走到楼上,
她的言语超过了主人的殷勤,
她拿出最好的菜款待客人,
她用最热情的话挽留客人,
她说:"我家里有吃有穿,
保你们一辈子无忧无愁。
我的房子这么宽大,
楼顶有天一样高,
我的家没有黑夜,

九颗宝珠比太阳还亮。"

她一天到晚照顾三个客人,
再不想到野外去打野兽,
她不再看丈夫留下的衣帽,
看着三兄弟好像永远看不饱。
三兄弟天天吃了就玩,
渐渐觉得生活无聊,
他们不想再住下去,
老大和老二商议要向主人告别,
摩哄这时慌慌忙忙跑来,
说在屋后水塘里发现一堆白骨,
他们猜测女人一定是妖怪,
再不走开恐怕也要遭灾。

顾虑和恐惧像一条小蛇,
咬着兄弟们的心一刻不宁,
他们匆匆拿了随身衣物,
趁女妖上天逃出了魔宫。
女妖回宫后满腔怒火,
一阵风追上了三个兄弟。
"我待你们像待贵人,
你们为什么不辞而别?
我心爱的三个小兄弟,
求你们折回来吧,
让我们还是吃吃喝喝,
让我们还是快快活活。"

摩罗门开口就喊声姐姐:
"我们谢谢你的热情招待,
年老的爹妈在想着我们,
望你宽宏大量满足我们的心愿!"

女妖双眼流下泪来:
"我心上的三团金子啊,
你们一翅飞得高高远远,
留下我孤孤单单多么可怜!
你们要往勐兰那片,
一路上还有许多恶山险水,
那边的人心不好,妖怪又多,
弄不好一根骨头也难剩下。"

摩罗门说:
"不管路上有多大困难,
我们兄弟发过誓要前去,
白绸子一样的好心姐姐,
求你给我们指点指点。"
"姐姐你对我们这么好,
我们死了也会想着你。"
摩柳接着哥哥的话说。

女妖的心慢慢转变,
摩哄上前拉着女妖的手:
"姐姐你帮我们想想办法,
求你给我们一点法宝口功,

保护我们一路安安全全。"
三个弟兄苦苦哀求,
女妖又是不舍又是可怜,
她呆了半天说不出话,
用手抽出丈夫留下的宝刀,
宝刀送给了摩罗门,
吹功交给弟兄三人,
她又拿出三根金线,
把金线搓成一股金绳。
金绳套上三兄弟脖子,
三个人一下变成三只绿色鹦哥,
红脚红眼红嘴巴,
淡红的胸脯像蓝天上的一条红云。
三只鹦哥飞上半空,
他们不停地喊着姐姐:
"才出土的青笋子,
一寸金子换不了你,
高楼上的九宝顶,
你永远永远放着光辉,
心头上的好姐姐,
我们一辈子记着你。"

2

三只鹦哥飞上天,
在天上飘飘荡荡,飞飞歇歇,
高飞和白云在一处打滚,
平飞和燕子在一起谈天。
"过去我们从未有过这么快乐,
这些寨子是多么美丽。"
弟兄三个在空中赞不绝口,
一天就飞到勐花勤的属地。

勐花勤国王有个年轻的公主,
她和五百个侍女住在国王后园,
国王为她特地盖起了一座高楼,
高楼的宝顶上摩着天。
公主的名字叫模方,
公主为人娴静而端庄,
平时她的脚步难得下楼,
她的名声真像天池里莲花一样芳香。

三只鹦哥一翅飞到国王的后园,
花园里百花盛开,争奇斗艳,
山茶花、鸡冠花一丛一丛,
夜来香和粉团花开得成团成堆。
花园里还有万种果树,
有甜的芒果、香的菠萝,
石榴、马温,还有马克桑纳,
牛肚子果结成一串一串。
三只鹦哥落在芒果树上,
玩玩唱唱,尽情地欢乐,
饿了,他们就吃熟透的芒果,
饱了,又用嘴梳理美丽的毛羽。

这天守园子老人来摘芒果，
抬头看见这三只美丽的鹦哥，
她用手招又用嘴唤，
想去捉又捉不到手，
她急急忙忙跑去报告国王，
说是三只小鸟美丽非凡，
又说公主成天感到寂寞，
何不捉住它们送给她玩。

国王派猎手去捉鹦哥，
猎手用马尾和丝线做成套头，
摩罗门飞下来套头上食物，
小翅膀一下就被套住，
摩罗门向着空中大叫：
"兄弟们，快快跑吧，
猎人恐怕要把我当作一顿好菜，
晚上少不了要挨煎煎炒炒。
你们快快逃命，
再不要上别人圈套，
记住，
有人住的地方十分危险，
你们不要再在这里可怜，
大林子里才保险平安。"

弟兄两个在空中不住地哀叫，
飞来飞去到处乱转，
它们看着哥哥被放进金丝笼，

看着哥哥被送上国王大殿。
国王看见鹦哥心头大喜，
赏了猎手又召来公主，
他说："我心爱的宝贝女儿，
收下吧，爹爹送你一只灵巧的鹦哥。"

公主把鹦哥抱回楼中，
心里高兴得像一朵刚开的莲花，
顿顿喂它细白的"玫钮"，
天天给它梳理毛羽。
有一天，公主翻开它颈上的羽毛，
发现里面拴着一根金线，
她不解这是什么意思，
动手将金线解开，
一个漂亮的青年站在她的面前，
他身上发出夺目的光辉。
公主只看得痴痴呆呆，
公主问他是鸟是人，
是天皇的儿子还是龙王的儿子，
问他的家住在哪里，
又问他从何处而来。

"美丽的妹妹，
国王的公主，
我不是天皇的子弟，
我不是龙王的子弟，
我也不是凤凰的子弟，

我是世上的人，
我是地上的人，
勐不那兰西，
是我的故乡。
怕仇人计算，
我们离开了爹娘，
跋涉了千山万水，
才到你们这可爱的地方……"

摩罗门细说了来历，
公主心中十分喜欢。
他们在楼上问问答答，
他们的爱情愈来愈深，
白天乖巧的鹦哥在栏杆上唱歌，
夜深，一对年轻人在房中说说笑笑，
丫头们也变得高高兴兴，
园里开放了两朵鲜艳的红花。
公主早晚再不去看望父母，
春天也不想去赶摆，
她紧随着摩罗门，
就像针不离线。

日子一天一天过去，
公主已经怀孕，
国王和皇后几个月看不见女儿，
心里也产生许多怀疑，
他们叫人去传公主，

公主心里害怕又不安，
摩罗门叫她不要害怕，
问什么，一句真话不答。

王后看见女儿，
面黄肌瘦，脸色难看，
问她是不是爱上了人，
问她心里有什么心事。
公主一句真话不讲，
王后的怀疑也未解开，
她看出女儿已经有孕，
可是父母却不知谁是她的情人。

公主有一个年轻的妹妹，
长得美丽又聪明，
她在妈妈面前自告奋勇，
一定要帮父母把事情弄清。
苏娃白捧着一捧糖粑和黄果，
上楼送给姐姐，
她说姐妹俩多日不见，
今日来玩玩摆摆。
她又说：
"在外面听到你的一些风言风语，
听到后心里很不自在，
不过你有事尽管和我说，
我还要帮你想办法。"

公主想说又怕羞，
吞吞吐吐说不出话来，
妹妹在一边表白一片好心，
姐姐渐渐对她相信：
"我的楼上没有来过佧佤人和汉人，
也没有来过拉祜人和德昂人，
更不用说景颇人和傈僳人，
什么人我也从未见过。
说起来也真奇怪，
我楼上只有一只鹦哥，
晚上它睡在我的怀里，
从此我就怀了孕。"

苏娃白听了很不相信，
怪姐姐不肯说出真情。
公主铺开细软的华毡，
拿出鹦哥使他显出人形，
苏娃白看见面前的小伙子漂亮又英俊，
吃惊咋舌又偏头。
她跑过去紧紧抱着姐夫，
直喊："我的花朵一样的哥哥，
你是人还是神？
你是妖怪还是鹦哥？
好哥哥你快快说给我听，
好哥哥你不要瞒我！"

"美丽如花的妹妹，
那藕花的幼芽又细又嫩，
那藕根又白又甜，
它们何尝及得你，
你要我说，
半点我也不想保留，
你好好听着，
我的话句句都是实言，
……"

苏娃白很喜欢这个年轻的姐夫，
回宫去对妈妈大加渲染，
她说这个人是天上降下的贵人，
又说他长得漂亮非凡。
国王认为这是女儿前世注定，
王后相信这不是一个凡人，
百官纷纷说只要有根有底就好。
最后国王下令做大会赶摆，
黄门官令人敲起大钟，
乐师舞女齐聚宫中，
他们手中拿着笙箫琴笛，
还有四面象鼓和两面鼓。
房屋上旋转着五颜六色的小伞，
道路旁五彩旗拥簇一条条金龙，
鲜艳的鹅掌花开得遍地，
长幅条条飘在空中。

城外的人一个个拥进城里，
城里人老老少少全拥上街，
有人骑马，有人骑象，
商人挑着货担，
姑娘提着花灯。
有人说公主房里出了坏人，
今天国王要当众审问；
有人说公主房里降下天仙，
今天国王要叫他们当众成亲。
锣鼓笙箫响成一片，
勐花勤满城都是人声，
唱歌唱戏热闹非凡，
甩枪玩绳的抖擞精神，
打拳比武的拍着胸脯。
"我们有浑身武艺，
不管你本事多大，
一定叫你活不成。"

国王看见人已齐集，
便叫人拿出来插上蜡条，
装上一束谷花和米花，
又派黄门官去请两位新人。
摩罗门和公主换上新装，
他又佩上女妖送的宝刀，
他们手挽手从楼上下来，
楼下响起一片欢呼，
道旁的人不断大声喊好，

无数鲜花在空中摇晃，
许多人脱下项圈、银链，
夹着耳环、珠宝投向新人。
有人眼看花了抹抹又看，
有人伸长脖子闪着了腰，
有人眼睛动也不动，
有人跟着新人向前跑，
有人说"勐不那兰西的人实在漂亮，
我们有这样的姑爷才是我们的幸运"，
有人说他们是天上神仙，
天生成的一对美满夫妻。

抬着浪摆的人在前面开路，
黄门官紧跟在浪摆后头，
摩罗门挽着公主潇潇洒洒，
在人山人海中向大殿走去，
国王远远看见女婿这么英俊，
亲自下殿上去欢迎，
他祝新人快乐天长地久，
宣布公主和贵人千里姻缘配成。

这时大鼓咚咚咚敲响，
文武官员和百姓向新人一齐撒来，
鞭炮齐鸣，旗帜飞翻，
歌声乐声闹翻了天，
新人浑身被皇亲们洒透了香水，
香水的香味飘满了全城，

黄门官在一边念着祝词，
看的人欢叫声一直不停，
国王和王后也向女儿、女婿泼水，
他送给女婿一个大海螺，
又送了许多，
金盘银盘、金碗玉杯，
摩罗门过着幸福的日子，
他和公主片刻不离。

一天他睡觉醒来，
双眼止不住地流泪，
公主问他为什么啼哭，
他说梦见了两个兄弟，
过去我和他们同玩同歇，
这么多天也不知他们消息。

公主把这事告诉了国王，
国王下令在后园里做摆，
摩罗门和公主刚刚走进园中，
就见树杈上有两只鹦哥叽叽喳喳，
摩罗门向他们招手呼唤，
向他们细说自己的遭遇：
"如果你们是我的兄弟，
就请飞到我的手中。"

他向上举起两只手，
两只鹦哥立即飞下来，

左右两手一边站一个，
对着摩罗门不住点头，
苏娃白抱过一只鹦哥，
用手把颈上金线解开，
一霎时面前出现了摩柳，
三兄弟从此又见了面。

3

离开了美丽的勐花勤，
登上了高高的群山，
到处淙淙的流水，
青松翠竹望不到边，
黑油油的田土，
肥沃宽广又平坦，
绿油油的庄稼，
一片米粉川，
小鸟在树梢啼鸣，
孔雀在路旁开屏，
它们护送着弟兄啊，
一程接一程，
太阳落了月亮升，
不管它白天夜晚，
饿了吃，累了歇，
一心把路赶。

来到了莫达拉地方，

一个寨子在眼前,
周围长满了芒果和菠萝,
石榴满树红艳艳,
他们走拢一间茅房,
有个老奶奶在里边。
"年老的大妈啊,
请借你家住几天。"

老奶奶拄着拐杖,
摇摇晃晃地掉转身,
眨巴着昏花的眼睛,
发出了慈祥的声音:
"孙子,孙子,
听你说话不像本地人,
你家住哪里?
你们叫什么名?
你们从哪里来?
又要往哪里行?
怎么要离开父母,
来到这穷家小户?
把那些缘由,
快说给我听听。"

"我的老奶奶啊,
你慢慢地听,
我叫摩柳,
弟弟叫摩哄,

是勐不那兰西的人。
穷困的日子真难过,
出门来别有一番苦情,
不是忍心抛开父母,
受不了地主的虐待酷刑,
弟兄三个悄悄地商量,
决心离开那个苦海,
去寻找爱情,
去寻找光明。"

老奶奶抚摸着弟兄,
可怜他们年幼飘零。
"就留在我家里,
穷人不嫌弃穷人。"

日子一天天过去,
老奶奶越来越亲,
弟兄的桩桩心事,
老奶奶件件关心,
她告诉二人,
莫达拉的国王,
生了个如花似玉的公主,
取名叫宝筏瓦利,
人都称她纳哈龙,
远邦近邻的王子,
个个都想来求亲,
给一个怕得罪另一个,

国王的主意拿不定，
求婚的人来人往，
满城车马喧腾，
国王一筹莫展，
愁得焦头烂额，
召集了满朝文武，
要他们献计献策，
谁能解除这场纠纷，
不惜高官赏银。

有个头人自告奋勇，
他说，有一个能人，
名字叫打嘎惜腊，
他的技术有无穷变化，
善用稻草仿造真人，
做谁就像谁，
别人看了也辨不出真假，
他若一吹口功，
真人草人俱变石头人。
稻草人做好了，
跟纳哈龙一模一样，
像才出塘的藕芯，
又白又嫩，
像破蕾才开的粉团花，
又鲜又香，
叫百姓抬着到处去串，
让天下人跟公主相认。

没有哪个不伸颈细看，
没有哪个不啧啧赞叹。
老年人交头接耳：
"我经过无数地方，
没见过这么好的姑娘。"
年轻人羡慕向往：
"我串过许多寨子，
没有谁比她更漂亮。"

这仙花一样的姑娘啊，
谁不想把她摘来插在心上，
常言说：好花要有绿叶衬，
好姑娘也该配上多情人。
国王告诉了各国王子：
"公主是千金玉叶，
不比寻常人，
求婚的要先试本领。
我们照着公主的样子，
做了一个稻草人，
谁能拿得动它，
谁就跟公主成亲。"

那些白面文弱的王子，
听到了这个消息，
心里像嚼着槟榔，
做梦也想着到手了，
一个稻草人，

拿它次也不妨,
只要轻轻动手,
就能举到天上,
还怕手去重了,
把美丽的草人拿伤。

国王下了命令,
就在宫殿旁边,
盖一座大房子,
里面居住稻草人,
讨婚的来了就往那里去,
一个个都欢欢喜喜,
精神也抖抖擞擞,
争先恐后地奔向屋里,
一走近稻草人身边,
穿戴的锦绣衣衫,
就变成了木皮树叶,
身上的东西都变坏了,
他们都还不觉得,
拴不住的心猿意马,
早飞到来了纳哈龙的心中,
他们痴迷地辨不出真假,
错误地把稻草人,
当成了真的纳哈龙。

有的看得口钝目呆,
有的抱着两手不松,

推推拉拉、挤挤拥拥,
都舍不得纳哈龙,
那些"高贵"的王子啊,
现出一副贪狼(婪)相,
一种馋涎欲滴的丑态,
满屋都千奇百怪,
他们恨不能把纳哈龙,
一下吞进胸中,
他们恨不能把纳哈龙,
搬回自己的王宫。

这么吵吵闹闹,
这么争争抢抢,
引得看守的人啊,
打嘎惜腊的火气冒,
向稻草人吹去一口气,
顿时变成了大石人,
兴冲冲的王子,
推也推不动,
拿也拿不起。

他向王子吹了一口气,
一刹那神昏不醒,
慢慢地动颤不能,
都成了石头人,
东倒西歪一大片,
胆小的见了忙退缩,

情迷鬼全不放在心。

老奶奶告诫摩柳、摩哄,
你们见了稻草人,
千万不要去拿,
那是做来把人哄,
那是国王的诡计,
谁也别指望成功。

摩柳不听老人劝告,
背着兄弟偷偷去瞧,
他不信这件怪事,
就像不信小鸡会咬人。
摩柳不听老奶奶的话,
天大的事也难不着人,
凭着自己的本领,
偷偷去瞧稻草人,
名不虚传的姑娘啊,
打动了他的心,
急忙上前去抱定,
也变成了个石头人。

摩哄在老奶奶家,
不见哥哥的形影,
找遍了四面八方,
原来在稻草人房里,
摩柳也变成了石头人,

他抱着哥哥的身子,
大声叫,叫不应,
用力推,推不动,
急得摩哄汗泪直淌。
怎么救活哥哥啊?
怎么对得住亲人?
想起了女妖教的功夫,
不妨试一试,
看它灵不灵,
他抓起一把灰,
又吹了口气,
灰飘在摩柳身上,
摩柳醒过来,
他比以前更乖,
他比以前更美,
灰吹到纳哈龙身上,
稻草人现了原形,
王子们一个个睁开了眼睛,
说不尽的感激,
一齐向摩哄跪拜,
救活了他们的生命,
从心底感激不尽,
要向摩哄跪拜归顺。

"我们都是各国王子,
共有一百一十个人,
听说公主是无双的美女,

不怕千山万水，
来向国王求亲，
谁知道他这样狠心，
设计陷害我们。"

摩哄弟兄很气愤，
把自己的话告诉王子们：
"国王的心肠真不好，
把我们不放在眼睛，
搞得个个吃苦头，
我们要一起去报仇雪恨。"

这话正中王子心，
把弟兄拥得团团紧，
愿跟摩哄弟兄定酒订盟，
永远结成亲戚，
诚心服从弟兄的率领。

莫达拉国王听到了音信，
石头人全都变成了活人，
感觉到诧异吃惊，
疑狐着祸事要来临。

摩哄报仇的风声，
飞快地传进了宫廷，
国王焦得似锅上的蚂蚁，
没办法来灭熄这场纠纷，

左思右想找不出路径，
急忙招来头人商议这事情，
要打我们打不赢，
不打人家又要动刀兵，
不见高下谁也不甘心。

老军师年高见识广，
心地很踏实，
他对国王说：
"我们地方一打就搞烂，
国不保还害了百姓，
不如休和结亲，
把纳哈龙送到摩柳门。"

莫达拉王后不答应：
"尊贵的闺女不能配穷人，
看他有什么本领，
要打我们就打了瞧，
打输了再给纳哈龙，
打赢了叫他休提论。"

国王通知了各寨子，
寨寨兵丁齐出征，
两边摆好了阵势，
战鼓咚咚天地惊，
摩柳弟兄放火来烧，
国王就用风吹雨淋，

摩柳又搬来一块大石头，
众兵丁躲风免雨淋，
将对将，兵对兵，
一片刀光剑影，
从早打到晚。

仗打几天不停，
两边死伤无数兵丁，
饭难吃，水难饮，
饿得天愁地暗，
乱成一团，
难解难分，
莫达拉兵死了就死了，
摩柳那边有医生，
死的能医活，
□对敌斗争，
莫达拉越打兵越少，
眼看败仗就来临，
□的传书信，
到处求救兵。

摩柳、摩哄团结紧，
一百一十个王子帮他们，
声势浩大兵源广，
兵征将战个个强，
你死我活不相让，
尸横遍野，

□满战场，
□杀得乌云滚滚。
人叫马嘶，
尘土飞扬，
摩柳的人强马壮，
莫达拉兵难抵挡，
连续吃败仗，
士气很颓丧，
救兵来了千千万，
不是当俘虏就伤亡，
国王的心发焦，
恰似火烧眉毛，
办法都想尽了，
还不能把江山保，
走到了山穷水尽，
走到了生死关头，
国王只有孤注一掷，
抛出了最后一个法宝，
把自己变成轰雷，
杀伤敌兵不少。

摩柳、摩哄眼见不妙，
忙变成一块大铁，
把人马四面包住，
躲过了雷打火烧。

莫达拉王最苦恼，

乔三冒（三只鹦哥）

四个大将全死了，
慌慌张张往天上逃。
摩柳弟兄怒火冒，
斩草除根不恕饶，
上天追上天，
入地追进地，
任你天涯海角，
也要把你捉到。

莫达拉王路穷了，
哪里也躲不住身，
哪里也藏不住影，
率领了残兵败将，
向摩柳弟兄投诚，
领地纳哈龙献上，
世世代代相爱相亲。

摩柳弟兄不咎既往，
有一副宽大胸襟，
叫国王重新为人，
好好爱护百姓，
战争中百姓的损失，
弟兄都照数赔偿，
不论百姓的大伤小伤，
也叫医生治疗保养。
百姓感激不尽，
把弟兄当作亲人，

这样贤明公正，
全国都闻名，
穷人有吃有穿，
个个乐享太平，
百姓把弟兄称为太阳，
把莫达拉地方都照亮。

战争的创伤医好了，
一切事情都告平定，
摩柳么传来邻国邦，
也召集了兵丁百姓，
一起来欢乐地赶摆，
庆祝战争的胜利，
祈祷丰收的来临。
摩柳装扮得多么年少英俊，
满面容光焕发，
人人可掬可亲。

纳哈龙像孔雀一样，
头上戴满香花，
手上戴满银藤，
走路婀娜怡人。
趁着这个吉日良辰，
当着许多友邦百姓，
摩柳跟纳哈龙啊，
亲亲爱爱结成婚姻。
赶摆的人啊，

越跳越有劲，
从日出到月亮东升，
欢情说不尽，
他们把摩柳夫妻拥起来，
像四季的鲜花，
永远都不凋谢，
像河里的流水，
永远也流不完。

4

我讲的三朵花，
已经开放了两朵，
现在正是，
第三朵开放的时候了。
这里是打那太国家，
国王叫那扎塔木，
有一个美丽的公主，
父母爱如掌上明珠，
远近都听说她的芳名，
邻近的国家都来求亲，
爹妈看到女儿还小，
一个都没有应承，
求婚人主意坚定，
一次两次都不灰心，
国王再三地劝导，
没办法说服他们，

纠缠得叫人厌烦，
把她躲藏也不行，
弄得公主也伤脑筋，
听到"男人"就头疼。
全国的摩雅太找遍了，
都医不好这公主的病，
对上天做赕祈祷，
一点也不灵验。
国王想来想去，
找来了一群诚实的木匠，
半夜悄悄去到深山，
给公主修座院庭，
楼只有一根独柱，
从底到顶高达七层，
周围没有虎豹，
有了也去不到楼门，
高楼修得宽大雄壮，
有吃的、用的和各式摆设。

国王怕女儿孤单寂寞，
挑选了许多心腹陪伴，
她们都是小姑娘，
没有一个是男人，
个个都能歌善舞，
人人聪明能干。
公主霞岺诺啊，
哪忍离别父母亲，

她的心里总依依流连，
扭扭捏捏不愿前行。

霞岔诺的心啊，
像切开了的藕，
千丝万缕割不断，
像墙头的瓜左右为难，
不去啊，
受不了痛苦纠缠，
去了啊，
心里总要挂念牵连。
国王催促着女儿安安心心搬往
新住处，
王后拉着她的手，
满脸热泪有话说不出。
"我乖乖的女儿啊，
从来没离过妈妈身，
今天你去了，
像割了我心头肉。"

引动得霞岔诺很难过，
忍住泪勉强劝说：
"母亲啊，不要气哦，
等我病好了，
就回来把你侍候。"

陪伴公主的小姑娘，

每天都跳舞唱歌，
笑声闹声响彻了楼阁，
高高兴兴比赶街欢乐。

转眼过了三个月，
霞岔诺摆脱了病魔，
那些小姑娘啊，
侍候公主细心又温和，
霞岔诺对待她们啊，
从没分尊卑你我。
公主最爱奇花异草，
山茶粉团满楼阁，
山间的野花香草，
采来了千万株，
侍女们为了公主快乐，
不怕跋山涉水。

走遍了山顶林角，
她们说说笑笑，
她们快快乐乐，
她们手拿着鲜花，
一边跳舞一边唱歌。
"一队队来一串串去，
姐妹采花到花山，
采集奇花和异草，
献给公主变花仙。
红花黄花白亮亮，

缅桂花朵扑鼻香,
姊妹采来花千种,
枝枝束束朵朵芬芳。
好花加上绿叶衬,
载歌载舞心舒畅,
一条花龙回家转,
欢笑不绝流水长。"

山清水秀好风光,
摩哄游猎到山场,
一只白兔前面跑,
时隐时现真调皮,
兵丁协力猛追赶,
越追越远饿肚肠,
满山香花和甜果,
大伙摘采来充饥。
摩哄吃果心事多,
甜在口里难讲说,
遍山花朵逗人爱,
对着花朵唱个歌。
"马角①开花满树香,
弟兄打猎到山岗,
远离故乡和兄母,
花儿做伴也温香。
好花种不到心上,

休要气急思想望,
好花开罢结美果,
蝴蝶千里一双双,
大风吹来花万朵,
一人一朵齐馨香,
欢欢乐乐花果山,
天仙也要想下凡。"

山幽树林静,
歌声响远近,
美妙多情的调子,
传到了公主的楼亭。
霞岔诺的心啊,
真情难自禁,
唱起调子来盘问,
想知唱歌的是什么人,
为何到这深山旷野,
高声乱唱不安宁,
摩哄回答说:
"我是打猎找爱人,
你若有情义,
当着青天就成亲。"

公主听到这么说:
"害怕又头疼,

---

① 马角:梨子。

就是怕这个麻烦，
才不见男人。"
摩哄也故意学着说：
"我也怕头疼，
就是不愿见着姑娘，
才往山里奔。"
霞岔诺听到这个话，
一心想见他，
摩哄感到很奇怪，
也想见姑娘。
两个心思都一样，
公主见到了摩哄，
真是男子见到美人，
心里羡慕又钦敬，
如醉如痴，
像害了相思病，
两眼凝神不转睛，
梦魂中也忘不了摩哄影。

回到高楼中神魂不定，
饭不入口茶不饮，
急忙写封信，
派人送上摩哄门：
"如果你有心爱我，
就请回信领我情。"

摩哄接到信，

知道她的心，
情投意合天配成，
哪有不领情？
告诉送信人：
"叫公主宽心，
我把全般人马，
都调到公主近邻。"
二人见了面，
一点也不羞愧，
说说又笑笑，
胜如老伙伴，
公主头疼病，
影子也不见。

摩哄对她说：
"家里穷光蛋，
两个哥哥结了亲，
成了国王的驸马官。
我的心肝啊，
我真倾心相恋，
你的脸像太阳一样闪着光辉，
说话的声音赛过鹦鹉与杜鹃，
找遍了天上、地下和龙宫，
没有一个姑娘能比得上你。"

霞岔诺默默不言，
心里的话有万千：

"我怎比得上别人?
你这样夸奖我一番,
只要长在我身旁,
我就算称心如愿。"
摩哄摘下来一枚戒指,
轻轻地戴在公主的手上,
公主也取下了自己的首饰,
跟摩哄进行了交换。
这是两件不寻常的礼物,
这是定情的媒介,
这是两颗纯真的心,
他们在心心相见。

5

遍地杂草丛生,
山鸡野兔横行,
勐不那兰西啊,
一片荒凉无人问,
大旱之年没有收成,
百姓都流浪逃生。
黄门头人最凶狠,
国破家亡乱纷纷,
善良温柔的王后[①]啊,

看不惯那些苦辛,
眼泪真往肚里滚,
卖力给人民把忧分,
孤单单终日在宫廷,
比坐针毡还苦闷,
盼望着三个儿子啊,
快回来解救百姓。[②]
王后的心啊,
离不开儿子的身影,
他们这么卖良心,
忘掉了自己的亲人,
可怜的王后,
吃不下,睡不稳,
愁里活,泪里生,
枯瘦怜怜,
哭泣不成声,
忘不下母子情,
想念得死去活来。

"乖乖的儿子啊,
你们知不知道妈妈的心?
妈妈的三朵藕花,
忍心离开我,
妈妈的山茶花,

---

① 三只鹦哥的家庭前后不一致,原文如此,予以保留。——编者注
② 或为"快回来看望母亲"。

娇娇气气,
不知去到了何方,
使我日夜想望。
珍珠样的儿子,
千个宝也换不来一个,
如今远走高飞了,
叫我怎么不伤心。
我的乖乖儿子,
初开的藕花不及你,
茉莉花香得引人,
忘不了儿子的浮光,
再不回到妈的身旁,
我心碎得就要死亡。
左想右想望不见,
宝贝的儿啊在哪方?
你们去了,
我的心失去了,
你们走了,
比割我的肉还心伤。"

日日夜夜地想,
月月岁岁地望,
从天黑到天光,
只有哭泣悲伤,
这样的日子啊,
没谁来安慰一场,
老实纯朴的父亲啊,

拿不出半点主张。
河里的水有尽头,
骨肉情分不能忘,
母亲积郁害了病,
卧床不起把命丧。

三只鹦哥飞到竹楼上,
听到哭哭啼啼嚷嚷,
摸不着这是什么事,
莫非是出了祸殃,
急忙解去颈上丝绳,
恢复了三个英雄样,
看到了母亲的尸体,
弟兄都热泪两行,
竹楼里破破烂烂,
一点不像昔日样,
弟兄们心中酸痛,
无名火汹涌膨胀。

弟兄回家的消息,
很快传遍四方,
家家亲戚喜洋洋,
土司头人心发慌,
带起了狗腿爪牙,
把竹楼紧紧围困,
点名叫姓怪嚣张,
要捉拿弟兄三人,

喊杀之声天地震。

摩罗门一心镇静,
叫人保住母亲尸身,
约好了两个小兄弟,
一起出去杀贼兵,
碰上仇人眼发红,
宝剑飞舞赛旋风,
一路杀来不敢挡,
爪牙脓包把命送,
土司头人大声喊,
捉住弟兄有赏钱,
话没说完头落地,
叫他狗命丧黄泉,
爪牙狗腿支不住,
丢枪逃命回家转,
跪地投降一大串。

几个头人全杀完,
胜利战果难清点,
仇报恨消多喜欢,
命令兵士扫战场,
告示天下把民安。

弟兄回到母体边,
伤心涕流呜呜咽,
心慌意乱没主意,
究竟如何怎么办?

摩哄突然记心头,
抓撮草灰把口功念,
一口吹在母体上,
蠕蠕动动命还原,
母子久别重见面,
拨开愁云见青天,
举国上下做摆做赕,
祝贺王后的复活,
祝贺王子的回还,
百姓欢庆太平年。

我写这本书给大家看,
哪个看着听着了,
愿他们好吃好穿,
他们的样子啊,
跟三只鹦哥一样好看,
聋子听了让他耳朵好,
瞎子看了眼睛能睁开。

召香勐

记录者：林中、周开学
翻译者：刀兴平
时间：1962 年
搜集地点：云南省西双版纳傣族自治州景洪市
材料来源：唱本

听吧！
一棵正在开花的椰子树。
听吧！
黑眼珠的姑娘，
我要根据经书上所写的故事，
把它唱完。
现在我来从头到尾地歌唱这个故事。
这个故事是真的，
经书上写有的，
经书有十多本，
阿章[①]丰富了文艺的语言，
这是为了教育贪心作恶的人，
使他们变成好人，
男女头人、百姓和召勐应牢牢记住。

这本经书叫作委六哈。
大海边上有一个宽阔无际的勐委扎，
这个勐的国王叫作召底卡，
王后叫作南罕飞。
宫女有很多，
有上百上千，
细细数来就有一万六。

国王过着幸福的日子，
他照管着勐委扎，
勐委扎的国王他像天神一样。
些纳和百姓天天向国王朝拜，
国王幸福地住着美丽的宫殿。
用玉宝镶成的宫廷，
发出刺眼的光辉，
宫廷的城墙都是石块垒成的。
远方的勐都来向他朝拜，
有成万的金库、银库，
使用流通在国家里，

---

① 阿章：缅寺里懂经书、负责赕的人。

受到无数国家的赞扬,
国王有着很大的福气。
他忠实遵守着十项佛规,
他经常教导百姓,
山头和坝子的百姓都蒙他的照管,
都过着幸福的生活。

漂亮的王后南罕飞,
她有宽阔的胸膛、细细的腰,
两只眼睛像一对黑宝石,
她的双手白得像银子一样,
她像画中的美人,
她像金炉里炼出的美人,
整个世间的人没有她美。
当她打扮起来的时候,
好像要飞一样,
有无数的宫女在她身边。

由于前世的福气和天神的帮助,
达到她的期望,
她怀了孕。
怀孕了十个月生下了一个儿子,
摩古拉根据他的八字给他起名,
名叫召楠玛迪,
儿子像金炉里炼出来的一样美。

不久王后又生了第二个儿子,

名叫召门塔。
后来生下了第三个儿子,
好像沾巴花一样的芬芳。
他有很大的福气,
福气注定了他做一切事情都顺利,
他的名字叫作阿念达。
谈起了前世的福气,
是因为他背母亲游过了大海。
他有知识也有忍苦的耐心,
谁也不能战胜他,
只因为他的福气大,
他给佛爷盖了三十间佛寺。
他的福气同沙土一样数不清,
他的福气大过天神,
他积累了的福气胜过身上的宝。
他自做了这多福,
是为了帮助人间。

他生下来的时候戴有宝石,
摩古拉看八字知道他戴有宝石,
所以起名"香勐"。

他生在一个海边的地方,
他长得像天神的金炉炼出来的,
身上手脚处处好看,
宽阔的胸膛,
眼珠明亮得像宝石,

他美得像天神，
好看的头发，
细密的牙齿，
他身上没有一点缺点。
身上的皮肤像棉花一样白，
好看的面颊好像要流出金水。
姑娘看见他都打呆无力，
他的身材美得超过了人的眼光，
他那甜蜜的语言像柔软的音乐，
父母爱得常把他抱在怀里。

大的儿子年纪大了，
应该给他照管地方，
国王为了儿子的事，
就和皇后商量说：
"宽有十万约①的国土由我们照管，
我们应该分一些给长子照管，
我准备把靠近海岸的国土分给大儿照管，
我亲爱的妹妹呀！看你意见怎样？"
王后高兴地向国王说：
"我心上的国王呀！
我要双膝跪着举手向你朝拜，
你说的话我明白，
这是你对儿子的好意，

这真使我全心全意地为儿子高兴，
我们的国土是应该分给儿子照管。"
相亲相爱的商谈结束了，
通知些纳准备一对配金鞍的大象。
准备配有金鞍的骏马，
还有骏马配上的马车。
按照国规做了准备，
还要给儿子寻找美丽的皇后。

勐委萨的国王，
有一个身材好看的公主，
名字叫作南巴都马莫，
她美得脸要滴出金水，
她配给召楠玛做妻子。

父亲把大象配给召楠玛迪乘坐，
召楠玛幸福地照管着一半的国土，
召楠玛管的地方，
还要比天堂热闹。

现在我来谈谈召门塔，
我要把这个事情当作诗歌来谈。
伟大的国王召底卡，
心里想来想去，
这是因为召门塔长大了。

---

① 一约有八百丈。

可是不知道儿子的福气该在那里享受，
他能在哪里当国王，
当父亲应该早都知道。
这事情使他不安心，
他聘请了摩古拉给儿子看八字。
摩古拉算了又算，
摩古拉看了召门塔的手相，
摩古拉看出了他前世造有着的福气后，
就禀告国王：
"绝不是我自造了违反国王的语言，
从今天起不久的时间，
七天到了可以看到，
福气决定了他要受着红金子般的福，
他能在东方受福。
生在勐西拉宫廷的公主，
又以前世的姻缘注定了他，
她日夜在等待着召门塔。
福气注定了他是勐西拉国的王。
临死的时间到来，
在森林的魔鬼要把勐西拉国王吃掉，
召门塔要在那里继承他的王位，
要睡他金银宝做成的床，
无数的金银财宝要归召门塔，
宽阔的勐西拉要归召门塔管。
召门塔要行走的森林途中，

召门塔要遇上女魔鬼。
魔鬼成年轻的美人，
两个面颊闪光刺眼，
她粉粉的美丽柔软，
她会讲出甜蜜的语言，
两耳戴着金耳环，
她的黑眼睛啊，
像一千个黑宝石，
她会说话打招呼。

"每个小伙子见了心里很快乐，
乐得身上像要溶化了一样，
要是谁贪心了这个美人，
就要被她折断脚手，
变成她吃的肉；
如果谁没有坚定的立场，
就要落进她的圈套，
会丢掉自己的生命。"

"召呀，召！
你就顺着大路穿过森林，
你别向她打招呼和讲话，
坚定召的心往前走，
一定会脱险到达勐西拉。
召一定不要贪心美女，
召不要看不起我说的话，
我的话将对你有宝贵的作用，

你一定能在勐西拉做丞相国王,
请你牢牢地记住我卜卦得来的事实。"

召门塔不动摇地听信了父亲的话,
召门塔用蜡条和金钱向摩古拉报恩,
召门塔明白了摩古拉的话后,
他向父亲告别,
要去追求他的姻缘。
召门塔向父母亲说:
"我头上的父亲和母亲啊!
我生在你们的怀里,
承受着你们的福气,
年年月月在父母亲的抚养下,
什么疾病都不让我生上,
现在我已经长大了,
我在宫廷里过着幸福的生活,
但是前世注定我的姻缘是在远方,
今天我请父母亲允许我吧!"

国王和王后的心像火在燃烧一样,
内心十分痛苦。
国王便说:
"亲爱的儿子呀!
你为何要丢下父母亲到森林去游玩?
森林中的虎豹野象,
会杀害来往的人。
我听到你要出去呀,
我怀着难过的心情劝告你不要去远方,
我亲爱的儿子呀!
不管你的姻缘在远或在近,
我希望你不要去追求。
在我们宽阔的国家里,
父亲会给你配上漂亮的亲人,
在我们国家里可以随你挑选。"

父母亲劝告了多少好话,
召门塔也不听,
是因为姻缘拉引着他。
召门塔再三地向父母要求,
父母亲没法,
带着难过的心情准许了他,
又用了好话教训了儿子:
"柔软的儿子呀,
眼珠般的儿子,
希望你顺利地得到爱情,
和美丽的公主相配。
一切不吉利的事呀,
希望不要在你身上降临。
希望疾病远离你的身上,
我祝贺你顺利地成功。
祝你能继承勐西拉的王位,
能睡金宝做的床。"

现在我要唱一唱王后，
她向亲爱的儿子祝贺：
"我眼睛般的儿子呀，
我从小造有和积累下来的福气，
要作为帮助你的幸福。
要把所有的福气，
像宝石一样地保卫着你，
使你在宽阔的森林里得到安全，
胜利地到达远方的勐。
祝你拥有数不清的金银财宝，
使百姓向你献配着金鞍的大象，
使你能幸福地和远方的公主成双。
祝你万年过着幸福的日子，
祝你灵魂在世万年。
一切艰难和痛苦的事呀，
不要向你降临。
祝你继承王位，
我心爱的儿子呀，
望你不要把母亲忘记，
我向你所说的话，
请你明白地牢记。
去吧！我亲爱的儿子呀！
我不会砍断你的姻缘，
世上的姻缘有千万重，
你就向天神祈求，

请天神帮助你去实现你的愿望。"
母亲说着便流出热泪，
是因为舍不得可爱的儿子。

召门塔双膝跪着向母亲朝拜，
他用一些好话向母亲告别，
召门塔背着母亲包给的菜饭，
拿起父亲所给的宝物，
接过父亲递给的神弓神箭，
拿起"环吉拉叭"①，
按照摩古拉卜卦出来的事实，
走进森林去寻找姻缘。

他带了五个人随在身边，
随着召门塔的五人，
五个人都是大些纳的儿子，
他们都有着智慧和大力气，
大象在奔跑中他们可以拔下它的牙。
他们走进了森林，
他们走过森林累得全身无力，
就放下行李在河岸上休息。
他们摘下树叶蒙住脸睡在地下，
黑鸦在他们上空盘旋。

水箐里的花呀，

---

① 环吉拉叭：一种神棍，可以指人死，可以使人活。

给他们送来芳香,
使他们的心情舒畅。
蟋蟀在森林里先叫,
野鸡先叫通天明。

召门塔翻来覆去睡不着,
是因为他习惯了住在宫廷。
在树底下用树叶铺的铺呀,
他哪里会习惯?
心里欢乐又愁闷,
他想起了自己的国家和父母,
他想起些纳和大小的百姓,
他的心里动荡不定,
两眼流下了热泪,
正因为他睡在树脚下,
是因为他全身累得动弹不得,
他的心呀,像风吹一样摇摆,
水箐里的雀鸟叫了鸡也叫,
露水流过树叶,
滴在他的脸上。

"亲爱的姑娘呀,
你们睡在温暖的家里,
哪会想到我们的苦啊!
我们天天行走在森林,
又累又苦。"

召门塔看见燕子在空中徘徊,
他感到十分欢乐,
好像曾经爱过的姑娘,
要追踪而来,
但是召门塔望遍了每一条路,
望遍了森林,
还是不见人影。

他们通过森林,
走进魔鬼的地界。

路边有一座萨拉,
这座萨拉是魔鬼制造的。
魔鬼装扮成一个美女,
走来向召门塔迎接:
"漂亮的召呀!
你走累了吧!
请你到萨拉来喝点凉水休息,
请将你的沾巴花呀给我闻一下,
使我忘记一切忧闷而欢乐,
来吧,一双美眼的召呀!
来这里休息,消除疲劳,
来这里吃水吃烟吃水果后再走吧!
现在应该是休息时刻。"

魔鬼假装说了好话,
谁听了就没有好事。

滑头的魔鬼，
用柔软而甜蜜的语言，
谁听了也喜爱。
看起她美丽的身材，
年纪轻轻的戴着金耳环，
颈上挂着金链子。
她的皮肤有棉花白，
她的话讲得比棉花还软，
可是她的心是为了吃人。

跟随着召门塔的两个些纳，
听迷了魔鬼的甜言蜜语，
看迷了魔鬼的美色，
正因为他们贪心妇女，
简直不知道生死，
不想前不想后。
他俩向召门塔请求：
"我们早就口渴了，
请召慢慢地先走吧，
我们要在这里休息，喝水吃烟，
时间差不多了，
我们再赶来，
我们一定跟上召。"

聪明的召门塔呀，
已经把事情看明了，
是符合了摩古拉所说的话。

他用好话教育了些纳：
"这个萨拉不好休息，
忍着往前走一段也有水。
这美女是魔鬼装扮的，
她在这里所表现的是吃人的手法，
她不是哪个勐的公主，
摩古拉向我们提出的警诫是实话，
你们为什么不细心地想一想？
你们为什么不忍住往前走？"

召门塔说了多少好话，
可是两个些纳不听，
召带着三个些纳在森林里往前走。

当召走到了远方，
两个些纳走进了萨拉。
两个些纳对妖精说：
"兰茉花一样的姑娘啊！
要是我拿到了手上，
永远不放。"

魔鬼满面笑容地对待些纳，
心里高兴地想着一定达到愿望，
今天一定能吃上他们的肉，
魔鬼就随意给他们玩弄。
魔鬼的话使些纳忘记了前走的路，
魔鬼折断了些纳的脚手，

魔鬼吃了一肚子的肉还嫌不饱，
从空中飞去拦住召门塔的去路，
魔鬼得了便宜认为还可以再骗，
她又在路上制作了一个漂亮的萨拉，
把身上装扮起来等待着召门塔到来。

召门塔的双眼看见了魔鬼的萨拉。
贪心的魔鬼满面笑容，
她扮成了天上的仙女，
手指柔软得像绸缎。

三个些纳看见魔鬼扮成的美人，
他们不顾生命地爱上了魔鬼，
他们想把魔鬼抱在怀里，
他们找出欺骗召的话：
"我们累得软弱无力，
我们要求在这里休息一下，
再来追召。"

召门塔向三个些纳警告：
"你们没有听到摩古拉说的话吗？
那两个些纳已成了魔鬼的食物，
所以他们没有追上我们，
你们为何不怕死而要在下？
我早就看透了这诡计。"

召门塔说了千句万句，

贪心的些纳们还是不听。
他们自动地离开了召，
召门塔无法说服，
也不能把他们抱着走，
些纳给召门塔带来了为难，
只有一个忠实的些纳，
跟着召在森林里继续行走。

两个些纳走进了魔鬼的萨拉，
他们对魔鬼赞扬地说：
"我亲爱的妹妹呀！
我们的福气帮助了我们，
才能和你见面，
请你不要把哥哥放在旁边，
请让我们接近相爱吧！"

魔鬼笑着对些纳说：
"年轻的哥哥呀！
我早就盼着你们，
今天两个哥哥来到我家休息，
你们虽然不把我看在眼里，
妹妹只有随意给你们相爱。"

两个些纳听迷了魔鬼的话，
两个轮流与魔鬼接吻玩弄，
他俩认为魔鬼是人间的美女，
他们感到无比的幸福。

时间到了，
魔鬼现了原形，
变成一身长毛，
瞪起红大的眼睛，
张开她宽阔的大嘴，
把两个些纳的脚手折断，
那个漂亮一点，魔鬼把他吃掉，
另一个抱着飞上天送给父亲。
女魔鬼的父亲叫叭玉六憨，
他守在宽阔的好团①，
他下面有成万的魔鬼。

魔鬼把一个些纳交给父亲，
父亲对女儿说：
"我漂亮的姑娘呀，
你真能干，
你每天去照样做吧！
收获的肉一定比今天大。
父亲年纪老了，
全靠女儿给父亲寻找食物。"
魔鬼从空中飞去，
魔鬼飞到召门塔要经过的地方，
造了一间漂亮的萨拉，
她准备好所有吃的东西，
她照样扮成一个美女。

召门塔走近了那个萨拉，
看到萨拉就起了怀疑。
他想起了摩古拉所说的话，
他就克服了一切贪心的事。

可是跟在他身边的那个些纳，
看见了无比的美女，
他看见了一对流转着的眼睛，
好像金炉里的宝石，
他就忘记了自己的生命，
死活也不在乎。
他说："我随召走遍了森林，
要能当上国王是很难的，
如果到了勐拉西，
人家只会给子妻继承王位，
哪会给我们从远方来的继承王位？
如果再走也是白累了腿。
他们四个些纳有福气地拿到了美女，
只有我一人孤独凄凉，
我何必受苦地跟随着召？
现在我的福气帮助了我，
碰上了眼珠般心爱的姑娘，
我得想个办法把美人拿到身边。"

些纳对召门塔说起了假话；

---

① 好团：地名。

"我头疼脖疼一身都疼,
我今天是得病了,
请求明天再去追你。"

召门塔坚定了立场,
把要死要活的事给些纳指出,
尽管说了很多好话,
些纳也不听,
他让召门塔一人行走。

他走进了萨拉就抱起美人,
随意玩弄。
魔鬼拿住他就不放,
折断了他的脚手,
吃饱了又要从空中飞去,
去守住召门塔要去的路。
照样做了一个萨拉,
照样扮成一个美女,
耳朵、眼睛、面颊都很美,
好像仙女下凡一样。

召门塔一看就知是魔鬼扮成的,
五个些纳已被魔鬼吃完。
现在只剩他一个孤独走在森林,
心像风吹一样摇摆,
他感到十分忧闷,
他想到了生长自己的国家,

一身软得不想说话。
他拔下自己的宝刀,
紧紧握住刀把,
不管魔鬼说多少柔软甜蜜的好话,
召也一句不答,
一步一步往前走。

魔鬼用美女骗不到召门塔,
又变成一个怀孕的妇女,
边追边叫地说:
"召呀,我的肚子太大了,
很难行走,
请你等着我一起走吧。"

不管魔鬼怎么叫,
召门塔也不回头看她一眼。

她做出种种手段,
她又扮成了抱着小孩的妇女,
边跑边叫地追着召门塔:
"我亲爱的丈夫呀!
请你换我抱你的儿子吧,
我走得太累了,
我们亲生的小孩呀,
就应该我们两个照管。"

召门塔不说话地拔出宝刀,

挥着宝刀往前走,
一直走到了宽阔的勐西拉。

虽然到了勐西拉,
那魔鬼还在追随着他。
她不息地叫喊,
勐西拉的人看见了召门塔,
纷纷来问召门塔:
"你是从哪里来的?
这位漂亮的女人,
是你的随人还是你亲爱的妻子,
是否你们两人相处不好,
准备要离婚?"

召门塔说:"我行走在森林,
没有妻子在身边,
这是魔鬼要吃人的手法。
我身边的五个些纳都丧了命,
被魔鬼吃了一个都不剩,
只有我独一个无人做伴。
魔鬼她是假装变成了我的妻子,
她一心是为了吃人,
要是谁相信了她,
就没有好事。
我的话呀,
请你们牢牢记住。"

人们听了召门塔的话还不明白,
就问魔鬼:
"妹妹呀,你跟随着召是为了什么?
是否你们夫妻互相埋怨?
为什么召门塔不等你?
为什么他不回头看你一眼?
你为何要追随他呢?"

凶恶的妖鬼对众人说:
"我追随他呀,
因为他是我的丈夫,
无论怎样我也要追随他,
是因为我对他的姻缘还没有完。"
凶鬼编了一套好话向众人说后,
她又继续追随着召门塔。

快走到勐西拉城的时候,
她又扮成了年轻的姑娘,
身上又白又宽,
脖子上戴着金珠,
耳上挂着金耳环,
有着一双好看的眼珠,
柔软的身体呀又加上装扮,
她直追随着召门塔到了城门,
魔鬼吃人的手法呀终于落空了。

现在我来歌唱勐西拉的国王,

他想起了他的花园,
就到花园里洗澡,
他命令了些纳准备,
些纳备了配有金鞍的大象,
也备了骏马拉着的金车,
些纳按照国王命令做了准备,
还有成群的宫女,
一切备好了就出发,
出发之前还放了炮。

勐西拉的国王乘坐了大象,
众些纳们在前后跟着国王,
随着召走的众人啊,
达上千人。

当国王乘着大象到达了北门,
就遇见了英明的召门塔,
也见到了那凶恶的魔鬼。
勐西拉国王看见了魔鬼扮成的美人,
心里就怀念着她,
弄得他心神不宁。
他就派人去追问她:
"芬芳的糯沾巴花呀!
两个兄妹从哪里来?
你们是否是夫妻?
你们家乡在哪里?
请你们详细地告诉一声。"

当时,英明的召门塔,
就向勐西拉的些纳说:
"我是独身而来,
身边没有带妻子,
跟随着我的美女呀!
她是贪心的魔鬼变成的,
她是无恶不作的魔鬼,
她把我的五个些纳吃光。
请些纳细心考虑吧!"

些纳听了,
将召门塔的话报告给国王。
国王不管召门塔的真实话,
国王贪心妇女,
就忘记了自己的生命。

国王派人用大象去接魔鬼扮的女人,
人们把美女拥进宫廷,
他把王后甩在一边,
用好话对魔鬼变的美女说:
"金子般的妹妹呀!
你就算是我的王后吧!"

魔王心中有了数,
她感到自己的运气好,
她不留意地就把人吃光,
这一次非把肚子吃个饱不可。

她就伤心流泪地对国王说：
"我自从离开了家乡，
日夜怀念着母亲和亲属，
今天我蒙受国王的福气，
能过着幸福的日子。"
她制造了为难的事，
痛哭流涕地引诱着国王。
国王听信了她的鬼话：
"有福气的妹妹呀！
你像檀香树一样芬芳，
我哪会忍心把你丢开？
我要和你同床盖被。
宽阔的勐西拉，
我要交由你来管，
宽有二十层的宫殿由你来住，
千仓万库的金银呀，由你来掌管，
成群结队的上万骑兵，
配有金鞍银鞍的群马，
还有无数青年的宫女，
都交由你来管。"
国王用好话说服了魔鬼的美人，
并把她作为了皇后。

到了一天傍晚，
国王和魔鬼变的女人同床相睡。

随意国王的高兴玩弄，
到了国王疲倦睡着的时候，
魔鬼从空中飞回了"庄好"①，
她去告诉了亲属和兄弟们。
恶毒的叭，
他是这女魔头的父亲，
他动员了成千的魔鬼，
一起来到了宽阔的勐西拉。

他们纷纷地跑进宫殿，
当时才是鸡叫的时候，
魔鬼们把所有的年轻宫女吃得一
个都不剩，
他们吃光了所有的大象和群马。

勐西拉的国王啊，
魔鬼乘着他迷睡着的时候，
一手抬着脖子一手拉住脚，
将人折成一半，
她将国王在床上一口口咬吃，
她吃完了肉丢下了骨头。

成群的魔鬼吃饱了人，
他们一起转回了"庄好"。
到了太阳升上，

---

① 庄好：魔鬼的地方。

照亮了整个大地,
到中午饭的时候,
众些纳们按照国规,
来到宫殿朝拜国王。

众些纳走入了宫院里,
宫廷里肃静无声,
大门紧紧关住。
他们扣着门板叫喊:
"开门、开门……"
叫了三声,
也未听一点回声,
众些纳感到怀疑,
你一脚我一脚将门板踹开。

众些纳拥进宫廷里,
只见丢下成堆的骨头,
只见宫廷染遍了鲜血,
吓得众些纳忙乱叫喊:
"是谁来把召杀命而归?
是谁来把所有的人吃光?"

勐西拉没有国王,
些纳和百姓纷纷痛哭:
"这是一件不吉利的事,
产生在勐西拉,
连大象和群马都吃得精光,

些纳和百姓的心哪,
像熊火在燃烧,
一切人、马、大象被魔鬼吃光,
只因为国王走错了路,
是因为接来了新的王后,
使无数的男女和壮年、老人丧命。"

人们将宫廷里的骨头鲜血搓洗干净后,
他们商量说:
"宽阔的田里失去谷穗,
宽阔的江水缺了鱼,
宽阔的勐西拉没有国王,
这样下去呀,
会被人看不起,
大家应该想个办法。"

在座的上千些纳和百姓,
他们谈来谈去,
他们要找出一个有福气、能够照管百姓的人来当国王。
他们正在准备着各种礼物,
还准备了五种仪仗,
一切礼物都准备好啦。
名叫班地的些纳,
向天神祈求,
还要请龙王、水神和一切照管整

个勐的鬼神，
些纳边朝拜边说：
"今年的年成不好，
宽阔的勐西拉有敌人侵犯，
在森林里的魔鬼给我们带来损害，
魔鬼把勐西拉的国王吃掉了，
使勐西拉的宫殿空了没有人住，
一个勐没有国王的事请天神帮助，
哪里有有福气的和英明的人，
使我们的车子自动跑上门①，
使他成为我们的国王？"

天神知道了这个事，
天神们就把这些事情商讨，
就撒下"好朵"②，
骏马拉着车子奔跑，
人们跟随着马车行走，
车子绕了城子三圈，
骏马自动拉着车子走向花园去了。
唱到这里成了一段，
下面我再唱唱英明的召门塔。

召门塔走进了花园，
睡在一块大石头上，

骏马拉着车子来到了召门塔面前跪下。

些纳和百姓看见了召门塔，
是一位符合勐西拉的国王，
人们就纷纷跪下向召门塔朝拜。
"召呀，请可怜我们吧，
请坐上车子去继承王位。"

召门塔向些纳们说：
"些纳和百姓啊！
这个事情以我来说还是不符合。
国王的亲属还很多，
你们应该请他们来继承王位。
我是远方来的人呀，
是不符合当你们的国王。
我来继承王位，
恐怕违反规矩，
不免给百姓带来灾难。
众些纳呀，众百姓！
你们再细心想一想吧。"
召门塔的话说了还没落声，
众些纳、百姓接着说：
"召呀！我们再跪起来向你说真实话。

---

① 傣族的一种说法，谁有福气，马车会自动上门。
② 好朵：一种谷花，表示天神帮助些纳。

宽阔的勐西拉呀，
我们要交给召来管，
一切金银财宝，
全部归于召。"

召门塔听了些纳和百姓说的话，
心里全明白了，
他知道了自己的福气降临。
便接下鲜花、蜡条，
答应继承勐西拉的王位。

众些纳和百姓，
眼看召门塔接下鲜花、蜡条，
他们纷纷地祝贺，
敲起铓锣和象脚鼓，
吹起笛子，吹起海螺，
他们把召门塔拥进宫廷。

些纳和百姓准备了洗澡亭，
洗澡的水呀，
要从七个水井去挑，
水里泡下"叭草药"等七种，
还要泡下鲜花和宝石，
他们按照国规准备好了。

摩古拉向天上祈求说：
"天神啊，天神！
请你们来给我们做证。
英明的召门塔呀，
他是否符合继承我们的王位？
符合了的话呀，
装书的坛子和平常一样坚定不裂，
最好的宝石不要裂开。
如果他不符合继承我们的王位，
装水的坛子呀就炸开，
最好的宝石也裂成两块。"

摩古拉向天神祈求，
是为了证实召门塔有多大福气，
求神的话说完了，
召门塔坐上了床。

坛子里的水马上变得更清明，
水里闪出耀眼的金光，
宝石变得更加明亮闪光。

人们清楚地看见了召门塔的福气，
锣鼓声和欢呼声震动了整个勐，
人们叫喊说：
"有福的召门塔呀，
像天神一样英明。
这位国王呀，
一定能照管我们的勐西拉。"

人们纷纷朝拜，
纷纷撒"好朵"。
些纳和百姓给国王寻找皇后，
找着一位美得超过人间的姑娘。
耳朵、眼睛各处都美，
像天上的仙女一样，
她是大些纳的女儿。
人们请她配给召门塔，
做勐西拉的王后，
人们还选来一万六千宫女，
人们载歌载舞地集会赶摆，
来祝贺国王。
他们敲着象脚鼓和铓锣，
还有柔软优美的音乐。

些纳和百姓高兴地说：
"今年来了新国王，
他的福气大得说不完，
我们勐西拉的人啊，
一定能在他的福气下过着幸福的
日子。"

召门塔啊，新王位，
他幸福地坐着红金做成的床，
每天都有些纳和百姓向他朝拜，
青年的宫女日夜守在他身边，
他欢乐无忧地照管着勐西拉。

召门塔按经书里的佛规教导着人民，
可是时间过了不多长，
召门塔想起了父亲和母亲，
想起自己国家的些纳和百姓，
想起哥哥和弟弟，
召门塔准备了一切礼物，
派一个些纳拿起各种礼物，
带上四匹马、四只配有金鞍的大象，
按着规矩准备了成千上万的金银，
写了一封书信，
些纳带上书信和一切礼物，
走进森林，
走完了七个月的路途，
到达了勐委札。

在那里搭起了住棚，
他们在那里成了勐委札的客人，
他们选了个吉利的日子，
把书信和礼物献给了勐委札的国王。

国王把书信打开：
"亲爱的父亲和母亲啊，
我离开了你们出来，
在森林的途中，
一个女魔鬼用了种种手法，
想把我骗吃在森林里。
随我来的五个些纳，

已被魔鬼吃光，
只有我独个继续寻觅我的姻缘。
凶恶的魔鬼呀，
她紧紧地追随着我不放，
假如没有父母亲的福气来帮助，
我早就死了，
由于父母亲的福气时常蒙照着我，
种种的魔鬼种种的手法都失败了。"

"当魔鬼把我追到勐西拉的时候，
贪心的勐西拉国王，
由于他过分贪心妇女，
由于他的眼光太浅短，
而使自己的生命丧失丢下国土，
由于他把凶恶的魔鬼作为皇后，
魔鬼把所有的大象、宫女吃光，
丢下了一个空的宫廷，
使那宽阔的国家失去国王。

"勐西拉的些纳和百姓，
四面八方在寻找国王。
由于父母亲的福气帮助了我，
使马车自动地跑进花园，
阿章和些纳向我递上鲜花和蜡条，
请我继承王位。
我在这里享着幸福，
我不能忘记父母亲的恩情，

我把你们的福气经常举在头上。
现在我有一份好的礼物和大象，
作为给父母的报答，
还有一份给亲爱的弟弟召香勐，
有一份送给大哥召楠玛。"

父母兄弟接受了召门塔的礼物，
他们感到十分怀念，
也感到了十分的高兴。

勐委扎的国王向召门塔派来的些纳说：
"我接到儿子送来的各种礼物，
我想起了儿子的好意，
四只大象我不收，
请你们带回去给我的儿子使用，
些纳呀，你们回去吧！
请你们带着我的话去告诉召门塔，
四只大象给他御防来侵敌人，
些纳呀，你带着我的话告诉召门塔，
如果有人来侵占你们的国家，
要迅速派人送话来，
我们两个国家要一条心，
两个宽阔的国家，
要算同一个城墙。
去吧，你们回去吧。"

勐委扎的国王说完了话，

勐西拉的些纳们动身回国了。

听吧，
请听我歌唱勐哈傣，
勐哈傣是富强的国家，
是个物产丰富的国家，
有香蕉椰子林。
勐哈傣的国王，
幸福地住在一个二十层楼的宫廷，
人们常来向他朝拜进贡，
勐哈傣像天堂一样，
没有别的国能相比。

勐哈傣的国王，
像太阳闪出金光，
国王的名字叫作叭尖，
他身边的宫女有一万六千，
与国王同坐在金床的王后，
名字叫尖达，
她像仙女一样美丽，
些纳经常向国王和王后跪拜，
阿曼轮流保卫国王和王后，
成千上万的大象和骏马，
有象奴、马夫轮流喂养，
有上万勇敢的卫士，
有千百万百姓，
勐哈傣有强大的势力，

没有别的国家能相比。

勐哈傣像十五的月亮一样明亮，
有无数的星星围绕着它，
勐哈傣它的名声到处传扬，
王后喃尖达，
生下聪明的王子沙瓦里，
王子长大了，像凤凰在空中飞翔，
因为他有灵验的口功，
只要念起口功就像狂风一样，
他有七只大象的力气，
他的福气很大，
这是前世赕佛积攒下的福气，
他前世是个穷苦的人，
世界上没有比他更穷的，
他遇见帕滴曼光，
他拿饭赕给帕滴曼光，
所以他有很大的福气，
佛祖帮助他，
给他有闪电一样的力量，
母亲爱他像爱自己的眼珠，
母亲向天神祈求，
又生下一个女孩喃准布，
美丽得像仙女一样，
有宽阔的胸膛、细细的腰，
头上长出又绿又细的头发，
她的眼睛像火炉里的一对黑宝石，

她的身材处处都美,
喃准布的美传遍一百零一勐,
各勐的王派人骑着大象送来礼物,
纷纷来向喃准布求婚,
各勐派来求婚的人搭起草棚,
住满城的周围,
他们来向国王跪拜,送来礼物。
他们用好听的话向国王要求,
要娶公主喃准布。
求婚的礼物成千上万件,
有配着金鞍的大象、骏马,
还有金钗、戒指、手镯、金腰带、
金项链,
放在金桌子上献给国王。
各国来求婚的人使整个勐哈傣忙乱,
国王无法料理,
召集王子和众些纳到宫廷商量:
"各勐向公主求婚的事情,
请大家细心思虑,
要答应哪一勐好?
请提出你们的意见。"

众些纳明白国王的话,
左思右想地商量,
王子沙瓦里听了父王的话,
面带笑容对国王说:
"父王呀,

这事情不难,
所有来求婚的人由我对付,
假如他们闹得天翻地覆也不怕,
假如他们要出动战象,
战象布前我们也不怕,
这些事情由我承担,
假如他们要骑着战象进来也不怕,
我的父亲呀,请安心照管你的王位。"
他对国王说完话又对众些纳说:
"请众些纳通知各勐来求婚的人,
叫他们都到花园里去玩,
谁有什么要求和希望,
都到花园里去,
到了花园他们就知道了,
我们要在路途中赛马,
一路上热热闹闹,
我美丽的喃准布妹妹,
大家玩到热闹的时候,
是看谁有福气,
看谁真的是王子,
看谁配得上喃准布。
花园里有一块古石,
看谁能够举得起,
古石厚七尺长四度,
我要把石头举起丢上天空,
看谁有本事把石头接住,
谁接到就娶美丽的公主。"

些纳把王子的话传遍各勐王子，
王子听说要举起古老的石头，
知道自己抬不起石头而愁闷，
想和公主结婚没有希望了，
各勐王子正在困难中，
有一个从勐沙瓦提来的王子苏来，
他是最后到来的，
他来到以后人家告诉他，
苏来知道了，
他对喃准布是有希望的，
他没有把话说出来。
"假如我能够举起石头，
就能够和喃准布成亲了。"
他自己衡量自己能配得上，
别人一定配不上。
"我的心像钢铁熔炼一样刚强。"
他想自己的本领像天神一样，
他的力气有七只大象那样大。

时间到了，王子发出通知，
全勐的些纳、百姓纷纷来到宫廷。
大象、马匹嘶叫的声音不绝，
他们随着国王和王子出发，
勐哈傣的人们都匆匆忙忙，
所有头人骑着配雕花银鞍的骏马，
马额头挂着银质的莲花瓣，
他们都打扮得很漂亮。

人到齐了，
些纳请国王动身，
人们敲打铓锣和象脚鼓，
国王给公主打扮得很漂亮，
两耳插有单湖，
脖子挂着项链，
公主打扮得像金子一样闪光，
像天上下凡的仙女，
谁看见了都会全身酸软无力，
她身上打扮得好像要飞了一样，
成千上万的宫女跟随着公主行在路上，
国王出动，马蹄声响亮，
人们成群结队跟在后面，
前面的拉车抬旗，
后面是马队和国王的大象，
有的为国王抬着金伞。

远方的客人看见了都发呆，
国王、王后、王子、公主出动的时候，
放着礼炮。
一百零一勐的人看见国王动身，
大家都赶快准备东西，
为了要和公主成亲，
各勐的人都打扮得很漂亮，
他们戴上标真花，

香得好像檀香树一样。

些纳和百姓,
骏马和大象,
一起走进花园,
各勐来求婚的人,
大家唱唱跳跳很高兴,
些纳们拔出闪光的长刀耍来耍去,
有的射箭,
有的扎起篾绳在上面跑来跑去,
有的用肚皮抵在竹竿上旋转,
有的脚朝天朝地转来转去,
一百零一个国家比赛绝技,
公主看见各勐的王子都蠢笨,
嘲笑他们,
公主一个也看不上,
黑眼珠的公主说:
"我真讨厌这些远方来的人,
你们还想与我同床,
真讨厌了,
你们还想与我同枕一个枕头。"

公主看见各勐王子的本领都讨厌,
她一个也爱不上,
可是来自各勐的王子认为,
公主的视线看着他们,
以为公主看上了他们,

心里想着和公主成亲偷偷高兴。
召沙瓦里敲着大鼓叫比赛的人停下,
现在时间到了,停止游戏,
来比赛本领,
看谁的福气大。

召沙瓦里大声叫喊说:
"有福气的各勐王子,
你们大家请听我说,
请牢牢记住我的话,
我的妹子喃准布呀,
好像天上的宝石,
随着雨水下到人间,
你们虽然爱上她呀,
我也不能随便丢开不管,
这里有一块古老的大石,
试试看谁的本领大,
有谁能够接着又甩上天去,
公主就配给他。"

有一个勐沙瓦提的王子听到了,
他感到很高兴,
他心里想起绿头发的公主,
一定能够和她同床盖被,
做不到的人自己感到非常愁闷,
他们害羞得不敢讲话,
他们感到愤愤不平。

"我们都是王子，"
他们一边讨论一边埋怨地说，
"我们都是拥有宝刀的召，
我们都是坐着大象的召，
为什么这么傲慢地对待我们？
真叫我们丢脸，
大家都是陆地上的人，
大家都是吃饭长大的人，
难道他是吃铁吃钢的吗？
我们等待着看吧，
勐哈傣的王难道是吃什么长大的？
为什么别人的力气没有比他强大？
为什么他会像天神一样年轻？
大家都是陆地上的人，
都是从母亲的肚里生出来，
从小吃母亲的乳汁长大，
都是一样的人没有区别，
难道他是吮着手指头长大，
能高声吼叫举起石头？
为什么故意讲出丢我们面子的话？
我们大家叫他搬起大石头甩上天空让我们看看，
我们说软话白白丢脸，
我们说得坚强才不丢面子。"

他们商量以后大声唤□：
"召沙瓦里快把石头甩上天，我们看看吧！"
一百零一勐的王子□□□，
好像叫唤太小声了会丢脸。

召沙瓦里听到他们叫唤，
就感谢来自各勐的王子：
"我把石头甩上天，
谁能够接到，
就把我的妹子配给谁。
要是你们自己说了做不到，
我就要把你们拴起来。"
召沙瓦里对各勐王子说了，
就先双膝跪下向天神祈求，
又飞快走到大石旁边，
把石头高高举起，
在头上旋转一圈就丢到天，
嘴里说着话，
伟大的石头转上天空，
到七次视线[①]的天上。

来自各勐的人见了害怕得发抖，
害怕得纷纷逃跑，

---

① 傣族传说中以"望"来计算路程，"一望"，即眼睛望到的地方。此处"七次视线"意即"七望"。

各勐的人为了逃命,
把东西马匹都甩下不管,
他们丢掉的东西像地上的乱石一样,
因为他们说大话怕给王子沙瓦里
拴起来。
只剩下勐沙瓦提的王子召苏来,
当大石从天空转下来,
他走过去接住石头,
又把石头甩到天上,
正因为他生前积下的福气帮助了他,
他生前是森林里的一只老虎,
守管宽阔的森林,
麂子、马鹿走进它的地界,
就成为它的食物。

当佛祖释迦牟尼要来到人间,
佛祖投胎在母牛,生出来是条小牛,
母牛生下小牛以后,
把小牛放在草蓬里,
母牛出去吃草走进老虎的地界,
老虎从草蓬蹦出来按住母牛,
要把母牛吃掉。
母牛非常悲伤,
因为它想起可爱的小牛。
它用好话向老虎请求,
让它回来向小牛告别,
再回去给老虎吃。

老虎听老母牛的话,
两方提了保证,
就放它回去了。

母牛穿过森林回到小牛那里,
母牛见了小牛心里十分痛苦,
含着眼泪把事情告诉小牛。
小牛听了母亲的话,
它含着眼泪对母亲说:
"母亲生下我把我养大,
我应该报答母亲的恩情,
我应该救救母亲的性命,
我愿意自己去牺牲换母亲的性命,
这是我的心愿。
母亲呀,请你领我去见老虎吧。"
小牛下定决心说了,
母亲伤心地领着小牛,
慢慢走到森林里去了,
走到老虎的面前,
小牛对老虎说:
"我愿意为母亲代死。"
老虎听了小牛的话很可怜,
就把小牛放走了。

老虎死后升上天堂,
老虎生前积下的福使他转生人间,
生在勐沙瓦提做王子,

他有七条大象的力气,
前世的福气帮助他,
他能够接住大石头,
又把石头丢上天。
众些纳和百姓看到了,
感到无比惊奇,
纷纷合掌称赞。
福气帮助王子召苏来,
两勐结成亲戚,
两颗宝石配成双。
勐哈傣的国王和皇后,
勐哈傣的王子召沙瓦里,
他们都很高兴,
好比又增加一万只大象,
他们拉着勐沙瓦提王子,
请他同公主坐在金床上,
国王向众些纳和百姓宣布,
叫大家动身回宫殿,
选择吉日良辰,
为召苏来王子和公主成亲。
总些纳听到国王命令,
叫士兵准备配金银鞍的骏马、大象。

人们跟在后面回到城里,
车子、马蹄声和大象的叫声,
响遍整个森林,
他们顺着大路离开花园,

人群、马队走在路上。
人们敲锣打鼓,
马铃的响声、人们的欢呼声,
响彻一路,
人们走过的路上尘土飞扬。
走进城门,
公主骑着大象,
随着人们回到宫廷。

到这里已经唱完一段,
下面的故事还很长,
请继续听下去吧,
我亲爱的姑娘,
现在我要歌唱下一段,
下一段的故事,
像盛开的花朵被狂风吹打。
喃准布应受的痛苦和灾难,
喃准布碰到不幸的事情。

森林里有一个坚固美观的岩洞,
洞里的地面铺着金银,
还有金床,里面发出闪闪的金光,
岩洞周围长着鲜艳的鲜花,
岩洞的底下有一个水湖。
水里新开的莲花发出芬芳,
这是魔鬼管辖的地方,
魔鬼的心又黑又恶,

他经常寻找美女，
他偷到美女抱进岩洞里，
叫美女在岩洞里跪着，
他一个手按着脖子，
一个手揪着发髻，
用刀割掉脖子，
喝着美女的血，
再把美女的尸体丢进深渊，
魔鬼经常到各处去寻找美女，
他已经喝过十六个美丽公主的血，
贪心的魔鬼偷了十六个公主还不满足，
他又到处寻找美女来到勐哈傣，
正当喃准布从花园回到城门，
魔鬼看见飞上天空转下来，
抱住喃准布公主又像风一样飞走了。
灾难临到公主，
使她无比痛苦伤心，
她哭哭啼啼向魔鬼要求释放，
人们听到空中传来的哭声，
人们一看公主不见了，
只见象鞍上只摆着绣花的枕头，
人们纷纷痛苦。
人们仰望天空，
只见空中飘走公主的衣裳。

城门上所有的人都可怜公主，
人们的眼泪像波浪一样，
有的哭着说：
"美丽的公主呀，
像海水一样洁白，
你遇到不幸的事，
勐哈傣变得寂寞凄冷。
我们失去了公主，
好像割掉我们一半国土，
天呀，为什么乌云遮住我们的勐？
我们年轻的公主只有十六岁，
她一身处处都美，
她走起路来好像要飞，
现在被魔鬼抢去，
要成为魔鬼的食物。
公主呀，
灾难来拆散我们，
难道是罪的报应，
魔鬼把你抢走了，
你的性命是难保呀。"

人们哭哭啼啼，
国王和王后又哭又滚，
王子沙瓦里飞上空中追救，
眼看见了也追不上，
魔鬼已顺着风飞走了，
公主哭着向父母和众些纳百姓说：
"再见吧，我亲爱的父母亲，

祝你们健康幸福，
百年千年盼望也见不到我了，
我定死在魔鬼的手里，
变成魔鬼的吃物。
再见吧，
抚养我长大的父母亲，
从小抱着我在怀里喂乳。
请原谅我吧，
不要怪罪于我。
请将父母亲的福分保佑我吧，
也许我能脱险回到父母身边。
再见吧，老人和些纳，
当罪恶来报应的时候，
谁也不能挽救。"

生在人间不能违扰险阻，
公主告别的哭声有谁听见？
她将变成什么有谁知道？
救不了也不能传个音讯。
人间的险阻报应就是这样，
公主不断合掌向天神求救，
魔鬼抱着公主越飞越远了，
到了太阳西下，
人们看不到公主的踪影，
人们哭得在地上翻滚，
国王和王后哭得昏倒过去，
昏倒在草地上。

总些纳看见国王和王后晕倒，
他念念口功用水灌醒国王和王后，
国王和王后醒来不见女儿，
他们心里乱得忍不住。

王后哭着说：
"我亲爱的喃淮布呀，
自你向我投胎以后，
我爱你呀，
走路都放轻脚步，
只怕震动着你。
吃的东西呀，酸辣都不吃，
只怕你受不了酸辣味。
每天每月我都欢喜快乐，
女儿生下了我才放心，
我双手把你抱在怀里喂乳，
我每天把你当作宝贝一样亲吻。
我爱你从小到大，
盼望你长大继承王位。

"谁知魔鬼降下灾难，
魔鬼把你抢离开我的身边，
难道是你前世的罪恶报应？
我亲爱的女儿呀，
你丢下了母亲被魔鬼抢走了，
你去了以后，
全勐变得寂寞凄冷。

我的女儿呀，
我眼珠般的女儿呀，
你不在了我要看谁的脸？
洁白的喃准布呀，
你为什么给母亲带来痛苦？
母亲看见你的大象更伤心，
眼看城头寂静无声，
眼看城尾也是一片寂静，
女儿不在了好像失去了国家一半人。
在宽阔的勐哈傣，
母亲去哪里找到一个像你一样美
丽的人来看？
母亲要向天神求拜，
母亲要滴水赕佛。
母亲要用所有的福保护你，
希望女儿能够归来，
使我现在痛苦凌乱的心，
变成像甜蜜的甘蔗一样。
回来吧，我亲爱的女儿呀，
父母从小把你轮流抱在怀里，
晚上给女儿盖上绿色闪光的绸缎，
希望女儿跟在母亲身边，
到哪里都牵手走在一起，
每天打扮得漂亮来往在宫廷，
你经常在窗子里遥望，
你经常面对着镜子梳妆，
现在只留下你的绣花跟枕头，

丢下你的金链金花
和你所用的东西。
我的女儿啊，
你的所有用品仍旧摆在住房，
我心上的女儿呀，我怎么把你忘记？
我不如从树上跳下来，
还比现在活着更好，
我不如从高山石岩跳下来，
还比现在活着更好。"

母亲无比爱女儿，
母亲流泪痛哭，
哭得全身淌汗，
太阳已经落下山坡，
双眼还望四方，
望穿眼睛看不见女儿，
母亲更伤心地痛哭：
"糯真和滴高花呀，
难道花儿全都谢了留下枯枝。
我伤心呀，怕命不长了，
为了女儿还是让我死了吧。"
王后边哭边叫，
王后在徘徊，
她的心像中了毒药，
她一身软弱无力，
她的心好像要断了死去，
人在世间就会碰到痛苦的事情，

国王和王后只有忍着苦痛回到宫廷。

第二天早上，
国王派人请来全勐的摩古拉，
摩古拉纷纷走上宫廷向国王跪拜。
国王对摩古拉说：
"我漂亮的女儿呀，
她的后果怎么样？
是否魔鬼把她杀害了？
是否她还活在人间？
她伤心地哭呀，
是否她的灵魂已经离开身体？
是否凶恶的魔鬼杀不死我的女儿？
请各位摩古拉算算看。"

摩古拉按照公主的生辰年月算，
摩古拉按照公主的生肖算，
他们算了又算，算了三次。
他们知道公主还活在人间，
有个有福气的王子去救她，
他们将来会结成夫妻，
他们两个将合成一颗宝石，
那个王子像天上下来的一颗宝石，
他们将会出现在花园。

年轻的姑娘呀，
我要再详细歌唱下去，

请你细心地听吧，
不长的一个月里，
喜讯从花园传来。

摩古拉算好告诉国王，
可能国家还会出现战争，
如互不相让，
将会出现战火。
摩古拉说完告别回家，
国王明白摩古拉所说的话，
王子召沙瓦里也听见了，
王子召集总些纳偷偷商量，
他们心里怀疑，
王子召沙瓦里说：
"不管地下天上的事我都不怕，
只要我的妹妹喃准布回来，
要出动战象打仗也不怕，
除了天上的神，谁人也不怕，
世界上十六个大国起兵来也不怕。"

召沙瓦里所说的话，
被勐沙瓦提的王子召苏来听见了，
他知道公主的哥哥勇敢厉害，
他感到十分高兴，
他准备了要和公主结婚的礼物。
召苏来将骏马、大象献给国王说：
"孙子来到这里求婚，

请求两勐结成兄弟,
请求两勐同一个城墙,
可是被人拆散了,
但愿公主能回到宫廷,
为了求婚结亲,
我的话说了不动摇,
我虽是人间的人,
我说过的话就要实现,
我的话请国王记在心上,
如果公主回来,
请不要把我忘记在一边,
请你按照我所说的,
把公主回来的消息告诉我,
请不要使我做'波行'①,
我一定要回来,
如果勐哈傣出现不幸的事,
如果有侵略的战争,
孙子一定出动战象、士兵来参战。"
王子沙瓦里听到召苏来的话,
双方提了保证,
召苏来把礼物献给国王,
就告别回国去了,
回到勐沙瓦提以后日夜等待消息。

听吧,

我又转来唱凶恶的魔鬼,
魔鬼抱着公主顺风飞回洞里,
他把公主抱进岩洞,
把洞门紧闭。
按照魔鬼的规矩,
赶快到魔王叭威素哑报道,
留下洁白的公主在岩洞里。
公主哭得全身软弱无力,
哭得面黄肌瘦。
她做梦也吃不到早饭和晚饭,
她的痛苦呀,
像所有的河水冲击她的胸膛,
公主只有合掌向天神祈求,
祈求众天神来帮助。
"天神呀,请不要使我孤单痛苦,
请不要让我孤孤单单地死去,
我身上没有芝麻一样大的罪恶,
难道是我前世的罪孽报应?

"天神呀,
请你把我拖出死亡的道路,
你们救了我呀,
我永世不会忘记你们的恩情,
假如我真正脱险不死,
像花一样又开放了,

---

① 波行:离了婚的男子。

我要多多赕佛报恩。
我从小积有的福归给你们,
我不做轻视神灵的事情,
我要向地下合掌跪拜天神,
我向所有的天神朝拜。"

公主的话震动了天上的神后,
天神知道公主喃准布遇到灾难,
天神看见公主被关在岩洞里,
为了拯救公主,
天神变成一个美丽的少年来到人间。
在鸡叫时分浓雾弥漫的黎明,
他走进石洞对公主说:
"公主呀,你为什么到这里来?
请你告诉我明白,
我不会欺骗你,赶紧对我说吧。"
公主呆呆地望着天神说不出话,
她又翻来覆去地想,
她带着疑问的心问道:
"你是不是森林里的佛?
难道你是森林里的神?
你是水里的神龙还是天上的叭英?
难道你和我受到同样的灾难?
请你赶快离开这里吧,
如果太阳升上山坡,
到太阳西下的时候,
魔鬼就要回来了,

那时就不好了,
他是森林里凶恶的吃人的魔鬼,
这个岩洞是他所管的地区,
我也不知道什么时候要死了,
只是心里的脉搏还跳动着,
我已经成了要死的人,
请你们不要来接近我,
免得你们无端受难,
又增加了我的罪孽。"

天神听了公主的话,
怕公主被魔鬼害死,
便再次告诉公主说:
"这是天上叭英下来告诉你的,
请你不要过分怀疑和伤心,
请你不要把自己的命看得太简单,
你不必害怕魔鬼杀害你的性命,
总有一天你的福会帮助你,
有一个真正有福的王子,
他将穿过森林来到这里,
他会把你救出去。"
公主听了十分高兴,
她高兴得好像眼前已经出现要救
她离开苦难的王子。
但她想起亲爱的父母亲
和众头人、百姓,
心里还感到十分悲伤,

想起她在宫廷里的生活，
想起自从离开宫廷来到森林，
想起现在遭遇苦难。
"我自小不曾离开宫廷，
难道是罪孽的报应，
使我现在睡在森林里的地面上，
使我伤心痛苦，面黄肌瘦？"
公主时刻担心着魔鬼杀害，
魔鬼每天守在岩洞里，
魔鬼每天走近公主身边，
想和公主同睡。
公主的福气不把公主丢在一边，
福气保护公主，
每当魔鬼走近公主身边，
感到公主的身体好像烈火一样，
使魔鬼无法接近公主。

听吧，
我要按照唱本的顺序，
又再唱宽广无边的勐委扎，
召香勐已经长大到了十六岁，
国王让他继承王位，
就是还没有美丽的人做王后，
国王叫人敲起大鼓传下命令，
通知全国年轻的姑娘，
国王又召集些纳，
国王对众些纳说：

"为了给王子选美配亲，
这事情要怎样办好？
请众些纳多出主意，
我们宽阔的勐有水没有鱼，
有宽阔的田地没有稻谷，
假如找不出人来继承王位，
往后就被人看不起，
这桩大事交众些纳办理。
有的去通知百姓，
叫全国年轻美丽的姑娘，
都集中到花园里来，
要姑娘们尽量打扮，
手上要戴戒指、手镯，
头上插金花、银花，
叫王子亲自来挑选，
他选了王后以后，
叫召香勐管理国家，
叫他成为宫廷的主人。"

国王把事情交代以后，
四个大些纳按照国王的命令，
准备了大象、骏马和士兵。
人马到齐了，
国王坐上大象，
马队走在前面，
四个大些纳骑马跟随国王，
国王召底卡、王后南罕飞，

还有召香勐和他的哥哥召楠玛迪，
前面是彩旗队，
后面有人为他们拿着金伞，
后面跟随的是众些纳和百姓，
人们走着，多得像天上的星星。
成群结队的姑娘，
也走进了花园，
花园里热热闹闹，
有各种各样的好玩意。
有的唱歌跳舞，
有的打拳耍刀，
有的跳象脚鼓舞，
有的赛马，等等。
大些纳们在比赛口功，
人们玩够以后停下来，
所有打扮得好看的姑娘，
她们一排排地坐起来，
好像凤凰排列两行，
姑娘们好像炼出的美人，
好像画出来的美人，
姑娘的双眼像宝石一样好看。

国王对儿子说：
"像沾巴花一样芬芳的召香勐呀，
坐在这里年轻的姑娘，
你好好地看看吧，
她们洁白的皮肤，

像开放的花瓣一样美的胸膛，
你看吧，亲爱的儿子，
你看上哪一位姑娘，
我就会赶快给你成亲，
我要让你继承我的王位，
因为父亲年纪已经大了，
应该由你掌管办理国事，
按照国规由你继承王位，
父亲在你的福下过幸福的生活。"

从此召香勐才知道父亲要自己继承王位，
他自己也想找个美丽的妻子做伴。
可是在花园里坐着的姑娘，
他一个也爱不上，
哪怕是再美的也爱不上，
哪怕是再细再密的牙齿也爱不上。
也许是前世的姻缘未注定，
虽然是年轻、美丽、腰细，
也爱不上。
全国的美女都不合他的心意，
他跪下来向父王朝拜说：
"像花一样的父王呀，
父王爱我给我继承王位，
我感谢父王的福气。
在这里所有的姑娘虽然美丽，
可是我的姻缘，
没有注定在我生长的国家。

我要求和姑娘们分别,
父王呀,我不反对你的话,
也不轻视你的福气,
父王的话每一句都对,
儿子要把父亲的话举在头上,
绝不是儿子懒惰不管国事,
我要求父亲准我去当和尚。
我要走进森林,
我要到森林里去修行守戒,
我经常念经拜佛保佑父王。"
王子跪着不断向国王要求,
看起来真可怜。

国王用好话劝儿子:
"亲爱的儿子呀,
你为什么丢下父母到森林里去?
父亲有说不出的痛苦,
因为可爱的儿子自小在母亲的怀里长大,
父亲怎么能准许你到森林里去?
你就忍下心来继承王位吧,
你何必要到森林里去呢?
儿子呀,我求你不要离开我,
森林里有凶恶的野兽大象,
经常会吃人。
还有凶恶的鬼怪,
在森林里捕捉马鹿、麂子,

有人迷路走进他的地界,
一定被他吃掉,
还有吃人的虎狼。"
国王说很多话劝告香勐,
就动身回到宫廷。

召香勐请摩古拉来卜卦,
摩古拉问他有何事情,
召香勐说:"请你来是有事情,
我想到森林里去当和尚,
可是父王不允许我去,
我心里感到忐忑不安,
这事情要怎样办好?
请摩古拉来卜卦看看,
又请你看看我的姻缘注定在何方,
是在近处还是在远方?
是在我们的勐还是在别的勐?
请摩古拉详细告诉我。"

高明的摩古拉能看手纹,
摩古拉看召香勐的手纹有金花线,
知道他的姻缘在远方。
"女方住在勐哈傣,
就在我们国家的东方,
那个姑娘已经离开她的国家、父母,
因为她轻视自己的父母,
才使她离开自己的家乡,

也可能是凶煞来临,
过七天她的性命就要完结,
她与王子有共同的灾难,
王子应该立刻离开国家,
在这七天里可能灾难来到你身上,
只要七天过去就好了,
王子呀,
你赶快离开宫廷到森林里去,
灾难才会离开你的身边。"

王子按照摩古拉所说的话,
召香勐决定独自离开宫廷到森林里,
摩古拉对他说:
"那时你在森林里要当和尚也好,
不当和尚也可以脱险,
王子呀,请你赶快走,
请你赶快离开宫廷吧,
因为你脚上的花纹有三条,
从里面看到有你的灾难,
假如灾难过去了,你一定有喜事,
能得到一位美丽的姑娘做妻子,
姻缘注定你到森林会得到美女,
她前世曾经是你的王后,
她为了和你成双在等待着你,
听吧,王子,请你迅速离开宫廷。"
王子听了摩古拉的卜语,
便领着摩古拉去见父王,

把摩古拉所说的话告诉父王,
要求父王允许离开宫廷出去。

当国王明白了这个事情,
他感到左右为难,
不让他去又怕儿子遇到灾难,
让他去了又舍不得离开,
国王吩咐儿子,
又把宝刀交给儿子,
并且用好话祝福儿子,
王后听到儿子要到森林,
她感到痛苦流出眼泪,
所有的些纳和百姓,
也都感到忧愁悲伤。
哥哥召楠玛看弟弟要离开,
也感到愁闷不安。
王子就要出门远去,
整个勐的村村寨寨,
好像都荒凉无人烟。
国王为了儿子要到森林,
所有能够保护儿子的宝物都给他,
有宝刀、飞鞋、宝弓、神箭,
这些宝物是古兰戛时代,
天神送给的,
它们的威力很大,
三支神箭成为召香勐身上的宝,
一支神箭能够粉碎石头,

能够穿倒成片的大树,
射出去的神箭自己能飞回来,
一支神箭射出去变烈火,
一支神箭射上天空变成大雨,
雨水会变成大海一样汹涌,
自古传下来的神箭都交给召香勐。
王子拿起弓箭和宝刀挂在肩上,
召香勐向父母亲拜别,
父母亲向他吩咐祝福,
召香勐记住父母的话就离开宫廷,
人们因为他离开哭得很伤心,
众些纳和百姓纷纷和他送别到边界,
召香勐到地界后独自去了,
众些纳和百姓都回来。

召香勐每天走在森林里,
走到一片宽阔的森林,
他走路非常吃力,
因为他从来没离开过宫廷,
他赤脚走路,
他独自在森林里行走,
听到知了的叫声感到快乐,
到了太阳下了山坡,
用树叶铺在树底下,
就在树下过夜,
他担心凶猛的野兽伤害,
整夜睡不着。

召香勐越走越累得一身无力,
自从离开家已经七天了,
他走到帕拉西居住的大森林,
每个山坡都是帕拉西寻找薯类的路。
召香勐看见了,
他顺着足迹走过了一坡又一坡,
到了一条山沟,
看见森林里有各种鲜花,
有的树开满花,
有的树结满果实,
有的开出像美女一样的花,
有耳朵、眼睛,有手有脚,
从脚到头就像一个美人。
他从来未见到,感到奇怪,
有人一样柔软洁白的皮肤,
真的像天神下凡的美女,
她那粉红的面颊好像要滴下金水,
黑黑的眼睛,
细密的牙齿,
每枝树枝都开满花朵,
谢了的花瓣掉在石面和地面,
像炉里的金水在闪光。
他越细看越像美女,
只不过是没有性□,
头上的发髻插着金花。
魔鬼经常来拥抱接吻,
帕拉西飞过这一棵树,

他看到树上的花美人，
他就贪恋情欲，
帕拉西去拥抱美人花，
从此失去会飞的本领。
召香勐走在森林里，
看到这情形很奇怪，
他一望又看到一个草棚，
他走到草棚一看，
草棚的门紧紧缚住，
他解开绳子推门进去，
看见里面挂着一朵美人花，
他怀疑地说：
"在这里住着的帕拉西呀，
到底是怎么一回事？
如果他真正给佛守戒，
我就脱下衣服换上袈裟，
如果他是卑鄙下流，我就远远离开。"
他把门照样关好，
召香勐躲在一旁偷看。

帕拉西回来脱下袈裟，
跑到湖里洗澡，
回来时对着蜡烛火焰合掌，
由于他贪恋情欲，
抱起美女花在床上玩弄，
召香勐看得清清楚楚，
对于这种行为感到愤恨，

召香勐赶紧离开草棚。

傍晚，
走到一棵枝叶茂密的大树，
睡在大树底下，
只听到蟋蟀吱吱叫，
召香勐整夜睡不着。
那里有凶恶的虎狼出没，
他不能安睡，拔出长刀坐着，
只看到一片阴暗的森林，
想起自己生长的国家，
他伤心得流出眼泪，
正当他伤心的时候，
看到树上一双鸟夫妻在谈话，
雄鸟对雌鸟：
"你今天飞到什么地方，
你是比我先回来的吗？"
雌鸟回答说：
"我今天没有飞到远方，
就在附近飞来飞去，
我在欣赏香花的时候，
看到一个男子到森林孤独地走，
他的身体真美，
也许是哪一国的王。"
雌鸟说完问雄鸟：
"我黑眼珠的丈夫呀，
今天你飞到什么地方？

是不是飞到远方才回来这么晚？"

雄鸟说：
"今天我飞到东方的森林，
那里是一片石林、险坡，
那里有成群的飞鸟探花，
我飞到那里听到可怜的哭声，
那里有成群的凤凰和鹦哥，
我询问孔雀和八哥，
所有的雀鸟和松鼠都对我说：
有一个美丽的公主被魔鬼关在石洞里，
凶恶的魔鬼已经偷了十六个公主，
现在他又偷勐哈傣英明有福的公主，
魔鬼还想要玩弄她，
他把公主紧紧关在石洞里，
公主受着苦难伤心地哭着，
这是孔雀和八哥向我说的真话。"
雄鸟和雌鸟谈话的时候，
召香勐竖起耳朵仔细听，
召香勐高兴得想要飞上天空，
想到摩古拉所说的话真灵验，
难道是天神帮助能够遇见公主？
难道是天神滴瓦拉指示鸟讲话？
听了又符合摩古拉的话，
心里十分挂念公主，整夜睡不着，
他坐着等待天亮，

正当成群的八哥叫唛，
阳光照亮了山坡，
召香勐离开大树，
爬上高土陡坡，
他按照鹦哥的话去寻找，
召香勐爬上山坡走到魔鬼的地方。

听吧，
像牛肚子果一样细腰的姑娘，
现在我要唱欢乐的新歌，
我要歌唱公主喃准布，
黑眼珠的公主她梦见一只大白象，
她从空中飞到清澈明亮的湖水洗澡，
河里的石头震动起来，
把大象吓疯了，
大象叫得山要崩，
用鼻子卷倒一棵棵大树，
用牙把它住的大洞冲破，
公主赶紧跑出来，
大象把公主抱起来从空中飞起，
把公主抱到森林里一片宽阔的花园。
花园里有马鹿、麂子和大动物，
有狮子和比大象还大还厉害的拉台西，
大象把公主放在花园又飞去，
到了傍晚又飞回来。
公主睡在乱石之间做梦，

醒来又害怕得周身发抖。
"是不是我的命快完了，
使我梦见这样的事情？
是不是凶残的魔鬼要杀害我？
难道我要永别家乡死在石崖里了？"
公主的心像风吹动一样，
公主又放声大哭。

这里又唱完一段，
我又回来唱召香勐王子，
太阳快要下山了，
他走上高高的山上，
他在高高的山上徘徊，
他到处寻找公主。
他照着鹦哥的话到高山石崖，
他找遍每一个岩顶也看不见公主。
他忍着辛苦爬上更高的悬岩更陡
的山寻找，
走到一个清凉的大湖，
湖面开着芬芳的莲花，
他又从那里爬上悬岩，
有一块大石头，
召香勐转到那里，
看见被魔鬼吃掉的十六个公主的
骨骸。
召香勐感到惊讶，
是不是公主已死在这里？

召香勐越看越感到害怕，
要是意志不坚强的不敢过去，
可是召香勐继续向前，
想看看有没有新的尸首，
也许公主还活在人间，
他顺着山路去寻找，
说是魔鬼吃掉又不见尸首，
一定是魔鬼藏起来了，
他又在大石头周围巡视，
到处都看不见公主，
他又继续寻找，
使他满身大汗，
走到实在没有力了，
只得坐下休息。
他休息一阵又继续寻找，
在石岩中转来转去地找，
到处找不着感到奇怪，
但他又想：
"我既然是寻找姑娘，
我一定不会放弃这桩姻缘。"
他听到隐隐约约的哭声，
隔一会忽然又听不到了。
"是不是魔鬼把她残害了呢？
是不是魔鬼见我来又把她藏起来了？"
又想："如果魔鬼守在公主身边，
这对我也不利，
要小心提防。"

他装好神箭顺着石岩仔细寻找，
他找到石岩的东面，
看见石岩上有光亮的颜色和花纹，
有一颗五颜六色的石头像床一样，
召香勐在那里寻找不到洞口，
洞口已经被魔鬼关闭紧了，
召香勐又往上走一层，
看见洞口紧紧关住，
他想公主一定在这里了，
他放下身上带的东西，
想法子打开洞口，
他用手敲石头一点也不动，
他用宝刀一砍石头震动了，
公主听到声音，
使公主紧张起来，
以为是魔鬼游玩回来敲门，
公主忍不住气愤大骂：
"贪心作恶的魔鬼呀，
你不要把我生折磨，
要吃就赶紧把我吃掉，
为什么要使我远离家乡，
使我无端受难受苦？
赶紧来把我吃掉吧，
死了我会升到天堂去，
你就死到油锅里去吧。"

召香勐听到知道公主真在里面，
他对公主叫喊：
"我亲爱的妹妹呀，
我不是贪心作恶的魔鬼，
我是身上背着宝刀过森林来找你的人，
我听到你被魔鬼捉禁起来的消息，
我才离开宫廷来救你，
我日夜走在森林都是为了你，
请你不要怀疑我呀，
我眼珠般的妹妹呀，
你就出来吧，
我多么盼望见到你，
姻缘使我们相会，
请你不要在洞里，
出来吧，
我亲爱的妹妹呀，
我已到这里，请不要害怕，
请你放心吧。"

公主听清楚知道不是魔鬼，
是一个英明有福的人来了，
她跑到石缝去看，很高兴，
公主跪在地上对召香勐说：
"召呀，请你可怜我，救我，
我要以身相许报恩，
无论如何我要跟在你身边。"
公主请求的声音很可怜，

召香勐双手搬石门搬不动。
"难道我来寻找公主白白落空?"
他合掌向天拜说:
"我滴水赕佛积下福气,
今天难道我说到做不到?
请求天神帮助打开石门,
使公主赶快从石洞里出来。"
他用手搬石门,
轻轻地搬开了,
他叫公主:
"亲爱的妹妹啊,请赶快出来吧!"

公主出来跪拜王子说:
"我眼珠般的哥哥呀,
如果没有你来相救,
我一定逃不脱魔掌,
我一定死在石洞里。
现在我从死里逃生,
请你不要丢下我不顾,
不要使我受到第二次灾难。"
召香勐对公主说:
"椰子树一样的妹妹呀,
你不要怕什么灾难来临,
我不会丢下你,
我走遍深山老林,
是为了来寻找你,
我不会轻易放你给魔鬼吃掉,

天下的一切我不怕,
如果我的宝刀不断,
天上的宝石一样的我,
不会白白看着你死去,
森林里的一切魔鬼你不用怕,
我到森林里来定要救你出去,
我一定护送你回家去,
你一定会脱险,不会死的。"
喃准布对召香勐说:
"感谢你的可怜,
感谢你救出我的性命,
你不看我的面看太阳,
不要把我这个苦命人丢在一边。
你对我的恩情,
我跟着你为你挑水砍柴,
我要勤快不偷懒。"
召香勐高兴地说:
"纯金绳般的妹子呀,
我眼珠般的妹子呀,
你心里不要怀疑,
你不要说自己命苦,
我们都是国王的子女,
你我都是住在宫廷里的人,
我不会把黑眼珠的妹妹当家奴使唤。
只怕我配不上妹妹,
如果我们两个都相爱,
我不会把你丢在一边,

我们今天能够相逢,
我一定和你配成双,
我一定把你带回去见国王。"

他们定情以后不分开,
双双到湖里去洗澡,
清清的湖水有莲藕,
莲藕湖旁有薯类瓜果,
吃饱以后他们又往前走。
召香勐对喃准布说:
"我亲爱的眼珠般的妹妹呀,
山脚下我看到尸首,
魔鬼在那里吃过上千只大象,
魔鬼吃掉了十六个公主,
我亲眼看见了,
我要领你去看一看。"
公主看见白骨成堆,
吓得紧紧抱住召香勐发抖,
公主抖得一身淌汗说:
"如果没有你的福气,
我的灵魂恐怕也不存在了,
我一定死了,像她们一样,
你救我出魔掌,
请赶快带我回去吧,
如果残忍的魔鬼回来就不好了,
我真是害怕魔鬼,
请你赶快带我离开这里吧。"

召香勐对喃准布说:
"长毛的魔鬼哪里去了?
什么时候回来?
是不是他偷偷注视着你?"
喃准布说:
"这片森林是魔鬼管辖的地区,
他躲到什么地方去我也不知道,
他总是在傍晚的时候归来。
一来到用脚踢开石门,
他每次来我的心总像风吹不安,
我的哥哥呀,魔鬼到傍晚一定来的。"

召香勐为了和魔鬼较量,
他躲在石洞附近等待,
到了夕阳下山的时候,
召香勐小声安慰喃准布:
"你别怕吧,我亲爱的妹妹,
我们俩一起到山洞里去,
你别怕吧,我们住到明早才离开,
你不要怕森林里的魔鬼,
森林里所有的魔鬼来了,
你也不用担心,
如果一百个魔鬼来了,我也要决斗。
我身上带着神箭宝刀,
我是天上宝石般的人,
我怎么会轻易让你给魔鬼吃掉呢?
等魔鬼回来的时候你看吧。"

召香勐说着领喃准布到石洞去，
他们睡在石洞里，
召香勐拔出宝刀，
装着神箭对着洞口。

傍晚，太阳落下山坡，
凶恶的魔鬼告别魔王归来，
走到湖边看见人的足迹，
地面上丢散的莲花瓣。
魔鬼发火地说：
"是谁来偷我的莲藕？
这是我管辖的地方，
谁走进我的地界要把他当食物，
我不会白白放过。
难道是勐哈傣来寻找公主？
是不是他们从洞里拿出公主了？
是谁把我的莲藕都吃掉了？
难道是黑眼珠的公主出来游玩？
我出去时已经把洞门紧紧关闭，
是谁把洞口打开让公主出来？
谁也不会轻易把洞门打开。"

凶恶的魔鬼急忙回洞，
看见洞口被砍的刀印，
他就大声叫唤，像大象吼的声音：
"是谁砍裂我的洞门？
我一定不放过你。"

魔鬼跑进洞去叫唤公主：
"我的妹妹啊，你快来吧。"
王子和公主听到魔鬼回来了，
召香勐偷偷注视魔鬼并对喃准布说：
"你不要答应他，
等到我看清楚要用箭对准他胸部，
我们把他射死之后才出去看，
你放大胆点，
箭射出去你别害怕，
射箭的声音会震动整个洞，
我的妹子不要怕，你等着看我吧！"
召香勐告诉喃准布之后，
他拉起弓箭等待魔鬼，
魔鬼又叫了三遍，
不见公主回答。
"难道公主出洞回来累了，
她睡得很甜不知道？
难道她在石洞里死了吗？
怎么不回答我？
我每天回来都能听到她的哭，
今天我一定要把她的血喝干净。"

凶残黑心的魔鬼生气了，
他把洞门打开了。
召香勐看清楚魔鬼，
对准魔鬼的胸膛，
一箭射出去把他射成两截，

神箭绕着石头三围飞回来,
神箭发出响亮的声音,
好像石洞要崩溃,
好像闪电雷劈的声音。
魔鬼死在洞口,
魔鬼的血流满洞口,
他们出来看到魔鬼可怕的样子,
看了魔鬼的尸首又回到洞里,
公主得到王子福气的帮助感到高兴,
王子和公主相亲相爱地睡在洞里。
他们面对着面谈情说爱,
自由自在,真心相爱,
森林里的豺狼叫,
微风吹着树梢,
当太阳爬上山坡照亮大地,
召香勐背起弓箭宝刀,
领着公主离开石洞,
双双走过森林,
在路上王子翻来覆去地想,
要把公主领回自己国家,
又怕勐哈傣误会违反国规。
"我要先把她送回勐哈傣,
公主的父母应按规矩让我们成亲。"
"我心爱的公主喃准布呀,
勐哈傣是在何方?
请你指给我吧。"
公主用手指着说:

"我的家乡勐哈傣在东方,
魔鬼把我从东方抢到西方。
魔鬼抢我来时,我记得很清楚,
来时太阳照耀着东方,
到石洞来太阳已经西下。"

召香勐听了喃准布的话,
顺着路线向东方走,
王子和公主双双走在森林,
穿过树丛刺蓬,
身上又痛又痒,
走过高山老林。
召香勐和喃准布,
从来不曾受过这样的苦,
他们感到很不习惯,
他们的皮肤像稻草泡在水里,
又黄又白,
米吃完了,盐巴、辣子也没有了,
真是魔鬼带来的苦难,
王子和公主用兽肉当饭吃,
他们天天走在森林里,
好像疯人一样乱跑,
他们看见树上的金凤凰吃果子,
等到红太阳下了山坡,
王子和公主就歇下来了,
用树叶铺在地上睡,
没有垫子和被盖,

树叶底下是乱石和沙土,
他们从未用树叶做过睡垫。
到了深夜,寒露冻醒他们,
他们睡不着等到天亮,
眼看时间快到了,
太阳爬上了山坡,
他们一坡一坡走过去,
走过了千山万岭,
他们用野果充饥,
算算日子离开宫廷已二十多天了,
他们走过森林有四千庹,
路程有五十唷①,
他们走了五唷了,
要再往前走又怕公主累得断气,
他们走过一个森林到一个国家。

来到勐他尼,
这地方是一段路程,
各民族的商人在这里住宿,
召香勐和喃准布进去住下,
晚上睡醒,召香勐对喃准布说:
"我亲爱的妹妹呀,
你想一想吧,
从这里回到勐哈傣有多少路程?
你的家乡在哪一方向?"
公主对王子说:
"过去有人对我说过,
从这里到勐哈傣有一个月路程,
我的哥哥呀,
这是我以前听到的话,
我自己又没有走过。"
第二天王子和公主又走进森林,
走进一个很大的萨拉②,
来往的人说:
"你们兄妹从哪里来到这里,
从这里还要到哪里去?
洁白的二兄妹配得真合适,
你们兄妹的身材谁也比不上,
又细又软的身材很少见的,
美丽的身材,宽宽的胸膛,
世界上谁也比不上。"
青年男女纷纷问他们。
两兄妹对来问的人说:
"我们两兄妹是勐哈傣的人,
一起到森林里来游玩走错路,
勐哈傣在什么地方?
谁知道请告诉我们,
使我们回到自己的国家。"

---

① 唷:一唷八百庹。
② 萨拉:凉亭。

人们知道他们是勐哈傣的人，
人们给他们指方向：
"勐哈傣在我们国家的东方，
你们走过森林，
爬过一个大山堆，
只有那里能看到你们的国家。
那里有鹦哥和野鸡在喧叫，
它们在树枝上飞来飞去，
这使过路的人感到快乐，
你们兄妹边走边休息吧，
你们在半坡休息吃饭了再走，
你们边走边看呀，
那里有一枝繁叶密的大树，
树下有一个大水井和一间竹棚，
柴火什么都有，
可在那里过夜。
第二天再顺着山梁往下走，
走下山坡看到宽阔清澈的河水，
你们兄妹在那里洗个澡，
过河以后又可以见到路。
不要从左边走，
那是勐沙瓦提来做生意的路，
往右边走，
就是勐哈傣来往的路。
一直走下去没有岔路，
你们两兄妹就顺着这样的路走吧，
走过森林就到宽广的勐哈傣。"

召香勐和喃准布牢牢记在心中，
他们顺着往东方的路走，
森林里的神鬼看到召香勐和喃准布，
为他们感到可怜，
为了帮助召香勐和喃准布，
他们把路途缩短了，
他们走了四天就到了勐哈傣，
离开石洞算起来已一个多月了，
如果神不缩短路，
从崖洞到勐哈傣要一百八十天，
上面我所唱的是召香勐和喃准布
在途中所经过的事情。

听吧！
我要按顺序详细往下唱，
唱的是召香勐和喃准布，
离开勐哈利塔那功，
顺着森林走了四天回到自己的国家。
公主回到勐哈傣，
认不出自己的国家，
浓雾笼罩着整个勐，
宽阔的勐哈傣看不到边，
山坡接着山坡。
召香勐问喃准布：
"我的好妹妹呀，
难道我们走过森林几天，
就来到你的家乡吗？

你们国家的面积长短有多少?
那天你对我说要走一个多月才到,
我们两人只走了几天就到了,
也许不是你生长的国家吧!
也许勐哈傣不远了,
我们只要走过前面一个小山坡,
就会看见人住的地方,
我们问了人家以后再走。"

他们再往前走了一段,
就走到了花园,
公主心里明白了,
喃准布不禁流下眼泪,
召香勐说:
"我的妹妹呀,
我领你来到这里为何流泪?
难道你有什么痛苦和伤心的事?
我不会把你丢在一边,
我也不会放走你,
难道是你后悔了,
才如此伤心痛苦?"
喃准布对召香勐说:
"我没有什么伤心的事,
我们双双走过森林,
来到了自己的花园,
我想起了过去的事,
不禁流下了眼泪。

我不是伤心后悔,
过去我的父母亲和众些纳、百姓,
还有一百零一勐的王子和随从,
都一起到宽阔的花园来赶热闹。
当时我的哥哥召沙瓦里,
把大石头甩上天空,
并向一百零一勐的王子说,
谁能接住石头抛向天空,
就把我许配给谁。
来自各勐的人谁也做不到,
纷纷地跑掉了,
丢下了许多牛、马、大象。
只有一个坚强的召苏来,
他能接住石头丢上天空,
当时我的哥哥召沙瓦里,
把我许配给召苏来,
等我们一起回家,
走到城门口,
魔鬼就把我抱起从空中飞走了,
现在我们的姻缘已定,
双双来到这里,
我所说的话你也会知道,
请吧,
我们一起进城去,
父母亲一定在等待看望我们,
如果父母看到我们回去了,
他们一定感到很高兴。

我亲爱的哥哥呀,
这事情要怎样办好?
请由你决定吧,
我要跟随在你后面走上宫廷。"

召香勐听了喃准布的话后说:
"亲爱的妹妹呀,
你还是好好地想一想吧,
假如我们这样进城,
会使我们丢脸不光彩,
我们且在这里过夜,
第二天总会有人看见我们。"
公主和王子商量以后,
两人就在花园住下,
双双睡在大石头上,
到了鸡叫时分,
他们睡不着爬起来坐着,
召香勐想着各种灾难,
他想道:"公主已经许配给人家,
可能人家会诬赖我偷走公主,
人家会以为我是魔鬼,
会想办法来伤害我,
这样对我是很不好的,
我在出门的时候,
摩古拉已经说过,
灾难和喜事同时会降临我身上,
摩古拉的话说得对,

现在灾难要来临了,
要使我丢下神箭宝刀,
我的神箭宝刀是世上罕有的,
我先把它藏起来,
如果我死了还会拿到。"
王子想到这里,
公主正睡得甜蜜,
王子偷偷把神箭宝刀在公园里好
好藏起来,
不让公主知道。
埋好了又回来和公主睡在一起,
在那么宽阔的花园里,
只有王子和公主两个人在谈情说爱,
多么幸福呀!

第二天太阳升上天空,
有一个男子为国王割马草,
他一边割马草边东张西望,
看见了王子和公主坐在大石上,
他为了看清楚仔细看,
他认出是公主,
和公主在一起的人不认识,
割草人赶快挑起马草回去报告些纳:
"今天我到花园里去割马草,
看见公主和一个男人坐在石头上,
他们两人真是漂亮难见到,
他们两人配得很合适,

那个男人看起来很英俊有福,
我向你报告这些,
希望你众些纳想法禀告国王,
请你们相信我,
不要说我小人说谎话。"

些纳听到割草人的报告,
急忙跑到宫廷,
跪拜国王禀告说:
"今天割草人报告的消息,
公主已经回到花园了,
我头上的国王呀,
请你赶快接公主回来,
可能是天神帮助他们成双,
他们坐在石头上闪出光。"
国王知道了很高兴,
叫来了王后和宫女们到跟前。

皇后和宫女们知道公主回来,
她好像天上掉下来的宝石,
还有一个有福气的美男子,
她知道以后高兴得流下眼泪。
国王下令接公主和驸马,
叫些纳赶快准备马车和大象,
配上金鞍银鞍,
通知众些纳和老百姓,

管马车的人赶快去拉马,
些纳赶快骑马先去,
些纳遵从国王的命令,
通知众头人和百姓,
按照国王的命令准备。
人们匆匆忙忙离开城里,
往花园走去。
人成群结队穿过田园,
人们飞快走路好像大风,
他们走到花园是吃晚饭的时候,
他们点起火把,
王子和公主看见了,
王子说:
"我亲爱的喃准布呀,
为什么人们点起一排排火把?
这是出了什么事情呀?"

公主详细看看,
看见前面风吹动着的彩旗,
看见成群的马和象,
她想是人家来接他们了,
公主双手合掌对王子说:
"你不要害怕,
这是对哥哥的好事情,
他们骑来的马头上都戴着边荣①,

---

① 边荣:用孔雀毛、银片装饰成的马笼头。

如果有战争，他们的马笼头不会戴，
可能父王母后命令些纳来，
知道我们在这里要接回去。"
公主的话还没有说完，
众些纳骑马匆匆来到眼前，
围绕着一块又大又重又坚固的石头，
大象吼叫着跪在石头面前，
些纳拿蜡条献给公主和王子，
请他们坐上大象，
人们的呼声很响亮，
公主骑着大象在前面，
王子骑着大象随公主后面，
人们前呼后应点起火把，
连夜送回城里，
人们成群结队走在路上，
美女青年会合在一起，
他们知道公主回来，
争先恐后来欢迎经常想念的公主。

人们拥进迎接的队伍，
挤得公主和王子的象的距离远了。
公主走进宫廷以后，
人民为公主的遭遇伤心流泪，
好像勐哈傣沉下去变成河水，
父母亲想念女儿赶快跑来迎接，
见公主三人拥抱晕倒过去，
公主醒来向父母亲朝拜：

"魔鬼把我从象座抱走，
母亲那时看不清楚，
我放声大哭你们也听不见，
我哭着向魔鬼要求释放也不行，
残忍的魔鬼怎肯放开我？
我的母亲呀，
我那时好像要死了。
想起从小抚养我的父母亲，
我的心就像睡在摇篮里一样，
我是无比的痛苦呀，
我回过头来看自己的家乡离得远，
所有的人都没有比我痛苦的，
别人虽然贫苦也能够住在村寨，
难道是罪孽报应，
使我们分开？
这种苦难难道是前世带来的？
因为所有的人都不像我这样痛苦
悲伤，
我一个人离开家乡，
好像掉在大海里一样，
好不容易有人把我救回来，
魔鬼把我拿去关在石洞里，
我好像疯了一样全身发抖，
我差一点就要昏死了，
如果没有父母亲的福气帮助我，
我每天都合掌呼唤父母亲的福，
如果父母亲的福气不保护我，

我早就被魔鬼吃掉了，
凶恶的魔鬼逼迫我，
魔鬼身上长着一尺长的毛，
当他鼓起眼睛真可怕，
我哭着叫喊父母又听不见，
我变成怎样的人你们也不知道。
母亲呀，我在忍受痛苦的时候，
你们安康吧！"
国王和王后听了女儿的话，
他们流泪如雨下，
在这里的人都同情公主哭起来，
好像勐哈傣要崩了一样，
人们都为公主伤心。

现在我要歌唱王后，
她看到自己的亲女儿回来，
抱着女儿说：
"我眼珠般的女儿呀，
自从你小时候刚刚打上发髻，
自从你会说话的时候，
我从来也没有骂过你一句，
我爱你就像爱自己的眼睛，
我为你痛苦呀，
就是魔鬼把你抱走的时候，
当时我见你还未回来，
母亲只能够看见你的衣裳，
在远远的空中飘着，

母亲的心好像被火烧一样，昏倒了，
人们怕我死了，
用口功灌醒我。
我醒来见整个国家天昏地暗，
好像一片片的黑云遮住天空，
我感到头昏眼花，
好像国家荒凉无人烟，
我看不见女儿在身边，
好像鬼进到我身上要发疯，
不知道吃早饭、晚饭，
心里十分痛苦，
我看谁的脸也不像你，
直到傍晚大家赶牛回寨子了，
我在窗口盼望女儿回来，
可是总不见你归来，
到了太阳升上天空，
我想着你回来吃早饭，
我流着眼泪守在桌旁等待你，
到了太阳爬上山坡照着门板，
我想着你要回来在晒台上晒太阳。
你离开宫廷我痛苦，
好像尖竹子戳空我的胸膛，
我想你去了会传来消息，
到了睡觉的时候，
我想你会到床里睡着，
可是我把铺盖掀开又看不见你，
有时梦见你睡在我身边，

我醒来用手摸不着你，
我又想好像你与我睡在一起，
天亮醒来又见不到你，
我想你是先起床了，
我往后追上去又不见你，
我以为你又到晒台上洗脸了，
我为你痛苦呀，
我也没有比这更痛苦了，
我天天赕佛，向天神朝拜，
我天天哭着，你是否听见我的哭声？"

黑眼珠的公主向母亲跪着说：
"我再次向父母跪拜，
那一位有福的王子，
他生长在海边地方，
他的那宽阔的国家叫勐委扎，
他的父王叫叭底卡，
他自己的名字叫召香勐，
他为了逃避灾难，
他为了将来上天堂去当和尚，
走进森林，
走到一个水湖，
听见我的哭声，
他爬上石崖看见我，
他可怜我，
打开石洞门把我放出来，
魔鬼回来以后，

王子用神箭射死魔鬼，
父母亲呀，
要不是召香勐救我，
我一定死在魔鬼手里。
召香勐看见我流下痛苦的眼泪，
他不把我丢下不顾，
可怜我，
他不单看地还看天，
他看了我的脸，
他看得起我们的国家和父母，
才把我领了回来。
他的福气和本领很高，
我能够和他相遇，
这是姻缘注定，
假如我不死掉，
决不放弃我的姻缘，
我爱他像爱宝石，
他像熔炉里的金水，
经过千遍熔炼，
金色永远不变，
他进到河里，
我也要跟着进去，
他要爬上高山，
我也要随他去，
我向父母亲禀告的话，
请父母亲允许我吧，
我请求千万别让我们分离，

不要使我再受一次痛苦，
如果受到几次痛苦，
我就难活人间。"

国王对公主说：
"不要担心吧，
我的女儿，
生在人间的人都是姻缘注定，
你的姻缘注定跟谁就跟谁吧，
我说的是真话，
女儿放心吧，
你做错了什么事犯了什么罪，
我都原谅你，
好像明净的水一样，
父王一定允许你们配成双，
父王还要给你继承王位。"

人们从四面八方奔来，
整个城市都来迎接公主，
人们匆匆忙忙跑上宫廷，
人们的呼声传到召沙瓦里。
他看到整个城市的人点着火把，
照红整个城市，
召沙瓦里问宫里的人：
"到底发生什么事情？
为什么整个城市的人点着火把？
匆匆忙忙到哪里去？"

宫里的人向召沙瓦里说：
"是公主喃准布回来了。"
召沙瓦里又问：
"谁说是喃准布公主回来呢？"
宫里的人按照听到的消息说：
"我双耳听人说，
有一个像叭神一样的美男子，
他领着公主走到花园来，
宫廷里的割马草人看见了，
告诉些纳，
些纳又禀告国王，
国王下令叫人们备大象迎接。"

召沙瓦里听到了大发雷霆说：
"众些纳赶快到这里来，
我从来没有听到这样的事情，
我不能相信，
我漂亮的妹妹，
残忍的魔鬼劫去又送回，
送公主来的一定不是好人，
一定是魔鬼劫去又后悔，
他想装成好心人，
一定是原来偷公主去的魔鬼变成人，
我们应该在他来走上宫廷以前缚起来，
赶快把他拖到外面去杀掉，
是谁用大象接魔鬼回来？

这是太不应该了。
他是阴谋把我们全勐吃掉,
你们照我命令快把他捉起来,
把他杀掉离开我的眼前。"

召沙瓦里管辖的些纳,
召集一千人,
纷纷冲到宫外门口堵住,
召沙瓦里骑象飞快来到宫廷,
向公主问候说:
"亲爱的喃准布妹妹呀,
你回来了,
你好吧?
我天天都为你担心。"
公主看到哥来问候,
她跪起合掌向哥哥拜,
她又离开哥哥到下边的宫廷。

听吧,
我要歌唱所有的故事,
我要谈谈后一段的故事,
英明苦命的召香勐呀,
他在人群的后面,
人们挤得他不能走得快,
当他来到宫廷门外,
那些凶手假装说好话:
"黑眼珠的驸马呀,

你来到了,
请你从象座上下来吧,
美丽的公主在等待着你。"

当召香勐从象座下到地面,
召香勐对那些凶手说:
"你们不要如此凶狠,
做错事了要犯罪,
我不是作恶的坏人,
我是一个国家的王子,
你们这样对待我以后,
你们要得到报应,
你们不要行凶,
你们应该查清楚,
如果我是匪徒该我死,
我会死在战象面前。"

他们听了召香勐的话更愤怒,
你说干我说干,
纷纷向召香勐捶打,
召香勐拿出武艺,
把他们一个个踢倒在地下,
他们又增加一千多人,
召香勐累得一身酸软无法抵抗,
召香勐被他们缚起来了,
你叫踢来我叫打,
召香勐被踢打在地面上,

满身都流鲜血,
守在城里和宫廷的神,
守在城里的一切神鬼,
他们聚在一起说:
"这位王子是有福的人,
他不是一般的人,
我们不能不管他,
可是他前生有罪过积下灾难,
目前他没有罪,
我们暂守着他不让他丧命,
如果人们要把召香勐拖出去,
我们再去把召沙瓦里变成召香勐,
给他们去杀,
因为召沙瓦里是违反佛规,
是不好的人。"

城里的神商量之后,
有的去守住城门,
暗中使乃巴堵①不开门,
有的去注视召沙瓦里,
把召沙瓦里引到别处,
找机会解开召香勐,
把召沙瓦里变成召香勐,
让人去杀了丢进油锅。

天神说坏人死了多少也不可怜,
许多神保护着召香勐。
鸡叫的时刻,
凶手把召香勐拖出去,
凶手闹哄哄拖召香勐。
些纳在梦中惊醒,
掀开被盖起来叫问:
"为什么外边人们闹哄哄?
难道是发生战争,
闹得鸡犬不宁?"

凶手回答说:
"请你原谅吧,
不是我们有意吵哏,
召沙瓦里命令我们,
连夜带匪徒到城外去杀,
我们要求慢些也不行,
非要连夜执行死刑,
大些纳,请你听听吧,
这就是劫去公主的匪徒,
匪徒已被我们捉住,
虽然我们捉毒蛇的脖子,
我就不能不听召沙瓦里的话②。"

---

① 乃巴堵:守城门的人。
② 该句前疑缺漏语句。——编者注

些纳听清楚了，
知道夜里杀人不合国规，
罪行轻重不明，
不能去急躁定罪，
王子独断独行，
更不符合规矩，
些纳赶快禀告国王说：
"召呀，请听些纳禀告，
锋利的宝刀是身上的宝，
请你不要当成罪行，
百姓早晚跪拜你不违规矩，
请你近看和远看，
请你往前看也往后看，
到底是什么事情要弄清楚，
你要打开二十层的窗子看清楚，
魔鬼把公主偷走，
这是摩古拉曾预卜过的，
我勐几百代的摩古拉卜事如神，
说公主遭难一月会回来，
要有一个有福的王子来救他，
如果不耐心不冷静，
就会为了公主失去我们的国家，
摩古拉的预卜会灵验，
我们些纳真为这事担心，
忍耐吧，
不要使灾难来临，
如果做错，

以后就不好了，
会使百姓无辜死亡。"
国王一声不响，
眼睛瞪着天空，
些纳看到这情形就告别回家，
在家里睡着等待消息。

听吧，
年轻的姑娘呀，
我要唱召香勐被拖走的事。
凶手把召香勐拖到东门，
叫守门的赶快开门：
"我们按命令要把强盗拖去杀掉。"
守门的人对他们说清楚：
"我们在这里守门没接到命令，
我们不能乱开门，
深夜杀人不合国规，
不管是些纳和头人，
我们不能随便乱开。"
凶手说：
"不管深夜不深夜，
我们奉召沙瓦里的命令，
非要出去不可，
决不往后退回，
出弦的箭不能回来，
赶快给我们开门吧。"
乃巴堵生气地说：

"你再说两遍三遍也不开,
从前有个国王爱他母亲,
怕他的母亲死了,
叫人找药给母亲吃了变年轻,
人们找遍各地找不到这种药,
有一个穷苦的小伙子,
他母亲面皱头鬓白,
牙齿也掉完了,
他可怜他的母亲,
每天很好地服侍他母亲,
母亲年纪已经一百岁了,
儿子天天到森林里挑柴,
人家不去他一个人去,
他才是十六岁的小伙子,
他去哪里都孤独无伴。

"他是个孤苦伶仃的人,
有一天他在森林里东张西望,
看到一棵果实累累的芒果树,
他在地上捡到一个芒果,
想吃又想到年老的母亲,
他把芒果放进筒包带回来,
母亲把芒果吃了,
甜在嘴里甜在心里,
吃了从老变年轻,
耳朵、眼睛都好看,
有宽阔的胸膛,

漂亮的面颊,
这件事传到宫廷,
传来传去传遍全勐,
国王知道了,
把他们母子两人都召来,
他把经过的事情讲出来,
国王派些纳跟孩子去找芒果,
他们到森林里,那芒果树不见了,
看到蚂蚁窝边有一个芒果,
洞里有一条大蟒蛇,
大蟒蛇把毒汁吐在芒果上,
他们不知道就捡了回来给国王。

"国王拿芒果给母亲吃掉,
吃到肚子里,母亲死掉了,
芒果还没吃完,
国王不问情由,
把他们母子两个连夜杀了,
国王性情暴躁,
百姓恨他不想见他,
大家都不愿见他情愿去死掉:
'我们都去森林里吃毒芒果死吧。'

"他们商量好走向森林,
走到芒果树摘芒果吃,
吃了甜在嘴里甜在心,
人吃了都变年轻。

他们又回来告诉别人，
再拿芒果给国王吃，
国王吃得也变年轻了。

"国王怀疑，
下令给聪明的些纳，
为什么同一棵树，
有的吃了会死，
有的吃了甜在嘴里甜在心？
有的为什么吃了这样好的药？

"大些纳亲自去调查，
去找老百姓吃的芒果树，
他叫老百姓做领路人，
从头到尾调查老百姓拿芒果吃的事情，
他们调查之后，
知道在蚂蚁窝边捡到的芒果，
被毒蛇吐上毒液，
国王知道了很后悔。

"那个国王曾经有这样的事，
现在应该慎重考虑，
假如像过去的这样就不对了，
这会带来很大的损失。"
守门人讲故事教育他们，
凶手们无法争辩，

只好把召香勐推到西门。
"是谁守门赶快开门吧，
我们要把强盗拖出去杀，
这是王子的命令。"

守门人对他们说：
"这样深夜还叫开门干什么？
我们不会给你开的，
我们守门的也有奉命，
请你们不要说是我们的骄傲不愿开，
这样深夜为什么要杀人？
这是违反古老的国规，
我们的国规已经一百八十代，
谁也不敢来破坏，
从来也没有过在深夜杀强盗，
我们守门的也从未见深夜杀人，
这是什么鬼迷惑王子？
为什么命令你们夜里杀人？
这种做法违反佛规，
该斩该杀也要等到天亮，
谁犯了死罪要自己知道，
这样才合乎国家的规矩。
我们不会听你们的话，
如果你们不按规矩办事，
将来后悔就来不及了，
这样深夜我们决不开门，

不管是敌人犯了多大的罪也不行，
犯了严重的国法也不行，
违反国王的命令也不行，
谁也不像你们这样晚上杀人，
你们应该好好想想国法。

"现在我要讲一个事后后悔的故事。
过去在我们国家里，
有一对青年夫妇，
有一个穷人到处流浪，
从东方的勐威的哈①来，
是一个长胡子的汉人，
牙齿稀疏眼睛大，
挑了白兔来卖，
来各个村寨叫，
'卖兔啊，卖兔子'，
可是各个村寨的人不向他买，
他挑来挑去走到各处，
他在一个寨边坐着休息，
年轻的夫妇过来看见笼里的兔子，
两夫妇想买讲价钱，
说定一千两金子，
买了兔子走了，
他们爱兔子像爱宝石一样，
用去了千两金子也不后悔，

把兔子当小孩伴，
两夫妇有事出去了，
白兔每天都守着小孩，
每天出去劳动留下小孩和白兔，
有时天晚才回来，
白兔看顾小孩，
有一次，出现不幸的事，
有一天，毒蛇冲过来咬鸡，
鸡惊飞上树，
有一只鸡飞上楼去，
毒蟒蛇追上楼去，
爬到小孩的身边，
小孩子一手捉住毒蛇的脖子，
小孩不懂，
只知好玩，
他是小孩不懂事，
毒蛇把小孩咬死了，
正当蛇把小孩缠住，
白兔把蛇咬断了，
楼上角落染满鲜血，
蛇死啦掉在地下。

"白兔可怜小孩，
呆呆看着小孩不会说话，
因为蛇咬死小孩，

---

① 勐威的哈：勐威的哈是汉族地区。

它想起许多事情，
它伤心地守着小孩，
也没法使死人复活，
两夫妻插秧回来，
还以为孩子在睡觉，
就把孩子抱起来，
看见小孩不喘气，
知道小孩死了。
母亲生气说：
'这孩子怎么死的呢？
是白兔杀死的吧？
为什么我的小孩睡着就死了？
为什么死亡会这样降临？'

"母亲生气了，
凶恶得好像吃人的鬼，
她生气得头昏眼黑，
她拿起一根柴，
一下子把白兔打死了，
后来她在房里走来走去，
看见毒蛇断成几段在地下，
想来想去地说：
'一定是毒蛇咬死小孩，
白兔把蛇咬成几段，
一定是白兔把蛇咬死。'
他们想到这里就后悔了，
白兔也死了，儿子也死掉了，

后悔也无法挽救了，
伤心加上伤心，
他们后悔得不想活在人间。

"这是古老时候有过的事，
你们要记住这事的教训，
现在你们为什么疯到这种地步，
违反国规还不怕？
以后违反国规就不好了，
我们守门的不会放你们出去，
我们如果违反国规和佛规，
我们死了会使我们掉进油锅，
谁也不能挽救有罪的人，
很多的金钱还赎不了罪，
人死了金银不能带走，
只有姻缘和罪过随着人身，
有罪的人呀，要受罚，
好像关在笼里的鱼不会逃脱。
虽然在人间的人，
应该注意自己不做坏事，
做了坏事将来的后果不好，
如果他有罪要调查清楚，
要按罪行轻重处理，
想把人家置之死地，
罪会临到自己头上。"

守门人把过去的故事讲了，

他们无法要求开门,
又顺着城墙走到南门:
"是谁在这里守门,
赶快来开门,
我们按照召沙瓦里的命令,
把强盗带出去杀。"

守门的人说:
"没有道理叫我们开门,
这样三更半夜,
难道你们不懂得规矩?
我们守门的人是严守国规,
深夜不能杀人,
违反国法就不好了,
会使我们国家带来灾难,
以后会失去原有的东西,
如果不想得周到,
就会后悔吃亏。

"过去有一个国王,
有一个公主,
皮肤又白又嫩透光明亮,
美丽赛过人间,
国王只有一个女儿,
宫女们守在公主身边,
公主住在宫廷里,
随她在河里洗澡游泳,

随她在花园里玩耍,
公主去河边洗澡,
每天有许多宫女随她去,
有一天忠实的狗随她去,
公主养大的狗好像宝石一样,
这只狗什么事情都懂,
只不过不像人一样会讲话。

"有一个无恶不作的人,
他跟国王有仇恨,
想要杀死国王,
他想了许多办法不能达到目的,
他每天都在注意想办法,
看见公主到花园里去洗澡,
他就去偷看,
'我想把国王杀死,杀不死,
现在要杀他的女儿',
他想法做了竹签,
放在公主经常洗澡的地方,
当凶手拿竹签去放的时候,
公主的狗看见了,
但是狗不会说话,
只是很担心着公主,
到了太阳辣的时候,
公主习惯到河里洗澡,
公主下了宫廷到院里,
狗就追下来了,

狗不会说话不能告诉公主，
一口拖住公主的筒裙，
公主走去狗又拖回来。

"国王看见了狗咬着公主的筒裙不放，
他感到非常气愤无法忍住，
因为他很爱他的女儿，
这只狗为什么会咬人？
怒气冲冲卷起袖子叫道：
'这是该杀的狗。'

"他就叫唤宫廷里的人，
用棍子把狗打死了，
狗被打死以后，
宫女们纷纷随公主去了，
公主来到湖边脱下衣服跳下水去，
公主被锐利的竹签戳死了，
宫女们看见公主沉下水里，
使河边的中年老人都吓坏了。

"宫女跑回去告诉国王，
国王匆匆忙忙吓得坐不住，
当时众些纳在宫廷里朝拜，
众些纳听到公主死了，
都一起跑下宫廷，
宫廷里的用人下河里去，
把公主拖出来，

看到竹签戳通女儿的肚子，
父亲马上昏死过去，
些纳对国王的头念口功，
国王醒过来了说：
'公主从宫廷里出来的时候，
公主的狗拖住公主的筒裙，
我以为是疯了的狗，
我就命令掌棍的人把狗打死，
狗死后公主领着宫女到河里，
如果狗拖回来她不去，
不会戳到竹签死在河里了，
现在我的女儿死了，
狗也死了，
这是仇人所做的坏事，
我真是不愿活在人间了。'

"这位国王感到后悔了，
人家写成故事传下来，
你们难道不懂规矩？
何必这样盲目地匆匆忙忙？
做不对的事不该乱听，
将来不但王子有罪，
而且要使我们的国家受损失，
如果人死去成千成万，
要怨王子违反佛戒，
你们好好考虑吧，
不该听的话别听，

你们赶快回去向王子召沙瓦里报
告去吧，
当国王呀，
应该把酸甜苦辣的果子都了解，
如果哪棵果树不结果，
应该打个小洞灌盐巴，
现在树上的白蚂蚁不吃，
你为何要放虫去吃树心？
我们宽阔的勐哈傣伟大富强，
能自由自在骑马奔驰，
是个快乐热闹的国家，
现在要成为人们仇恨的国家了，
椰子树又变成假的哥单树，
甜酸荽树要变成酸的酸荽树，
埋明曼①发出枝叶要被人砍去了，
我们国家一定要遭到死亡，
人家要搬动起战象来。"

凶手听到守门人说的有理，
他又带着召香勐到北门，
他们敲铓叫㫰：
"我们是神仙一样，
我们能战胜魔鬼的国家，
我们是召沙瓦里的好人，
我们是召沙瓦里坚强勇敢的人，

我们奉召沙瓦里命令杀死强盗，
赶快给我们开门，
我们要把强盗推出去杀，
你们不要阻挡我们，
要不开门违反王子命令，
谁在这里守门赶快给我们开。"

守门人答复说：
"我们守门也是奉国王的命令，
不是哪一家的事情。
想来守就来守，
我们不能违抗国王的命令，
谁也不能压制谁，
如果违反国法，
我们不轻易听谁的话，
不是我们彼此有仇不开门，
为何叫我们无罪的人犯罪？
国家的规矩自古传下，
如果我们不遵守王子也会知道，
这样深夜杀人有何情理？
我们按照古规守门，
不能轻易放行去杀人，
国家声誉对着门口，
国家的性命也在中间，
我们决不轻易放行，

---

① 埋明曼：寨子边或寨子里长得高大而好看的树叫埋明曼树。

你们别说我们故意阻拦,
请听一听古规国法,
不论哪个叭和些纳都要遵守,
国王经常走的路,
不论去洗澡、到花园去玩,
或者是发生战争,
些纳、卫兵和百姓,
都要进出这个门,
这是古时规定下来的,
我们守在这门还记得清楚,
古时有这样的传说,
我要谈谈给你们听,
请你们听听吧。

"从古传来有八十代,
那位国王想战胜勐哈傣,
他的本领像闪电一样,
他身边有两个王后,
一个叫炳巴,
美得面颊像要流出金水,
她那好看的黑眼睛,
好看的黑牙齿①,
有宽阔好看的胸膛,
美得像仙女一样。
一个叫作喃尖巴,
有宽阔的胸、细细的腰,
柔软的身体,

好看的眼睛,
经过了些岁月,
国家发生了大的战争,
国王骑大象带士兵出战。

"两个美丽的王后留在宫廷里,
一个王后经常做出使人为难的事,
她的心已经离开国王,
她贪心玩弄男子,
爱上宫廷里的用人,
每天晚上领男的同她睡,
他们每天假装病,
宫廷里的宫女都不知道,
认为用人生病了。
喃炳巴心里很愁闷,
因为国王不在宫廷,
她为喃尖巴生病着急,
两个王后相爱好像一对牙筷,
喃炳巴叫鹦哥飞到森林去找好药,
对鹦哥说哪里有药哪里找,
找回来磨碎给喃尖巴吃吧,
喃尖巴有病真可怜,
绿鹦哥把事情告诉喃炳巴,
喃炳巴知道喃尖巴乱搞男人故意假装病,
这是太无理骗人的,
真是不懂得好歹,

---

① 傣族有漆齿文身的传统,故牙齿以黑为美。——编者注

喃尖巴身体还很好，
到了晚上又悄悄叫用人去同睡，
用人就玩弄王后，
谁也想不到他们做的丑事。

"亲爱的人们呀，
谁也不要学他们这样做吧，
这样是要犯罪的，
喃炳巴知道以后说：
'我的好鹦哥呀，
你就去告诉些纳吧，
要怎样好由些纳说吧。'
鹦哥告诉些纳，
些纳来跪拜喃尖巴，
商量事情要怎么办，
喃尖巴吓得心神不定，
心里胡思乱想，
想要制造谣言欺骗国王：
'先下手为强，
要说喃炳巴贪心玩男人，
她已经把你忘记了，
早晚都出去，
假如国王听我的话，
先把喃炳巴杀掉，
喃炳巴死后一切事情由我管，
谁也不会揭露我的事情，
这样做了国王就会对我好，

会照样爱我。'

"她起了坏主意以后，
国王打胜仗回来了，
喃尖巴欺骗国王，
装病睡在床上，
国王走进宫廷见王后喃炳巴，
王后喃炳巴迎接国王，
很多人挤满了宫廷，
国王不见王后喃尖巴，
就问宫女，
宫女说喃尖巴正发摆子，
国王知道赶快跑回去问：
'喃尖巴，你为何病成这样？
现在我回来看你了。'
喃尖巴哭着向国王说：
'你出去以后，
我差点就死掉了，
如果我不忍着等待你，
恐怕活不到今天了。'

"喃尖巴假伤心地哭，
她滴着眼泪欺骗国王说：
'自你出门之后，
我病得什么地方都不能去，
现在你福气大才打胜仗回来，
就是你心上的喃炳巴不老实，

她的心已经离开了你。'
当时国王知道了就大怒,
卷起袖子大骂,
他跑得像风吹火焰一样快,
命令手下去把喃炳巴杀掉,
什么话也不问,
也不给喃炳巴说一句话,
就把喃炳巴拖下宫廷,
宫廷里和喃尖巴发生关系的用人,
他害怕得逃到森林里不回来。

"那时候些纳知道,
纷纷跑进宫廷,
从来不见像召做这种慌慌忙忙的事。
些纳向国王跪禀,
问究竟喃炳巴有什么罪恶?
国王就把喃尖巴所说的话,
原原本本告诉些纳,
些纳听了知国王弄错了,
些纳们把真实情况告诉国王:
'请你别伤心吧,
我把真实情况告诉你,
喃炳巴一生是忠实于国王的,
她没有什么贪心的事,
她没有什么罪恶,
请你问问鹦哥吧,
不老实的喃尖巴,

叫唤宫里的男用人,
每晚到她床上睡,
我说到这里,请你原谅吧。'

"国王知道了这事,
回想喃炳巴,
双眼流下眼泪。
国王无比地后悔,
国王哭得软弱无力,
可惜无罪的喃炳巴,
这是主观急躁□□造成的,
使他每时每刻都在挂念死去的王后。

"不按道理做事,
做成后悔的事,
这个故事流传到现在,
你们要慎重考虑,
你们如果太过急躁,
后果就不好了,
会违反国法,
会使国家变得暗淡荒凉。"

守门人用各种道理说服他们,
凶手听到也不敢冲过去,
他们不敢再用什么道理辩护,
两边都奉行命令,
凶手无路可走,

蹲在那里。
到了鸡叫以后，
空中的雾散开了，
他们把召香勐拖回来，
告诉召沙瓦里说：
"我们到城门，
守门人讲了许多道理，
我们奉召的命令，
守门人不开门，
我们走遍东南西北，
四个城门的守门人都不开，
都说违反国规不开门，
我们才把强盗拖回来，
我们请求王子原谅。
不是我们不努力执行命令，
我们也想尽了一切办法，
可是人家不许可，
我们也不能冲出去，
守门人讲故事给我们听。"

王子叫他们缚回去，
把召香勐拿回去缚在马厩，
派人监视他，
召香勐一身被缚得破烂，
像被刀砍的一样。
公主喃准布还以为召香勐走在后面，
她等待召香勐时间过了也不来，

公主向父母跪拜说：
"亲爱的父母亲呀，
我亲爱的有福气的丈夫，
怎么还不来？"
国王就派些纳去了：
"我们的驸马为什么不来到？
来到了住在什么地方？
国王、王后和公主都在等待。"
些纳跳上马背去寻找，
来到城门，
些纳向守门人说：
"你们在这里不见驸马吗？
谁见了赶快告诉我吧，
他在哪里？我们要请他一起去。"

守门人就对些纳说了：
"我们在守门，一晚都睡不成，
过去不知道的事情今天又碰上，
我们听到凶手拖强盗来，
说是犯罪要连夜去杀，
我们怕违反国家制度不敢开门，
还和他们吵闹一回，
我们规劝他们，
他们才往后回去，
也许就是驸马了，
看那被缚的人，
不像普通百姓，

说这人违拗召沙瓦里。"

些纳匆忙走到召沙瓦里的宫廷里,
宫廷里的养马人,
叫些纳到马厩看召香勐,
些纳看见召香勐被缚在那里,
些纳匆忙去朝拜召沙瓦里说:
"召呀,
我有事向你朝拜,
你是王子管理百姓,
请停息你的怒火,
耐性像灿烂的宝石,
警惕也是难能可贵,
加上守戒赕佛,
更加英明伟大,
整个世界的人会赞扬,
能使人死后升上天堂,
会使天下的百姓带来幸福。
人们会纷纷骑马来结成朋友,
勐哈傣就会繁荣富强。
召会平安自在生活在宫廷,
有事我些纳按照规矩向您朝拜。
公主喃准布怀念丈夫,
因此派我来,
现在有什么事一切由我担保,

公主已经痛苦得要裂开胸膛,
如果把他们夫妻拆散,
她愿意死了跟他的爱人去,
国王和王后都焦急,坐立不安,
派我向王子请求,
把公主的丈夫拿回去,
如果他犯了罪,
也请您先放了以后审查,
不然的话会违反佛规和道理,
将来对你没有好处。
因为他不是我们地方人,
他在森林里救了公主,
他也像我们一样有国家,
这样怕给国家带来死亡,
人家要搬起战象,
向我们宣战。"

召沙瓦里听了些纳的话,
好像锋利的刀插进他的胸膛,
他一身火热,
真是火上加油,
他更加愤怒地说:
"你何必担心你所说的话,
我又不是傻瓜不懂事的人,
是谁派这种无用的些纳来?

这只狡猾的小狗来向拉乍西①造谣,
我有福生为王子,
何必怕谁搬动战象来打仗?
你不必来说什么福什么罪。"

王子拔出锋利的大刀,
赶走些纳,
气得要打些纳
气得乱蹦乱跳,
要把地板蹦烂,
捶得金床要烂,
聪明的些纳,
赶快离开召沙瓦里宫廷,
些纳赶快跑去见国王:
"王后和公主喃准布,
我向你们金子般的召朝拜,
我按照国王和王后的意志,
快马加鞭去寻找驸马,
城里找遍了都找不着,
我们又骑马奔到城门,
机灵的守门人,
走来把事情告诉我们,
召沙瓦里气得怒火冲天,
要把驸马一刀杀死,
他手下的凶手不敢违抗,

把召香勐缚出去了。
我们按照古规夜里不开城门,
他们只好把召香勐拖回,
我得知消息再去探问,
进到王子召沙瓦里的宫廷,
看见召香勐被缚在马厩里,
我用好话劝王子召沙瓦里,
谁知王子听了大发雷霆,
要是没有召的福气保护,
我早就死在王子的宫里。
因为狠心的王子拔刀要杀我,
他生气得一身像一团火,
王子将给国家带来灾难,
我看事情不妙,
赶快回来禀告国王,
这件事要怎么办好?
请国王快做主张。"

公主喃准布听到些纳的话,
知道召香勐遇到危难,
她担心害怕发抖昏过去,
宫里的人都怕喃准布死去,
也个个恐慌发抖,
纷纷在宫廷里流泪痛哭,
公主喃准布的苦难谁也比不上。

---

① 拉乍西:是一种大动物,比象还大。

第一次痛苦过去了,
第二次痛苦又来,
公主醒来流着眼泪向父母亲说:
"难道我们这里没有福,
有罪无罪不问清楚,
白白要给我的丈夫死去吗?"

国王和王后安慰公主说:
"我亲爱的好女儿呀,
我不会给你们夫妻分离,
你只要用好话向哥哥召沙瓦里说,
你的父母亲不会不管你。"
国王说着带着公主和王后,
到召沙瓦里的宫廷,
公主喃准布向哥哥跪拜说:
"哥哥呀,请不要看着我死掉吧,
我的丈夫是一位英明的人,
他生长在勐委扎,
他是召底卡的儿子,
他为了升上天堂到森林修行,
见我受到灾难,
救我送回国家来,
他的恩情什么也不能比,
请你释放我的丈夫,
不要让他死亡,
若是我的丈夫不幸死去,
我定会伤心而死,

请不要给我死了,
让我们兄妹团圆,
福气大的哥哥呀,
请不要杀死我的丈夫吧,
他没有芝麻大的罪,
你是照管国事的王子,
要把心放宽一点以后才好,
应该和一百零一勐的王子建立友谊,
这样才不会被人家轻视,
哥哥呀,
请你可怜救救我的丈夫,
如果你真的要杀死我丈夫,
人家会说我是个罪恶的女人,
在受难的日子中把你救出,
现在对他没有一点恩情,
反而把救命恩人弄死了,
人家要说我是狡猾的罪女,
欺骗人来死。
那时候人们将纷纷议论,
把这事情传到各个宫廷。"

公主向召沙瓦里细说情由,
黑心的召沙瓦里听公主的话,
他更加疯狂地说,
叫妹子与召香勐断绝关系。
"亲爱的喃准布妹妹呀,
你不必怀念你的新丈夫,

让他死了吧,
你不要伤心,
我们是住宫廷的人,
你的丈夫是森林里的猎人,
他不是乘坐大象的召,
他不像我们一样高贵,
他会使我们丢脸,
你不要理睬他吧。
他配不上我美丽的妹妹,
只有好汉的王子召苏来,
才配得与你同床,
我要把召苏来配给亲爱的妹妹,
这是过去说过的话,
你不要过分地痛苦和伤心,
你不要怀念那个猎人吧。"

好像心被割断了,
公主哭着哀求道:
"王子呀,我的哥哥,
请你不要这样说吧,
请你不要斩断我的爱情,
前世的福和姻缘,
使我和王子相配,
我不会放弃我的姻缘,
假如有人议论和骂我也不怕,
不管他是高贵还是低微,
我的灵魂在他身上,

我不会再爱别人,
请不要说我顽固,
不听哥的话,
我活着一天也不能忘记他,
再苦再难我也要跟随着他,
年轻的王子召苏来,
他力大无比也好,
他能够在空中飞翔也好,
他一身都是红金子也好,
我也不会爱上他,
我不承认他是我的丈夫。"

召沙瓦里听了公主的话,
心里痛苦,愤怒地说:
"你这个下流匪心的女人,
我以为你像汉族的麝香一样,
可是你臭得难闻,
难为我的下流人呀,
你等着明天看吧,
我要将你俩夫妻杀掉,
灭我胸中怒气。"

椰子树一样的公主呀,
她无法向哥哥求饶,
她流泪痛苦,
狠心的哥哥也不可怜她。
国王怕自己的儿子出事,

他对召沙瓦里王子说：
"我当国王时按照规矩不违反佛戒，
现在我老了让你继承王位，
是为了幸福的生活。
谁知你把国法佛规丢在一边，
将使我们宽阔的勐，
失去威信和失败，
你为什么这样凶暴？
不懂得深思熟虑，
你会给百姓带来死亡。
召香勐王子呀，
他英明救出你的亲妹妹，
儿啊，我们怎能忘记他的恩情？
我们应该把他留住，
帮助我们照管国家，
两个国家联在一起，
变成一个大的国家，
使我们的国家更加强盛，
使我们的百姓更加幸福，
他不是低贱的人，
他也是一个国家的王子，
他的身份一点也不低于我们，
正合配你的妹妹喃准布，
你就放他吧，
有话也要好好说，
他也有强大的本领，
能够战胜魔鬼，

儿子呀，
我要求你，
两个宽阔的勐结成兄弟，
使两勐的威名更大，
你就忍下心吧，
不要怒火，
如果不好好考虑杀死召香勐，
消息传到勐委扎，
人家也是一个大国，
也是一个独立的国家，
哪会委屈低头？
他们也是拥有大刀犬象的召，
他们也是有很多些纳，
现在制造起大战争，
不按道理规矩做定会受到死亡，
父王求你快把召香勐释放了，
眼看像大火把一样，
你为何要拿来烧我们的房子呢？
我们也不是犯大罪，
也不是犯了国规。"

国王用好话教训王子，
召沙瓦里听了父王的话，
满身淌汗像火烧一样，
王子对国王说：
"白发苍苍的老父亲呀，
年纪这么大了不知几时死去，

你多吃白饭少管闲事，
年纪老了说软兮兮的话，
为什么要说这样丢脸的话？
即使男子汉继承王位，
我们像真宝石一样，
哪能失去威风？
父王何必害怕战争？
整个天下的人来攻打我们也不怕。
他们要搬动千条战象也随他们来吧，
年老的父王，你就安心在着吧，
我召沙瓦里没有什么担心的事，
我不会放弃喃准布这个猎人的丈夫，
不管他是不是那一个国家的王子，
明天早晨一定把他杀掉才甘心。
全勐的百姓死完就算了，
我自己掌管国家，
森林里的魔鬼还没有死完，
我不可惜所有的百姓，
他们在战场死亡也算不了什么，
请父王不要用软话来劝我。"

国王听了王子说不知死活的话，
国王看到不妙，
他领着王后、公主，
气愤地离开召沙瓦里宫廷，
他痛苦得流下眼泪，
公主匆忙跑到马厩看丈夫，

一见丈夫昏倒在他身边，
国王看见连忙把女儿抱起，
公主醒来痛哭地说：
"王子呀，
你把我送回家乡，
没有报答你的恩情，
反而害你受灾受难，
是什么恶鬼造的罪孽？
当魔鬼把我抱着离开国家的时候，
王子在森林里把我救回来，
有功的人反而受罪。
本来王子应该得到幸福，
可是现在为什么受苦？
王子身上没有一点罪过，
狠心的召沙瓦里呀，
无端逼迫我们，
为什么好事不做，好话不讲？
为什么这样发火对待召香勐——
我的丈夫呢？
我亲爱的丈夫呀，
他没有违反国规，
人们都尊敬他是好人，
从没有人说他的坏话，
为什么制造罪恶要砍人头呢？
为什么满身疼痛流血一点也不可怜？
这领着王子回国也成罪孽，
我变成罪人了，

一身的伤痛好像我自己打的,
公主要求代王子去死,
如果明天要杀王子的话,
我以死报答王子的恩情,
我死了升到天堂去,
要在天堂等待着丈夫,
我不会眼看丈夫先死。"

公主边哭边滚地说:
"再有这样的灾难,
我再也不耐烦回来,
我随着王子回到勐委扎,
王子的父母亲和亲戚,
看见王子回去一定提升继承王位,
也不会这样受灾受难,
今天我把王子领回来,
只赚得王子一身伤流血,
我眼珠般的丈夫呀,
请你赶快想办法吧,
不然我们会失去生命,
你能把我救出危险,
连森林里的魔鬼都被你杀死,
赶快念起你的好口功,
可能你身上的绳子会自然脱掉,
你带着我逃往森林,
这样我们夫妻就能生活在一起,
我不赖在不讲理不照佛规的国家。"

公主用自己的头发揩去召香勐身上的汗,
又把自己的头发捻干。
黑眼珠的召香勐,
淌着眼泪向喃准布告别:
"亲爱的公主呀,
我没有办法了,
这不是任何人给我制造的,
是我自己的姻缘和罪过给我带来的,
全勐的人都不能救你脱离灾难,
当我在森林里把你救出来,
把对人家的爱变成自己的罪,
我能和你相逢,
是因为我的姻缘和福注定,
我眼珠般的公主呀,永别了,
我一定失去了生命,
我为了你——亲爱的而死,
我为了天上的宝石一样的公主,
也许是我的命里注定,
也许是命里注定我不能活得长久,
你就耐着活一万年吧,
我是短命的人要死了,
既然死期已到,
我就随着命运死去,
愿你一生到死平安,
一切灾难离开你身上,
你的灾难由我一人承担,

愿你过着幸福的日子，
愿你诚心遵守五项佛规，
祝你在宫廷里过着幸福的生活，
如果别的王子来向你求婚，
假如配与你同床，
人家准备睡垫、大象来求婚，
你就和可爱的丈夫同床相爱吧，
就像我们俩过日子相亲相爱，
我要先到天堂去，你在后来吧。"

喃准布流着眼泪听召香勐说话：
"前世的福气和姻缘使我们相逢，
我们的感情比千两金子还贵重，
我不能离开你的心，
假如死难临到你身上，
我也要随你死在一块，
我亲爱的哥哥呀，
请不要说使我心里痛苦的话，
我不会眼看丢开我亲爱的丈夫。
现在你为何要把我丢开？
不论哪个聪明的美男子，
不论他能够风一样飞翔在空中，
无论是耳朵、眼睛、手脚都好看，
哪怕是美得胜过天上人间，
我也不愿和他同垫盖被，
我也不愿和他同床相亲，
你死了，我随你去死，

我不愿单独活在世上，
我活着像在天堂幸福，
也像是在油锅里一样煎熬，
死了还心甘，
使我能早点在天堂过幸福生活，
我们夫妻既已成双，
永远不再分开。"

公主哭得非常可怜，
国王和王后安慰公主，
牵着公主上宫廷。
公主向千位神合掌祈求：
"请你们救救我的丈夫，
请众位神灵保佑，
我那狠心无人道的哥哥，
请滴瓦拉看清楚，
谁有罪谁该受罚，
使我能够和丈夫在一起相亲相爱，
使我们夫妻两人早点恢复威信名誉，
使我的丈夫脱离灾难，
平安无事。"

公主的祈求震动天神，
天神看到召香勐受难，
感到应该拯救有福气的人：
"我们不该眼看这位有福气的人死去。"

天神商量后，
下来救召香勐，
两个天神向叭英告别，
天神指示说：
"现在我担心召香勐的困难，
我们应该去挽救他脱离灾难，
现在死难快要发生了，
你们快去想办法
假装世俗的人，
拉着马车路过花园，
把召香勐拉着逃走，
再把召香勐带到勐委扎，
送到以后你们才回来。"

天神对两个年轻的天神说后，
两个天神遵命下来，
天神看天快亮了，
守着召香勐的卫兵都睡了，
天神把召香勐的绳子都解开，
把召香勐抱到花园，
早晨的阳光照到召香勐，
召香勐醒来，
看到自己睡在花园，
睡在原来和公主睡的地方，
召香勐知道天神救命，
召香勐向众天神合掌朝拜，
能够逃脱召沙瓦里的手掌，

就是死里逃生。

当马车路过花园，
二位天神变成赶车人，
把马车停在花园，
召香勐看到了，
对赶车人说：
"你们两位要到哪里去？
你们想要什么商品？
你们要到哪一个勐去？"

两位赶马车的人说：
"我们是勐巴拉的人，
来这里已经几个月了，
现在要回去。"
召香勐又问说：
"你们两位要回去的路上，
从哪条岔路到勐委扎知道吗？
请你们把到勐委扎的路告诉我。"
那两个赶车人说：
"想到勐委扎就跟我们来吧，
到了前面的坡角，
顺着路可走到勐委扎。"

召香勐坐上车子，
走到森林，
赶马车人拿饭给召香勐吃。

召香勐感谢他们之后睡着了,
两匹神马腾空飞起,
到勐委扎上空,
神马从空中落到大路上,
召香勐醒过来已经看不出是自己
的国家。

两位赶马车人告诉召香勐说:
"请你顺路走不久就是勐委扎,
我两人要从左边走。"
离开召香勐后,
他们就从空中飞回去了。
召香勐走了一截路,
走到边寨,
知道回到自己的国家,
召香勐眼看浓雾遮住天空,
他感到伤心流泪,
边寨的头人,
看到召香勐又惊又喜,
准备了鲜花、蜡条、谷花,
他把这消息告诉百姓,
寨子里的人都来迎接朝拜。

现在我回来唱一唱,
守着召香勐的凶手,
一千兵丁守着也无用,
兵丁个个睡得死了一样,

天亮了,阳光照耀大地,
兵丁睁开眼睛看不见召香勐,
只见缚召香勐的绳子丢在地上,
担心着召沙瓦里要骂,
只得把经过向召沙瓦里说:
"召呀,
如果你用锋利的宝刀杀我们,
我们只有死,
我不知道怎么累得想睡,
是不是魔鬼捉弄?
强盗已经逃跑了,
他已经逃脱绳子,
请求王子恕罪,
这并不是我们不努力,
大家都互相监督地守着,
就是不知道为什么累得睡着了,
强盗跑掉了,我们才醒过来,
我们请求王子千万原谅。"

召沙瓦里知道了,
也不能把兵丁当强盗杀,
命令他们赶快守住大门,
截住强盗把他杀掉。
"你们把强盗的头拿来,
我会给你们奖赏。"
他们迅速地把所有的门守住,
结果也落空回来禀告召沙瓦里,

召沙瓦里感到十分担心，
害怕别人来打自己的国家，
他天天担心难过。
公主喃准布，
知道自己的丈夫已经逃走，
她好像升到天宫一样，
她无比高兴地说：
"前世的福来帮助达到他的愿望，
我一定能够再和丈夫团圆，
因为我丈夫是英明有福的，
是个有名的人，
他一定搬动兵马来攻打召沙瓦里，
狠心有罪的人，
他一定抵抗不了。"

聪明的公主想到这些，
她没有担心什么。
召沙瓦里担心难过，
想到自己做的事，
如果没有人来帮助，
人家会搬起战象，
把自己打败了，
会失去自己的威信，
会被人看不起，
他想派兵丁去通知勐沙瓦提的召苏来，
叫召苏来准备人马大象来援助，

要把喃准布配给召苏来，
这样他一定会来援助，
两个勐要结成一勐，
那时他就达到幸福的愿望。

他想到这里以后，
写信派人快快送去，
派去的使臣，
走一个月到了勐沙瓦提，
召沙瓦提问候召沙瓦里怎么样，
使臣向他朝拜递给书信。
召苏来接信打开看，
信里这样说：
"年轻的王子召苏来呀，
现在公主喃准布已经回来了。"
召苏来命令些纳，
准备结婚的礼物，
先把礼物准备齐全，
带着一队三万条大象的车队，
召苏来率领路过森林，
走一个月来到勐哈傣，
在勐哈傣城边搭起住棚，
人们就在那里住下来，
耀武扬威的样子，
在公主面前炫耀自己。

听吧，

我又要歌唱召香勐回到国家,
他到了边寨,
边寨里的人跑到城里,
禀告国王,
国王是召香勐的哥哥①,
边寨的人把所见的如实告诉国王,
父亲知道儿子回来,
宫廷里擂起大鼓,
人们纷纷涌向宫廷:
"国王,你有什么事?
是不是哪个国家来打我们?"

国王对众人说:
"不是谁动战象来攻打,
傍晚有边寨的头人来报告,
召香勐王子已经来到边寨,
是他一人孤单来的。
我知道通知大家,
明天由召香勐的大哥,
带着百姓,
带着配金鞍的象队和马车,
象队要准备一万只,
马队还有一万匹配金鞍的马,
走在象队的前面,
众百姓走在最前面,

明天去迎接王子召香勐,
百姓和马队、象队在路上走,
热热闹闹。
马队在路上赛跑,
这样把召香勐接到宫廷来,
要做的事就是这些,
请些纳们快些准备吧!"

召香勐的大哥召楠玛十分高兴:
"我早盼望弟弟早日回来。"
些纳按照国王指示通知各村,
把需要准备的东西都准备。
"明天我们成群结队离开城里,
召楠玛带领我们迎接召香勐。"
还有宫女们全体出动,
王后疼爱自己的儿子召香勐,
把一切好衣服带去给儿子打扮。
人们争先恐后走在路上,
人马象队来到边寨,
他们搭了竹棚住下,
些纳跟随召楠玛问候召香勐,
长久没有见面了,
见面高兴得流下眼泪,
召香勐对哥哥说:
"大哥呀,

---

① 歌手演唱时有时把人物称为国王,有时称为王子。——编者注

我昨天来到边寨。"

召楠玛向弟弟问候说:
"自从你离开宫廷到森林去,
我常常想念着你,
有时想你双眼流下眼泪,
几乎每天傍晚都想到你,
现在福气帮你回来了,
我感到无比高兴。"
兄弟之间问候之后住在一起,
太阳西下了,
当天他们不能回去,
大家吃了晚饭过夜,
第二天太阳升上天空,
众人拥着召香勐兄弟回宫。
到了宫廷,
兄弟下象双双走进宫廷,
众些纳和百姓送兄弟进宫,
国王和王后见了很欢喜,
母亲拥抱儿子召香勐,
她昏过去了,
醒过来向儿子召香勐问道:
"父母亲天天想念你在森林里,
常常探问你的消息,
父母亲每天盼你回来,
现在实现我们的愿望了,
好像一颗宝石从空中下来,

我们有福气帮助能和儿子见面,
我们团圆过一万年。"

父亲高兴地对儿子说:
"我的儿子呀,
你到森林里去游玩,
得到什么好处?
你从魔鬼那里得到什么宝物?
现在你为什么单独回来?
你身上带的神箭宝刀藏在哪里?
这些宝物都是你最喜爱的东西。"

召香勐跪下把经过事情向父亲说:
"有福的父亲呀,
我到森林去想要当和尚,
我在森林里看见不正经的帕拉西,
不正经的帕拉西想念女色,
我无比埋怨这件事,
我就继续往前走,
到一棵大树,天黑了,
在大树底下过夜,
听到树上一对鸟谈话,
说公主被魔鬼抱到石洞里,
我照着鸟说的话去救公主,
父母亲的福气帮助了我,
使我走到石洞遇见公主,
不久魔鬼回洞来看公主,

魔鬼向我扑来，
我用神箭把魔鬼杀死在石洞口，
我问公主的国家、亲戚、兄弟，
公主说她在勐哈傣，
一百零一勐王子向公主求婚，
公主的父母亲和大哥召沙瓦里，
叫一百零一勐王子比福气，
在比福气的时候，
召沙瓦里把欣西拉抛上天空，
只有召苏来能够接住，
公主的父母亲和哥哥，
准备把公主配给召苏来，
当他们离开公园到宫廷去，
正到城门，公主就被魔鬼抱去，
勐哈傣没有一个人去救公主，
白白看着公主被魔鬼抱去，
我听到某公主所说的话，
想把公主带回家来，
又怕违反公主他们的国规，
我把公主送回她的国家去，
我们去到住在花园，
有人发现去告诉她父亲，
父亲知道女儿回来很高兴，
叫些纳备马队、象队，
把我和公主接回宫廷，
美丽的公主骑着大象，
走在我的前面。

"来迎接的人挤满大路，
我骑的大象被挤离开公主，
到宫廷门口，
我从大象下来，
匪徒的召沙瓦里，
他是公主的哥哥，
他命令手下的凶手，
围着我污蔑我是土匪偷公主，
他们把我缚起，
要把我拖到城外去杀，
如果守城门的人给他们开门，
恐怕我今天不能活着了，
这是父母身上的福保佑了我。

"守在城门的人说，
晚上杀人不合国规。
守在东西南北城门的人，
都把凶手说服，
不论凶手怎样说，
守城门的人都不开，
直到鸡叫时刻，
又把我拖到召沙瓦里的马厩，
派人守着我。
公主、国王和王后知道了，
他们都为我慌张。
他们对我也不是袖手旁观，
国王和王后向召沙瓦里请求，

不管哭得在地上滚来滚去,
他也不肯放。

"狠心的召沙瓦里说我配不上公主,
说我们勐委扎是小国家,
不适合配勐哈傣大国的公主,
他俩恐怕失去他们的尊严,
他们说配得上公主的,
只有召苏来王子,
说勐沙瓦提比我们国家更强大,
他们不把我们国家看在眼里,
所以他们不救我,
幸得天神救我,
当晚就把我救脱了绳子,
把我放在花园里,
我的神箭宝刀还藏在勐哈傣的花园里,
我向父亲说的话就是这些,
请父王和众些纳考虑吧,
事情要怎样办好?
请父王、大哥和些纳决定吧!"

父王听到召香勐的话,
他好像烈火烧耳一样,
满身流出大汗,
好像要冒出火烟,
国王马上传令些纳:

"我的大儿子和大些纳们呀,
天下的人都吃同样的饭,
难道他们是吃铁吃钢?
他是国王,我们也是国王,
他们是大国,
我们也是大国,
他们有战象,
我们也有战象,
他们有宫廷,
我们也有宫廷,
谁会对他们低头屈服?
象与象可以相抵,
国家与国家有村户相对,
我们怎么会怕他呢?
勐哈傣也是在地上,
又不是挂在空中,
何必这样骄傲?
好像是天上的天神,
他们吃的又不是宝石,
他们又不是空中飞翔的人,
你再厉害也不过是走在地上的人,
他们是像锋利的刀一样的王子,
我们也是像宝刀的王子,
为什么这样看轻我们?
把我们看成配不上他们的人,
说什么怕我们丢他们的面子,
我们也是住在宫廷里高贵的王,

我们怎么能眼看受人欺侮？
他们既然真正能飞，
为什么不去抢救公主？
眼巴巴看公主被魔鬼抢走，
他们国家里没有一人能救公主，
我的儿子救公主脱险，
他应该有很大的功劳，
反而把罪加在我儿子的头上，
还要把他杀死。
我亲爱的大儿子呀，
请你想想吧，
所有的头人呀，
你们说一说，
是不是把它看成一件小事，
容忍他们这样对待我们？
难道我们情愿当他们宫廷的奴隶，
这样就不搬动战象和他拼了吗？
你们各人有各人的想法，
把你的想法给我谈一谈吧。"

那时候王子召楠玛和大些纳、头人，
合掌向国王说：
"我们也是有宝刀的王子，
怎能向他们求饶？
天下十六大国呀，
谁也不像勐哈傣这样骄傲，
他们又不是用钢铁的饭吃，

我们动起战象与他拼一拼，
既然我们是男子汉大丈夫，
我们三兄弟都吃母后的乳长大，
第二个王子是勐西拉的国王，
他知道这种事情，
会满意我们的做法，
还有勐委沙的国王，
他是公主喃磨董的父亲，
他们一定会出动象队来，
帮助我们打，
我们整国的卫士，
个个是勇敢善战，
像炼得好的钢一样，
他们都敢于作战，
父王呀，你就下令吧，
我们三兄弟来承担，
领着人马象队攻打勐哈傣，
我们整个国家死了也甘心，
所有的妇女都变成寡妇也不后悔，
整个国家烧成灰烬也不可惜。"

召楠玛和众些纳、头人，
把他们的想法告诉国王，
国王听了合心意，
马上下令。
国王还对大儿子召楠玛说，
要派人到勐西拉叫第二个儿子——

召门塔。
叫他带兵经过勐委沙,
联合勐委沙的兵丁一齐去打。
召楠玛为首的大些纳,
接了国王的命令,
派人连夜快马加鞭通知勐西拉,
他们派人到勐西拉放炮,
召集兵马。

勇敢的士兵和卫士,
纷纷向城里跑来,
人马大象的声音震动大地,
匆匆忙忙比着武艺走进城。
穿着镶边衣服的大头人,
骑着马奔来,
士兵们带着盾牌,
穿着作战的衣服。
有福的召香勐呀,
向国王合掌说:
"我们要搬动人马大象,
进攻勐哈傣定会打胜仗的,
请你再考虑一下,
在战争中象与象相抵,
好像锋利的砍刀,
去砍硬硬的竹眼,
硬抵硬会使刀刃缺裂,
战争与战争相对,

不损失多也损失少,
会给百姓带来灾难。
我们按照国规准备求婚礼物,
按照规矩上门求婚,
我们要带马队、象队、宫女和礼物,
到勐哈傣去求婚。
如果他们不把我们放在眼里,
假如他们不为以后着想,
不跟我们结成一条金线的话,
为了以后相好,
我们就按道理跟他说,
我要首先动兵攻打,
这样好吧,
请国王想周到些吧。"

国王听了儿子的话,
他对召香勐说:
"照你的话说来是符合国规的,
国王定照你的话办理。"
国王对些纳说:
"我的些纳们呀,
我要派年达新些纳到勐哈傣求婚,
年达新些纳是一位聪明有好口功的人,
他有强大的本领,
像空中的暴风一样,
他能一手拔出象牙。

又派勇敢的人随他去，
假如他去了以后被人欺侮，
就派人骑马赶来传达消息，
我们定搬动人马大象去攻打。"
些纳年达新接受国王命令，
领队出发。
走进森林往勐哈傣，
为了和年轻的公主结婚，
些纳年达新带了很多礼物，
这是受召香勐的委托，
些纳带成群结队的人马大象，
走向勐哈傣。
歌唱些纳去求婚，
就在这里结束了。

听吧，
我要歌唱一个古老的故事，
从前有一个国王叫勐苏威那光，
那个国家有各种很多的口功，
有一个名叫威罗哈的老猎人，
他有各种口功，
他有起死回生的药，
国王把威罗哈提升为大些纳，
国王还派给他男女用人，
还有大象，等等。
国中谁有病痛，
都得到威罗哈的医治，

当时国家中的国王和王后有病，
所有的医生都不能把王后医好，
国王把威哈罗叫来：
"富有口功的威罗哈呀，
现在王后得了重病，
请大医生帮忙医吧！"

国王把王后的病情介绍，
威罗哈用好药每天医治王后，
王后吃了好药病就好了，
那时也许魔鬼作弄，
王后病好了，
老猎人心中偷偷爱上王后，
他就做一服药念了口功，
拿给王后说：
"吃了这服药振作精神，
可以去掉各种病。"
王后认为威罗哈是老实人，
王后吃了药还没到肚子里，
王后产生对老猎人的爱情，
她心里想到猎人身好像火烧一样，
王后不顾前不顾后，
不顾福不顾罪，
无法无天的威罗哈，
眼看手段成功很高兴，
夜深人静，
他就咒起他玄妙的口功，

来隐蔽自己的身体,
又用口功,
关得紧紧的门就开了,
他走进去和皇后互相玩弄,
他们在床上玩得多舒服,
谁也不知道,
有一天,他的口功,
不能隐蔽他的罪恶。

国王在夜深人静的时候,
走进王后的寝室,
威罗哈听到国王的叫声,
他赶快离开床上跑出来,
当时国王没有发现,
他的口功隐蔽他的身,
国王走到王后身边,
匪心的人隐瞒事实,
王后认为国王发现了这种事,
心里想:"我如果不把这事早点说出,
罪恶就逃不开身上。"
王后十分难过,
好像肚子里吃了酸的东西,
热在心里,
痛在心里。

王后一见国王的面,
就痛苦地对国王说:

"什么土匪进来?
'我是威罗哈。'
我一身就动不得,
给老猎人随意玩弄了,
国王你现在知道了,
请你原谅。
不是我有心与他相爱,
是受了他的口功所迷。"

国王听到王后的话发呆了,
眼睛发出愤怒的火光。
"匪心的女人呀,
来人呀,把不懂福罪的女人拿下,
把贪心的女人杀了。"
这时,
宫廷的兵丁,
听到国王的叫唤,
纷纷跑上宫廷,
把王后拖下宫廷,
有的用脚踢她,
有的用肘击她,
拖到宫廷院子里,
先打背后又打前面,
一手捉住王后全身打,
王后受不了死去了,
千年万年逃不脱油锅的煎熬。

杀了王后，
国王又派人追杀威罗哈，
兵丁服从国王的命令包围威罗哈，
打开威罗哈的门进去找，
威罗哈念了口功，
人们看不见他了，
他的口功隐蔽了他，
兵丁找不到回来，
国王又派人去守住城门，
威罗哈已经逃走找不着，
他走了三个月到勐哈傣。
想办法认识勐哈傣的些纳，
叭混①抓一条龙飞越城空中，
声音震动要把城市震垮，
国王命令所有射手追射，
射了千万支箭射不着，
国王和些纳非常担心，
怕叭混伤害百姓，
可又找不到一个人能打胜叭混。

聪明的威罗哈咒起口功，
变成火焰像风一样到天空。
叭混受不住火焰，
放开龙从空中掉下，
叭混飞走了。

国王和些纳们感到十分高兴，
提拔威罗哈当大些纳，
国王给他百匹马和男女用人，
请他帮助照管国家，
又给他工资，等等。
国王想不到将来有什么灾难。

"宽阔的勐哈傣呀，
各勐都有仇恨，
各勐来向公主求婚，
想和公主同床共寝，
奈何都举不起欣西拉，
纷纷跑掉，
一定要对我们有仇。
我们又无礼对待召香勐，
我们一时糊涂要把他杀掉，
神鬼不注定我们成功，
因为他没有罪，
他是个好人，
救了公主应该向他报恩，
把公主配他成双成对，
现在不知什么鬼作弄我们昏了，
他们受到耻辱定不甘心，
一定会发生大战争，
我们应该赶快预防，

---

① 叭混：水中一种动物，比龙巨大。

应该发大象给威罗哈叫他想。"
国王把事情说后,
威罗哈答应承担大事,
每天到森林里,
把各种药找来,
把药咒上口功,
做好许多药,
一种药专治刀枪杀死,
能够起死回生;
一种药吃进去,
痛苦叫唤滚来滚去就死了;
一种药磨碎抹在身上,
能使刀枪不入,
能够抵住雨点般的乱箭。
三种好药能够保卫勐哈傣,
他又用好话对王子召沙瓦里说:
"我要为你效劳,
只有命运不能反对,
除此之外天下人都来作战也不怕,
我一点也不担心,
到人家来攻打的时候,
只要我念起口功,
他们都要逃命,
如果动起战象来打,
召不要担心害怕,
有我威罗哈一人担保。"

他说的这些话使召沙瓦里高兴,
王子没想到自己国家会变荒凉,
召沙瓦里感到自己能战胜各勐的王子,
他骄傲得好像飞在空中,
目中无人。

有了威罗哈,
他一切放心了,
我这里将唱到结尾,
唱的是威罗哈同召沙瓦里在一起,
办理国家大事。

听吧,我要歌唱勐委扎派去的些纳年达新,
他们天天行走在森林,
过了一个月来到勐哈傣,
在城外搭起竹棚住下,
人们纷纷来看知是外人,
赶快报国王知道,
国王派人来问说:
"你们是哪个勐?
从什么地方来?
是不是来做生意?
说是来做客求婚人又这么多,
说是来作战人又嫌太少,
到底是怎么一回事?

请把来历说一下吧。"

勐委扎的大些纳,
对勐哈傣的些纳说:
"不是河水干了露出金沙,
不是我们国家荒凉才到这里来,
我们没带任何货物来做买卖,
我们是勐委扎宫廷派来的使臣,
是来求婚结亲,
是为的召香勐和公主的爱情,
我们是勐委扎的人。"

来往的人把话告诉召沙瓦里,
召沙瓦里知道情况以后,
他就冷笑地说:
"这些人真讨厌,
还不接受上一回的教训。
我不能决定,
你们去问问父王吧,
国王说什么回来告诉我。"

众些纳想法处理此事,
召沙瓦里派人禀告国王、王后和公主,
他们知道召香勐已经回到自己国家,
公主想到召香勐,
眼泪滴下来,

想:"我一辈子不能和召香勐再见,
而今我有福听到他的消息。"
公主在哭中听到王子还在,
不觉转哭为笑,
公主十分高兴,
好像得到无数金子,
好像上到天堂。
父王听到些纳说后,
就对些纳说:
"勐沙瓦提的召苏来也领人马来了,
他也是勇敢有本领的人,
原来已把公主配给他了,
奈何此生无缘,
魔鬼使他们分开了,
已经成了两棵不相容的树,
公主好像死去重生,
而今勐委扎使臣同样带了人马来到。
召香勐走在森林时候,
知道公主被关在石洞里,
走去和公主相遇,
此是天神相帮助,
引导召香勐来救公主,
可能是前世姻缘注定,
召香勐有无比的恩情,
他能够把已死的公主送回来,
他们跟我们一样是王子,
召香勐有很大的本领和福气,

也能够战胜森林里的魔鬼,
当他被缚被关起来,
有一千多人守着,
还让他跑了,谁也不知道,
可见他的本领比谁都强,
按照道理我们应对他好好招待,
我们不应该无礼相待,
赶快按照规矩迎接,
招待他们槟榔、菜饭,
招待他们草烟、肉吃,
要怎样办好让些纳们办吧。"

些纳照国王的指示准备礼物,
迎接召香勐派来的使臣,
他们按照国王的话对召沙瓦里说:
"我们按照王父旨意告王子,
公主喃准布呀,
我们从各勐王子来选择,
照各种规矩来做,
召苏来向公主求婚,我们已答应了,
从花园转回宫廷,
已准备让召苏来当驸马,
可是说了做不成,
可能姻缘无注定,
或者是神灵发现我们有错,
因此魔鬼把公主领走,
关在石洞里,谁也不知道,

召香勐本想到森林当和尚,
可能是天神看到,
把他引到石洞把公主救出来,
他是有很大的恩情不能抹杀,
他身上没有一点罪,
他有很大的恩情,
他还把公主送到我们国家来,
他的恩情重,
公主是应该配给召香勐的,
好像已死去的公主活着送回来,
他们已经在勐帕董成亲了,
因为他们有姻缘,
他们有着深厚的感情,
我们应该把公主,
配给英明的召香勐。
召香勐跟我们一样,
是强大国家的王子,
我们配给他不失面子,
反比其他国家更沾光,
众些纳和国王都这么想。"

请听吧,
我们的王子召沙瓦里呀,
召沙瓦里还是受鬼迷未醒,
按照原来鬼主意,
众些纳和头人说的都是好话,
召沙瓦里却当作坏话,

人家当作宝的他又不当宝看，
人家认为违反佛规不合理的事，
他认为是好事，
人家说椰树，他说是假的"曼单树"，
人家说臭，他说比檀香木还香，
人家说罪孽，他说是善行。
狡猾的王子呀，
他想破坏人家的福气，
他把福气看成坏的东西，
他把犯罪看成好事，
他把"艾藤"①种在身边，
他没有想到以后给国家带来灾难，
他没有想到灾难临头，
他没有死以后不瞻前顾后，
他继续为非作歹，
他命令些纳请召苏来王子
和召香勐的使臣年达新。
"我有事情对他们说，
不准你们来听。"

些纳无法与他辩，
派人通知召沙瓦提王子召苏来先来，
召苏来来到沙瓦里的宫廷，
两人互相招呼问候真高兴，
召香勐的使臣——聪明的年达新，

拿起求婚的礼物和书信进城，
按照规矩派选一千勇士，
个个打扮得真好看，
成群结队走进城里，
走到召沙瓦里的宫廷，
召沙瓦里宫廷的走道两旁，
站着一万抬着武器的卫兵，
年达新看到感到怀疑，
他磕头跪拜后，
坐在他应该坐的位子，
时候到了，
他献上求婚的礼物和书信，
他合情合理按照国规，
低头轻轻合掌，
他的头脚都跪着不动，
他讲话都是规规矩矩的，
按照道理地说：
"我们的召香勐呀，
好像一棵孤独的树，
为了要和公主成双，
希望两个国家共用一个城墙，
我们想把金线银线连接起来，
为的是使百姓自由来往做生意。"
（原本到此缺二页，靠记忆补充。）

---

① 艾藤：一种有毒的藤类植物。

勐委扎使臣还没把话说完，
召沙瓦里破口大骂：
"你们真不知羞耻，
跑掉了还有脸回来，
难道记不起上回的教训？
你们的脸应该藏到土里，
还敢摆在椰子树梢上？
你们是野猎人的国家，
不配与我妹子成亲，
萤火虫竟敢和太阳比光亮，
你不管送多少礼物，
就是千只大象，
我们也不要，
我们又不是贫穷之国，
我们的东西比你们还多，
你们非要娶的话，
我可以将宫女配你们王子。"

年达新对召沙瓦里说：
"我们头上只有天神，
我们大家都是朝拜天神，
谁也不怕，
谁说勐哈傣强大了不起，
为何眼巴巴看着公主被魔鬼劫去？
我们的王子召香勐不辞艰险，
在山林石洞中救出公主，
你们就忘记了恩情？"

召沙瓦里一听怎忍得住？
气得面红脖子青。
"要娶公主快去起兵来，
到战场上拼一拼，
能够战胜我们，
我们就把公主给你们。"

些纳年达新说：
"好吧，
你们想要战争，
我们也能打得动战争。"

说完就离开召沙瓦里宫廷，
又向勐哈傣的老国王告别，
公主听哥哥不许自己配给召香勐，
心里非常痛苦，
公主喃准布写了一封信给召香勐：
"你们第一次来受到拒绝，
希望你们再来一回，
我们一定要配成双，
第一次痛苦过去了，
第二次痛苦又来，
你从森林把我救活，
无以相比的大恩情，
我一生报答不完，
我每天想着你，
每个傍晚向你朝拜，

我对你的爱情永不减退,
虽然距离千排①远,
我的心在你身边,
我的心永远不变,
我永远把你放在心上,
请你赶快想办法吧,
慢了会失掉你亲爱的妹子。"

些纳带着公主的信回勐委扎,
把经过情形奏禀国王,
勐委扎的国王和召楠玛迪大些纳,
巴不得马上出发,
像燃烧着的火堆一般,
国王卷起袖子捶打金床,
怒气冲冲说:
"勐哈傣为何如此骄横?
我们也是宫廷中真正的王子,
王子之下还有众些纳,
为什么骂我们是笨人,
把我们不当人看?
请众些纳想想吧,
是不是要动起战象,
把勐哈傣粉碎成灰,
十年攻不下也不返回?
要怎么做好?

请些纳们快作主意,
我批准你们赶快召集士兵吧,
派人快马加鞭通知勐西拉和勐威沙,
把经过事情告诉王子召门塔,
叫他赶快动身来。"

大些纳遵照国王的命令,
传达命令,
放炮召集成万的士兵,
士兵们纷纷向城里奔来,
他们匆匆忙忙跑在大路上,
有的骑马,有的乘象,
召楠玛迪把士兵分几路,
一路由名叫西洛的勇敢些纳带领,
他带领一万六千兵丁,
给他大象和马匹三千,
这些人都是坚强勇敢不怕战争;
分给年达新些纳四十万士兵,
一百匹配金鞍的马,
四千只战象;
派给威再大些纳,
一百万士兵,
一万只战象,
四万匹战马;
分给年轻勇敢的巴都玛,

---

① 排:云南汉语方言量词,相当于"庹",指人的双臂展开的长度。——编者注

一百万士兵，
四个象队，
四千匹马。

召楠玛迪把人马，
分给众些纳带领，
召楠玛迪挑选勇敢的人，
自己率领打先锋，
接着是召香勐带领的人马，
其他的人都作为后卫，
勐威沙勇敢的王子和些纳也在后面，
还给他们三百万勇敢的士兵，
一万六千只战象，
十六万匹战马。

召楠玛迪分出去的士兵，
一共一百万人以上，
他把人分好以后，
又分给各队战用品一百种，
发给些纳和士兵工资，
大家领得物和钱都很高兴，
召楠玛迪请来摩古拉，
选择出门的好日子。

摩古拉来到向国王朝拜后，
就开始卜卦，
选到十四日是好日子，

人们听到十四日是好日子，
纷纷要求出发，
摩古拉叫大家耐心等待，
勐西拉和勐威沙到来，
再一起去吧。

当时勇敢的人心中很着急，
派到勐西拉和勐威沙的人，
一路上快马加鞭，
去到勐西拉和勐威沙，
因为召底卡要动兵，
攻打勐哈傣抢回公主，
给他们备好人马相助，
他们勐威沙不能袖手旁观，
他们应该赶快召集士兵，
挑选善于作战的人，
挑选六万人，
挑选一万只大象，
挑选一万匹战马，
每个人都带起弓箭，
穿起作战的盔甲，
叫他们勇敢地作战，
要使国王得到光荣不要失败，
勐威沙的国王做好准备，
他们按照国王的指示，
敲起鼓放起土炮征集士兵，
人们匆匆跑向前，

国王派儿子召珍达为首带领队伍：
"你手下有爹瓦阿曼领着人马，
快去帮助你的哥哥吧，
一定能够战胜勐哈傣，
如果两边不分胜负，
赶快派人来报告，
有多少士兵都派去援助，
这样一定能打胜仗的，
儿子去了呀，
祝你平安，
愿你活一万年。"

国王把所有的宝弓神箭等宝物给
了儿子，
还对儿子祝福和教训。
把父亲的话举在头上，
领着人马出动，
王子骑在大象上，
前边后边走着士兵，
离开勐威沙七天走到宽阔的勐威加，
他们已到派人去报告，
同时勐西拉的召门塔也来到了。

召楠玛迪知道了，
勐西拉和勐威沙两个弟弟来到了，
很想很想念，等待和他们见面，
他派些纳去迎接召门塔和召珍达

拉乍，
他们来到了，
安顿人马驻在城外，
然后召门塔和召珍达拉乍去朝拜
召楠玛迪，
之后又一起去见国王。
国王和王后看见儿子十分高兴，
他们看见召门塔流下了眼泪。

见到召香勐以后互相打招呼问候，
国王把经过事实向他们说：
"召香勐为了学本领求知识到森林
里去当和尚，
有福的召香勐遇到年轻的公主，
魔鬼把公主关在石岩里，
召香勐去到森林把魔鬼弄死，
救了公主，
公主是勐哈傣国王的女儿，
把公主救后送回家乡，
她的父母亲感到十分高兴，
公主的哥哥却发火，
勒打召香勐，
如果他福气不大只有死了，
他有很多福才跑得出来，
后来又按规矩派人去向公主求婚，
可是公主的哥更蛮横无理，
说我们是森林里的野猎人，

说我们是山头上的民族，
配不上与公主同床，
怕勐哈傣失去威信丢面子，
还说'如果真正是男人，
动兵来勐哈傣打吧'。
他骄傲地对待我们，
所以父王才写信告诉你们，
请你们带勇敢的士兵来援助，
你们还不把我丢在一边派人来帮助，
你们两个还带来许多士兵，
我的儿子呀，
你带来勐哈傣多少士兵，
请你们说给我知道吧，
你们的弟弟召香勐，
召香勐他的心软得像棉花，
只有你们三兄弟了，
你们共同商量想办法。"

召门塔向父王说：
"我为了有福的父王
和大哥召楠玛迪，
为了可爱的弟弟召香勐，
我一接到信马上带勐拉西的士兵来了，
现在我带来一万能干的人，
如果在战场上打后，
又再增调士兵。"

接着勐威沙的召珍达拉乍，
向父王朝拜：
"儿子考虑要去攻打的只是一个勐，
不会怎么难打，
所以我只带来六万人，
留守国家的一百万叫他们等候消息，
消息传来，
如果打仗吃力，
他们会来支援的。"

他们四个兄弟对父王说：
"我们头上的父王呀，
请你们不要担心吧，
我们是你亲生的儿子，
我们四个兄弟呀，
不打胜勐哈傣，
十年也不回家乡来，
到底成败如何，
总会尘埃落定。"

四个兄弟准备停当，
骏马、大象出动了，
他们骑着大马、战象，
人们前呼后应簇拥着他们，
人们像星星围绕着月亮，
他们一起出发了，
三声土炮震动大地，

人们成群结队走出城门，
骑马的人窜来窜去，
战象吼叫不停。

骑着战马的人奔走在路的两旁，
前面先走的是召门塔，
接着是年达新些纳，
人们匆匆忙忙走在路上，
马铃丁零当啷，
显出威风凛凛的气派，
人们高高兴兴前往勐哈傣，
四个王子领着队伍，
穿过森林向东方走，
走了一个月，
渐渐接近勐哈傣，
眼看七天就要走到勐哈傣，
他们走过勐哈傣的森林，
来到勐西拉的城镇，
在城镇里的百姓有十万人，
离勐哈傣不远的城镇都已看得到，
些纳西艺和年达新，
向四个王子报告说：
"我们两人负责要攻进住十万人的城镇，
明天我们就派人去把城镇包围，
一定要攻得下来。"

召楠玛迪王子，
派两个些纳先去攻，
吃过晚饭准备了武器，
守着勐哈傣的城镇，
到了鸡叫时候，
往城镇进攻。
左边右边一齐攻打，
渐渐地大地明亮，
响着人的呼声，
人们敲铓打鼓，
向每个城门开枪，
枪声好像把整个勐崩垮，
骑着战象的人呀，
都赶着大象前进，
人们冲上前去，
象用鼻把墙城勾烂，
他们攻下城镇以后，
就宣布命令说：
"如果谁还想顽固反抗，
就要谁的命，
要是谁想得到好的后果，
就跪着合掌投降，
这样就不杀他们。"

他们向人民宣布：
"我们决不杀牲害畜，
你们心中不要发慌。"

当地百姓听了，
他们按照礼节，
准备了鲜花、蜡条，
上千的金银和骏马，
都来朝拜投诚，
接过物品就对他们说好话，
有的逃亡城镇去报告勐哈傣的王子。
"我们的城镇，
难道是命运注定要受灾难，
现在已经受人攻打，
百万大军和十万战象。"

当时王子召沙瓦里知道后，
问："是哪里来的敌人？
为什么不知道一点消息？
为什么一下子就把我的城镇弄灭亡？"
他冒怒火拿起棍子击鼓，
些纳纷纷吓得跑过来：
"召呀，你为什么这样紧急地敲鼓？
是否敌人来侵占我们，
要使我们国家弄得灭亡？"

召沙瓦里详细向些纳们说：
"我得到他们跑来报告的消息，
敌人包围了我们城镇，
好像洪水一样淹城镇，
城镇里十万人挡不住敌人，

现在已经被他们占领了，
有的逃跑来向我朝拜，
些纳呀，
你们快派人去探看，
真的有这么一回事情，
我们赶快派士兵跟他们打，
我们的城镇里没有王子，
他们为何要来攻它呢？
他们是哪一个国家的敌人？
为什么这般大胆不怕我们？
你们赶快召集一万勇士，
赶快去了，
赶快回报，
你们要像风一样，
赶快使我得到消息。"

些纳听到王子的命令，
迅速准备一万勇敢的人，
派一个勇敢的些纳率领，
从城子走了四天，
住在城子外边过夜，
等到天亮，
召香勐四兄弟，
率领人马离开城镇，
到勐哈傣士兵住的地方，
吃早饭的时候到达
勐哈傣派来调查的人住的地方，

勐哈傣些纳发觉了，
还没有忙着动手去打，
就被召香勐一万士兵包围了，
他们准备逃跑的时候，
已经被一个个捉住，
人们一点也不感到害怕他们，
捉了一个个缚着送走，
被缚的人一排排坐在地上，
数起来达到三千人，
被捉的人真不像个男子样，
除了被捉走的人，
还有的到处乱转。

些纳年达新，
一个个审问他们：
"在勐哈傣的王子，
是谁最有本领和真口功？
哪一个是勐哈傣坚强的核心？
你们就把他全部告诉我们，
我们要把他全部杀干净，
美丽的喃准布呀，
你们国王将她配给谁了，
情况怎么样？
你们赶快说清。"

这些俘虏战战兢兢地，
向些纳年达新说：

"我们在勐哈傣的人，
只有召苏来是坚强勇敢有本领，
另外一个就是威罗哈，
他们两个是国家的力量。
公主喃准布还未配给任何人，
她正在等待着有福的召香勐，
如果不能和原来的丈夫在一起，
她也不甘心。
公主的父亲国王，
他在等待着消息，
这是我知道的，
向你大些纳报告，
请你可怜可怜我们，
留下我们一条命，
请原谅我们不懂事的人，
一切事情都怪我们的王子。"

俘虏所说的话，
些纳年达新听得清清楚楚。
年达新知道详细情况，
他就去告诉四个王子，
王子知道以后十分满意。

勐哈傣派来的人，
被打得东奔西跑，
谁也不顾谁。
有的跑进水里躲起来，

有的跑到箐沟里，
有的跑到森林里，
有的顺着大路跑到城子，
回到城里的就去告诉王子：
"我们奉王子命令打探敌人，
我们走了四天，
住在城镇的外边，
到第二天太阳升上天空，
准备继续往前走，
好像乌云向我们降落，
勐委扎的士兵来到，
马上就向我们冲过来，
我一见马上被包围了，
我们周围都是勐委扎的人，
我们每一个人都被吓慌了，
当我们想抵抗的时候，
我们一个个被他们缚住了，
我们正准备抵抗，
已经一个个被他们按住，
眼看事情不妙，
大家不顾一切丢下东西跑，
谁也顾不了谁，
我们被捕的人可能有三千，
其余的人各跑一方，
王子呀，
我向你朝拜，
请你赶快想办法吧，

一刻也不能拖延，
明后天人家就会到来了，
人家是坚强勇敢像猛虎一样，
要怎样使我们国家，
像以前一样的富强，
不失去我们国家的威信，
和受到灾难死完，
使百姓不失去财产？
请头上的王子，
赶快想办法挽救吧，
使百姓能够安居乐业。"

召沙瓦里知道了，
好像猛火烧到身上，
他无比气愤地说：
"野猎人的国家勐委扎呀，
我们国家就像天神一样，
他们为什么一点也不怕？
我们宽阔的国家，
他们不应该再来了，
为什么还来攻打我们？
天神不会注定他们打胜仗的，
为什么还动起战象相拼？
他们还想战胜我们，
真是无比的愚蠢，
说老实话，
愚蠢将给他们带来死亡，

他们一定死在我们手里回不去,
他们要丢下年轻的婆娘成寡妇,
勐委扎真是好笑。"

他说出无比骄傲的话:
"他们为什么不仰头看望天空?
随便说出轻视别人的话,
会给自己带来罪过,
那时他要受到天空的雷打。"

勐哈傣骄傲没有担心,
不想自己国家受死亡,
只晓得骄傲不看自己前后,
只把怒火做自己身上的宝。
自己身上有很多罪过,
还认为要战胜有恩的人,
他只把坏的想法做自己身上的宝,
在天下的成千上万的神呀,
怎能使罪人得逞,
胜过有福的人?
这不符合佛规,
一点也不符合叭英对他的帮助。

王子召沙瓦里顽固地发火,
他召集士兵,
准备了打仗用的物资,
命令些纳叭哥艺,

带领人马迎战,
还命令他儿子叭桑戛沙
和叭奔玛等三个王子,
三个王子做将领,
下面有大头人叫苏帕,
他是对战争有经验的人,
另外一个些纳叫苏领,
他最善于射箭,
另外一个些纳叫苏披拉沙卡耶,
王子分一千万人给他们带领,
他们全国动员人数达到一千万,
他们就出发了。
后面王子带领四百万武士,
接着的威罗哈些纳带领的甲兵,
他们是勇敢有作战经验的人,
他们承当国家大事,
什么东西也不怕,
他们准备好了离开城子,
领着人坐上惯于战斗的大象,
走过了平坝来到花园,
他们布置人守着阵地。

听吧,
我要歌唱勐委扎的王子,
他们打了胜仗,
感到无比的高兴,
各队准备东西来到花园,

配有金鞍的骏马纷纷奔跑，
战象队比武前进。
到了勐哈傣，
见到双方的军队在花园里，
两边战象纷纷想抵挡，
举刀比武，
走路的人也是比武前进，
对战争熟悉的人，
挥舞着大刀相抵，
他们跳过来跳过去，
举起大刀挥来挥去，
勇敢能干的士兵，
带着锋利的长矛，
他们拿着长矛，
看准敌人冲去，
两边士兵都勇敢不后退，
箭手骑在马背上奔跑射箭，
射出的箭就像下雨一样，
象队也互相不后退，
兵与兵互相不怕，
双方难决胜负，
两个国家的大战，
好像地要崩垮了，
勐哈傣的些纳西艺，
用铁钩迫着大象往前冲，
些纳苏帕追上去，
他们从左边攻来右边攻去，

人们发出响亮的喊叫声，
谁也想打胜仗往前冲，
当时，些纳苏顶，
拿出锋利的大刀，
向西艺砍去，
西艺一跳闪过，
转回一刀向苏顶砍去，
苏顶来不及回避，
被一刀砍死，
苏披拉沙卡耶奔来援助，
那时威都拉和丰荣，
迎上来把苏披拉沙卡耶刺死，
从象身掉在地面上。

当时些纳奔玛，
从后面追上去，
一刀砍着丰荣，
勐西拉的好些纳死在战场上，
为了战胜敌人而牺牲了。
为了打胜仗，
两边都是勇敢相对，
所以才使丰荣丧命，
丢下了妻子儿女，
他不病死去，
来不及和妻子告别，
弓箭手西艺，
把威都拉一箭射跌落大象，

两边的些纳各死了三个。

到了傍晚,
两边都把人们退出战场,
回到各个阵地休息,
勐哈傣的些纳哥艺为首,
带队回阵地,
关上了门。

两边的人死得太多了,
三个大些纳都死去了,
这个好的些纳呀,
一个叫苏顶,
一个叫苏帕,
一个叫苏披拉沙卡耶,
他们三个死去了,
死去了这三个大头人,
他们三人死去了,
死去了这三个大头人,
他们无比生气,
气得连夜想作战,
哥艺为首的宣布说:
"明天我们要早点起床,
人人都要努力争取胜利。"
他向各个阵地的士兵宣布,
每个士兵都知道了。

勐委扎失去聪明勇敢的沙领塔,
还失去勐威沙的威都拉些纳,
都死在战场上,
勐西拉召门塔忠诚的些纳丰荣也
死去了,
四个王子心里痛恨发火,
因为失去三位些纳
和失去一千士兵,
当时,
召门塔和召楠玛迪,
向各阵地士兵传令:
"大家努力吧,
明天早晨,
我们要向勐哈傣拼战,
要怎样能够迅速把勐哈傣打败,
使我们得到胜利?
今晚我们应该做好准备,
天一亮马上出发。"

他们把王子的命令,
传到每一个士兵耳里。
第二天太阳爬上山坡,
照亮大地,
人们纷纷出战,
三千万士兵一起出动,
响亮的炮声和枪声,
以及人们的呼声,

好像勐哈傣每一个村庄要崩垮。

骑大象的追赶大象前进，
走路的争先恐后地前进，
骑马的射出弓箭，
两边都挥着大刀，
闪光的大刀相抵，
勐哈傣的人同样冲来迎战，
勐西拉的国王召门塔看见，
往前冲去，
他不断挥着宝刀，
要冲上前去捉住他们也不行，
他招呼叫来爹莹大些纳，
爹莹赶到他身边，
召门塔连根带土拔起椰树，
敲打敌人，
人们成堆死在地上，
他们捉到一个勐哈傣的些纳叭奔玛，
当时勐哈傣的士兵，
冲上前去抵叭奔玛的位置，
他们看见叭威再离开队伍，
就向他冲过来，
你一刀我一刀向他砍杀，
叭威再就被砍死在那里，
看见叭威再死了，
勐哈傣的人就纷纷冲上来，
勐委扎的些纳年达新，

念了口诀，
变出火来，
顺着地面烧过去，
勐哈傣败退去告诉威罗哈，
威罗哈冷笑地说：
"让他们追上来吧，
你们不要怕，
我一个人可以挡住，
使他们退回去。"

四个王子随着前进，
他们向士兵们说：
"勇敢的士兵们呀，
我们都是坚强的人，
你们努力吧，
怎样把勐哈傣毁成火灰？
你们要前进不要后退。"
士兵们争先恐后往前冲，
冲到离敌人阵地只有一千排，
勐委扎四个王子，
通知骑马和骑象的准备，
四个王子对大家说：
"勐哈傣最出名的是公主的哥哥召沙瓦里，
召苏来和威罗哈，
他们三人有很大的本领。"
可能是人家有福会从空中来打，

有的应该准备了弓箭，
有的防左，有的防右，
有的看守着后边，
不要让敌人从后攻上阵地来。
前边有战象冲锋，
勇敢的人手执长矛跟在大象两旁，
将领发出命令，
人们都听命向前，
队队敲着战鼓，
向勐哈傣阵地冲去，
人们向花园冲去像洪水一样，
勐哈傣的士兵们看见了，
战战兢兢出来抵抗，
他们还说：
"今天大家努力吧，
我们一定打胜仗！"

威罗哈给士兵们发药，
还给每个些纳发药：
"如果我们见到自己人被砍断头，
赶快把药擦上。"
战争的声音好像使大地崩垮，
人们边打边冲过去，
两边都是坚强，
他们勇敢决战，
谁也不退让，
砍死以后活过来又冲上去，

召门塔气愤地冲上去，
叫唤爹莹跟在身边，
爹莹一手拔起椰子树，
向敌人敲打，
爹莹有像大象一样的气力，
被他敲死的人无数，
可是打死了他们又活起来，
打得累了无法前进，
停下休息，
他用掉五十棵椰子树，
敲打了还不行，
打死了又活转来，
死去又活，
再冲上来。

召沙瓦里骑着大象，
率领百万人马，
从城里冲出来，
好像天上掉下来的天神一样，
士兵们成群结队地跟着他，
勐沙瓦提的王子召苏来，
带领着队伍出战，
坚强的召苏来，
发怒地带着士兵出战。

他发火地飞上天空，
从天空中对勐委扎的人说：

"我要把你们的头一刀刀砍断,
要把你们的身子砍成两段,
我不让你们这些猎人逃脱,
所有难看的勐委扎的人,
你们一定死在我手下。"

他说之后奔跑在空中,
看不见召香勐,
带领着的人骑着大象骑着马,
看见叭巴都玛,
他就从空中飞下来,
把叭巴都玛头砍断又飞上去,
他以为是召香勐的头,
当时聪明的年达新些纳,
咒了口诀,
变成火焰升上空中,
烧到召苏来在的地方,
召苏来吓得放下叭巴都玛的头和
自己的宝刀,
宝刀和叭巴都玛的头,
掉到勐委扎的人马中,
威罗哈发现火焰追召苏来,
他就咒了口诀,
变成大风刮去火焰,
召苏来下回到阵地,
如果没有威罗哈救了他,
他就会被人捉去,

失去他的名誉,
他为了公主喃准布,
想把有福的人杀害,
他愚蠢地飞到空中去,
现在他的宝刀落到别人的手,
使他多么丢脸,
因为火焰把他一身烧,
他只光着身回队来,
人们嘲笑他,
人人担心他没裤子穿,
急躁盲动的人,
带来的后果是不好的。

勐西拉大些纳年达新,
他拿着王子召苏来的宝刀
和叭巴都玛的头,
去献给召楠玛迪,
因为失去了忠诚的些纳,
召楠玛对召门塔说:
"我们的些纳和士兵,
也死去将近一千人,
我们应该暂退休息,
如果这样继续下去,
受到伤亡更大。"

召门塔向召楠玛迪哥哥说:
"如果我们退了,

人家就会追上来，
我们退了会失去名誉，
我们应该坚守来想办法，
我们再命令些纳年达新去执行，
总有一天会打胜仗的。"
召门塔向他哥哥朝拜，
他就坚决命令些纳年达新，
用口诀把鬼都招来，
他的身边来满了鬼神，
帕本、帕摆、帕那来、帕糠①都来了，
年达新咒起口诀，
变成大火堆，
到处燃烧勐哈傣士兵，
熊熊的火焰在燃烧，
勐哈傣的士兵无法抵挡，
慌乱得纷纷逃命进城里，
威罗哈耐着火焰咒口诀，
变成大雨扑灭火焰。

四个王子攻下花园之后，
传令些纳和士兵，
以花园作为阵地，
他们在花园筑起高高的城墙，
百姓做了一座神庙，
人们住定下来了，

他们派人攻打城子，
战争激烈，
好像城墙要崩垮，
和勐哈傣交战三个月，
还不分胜负，
两方退出休息。

那时威罗哈另想办法，
咒了口诀进了城，
变成龙蛇，
纷纷冲向勐委扎士兵咬，
威罗哈看到龙蛇吃士兵，
年达新咒了口诀，
变成了从空中飞来的叭佛，
来把龙蛇赶跑，
当龙蛇都走了，
勐哈傣不甘心重想办法，
威罗哈咒口诀，
变成了猛虎万只，
用尾巴敲打敌人跳来跳去。

勐委扎的士兵看到老虎，
都害怕慌张，
站立不安，互相挤扰，
他们感到很奇怪，

---

① 帕本、帕摆、帕那来、帕糠：四个都是鬼名。

那时勐西拉的些纳，
有口诀的吉达，
一见猛虎冲来，
他就咒起口诀，
变出拉乍西，
把猛虎赶跑了，
威罗哈又咒了口诀，
变成了万只火龙，
挡住拉乍西。

他们都是聪明，
两方都争打胜仗，
两边都是一样坚强不胜不败，
那时召楠玛迪王子说：
"不知道要怎样才能打胜，
两边都在比赛本领，
两边都一样，
两边都有战象，
对方也像我们一样，
人对人不相让，
这样会给百姓带来死亡。
他们有威罗哈，
威罗哈什么都懂，
会做出使人死亡的决定，
我们如果没有吉达
和年达新些纳来抵抗，
我们就要打败仗，

我们四个兄弟，
也许已不存在了。

"有势力有本领的召沙瓦里和召苏来，
我们要战胜他们是很困难的，
要怎样才好？
把所有些纳召集来商量，
我们四个王子，
是不是互相救？
难道白白领队伍到战场，
我们要怎样才能打胜仗呢？
我们要想办法才行。"

召楠玛迪王子说后，
四个王子和勐委扎、勐西拉、勐
威沙的大些纳们，
他们在议事厅里商量，
他们从开口作战谈起，
并从历史故事结合来谈。
"比一切高明的是知识，
知识是产生各种东西的根源，
从我们的武器和力量来看，
是不能够打胜仗的，
我们大家都想办法去找窍门，
我们带领了人马战象，
来到了人家的国家，
如果不能打胜仗而败退，

好像急急忙忙吃饭，
涨红脸给姑娘看到害羞，
到了哪一个勐也要被姑娘嘲笑，
人家说我们四个王子，
带领队伍来打仗，
现在又害怕领着队伍败退，
这样会失去我们的名誉，
会丢去我们的面子，
我们不情愿这样做，
我们是男子，胜了才甘心，
还得早点升到天堂受赞扬。
现在我们用智慧与他们比，
天下动物都会死在智慧。
如果谁贪心透顶，
一定会死在甜和香①，
我们先假装写封降书，
准备各种礼物去投降，
准备战马、大象、刀枪、长矛各一百，
还准备一切符合名誉的礼物
和成千上万的金银，
献上一个金箱，
我们准备'允'②放在里面，
金箱什么人也开不掉，

只有威罗哈一个能开，
到时威罗哈打开，
'允'把威罗哈的头，
送回来给我们，
这样我们就能够攻打下城，
把勐哈傣打败。"

在议事厅的些纳听了，
大家都很满意，
召楠玛迪、召门塔、召香勐和召珍达四个人，
知道了也都很满意，
马上下紧急命令，
派大些纳准备，
挑选了有技术的人，
来做各种仪仗，
还做了枕头。
他们做好箱子，
添上金色，
吉达些纳准备了十二个"允"，
做后放在金箱里，
他向"允"咒了三遍口诀，
"允"就坐起来了，
"允"向吉达些纳朝拜，

---

① 甜和香：甜是甜言蜜语，香是贪酒色。
② 允：一种宝物叫"允"，能飞。

吉达些纳对"允"说，
还将宝刀交给"允"，
最后对"允"说：
"你就承当国王的大事吧，
明天我们要把你送到勐哈傣，
如果谁能把宝箱打开，
就把他的头割断在箱里飞回来吧！
拿来献给你的主人。"

话说后把金箱关紧，
"允"按照口诀在金箱里，
金香和各种礼物准备好了，
派聪明的些纳写信，
写得合情合理：
"福气大的召沙瓦里哥哥呀，
弟召香勐做错了，
领人马大象来攻打你，
你的本领强大，
我没有把你打败，
士兵、百姓为我一人死去不少，
如果王子能留下我一条命，
明天天亮了，
我一定来向你投降朝拜，
请王子写信回答我。"
信写完之后交给些纳，
年达新和些纳爹莹，
一些坚强耐战的人，

拿着书信到勐哈傣城，
爹莹唤一声：
"守在城里的士兵们听着。"
又走进一步叫了两三声，
他们听清楚之后回答说：
"你走进来再商量吧。"

年达新听到这样说，
不客气地进去了，
到了把信交给士兵，
士兵把信交给王子，
召沙瓦里王子看了信，
看到句句都是实话，
他明白后下令对些纳说：
"他们所说的话是否真的？
是不是用好话来欺骗我们？
你们去向派来的人详细问，
如果他们真的不欺骗，
你们就写信答复他们吧，
如果他们不欺骗，
献上礼物，等等，
我们还是对他们原谅。"

勐哈傣的些纳，
就写封回信，
年达新些纳拿了信回来，
勐委扎感到好像雨后天晴，

他们一定能把勐哈傣打败了,
些纳年达新把对方所说的话,
禀告四个王子,
四个王子知道了,
感到无比高兴,
感到能够顺利地把勐哈傣拿到手,
四个王子高兴大笑说:
"敌人中了我们的计谋。"

王子准备了一百只大象,
一百匹战马,
和各种礼物、车子,等等,
送金长矛,
送仪仗,
送绣金线的金伞,
交给些纳年达新和爹莹,
带领三千人,
带着礼物,
挑的挑,抬的抬,
前面打着攀①,
人们抬着金箱子和金床,
作为礼物送到勐哈傣。

到勐哈傣把礼物抬上宫廷,
勐哈傣的人在走道两旁,
他们派些纳来迎接勐委扎,
站在路两旁的人,
纷纷说挖苦人的话:
"你们不知道勐哈傣的厉害吗?
真讨厌,
你们这些臭样子的勐委扎人,
你们是小小的山头国的人,
不敢带人马大象来向勐哈傣打,
你们只适合带领队伍来朝拜,
你们幻想爬上大象,
你们幻想跟公主成亲,
现在你们整个国家成为我们的奴隶。"

他们说了不少轻视的话,
年达新些纳忍着让他们说,
领着礼物去献给召沙瓦里。
勐哈傣的叭哥览,
带领年达新和爹莹客人,
按照各种规矩朝拜说:
"国王呀,
我们召香勐,
他做错了事,
好像软刀砍莹竹眼,
他错打了英明的召,
使百姓受到死亡不少,

---

① 攀:攀是一种金伞,有垂边。

他感到十分懊悔，
现在不敢再打下去了，
请求来投降，
现在我们带来成千上万的礼品，
有金床和金箱献给国王，
金箱里有许多金钱和宝物，
这些礼物来赎罪，
请求饶恕留下一条命，
我们国家成为你的百姓，
我们回到国家以后，
一定按照规矩把金银骏马，
来献给英明的王子。"

召沙瓦里听了以后，
相信了便说：
"我原谅你们，
免去你们一切罪恶，
祝你们百姓幸福安宁，
愚蠢的召香勐呀，
明天叫他亲自来向我朝拜，
我要从各方面教训他。"

召沙瓦里说了，
年达新就朝拜告别，
领着人马回来报告四位王子，
当时吉达些纳咒出口诀，
去援助"允"，

召沙瓦里为首的大些纳，
他们收到了大批礼物，
高兴得好像要飞上天，
人人感到自豪。
王子召沙瓦里盼咐些纳，
把礼物按等级分配，
分了大批礼物，
就想办法打开金箱，
可是无论哪一个也开不脱，
些纳们禀告王子，
王子叫所有的些纳来开，
后来还是开不脱，
眼看着金箱子，
连力气大的召苏来也无法开，
王子叫威罗哈些纳来开箱子，
威罗哈来到以后，
检查箱子的每个角，
仔仔细细看来看去，
知道箱里没有金银，
知道里面只有手拿着大刀的"允"，
他明白以后就向王子说：
"箱里没有宝贵的东西和金银，
箱里只有手拿着刀的'允'守着，
如果谁打开这个箱子，
头就会被'允'砍掉，
我们就把它丢在这里，
不用管它了吧，

否则就会失去我们的生命。"

可是威罗哈所说的话，
王子一句也不听，
不管如何要看明白：
"像这样的箱子你还怕什么，
你虽然是个些纳，
我赏给你百样礼物，
现在连箱子都不能开，
你还算什么对我有恩的人。
我的各种大事你曾经答应承担，
现在看来你是骗吃我的礼物和薪金，
经常说你自己勇敢能干，
现在为什么怕我交给你的任务。"

威罗哈听了王子的话，
再也不敢与王子辩驳，
只有遵守王子的命令，
他拿一碗药放在自己身边，
并对别人说清楚之后，
叫别人帮助他：
"如果我的头被砍断了，
请赶快把我的头擦上药。"
后来他一手拿着宝刀，
威罗哈把箱子打开露出小缝，
还来不及看里面的东西，
"允"就把他的头砍断了，

头落进箱子就立刻紧紧闭上，
金箱拿到威罗哈的头，
就从空中飞回阵地，
守在威罗哈身边的人，
谁也不能挽救他，
就像天斧砍下来一样，
威罗哈失去了头，
只留下身体，
人们只好瞪着眼睛。

召沙瓦里和众些纳，
知道了这件事情，
看到威罗哈尸体垂头丧气，
人们吓得纷纷乱跑，
住在城里的人，
被吓得到处逃跑，
威罗哈是受人赞扬的人，
他有强大的本领，
现在被"允"砍掉头，
只丢下他的身体，
现在他们国家，
不知道要存在多么大的困难，
总有一天人家会把他们打败的，
威罗哈已经死去了，
他们总会有一天被杀死，
人们担心受难。
好像一个国家没有王子，

使国家受到荒凉。

"允"飞回到自己的阵地,
吉达些纳咒了口诀,
拿着"牙广迪"和"送摆"水,
用"牙广迪"树叶蘸"送摆"水,
洒在金箱上,念解除口诀,
当"允"失去口诀之后,
他把金箱打开,
看见威罗哈的头,
他们知道要打胜仗了,
大家欢呼,
四个王子感到高兴,
奖赏吉达些纳、年达新些纳金银,
提升他们的官职,
吉达些纳提升为勐西拉第一大官①,
年达新些纳提升为勐委扎第一大官。

些纳的随从也受到奖赏,
四个王子和些纳士兵,
眼看拿到威罗哈的头,
他们再也不担心什么了。
当时召楠玛迪向些纳、士兵命令
进攻。
谁也不准反抗命令,
每个阵地的士兵都要准备好,

明天天一亮马上出发,
当时召香勐想到自己藏在花园里
的宝刀神箭,
他把宝刀神箭从土里挖出来,
飞上天空,
他拿到了三种宝物,
不怕任何困难,
时候到了,
率领队伍出发,
他们放的炮声,
像雷声一样震动森林,
人们随着召香勐走上勐哈傣城,
好像乌云遮盖了整个勐哈傣,
勐哈傣好像要崩垮,
勐哈傣的人看到了都吃惊,
便马上出来迎战。

两边相战,
谁也不怕谁,
满城火烟弥漫,
人们成群结队向各方向攻城。

那时候,
召苏来蹦上空中,
他有着无比强大的本领,

---

① 第一大官:丞相之意。

他一眼看见大些纳迪沙，
从空中蹦下来，
一刀向迪沙砍来，
迪沙来不及防守，
被他一刀砍死了，
召苏来又飞回空中。

他看见召香勐正要冲下来，
召香勐看清楚了，
一箭射去，
强有力的神箭，
射中召苏来的胸部，
召苏来死了，
从空中掉下来，
召沙瓦里看见吓慌了，
神箭围绕勐哈傣的城三转，
好像勐哈傣的城墙要崩垮，
神箭回到召香勐的身边，
召香勐用神箭敲着弓弦，
像雷声一样响亮，
召香勐再射一箭，
城墙就被射垮了，
当时王子召沙瓦里，
看见神箭的威力，
他惊慌害怕，
带领人马大象败退回城，
当时勐哈傣的些纳们纷纷痛哭，

整个勐哈傣的人慌乱一团，
勐哈傣的百姓在城里到处乱跑，
有的在寻找儿女老婆，
有的在寻找年老的祖父。
他们准备了东西，
有的说要跑去国王那里去躲避，
有的要跑去跟王后和公主，
宫廷的楼下挤满了人，
用黄牛和水牛拖东西，
他们准备逃避战争，
跛脚不会走的骑水牛，
人马纷乱，
好像战争要把勐哈傣，
变成全部黑暗。
人们成群结队，
你追我赶，
人们追到哪里就烧到哪里，
浓烟弥漫天空，
人们的呼声响亮，
好像勐哈傣要粉碎变成河水一样，
人们没有办法了，
只是跑来跑去，
各跑各的路。

听吧，
我要歌唱勐委扎的国王召楠玛迪，
召楠玛迪为首的人攻到城边，

谁走到哪里，
就拆掉哪里的城墙，
有威力的大象，
用鼻子钩破城墙，
用双牙抵撬城墙，
一下子就把整个城墙攻破，
数不清的士兵一起冲进城，
勐哈傣的百姓，
哭得好像要沉成水一样，
勐哈傣的百姓合掌朝拜，
勐哈傣的百姓哭得好像青蛙叫。

正因为罪恶的召沙瓦里不爱百姓，
压迫人们抬不起头来，
任意抢劫人民的财产，
召沙瓦里痛苦得好像胸膛要炸开，
他坐立不安，
他像疯子一样，
上下走在宫廷，
他心里忐忑不安，
困难的事他逃不脱，
他心里疼得流泪，满身淌大汗，
一身颤抖不停。

召沙瓦里一人在宫廷里，
像疯人一样，
他下面的兵丁，

怕死偷跑了，
宫女们也收拾东西，
守着行李担子哭着。
那时候人民匆匆忙忙，
冲进了城里，
士兵们跑上每家竹楼，
搜查东西，
百姓没有办法抵抗。

召门塔王子骑着大象，
冲进召沙瓦里的宫廷里，
他下象走上召沙瓦里宫廷，
些纳和士兵匆匆忙忙，
跟召门塔走上宫廷，
他们一眼看见召沙瓦里，
一手抓住召沙瓦里的头，
召门塔拉着召沙瓦里的头，
拉到宫廷里，
爹莹冲上去拖召沙瓦里的脚，
在宫廷里拖来拖去，
召门塔骂他说：
"凶恶的罪人呀，
你是男子为什么不抵抗？
为什么丑得不像人？
今天你一定死在我的手里，
你是王子，
为什么过分的蛮横骄傲？

你为什么做出事使我们丢脸？
你对很多国家的王子都不留面子，
你什么人都不怕，
你太轻视人了，
好像是天空下来的人一样，
连福气大的召香勐，
你都敢捆缚殴打要杀，
我们为了两方和好，
派使者带礼物来求婚，
你就板起脸来轻视我们，
你连天都不看一眼，
天上最小的星星也发着光，
人家对你好，
你反而轻视人家，
现在你为什么不插起翅膀，
飞上天去呢？
你这样蛮横骄傲，
你应该能飞上天去呀！"

召门塔骂尽召沙瓦里，
把他打得皮破血流，
并把他拖下宫廷，
丢在地上。
不知道什么使召沙瓦里，
这样受苦受难，
还没有死去，
罪过就向他报应。

勐西拉的士兵，
随着召门塔先进城，
有的抢百姓的东西，
有的想强奸妇女，
妇女纷纷哭嚷，
谁也顾不了谁。

有的士兵抢到大批金钱，
他们把这些好的财产，
大象的金鞍、国库的金银，
勐委扎的士兵都拿去了，
有的抢到马，
骑马奔跑在城里说：
"谁都得规规矩矩合掌，
不准抵抗，
我们打胜仗了，
我们用你们的金银，
你们交出金银吧，
拿出手镯来，
不管男人、老人、小孩，
还有金簪，
如果不交出来呀，
妇女都要当勐委扎士兵的老婆。"

勐委扎的国王带领队伍来到城里，
他看到召沙瓦里就拔出宝刀：
"今天我要结束掉你的生命，

我来也盼望碰上你，
我这次来也是为了与你拼命，
要是你能干有本事，
也不会这样睡在地下，
你为什么不听我的话？
为什么这样过分的骄傲？
你认为我们不是人吗？
你认为你能飞上天去，
现在为什么脸上像水牛一样发愁？
该死的疯鬼呀，
你做不到的事情，
给百姓带来损失和死亡，
现在你不在些纳们面前丢脸吗？
你为什么被缚在地上，
满身流血？"

召楠玛迪气愤大骂之后，
召香勐打着金伞，
带领着士兵，
也赶上召楠玛迪，
在宫廷园里也看见召沙瓦里，
迅速从象身下来，
召香勐用脚踢召沙瓦里的肘部，
召沙瓦里滚在地下。
"你是一个王子，
管理国家大事，
你为什么不按国规，

不按理由办事呢？
我把公主救出来送还你们，
你们为什么不把我当作有恩的人？
如果我不救了公主，
被魔鬼吃了，
她还能回来吗？
你自己说自己是个了不起的，
你为什么不救你的妹子？
我把她救回来，
你们为什么还叫凶手打我？
现在我有福，
能捉住了毒蛇的脖子，
我要加千倍地报仇。"

他边说边打，
说着就把召沙瓦里拖来拖去，
踢来踢去，
召香勐把召沙瓦里打透骂透以后，
勐威沙的王子召珍达拉乍，
手拿着宝刀，
骑着大象，
好像暴风一样冲过来，
一见召沙瓦里，
就冲上来说：
"蠢笨的王子呀，
你说是有本领的人，
为什么不飞上天空去？

你蛮横无理，藐视一切，
勐委扎、勐西拉、勐威沙，
天下的人没有人像你这样，
现在勐哈傣为什么这样说大话？
还敢骂我们蠢笨，
还敢跟我们拼战，
现在你要死于你的骄傲自满，
现在知道我们是真正的男子了吧。"

勐委扎的王子狠狠地反驳他的话，
反驳以后，
召珍达拉乍的士兵，
勒起召沙瓦里的双手用脚踢，
用辣椒水泼他的身体，
沙瓦里满身流下血汗，
他痛得差一点就死了，
他满身都是绳子和伤疤，
已经奄奄一息，
几个王子和些纳士兵，
狠狠地对召沙瓦里，
说着反驳的话，
召沙瓦里无比痛苦，
是罪孽的报应。
现在人未死已经受到报应，
现在的报应只不过是，
让人看到一点点，
等到死了以后下油锅，

受到百倍的报应。

把召沙瓦里踢打以后，
给他套上枷。
四个王子坐上大象，
走过城中央，
和国王见面，
向国王问候说：
"国王呀，
你身体健康吧，
你能够好好遵守佛规，
如果你老很好，
我们几个孙子说不出的高兴，
现在好像一条宽阔的江水，
清凉的江水流着。
不是我们几个孙子，
想来惊动你们国家，
不是想要你们的战象，
因为事情发生到我们不能再忍的
地步，
所以才发生这样的事情，
沙瓦里王子蛮横无理，
他迫害没有罪的人，
就有罪过的报应，
他骄傲地说坏话，
想跟我们打仗，
所以我们几个孙子，

才决定领着队伍而来，
不是我们国家缺乏金银，
按照王子沙瓦里的话，
才带了队伍而来。
在战争中死去的士兵，
就是你的儿子害死的。
现在好像椰子树长出青嫩的叶子，
一切灾难过去了，
我们两国要凝成一块玻璃板，
要同一个城墙，
现在要怎样好由国王出主意，
我们几个孙子希望，
能够结成兄弟般的友谊，
我们请求将公主配给我们的弟弟
召香勐，
我们要按照国规和礼节，
请国王赶快决定吧！"

公主在睡房里听到了王子的问候，
知道她心上的丈夫召香勐来到，
公主马上从住房里飞跑出来，
一见召香勐就死去活来，
她想起过去的事，
她醒过来后说：
"有福气的四个王子呀，
你们来到了妹妹的宫廷，
我十分感谢你们，

我一年到头都盼望着你，
现在你们有福的王子呀，
战胜了灾难，
你们自由继承王位吧，
你们给百姓过着好的日子，
因为他们不敢违抗我的哥哥，
所以他才向你们抵抗。
他们按照召沙瓦里哥哥的无理和
任性去做，
才致这样死亡。
请求王子看到这点，
请求你们王子救救百姓，
使百姓在你们的领导下，
过着好的日子。
请有福的召香勐，
照管百姓，
我一定和你幸福地住在宫廷。"

公主说完，
勐哈傣的国王对召楠玛迪说：
"感谢你们几位孙子所说之话，
我的女儿早就希望，
和召香勐结亲，
因为有福的召香勐，
救了我的女儿，
把很好的宝石金银，
装在千个口袋，

拖着一千辆车子，
还够不上报答召香勐，
救出公主的恩情。
我俩做父母的，
真心许愿，
让公主配给召香勐，
我们还派人去接召香勐，
可是使我们没有办法的事，
是召沙瓦里儿子，
他制造了灾难，
这是各人应该受的报应，
我不会怪你们的，
现在孙子来到了，
能够战胜了灾难，
我要举办喜事，
把公主许配召香勐，
我现在年纪老了，
应该由儿子来继位，
照管国事，
我要把宽阔的勐哈傣，
交给女儿和女婿，
给我的女儿和召香勐做国王、王后。"

召楠玛等四个王子，
在宫廷里住下来。
些纳和士兵们，
在城里到处抢百姓财产，
压迫人民，
人们哭得好像整个城要崩裂，
有的人从人家肩上，
抢去口袋，
有的从小孩的脖子，
抢去金银链子，
有的狡猾的，
去向老人罚款，
有的到森林田坝里，
捉人家的牛马，
有的去抢姑娘
和离婚的婆娘，
对她们说：
"我和你们有姻缘，
要把你来当老婆。"

士兵们对勐哈傣的百姓虐待，
召楠玛迪对弟弟召门塔说：
"我们应该赶快下命令，
不然百姓会受到很大的伤亡损失，
死去的人不能再活了，
现在活着的人不能再遭殃，
应该通知各村房，
有的吓得逃跑的，
应该叫他们回来，
按照规矩传达命令，
不准任何人欺侮百姓，

不准杀害百姓，
我们要保证每个百姓，
从今天起，
使他自由地过日子。"

他们敲着鼓叫唤，
那时候，
躲藏起来的些纳，
知道免罪不杀害，
他们纷纷回家，
那些大些纳以哥兰为首，
领着去向四个王子朝拜，
他们将自己的罪恶和怨恨告诉四个王子，
请求原谅，
要求做四个王子的百姓。

王子们接受些纳来朝拜
献上的鲜花、蜡条，
并免去了他们的罪过，
最后教训了他们，
他们朝拜以后各自回家，
他们高高兴兴地，
过着自由自在的日子。
勐哈傣的国王，
通知各个地方来赶摆，
为了消除愁闷和仇恨，
通知整个勐来赶摆三天。

召楠玛迪王子对些纳说：
"现在我们应该，
给召香勐和公主喃准布办喜事，
些纳按照礼节准备，
向公主的父母亲朝拜，
我们应该派人，
按照求婚的规矩，
派人去行礼。"
些纳哥兰，
记住召楠玛的话，
去朝拜国王，
把要举行婚事，
告诉些纳和所有亲戚：
"现在我们要把公主配给召香勐，
我们大家应该来动手准备，
集中礼物，
来举行婚礼。"

人们纷纷到宫廷来，
按照命令准备好了，
到吉利的日子，
宫女们来给公主打扮，
公主漂亮得像仙女一样，
当天就让公主做召香勐的妻子，
公主的父亲和召楠玛的亲戚，

几个王子都参加婚礼,
举行婚礼的时候,
祝福他们说:
"今天是吉利的日子,
今天天上的星星,
明亮得像金盆里的水,
今天是叭谈继承王位,
今天是王子坐上大象,
来做百姓的召,
今天是龙王得到美丽的公主,
今天是芭蕉树上结金蕾,
今天是战胜一切敌人的日子,
今天人们献上无数的金银和大象,
今天是拴线的吉日良辰,
有福的王子和公主,
愿你们的爱情坚固,
祝你们身体健康,
祝你们喜事临门,
召呀,请接受我们的祝福。"

摩古拉向他们祝福完了,
国王和王后给他们拴线祝福,
种田的人应该找谷种,
当了召呀,应该提升些纳来做事,
当了召以后应该显赫隆重地庆祝,

勐哈傣进行隆重的赶摆,
人们的呼声震动全城,
他们表演各种玩意,
有的弹琴,
谁爱玩什么就玩什么,
有的敲鼓打铓,
有的对唱,
有唱的,有敲的,各种各样,
好像龙王到花园里游玩一样,
百姓们高高兴兴地,
忘记眼泪、一切悲伤痛苦的事,
勐哈傣的人民自由自在,
好像在宽阔的江河洗刷了身子,
勐哈傣和过去一样光辉灿烂,
召楠玛迪对些纳说:
"人民的死亡是因为罪恶的召沙瓦里,
我们应该清点死去的人员。"

些纳进行清点,
边算边记,
勐委扎死去的士兵有四十万,
死去的些纳,
有西艺些纳[①]、滴沙些纳
和威再些纳、巴都玛些纳,
四个大些纳死去了。

---

① 此处指勐委扎的西艺些纳。——编者注

勐西拉的士兵死去一万六千人，
勐西拉还死了一个好些纳丰荣，
他为国家大事死在战场上。
勐威沙一共死去士兵六万人，
还死去一个威都拉些纳。
他们又数点勐哈傣死去的士兵，
清点的结果，
死去的士兵四百万，
勐沙瓦提的召苏来，
苏顶些纳和奔玛些纳、苏帕些纳，
苏披拉沙卡耶和威罗哈，
他们也是无病死去。

他们把死亡的数字报给召楠玛迪，
召楠玛迪看到死亡的数字，
好像火烧到他身上，
他气愤地说：
"百姓为了召沙瓦里死了这么多，
你们把召沙瓦里拉到我面前，
打一百板，
使我看了甘心，
打他来出我的气。"
叫掌棍的士兵来，
你叫打我叫打，
纷纷下棍子，
召沙瓦里哭得滚来滚去，
他的痛哭声响到天空，

一身皮破血流，
他低下头来好像老鼠一样活该，
人们看着不管他，
好像他不是一个王子，
没有亲戚朋友，
召沙瓦里一人受着痛苦，
谁也不能代替他受苦，
他无比痛苦，
他的痛哭声传到宫廷，
国王、王后和公主，
都好像没有听见一样，
因为国王、王后、公主怕得罪，
他们只是流泪小声哭，
当时有福的召香勐，
他应该来救召沙瓦里的命，
因为看在父母亲的脸面。

召香勐向两个哥哥朝拜，
要求哥哥留他的命吧，
他可能不敢再胡为了。
召楠玛迪、召门塔，
看到弟弟代求情，
看在弟弟面上，
叫些纳把臭样子的召沙瓦里，
拿到宫廷来吧，
些纳叫士兵给他解了，
领他到河里去洗澡，

召沙瓦里宫廷里的用人,
把召沙瓦里身上的血洗干净,
换上衣服,
向召楠玛迪朝拜。

召楠玛迪对他说:
"召沙瓦里呀,
你是一个照管百姓的王子,
你有威信住在宫廷里,
但是你没有知识,
只有蛮横无理的骄傲,
你虽然是当了王子,
可是你没有按照国规和制度,
你骄傲得不把别人看在眼里,
天下的十六大国,
都是一样独立的国家,
大家都是王子,
不单勐哈傣的你是王子,
为什么这样骄傲横蛮?
国与国有大象,
寨与寨有头人,
为什么这样骄傲轻视别人?
别人没有罪过,
你有罪过受报应,
才使你受了这样的罪,
如果我们不把你留下,
早就把你杀死了,

你好好地想想吧,
你现在逃不脱了,
事情已经摆在面前,
不是我们贪财,
想来侵略你的国家,
我们也不会这样来打仗,
使人民受到损失死亡,
现在我要从各方面教训,
按照道理,
一个是不断赕佛,
不能轻视佛规,
要多行善事,
百姓过着幸福的日子,
要从事有得福的事情,
人们不会骗拿你的福,
好像一轮船驶过海洋,
这样你才能去掉罪过,
死后升天堂,
做什么事都比不上赕佛。

"一个是严守佛规,
不要欺骗别人使人死亡,
不能说不老实的话,
不能贪心财产,
要善于用金钱保护人民,
不能压迫百姓,
使百姓受到死亡,

你应该与各个国家有友谊，
不能说欺骗别人的话，
不要说出引起战争的话。
一个是要经常修行，
使百姓蒙受你的福，
使他们能够过好日子。
一个要有耐心要守国规，
不要违反规矩，
你的心要像天秤一样，
不要东倒西歪。
一个是要信八级戒，
战胜一切罪恶，
保卫命运，
使他用宝刀、宝棍，
铲掉路上障碍，
使百姓死后上天堂，
这样在人间一切苦难，
才不会来临。
一个是应该稳下心来，
不要生气发火，
心里要像糖一样甜蜜，
这样才好。
一个是不能压榨百姓，
不要加罪好人罚他的款，
使人家损失就不好了。

一个要耐心做事考虑周到，
不要耳朵一听到眼睛一看到就急躁，
这样人家就不听你的话。
一个是要有稳定的人，
不要乱想违反规矩。
十条①佛经的教义，
就是这样了，
你要经常记在心里，
这样宽阔的勐哈傣一定到处辉煌灿烂，
按照十戒来对待百姓，
百姓才拥护你，
我们当国王也遵照这十条，
使百姓过得没有贫穷痛苦，
成千上万的百姓才拥护我们，
拥护我们像宝石一样。"

所有在宫廷里的些纳，
他们合掌听着教训，
纷纷撒炒谷花，
召沙瓦里跪着合掌听教训，
按照各种规矩教育了召沙瓦里，
王子从各方面来看，
他们为了以往的好事，
教训过了两个月，

---

① 原稿详细列出的只有九条。——编者注

按照规矩,
又把国家交给召沙瓦里,
把宽阔的勐哈傣,
把大象和其他东西,
照样归还给他。

因为几个王子要回自己国家,
召香勐想到公主喃准布,
要离开她的父母亲,
恐怕她伤心,
召香勐对喃准布说:
"粉白的亲爱的妹妹,
我要问你,
请你不要愁闷,
我要带领人马回国,
请你不要说我不跟你说,
请你自己选择吧,
看你自己的心愿,
你是要跟我一起到勐委扎去,
还是要跟你的父母亲住下?
我不愿使你受到多次的痛苦伤心。"

公主喃准布向召香勐说:
"我领略过战象的厉害,
现在我又怕水里会吃人的鬼
和地上的老虎,
我是陆地上的人,

我不会砍断姻缘离开你,
你要走水路我也跟你去,
水路上有船有竹排,
可以走上流和下游,
我们存在的姻缘,
必须随着你去,
如果王子不喜欢我去,
我请求当你的用人,
无论如何,
我请求你不要把我丢下,
假如我是个离婚的妇女,
还不如死去的好,
不管哪一个大的国家,
想要我当最大的王后,
我也不要,
我也不喜欢跟谁结配,
我也不愿贪图别人的大象,
要离开自己的丈夫。"

公主合掌向亲爱的丈夫朝拜,
王子召香勐领会妻子的愿望。
那时候召楠玛迪为首的王子,
向父王、母后及亲戚、大臣告别,
国王和王后明白王子要回国,
他心里难过,
可是天下只有女的去,
他心里盘算又悲伤,

他只好准许了女儿，
他只好哭着向女儿告别，
因为他不能砍断女儿的爱情，
他就命令些纳，
准备了服装礼物给公主，
种种礼物，
装满成千上万的车子，
交给了英明的公主，
还给了很多的金银和马象，
还给公主七种宝石，
还给男女用人。

东西准备好了，
公主就向父母亲告别说：
"英明的父母亲呀，
从小父母把我抚养大，
有错的地方请饶恕我，
父母亲，我感谢你们，
我现在要跟着姻缘去，
我的姻缘随王子召香勐，
他是我的救命恩人，
我只有随他而去，
在我们宽阔的勐哈傣，
我的姻缘不在哪一个，
我的姻缘注定在那里，
我只好离开国家而去，
所以我得离开亲爱的父母亲，

祝你们二老健康长寿，
所有的亲戚，
请接受我的告别吧，
祝你们有威望过好日子，
请求父亲免去我的罪，
使我永世安好。"

父母亲对公主说：
"感激女儿告别的话，
你有什么做不对的地方，
我完全给你免去，
好像在大河里洗得一身干净，
父王也不会砍断女儿的姻缘，
随你的姻缘跟随你的丈夫去吧，
我的女儿呀，
我祝你永远安宁，
祝你幸福常来临，
女儿不要轻视丈夫的福，
要很好地报答他的恩情。"

父王说了王后又说，
她哭着向女儿告别：
"我眼珠般的女儿呀，
你从小没有什么做不对的地方，
自小我每天把你抱在怀里，
我避开一切罪恶，
眼睛灵活的女儿呀，

你不要把我丢在一边，
希望常常寄来讯息，
你就随着姻缘跟丈夫去吧。"

当母亲边哭边告别的时候，
宫女们感到十分伤心，
眼看王后伤心流泪，
哭声传遍宫廷，
公主得到父母允许，
四个王子和公主，
走下父王的宫廷。
眼看出发的时间到了，
他们放了土炮震动大地，
四个王子领着人马，
离开了勐哈傣，
跟随召楠玛迪的士兵，
有三十二阿贺士兵，
勐西拉的士兵有三十一阿贺，
勐威沙的士兵有三十阿贺，
全部人马离开勐哈傣，
给公主送行的，
哥艺为首的哈傣人十万，
他们急急忙忙走在路上。

召沙瓦里王子感到很害羞，
过去他有无比的威望，
现在好像什么鬼给他弄得一文不值，

他的威望好像落到地面，
他伤心得好像抬不起头来，
因为四个王子把他打败，
他羞于见百姓，
他感到无比后悔，
他愁闷得病了，
他心里软得不想讲话，
愁闷伤心加上生病，
召沙瓦里就死去了。

宫女们纷纷痛哭，
哭得好像宫廷要倒塌，
他们去禀告国王和王后。
国王和王后知道了，
感到可怜儿子，
都无比的伤心，
流着眼泪地说：
"亲爱的儿子呀，
你为什么丢下了父亲？
为什么比父亲早死去呢？
你为什么丢下了宫廷？
谁要来继承王位？
谁来传宗接代？
儿子的命为什么这么短？
短命的儿子，
我认为儿子能继承王位，
我心上的儿子呀，

你为什么不能活到老?
我的儿子沙瓦里呀,
一万年再也不能见面了,
你继承王位还没多久,
我的独儿子呀,
白蚂蚁不吃树,
你自己又放虫进去,
带来苦难。
现在独儿子死了,
喃准布公主该在我们身边,
但是她随着姻缘去到远方,
只剩下儿子召沙瓦里也死了,
好像锋利的刀插在心头,
多么痛苦和伤心呀。"

国王和王后,
受了多次的痛苦,
伤心得死去活来,
他们对些纳说:
"我们国家没有王子,
成为人家看不起的国家,
我的年纪也老了活不长,
哪一天要死也不晓得,
应该去朝拜他们几个王子,
这事情要怎样好呀?
请你们些纳赶快办吧。"

那时候老些纳来商量说:
"我们应该赶快追上去,
请四位王子回来,
另方面要把事情告诉公主喃准布。"
他们商量之后禀告国王,
国王派些纳迅速去,
些纳骑上马飞奔,
追到边境一个村。
叭果楠领他们朝拜说:
"我们向王子朝拜,
现在召沙瓦里已经死了,
请四位王子领人马回去。"

聪明的召楠玛迪明白了,
他就对三个王子说:
"父王有难事派来使臣,
我们也不能看着不管,
我们大家应该回去一趟,
领着象队回到城里去,
把召沙瓦里埋葬好了,
才回到我们的国家,
另方面看来,
国王和些纳的意图,
会找王子来继承王位。
再那么大的国家没有王子,
他们一定要把希望放在我们身上,
所以他们才派人追来了。"

召门塔听召楠玛迪说后，
他就对召楠玛迪说：
"我们有很多的人马，
要一起都回去呀，
会受到再一次困难，
我们应该分一半或小部分的士兵
跟我们一起去吧，
其他的人就叫他们自己回国吧。"

王子命令些纳挑选士兵，
跟四位王子去，
勐委扎挑选二万精兵，
勐威沙挑选二万精兵，
勐西拉留下跟王子的四万人，
挑选人之后就追回来了，
走了七天回到勐哈傣城，
父王走下宫廷来迎接四位王子：
"召沙瓦里的命数完了，
生病以后就死去了，
恐怕我们国家，
成了被人看不起的国家，
怕没有人继承王位，
父王才急派人赶去，
请你们四位王子回来，
现在你不理我丢在一边，
要怎样使沙瓦里好呢？
没有违反礼节，

大家来送葬，
只有你们四位孙子。"

召楠玛迪等明白了，
应该送葬的事，
按照规矩送葬完了，
勐哈傣就请召香勐继承王位，
准备了一切礼物
和一切继承王位用的东西，
他们向召香勐朝拜祝福，
他们找来了美丽的宫女一万六千，
守卫在喃准布的身边，
召香勐，
继承王位之后，
国家像以往一样灿烂辉煌，
百姓在国王的照管下，
过着自由幸福的生活，
召香勐坐上王位，
和公主一同坐上金床，
召楠玛迪看看该回去，
就对了召香勐说：
"亲爱的弟弟呀，你在下吧，
我们应回去了，
要如何使国家更辉煌，
还是由你来照管它，
你是个国王呀，
你应该按照佛经规定的教义，

应该按照制度，
来看有功还是有罪，
性情不能暴躁，
应该有耐心，
做事要细心，
不要随便压迫百姓，
使百姓受到死亡。

"你要经常赕佛和行善，
不要轻视百姓，
要让百姓在我们的福下过幸福生活，
当一个国王，
要有一颗爱百姓的心，
如果其他国家要来侵略，
急派人去通知我们，
我们一定带领百姓来援助。"

召香勐向王兄朝拜说：
"你们三位对我教导，
我一定牢牢地记住，
请你们三位慢慢走吧，
你们回去以后，
请你们帮助我，
把我的话转告父母亲，
因为我不能违反姻缘，
请你们不要丢下弟弟一人不管，
我一个人好像掌握一张船，

行驶在波浪中，
这么宽阔的国家，
只有我一人在这里，
要求年达新些纳同在一段时间，
以免灾难过去了又起。"

召楠玛迪调选一千人，
由年达新些纳带领，
守卫召香勐，
三位王把一切事情办完了，
他们回去以后向父母亲，
从头到尾报告经过的事情，
后来又把召香勐的话，
去告诉父母亲，
召门塔王子回到勐西拉，
三个王子照管三个国家，
他们没有什么困难，
顺利地照管着国家，
使百姓过着好日子，
勐威沙的召珍达拉乍要回自己的
国家去了，
勐威沙的百姓，
在他领导下也过着幸福欢乐的日子。
每一年按照规矩，
四个国家，
仍然来拜会，
按照规矩互相商量，

使他们的关系更密切到死,
整个天下十六个大国,
不让哪一个国轻视他们,
使人家永远地赞扬他们,
因为他们四个王子的福气大,
四个国家共用一个城墙。

这是有福的召香勐,
他当了勐哈傣的国王,
使百姓更比以往欢乐幸福,
他的威望很大,
能战胜一百零一勐的王,
人们经常来到他的国家,
来向他贡献,

好像河水一样到处流来,
使他幸福地过日子和赕佛,
他和公主幸福地生活在宫廷,
能够经常做善事,赕佛,
他在六个地方做了六间沙拉,
在城门两间,
他每天赕六十万金钱,
他经常行善,
他所赕的金银数不清。

就是这样,
我唱到这里,
就是唱到最尾了。

苏年达的故事

记录者：林中
翻译者：刀自强
时间：1962年
搜集地点：云南省西双版纳傣族自治州
材料来源：章哈唱本

听吧,
我要唱傣族民间神话故事的歌——
傣族民间传说,
请亲友男女老少听一听吧：

民间传说书本里说,
苏年达是名青年,
傣名张姐贺姐康,
从前有一地,

很宽广无际的勐巴拉西，
居住的人口有百万左右，
有一名叭窝汗当任土司，
很有威望而代管。
他下有四大伕真为他爪牙，
名老汗，此人很凶恶的一人，
宰牙西那此人最胆大不怕事的一人，
普马西那做事心中很镇定，
交伊很聪明，他文武双全，
他能飞天空下地，
此地只有他几人管辖，
其他地方无一敢向他们反抗。
这些人时时想向其他地方起战争，
他等认为天下无人反抗他们，
现我要唱明此故事，
从前有一户农民，
他家住勐巴拉城边，
住地靠西边，房子近河边，
此妇人名喃窝香，
有一天神叭允就给她一梦，
有人送她一宝石，
后来她就怀了孕。

当时她不明确，心中很着急，
连菜饭都不想，水也不想喝，
后来脸变成黄色，
心里很难过，

怀孕将满十个月，
就生得一男孩子，
此孩是很漂亮的一人，
父母很爱护得如珠宝，
时时抱着他，
后他满一岁，
亲母就拿一对蜡条到城里去，
找一老人能算命帮他取一名，
此人傣语"波站"就帮他取小孩
之名叫苏年达，
后来此人长大年近十岁，
后来母再怀孕到十个月，
又再生出一女儿来了，
母仍然请人帮她取一名，
叫喃间洪。

由此有两小孩，
父母爱如眼珠，
时常背儿女各一，
为生产来维持生活，
年年如此，
儿子长到十二岁，
女儿两岁，
在这时父亲得了病，
没有医生来医治，
敬爱的父亲就死了，
只丢母亲带领儿女，

天天到了吃饭时，
不得见敬爱的父亲，
有母子三人，
坐在桌边哭，
饭都吃不进，
天天如此。

因母思想不忘记丈夫，
母心中时时挂故夫十分难忍，
这样地过苦日子不久，母又得病，
如父一样死了，
只丢下二兄妹，
这时兄年近十六岁，妹六岁，
兄领着妹，这时困难更加重，
天天兄妹哭找敬爱的父母亲。

1

现要唱一唱关于两兄妹的困难经过，
希望亲友男女老少好好地听吧，
对于两兄妹从父母死亡之后，
只有邻舍亲戚代照顾兄妹，
吃饭时亲戚把菜饭抬送到家摆起
来给兄妹吃，
见桌子摆起来菜饭，
兄妹想起父母来不得见面，
眼泪如下雨样流下来，

妹妹年轻大哭叫起来，
兄只吼妹不要哭吧，
妹也不听他吓吼，
天天如此不分日夜，
也就哭到睡才停止，
每一天吃饭时，
也就更大声哭起来，
有些亲友过路见着两兄妹哭，
心中很可怜就去说不要哭吧，
可爱的兄妹不要哭好了，
妹妹哭叫就滚下地哭哭叫叫，
兄吼多次不息，
后兄就叹息：
"最亲爱的妹妹呀，
你息下哭声好了，
明天兄要带领可爱的妹妹，
进城里去看看有一头花牛，
还有一大红公鸡，
在城里真是美丽，
妹妹息下哭声吧。"
妹妹也不停下哭声。

后来又再吓吼："最可爱的亲妹妹呀，
兄明天去找很好玩的东西给妹玩，
傣语说麻瓦乃，
及麻领罕，
拿来兄带领妹妹玩好了，

妹妹你息下哭声吧。"
妹也不听还在哭。
最后再吓妹妹说：
"明天兄领着妹妹，
进城去看大象好了，
此条象很美丽，
大象背着很美的金鞍，
鞍面上盖绣花褥子还加钉金银花朵，
城里有很多的人，
在玩着很多东西，
妹妹息下哭声吧，
明天兄定领起妹妹，
把小背袋装上食物，
给可爱的妹妹背起，
银兄进城去看好了，
此条象定是在城里，
妹妹得着美丽的象吧，
此条象真有七头七尾，
人家要骑在象的背上，
使象在城里走来走去，
此象要游玩给众人看。"
当时妹妹就息下哭声，
问哥哥："此象真有吗？
它是真的能走动吗？
给妹妹拉此象走玩可以吗？"

后来哥哥心中想只要妹不要哭是
可以拉着走的，
亲爱的妹妹知道后也就睡觉了，
才息下哭声了。
只有亲兄一人坐在妹身边，
无一人同他做伴，心中很苦闷。

2

请大家听吧，我继续再唱一唱，
对于两兄妹更受难地过苦闷的日子。
后来本寨有一个很凶恶的人，
听见兄①吼妹妹的话，
说："有大象罩有金鞍很美丽的，
我得听有此话可能是真实的。"
他回忆此两小个穷鬼，
不应有这样好的大象。
"过几天我可把此情况报上本土司
叭窝罕听吧，
叭得知一定很喜欢，
对叭有利，
对我也有利，
以后叭要看得起我，
可能要加我的地位，
我头人阶级更大了。"

---

① 兄：苏年达。

过二天，此头人进城，
到叭窝罕家里报：
"现本人有一件好事来报叭，
本户有两兄妹，
他们很穷苦，
因他二人父母死去了，
只丢下两个小孩在家里，
男现年十六岁，女六岁，
他家居住城子边，
家是草房近河边，
他的妹妹哭叫着，
她的哥哥苏年达，
就说给他的妹妹：
'你不要这样大哭，
现兄有一条大象，
兄可拉来给妹妹，
得拉着此象玩吧。'
本人听得此话想来一定有的，
此大象不应这样穷苦小儿有，
我报请叭把他们抓来，
叫来为家奴为侍女，
后再令他把此大象交出，
如这样叭威望更加大了。"
后来叭得听此话很高兴，
当时叭就派了两个人，
到小鬼家里来，
把兄妹领进城，
送进叭窝罕家，
随人报请叭说：
"现将兄妹领到了。"

叭得知此话很高兴，
就叫兄妹到面前，
亲自对兄妹说好，
从此你二人为我干儿女好了，
这样说后就给兄妹回到家里。
过三个月叭窝罕把苏年达叫来，
叭亲自对他说：
"我亲爱的儿子，
现干爹需要一大象，
身上还背上金鞍子
和绣着花的褥子，
加钉上金银花朵，
盖上象鞍头这样的一条
和很美千瓣莲花一朵，
父这宽阔无际的勐巴拉要给儿管，
父亲给儿七天一定找到，
对于儿的妹妹，父亲不会使她受困。"
当日苏年达得听此话心中很着急，
就对叭说：
"大象和千瓣莲花，
儿年轻何处能找得出呢？
如找此物，只有神仙能找到。"

叭得听此话后就对他发火，
就显示出他凶恶的鬼样子来。
抬起头，他脖子伸起来，
把衣袖拉起要吃人样，
就开口骂苏年达："你这小鬼子，
还不要从本叭去寻找出吗？
限你七天，如不交来，
我一定办你的死罪。"
苏年达在最凶恶的叭窝汗压迫下。
"使我去找七头七尾大象和千瓣
莲花，
这情况比我过去父母死了更加艰
难无比，
我思想中如不出外寻找，
如限期到拿不出物交，
叭命我之物不得上交，
那对我定受到丧命，
在这样受难之地，
我哭也无眼泪了，
后来想只有去求神，
拜佛才能得到解决吧，
如果我要出外去，
只有进森林寻找，
那我与亲密的妹妹分别了，
这也更加使我艰苦，
最后我决定，
要到森林去才能得到解决。"

3

请最敬爱的男女老幼所有在座的
听一听吧，
我要继续唱一唱，
关于苏年达对亲爱妹妹谈分别话。
"兄因要到森林寻找东西，"
他流着眼泪对他亲妹妹说，
"最亲爱的妹妹呀，你在下吧，
现在兄无法可想，
只有到森林去寻找，
叭限期到来交不出，
兄一定要丧命，
现兄与妹要分别，
希望妹妹好好地在家，
同女亲友好好玩吧，
随事要遵干爹之命。"
妹妹听这话就哭起来了，
兄妹得同住最后的一夜，
到天亮亲兄临走的时候，
还对亲爱的妹妹交代说：
"最可爱的亲妹妹在家吧，
如兄出外后，望妹天天求神拜佛，
得到天神援助兄在森林里得到
平安，
能达到兄的愿望好了。"

说完话，苏年达就走了，
苏年达流着眼泪由家走出城外，
就经过很宽广无边的勐巴拉坝，
一路都流泪走，
思想万分难忍，
他走通坝子就进森林了。
由东方走很长一段森林，
就看见林里栽有芭蕉、芒果、甘蔗，
又见有蜂蜜一窝，
只见有滴下蜜的水，
苏年达在此地休息，
地上放着一些食物，
他吃着食物就想，
定有出家拜佛佛爷住此吗？
或是天神到过此地？
后来再走进森林去了，
就见面前还有一缅林，
到此地时太阳近山顶了，
只能进林底下住吧，
在这时无一人同做伴，
只有一人住下，
他心中十分悲惨难过，
睡到半夜又下雪，
穿的衣裤只是单层，
要睡时只有求神拜佛，

只有求天神得到援助，
睡醒天亮就走，
天天如此地受困苦，
天天在住地，
夜晚只有老虎等野兽声做伙伴，
后来从某一夜开始，
他能天天求神拜佛，
天神得知森林里有人，
天天要求援助之事，
天神就装为一老猎人，
背着仙刀、仙弩、飞鞋送来救苏年达，
天神明确此人将来为世间一佛。

4

请大家亲友再听一听吧，
我要唱天神要来救济苏年达，
给三件宝贵的礼物。
有一夜他在森林里睡，
在一棵大缅树底下，
快天亮的时候，
他就做了一个梦，
有一老人寻找他，
当时他在梦中醒，

他起来擦一擦眼睛，睁开眼，
就有一老人①到他身边来，
问一问："小孙儿，你是何地人？
姓何名谁？到此地来做何事呢？"
当时他就答复说：
"孙儿居住勐巴拉，名叫苏年达，
在本勐叭窝汗压迫下，
派孙儿寻找七头七尾、背好金鞍
的大象一条
和千瓣莲花一朵，
孙儿因奉此命而来的，
如孙儿不出来寻找是不行的，
他限期给七天，
如果交不出此物，
叭窝汗就要办孙的死刑。"

苏年达将情况说完后，
就向老人请教，
何处森林能有此物呢？
老人有过没有？
请给予指示啦。
老人当时答复说：
"我指给孙儿得知后再走吧。"
后老人又对他说：
"现在我背着有三件物很重，

有困难无法再背此物走了，
如我再背怕到无人之地，
我死了就要把这三件物，
送给孙子留下好了。"
他将话说完了，
后他就告别了，
临走时就指示给孙儿如何寻找所
需之物：
"你可由东北角走进森林去好了。"

话说完老人也就走开了。
苏年达得了三件宝，
有仙刀、仙弩、飞鞋，
心里很高兴了，
苏年达想："我天天求神拜佛的愿
望已达到了。"
他将此物背在身上，
照老人指给的地方走了，
走不久，他又见着一人身穿兽皮衣，
在他面前前进。
他追赶到此人身边，
苏年达问：
"你老人家到此何事呢？"
老人说因寻找野兽才到此地的，
苏年达再问：

---

① 老人：这是天神装的。

"你老人家可知孙儿进森林,
是需要寻找一条大象
和千叶香莲花一朵,
老人若知道何方有此物,
请老人指示孙儿。"
当时老人答复不知道,
请孙儿再进前方走吧,
苏年达听了也就照前进去了。

不久又见着一石象,
他的四只脚被埋进土里,
不能走动的一条大石象。
苏年达就问:
"石象,我所需此物你知道吗?"
石象答复:"我住在此方不知道,
你所需之物是何处有,
请你再走进前方东北角好了,
前方有出家的佛爷一人,
请你到他住地问一问好了。"
石象再说:"现在我有一困难事,
请你替我带一个口信,
如果你见到佛爷时,
请你告诉他,
我在此不能走动,
背上还生有一棵大缅树,
我不能亲自拜问他,
我只能有口信托你,

请问佛爷吧,
我石象到底犯什么罪呢?"
苏年达得知此话后,
照着石象所说的话就走进森林去了。
走不久前面路很难走通,
困难太大,刺又密又深,无法走进,
当时他无法可想,
苏年达只有求神帮助,
他又积极请求:
"请求天神再设法援救我啦。"
后来天神得知,
苏年达又受困难了,
神仙再救济他,
后来神仙就派一神,
下来变为一猎人来援助解决这次难。

此猎人就来带领苏年达,
重走一段路才走通了,
如没有神仙照顾,他只得受困了,
后他由难的路走过了,
猎人向他告别走了,
他继续走进前方了。
苏年达再走不久又见一群魔鬼姑
娘,共三十三人,
正在森林里成群地玩着,
姑娘正寻找芭蕉和其他野果为生活,
苏年达一见这群姑娘,

心中高兴极了，
就向姑娘玩的方向走近去，
后来姑娘们看见，
苏年达走了进来，
当时姑娘们也很高兴，
当时成群的姑娘也就走近苏年达。
"青年小伙伴呀！
只有你一人敢走到这森林来啦，
漂亮可爱的青年呀，
你需要何事呢？
你住在什么地方？
请你告诉姑娘们听一听，
现在姑娘们居住此地，
真有十分困难的事啦，
因穿的吃的都不像世间人啦，
敬爱的青年，
请看看我们所穿的干树叶，
食的都是森林里的水果。"
苏年达明确姑娘的问话后就对她们说：
"我本人是世间的苏年达，
出生于勐巴拉地方，
因本勐叭派我到森林，
寻找一条很美丽的大象
和千叶香莲花一株而来的，
我需要此物才来到这里啦！
如果姑娘们得知此物在何处就告诉我吧！"

当时姑娘们听到这些情况，
大家流着眼泪跪起来求拜敬爱的青年：
"苏年达所说的情况我等不得知呀！
请青年往前走进森林去吧！
前面有出家的佛爷一人，
请青年到他的住处歇一歇好了，
最爱的青年啦，
现在姑娘有几句口信拜托青年帮助一下吧，
如青年到出家的佛爷住地时，
请把姑娘们的困难说一下，
现把姑娘们在此受这样的苦，
能不能脱开困难离开这地方？
对于穿食都不能像世间人，
姑娘们真是犯了何罪行呢？
可爱的青年呀，如果你转回来时，
来救成群姑娘离开此地，
不能再给姑娘们受困，
能够变为世间的人。
那时姑娘们愿意同青年去，
给你当侍女，
做各种家务都愿意，
如敬爱的青年到哪里姑娘们愿跟随。"

5

请大家再听一听吧,
我要继续唱苏年达在森林去找出
家佛爷的情况,
苏年达仍然向东北方走进森林去了,
虽然心中回忆起途中的经过,
和叭窝汗的限期将要到来,
又加挂念自己的亲妹妹,
还丢在叭窝汗家为侍女,
心中回忆真可爱亲妹妹,
因两兄妹分别数日了,
心中很悲惨就流着泪走,
走不久又遇见一魔鬼,
不穿衣、满身黑坐在路边,
身靠近蚂蚁堆边,
两只脚被埋在土洞里不能走动,
他无法可想只天天求神拜佛,
盼望着后方人间子孙赕佛送给他,
后方子孙每到节日就赕了多次,
也不知道他得享受的赕是空的了,
只得在山地受困,
无法脱离困难。

苏年达来到看见他受这样困难,
就问他:"你在此可知何处有大象
和千叶香莲花呢?"
当时他答不知何处有,
苏年达再走进森林不久,
就看见有一个小亭子,
好像有人住过一样,
苏年达直走进到里面去,
亭里住着一个佛爷,
他向佛爷问安,
说佛爷住此很清吉无难事,
天天平安得到安心求神拜佛。
后来佛爷问:"孙儿因何事才到此?
孙儿是何处人?
又叫何名呢?"

苏年达说:
"孙儿在本勐的叭窝汗压迫下,
使孙儿进森林里来,
寻找一大象生有七头七尾和千叶
香莲花一朵,
只有定期七天,如不得交出此物,
那必要办孙儿的死刑,
因此孙儿无法可想只得进森林寻找,
因此情形孙儿才到此来朝拜,
请佛爷给孙儿搭救啦。"
佛爷得知此情况,
对苏年达说:
"孙儿听我的话,

我可搭救孙儿啦,
有此物的地方,
我可告诉孙儿去吧。"
佛爷说:"有此物的地方名勐贺董,
此地全是魔鬼,
他仇恨世间人,
如见人就要当饮食吃,
如孙儿要去必学有口功,
必有仙物要制止得下魔鬼才行,
我可教口功给孙儿。"
苏年达也就听佛爷话住下几天,
佛爷直教给的口功就学会了,
又加给一钢片写上口功,
又将口功写上交给苏年达,
得了很宝贵的口功,
能保护生命又能胜过魔鬼。

临走时佛爷说:
"孙儿离开此地一路平安,
各地怪物都能投拜孙儿好了,
孙儿能胜一切灾难和魔鬼。"
苏年达跪下求神拜佛爷就走了,
就照着佛爷指示的方向前进,
向勐贺董方去了。
苏年达走不久就到勐贺董边境,
就有魔鬼派一魔鬼头子守住坝边,
此魔鬼一看见苏年达到来,

他很高兴地想:
"现我有很好的新鲜食物出现了,
我要把头拉下,要吃他的脑髓。"
当时他也显示出他的威信来,
眼睛睁得多大,
张开红通通的嘴来,
牙齿像大芭蕉样子,
很勇敢地跳过苏年达身边来,
大声叫嚣"你这小东西,
你生命成我的食物了",
但他不能拢苏年达身边,
因有天神保护他,
和森林里出家的佛爷,
送他法宝和口功。

此魔鬼要跳近苏年达,
不能近身又退开,
又再来二三次都不能拢身,
后来此魔鬼无法设想,
只得空出双手来投拜,
他要口说:"我在这时的行为很对
不起青年,
请青年多多原谅吧,
请问青年到此地来因有何事呢?
请告诉我知吧。"
苏年达就把情况告诉他听,
说:"你这老魔鬼呀,

我所需要一大象生有七头七尾
和千瓣香莲花一朵，
此物就在勐贺董。"
当时魔鬼得听就答复：
"我可把青年领进城去吧。"
苏年达也跟着魔鬼进城，
就到魔鬼叭家里去，
苏年达一见魔鬼叭坐在家里，
得见面就向魔鬼叭问安，
又把来源、住地和名字说给叭听：
"叭窝汗定期七天，如交不出此物，
叭窝汗必要办孙儿的死罪，
现孙儿无法才到此地来。"

魔鬼叭明确情况后，
心中想这青年说的不错，
他仔细看青年的行动，
魔叭心想此人可能成未来的一佛，
叭伸出双手携着苏年达说：
"孙儿所需的两样物件，
都是我此地有着的，
我可替孙儿找出来，
孙儿可在此地等一等。"
后来叭就说："可爱的孙儿呀，
你做我的姑爷好了，
从今后父希望儿住在这宽大的勐
贺董，

代管这多的魔鬼啦。"
苏年达得听这话心中很高兴，
从今起认为他一切困难都得到克
服了，解决了。

6

听吧，请大家亲友们再听，
我继续唱魔叭得了新姑爷情况。
魔叭就进住亭里去拿着鼓棍，
就打起鼓来通知全勐头人，
大家头人听到鼓声，
人不断地进城来拜问叭，
最大头人，
就准备要拴线之各物，筹备好，
大家就抬着礼物，
来到苏年达面前摆起来，
就有一头人代表大众说话：
"最敬爱的青年呀，
你如此的漂亮，
你到此地来很好啦，
大家头人和全勐魔民，
来认青年为新郎了，
现大家要来拴线给青年啦，
从今起青年成勐贺董的姑爷了。"
本叭女儿名报窝董，为青年妻子，
后将叭女儿叫来同坐一桌，

二人成双地坐好,
大家头人每人拿起线来拴新郎,
后来大家又拴新媳,
准线拴好后,大家头人说交代话:
"从今本勐各事也请姑爷来掌握。"
后来叭下令赶起摆来,
由此有苏年达和报窝董,
二人夫妻同勐贺董魔民,
天天过友好快乐的日子。

后来过了几天摆日,
苏年达就想起后方的事来,
心中回想很难过,
因为他任务得不到完成,
就向岳父母要求说:
"敬爱的岳父母呀,
现儿必须要求回原地一转,
因为勐巴拉地方叭窝汗,
他派儿寻找的大象和千叶香莲花,
因此物还未交去,
儿的任务没得完成,
现儿有此事只得向父母要求,
请准儿回原地去吧。"

苏年达要求一两次,岳母不同意,
还说服他:"望儿同父母多住几个
日啦。"

苏年达再三继续要求,
岳父母没法就同意了,
后来魔叭就离开儿住室,
就上他住处上楼去了,
就把鼓棍拿起将鼓打响,
全勐头人听见鼓声,
大家进到城来到家拜问叭:
"有何事打鼓叫我等来呢?"
当时叭把姑爷的要求,
要回原地方的情况,
说给大家头人听,
大家头人研究好:
"如姑爷定要回原地,
要同大家分别,
大家心中很悲伤,
如不让去,那他的任务没有完成,
因有这样的一事,
我等应派勇敢头人送他去好了。"
魔叭下令,
将勇敢能干的头人调来,
调齐后共计一万个魔鬼,
调来的人完全是勇敢的了,
能飞天下地不怕天下事,
准备好后,
叭命随员拉出一条大象来,
背上美丽的金鞍子,
鞍面上盖的很美丽的绣花褥子,

又加上各种式样的金银花朵,
临走时叭加送姑爷很好一宝石,
如遇难可把此宝石拿出来,
后叫姑爷苏年达和女儿报窝董,
同骑上大象,背着美丽的花褥子,
夫妻成双坐好象后,
当时心中很悲惨,
流着眼泪大声叫,
向父母说告别的话:
"敬爱的父母亲呀!
儿小时父母爱如眼珠样,
从小到大没得分离一时,
这时又得同父母分开。"
他流着眼泪说:
"可爱的所住此地的亲友们呀!
和所来送的头人大众们,
请大家过更好的幸福生活吧!"

7

请听吧,
我要接唱苏年达夫妻和陪送的魔
鬼进森林向勐巴拉方向走,
最漂亮的令人喜爱的报窝董,
心中悲惨地流着眼泪,
向敬爱的父母亲说告别的话:
"请住下吧,亲爱的父母亲呀,

女儿因要顺从婚姻随着丈夫去,
到世间地方去人间住啦。"
将告别话说完后,
大众就放鸣炮欢送了,
有送的魔鬼大小头人群众共万一千个,
很热热闹闹放炮敲锣打鼓,
前面都有魔鬼围着,
苏年达夫妻骑着大象,
面向森林走着,
走不久,成群地到出家佛爷住地了,
苏年达就命所送的魔鬼、头人和
妻报窝董,
驻扎在寨外休息。

大家轰轰烈烈地敲锣打鼓在祝贺,
苏年达一人进去朝拜佛爷,
到时就双腿跪下拜佛爷:
"感谢佛爷指示孙儿,
也照着去到了很大的勐贺董,
事事如意已达到孙儿的愿望,
现在孙儿已达到孙儿的愿望,
和千叶香莲花一朵带来了,
孙儿无比地感谢佛爷啦,
现在孙儿有几件事请问一问吧,
关于孙儿前来时候,
有在路边所托孙儿的口信,
有四个受困难的魔鬼,

因孙儿来时没向佛爷报告,
现孙儿转回才想起这事报请一下。
有一魔鬼皮黑黑的没有穿的,
他坐在路边靠蚂蚁堆旁,
两只脚埋在土里不能走动,
他犯了什么罪呢?"

佛爷说:
"此个因他在世间时,
群众筹备赕佛时他全不帮助,
只会睡懒觉起来吃饭,
群众进佛殿求佛他也不去求,
他又不愿做好事只做坏事,
他才得如此罪受。"

后再问:
"有一条鬼象,牙又高大,
牙扑在地,
背上生有一大缅树,
此物它犯了何罪呢?"
佛爷答复此条象因前有一勐大叭,
他骑着此象出家去赶摆,
在摆场人很多很热闹,
命他随从人拉此条象,
到很美的叶子很多很绿的缅树下拴,
此象它把绿绿的缅树叶全部拉掉,
使得这棵缅树很难看永不再发出叶子,
它成为破坏者才使得它如此受罪。

再问:
"一个地方有成群的三十二个鬼姑
娘住在森林里,
她们很受苦只穿树叶衣,
食的是森林里的野果,
她等受困苦至今不能脱离困苦,
她们是犯了何罪呢?"

佛爷答复:
"这群姑娘因前一代她等同住一村,
很恨丈夫,
群众筹备赕佛她等完全不管,
只天天闲着无事成群地游玩过日,
因这样情况下她等才如此受罪。"

再问:
"有一条大石象很高大如山样,
它四脚埋进土里,
把两只牙埋进土里,
永不能行走只能扑着艰难度日,
此物犯何罪行呢?"

佛爷答复:
"此条象因它前一代,

他在世间是有财富的人家,
因他时时都歧视穷苦人,
有一天,有一出家的和尚,
来讨饭就到他的家,他不管照他,
反而发怒吵骂讨饭人,
他说:'死黑皮子,你这个烂汉子,
你不应该做人了,
到处来人家讨饭,
大家有那多饭给你啦?'
他不给饭还追赶讨饭人,
后出家的和尚,
就还嘴骂他:
'你此人是无道德的家伙。'
说完和尚也飞向天空了。
此条象它前一代是凶恶的人家,
现在才如此地受罪了。"

佛爷解答完了,
苏年达低下头朝拜要走了,
临走时佛爷再救济给一瓶仙水,
送时指示孙儿拿此仙水转去。
"所有在路边或森林里,
有受罪的魔鬼等,
孙儿转回原路到他等住地时,
可拿此仙水滴在他每人头上,
每人又滴给几滴使他等得食到此仙水,

他等仍可变回原质来了,
这些魔鬼全是孙儿得救他,
他等可跟随孙儿,
全属孙儿的领导下了。"

苏年达得知此话后连路转回来,
也照佛爷指示的话执行。
他找到魔鬼住地有三十二个姑娘,
两条象和皮黑黑的魔鬼,
两条象当中有一条白毛的象,
两条都安有美丽的金鞍,
加盖有美丽的绣花褥子,
放上各种金银花朵,
所有这些物都把仙水滴在它上面,
得洒仙水后完全变质为最好用的物了。
苏年达为首带领妻子和三十二美女,
加上由岳父母派送的魔鬼一万个,
连路欢欢乐乐回来了,
路边再遇见一魔鬼,
一丈高、大眼睛,
他在森林寻找野兽为生,
苏年达一见着就叫他来问:
"你在此生活很困难,
来,
我可救你,
不再给你在此地受难了。"

魔鬼得知就进来，
苏年达就拿出香水来滴给他，
他得变质成一个勇敢的人了，
他也要求跟随苏年达，
成为苏年达的一个助手了，
又加有岳父母派送的大头人，
有一名丫哈带领一万个魔鬼，
大家热热闹闹在森林里走，
连路都有放大炮小炮的响声，
大家成群地走到宽广无际的勐巴拉西坝边来了，
苏年达下命："现象等到坝边了，
应当在此地休息啦，
现我等已走了七天到此地。"
苏年达令大家头人及魔鬼等：
"我等在此地，各队人员必遵守命令。"
苏年达说："我所带领的人无论大小，
不准乱跑进坝区和城里。"
大家听了此话很遵守，
就在坝边喝酒吃肉天天放大小炮为威讯，
后来此威讯传到宽大的勐巴拉坝，
有的农村靠近坝边，
苏年达为首一万个魔鬼休息地方，
农民天天只听有大小炮声响，
农民知道，
前几天受本勐叭窝汗压迫下的苏年达，
让他寻找一大象
和千叶香莲花一朵，
现他得到转回来了，
他带有很多魔鬼来，
如见人就要吃掉。
有这样的一事，
农民心中很着急。

8

请大家再听吧，
我接着唱一唱……
叭窝汗的情况。
有宽广无际的勐巴拉，
叭窝汗在前数日压迫苏年达进森林寻找一大象和千叶香莲一朵，
现在他得到回来了。
苏年达使得这宽大无边的勐巴拉，
制造得这样紧张，
因昨天下午有叭的马夫，
到坝边割草，
就发现坝边有很多魔鬼，
当时出来把他抓着就要吃掉他，
马夫急急要求才放了他。
急急忙忙跑回城来报叭窝汗：
"请快点想办法吧！

不然勐巴拉必变成水塘了。"

叭窝汗得听此情况，
很发怒，
脸色变青，
话都说不出，
他急忙跑进宫廷里，
把鼓棍拿在手里敲鼓，
鼓声响彻全坝，
所有大小头人听见，
急忙跑进城，
问叭窝汗，
叭窝汗将情况对大家说明：
"苏年达小鬼，在前几天，我命他，
寻找一条大象和千叶香莲花一朵，
他也遵令去了几天，
现他带领有魔鬼一万多回来，
成群地驻扎在坝子边，
昨天下午有我一马夫，
到坝子边割马草，
就被魔鬼出来抓住他，
要把他吃掉。
马夫恳恳要求，
才放他得跑回。

因有此紧急事才令头人等来，
现这小鬼又找得很多魔鬼来，
要把勐巴拉数万农民吃光了，
有此情况，
我令大家头人研究此事，
应如何办理才好呢？"

所来头人得知此情况后，
当中一头人① 就发怒说：
"请叭不必要忧心，
此小撮魔鬼，
本人有无比大的本领和武术，
可把所来的魔鬼杀得光光，
可把魔鬼一个个拿出来丢上天空，
可把魔鬼一个个砍成几段。"

又一头人② 也大发怒把衣袖卷起，
就在大众面前比武，
跳去跳来，
嘴里大叫"砍掉这小撮魔鬼我不怕，
我有本领如仙，
可如数赶走回他原地去"，
叫砍时又加放鸣炮示威令大家砍。

---

① 头人：光汗。
② 头人：哥伊。

当时令所来头人清出所来人数共
计六万人,
后来有一最大头人说:
"我等现得开会研究此事情,
谁有何办法可讲,讲出来吧。"
当时有一白发老头人,
此人经常认为叭说的什么话是很
对的,
叭常常听他的话。
在这次他可代表老道头人说一好话,
当时此头人说:"我报请叭听吧,
对于苏年达他们,
叭令他到森林寻找一大象和千叶
香莲花一朵,
他遵命去寻找此物的,
现他可能达到目的才转回来,
我的意思要报请叭,
指派人把他接了进城来,
使他把寻找的物交上好了,
后可封委他为一大伕真好了。"

叭得听此话后心中如明火烧一样,
就大发愤怒把衣袖拉起来,
用手捶打床板三下,
就大喊大叫显出他凶恶样子,
他说:"这宽阔无际的勐巴拉,
有六亿人民完全向他出战,
死光只有我一人也不怕他。"
后他对大家头人说:
"头人此话说得完全不对,
我有这么大本领如神仙,
哪能向这样一小鬼投降呢?"

他这样地发怒后,
他就武装起飞上天空去,
就此比武,就把地方乱射,
就显出他凶恶的本领给大众看。
后有最大头人名交伊也照样飞上
天空,
他二人就在天空比着武,
就大喊大叫:
"我如此本领可飞天下地,
谁敢来向我对抗?"
嘴还念有口功,
傣语嗡叭本、翁叭摆、翁叭那来,
叭用此句口功念一念就吹,
使前面的土变成一大堆,
成为一大堆战壕,
苏年达把这些战壕,
留给人民出战时做休息之地,
于是就下凡来令全勐人民准备出战了。

9

请听一听吧,
我要继续唱对于苏年达为首带领
万余人魔鬼要进坝子,
来向叭方作战情况,
苏年达骑着大象,
大家魔鬼如数围着象身,
很英勇,不怕什么敌对,
由坝边走到坝中,
到一地平草皮站住,
大象就大声叫,
遍坝的魔鬼,处处只听魔鬼声,
当时魔鬼中有一头人名歌郎,
他带领一小魔鬼头子,
他二人就飞上天空到勐巴拉城上边一看,
就见有叭窝汗为首正在城里,
集中有头人和人民准备向苏年达为首魔鬼等作战,
叭窝汗为首正在研究如何出战,
当中有些人大喊大叫说:
"我等不怕这小撮魔鬼吧!
我等可把这魔鬼打得来光光的。"
这样说就放鸣炮大示威,
当时也就开始出发到前线去了,

在这时歌郎得见行动有明确情况,
敌方已准备向我方作战,
歌郎愤怒就跳下天空来,
把敌方人抓取十多人,
把脚手拆开丢上天空后才掉下大众面前,
后歌郎快跑回来将情况一报。
苏年达明确后下令给所随魔鬼等:
"现我等必定要向勐巴拉叭窝汗为首的敌方开战了,
我等必定要把叭及头人和他兵力杀光吃光。"

魔鬼叭等得听此话,
大家高兴极了,
大家遵命,很勇敢,就冲进敌方驻地去了。
大家到了战壕把驻地的人杀死后,
就尸体吃了很多,
当时叭窝汗得知自己的头人和人民,
被魔鬼杀死吃光,
当中有很勇敢的一头人名普马也死在此地,
叭窝汗得知此情况后心中十分难忍,
后来有一头人叫交伊大发怒就拉弓射击,
将魔鬼射死了很多,

在这时双方拼命，很勇敢攻击，
叭窝汗方有一大头人叫宰牙嘴，
念一念口功，
就变成大火来烧，
使魔鬼死了很多。

这时魔方不能支持就跑退后方，
魔鬼当时有一头人名歌郎，
就念念口功一次，
能变成大风和雨把火灭熄，
后有魔方火头人名罕恨，
用手拉着树叶念念口功，
一丢上天空，
能变成万万魔鬼来追赶，
叭方的兵当时死了很多，
这几天双方战争十分惨烈，
勐巴拉人民受痛苦很严重。
人民无法搞生产只天天听妻子哭
声找丈夫，
到战场作战被魔鬼吃了。
后来魔方又念了口功，
使树叶能变成大老虎，
叭方兵咬死很多，
已经打了五天的战争，
双方本领都是一样，
双方死的人数都一样，
苏年达为首魔鬼等最后研究，
就把天神送的宝弓拿出来射。

"我等可在最后一战必能胜，
就可把蠢笨的叭窝汗活捉了，
就可使他的兵力投降我方了。"
苏年达在这时就带领美丽的妻报
窝董，
有漂亮的三十二人侍女同住，
驻扎坝中一草皮。
最后的战争由蠢笨的叭窝汗亲自
带领全部兵，用各种弓箭射击，
苏年达同妻子驻扎的地方很激烈，
当时有魔鬼四大佽真就同齐下令
出兵，
双方拼命地战，
当中有一头人名宰牙嘴，念念口功，
使一木能变成一匹马，
背好鞍子来他就骑上马背，
他快马加鞭赶向前方进攻，
叭方的兵咬死了很多。

其他头人无法制止，
就跑到叭窝汗面前报"我等无法了"，
叭窝汗深知此情，
当时嘴念念口功，
一吹才把马制止后变成一根木头，
叭再念念口功，
吹木又能变成一匹马来，
叭仍骑上马背带兵来追咬，

苏年达的魔鬼等也死了很多,
最后有魔四大佧真亲自能使本身
变成四头黑水牛,
就很勇敢地向前追赶,
叭骑的马回头冲夺一马后,马就死了,
叭无法制止四头牛,
亲自拔出他背上仙刀追赶,
杀四头牛和魔鬼牛不死,
他杀的魔鬼越来越多,
叭无办法就跑出城外,
大家魔鬼就追赶到城去了,
苏年达为首带领魔鬼等,
有的吹乐器,各种都有,吹起来,
就攻进城去。
有的一路大声叫唤:
"勐巴拉人民如数可以出来投降好了,
现人民出来求拜,
我可下令不再杀和吃人民了,
我都是很可怜老百姓的,
勐巴拉地的人民现完全归我苏年
达管辖的好人民了,
我完全可以保护人民生命啦,
勐巴拉地所住的人民都是世间人啦,
哪能向魔鬼出战呢?
如此世间的人,
敢向我等发动战争,
我等高兴极了,

省得我等到森林去,
寻找野兽类的肉为饮食,
有时找不出很受饿的,
有时兽类肉还不好吃,
世间人的肉比野兽肉好吃得多了。"

勐巴拉人民听此叫声后,
就成千上万地走来投降了,
当时有最大的头人三个,
就带领所跑的人民,
来准备好礼物,有芭蕉、甘蔗,
还加装有千银千金和其他很多物
品,准备好后,
将此物抬着进来投拜。
大家全民求拜要遵命,
谁也不敢违背苏年达青年了。
大家说:"过去人民的违反,
也因受蠢笨的叭窝汗压迫。"
全民正在说求拜认错时,
叭窝汗也躲避在百姓中间,
他等听所有全民已投降了,
当他处于无法之地,
他就由百姓中跑出外去了,
就有魔叭叫宰牙看见他跑,
当时就追赶去将叭抓住,
把他脖子抓起碰在地下几下,
然后用绳索把他拴起,

把他拉进大众中来给大家看,
令他说投降的话。
当时他说:"我本人已经不敢违抗了,
在这次违抗也因我不知青年苏年达
有这么大的本领,
我认为他是一小孩子,
我起来反抗他,
从今我不敢违抗,
从今事事要服从他,
要遵他命,
这次我错了,
请留我一条命。"

后来有魔头人名歌郎,
站起来说:
"你这样蠢笨的家伙,
无大象你想有大象,
就派青年苏年达,
进森林寻找此物,
如他寻找不出,
那时你不是要办他死刑吗?
现他已寻找得来象,
也拿来到勐巴拉,
你应派人出去把他迎接了进来,
苏年达青年可继承你位住此地不
好吗?
他来你还要组织队伍向他对抗,

这样的对抗就造成双方人民得受
很大灾难,
如不宽大也没有你今天了。"
后有勐巴拉三大头人名:交几、
光汗、普马,
也发怒站起来大声吵骂起来:
"你这样蠢笨的蛆虫,
如你听我们的话,
勐巴拉这么多人也不会受这么多苦。"

所有来到会场的大众人人都骂他,
后来有双方头人带领百姓都出去
赶摆来朝拜苏年达。
为着带领妻子报窝董陪骑在象
背上,
有很多头人骑着马,
有三十二个美女陪报窝董,
一路有双双对对的由坝子进城来了,
苏年达连路下令所同走的头人,
大声喊回逃难的人民,
大家全勐巴拉人可回家来了,
现在勐巴拉无事,
所有逃的人民得听叫声,
也就由山林里出来各回家乡了。
后人民大众都很拥护苏年达,
当时大家也就在摆场上赶起摆来,
轰轰烈烈的有魔鬼和亿万人民在

一起，
敲锣、打鼓，什么乐器都有响声，
所来赶摆的人民，
没有见过大象、很美丽的报窝董
和三十二个美女，
大家跑进里面看看，
苏年达、报窝董及大象、三十二个
美女。

10

听吧，
我接着唱亲妹妹要来见兄和嫂嫂，
在这时亲妹妹名喃间洪，
她得听群众轰轰烈烈欢迎亲兄苏
年达，
已得胜利一同回来了，
她用手拉开窗门一看，
就看见亲兄真的回来了，
她也跑下楼梯来接亲兄，
当时兄也把亲爱的妹妹拉着手，
很热情的，
兄妹相亲相爱的感情，
妹问兄一切情况，
兄把一路情形向妹妹谈，
"现得了你的嫂嫂来"，
报窝董及美丽的侍女三十二人同来。

妹妹得知也跑到嫂嫂面前，
来拉着嫂嫂的手，
叫："亲爱的嫂嫂来到吗？
妹妹天天盼望亲爱的嫂嫂到来。"
也很热情地在一起过快乐日子了。
后来清点人数，
魔鬼杀死叭士兵三千余人，
勐巴拉死多少数不出，
因当时被魔鬼杀死就吃了很多，
当时就把叭窝汗拉出来给大家看，
当时大家见面愤怒地大声骂，
叭窝汗他得听后很悲伤，
他就向大家求情，
从今后再不敢违抗，
后苏年达领一头人，
把拴叭绳子解脱，
放他回家去了，
他到家后心中很悲惨，
不吃不喝几天就死了。

由此大家全民就拥护
苏年达和妻为勐巴拉人了。
将近一个月后就有魔鬼大叭叫牙哈，
所有岳父母送来的魔鬼，
向苏年达要求回原地，
苏年达就答应了。
"现我驻地也需要一大头人，

叫歌郎同我住为保卫城啦,
其他有牙哈为首可带领全魔鬼回
去吧。"

苏年达对头人说:
"如你奔回到勐贺董时可向岳父母
报说,
把我及妻等在此的好情况告诉父
母好了,

以后有事可以来信吧!
我可援助父母亲。"
话说完后,大家魔鬼也就面向森
林走回原地,
不久也就到了勐贺董,
就把苏年达所交代的话向父母谈,
父母明确后很高兴。
从此苏年达就继承勐巴拉叭位了,
这故事就完了。

召波啦

记录者:朱宜初、张星高
翻译者:刀安民、刀荣光、李文贡
时间:1962年5月30日

帕召念经时说了下面的故事。

1

从前有一段时间,
帕召①修行住在森林②,
森林里有个佛寺,
佛寺是雪梯修的,
帕召就在那里念经,

有个很大的地方叫勐沽巴,
是人群集中最多的地方,
开辟为一个很漂亮的城市,
这个城市外面有城墙堡垒,
还有各种各样的花草,
还有最好的荷花,

---

① 帕召:佛主。
② 森林:名叫坝即达拉哇。

还有自由游去游来的鱼儿，
眼睛看了非常好看。
那水也非常好洗，
有种糯章冠也在水里面，
还有水蛤蚧在水里面游，
还有不少的龙蛇也在游，
这些动物挤来挤去满满地浮在水里，
鱼、螃蟹、甲壳虫游来游去十分多。
这个地方繁荣昌盛，
又叫勐哈拉，
还有国王管这个地方，
他威信高又光明，
他就是召发国王，
他的威声远震波里。

话说那时有个雪梯笼，
他是世代的雪梯，
金银十分多，
他住在勐沾巴，
他就是赶塔没啦。
那时他还年轻，
他生得很漂亮，
他和要于二人合管金银，
他们准备了东西，
还准备了乳水很甜的乳妈，

来等生的孩子，
已经满了十月，
亲戚们都来等，
等着来保魂拴线①，
当天就取名召波啦。
再说那时小召波啦长大起来，
会走会跳了，
这时母亲又怀了孕，
十月满足生了一个漂亮的小女孩，
她的肉色香得像檀香，
她的肉色白亮得像玻璃，
亲戚都来等着祝贺，
给她取名喃珍达。
这时两兄妹同是一个母亲生的，
两个都是很好看，
爱得像一颗宝珠一样。

过了三年后，
已经学过了走路，
小妹还不会讲话，
母亲就丢下他们离开了人间，
灾难叫人免不了，
丢下了小儿和她丈夫。
她丈夫要领两个小孩，
找米、找肉来将他们喂大，

---

① 保魂拴线：是傣族风俗，孩子生下后，给孩子拴线保住魄，使他快长快大。

为了照顾这两个小孩,
父亲很操心。
父亲离不开儿女,
儿女也离不开父亲,
为了照顾儿女,
他父亲打算再娶,
就对他儿女说,
再娶后就有人来照顾你们了。
后母娶来后,
说:"我要像爱亲生子一样爱你们。"
十月满后又生了个男孩,
男孩长到能爬时,
后母就光疼爱自己的儿子了,
她想:"以后召波啦长大后,
我的亲生子的财产就落得一场空了。"
这个恶心婆就造谣生事,
在丈夫面前造谣说,
两个前生子常打她的儿子,
她责问是不是父亲教的,
说如果父亲不关心她生的儿子,
她就要走,要领着孩子。
"不管死在森林路边,
我都要走。"
她向丈夫吵闹要走,
要不就将前母生的两个孩子送走,
放到深山老林都可以。

她丈夫弄得进退两难,
弄得疯疯癫癫,
她丈夫一天推一天想推掉,
但她却愈是生气了。
雪梯听了老婆的话,
他不看儿女,
第二天早餐时就骗他儿女,
说:"我们父子三人要去串山林,
要采鲜花,儿女们随我一起去。"
妹妹喃珍达听到哥哥说:
"来来,父亲催促了。"

走了一天,
走到一个大森林,
这时太阳已西下,
两兄妹肚子饿了,
父亲开始领着吃饭,
吃饱了以后,
召波啦扯了树叶来垫,
两兄妹撑着草睡,
一会就睡着了。
父亲雪梯见两个孩子睡得很香,
就偷偷地走了,
他一面走一面想着儿女,
一面又想起过去的妻子,
想起孩子的亲娘天天抱在怀里,
现在丢在森林里受苦,

是不是会被老虎吃掉？
心想怕再也见不到儿女了，
他又想折回头去找儿女，
心想死也与儿女死在一起，
于是又朝森林里走，
但是没有到原来的地方，
又想起后娘的一些话，
他又折回来。
他哭脸泪不干，
他去去来来了三次，
前世注定他是这样的，
他折回来了，
他丢下了儿女回到房子里，
后娘见面反而喜欢。

再说两兄妹醒来后，
不知父亲在哪里，
哭得泪水流个不停，
他们到处找父亲。
妹妹喃珍达问，
父亲是不是去找水果或打水去了，
或者去拾麻满果没有回来。
这时召波啦就骗妹妹说：
"不要哭了，
父亲去找水果还没有回，
等父亲回后一定领我们回去。"

那时两兄妹一面哭一面寻找父亲，
太阳落山将要黑，
想："父亲是不是被虎吃掉了？
是不是被大怪物抬到远方去了？
莫非迷失地方到了其他远方，
丢下了儿女不得见面？
父亲为什么不来领亲生儿女？
儿女有心来服侍父亲到老，
父亲为什么反而丢下了儿女？
我两兄妹还没有报答父母养育之恩，
父母对我兄妹两个，
天天招呼屎尿恩情重，
早晚父母抱着睡，
有病父母看，
还没有报答父母恩情，
请恕罪。"

这时两兄妹从森林中走去，
往返几次都在原地方。
一天不见她亲爱的父亲，
珍达妹妹哭叫找父亲，
父亲往何方？
两兄妹很挂念，
因为晓得鲜花才跟父亲到林中，
现在不见父亲，
流落在林中。
这时哥哥对妹妹说：

"我的妹妹不要哭，你哭了伤心，
单我俩孤零零在林中，
怕要死在林中吧。"

波啦哥哥对妹说：
"我俩只能跟着小狗走。"
经过山林和石缝，
小狗带路朝回走，
小狗一边走一边摆尾摇头，
好像要对他俩讲话。
走了很久，珍达妹累得走不动，
哥哥将妹背在背上很吃力，
有时倒在地上，
有时互相拥抱哭泣，
不停地往前走，
回到了原来的家。
"哎呀！
父亲，你到哪里？累得我俩才到来。
是不是父亲把爱儿丢下？"

父亲一听就来抱：
"儿呀，不是父亲丢下你，
因为闯了鬼迷了方向，
所以我找不到鲜花，
那时你俩还在睡中，
我就一直先回到了家，
还以为你俩先回来，

现在父儿返回得团圆。"
这时兄妹信以为真，
希望父亲照旧恩爱没有什么变心，
后娘心眼黑不让兄妹活，
像毒蛇无事生非要撵走他们，
不撵走他俩回头要咬人，
要不然今后成祸根，
一定要把两兄妹送放深山老林中。

后娘狠心要把带路小狗来杀掉，
将兄妹送到人迹罕至的地方，
饿死或让豺狼虎豹撕吃掉。
"我俩清净无操心，
我的亲生小儿子才能享福自在，
没有人来骂，没有人来吵，
清净当家。"
恶心的喃沙铁，
压迫两个孩儿好残忍，
咒骂不怕任何人，
时常嘴硬对丈夫。

2

后娘挑唆在沙铁面前，
逼丈夫将兄妹快送深山老林，
沙铁太笨无主张，一切听指挥，
挑唆句句都灵验，

就把儿女送深山,
杀伤小红狗,
心肝脾胃烹调吃,
叫小儿来来。
"大伙吃肉很甜香,
有烘肉,
有烧肉,
分给你俩各一份,
作为路上包饭吃。"
又说:"我们要去洗金井水,
井水高贵无比,
比任何地方都漂亮,
儿啊,
跟父亲走到金井水边。"
两兄妹听了很喜欢,
想跟父亲走,
跳起来把狗肉带,
跳起来跟着父亲走。
哥叫妹妹小珍达,
快快来吧。

妹叫哥哥波啦快来,
要去洗金井水,
连父母都要去,
不要怕难得回来,
不像前次去,
这次去的人很多,

父亲走了还有母亲。
父亲抱起小珍达,
朝小波啦前面走,
后面跟着娘,
一天走到晚,
走到边界上,
走到大森林,
豺狼虎豹多,
召波啦看看父亲,面向父亲。
"我的沙铁父亲啊,
金水井在哪里?
我们已经走了很远,
一样都不见,
再朝前走天已黑,太阳落山看不见。"
兄妹年小走不惯长路,
累得脚瘫手软无力气,
要求父亲歇在森林养养气,
要求父亲不要急忙走,
要求父亲不要骂。

父亲听了在树荫叶厚的地方坐下,
野果成熟落下来,
捡吃野果甜得有了气力。
沙铁与儿女,
尤其小珍达从来没有走过长路。
父亲说不要急,目的地就要到了,
兄妹暗喜快到金水井旁,

昨日兄妹累得很，
今日应该好好休息，
恢复精神。

父亲哈哄两兄妹，
停下休息捡芒拉野果吃，
停下树荫处好像是凉亭，
兄妹躺下睡，
消除累气有精神，
起来往前走，
前途不远了。
父亲叫兄妹不要急，
解开饭包给兄妹吃，
吃过饭心里好自在，
瞌睡重来又重去，
不知父亲是哄骗，
一睡睡着了，
想不到人家会哄骗，
兄妹上了父母圈套，
这是后娘心毒狠，
儿女不懂事跟她到这里，
她见兄妹睡着了，
拉起丈夫往家跑，
连路催促快快走，
脚踩脚不停歇。

两口子走得快，
到家已天黑，
倒在床上就睡觉，
睡得像死猪。
那林中兄妹睡醒来，
不知父母在何方，
兄妹哭泣很伤心，
太阳落山心也伤，
哭来哭去找父亲。
"父亲啊，
为什么把年幼的儿女丢林中？
兄妹摸不到路，
不知道家在何方，
要求父亲有点可怜心，
来带我俩回家转，
快快离开大森林，
我俩有意爱父亲，
想起走来时，
父亲把我们背在肩上，
是不是后娘起了歹心把我们丢下？
是不是我俩是最小最贱的人，
才把我俩放丢在森林？
莫非是卜卦我俩将来是祸根，
长大起来克杀父母这样吗？
莫非金银会被我俩克掉？
莫非别人挑唆哄骗，
说我俩犯了全勐的大罪吗？
焦心儿女造孽给父母吗？

是不是父亲这样想？
是不是有了天灾人祸将儿女来丢弃，
替父母受灾抵罪？
前次也把我俩来放过，
放在森林大深山，
曾经返回到过家，
现在又重新拿来放，
我俩连受两次苦，
听了后娘一面话，
现在我俩可能会死了，
父亲啊。"

召波啦哭啼叫喊心难过，
不见父亲的脸面，
到处找也不见，
实在很痛心，
找了一天还在原处，
小珍达又在哭，
哭声娓娓在林中。
睁眼到处看，
还以为父亲要来找。
莫非父亲躲起来对儿戏？
莫非父亲到水边洗澡，
洗了后把水带来？
莫非忘记了口袋和饭包？
莫非被豺狼虎豹吃掉吗？

两兄妹受苦受难到处找，
就是不见父亲，
但见石岩黑油油，心中很难过，
想不通，
不见行人来往走，
单是兄妹两人林中到处转，
不知何方向，
兄妹摸黑夜，
抓叶子铺，抓渣渣堆，
两兄妹睡觉在上面，
静心躲避着，
也没有火堆。
两兄妹拥抱着很伤心，
亲热互相依，
小妹年幼胆又小，
哭叫搂着哥哥身。
"哥哥啊，今天灾难降临我们身，
父亲把我们丢下，
豺狼虎豹走来走去出没多，
莫非豺狼虎豹把父亲吃？"

"亲爱的妹妹，
这里本来是豺狼虎豹的窝，
妖魔鬼怪也很多，
还有马鹿和野兽，它们住在森林，
晚上出来走，我们的死期快到了，
不会哭去找，

父亲也跑了,
单剩下我俩兄妹,
不知我俩死在什么手下,
要死俩兄妹一齐死,
天黑得伸手不见五指,
只有老天保佑才能免死灾,
哎!亲爱的妹妹,你好好地睡吧,
不要过于伤心,
这可能是前世命中注定,
该应我俩受灾受难在一起。"

珍达妹哭得疲劳睡着了,
老虎出寻找吃食,
看见两个小孩睡林中,
饿虎见着就来抓,
抓起珍达肩头抬着跑,
命中注定免不了,
离开了哥哥只听哭声进森林,
珍达妹大骂饿虎心太狠。
"为何把我抬走,丢下我哥哥?
亲爱的哥哥啊,
你为什么不来追?
眼睁睁看着妹妹去丧命,
哎呀呀,
哥哥你睡着不知道吗?
现在妹离哥哥越来越伤心,
丢下哥哥一个人,

单人哭泣到处走,
单人受罪难上难,
因为离开了妹妹受困难,
没有谁人来做伴,
不像过去两人一块在,
两人搭伙去串山的时候。
现在老虎抬走了妹妹,
把妹咬吃在路边,
丢下衣裙在路边。"

第二天东方刚发白,
召波啦醒来不见妹妹心中很着急。
"亲爱的妹妹,
你睡醒到哪里?
希望你不要去转回来,
不要朝深山老林走,
一点声音也听不见。"
召波啦到处都跑到,
见着妹之衣裙丢路边,
红红的血沾满衣裙,
召波啦心中很难过,
咒骂老虎为什么单把妹妹抬,
应该一双抬起走。
"丢下我多次得受罪,
丢下哥哥在人间,
丢下妹妹尸首不得见,
妹妹本来没有病,

此次死得真冤枉,
丢下哥哥日夜哭得要死了,
这是什么来报复?
哎呀呀,苦得很,
千难万善真不少,
虽然不得见父亲还有妹妹在,
可是如今妹妹也不得见,
难过得心要爆炸,
再无法就吊死。"
但是想想自己还年轻,
不能吊。
"老虎呵,为什么不连我也抬去吃?
为什么单把妹妹抬起走?"

召波啦日夜哭得泪满面,
眼睛肿了,血也流出来,
哭去哭来昏倒地,
惊动了天神坐立不安,
看见人间召波啦,
降临凡间搭救召波啦。
瘦成一个到处求食的穷老人,
坐守召波啦的旁边,
将仙水洒在召波啦身上,
召波啦活起来了,
睁开眼睛见老人,
非常喜欢和高兴,
问老人住在何方,

知不知道勐章巴的路,
请告诉小佺就前往,
并望带他往前行。

老人答话:"不要气,
路远我认得,
我就住在勐章巴边,
此路无人走,
单我公公独自来,
公公寻找药草到这里,
有我公公在,
一切豺狼虎豹都不怕,
如果佺儿想回家,
公公会指引,
佺儿年幼为何单独到这里?
单独一个没有伴,
你说想到勐章巴,
有什么原因直接说给我,
现在你为什么要到勐章巴?"

"老公公请听,
佺儿本来住在勐章巴,
是沙铁竜的儿子,
因为想见金水井,
父亲带我到这里,
连同妹妹一起来,
到了森林中,

不见父亲了，
不知父亲到何方，
丢下我俩睡在这，
那时老虎将我妹抬，
抬到林中吃掉了，
单剩我一人，
滚去滚来昏死去，
清醒过来见着你老公公，
侄儿心里非常高兴。"

英明的天神老公公开始答话：
"我过去也在勐沽巴，
听说有个雪梯听信妻子的挑唆，
将亲生儿女放森林，
丢下儿女不见面，
侄儿你不要等待父亲了，
他一去不回头，
因为后娘来挑唆造成亲生骨肉各分离，
侄儿不能回家去，
要不然生命完全在后娘手。

"公公听说还有一个勐帕拉腊西，
有个雪梯没有儿女，
单有两老夫妇过生活，
想要个小孩来摆弄，
将来承继家业有靠山，

因此到处寻干儿子，
侄儿趁机到那里，
老公公将你送过界，
送过豺狼虎豹区，
哪条路好走哪条，
一直走到勐巴拉。"

天神说过后，
领着召波啦，
上路往前行，
途中休息将又白又香的苞谷给召波啦吃，
老公公照顾侄儿真周到，
将好药擦在疼痛的身上，
身子不疼好走路，
召波啦轻松愉快不会再受苦，
因为有天神的保佑，
吃了仙谷和仙丹，
身体爽快力气大，
赛过七条象。

第二天一早，
公公带侄走到了勐巴拉。
"勐巴拉是个好地方，
这里的雪梯要来把你领去做亲生儿，
你得享福不受苦。"
天神说完回天宫，

召波啦亲眼望见他回天,
才知他是天上神,
召波啦合掌向天拜,
拜谢天神来搭救,
免了灾难和死亡,
拜后单人独身往前走,
不顾一切照天神的指点行,
看见一个大房子,
房子边有个凉亭,
召波啦走进凉亭去休息。

勐巴拉的那个大雪梯,
他的妻子当天晚上梦见一条大白象,
白象走进凉亭,
又走进家来,
又梦见天上有颗星宿落到家里面,
一觉醒来原是梦,
将情况告诉大雪梯,
梦见白象进亭去,
梦见白象进家来,
梦见星宿落家中,
雪梯说:"我妻梦是个好吉兆,
要有贵子到我家,
我们将有一个很漂亮很有本领的儿子。"

妻子听了很高兴,

天天盼望贵子来,
到处探向小娃娃,
很多小孩在凉亭玩耍,
召波啦也在其中玩,
召波啦看见很多小孩拉绳玩拔河,
召波啦非常喜爱参加玩,
他在哪边拉对方就摔倒。
到下午,
雪梯的妻子出来挑水就看见,
发觉召波啦与其他小孩不一样,
衣裤碎糟糟很没见过世面,
就问众小孩:
"这个小孩从哪里来?
婆婆我想知道是哪家的儿子?"
众小孩说:
"婆婆,这小孩我们也没见过,
他是刚才新到来,还没问清楚,
婆婆要知道可直接问他。"

婆婆就去问:
"你从哪里来?我从来没见过你,
家在哪里可以告诉我,
你还要到哪里?
父母是何人?"
召波啦开始答话,
将过去一切苦楚都讲完,
眼泪流满面,

伤心没有父母弄,
单人独行到这里,
经过千辛万苦今天到来。
"有人可怜领去养,
我很高兴就跟谁,
如果无人领,
只好到处游,
老妈妈可怜我这穷苦人。"
好心的老婆婆想起了昨晚上的梦,
正是应了验。
"亲爱的小孩来来来,
我收你为爱儿,
不要去哪点,
在这里好了,
到我家将来可以承继家业。"

说完就抱起召波啦,
搂在怀中眼泪唰唰淌,
喜得昏倒在地上。
众小孩看见很惊奇,
跑回家中去传扬,
事情传到雪梯耳中,
雪梯连忙跑来看,
只见妻子倒在地,
怀中抱着小孩,
其他小孩也倒地堆在一起,
这情况真稀奇,

好像砍倒的树木一棵棵倒在地。

此时天神受惊动,
看凡间见此情,
善心的天神就想马上搭救,
降下甘露仙雨,
淋在身上,
好像荷叶上的水珠都滚走,
一点都不湿,
昏倒的人马上就还魂,
召波啦,
雪梯老婆婆和其他小娃娃,
都完全清醒。
老婆婆领着召波啦回到家,
庆祝和拴线,
祝福全家好,
正式收为儿。
"望我儿长命百岁,
威武压盖各方。"
雪梯夫妻爱儿如掌上明珠。

召波啦长到七岁,
长得很标致英俊,
活像亲生儿子,
聪明伶俐好像天神降生,
其他小孩不叫也来同他玩,
成群结队大伙去放牛,

在一块大草坪上，
搭起凉棚来看牛，
各种各样的行人往来不绝，
他们太阳落山返回家，
第二天一早又重来，
他们一边看牛一边耍，
有时下棋比赛，
有时斗鸡拼输赢，
有时玩耍麻萨戛①，
谁赢谁就得饭包，
所有小孩玩耍都斗不过召波啦，
大伙都向召波啦服从认输，
大家都害羞聪明不过召波啦，
召波啦福气大。

太阳下山天黑了，
小孩各人骑牛回家转，
召波啦无牛从后跟，
路滑路烂一身都弄脏，
妈妈看见儿回来，
全身沾着烂泥巴，
问儿到哪里玩耍转回来，
召波啦说："跟伙伴去放牛，
其他伙伴都有牛，
骑在牛背转回家，

孩儿我无牛走路转回家，
因为路烂泥水齐腰杆，
不像众伙伴得骑牛，
牛周身没有烂泥巴，
妈妈就是这样了。"

妈妈听了后急得很伤心：
"亲爱的儿啊，
我很心疼你，
你没有牛骑赶紧买一条。"
买得一条白水牛，
召波啦骑起白牛朝前走，
在伙伴前先到牧场，
他们走到各自的凉棚里。
有一天，众伙伴共同商量，
说："召波啦聪明伶俐通经典，
随做什么都心灵手巧，
谁也抵不过他，
应该推他为首领，
领导大伙放牛娃。"
大家举行仪式，
会推召波啦为王，
祝福他威震地方过太平，
大家拴线祝福他长命百岁，
杀掉召波啦的水牛来庆贺，

---

① 麻萨戛：是一种牵藤植物的果子，其形偏圆，直径十公分左右，小孩丢着玩。

照礼节庆贺召波啦，非常热闹，
玩饱玩够到天黑，
大伙返回家，
各人有牛骑着走，
波啦无牛朝后跟，
踩泥踩水吃苦回到家，
无精打采坐在家里，
一句话不说坐在那里，
心中害怕妈妈怪。

妈妈见儿难过的样子，
哄问孩儿是何原因。
"单见孩儿全身带泥回家来，
不见孩儿骑的牛，
莫非吃错东西生了病？
白牛放在何地方？
有什么事情好好对妈讲。"
召波啦把情由照直说：
"大家伙伴公推我为王，
所以将白水牛杀吃了，
因而我无牛骑回来，
走路回来一身染泥巴。"
母亲听了儿的话，
心中也不恼反而喜欢，
重新再买一条牛。

召波啦很喜欢，

骑着水牛同伙伴去放，
他们天天骑牛来放，
照样耍，照样玩。
有一天，大家说，
虽然有王子但是无大臣，
他们寻找伙伴中哪些有学问，
要封四个大臣和其他官员，
再分等级委派头人。
这件事情真奇怪，
小孩儿童封王当官，
懂得地方的礼节，
他们分派妥当又庆祝，
又杀牛祝贺热闹在牧场，
大家不惜那条牛，
召波啦也不说什么，
他们自由煮烹吃，
太阳下山天黑了，
大家转回家。

召波啦愁闷在心中，
妈妈见了又询问，
只见儿走来不见水牛在，
召波啦说牛同之前一样杀吃了，
原因是为了封官派头人，
雪梯心好爱儿子，
第二天又重新买一条。

召波啦早上骑牛朝前走，
大家伙伴自由自在放着牛，
众孩童走拢共商量，
建盖宫廷房屋，
让波啦王里面住，
宫廷盖得豪华漂亮，
请召波啦上去住，
又将水牛杀吃来庆祝，
唱唱跳跳到下午，
太阳落山才转回家。

波啦的牛被杀吃了三条，
召波啦一样也不说，
跟在大家的后面，
他又没有牛骑。
父母又问他：
"我儿呀，新买的水牛留在哪里？"
召波啦说：
"亲爱的父母呵，
大家伙伴一起盖新房，
让孩儿住在里面，
因而才将水牛杀，
父母啊，已经杀了好多次。"
父母说："我儿不要急，不要哭，
我们有的是，重新再去买。"
买牛回来后又交给召波啦。

召波啦心宽不发愁，
骑着牛儿又去放，
大伙孩童又去玩，
太阳下山天黑了，
大家一同回家转，
第二天一早，大伙又再去，
大小头人又商量，
应该找个王后喃姆，
找个又漂亮又聪明的姑娘，
找一个喃珍达夏叫，
生得漂亮世间少有，
配给召波啦国王为皇后，
真是天生一对好夫妻，
同上宫殿一同住，
宫娥彩女周围在，
小小国王和皇后，
从小聪明当首领，
宫廷里面锣鼓响。
庆贺国王接皇后，
又将水牛来杀吃，
大家又唱又跳又拴线。

太阳落山天黑了，
大家骑牛回家转，
召波啦无牛跟后面，
回在家气不出睡在床，
雪梯的老婆安慰他：

"不要着急,杀吃就算了。"
第二天,雪梯老婆说:
"明天我再买一条,
你不要急来不要气。"
第二天,雪梯老婆真的买来一条牛,
第二天一早,召波啦骑牛先到场,
召波啦和小孩玩玩跳跳,
他们玩麻萨嘎,
他们小伙伴有一千五百个。

3

有五百个商人赶着五百条牛,
到勐巴拉附近,
召波啦的沙腊房,
他们住在大河边,
他们听见小孩玩耍的闹声,
他们坐着大船过河来,
小孩上前问他们:
"你们来干什么?来卖什么东西?"
商人说:"我们地方在得很远,
赶牛来到勐巴拉,
牛有五百条,
赶来出卖。"

小孩连忙说:
"这些牛都在这里出卖,
不要再到别地方。"
商人说:"你们玩什么很热闹?
我们赶来看一看。"
商人参加小孩的玩耍,
商人解下银钱袋,
拿出一千金子来赌钱,
赌来赌去都是商人输,
他背着空通巴回去了。
他们歇在村子里,
商人害羞向老板讲,
老板发怒咒骂小孩:
"小孩子看不起我们商人。"

时间一天天过,
小孩知道老板商人咒,
跑去向老板说:
"你们逞能再来赌。"
老板商人牵着一条牛来赌。
"赌输了五百条牛给你们,
你们赌输要用什么给我们?"

小孩说:"如果我们输,
我们全部跟你走,

为你当帮工。"
他们打麻洛麻桑戛①,
老板打不赢召波啦,
在场的很多小伙子,
嘻嘻哈哈笑开了,
召波啦赢得了五百条牛。
老板大喊大叫说:
"我的五百条牛被召波啦拿去了,
我要死了。"
小伙伴赶着五百条牛回家,
召波啦把牛分给小伙伴,
能干的人多分给,
本领小的人少分给。

大伙同声说:
"我们依靠召波啦的恩情,
如果召波啦没有本领,
我们就得跟着商人当帮工。"
召波啦赢得牛许多,
消息传通勐巴拉,
召波啦聪明人人知,
勐巴拉西土司听到后,
说召波啦长大不会是好人。
赢得老板五百牛,
都完全散完了,

勐巴拉西土司要撵召波啦,
召波啦领着所有的小孩走完了,
他们走过勐巴拉的地界,
他们有困难,
没有家没有饭吃,
一样也没有。

他们住在临时搭的窝棚里,
有的回家来背饭,
妈妈不让儿子再出去,
哭得很伤心。
勐巴拉没有一个小孩子,
放牛的小孩也没有,
人们往来很少,
鸡也不鸣,狗也不叫,
豺狼虎豹出没,非常荒凉,
牛马牲口不叫,象也不叫,
连鱼塘中的鱼都没有,
盗贼四起,
地方很乱,人们不敢出进。

召波啦为首的众小伙伴,
到森林,到不远的地方居住,
开始搭草棚凉亭居住,
惊动了天神,

---

① 麻洛麻桑戛:又称打得啰。

天神变成木匠降临人间，
带有斧头和凿子，
一切造房的工具都带有，
见了青年小伙就问：
"孩子们，
为什么你们都是单身不成双？"

小孩说：
"我们本来住在勐巴拉，
因为大人撵我们，
不得已而到此住，
目前没有房屋，
正在准备建盖着，
老伯伯，你们为何到这里？
要到何处？"
众伯伯说：
"我们住在很远的地方，
只要有人请工盖房，我们都愿意干，
我们是盖房的师傅，
无论什么式样都能建盖，
你们人小盖房难，
我们可以想法为你们盖，
不要你们的银钱也可以建盖。"
"好啊，伯伯们，
我们人小无力建盖，
希望你们来帮忙。"

他们忙着做准备，
大伙忙着砍木料，
建盖鸡厩，
为了与孩子们建立友谊，
不要银钱，
也不讲价。
"木料砍遍山，
小孩们来来来，
不要偷懒努力干，
天天木头运不停，
天天努力干，
木头堆积如山，
天天劈木宰料，
七天就完工，
因为有了天神的威力，
盖出宫殿堂皇壮丽，
周绕还有城墙来围绕，
一切花草栽齐全，
好像波浪一颠一波，
鱼儿来往水中，
凉亭外面盖，
层层宫殿摆齐整。
召波啦住的最漂亮，
嵌有玻璃和宝珠，
光亮夺目耀眼睛，
这是因为有了天神来帮助。
天神宫殿完成转天宫，

希望孩子莫忘记盖房人。"
说完上天空。

话说召波啦与小伙伴,
大家公推他为王,
分封其他大臣和头人,
建立一个小国家,
大家共享太平乐洋洋,
同甘苦共患难,
共同过生活。

那时,
有个国家名叫勐邦伽,
它是一个很大的地方,
国王相当残暴,
凶狠骄傲常常镇压人,
每个地方他都侵略过,
出题目让别国解答,
答不出就侵略。

有一天,
国王派人到勐巴拉,
对他们说:
"现在勐邦伽的国王出题目,
你们大家都来猜,
猜对了,我们愿称臣送礼,
猜不对,要你们投降从服,

若不然派兵攻打。"

第一题,
有两娘母相貌一样高矮相同,
谁是母谁是儿由你们来猜。
第二题,
有一对青母马大小都一样,
看你怎样分出母和儿。
第三题,
一截檀香木头尾一样粗,
要你们猜出根与梢。

这三个题目封在信封中,
交给勐巴拉的国王,
国王打开看,
心想要解答,答不出叫各大臣商量,
题目很早就流传,
如果国王能解答,
要将一切礼物来贡献,
如果国王不能解答,
全勐一样也没有,
地方很空虚,
别人来侵害,
踏破全勐巴拉。

全勐大臣和头人,
个个难想法,

从来没有见过，
大家连官也不想当，
因为没有聪明和智慧，
愁眉苦脸，
闭着眼睛不说话，
好像死去了。
如果有火堆跳进烧死就算，
不可惜性命，
如果有战争情愿出去打，
不愿猜题目，
如果国王有命令不惜一切地服从，
死掉更比活着答不出好。

国王又叫全勐男女老少都来猜，
人群闹闹嚷嚷挤满宫殿，
如果谁能够答得出，
勐巴拉江山分他一半。
但是勐巴拉的人一个也不懂，
无人想法来猜到。
召波啦下面的一个小官员，
闲着无事回家看父母，
见了母亲不见父，
问父亲到哪里，
母亲说："儿呀，父亲下命令召进城，
会同国王去议事。"
儿子听了母亲话，
急急忙忙跑进城，

跑到王宫坐在父亲的后面，
听着大人把话讲，
听见大人说这事很为难，
无法来解答，
如果谁有本事来解答，
一切都服从他，
个个都是这样说。

儿子听了忙问父：
"此话怎么讲？
看他们个个很操心，
孩儿很想知道。"
父亲说："小孩不懂地方事，
不准来盘问，
这事是勐邦伽出题目给人猜，
小孩不该知道，
好好坐在后面来听到，
为父也被叫来同猜，
事情堵住我的心，一句话不会说。"

父亲将情况告诉他，
他听了一点不着难，开口说：
"那么多的大臣和头人，
那么大的宫廷宝殿，
为何猜不着？
白白吃田管百姓，
你们什么也不懂，

不如我们小孩子。
这件事很简单,
如果我们的国王来,
一定能解答得清清楚楚,
这件事我们早就知道。"
父亲听了鼓眼看着他,
举起手指戳他的头:
"哪个教你说,
小孩怪多嘴。"
小孩头疼抱着哭起来,
哇哇哇,
大家看见小孩跑到召波啦住地,
报告召波啦:
"我回家进了城,
听到人家讲,
国王调动了头人和百姓,
小人跟着父亲去,
看见他们在宫廷开会,
商量解答别国出的题,
他们想不出很着急,
没有哪个懂,
官家百姓一个也不会猜,
个个垂头丧气,无精打采,
问题卡在心,
如果谁人猜得着,
大家都去当他的奴隶,
他们气得像要死,

小人听后插了几句话:
'你们不如我们小孩子,
如果我们国王来一定解答,
此事容易得像吃芭蕉一样吞下去。'
我说话父亲打我的头,
我害怕连忙跑回来。"

召波啦仔仔细细向他问:
"哪一国来出题?
题目是什么?
有什么对头人困难?"
小孩说:
"我的国王啊,
此事情是勐邦伽出的题目,
有两匹母马大小一样,
有一截檀香木头尾一样,
还有娘儿两个人大小肥胖一样,
谁是娘谁是儿分不清,
很多头人都不懂,
宫廷满座谁都猜不着,
如果勐巴拉猜得着,
一切要受别的来贡献,
如果猜不着就要起战争,
时间限七天。"

召波啦听了小伙伴的陈述,
心中微微想笑,

连其他头人也个个喜欢高兴。
勐巴拉国王、大臣，
地方百姓，
人人心中愁没法解答，
这件事震动了勐巴拉，
有个小头人想起那小孩跟父亲说的话，
禀报国王说有一个小孩他能解答这三个难题，
当时他父亲敲了他的头，
那小孩哭啼着走了，
小人亲眼看见，
应该去找他，
可能他真的能解答。

国王知道后派人去找，
走过森林到召波啦住地，
请召波啦快快进城。
国王派去的人直接走到召波啦住处，
召波啦的小伙伴怀疑地说两人：
"是否是国王派来？
他为什么不通报？
他为什么不懂礼节？
他犯了我们的规矩应该办罪。"
说完将他捉住捆绑，
用棍棒痛打后撵走。

使者边跑边骂：
"你们这些小家伙，
一定要死于我的刀口下，
你们不晓得我是国王派来的大臣。"
他哭哭啼啼跑回勐巴拉，
一面请国王解去手上的绳子，
一面将情况禀报，
国王听了感到很好笑，
好笑小娃会有这样的本领。
"莫非他们本领比我大？
如果他们能解答，
就算他们本领比我大，
叫他们来猜，
猜着了有奖，
猜不着要他的命。"
说完照礼节办事，
派大臣配备大象去迎接，
准备有最尊敬的谷花和蜡条，
老臣带头连路护街，
去接的人来来往往。

使臣找到召波啦的宫室，
使臣找到了召波啦的侍卫，
将礼物送交侍卫上传召波啦，
照礼节带领所有使节去见召波啦，
见了召波啦的各大臣，
虽然是小孩子，

看见也害怕。
使臣见了召波啦献上谷花和蜡条,
邀请召波啦到勐巴拉议事,
请骑起大象去进城,
请召波啦不要见怪走去走来,
请看在地方百姓的面上。

召波啦听了以后,
知道了事情的各样经过。
召波啦接受了蜡条,
各大臣、头人忙准备,
准备召波啦要起身,
他分成层层走,
大官朝前走,
走到了勐巴拉,
见到了国王及各大臣。
召波啦在上面坐,
照礼节拜见老国王,向他请安:
"王后、太子都安康吗?
现在有什么困难才叫我来?
有什么事情请国王快快讲。"

勐巴拉国王答话:
"本王没有什么病和痛,
王后、太子也很健康,
其他皇亲国戚也同样很好,
因为勐邦伽的国王送来几件难题,

这件事很难做解答,
找不到谁也没有谁来解答,
各大臣、头人无法开口,
连本王也无法解答,
所以几件难题无解到如今,
想来贤侄你一定会知道,
公公我心中这样想才把你接来,
如果侄儿能解答把地方分你一半,
共享富贵荣华和太平。"

召波啦知道以后很高兴,
问国王:"到底是什么难题?
请国王从头说详细,
如果侄儿答不出,请不要怪罪。"
勐巴拉国王开始讲:
"一件是母女两个相貌高矮肥胖完
全一样,
要指出娘与儿;
一件是两匹马形象一样,
哪匹是娘哪匹是儿;
一件是一截檀香两头一样粗,
指出根与头。

"这三件问了很多人,一个答不出,
人家正准备要来侵略霸占,
因而此事震动全勐,
如果王侄能答出,

快快救命解除灾难。"
召波啦听在内心里,
开口说:"此事没有那么难,
此项答题很简单,
请不要过分担心。"

到了下午开始做饭招待人,
招待所有来的人,
不管头人、百姓,男和女,
都招待得很周到,
大家都吃得很饱。
召波啦说:
"大家请听,我要做解答。"
招待宴会照常进行得很热闹,
各种各样的菜蔬都有。
宴会开始,
召波啦叫来两母女坐在宫廷众人中,
惊动席间座客个个都来争着看,
两母女照例坐中间开始吃饭,
只见做母的先拣菜吃,
她的女儿后才吃。

召波啦见了以后就指出,
先吃者为母,后吃者为女,
这是一生的道理。
此时大家齐声庆贺召波啦猜着。
第二件两匹母马放在水塘边,

看两匹马吃水,
正是太阳火辣的时候,
马喝水就下去,
是娘就先下水,是儿就在后跟,
因为儿小胆小,娘老胆大,
所以先下水者为娘,后下水者为儿,
大家举手祝贺。
第三件是叫人先抬一盆水,
召波啦将那截檀香木放入水中,
看哪头下沉,那头就是根,
哪头翘起,那头就是尖,
根梢分明后,大家举手庆贺。

群众欢呼召波啦的胜利,
人人夸他聪明,智慧高过人,
他一人救了全勐巴拉的性命,
大家对他非常惊奇和佩服,
连同天上神灵都为他喜欢,
召波啦的声势威力一时震动大地,
海底龙王也举手祝贺,
因为召波啦解答了难题,
前后各方处处庆贺。

4

第三章完了,第四章来接到,
话说勐巴腊国王连同召波啦威武

英明一时，
开始下令全勐各地准备拥立召波啦，
准备了千匹宝马，
准备了千头大象，
每只都配有美丽的鞍，
水牛、黄牛和车子，
选得宫娥彩女一千个，
王后妃子一千个，
金银满箱一亿多，
一切准备就绪，
送呈召波啦，拥立他登位。
侄儿继承了王位，
召波啦正式宣布为巴腊王，
登上宝座，旁边侍卫抬着幡，
召波啦一时威震无敌于天下。
洪福齐天真英主，
一时震动勐邦伽，
因为勐邦伽出了难题，
召波啦解答很合理，
勐邦伽准备了很多礼物来朝贡，
大象、骑马十万，
黄金万两，
黄牛、水牛牲畜数不清，
男女奴婢一万个，
礼物呈上请求称臣属地管，

合成一勐共太平，
事毕归还勐邦伽，
召波啦治理地方很太平，
老百姓得吃得贴，安居乐业，
人们往来没有强盗抢，
地方清静没有灾和难，
没有饥荒饿肚，
这都是依靠了召波啦。

召波啦坐镇勐巴腊，
有很多大臣和头人，
前后都有人配刀侍卫，
一时太平没有什么操心。
召波啦日益清静，
八个力士守身旁，
有个力士力最大举起一块大石，
轻轻朝空丢，
大石落下又接起，
好像玩弄一朵攀枝花，
他的名字叶先宰岩拉。

一个力士更老伙①，
他学走路的时候到森林里玩耍，
遇着老虎一把抓起砸，
砸得老虎浑身碎。

---

① 老伙：云南汉语方言，意为"糟糕"。——编者注

他的名字尾扎憨,
他天天守卫没有哪个来欺辱。

还有一个更凶狠,
他到远方各地遇着魔鬼妖怪,
魔鬼要吃他,
他一把把魔鬼脖子提起来一脚踩,
踩得魔鬼碎糟糟,
他的名字达舒啦见洒腊,
一切向召波啦负责,
他随时不离召波啦身边。

还有一名真漂亮,
本领高妙能升天入地真正巧,
全勐都惊奇佩服他,
此人名叫巴啦尾宰。

还有一名也漂亮,
没有谁能比得上他,
有本领打仗向前冲,
能使敌人看不见他的身体,
他的名字是宰雅梯。

又一名生得很标致,
串山打猎用手抓,

不管豺狼和虎豹,
不管大象和犀牛,
捉了放在口袋背回来,
他名叫巴腊哈它。

还有一名叫弄竜,
小时候去串山,
背支火枪有千斤重,
火药一次要舂五百斤,
带在身上去打猎,
逗着①大象开枪打,
打得老象粉身碎骨。
官名巴鲁它西纳,
他随时守着召波啦不离开。

还有一个生来大力气,
他去串山砍柴用手拔树为柴,
大树周长四十个拳头也能拔起,
连根连叶抬回家,
大树长处一百丈还要多,
名叫敢达果大力气。

八个卫士守着召波啦,一时不离身,
手拿二十丈长的大刀,
厚有八个手掌拼起来,

---

① 逗着:云南汉语方言,意为"对着"。——编者注

刀把长七索①还多，
刀宽有一索零一掌②，
个个一样护卫着，
召波啦对他们很爱护，
召波啦为王威武无敌于天下，
但还要有王后做伴侣，
召波啦是个年轻漂亮的国王，
下令派人出外寻找，
找遍勐巴腊和远方，
没个姑娘独配得上召波啦，
派出寻找的人找不到，
日夜不停地跑回来报告。

话说有个地方叫勐西丙，
位置在很远的大海边，
那里的皇城有高高的三道城墙，
城墙用砖砌，
墙头有莲花瓣的花纹。
城内市面繁华，
生意人来往买卖不断绝，
这里是个大地方，
人口稠密，国强民富，
有个国王住在此，
威震勐西丙，

大小各个勐都来建立友谊关系，
互相帮助你来我往，
很多侍卫都来保护，
还有皇后宫娥彩女坐满宫廷，
共有一万六千人。

皇后喃间达为首的很多人，
天天与国王做伴，
她生有很漂亮的七姐妹，
大公主名叫喃章巴罕，
住在宫楼柯帕萨上面。
第二个生来性情温柔很美丽，
名叫喃叮坎坎戛木算。
第三个生来又白又嫩，
名叫喃戛亨戛叫，
肉色好看，头鬓细长又柔软，
脸面藏笑颜，没有谁比得上。
第四个刚长成姑娘，
肉色红润亮悠悠，
五官端正，身体好像美玉无瑕。
第五个身体苗条腰细软，
好比眉毛细软，
说起话来好像八哥鹦鹉叫，
走起来好像孔雀翩翩起舞，

---

① 一索就是一手肘，相当于30.48厘米（一英尺）。
② 一掌就是拇指与中指伸平间的距离，相当于五市寸。

身腰柔软脸粉白,
真是惹人越看越想看,
名叫南叫香罕。
第六个她是皇家子孙后代,
生得如同天仙下凡,
说起话来非常动听悦耳,
肉色白得像刚剥开的笋子嫩生生,
时常逗人看,
看得人越看越喜欢,
名叫喃腊窝董。
第七个叫喃英邦,
年纪刚满十六岁,
生得饱满乳突出,
没有对象没有哪个守,
刚刚长大成姑娘,
清秀洁白没有哪个比得上,
国王爱如眼睛珠,
盖有宫廷宝座帕萨叶,
镶有金银和宝石,
金光闪闪耀眼睛,
赐给喃英邦居住,
深居闺中没有谁能够接近,
国王才放心。

这件事传播到一百一十个地方,
听说国王召西维啦有七个公主,
生得个个一样漂亮,

最后一个美丽如同天仙,
谁见了谁就说她就是天仙来下凡,
一百一十个国王都来向她求婚,
希望得到美丽的七公主,
一百一十个求婚使者一齐到,
个个送礼来求婚。
此时国王犯难不好来答应,
恐怕以后发生灾和难,
各国使者为了求得久久不走。
话说召波啦听到了这件事情,
勐西丙国王生有一个美丽的公主,
名叫喃英邦,
国王心中非常高兴和满意,
公主不见面单听美妙的名字就爱上,
马上下令各大臣、头人筹办礼物,
有牛马牲口和大象,
有金银财宝和首饰,
绫罗绸缎样样有,
还有槟榔和绿叶,
开成礼单附上会函,
派大臣前往送上。

使臣日夜上路不消停,
同往随从有很多,
大家匆匆往前赶,
使臣骑大象,
随从侍卫骑马行,

百姓走路在后跟,
一路很热闹,
分成前后几组行,
走到哪里天黑哪里歇,
不论森林草块,
扎下营盘来过夜,
吹笛吹箫闹嚷嚷,
不分日夜来赶路,
足足十月才到达,
在勐西丙城外安营扎户,
人多热闹个个笑开颜,
称道此地很好在。

喃英邦深居闺房中,
当晚梦见天神下降来闺房,
一觉醒来心中惊喜怀疑,
不对谁说话闷在心中,
第二天早晨完全清醒后,
对梦中情念念不忘,
时时等待着想实现。
旭日东升照楼窗,
喃英邦推开窗子,
身倚窗台沉思眺望,
望见城外有一营盘,
那是召波啦使者驻扎的地方,
喃英邦第一次看见,
心里很喜欢。

第二天天刚亮,
使者进城开始求谈,
先向老宰相探问,
详谈筹办礼物求婚事,
请求宰相转报国王,
宰相听完即时引他见国王。
到宫廷先见各大臣,
一一送上见面礼,
大臣互相询问为何来,
到此客人有很多,
需要什么说出来。
使者答话说:
"我住在远方勐巴腊,
因为我们国王还没有皇后,
他刚刚长大年纪轻,
单独一人没伴侣,
英俊标致的少年名叫召波啦,
听说西丙国王生有美丽的公主,
就像一根檀香木风吹香气传各方,
传到勐巴腊,召波啦也嗅到了香气,
因此才派小臣来,
要求要把这朵香花摘到勐巴腊。
请各位大臣转达国王允许,
希望两国结姻缘,
但愿永远结联盟。"

国王知道此情形,

心中做了长远打算,
开口说勐巴腊的使臣们:
"既然你们备好礼物来求婚,
本王愿意许配公主出宫廷,
你们不要有什么顾虑。"
国王说后众大臣举手庆贺,
庆贺两国金线不断接起来,
永远联盟不分离。
正这时喃英邦的狠心哥哥召戛尾
站起来说:
"各位大臣此事我不准,
若要将妹妹许配给勐巴腊,
坚决不能行,
因为先到一百一十个国王还等着,
为什么后来者得许配呢?
勐巴腊是个奴隶的国家,
万万不能许配,
如果真的要,可将我的奴婢许配他,
这更适合你们的国王,
得了以后赶快走,
你们不必想等待,
你们福气没有我们的高,
你们好像最低级的乌鸦,
乌鸦还想配凤凰,
那只有睁眼望,
你们福气小只有睁眼看。"

戛尾说话太毒狠,
摩拳擦掌太疯狂,
大叫大喊闹宫廷。
"如果你们真的还想要,
拿出大象来斗架,
双方开战定输赢,
如果你们取得胜,
可将我妹许配去,
如果你们失败了,
不但不许配,
还要你们的老命,
如果是男人汉可来决一战。"
勐巴腊使者听了此种欺辱话,
心中气得只发火,
拍手跳踢叫出走,
搂起裤脚别腰杆,
露出大腿花猫印,
搂手袖鼓眼睛,
气得脸红又发黑,
咬得牙齿咯咯咯响,
拳头捶桌震宫廷,
看样子气凶要杀人。

"我们是奉国王命令来,
不是任何下贱人,
我们照着礼节来求婚,
没有违反古规的罪过,

为什么口气这样硬？
开口就说要打斗，
我们是勐巴腊的人，
也是国王召波啦的子孙，
我们国王也是登宝座，
你们这些我不费吹灰之力就能对付，
明后天我们转回城，
要将情况报告我王，
召波啦得知后一定准备来应战，
派出兵马九千万。"
使者说完气愤地走出宫廷，
此时西丙国王、各大臣静坐叹息
不开腔，
个个在发愁。

使者出宫到公主的闺房，
向公主朝拜，
将礼物首饰送呈她，
连同召波啦的情书一起呈上。
公主接下情书细心看，
看得眼花缭乱身心软。
"勐巴拉哥哥听说勐西丙国王有美
丽的公主，
是勐西丙最好的宝贝，
谁都会说她价值高，

可以值得十万个地方，
颜色漂亮得光芒四射，
压盖在世界上。

"召波啦哥哥，
要求拴金线①，
这个理想是不是能实现？
是否远方的王子先来拴了金线？
是否将妹妹关在宫廷内？"
公主看了后心里感到很喜爱，
喜爱很有本事很有学问的召波啦，
时常挂念在心中。
公主用心来写回信，
情书写好封得紧，
还戴上一对金手镯，
还有一块绣上凤凰的手巾，
准备齐全后，
交给来人带回去，
还送给来人
一些路上吃的东西，
又送给所有来人
都有穿的东西。

来人得了这些东西后，
离别了公主转回去了，

---

① 拴金线：指结婚时要拴线，官家拴线是拴金线。

第二天黎明离开了勐西丙,
日夜不停往回走,
十个月满了才回到原地。
到了巴拉金城后,
各事安排好后开始休息,
老使臣带起礼物和书信,
进宫廷朝拜召波啦。
召波啦说:
"你们去了很久,现在回来了,
已经二十个月了,
到那里事情办得怎么样?
快快将情况报告给我。"

使臣将情形报告说:
"我王在上请听我言,
小臣为首带领人马到了勐西丙,
时间也很长,
遵照我王的指示,
将礼物献给了勐西丙的国王,
并向国王说我王要向公主求婚,
西丙国王开口说许可,
小臣听了很高兴。
不久公主的哥哥,
出来说话,
说些两国伤感情的话,
他不准妹妹出嫁,
并夸口说两国来决一战,

他骂'勐巴拉是最下贱的,
你们想得公主那是不行,
还有一百一十个国王都还在等着,
还没有许配任何人,
为何你们胆子大口气高,
你们可来和我比本事,
如果你们还想要,
只配得上我的奴婢'。

"他说了以后,
在宫殿大发脾气,
小臣听了很气愤,
当时大声向他反对了几句,
卷起袖子,
用头手在宫廷里的柱子上打击了一下,
声音震动了整个宫廷。
当时我离开了宫廷,
去到公主喃英邦的楼房,
将礼物和情书送上,
公主亲自来接受,
念了情书心中明白。
公主重新又做了回信,
又带上了礼物,
现在小臣来将它献上。"
召波啦听了使臣的报告后,
接受了礼物和书信,

并将书信来念，
念后心里非常喜欢和想念公主。
书信里说：
"此事情王子不必发愁，
公主现在还没有许配，
王子如有心想娶，
请快快派人来，
时间不能再拖长了，
希望两国来联好，
好像金线结得牢①。"

召波啦念书信，
愈念愈高兴，
又想到公主的哥哥出口骂人，
他不但生气，
而且举手要动武。
召波啦说：
"他有本事要斗，
我也不甘示弱，
他要骂我是下贱人，
他的口气真不小，
有本事的可以互相来赌斗，
他们才是最下贱的，
可以看将来的事实，
有福气的人是可以得在一起的，

总有一天得到公主来同床。"

召波啦听了以后，
召集大人、头人来议事，
还有一个大臣勉达先，
他有远见的本领，
此事向各大臣说明，
急急下令快准备，
想办法做好准备工作。

5

（第五本贝叶经）

勉达先听到这样说，
所以就跑来向国王报告，
说："这事国王不用心焦，
由小臣来办理吧，
我要尽自己的力量来办，
这个理想是一定能实现，
一方面是我王福气大，
一定能战胜一切。"
他说了后走出宫廷，
回到家里，
将木头来刻成大猴子，
刻了一百零一个，

---

① 扭在一起的意思。

一个刻得有一人高,
又有獠牙和尾巴,
有白毛和胡子,
脸突出得鼓鼓的,
牙齿需在外面,身长有四索,
个个都刻成了。

有本事的勉达先又来刻凤凰,
凤凰身子宽一百丈,
横的两边轻垂一样平,
做好后将所有的猴子放在里面。
他又去向国王辞行,
并望我王的福气来帮助,
由宫廷下来就调动人马大约一百人,
进到凤凰的肚子里面,
装好后就来找吉祥的日子,
未出去以前先用卜卦来计算,
算出一生会得到公主,
当天大家非常热闹和喜欢。
日子找好了,
一切都放进凤凰里面,
举手祷告希望四方神明来帮助。

祷告后勉达先念动咒语拉动了凤凰,
凤凰起飞到空中,
看起来非常威武壮丽,
全勐巴拉很多人都来看热闹,

人群黑压压一大片,
大家举手祝贺,
热闹的声音要动全勐巴拉。
大家都看见勉达先的本领,
勉达先能将凤凰腾空而飞,
拉起来飞得更快,
里面装得一百多人和许多猴子,
拉起索子飞上天向前进。
向勐西丙飞去,速度很快,
日夜不停地飞,
飞到了勐西丙,
下午就到了,
凤凰停在半空中,
到半夜人睡静了,
他们才下来。

当即跑向公主的楼房,
这时其他人还在睡梦中,
勉达先就跑进公主的室内,
见到处有鲜花,
他就掀起帐子,
见公主正睡得很甜,
他又念咒语又撒花,
其他人都迷得不会醒。
宫廷的所有的人都不知道,
勉达先就抱起公主喃英邦,
连同公主的侍女、用器都带走,

只要喜爱的东西都搬进凤凰里,
搜得宫廷内空空的,
又将带去的猴子放进宫廷内,
公主的床都有猴子去坐,
老猴子白尾白鬃像一百岁的老太
婆到处跳来跳去。

勉达先又拉起凤凰往回飞,
在空中腾云驾雾,
向勐巴拉飞回,
有神明来帮助,
天将亮的时候,
就下降到勐巴拉,
下到城里的召波啦的宫廷,
全城的人都还没有睡醒,
将公主和其他用器、侍女都搬到
宫廷里,
招待得比在勐西丙还好。

天大亮后,
公主醒来见了召波啦,
公主很着急就昏过去了。
召波啦走到公主身边去,
召波啦摸公主的胸口,
眼泪流下来,
心中很难过,
刚见面就死了,

不知道是何原因,
要如何才能将公主救醒。
"公主呀,
你为何将我丢下?
你刚到还没说一句话,
手还没有握过,
不知道你是好是坏,
现在你死去真是太可惜。
公主你生得真喜人,
你刚刚长大,
有谁有药来搭救,
能使我二人团圆为夫妇。"
召波啦举手来祷告,
祷告神明来搭救。
"还有龙王也希望来保佑,
还有观音也请来帮助,
如果我以后成佛得道,
希望各神明来保佑,
希望有仙丹来搭救,
希望公主快快醒来。"

天神受了祷告,
就向人间看,
就起了善心,
将仙水浇在喃英邦身上。
喃英邦即时醒转,
公主醒过来,

一切都好。
公主就拜见召波啦，
并说："是何人将我带来这里？
此地是什么地方？
路程是多少？
我出生后从来未到过，
我昨天还在父母的身边，
今天突然离开了，
要说远一夜又到，
要说近又从来没有见过，
到底是如何？
请快快说明，
是否天神把我偷到神间？
此地是不是仙境？
是否龙宫太子将我偷来？
此地是不是龙宫地方？
请国王快说明，
国王的名字叫什么？
如果不说明，
我将要死了，
我现在心中真愁闷，
我家中父母不知如何在寻女儿，
父母也将气死，
这个罪过不是我，
是因为国王将我抢来。"

召波啦开始答话：

"我不是天神降到人间，
我不是水底龙王到人间，
我就是国王召波啦，
曾经将礼物送到公主处，
现在理想已实现，
得了神明的帮助，
公主已到了我身边，
我不是什么狠心的恶人，
我不是有心强占别人，
我不会造下罪孽连累父母，
本来希望好，
派人先去求亲，
但你哥哥夏尾，
他不但不允许还要来打斗，
他开口说大话，
他不知罪过，
他说话很难入耳，
我才派人去送信，
公主也有见我信，
现在我有了本事将公主接来，
目前没有什么可说，
大家百姓都喜欢，
安安乐乐过日子，
也不像别处争夺有战争。"

"公主呀，
你不要哭，

不要怀疑和顾虑,
我俩是姻缘注定,
定要与公主同床在,
成为皇后参与办国事,
威武震天下,
百姓过太平,
各地头人都来服从我。"
小两口互相说了后,
各大臣、头人抬有礼物来庆贺,
庆贺国王和皇后平安无事,
头人按规矩给国王和皇后拴线。
拴线仪式举行了,
开始赶摆,
十分热闹,
祝贺的歌声、笛声到处响,
锣鼓敲得响,
歌舞一起跳,
还有戛拉萨和箫笛。

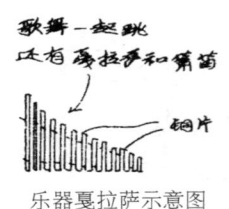

乐器戛拉萨示意图

召波啦自娶了皇后,
还给有功的人奖发东西,
奖赏的东西有银又有金,

吃饭的东西也样样有。
还要奖赏有本事的勉达先,
封给他做一地之官,
一切税政由他主宰,
照礼节一年收起十万斤,
国事以他为主,
享荣华富贵谁也比不上,
银满库,金满仓,
牛马大象关满厩。
同去的那百人也论功奖赏,
个个升官不离国王左右。

召波啦和皇后真是天生一对,
夫妻恩爱很甜蜜,
日夜形影不离在宫廷,
两人一同执掌国事,
威震勐巴腊,
百姓安居乐业,
别的国家都依靠很有福气的国王。
话说勐西丙,
被勉达先偷走公主后,
大家昏昏睡未醒,
一夜到黎明。
天亮了,睡觉的人全都醒来,
来往的看见宫廷已是一空,
不见人出进开门,
门紧闭不听响声,

当时人喊乱糟糟。

此时众人跑去将门打开一看,
见满宫廷都是些猴子,
众人冲进公主的闺房,
齐声喊:"公主不见了,
是谁在此放猴子?"
猴子听了响声龇牙咧嘴,
冲进来,
看样子很害怕,
个个伸舌头,
大家害怕跑出来,
赶快禀报国王,
奔走相告准备长刀将猴子杀,
人不能过多,
人过多猴子吓跑找不着,
选择精干人一百个,
进到宫廷内,
大声叫喊吓唬它们。

猴子听了冲过来,
张开嘴巴要咬人,
嘴巴咬得吱吱响,
把人咬得东倒西歪。
所有的忙不得砍杀,
有的咬着肋巴到头,
到处咬得乱乎乎,

好像用火来烧过。
猴儿动作快如闪电,
精干人都几乎死光,
他们害怕纷纷逃走,
向国王报告:
"启禀我王,
现在公主的闺房里面没有人出进,
照旧冷清清,
小的看了很怀疑,
跑去闺内叫公主,
不见公主到何方,
单见猴儿在满房,
到处叫,到处喊,听不见回声,
只见猴儿追过来,
小的害怕就开跑,
因此赶来报我王,
一百多个人去斗打,
都被猴儿咬死光,
尸首堆满堂,
请国王派兵征剿,
非把猴儿肃清掉,
最后再把公主找回。"

禀报国王还未把事情说完,
又有一个跑来报,
全身鲜血淌,
周身塌皮塌块,

鼻子嘴巴都缺掉，
单露牙齿在外面，
他也将详细情形向国王报告。
国王听了怀疑在心，
马上调动戞尾大儿子，
戞尾听了父王的叫喊，
急忙来见父王，
听了父王的指示，
认为小事没有什么了不起，
选择护卫精干人大约一千个，
穿好甲胄要出战，
拿起杆子和长刀，
个个抬刀枪，表现很勇敢，
头戴铁皮帽，
身穿咒语符词方格衣，
穿有红条裤，
这些人出战经验丰富又勇敢，
穿戴好就走到公主的闺房，
将闺房里里外外来围起，
规定层层守卫不能离开。

以戞尾为首进攻猴儿，
个个紧张又慌乱，
戞尾见着不敢动，
即时跑回家中去，
心中很着难，
武士斗不过跑回来报国王，

国王感到此事很惊奇，
从来未见过，
公主无影无踪不见了，
连公主的婢女都不见，
国王气得很伤心，
皇后哭得死去活来。
"哎呀呀，我是真命苦，
亲生女儿不见了，
我儿在时很热闹，
如今突然不见很寂寞，
为什么？不知道是何原因。
房中完全变猴子，
莫非妖魔变成老虎来吃掉？
莫非女婢都吃掉？
莫非我儿变成猴儿守床边？"

皇后哭后，国王下命令，
调动大臣、头人来集中，
向猴子迅速开战，
调动各地武装，
炮声隆隆锣鼓响，
调动了千百万人马，
威势震动了勐西丙，
到处设营下房接连不断，
人马向猴儿开战，个个勇往上前，
猴儿杀不死，
杀一个又变成两个，

猴儿越杀越多，更比以前凶狠，
个个龇牙咧嘴，很害怕，
跳过来抓人背，纵过去抓人腰，
抓头满面塌皮流血，
又咬眼睛又咬脚，
由脖子直咬到肚皮，
咬死的人堆成堆。

国王的人战不过退出来守卫，
分组分批轮滚打，
前后共打了六年，
死了好几万，
伤亡惨重连忙向国王报告，
向戛尾报告说：
"这些猴儿大概是妖魔出来吃人扰乱，
大家不想再战，
请求免战，
如果人与人打，多大的战火也不怕，
象斗象，人斗人，也要冲锋向前，
现在开战实在无法，
杀它一，它变双，
咬死了很多人，一定妖魔来变。"
国王没有办法，
只是天天想公主伤心痛哭，
出外寻找公主的人也来报告找不到，

正当此时来了个做生意的人，
他说：
"我在勐巴腊听到了公主的消息，
听说勐巴腊国王偷来了西丙的公主，
公主名叫喃英邦，
现在她做了勐巴腊的皇后，
我到勐巴腊的时候，
他们已经举行拴线结婚，
小的知道后特此报告。"

国王速派使臣前往勐巴腊，
想法寻找公主喃英邦，
详细查看情形，
将情形回报国王，
使臣接受命令向国王拜行，
启程离开西丙，
向勐巴腊方向进发，
日夜赶路到了勐巴腊，
在城外宿歇，
天天打听巴腊的民情风俗习惯。
他装成和尚披上黄袈裟，
背起瓦钵，拿起贝叶扇和杵禅杖，
向城中走去，
敲起月牙钟①，到处化缘到了皇宫中，
在凉亭边开口喊叫。

---

① 月牙钟：样子像月牙，和尚化缘时用来敲的。

宫内的人听到声音，
连忙跑到凉亭观看，
喃英邦也亲自跑在人群里观看，
心中非常喜欢，
公主有心要施舍，急忙准备礼物，
将食物赐给和尚，
不用侍女亲自动手放在瓦钵里面。
假和尚看清公主面，
认识清楚没有错，
他心中非常高兴，
急忙转回城外住地，
解除和尚装，
急急忙忙赶回国的路程，
将情形向西丙国王报告说：
"小的到了勐巴腊，
公主已经被我看得清清楚楚，
化装成和尚到了公主的宫殿边，
公主亲手将饭放在我的瓦钵中，
小的已看清没有怀疑的地方，
也没有欺骗国王的地方。"

西丙国王知道女儿情况后，
将真实情况告诉皇后，
皇后听了伤心又流泪，
想到从前母女的亲爱，
气得昏死过去，
在国王的面前一句话也不会说，

其他宫女同样伤心昏倒，
好像树林同时被风吹倒。
西丙国王知道了女儿的情况，
连各个宫女和头人都很想念公主，
不见公主好像活不成。

过了一时苏醒了，
国王叫喊大儿戛尾来议事，
需要儿子来代办理此事，
国王告诉他：
"你妹妹的情况现在知道了，
你的妹妹在勐巴腊，
希望我儿快快想法搭救她。"
"我的父王啊，
勐巴腊原先来求亲，
因为不准许，
他们把她偷走，
千刀万剐的勐巴腊，
我要做好准备与它斗，
儿子要替父王出力，
要烧它个乱七八糟。"
国王劝说：
"儿啊，不能轻易放火烧，
他们是个国家，
有头人也有百姓，
又有智慧的人来把公主偷，
把猴儿放给我们，

还没有本事制服它们,
不必说还要向他们打斗,
恐我儿会受灾难,
可用和平方式建立友谊,
希望两国结成一片,
如果我儿去把事办顺,
应该急回国。"

戛尾听了父王的交代很生气,
以为别国是欺侮,
一时不听父王话。
"勐巴腊是来偷抢人,
他们应该个个吃刀枪,
死尽杀绝才甘心。
我决不能饶过他们那些死奴隶,
不得斗到底不算大丈夫。"
戛尾说过后,
舞手跺脚,恼怒发狂,
手持矛盾和宝箭,
将本领耍给大家看。
他能腾云驾雾到空中,
大家见了举手祝贺,
同时感到惊奇,
他的本领真高明。
还有一个老头人,
他也跟着飞上去,
比戛尾飞得更高,

遮了太阳。
两人在天空比赛试验,
比赛完毕降下来,
放下矛盾和宝箭,
一手擂动大鼓震天响,
希望父王快下令,
调动各处人马需要踊跃参加。

6

(第六本贝叶经)

召戛尾调动人员准备武器,
鸣礼炮震动全勐,
城内城外各头人,
都要调动足一千,
穿起戎装和械备,
又有象队和马队,
共有六万四千多。
步兵车兵有一万四千,
大象都配上金鞍,
骑象人掌握象钩朝前走,
连续不断跟连走,
马队备红鞍和银辔,
车队配皮条又载弓弩箭,
整齐庄严很威武,
步兵要跟足一千,
戴起铁帽,手持矛和盾。

军队很多忙出发，
数目约有一个阿贺，
找好黄道吉日准备出城。

黄灰冒得全城阴森，
有个头人西腊朝前走，
出了皇城浩浩荡荡往前进，
其他国家也来帮忙，
其中有个国王召昧浓，
他住在大海边，
带领两万多人马，
抬有白绸做的旗子，
正有很多王官和头人，
总数一亿多，
人多好像下雨时水涨那样拥挤，
只听得鼓声锣又响，
铜笛铜箫吹奏得更悠扬。
还有一个勐哈董国家也出来帮忙，
骑着象，抬着伞帐，
鞍子镶有美丽的宝石，
人马有三个阿贺，
老象有十万多，
走得拉噜拉暖①响。
精干的部队朝前走，
各个国王在后跟，

马队随后走，
马蹄踏得腊隆响，
黄灰冒天空。

还有一个国家叫夏它拉，
住在大地方勐帕董，
人马有一百多万，
骑象撑伞帐，人马满路行，
鸣锣打鼓，
人群多得像云彩，
遮了半边天。
戛尾调动人马完毕，
所有人马朝前走，
他在最后押，
骑大象，撑伞帐，
配有绣球和花边，
前后人马共有八个阿贺，
拉二胡，吹笛箫，热闹护送，
人山人海数不清，
人马连连不断塞满路，
快马加鞭急速行。

又有一个叭不尾底哈的国家，
知道戛尾派人来，
他没有一点紧张，

---

① 拉噜拉暖：脚步声。

也不开口答复,
各人坐着不说话,
戛尾恼怒即时调动人马准备开战,
个个能干杀冲锋,
戛尾想得他们来帮助,
需要即时快快来,
打仗完毕要偿钱。
他们叫喊持枪前进,
尾底哈的人不投降,
戛尾看到这情况起恶心,
走出堡垒就开战,
双方战得不分胜负,
坚持打了好多日子,
扎在尾底哈将近三个月,
枪声炮声打不断,
闹得三年不安宁,
很多百姓受损失,
个个痛恨战争,
地方闹得空空如洗遭饥荒,
百姓损失惨重去报告国王。

国王无法再打只好投降戛尾,
戛尾受降后,
调动尾底哈的所有人马,
调出八个阿贺,
将尾底哈的人都扫得一空。
现在,

它单独孤立了勐巴腊。
召波啦自从得了公主后,
心中有事放不下。
"现在戛尾哥哥要来打,
听说他要来踏遍地方,
他有本领我必须做防备,
不让他欺侮。"
召波啦单独这样想。

召波啦急忙下令整理全城,
城外深沟堡垒加宽加高又加深,
城墙砌得有七道,
宽广的勐巴腊都准备周到,
层层炮楼密匝匝一眼也望不尽,
城外挖有护城河,
水里栽有莲花和水草,
还有鱼儿和鸟儿,
还有蛟龙和鳄鱼,
水中游去游来会吃人,
还有大蚂蟥和吸子,
它们能抓吸老象和水牛,
如果谁人一进去就要被吃掉。

勐巴腊经过一整理,
就像天空的城墙堡垒一样威严,
准备齐全,所有人马调进城,
声音嘈杂如赶大摆,

人马多得有十二个阿贺，
个个精干又勇敢，
等待敌人来开战。
召波啦把城整得很坚固，
戛尾带着人马到来了，
他们到了勐巴腊，
人马到处驻扎守卫。

戛尾催动人马进攻，
枪炮声日夜不停响，
头人加强堡垒来抵抗，
人人叫喊："我们是勐巴腊的人，
你们来欺负我们，
你们大量拥进来，
你们从何地方来？
你们来打仗人太少了，
你们来做生意那还算人多，
你们的服装不是打仗的，
你敢来试试看，
你们注定要死，
明后天我们报告国王召波啦，
我们的人要包围你们，
要来攻打你们，
希望做好准备。"

戛尾的一头人说：
"我们是勐西丙大地方的人，

我们是来杀你们的波啦，
波啦是偷人的大贼，
我们一定要杀死他，
你们地方不够打，
我们人才少来些，
我们来的人有一百一十个阿贺，
如果你们害怕就赶快让开，
你们地方是很小的一个户子，
不够我的打，不够我们下手，
你们赶快让开。"

双方骂来骂去，
戛尾的人冲过来了，
他们骑着大象和马，
互相打了七个月，
勐西丙戛尾差不多要失败了，
双方死了很多人，
每边都死了一个阿贺的人，
双方退下来休息，
他们休息了好一段时间。
波啦部下跑来报告：
"戛尾的人来攻打我们，
现在地方很乱，
戛尾仍然很勇敢，
他们继续向我们进攻，
他们到了边界，
我们继续派人同他们作战，

我们白天黑夜都打快有七个月,
现在请国王派人支援,
追赶他们走。"

召波啦听后说:
"戛尾来攻打,你们不要堵他,
让路给他来,
不过你们的妻子、儿女、家具、
物什要藏。"
波啦部下那人,
回到地方向大家说:
"国王说要我们让开,
把家属搬到别处去藏。"
那地方让出来了,
戛尾看见路途上没有一棵刺了,
戛尾知道勐巴腊无人再抵抗,
戛尾到处冲进去,
不见勐巴腊的一个人,
说:"勐巴腊的人怕死,
他们都让开了,
我们吃的东西丰富了。"

戛尾的人都冲进来了,
来的人很多,
象和马都挤满了勐巴腊的那个地方,
他们到了那地方的边界,
住在边界的勐巴腊百姓很害怕,

急忙向波啦报告,
要求国王赶紧派人去攻打,
不能耽搁了。

召波啦得知消息心里很喜欢,
告诉头人、百姓:
"我们不怕战火,
我们要敲锣打鼓来赶摆,
喜喜欢欢让百姓住下来,
让百姓不要害怕逃跑了,
我们要去打他们,
百姓只需随随便便赶大摆。"
老百姓知道后,
到处赶摆,到处唱,到处跳,
敲锣打鼓,没有什么惊慌,
百姓说:"我们不怕战火,
从天上飞下来的我们也不怕。"
戛尾的人推进来了,
来到召波啦住的城边边,
他们骑着大象和马匹,
有很多人,
那地方暴风雨前那样遮黑了,
他们的人出动就像蚂蚁走动大排,
他们打枪打炮,
波啦城周围都听到枪炮响。

戛尾派人各处包围了城市,

戛尾的人没有一个灰心，
戛尾下令各处碉堡做好准备，
第二天早上攻城市，
每个人不要懒不要退。
"东方由叭昧浓带头，
领着叭哥桑比、叭昧来冲进去。
南方有叭叫、混亮凶底、倒尾谢、
叭江章讽，
他们要去支援召底尾，
你们要好好服从我的话不能违抗。
东南方尾底哈李太爷，
还有个汉族文书老马，
还有叭烘罕，
还有叭戛吕，
还有叭戛西，
还有塞板，
还有叭硬蔬，
还有叭雅达戛西腊，
他们这些人一个跟一个从东南方
冲进去，
北方让给我冲进去。"

到处人马准备好，
到处只见戛尾的人，
路也在满不能行走，
勐巴腊的人看见，
急忙把门闩起来。

到处听见人的声音，
天空像浓烟遮蔽一样，
黑下来，
这样大的战火，
从来没有见过。

戛尾各方面都布置好了，
写信给召波啦说：
"勐巴腊，你们是贼，
你们偷了我们勐西丙美丽的公主，
我们的公主像神一样，
不能配给召波啦，
现在我们来找，
我们要拿公主回去，
我们开了战，
死了很多人，
现在我们要冲进来拿公主，
不在今天就在明天就要冲开，
你们怕死就赶快拿公主来还，
还没有死之前，召波啦，快快来报，
来报本王戛尾，
你们等着瞧，
我们要像火灰一样踏烂你们，
你们现在还不知道，
我们要把你们像鱼一样围起来，
明天上午你们一定要死，
明天一早要把你们杀得尸首横满地。"

戞尾写了封信派人送给召波啦,
召波啦写信回答说:
"你们一百一十个地方的头人,
最好战争的你们,
你们要来侵略别国,
到时间你们一定要失败。
按经书的道理,
你们的头要断成两截,
丢下你们的儿女哭泣,
丢下你们的地方空虚,
你们不要听戞尾的挑唆,
他是个愚蠢的人,
他欺骗百姓来送死,
你们应该回家去,
关于我的皇后是天神赐给的,
我不去偷谁的,
你们有自己的妻子,
听说你们妻子是猴儿,
谁也不要你们的,
我的皇后你们不要梦想。"
信写好,召波啦的人用箭射去,
对方捡去报告戞尾,
戞尾看后发怒下命令,
各路人马做好战斗准备,
炮声响,战鼓打得哈哄哈哄。
双方人很多互相践踏冲进城,
大象怒吼,战马嘶叫,

走起路来响得腊噜腊啦,
开枪射击都拢来,
听从命令,服从指挥,
戞尾的人把城墙围住,
围得水泄不通,人不能出进。

城外还有一道河,
河中有着会吃人的鱼巴丁木,
还有眼睛大角发亮的蛟龙,
声音叫得哗阿响,
跑出水来追咬人,
到处水塘都在满,
张开嘴巴等吃人,
他们到处来往如穿梭,
吃了很多人肚不饱。
那时打仗的人,
看到这情况急忙退回,
将情况告诉戞尾说,
他们冲进被巴丁木和蛟来追咬。
"真困难呀,
我们被蛟龙追咬,
有的被咬成两半,
有的被咬去了手脚,
没有办法,只有把石头堆在水道中,
填平成路容易走,
各路负责各路的,
只听得挖土的声音到处响,

挖起碎土来填坑，
又搬大石来盖上，
只要随心所欲来填平，
到处石头都搬光，
弄得个个人头昏眼花，
没有时间得休息，
三个月的动工，
水也填不干，
把人弄得精疲力尽，
个个面黄肌瘦，
将困难报告戛尾，
太困难呀，没有办法填，
水深得不能工作。"

戛尾听后心中大怒开口说：
"召波啦是贪心人，
将我们公主来抢去，
召波啦是乌鸦想配凤凰，
阿呀呀，这种人都想天仙来配成，
背过失的这种人死去在眼前。"
他们互相争吵这样讲，
开枪不停地射击，
戛尾督促人人打冲锋，
要把城市来侵占。
战士骑战马，
大象齐怒吼，
弓弩阵阵响，

震动天空真害怕，
大小长短一齐向城发，
城墙倒塌垮下来，
进攻的声势咔嚓咔嚓响，
好像要吞没全城一样。
有的打炮放弩箭，
声音响得炸炸震天空，
有的做成星宿往天放，
有些人放鬼火，
各种各样都齐全，
这些都是打仗的工具。

打仗的人简直没有停歇的时间，
多少打仗人忙得不可开交，
人多拥挤在一起，
人声嘈杂得腊噜腊啦，
有的人歪歪跌跌奇形怪样，
戛尾的人威武骄傲得好像要拉下
天神，
震动大地，
好像雷要劈。
此时的大战是要攻下城池，
声音响得哈哄哈哄，
天下都暗没得无声无息，
戛尾亲自来冲斗，
威逼武士杀冲锋。
话说召波啦，

他有一个力士抱起大象甩出去,
丢进敌人的营垒,
掉下来把人打得东歪西倒,
说道:"你们要吃肉就吃老象肉。"
还有一个力士,
抬起大岩石,
岩石比大象还高,
甩进敌人的营垒,打得敌人遍地死,
说道:"你们如果要煮象肉吃,
我送石脚给你们用来煮。"

还有一个更大的力士,
拔起双人围的大树,
舞起丢进敌人的营垒,
并说"我送柴给你们",
大树打得敌人几乎全死光。
又有一个大力士,
抱起大瓶子可以装一千个小瓶子
装的水,
抬起来丢进去,
丢在大众的面前,
瓶子的水洒成一大片,
溅湿火枪打不响,
吓得众人停火不敢打,
因害怕的是大力士。
还有一个大力士,
拔起树木一千棵,

丢进敌人的营垒,
又有一个抓起千桶水,
泼到上半空,
变成大雨降下来。

敌方人马很气愤,
振作精神向前冲,
冲啊,
大家冲到城边边。
叭戛尾想冲进城冲不进,
他们知道城中力量大,
冲进去很困难,
叭戛尾向一百一十个勐的头人说:
"你们怎么想法才能夺得这座城?
唯有办法提出来,
大家不要怕不要退,
一定要想办法冲进去。"
那时大叭尾底哈走进来,
跪在戛尾面前请示,
认为:"进城去就必须砍树做成船,
用船渡过护城河,
我们坐着船一边开枪一边进,
很容易就冲进去了,
这样我们就不用退回,
这样我们就不会被鱼吃了,
我们进去时候,
敌人举枪守两边,

鱼不来咬我们，
这样进城就很容易了。"
尾底哈谈完后，
个别的头人赞同他的意思，
大家动手砍树造得满河是船，
老象和战马都放在船里，
战斗物资和武器也放在船里。

大家一切准备好，
一边开船一边喊：
"砍头，砍头，今天要拿召波啦，
今天一定要毁灭这座城，
如果你们怕死，
急忙把公主送回来，
如果你们不送性命就完蛋，
我恨你们这种该杀不得好死的人，
如果不相信，
你们与我打打看。"
当时召波啦的来人听了后很气愤，
叫了很多人烧红了沙子，
爬上城楼撒在敌人的头上，
戛尾的人死了很多，
召波啦的人哈哈大笑。

戛尾的人脸上、身上、头上落了沙子，
哭哭叫叫在不住，

召波啦的人又用石头砸下来，
一个大力士手拔椰子树，
甩在进攻的船上，
船打沉，人落水被鱼吃，
召波啦的人又用大枪追打，
人死得堆起来。
大力士一猛攻，
敌人怕得丢船往回跑，
逃脱危险，幸运返回阵地，
有的跑到阵地吓得连话也还不会说。
叭戛尾又召集一百一十个勐的头人和士兵，
高声说：
"谁有最好的主意拿出来，
提他升大叭，
还要把老象牛马财物用具连同
家奴家婢也送给他，
哪个有什么办法很快想出来。"

有个叭科董过来跪在戛尾面前说：
"不要怕困难，
我的主意比召波啦还强，
我的主呵，你不必气馁，
有我保证能使我们的人打进去，
请我主看着吧。"
叭科董说完后挑选精干的人进行整顿，

指挥大家准备打,
有些勇敢的人已经开始行动了,
他们叫喊"砍头,砍头",
城池被包围,
他们吼的吼,叫的叫。
叭科董的主意用弩打,
弩声好像雷鸣响了一千次,
两支弩箭射出去,
一支射进城,
城墙冲垮石飞起,
哪里有人哪里落,
死了很多人。
一支射到城里面射死很多人,
飞到召波啦家中团团转,
召波啦的一个大力士看见抓着它,
大力士用它揩屁股,
箭再也不能飞回去。
叭科董重新往召波啦家里发了一
支箭,
那支箭没有射中人,
被另一个拿丢了,
如果不是佛祖的佛气,
那么要死很多人,
因为有了佛祖的佛气,
才能把箭抓掉。

由于箭抓了才没有打着召波啦,

那支箭是神箭,
叭科董发出后没有收回来,
大发雷霆很气愤,
他向天空发了很多箭落下来好像
下大雨,
他的箭都被召波啦的人抓住了,
再也收不回。
叭科董没有别的箭,
心里很气馁,
那时又有个头人叭森戛它帕萨,
出了个主意念咒语,
咒语一念出来很多毒蛇进城去。
城中到处都是毒蛇在,
到处追着要吃人,
城里的人很害怕,
急忙向召波啦报告说:
"绿色的蛇又大又长,
嘴是扁扁的,有獠牙,
身体像老象皮子起黄纹,
毒蛇多的不知有几万,
精干的人也抵挡不住毒蛇的追。"
大喊大叫向召波啦报告,
要求用咒语驱逐毒蛇,
要求用秽物来克毒蛇,
坚决把毒蛇消灭干净。

召波啦的头人用石头念咒语一吹,

石头变成比蛇还大的老鹰,
很多老鹰很快争着吃毒蛇,
毒蛇骇得集中堆起来,
老鹰死死不放过,
毒蛇逃的逃,死的死,
有的被吃掉统统完蛋了。
城内的百姓安定了,
大家认为是召波啦的福气,
是那头人的本领,
全城的人方得安宁。
戛尾的人办法穷尽,
又来向叭戛尾报告说:
"我们不能容易夺得城,
敌人的办法有很多,
我们出了很多办法也是被敌人战胜了,
那头人的主意已经完了,
希望我主戛尾重新指示想办法。"

7

(第七本贝叶经)
头人叭森戛它帕萨向戛尾报告说:
"我的主意已用完,
只有希望我主想办法。"
黑心的戛尾无法只好悲观失望,
下面的各路头人商量说,

各路负责坚持攻不破不退,
各路想各路的办法坚持,
如果谁退一步要将他砍头,
这件事一定照这样执行。

这时叭戛尾大怒,
一百一十个勐的头人静静听着,
急忙调动人马,
武士手持矛和盾跳跃往前冲,
振作精神不退让,
谁后谁就死在刀口,
朝前冲死是光荣,
在后死是可耻。
他们相互踩踏前进,
他们一点也不怕死,
人马众多不停地往前冲,
骑老象的人也一个跟一个,
头人武士一样不停息,
上下都要往前冲,
枪声炮声响得很。
头人拼命督促部下打冲锋,
武士众多城围住,
争先恐后不停留,
他们把战鼓打得哈哄哈哄响,
他们一踢一跳纵上城,
跳上城的武士滚下来掉进护城河,
被大鱼追逐当吃料,

很多武士掉进水都被鱼吃掉,
戛尾的人害怕忙逃命,
回到营房向戛尾报告说,
河中又有吃人鱼和鳄鱼,
人马死伤千千万万,
还有大鱼跳跃追逐人,
人心惶惶很害怕。

"这次打仗时间三年多,
唉,我们白白费死劲,
如今还没有攻破城,
很难想,不知造成百姓多少困难,
很多人丢下妻子饿死在后方,
家庭空空无人管,
攻城攻不破,
请我主戛尾快快做主张,
那么大的地方要快快占领。"
来报告的人有很多,
一百一十个勐的头人都来了,
叭戛尾知道后捶胸大怒,
下了坚决的命令,
命令紧急火辣辣:
"你我死尽完结不退回,
不然丢脸面害羞怕见人,
如果人马死光还是要战,
不拿召波啦的头壳做瓢洗屁股,
决不甘心,

坚持进攻一百年也情愿。"

叭戛尾边说边就手持长刀舞来舞去,
很多头人都害怕,
急忙督促人马进攻城,
枪声人声响不停,
老象震喊与嘶叫,
鼓声隆隆到处响,
督促武士坚决打,
风吹军旗飘荡荡,
弓弩枪炮声飞扬,
接连不断进攻城。

戛尾骑大象,
手持铁钩抓老象,
催促人马往前攻,
喊声步声响得腊噜腊啦,
人声嘈杂,数在百万以上,
前呼后拥跟随戛尾,
天地震动得暗淡无光。
话说召波啦,
眼见敌人冲进来,
眼见地方要失亡,
这是因为黑心罪恶的叭戛尾,
他把人民来送死,
心中不忍很可怜,
急速下令调动百姓、头人,

精干武士都调到，
同时来了勉达先。
勉达先是个有本领和智慧的人，
召波啦把一切交由他负责，
勉达先接受任务后，
刻木变成猴儿千千万万，
念了咒语叫声变，
猴儿急忙又跑又跳追咬人，
分成各路见人马就咬，
戛尾战不过，到处有猴儿堵截，
敌人支持不住忙退走，
大力士接着来追杀，
有的用木枪追着打，
尸首遍地堆，
有些人拔起椰子树，
横扫敌人一大片，
有的人拔起大树甩进敌方人群中，
死伤人马千百万。

大力士追杀敌人很有劲，
戛尾的人惊慌逃跑，
好像水退和山倒，
一场退走，另一场又扑进来，
一百一十个国家轮流日夜攻，
双方死伤人很多，
血流成河好像洪水涨，
全勐遍地都染红，

震动了勐巴腊，
好像天空垮下来令人胆寒。
那时戛尾要桑闰来斗，
还有一个刁尾督促武士去进攻，
他们一样也不怕，
他二人骑着大象到处冲死很猖狂，
整个阵地乱哄哄。
召波啦的几个大力士跑出来对打，
手拿长刀前后舞，
锋利的宝刀抬起来用力刺出去，
刁尾被砍倒下去，
连同旁边的刁武也倒下去，
砍下他俩的头送给召波啦，
打锣打鼓大摆酒席来庆祝。

戛尾损失刁尾、刁武两个人，
大发雷霆叫进攻，
召波啦的大力士纷纷出来斗，
时间过了一月多，
力士拿起大砍刀，
刀把有七个拳头相加那样长，
刀背有八个手指拼起来那样厚，
刀长有七个手肘多，
刀宽有三掌，
他们追杀追砍日夜不停，
人累了退进城内休息。
第二天又出战，

到处发兵去攻打,
人多千千万万数不清,
前面出发,后面继续跟,
人声响得阿乌阿啦,
象斗象来人斗人,
双方坚决不相让,
大刀砍来砍去不停歇,
血流成河都可以游泳,
尸首堆山互相不留情。
话说叭戛尾是有本事的人,
他骑上了大象,
忍受痛苦不怕战火伤亡,
拿着大刀往前杀,
前后有人保护着,
从敌人的中间冲杀过去。

战火进行了五六天,
一天也没有休息,
双方的力量都很强,
双方的人都很有本领,
一连几天的战火不分胜负。
有个大叭召混爽,
他住在勐邦伽,
听见叭戛尾侵害召波啦,
准备队伍支援召波啦,
敲铓敲鼓吹牛角,
急急忙忙集合人,

响天震地就出发。
老叭召混爽带头走,
人马有着十六个阿贺,
走了好几个月才到勐巴腊,
派人去报告召波啦,
召波啦派人用礼物来迎接。

去接的人是勉达先,
回到城中双方配合前去打,
勉达先和召混爽性子较急躁,
双方人马共有二十六个阿贺,
出征前他俩狂跳好像要上天,
出城后接连不断地走,
灰尘弥漫喷得多高,
不许部下发怨言,
不许部下吵嘴打架,
要求万众一心冲进敌人营垒,
他俩不怕敌人不怕打仗真勇敢,
周围有人抬着伞帐跟随,
老象吼,马嘶鸣,
声如炸雷摇城池。

出发前又鸣炮又派大力士,
分头督促士兵往前赶,
叫喊的声音腊噜腊啦,
使敌方听了很害怕。
出发的队伍没有一个开小差,

分四路向目的地进攻，
队伍中的道宰罕带领一队，
分左右两边进攻勐西丙，
他用头人督促士兵四处寻叭戛尾，
叫叭戛尾骑着老象来比赛。
"到底谁胜谁负，
我们不怕什么也不怕打仗，
我们不会失败不怕战争，
你们都出来打一打。"

宰罕的一个人大叫：
"要头，要头，
不准跑，不准跑。"
道宰罕骑着老象在后面指挥，
很多人急急忙忙像大河涨水那样慌张，
声音腊噜腊啦，
你说"哩"，我说"啊"，
老象叫，马也叫，
人马象的声音集中在一起，
人们互相厮打，
弩声啪啪地响，
斧头、刀子叮当响，
炮声也响，枪声也响。
道尾宰罕指挥士兵前进，
叫喊敌人出来象对象，人对人，
两边的人都来试试看。
大头人骑着老象，

气势汹汹一起往前走，
冲进敌人叭戛尾的营房中，
叫叭戛尾走出来。
"我们是你家爹，
我们出来打仗，你如何应付？
快来打打看。"

叭戛尾一百一十个勐的头人，
看见很多敌人冲过来非常着急，
敌人快打到眼前，
双方互相打起来，
双方都不怕，
他们骑着老象，
上下一起进攻，动刀枪杀人，
大家胆子都很大，
拥挤争先杀敌人，
双方互不相让，胜负不分。
打仗的好像赶大摆的人一样拥挤一样多，
死的人好像砍下的柴堆成堆，
血流成河淹到膝盖头，
老象和战马踩死的人也不少，
死人堆成堆，活人不害怕，
一直像水一样往前拥。

召波啦的大力士，
右手持大刀、铁钩、三铁岔，

见人就打就杀,
左手持着盾,
抵御敌人来砍杀。
他们不顾一切死活,
抓着老象甩在一边,
拔起大树往上丢,
搬起大石头往敌人中砸。
叭戞尾的人抵挡不住忙逃跑,
大力士骑着大象直是追,
叭戞尾的人看看跑不赢,
转过头来抵抗,
老练的尾宰罕继续督促部下,
坚决与一百一十个勐的头人赛打。

尾宰罕骑着条大象,
与大家一样用刀子砍杀,
他一直追杀到敌人的心窝,
他的部下见他如此勇敢,
壮大胆子不怕死活。
一百一十个勐的头人包围了尾宰罕,
用绑索俘了他立即斩首示众,
将首级献给叭戞尾,
叭戞尾敲铓敲鼓大庆祝,
高高兴兴祝胜利,
指挥士兵乘胜追击直冲到召波啦
营房下,
召波啦的人战败退下来,

由于损失大将尾宰罕,
叭戞尾的人在后直是追他们追到
召波啦的城下,
人声如雷响。

这次战火不知死了几个阿贺人,
很多人的追击震动召波啦的地方,
好像要陷落,
叭邦伽看到戞尾的人很多,
急速绕道从后面来包围,
戞尾的一百一十个勐的头人、象、
马被围在中间,
叭西拉看见叭邦伽绕后路,
不怕死活骑着老象大战叭邦伽。
双方骑着老象打起来,
他们老象先打人不打,
叭邦伽的老象跑得快,
叭西拉的老象被打倒,
叭邦伽抽出大刀斩西拉,
叭西拉被斩从象上掉下来。
叭戞尾看见叭西拉牺牲很气愤,
立即召集所有头人士兵来打叭邦伽,
有的骑象,
有的骑着马,
有的走路,
他们浩浩荡荡向召波啦的城进攻,
放炮又打鼓,

震动山城地动摇，
他们一边前进一边喊叫：
"砍头，砍头，
不捉拿召波啦，
绝不算男子汉。"

叭戛尾说：
"我们不是没有本事的人，
我们要来拿公主回去，
为了公主，我们方来进攻城，
你们是抢人的人，
战胜你们就要斩头，
如果你们害怕，
赶快拿公主来送，
你们方会有性命，
如果你们要反对，决不留性命，
要你们跪在我们面前认错。"
说完就左手拿盾，右手拿箭，
二人驾着云直升天空大叫：
"召波啦，
你有本事来空中赛打，
你是有本事的男子汉就来空中打，
在空中打给大家看，
你一来就要死，
一定要把饭吃饱，
好做个饱死鬼。"

他们在空中斗打，
光亮刺眼睛，
下面的人不能看，
看就越看越高。
召戛尾的人看见他升上天空，
高兴起来在下面厮打，
打得如赶摆一样拥拥挤挤，
只听得枪声刀声响，
只打得天翻地覆，
人死了很多，
血流成河，
很多人哭哭叫叫恐怕死在今天。

当时召波啦的一个大头人勉达先，
看见叭戛尾升上天空咒骂很气愤，
驾起云升天空绕叭戛尾转了三转，
勉达先大咒召戛尾说：
"我是天神的人，
我杀叭戛尾要给大家看看，
我一定要干干净净把你们杀掉，
叭戛尾，你以什么来压制召波啦？
我们今天一定要把你的头和脖子
分家。"

勉达先在空中大喊大叫，
叭戛尾更加气愤，
冲过来用宝剑砍勉达先，

勉达先闪身一让，
反转过来追杀叭戛尾，
叭戛尾又追过来，
两人斗得不分胜负，
在空中几乎打到天边。

在下面的人只看见宝刀的光闪亮，
只听见声音响叮当，
有时声音又像雷鸣，
声音一直响到天上，
他俩从东打到西，
从南打到北，
本领不相上下，不分胜负。
他们在空中打斗，
好像乌鸦在天空斜飞打斗，
好像孔雀在飞舞，
两人都是左手拿盾，右手拿剑，
戛尾追勉达先追得一样高的时候，
声音响得啊啊哦哦，
两人针锋相对一个也不跑。

勉达先有些疲倦，
叭戛尾趁机用力把宝剑砍下来，
勉达先即时躲闪，
用盾抵挡，
叭戛尾的剑插在盾上拔不出，
勉达先趁机用宝刀一砍，

正砍断叭戛尾的腰，
叭戛尾从空中掉下来落在人多处，
召波啦的人看见笑他无本事，
大家欢呼，整个城子在动摇。
叭戛尾的头人听见他掉下来的声音，
看见一个人砍成两截，
大头人戛文愤怒升上天空，
用了七条大象的力气，
要为戛尾报仇，
用火叉来刺勉达先。

勉达先毫不让步，
两人争去夺来，
勉达先手持剑和盾，
边挡边遮，用剑一砍，
仍然是正砍两截掉下来落在召波
啦的城中。
大家捡起戛文的尸首献给召波啦，
这件事情发生在杀死戛尾的同一
天了，
召波啦的人砍了敌人的两个头子，
大家都很高兴，
要战胜敌人了。

由于召波啦福气好，
又加上有力量帮助，
召波啦在这次战争中没有丢脸，

召波啦打败敌人,战争结束了,
向大家敲铓敲鼓宣布胜利说:
"叭戛尾自己找死上门来,
结果连他的大头人戛文两个一起死。"
大家都高高兴兴庆祝胜利,
他们敲着鼓敲着铓,
拥在一块高高举起召波啦,
大家都说召波啦的福气好命大,
所以战胜了敌人,
庆祝的人有很多,
欢呼战胜勐西丙的声音响满全城。

召波啦从战争的头到尾,
经过了很多曲折取得胜利,
从此战争告结束,
叭戛尾死了,
叭戛尾一百一十个勐的头人个个
丢脸,
大家收兵回家,
勐西丙的头子被杀,
大家都很害怕,
勐西丙乱得无法再组织,
勐西丙的残兵败将往回跑,
召波啦的人追赶堵着杀,
死了不少的人,
有的是枪打死,
有的是鱼吃掉,
有的被鳄鱼吃,

有的被蛇咬死,
老象和马踩死的人也不少,
不得饭吃被饿死的人也很多,
不得吃饭的人肚子饿得像知了的
肚子一样空空的,
有的不得吃,睡在地上,你望我,
我望你,
死的人将近一百个阿贺,
整个世界的人少了,
大地方没有多少人,
成了地广人稀。

有的妇女没有丈夫哭哭啼啼,
几乎个个妻离子散,
大家说这都是因为叭戛尾,
由于叭戛尾恶毒的野心,
打到六年的仗直到他死才结束,
六年的战争,
大家打得筋疲力尽,
如果叭戛尾不死,
不知战争何年结束,
由于叭戛尾的失败,
进攻勐巴腊的叫喊声才没有。
"如果我们没有福气,
没有天神保佑,
那么我们也早就死了,
人死了很多,
我们的勐冷冷清清很凄凉,

到处成了荒山野林没人烟,
我们总的死了六个阿贺人,
还有勐邦伽的人也死了四个阿贺,
两个勐总共死了十个阿贺人,
叭戛尾的一百一十个勐共死了
三千一百零六个阿贺人,
这些惨状都是叭戛尾造成的,
这是由于叭戛尾不听父亲的教育,
凭自己的野心造成这么大的伤亡。"

从今以后没有什么提心吊胆,
召波啦胜利,地方太平无事情,
人民生活好吃又好在,
人人安居乐业,个个享太平,
百姓杀牛宰马又杀猪杀羊,
煮酒蒸饭互相请吃,
大家敲铓敲鼓又吹箫打锣,
唱唱跳跳欢喜如狂,
他们轮流敲鼓打锣,
他们轮流喝酒吃饭,
轮流的都是各勐的大头人,
大家合掌下拜,
有人敲起了升堂鼓,
打鼓是表示他们获得胜利,
他们战胜了一切敌人。
个个头人得了封赏,
皇后不离国王身边,

一起共享荣华富贵。
有一个大头人名叫巴唎,
又敲鼓来又跳舞,
庆贺召波啦。
"国王与我们都是有福气,
现在打了胜仗,
全国勐巴腊享太平,
没有任何人敢来侵略,
我们是最有威武的国家,
我们战胜了戛尾为首的敌人,
消灭了他们一百个阿贺。"

话才说完,
所有头人同举酒杯祝贺,
这时又有叭邦伽的来人祝贺,
又打鼓来又跳舞,
歌颂召波啦。
"我们最威武的国王啊,
我坐镇勐邦伽,
名声四方传,
天天与皇后共享太平,
还有六万个宫女,
我们从小就是当官管地方,
不怕战争来威胁,
我们协助了召波啦战败戛尾,
离家时间很长久,
离了皇后也很长,

现在升职坐召波啦身边，
又打鼓来又跳舞，
举起酒杯庆贺心喜欢，
所有的人都喜欢，
敲起金鼓嘴又唱。"

他打完鼓后原位坐下，
其他头人举酒来敬他，
头人勉达先出来吃酒唱唱跳跳，
他打着鼓，
发出清脆的声音腊噜腊啦，
打鼓的内容说：
"我们英勇又强悍地坐镇管地方，
一千个国家都来依靠有福气的召波啦，
我是个大头人，
国事都由我来保障，
我的名字叫勉达先，
抢得了皇后献给召波啦，
我是一个堂堂正正的男子汉，
我不怕任何人，
当戛尾来侵略的时候，
拿起矛和盾与他斗打，
一刀砍了头献给召波啦，
其他一百一十个勐的人都来投降。

召波啦万事如意运气宽广，
他是国王，
他有一千只大象，
广大群众都服从他，
全勐享太平威震各方，
他是国王厄戛拉扎①。"

勉达先祝贺以后，
内臣来敬酒，
勉达先吃了很高兴，
双手举酒来敬召波啦，
又向召波啦拴线，
祝贺召波啦长寿，永远无人侵犯，
享荣华富贵，白头到老，
祝国王千岁，
祝国王金银堆满库，
鸣锣打鼓奏乐声响很响亮，
吹笛吹箫拉二胡。
还有戛拉萨也齐奏，
又吹海螺好几个，
还有东一场西一场的打锣打鼓人，
姑娘小伙来对唱，
非常高兴和喜欢，
过年过节的大赶摆也举行，
人人拿着手巾舞去舞来，

---

① 厄戛拉扎：他是独管天下的国王。

庆祝召波啦得胜。

召波啦举行了施舍大会，
衣服物件样样有，
出征的人个个都有份，
所有百姓也有份，
此时金两银两从天降，
撒得满地是金银，
众人纷纷来抢夺，
声音响震天，
好像云彩飘去飘来，
人声嘈杂沙沙响，
众人喜欢，个个都捡得，
大家吃过晚饭，
热闹继续不停，
金两银两下了七天才停。

话说各大臣、头人，
共同向召波啦朝贺，
朝贺有福气的国王，
召波啦没有吝啬的心，
将金银分偿给各头人，
召波啦天天施舍，有阴功，有道德，
个个头人都喜欢，
天天议事不离开国王，

早晚侍候很殷勤。
又说最英勇的勉达先，
召波啦升他为哦摆啦扎①，
他的俸禄享有全勐的一半，
这是依靠了召波啦的福气，
也是由于他有福气。

再说那叭勐邦伽，
他来协助召波啦，
办事英勇负责，
战事结束后，
又封得了比原来更大的官，
他要返回国，
人马只剩一个阿贺，
他辞别召波啦回勐邦伽，
当了勐邦伽的国王，
享太平，百姓安居乐业。

8

（第八本贝叶经）
话说召波啦，
他是勐巴腊的国王，
其他各勐都服从他，
他是一个很善良好心的国王，

---

① 哦摆啦扎：除了国王最大的官职。

各勐都喜欢接近他。
他与皇后喃英邦共享太平,
没有灾难心喜欢,
在消灭了战争的时候,
没有什么来操心,
平平安安,无病无痛,
他想起了抚养自己长大的年老雪梯夫妻,
二老买了水牛给他骑,
二老非常爱护他,
召波啦想念二老,
急速下令派头人,
准备了蜡条和谷花,
要将雪梯二老迎接来,
住在宫廷经常见,
以便供养侍终身。
召波啦重新建盖新宫殿,
二老进住享太平,
分给侍从男女各一百,
早晚服侍不歇停,
二老心中很高兴,
因为得依靠王儿召波啦,
不有什么事情来操心,
因为依靠王儿的洪福,
召波啦侍奉二老到送终。

话说召波啦,

早晚拜见问候二老很周到,
把父母当活佛看待,
听众们,
好好注意关于召波啦的故事,
召波啦是威震四方的勐巴腊国王,
他没有什么灾和难,
他三皈依佛法,
才得到享福。
又说喃英邦,
她想起了父母,
因为别离了很久,
每晚都梦见父母,
她向国王说:
"我想去看看父母,
现在不知父母是死是活,
分别的时候没有向父母说什么,
我日夜想念心不忘,
虽然如今过得荣华富贵,
但是这件事时时挂心中,
希望国王把我送去见父母,
希望和所有侍从也一块同去,
去见年老的双亲,
朝贺父母脱灾脱难,
这样可以免去我心中的挂念,
另一方面给父母知道放下心,
也可以依靠父母的福气,
免掉我们的灾和难,

见了父母转回来,
共享荣华富贵到终生。"

召波啦听了皇后的叙述,
想去想来好多次,
好心的召波啦说:
"此事你不必发愁,
如果要去探望父母,
我一定不阻拦,
而且一定送你前往,
我俩一起走,
同去一段时间,
一定不会给你失望。"
召波啦说了以后,
下令调集众武士,
快快准备出发不停留,
内臣和外臣统统都集中,
还有象队、马队和步兵,
都必须到齐,
各负其责准备好,
备马备象配鞍辔,
人喊马叫象舞动,
就像立即要飞天,
声音响得腊噜腊啦,
步行的人有十万,
前呼后拥不离身,
望见的人问问都想同行。

一切准备就绪人到齐,
大头人开始向召波啦报告:
"现在吉祥日子已找好,
请我主即时出发,
今日出发一切都清吉平安。"
召波啦听了报告后,
连同皇后一起离城出发,
国王、皇后骑着配金鞍的大象,
浩浩荡荡离开了勐巴腊,
人多热闹路上无阻挡。

勉达先留守勐巴腊,
一切朝政大事由他代理,
其他大臣和头人都随召波啦前往,
催动大象朝前行,
声音响得腊噜腊啦,
走路的人打锣打鼓直是跳,
鸣炮放枪助威严,
离开了本国无忧愁,
他们还奏着箫笛,
他们又拉二胡又吹螺,
锣鼓敲得震动响,
真是腊噜腊啦闹嚷嚷,
走得黄灰冒天空,
很多人前呼后拥很威武,
接连不断,大道挤得满。
他们走过了遥远的树林,

他们走过了眼睛看不通的树林，
风吹旗子迎风飘，
豺狼虎豹只敢逃，
他们害怕巴腊的人马众多，
他们一日行得三个小约扎那①，
他们走了好几个月才到勐西丙，
喃西丙和所有的人都非常高兴，
召波啦为首走进了皇城，
全城震动，个个出来看望，
人人争先恐后想见这对年轻国王和皇后，
个个称赞国王和皇后，
真是一对年轻漂亮的夫妻，
他们看见合不拢嘴，
唾沫流出到腰，
有的看得眼睛不能转动，
直看得眼花缭乱，
见侄儿叫大妈，
见大妈叫姑妈，
见父亲叫老头。

国王和皇后回到父母宫廷，
向父母朝拜，
喃英邦见到父母，
喜欢得流下眼泪，

国王和皇后哭得很悲伤，
年老的父母哭得很悲伤。
话说老国王和皇后，
见到儿女小两口来得很平安，
看得了自己的公主驸马欣喜若狂，
又见到了他俩的各大臣、头人，
举手抚摸儿女祝贺，
搂在怀中眼泪流，
喜欢得昏死过去。

召波啦和喃英邦也昏死过去，
众大臣和头人看到此情很着急，
统统昏倒在宫廷，
双方的人与人堆在一起，
好像风吹树林一片倒。
这事震动了天神的座位，
坐不住，天神打开窗子观望，
看见凡间昏倒很多人，
及时降下仙雨洒在昏倒人的身上，
昏倒的人还魂活转来，
叭西丙和皇后，
所有大臣和头人都活转来，
武士随从也活转来。
这时召波啦向岳父、岳母请安，
问候大人有无病痛，

---

① 小约扎那：眼睛能看到最远的距离叫一个小约扎那。

问候大人朝政有无难事。

岳父说:
"我们都很好,没有什么病痛来纠缠,
地方事情都很顺利,
我们只是心中天天想念你们,
以为今生不能再见面。
儿呵,
现在你俩转回来,
这是因为有福气才能得团圆,
一切困苦罪过都赦免,
现在我想起了大儿戛尾,
因为他不听父母的教导,
自命勇敢起战争,
他不听亲友的劝导,
所以死在战争中,
他是为了你俩的事而死,
想起来也很悲伤。
我的公主和驸马啊,
别的不说,还有一件心中事,
公主的庭中还有猴儿在,
谁人进庭都被吃,
希望驸马去解救,
过去的事不要记恨心中,
现在一切事情都靠驸马。"

召波啦听了心中喜,

念动咒语手持宝剑,
斩断猴儿的关键绳,
所有猴儿即时变成木偶人。
驸马的法力真强大,
西丙国王看此情心里非常感谢,
调集大臣、头人和百姓,
大家一起举行仪式升驸马继承名
义的王位,
王位名字叫厄戛拉扎,
选好吉日开始举行拴线。

召波啦和喃英邦的声名震动勐西丙,
金银堆满库,
威信也很高,
全勐百姓在召波啦领导下,
大家履行着经书安居乐业,
叭西丙将地方朝政委交召波啦以后,
没有什么操心和焦愁,
他安安逸逸过生活。
话说召波啦和公主,
在勐西丙住了满一年,
告辞父母要转回勐巴腊。
"我俩夫妻来此时间不短,
后面还有百姓在等待,
还有大臣和头人也在等待,
国事和生产没有照管,
父母、老婆、儿子在家等待着,

今天向父王告别，
愿父王允许，
有什么地方不是，一切请恕罪。"

当时父王听见了允许，
召波啦和公主返回勐巴腊，
召波啦又向母后及亲戚辞行后，
带了随行人马，
一路平安返回勐巴腊。
喃英邦离别了父母，
哭得很伤心，
她舍不得与父母分离。
他们走了不久，
平安到达勐巴腊，
他们进了皇城到了宫殿，
从此国王和公主，
双双不离办理朝政。

全勐百姓依靠了召波啦的福气安居乐业，
老百姓和和气气经常赕佛，
平平安安过生活，
一百一十个地方都来向召波啦朝贡，
依靠服从召波啦，
准备礼物来送上，
有牛马和大象，
有男仆婢女很多人，

东南西北各方都送来。
一百一十个国家都不像勐巴腊，
勐巴腊是个独特的国家，
国王召波啦时常赕佛做好事，
造了凉亭六个赕给佛，
行阴功做好事，
六个凉亭从宫廷直排到岔路口，
天天施舍来赕佛，
赕给穷人和一切过路人，
每天赕完一百六十万银，
赕给酒肉吃食样样全，
天天遵照佛教经书执行，
他的福气威望因此高。

有大臣和头人六万个，
早晚朝贺不歇停，
宫娥彩女六万个，
天天服侍不离身，
召波啦日子过得很舒服，
皇后喃英邦为首，
一切宫娥彩女都在侍候召波啦。
不久喃英邦怀了孕，
十月满生了个男孩，
宫娥、彩女、亲戚、大臣、头人忙得不可开交，
用价值万金的绸缎来包所生的婴儿，
婴儿取名叫召罕雅低，

他是金枝玉叶,
小王子长大能走路,
喃英邦又第二次怀孕,
十月满又生了个小女孩,
取名叫喃间达,
两兄妹都是同一父母生,
父母爱如眼睛珠,
随时随地不让离开身。

话说召波啦的亲生父,
他是一个狠心的人,
他将儿女丢放森林,
偷偷跑回家与后妻过清静日子,
时间不久倒霉运,
金银财宝用得全部光,
他夫妻变成穷光蛋,
到处求食走天涯,
东讨西讨讨到了勐巴腊,
听说国王召波啦,
施舍爱百姓,
对乞丐宽宏大量来救济,
每天给出六十万银、六十万金。
得了这消息,
俩老夫妻求食到这里,
召波啦将要见着亲生父及继母,

他见了想起妹妹喃珍达,
眼泪流不停,
见着父母来求食,
随他们随心所欲拿东西,
不给二老得操心。

召波啦马上准备各种要赕的礼物,
有鱼又有肉,
包起装在统巴①内,
好像过去父母包狗肉送儿女到森林,
现在时间久了父母到来,
心中高兴睹此物。
"我就是当年父母所放丢的召波啦,
因为有了天神的帮助,
现在得在勐巴腊为王,
如今父母亲眼见,
请父母看看所要赕的这些礼物,
都是给父母随心用。"

狠心有罪的夫妻俩,
见到召波啦当了国王,
心中很害怕,
一方面害羞无脸见人,
一方面怕儿子杀死来报仇,
因为过去对儿子太狠毒,

---

① 统巴：傣族挂包的名称。

两夫妻马上退出到外边。
很多人见了齐声喊：
"这俩老夫妻何处来？"
众人见了都撵他俩走，
要他俩走出勐巴腊地方，
俩老夫妻非常害怕，
身为罪人无处安生。

召波啦威震勐巴腊，
时常赕佛不停歇，
他不侮辱佛教经典，
他非常爱护地方和人民，
他长命百岁，一千年，
他时常行阴功做好事，
他死后一定超生在上界，
将来他的儿女又继承王位，
比上辈更享荣华富贵，
老死后，他同样超生在上界宫廷。

听众们，
故事将要结束，
最后还有一点结束语，
话说召波啦的后娘，
她想害死召波啦，

他俩本是冤家对头，
出生了几代都是互相坑害，
她没有慈善的心，
她挑唆丈夫，
她想独占产业将前娘生的儿女丢放森林，
她死了后，
二世生为喃根鲊，
召波啦死后升为佛主，
她本来就会欺骗破坏，
这世她又来欺骗佛主召波啦，
她将木头绑在肚皮上①，
欺骗佛主罪难饶，
恶邪胜不过佛主，
她的木头当即掉下来，
她拔脚就逃跑，
地皮开裂掉进去，
掉在地狱永远受罪苦。

话说勐巴腊雪梯，
召波啦的干爹，
他曾经买水牛给召波啦放，
后来超生几代都是大雪梯，
最后超生在天庭，

---

① 喃根鲊假装怀孕想诬赖是佛主与她发生了关系。

为阿仰达天①。
再说喃雪梯——召波啦的干妈，
后来也超生为喃尾沙哈②。
又说救过召波啦脱险的天神，
后来他也升为阿奴噜它达天③。
又说召波啦妹妹喃珍达，
她被老虎在森林中吃后超生为喃
鸟巴纳瓦啦④。

又说大臣勉达先，
他有本事和智慧，
又升为沙利布搭天⑤。
又说大臣宰雅先纳，
他有最敏锐的本事，
曾在战争中出过力接过弩箭，
超生为麻哈摩戛啦纳廷。
关于那十个大力士同样有了功，
超生为沙瓦戛，
都是在佛主身边的一尊神。

又说喃英邦的哥哥叭戛尾，
他也超生为丢瓦颠打夫，

他是佛教界外的一种神。
又说喃英邦的母亲，
也超生为喃果打米，
这是佛主身边一女神。
又说叭勐邦伽国王，
他曾经协助过召波啦打仗，
也超生为祈八里那廷，
这是佛主身边的一尊神。
召波啦的儿子，
后来也超生为腊呼腊廷，
这是佛主身边的一尊神。
又说召波啦的女儿喃间达，
也超生为喃鸟巴腊瓦纳，
这是佛主身边的一女神仙。

又说皇后喃英邦，
超生为喃雅梭塔啦，
也是佛主身边一女神。
又说召波啦，
勐巴腊的国王，
超生为佛主释迦牟尼。

---

① 阿仰达天：除了叭因的最大天神。
② 喃尾沙哈：释迦牟尼佛身边的一女神仙。
③ 阿奴噜它达天：在释迦牟尼佛旁边的一尊神。
④ 喃鸟巴纳瓦啦：在佛主释迦牟尼身边的女神仙。
⑤ 沙利布搭天：在佛主身边的一个神将。

听众们,
这本经书讲完了,
作恶的人下地狱受罪得恶报,
行善的人超生上界避生死轮回,
希望你们时常赕佛听从经书教义,
这样就可以避免生死轮回,
这样就可以超生上界成仙得道。

十六大国

演唱者：岩敦
翻译者：刀新民
记录者：林中
时间：1962年
搜集地点：云南省西双版纳傣族自治州

十六大国从古代传下来,
全世界一个大国与一个大国相连,
世界土地宽一万育①,
佛祖告诉我们,
这世界分成三部分,
水淹世界以后土地剩四千育,
森林有三千育,
剩下来的都是耕种的田园,
苏拉沙是一个大国,
雄伟高大美丽的菩提树,
有数不清的人来朝拜,
佛祖在世界上只有一个,
他住在森林里边,
第一个大国勐巴拉那西,
勐巴拉那西是最古老的国家,
勐巴拉那西的人过着最幸福的生活,
到勐巴拉那西路程要走十一个月,
这是佛祖告诉我们,
这个国家的威名像雄伟美丽的菩提树,
大城市像琉璃一样闪亮发光,
城里的大石头像猴子一样,
勐巴拉那西遍地是黄金白银,
勐巴拉那西的土地宽广无边,
一千个国家向勐巴拉那西进贡。

---

① 育：一育为一千排,即视线所及为一育。

一个大国勐桑戛沙拉功,
勐桑戛沙拉功威名最大,
勐西双版纳在它南边。
雄伟高大的菩提树,
经过菩提树走两个月,
菩提树那里有缅寺佛塔,
很多人到那里拜佛,
有一对糯虔鸟下来吃水,
帕拉西拿木棍追打,
所有的鸟都飞走了,
糯虔鸟放下宝珠飞掉了,
帕拉西得到宝珠,
宝珠有三十二种颜色,闪亮发光,
宝珠叫娇景打玛尼重①,
这是糯虔鸟放下来的宝珠。
这个大国叫伟大、宽阔、繁荣的
勐桑戛沙那功,
居住这里的人都有知识和萨礼②,
这个大国有很多经书,
这里的人样样都知道。

一个大国叫勐达戛西那隆,
那里有一个大石钵③,
这个国家的名声很大。
阿拉罕打④拿来的大石钵,
雄伟、高大、美丽的菩提树,
在勐达戛西拉。
这个大国的人都有知识和萨礼,
这个大国桩碓挑水都甩甩,
耕地、纺纱、扎棉花都甩甩,
这个大国有雄伟美丽的菩提树,
过路人歇在菩提树下很凉快,
人们在菩提底下拜佛。

一个大国叫勐他尼,
据菩提树非常遥远,
到勐他尼路程走两个月,
这是一个古老的国家,
国中有一对凤凰,
国王为别的国看不起,
国王派坤勐⑤和兵丁,
召集坤勐商量。
与他们相邻的一个国家,
是佛祖在的地方,

---

① 娇景打玛尼重:最宝贵之意。
② 萨礼:护身咒语,刀枪不进。
③ 大石钵:佛爷装饭的器具。
④ 阿拉罕打:是一个佛祖。
⑤ 坤勐:官的意思。

那里的人都拜佛,
那个国家叫勐烘沙,
是一个古老的国家。
另外一个国家,
叫勐戛零戛拉,
国土宽广无边,
距离菩提树也很遥远,
从这个勐到菩提树走三个月,
那里有很多缅寺佛塔,
有一个贫穷的男孩子在讨饭,
父母早死升上天堂,
这个贫穷的孩子身上有福,
他去求乞人家都可怜他,
有一次他去河里钓鱼,
走到人迹不到的森林,
遇到一个凶恶的妖怪,
妖怪和男孩结成夫妻,
他们住在森林里,
在森林里砍地,
妖怪有颗宝珠,
他砍地以后用火烧,
慢慢变成一个勐,
住在那里有很多人,
有佛寺和宝物,

因为他们两个有福气,
自古相传,
这个男孩成有名的人。

有一个勐叫玛打拉,宽广无边,
接近美丽雄伟的菩提树,
佛祖召阿拉罕打,
他的名声自古相传,
住在那里的百姓真幸福。
这里有个波塔巴兰干①,
这个国家比别的国家更广大,
住在那里的百姓都做赕拜佛,
人们来往不绝,
有做生意的、行船的,
都来歇在这里,
这里有个拉乍西从洞里出来,
来到河边游玩几天,
有一天,丕耶天撩瓦底②的姑娘,
他的女儿游玩来到森林,
在森林里遇到拉乍西,
他们之间有爱情发生关系,
在森林里住下来成为夫妻,
生出许多儿女,
儿女长大在那里成为一个勐,

---

① 波塔巴兰干:人们朝拜的东西,如拜菩提树一样。
② 丕耶天撩瓦底:是一种官。

这个勐叫拉乍戛哈,宽广无边,
勐的附近有一个大山洞叫缘古哈,
这是佛祖阿拉罕打住的地方。
有个大国叫威沙利,
这个国家很穷困,
它的位置在南方,
有一只小鸟飞来做窝,
小鸟向召拉西探说,
这个地方可以建立国家,
召拉西探得到启示,
召拉西探和小鸟商量,
他们看到一处葫芦结果累累,
他们对着葫芦吹了一口气,
葫芦瓜变成很多人,

他们在这里住下来劳动耕作,
这个国家富饶繁荣,
小鸟含着玉米来种。

一个勐叫巴达利论,宽广无边,
位于森林附近,
这个国家由两个国家组成,
人口有千千万,
是美丽富饶的国家,
那里的人都很漂亮,
有高大美丽的菩提树,
是天神在的地方,
这是从古代传下来的。

勐旺不吃青苔

演唱者:康朗甩
记录者:周开学
翻译者:刀正祥
时间:1962 年
搜集地点:云南省西双版纳傣族自治州

听吧!
竹子生在山沟里,
带着自己的叶子随风摇摆,

带着叶子会崴来崴去[①],
听吧!
一颗圆圆的椰子树,

---

① 自以为聪明的意思,自己在那里骄傲。

崴来崴去①。

小妹好比一只金凤凰在高高地飞，
常常会飞到森林里一棵美丽的树上歇着，
把自己的尾巴搭在树枝上，
高高地睡着。

不管那只凤凰飞得多么高，
比不上蜘蛛，
蜘蛛会从屁股吐丝拉成网，
网会捕住蚊子和蜜蜂，
拉住它们的脚，
像猎人撒下网一样，
像姑娘织布一样，
这事使人感到奇怪。

听吧！
莲花开得大，
有一个地方叫勐旺，
不窄不宽一眼就望完，
有一个玉香拉，
会把各种花织在布上，
她家住在一个有青苔的水塘边，

她天天把青苔拿来街上卖，
人人都爱买她的甜青苔，
她喜欢把青苔挑来街上卖，
有一天，土司的长工来买，
她又送又卖，
到天快黑的时候。

听吧！
知了在竹林里叫，
在天黑知了叫时，
他们就煮青苔洗碗，
因为是长工们煮饭，
用盘子装了青苔送到桌子上，
这回我要告诉大家，
不是我乱说了教育大家，
还有芋头叶和牛皮煮了放酸的，
他们端着送给土司吃，
土司吃的各种菜都有，
长工送了菜就退回来，
土司问长工青苔是谁的，
又甜又香。
长工告诉他：
"是玉香拉做的，
是她的祖父挖的鱼塘里出的。"

---

① 喻人变来变去。

召用银筷挑起来吃，
用糯米饭蘸烂波①吃，
肚子忽然胀起来，
还剩腊肉吃不完，
直到肚子装不下才停止，
放下碗筷就打饱嗝，
肚子里又响又痛，
响声如淌水，
老婆想到医生，
可怜得哭起来，
告诉长工去找医生来。
当晚找来了医生，
医生连夜跑来问病根，
又量体温又摸脉，
看见召没什么病，
风、火、水、土四部②都很好，
医生用手摸召的肚子，
感觉肚子哇哇叫，
医生停下来考虑病因，
因为吃多东西肚子疼，
好像全身血管动起来，
血管动得像弹三弦，

全身都是大汗，
虽然垫子又宽又软，
他疼得缩手缩脚不安然，
医生来算卦找病的来源，
因为吃着在水里一种绿色淡味的东西，
拿那东西来煮吃，所以肚子疼，
医生知道肚子的原因，
就从药包里找出药来给他吃，
过一会就拉起肚子来，
大便的臭味如青苔一样，
大便的颜色像青苔一样，
拉个肚子觉得身子很轻，
肚子瘪了身体才好起来。

听吧，
像吊兰花一样的姑娘，
在雾里开得更黄，
从此以来，
人们说：
"随召勐旺吃青苔。"
从此以后，
勐旺不吃青苔。

---

① 烂波：芋头煮牛皮。
② 说人体由这四部分组成。

魔鬼和母亲①

搜集者：朱宜初
翻译者：陈贵培
抄本搜集时间：1962年3月21日
搜集地点：云南省普洱市文化馆（原思茅市文化馆）

吴康姥夫妇二十年来，一直盼望能够生一男半女，也好将来替他们分担一些忧愁，只要赕佛的日子，他们总是把家里最好的东西送到缅寺里，二十年来，他们夫妇白天不知做过多少祈祷，夜里不知做过多少好梦，但希望却是白天连着夜晚地过去。

吴康姥妻子四十岁生日的那一天夜里，一只猛虎张着大嘴扑着一只麂子，这只可怜的麂子只好绕着森林的大树躲避着，那只凶猛的老虎却像野火样地绕着树林的树缝来捕捉它，这一只可怜的小麂子在快要被老虎抓住它之前，它便猛一跳，钻到吴康姥的怀里来躲避，吴康姥的妻子感到自己的肚子一阵疼痛，不觉惊醒过来，才知道是一个可怕的梦。

十个月后，吴康姥盼望的儿子便在他家竹楼上出生了，吴康姥高兴得摇头摆尾地走到村里，把这好消息告诉人们，当天晚上，他在自己竹楼上摆设了丰富的晚餐，并且用大竹桶②盛满了酒，请来全村的客人，来为自己的妻子和儿子举行拴线礼③，客人们点燃祝贺的蜡条，使得满楼像蓝天的星星一样闪亮，在客人坐满的时候，一位长者便在吴康姥的妻子和儿子的手上拴上一条红线，老人向他祝贺了一番，客人便"水！水！水！"地喊了

---

① 该文本为叙事长诗的散文叙述本。——编者注
② 大竹桶：竹子做的大水桶。
③ 拴线礼：傣族一种叫魂和祝贺好运的礼节。

起来，老人给吴康姥的儿子取了名字，叫作吴温潘，客人们喝着喝着闲到天亮。

快乐的日子一天天地过去，吴康姥夫妻才把秧栽完，金黄色的谷子已经又在满田满坝里弯着腰，害羞似的低着头躲避正在偷看它的太阳。不幸就在收割谷子的季节里，吴康姥在南姆撒拉河里洗澡时，被一股汹涌的洪水冲走了，一直十多天，连尸首也没打捞起来，用村里老年人的话来说，"也许是太阳太辣才会下雨"，吴康姥也许是太快乐了，才碰到这种可怕的灾难。

母亲把吴温潘抱在自己的怀里，每天用自己的眼泪和糯米饭嘴着来喂吴温潘。她忍受着一切灾难折磨，她把自己的希望寄托在肥胖的孩子身上，她不知流过了多少眼泪，咬破过千百次舌头，好容易才把吴温潘喂得会走路，吴温潘抬一小脚一步一步走着，在他母亲看来，好像每一步都是一首美妙的音乐，每一步都能让她感到快乐。

一个赶街的早晨，母亲背着自己的儿子，挑着菠萝，经过密密麻麻的森林来到街子上。来往赶街的人像蜂筒的蜂虫一般拥挤，当她把孩子放下地，摆好菠萝的时候，一群群的人就围着她，伸手拿着菠萝问价钱，一时只见拿菠萝的手和递钱的手在她眼前摇晃。

正当母亲忙碌的时候，一个森林里的皮亚鬼[①]变成了一个美丽的妇人，她从人群中把吴温潘拉出抱在怀里便往街上走去。她一边走着，一边笑眯眯地把烤铁溜[②]喂给这个不会说话的吴温潘。

买菠萝的人渐渐地散去，吴温潘的母亲看到自己孩子不见了，便放下菠萝疯狂地跑着，叫着吴温潘的名字，她从人群中翻开每个背孩子人的布寻找，最后，她从一个美丽妇人的怀里认着了自己的儿子，她感激地向这个妇人跪着说："好良心的人呀，叫我怎样地来报答你让我孩子静静地躺睡

---

① 皮亚鬼：一种大牙齿的专吃人的魔鬼。
② 烤铁溜：一种米糕。

在你怀里的恩情呢？"

"谁是你的孩子？"这个妇人大声地叫嚷起来。

哭声和叫声引来了多少人，但谁也不能为她们解决这场是非，最后，这两个争孩子的妇人只得抱着孩子来到召勐的宫殿中，她们双双跪着，哭着请求国王召龙拉为她们判断这一场争儿子的纠纷，国王召龙拉把孩子抱在自己的怀里，问他："谁是你的母亲？"但幼小的孩子却只翻滚着小眼睛，看着那挤满宫廷的人群。

多少百姓也为这两个哭啼的母亲感动得红了眼睛，他们都在为国王召龙拉着急，不知道国王有什么神妙的方法使这可怜的胖孩子回到自己真正母亲的怀里。

两个跪着的妇人哭声越来越大了，国王越急得想不出办法，他只好抱着这不会说话的孩子在宫殿里走来走去，多少百姓的眼睛也跟着国王走来走去，一会，国王站住了，他像是突然得到什么东西样地高兴起来，他便叫自己的混鲁①从后宫里抬出一条条凳，他把孩子抱来睡在这条凳上，又命令混鲁在孩子裤带的旁边钉上一棵大木钉，让孩子的裤带正对着大木钉，一切都安排好了，召龙拉对着两个妇人说："你们这样奇怪的事不是第一次降落到我们宫廷里，但是谁也没法子为你们判断，现在只好把孩子放在凳子上，你们各人走到孩子的头、脚一方，等我喊拉的时候，你们就拼命地拉，看谁把孩子的裤带拉过木钉，孩子就断给她。"

一时美丽的妇人用双手紧紧地控住孩子的脖子，卖菠萝的妇人也用双手紧紧地抱住孩子的脚。

"拉，拉，拉呀！"召龙拉大声地叫着，多少眼睛看着使力的两个妇人。在卖菠萝的妇人快要把孩子的裤带拖出木钉的时候，美丽的妇人拼命控着孩子的脖子拖，可怜的孩子脖子上红肿起来，就"哇"地一声大哭了起来，这一声哭声像把刀似的刺穿卖菠萝的妇人的心，她说道："召呀（王呀），我

---

① 混鲁：卫士。

不忍心看着孩子受罪，请把孩子判给她吧。"一时她放开手，美丽的少妇便把孩子的裤带拖出了木钉，她高兴地看到自己胜利了，便大笑起来。

召龙拉走来把孩子抱了起来，他对着孩子说："现在你该知道谁是真正爱你的母亲了！"搂着就把孩子送给那个不忍心看孩子受罪的卖菠萝的妇人，百姓们都纷纷跪倒在地上来拜谢英明的国王，吴温潘的母亲也跪下来拜国王，便带着吴温潘回家去了。

但那个魔鬼控着脖子的痕迹便长成了上士台[①]留在男子的脖子上。

因此，在傣族中传说：凡是脖子上有上士台的孩子都是母亲和魔鬼斗争来的。

浪戛西贺——十个头的魔王[②]

搜集者：周开学
搜集地点：1962年3月21日抄于普洱图书馆（今普洱市宁洱哈尼族彝族自治县图书馆）

勐巴拉纳西地方有一个混何罕，（国王）他有两个妻子。大皇后生了两个儿子，大的个叫羌莽，小的个叫羌祀，小皇后也生了个儿子。

有一次，何罕的右手拇指上生了一个疔，疼了七天七夜，医也医不好，第二个皇后见何罕疼得厉害，就用嘴去吮那个疔，吮了以后，何罕的痛就减轻了。她一直吮到天亮，见何罕疼了七天，第一次得到这样的安睡。快天亮的时候，疔出脓了，他妻子也不放开嘴，便将血脓吞下去，因此，何罕睡得更好了，妻子见何罕睡熟，才放开嘴，混何罕醒来后，感到手不疼了，一看肿也消了，何罕很高兴，便问是谁给他治好的，妻子一面给他抬饭来，一面告诉了他。

[①] 上士台：喉结。
[②] 该长诗通常写作《兰嘎西贺》，此为散文体叙述本。——编者注

何罕听了以后，呆呆地望着她，心里十分感激，他说："你待我这么好，真不知怎样报答，你要什么东西？说吧，什么我都给。"小皇后说："什么我都不要，只要你把我的儿子立为太子，我就心安了。"

　　何罕便将小皇后的儿子立为太子，将来继承王位。何罕又告诉大皇后和她的儿子，要她做小皇后，原来的小皇后做大皇后，大皇后听了后，也不敢说什么。但皇后的两个儿子，不愿再过宫廷的生活，便拿着刀和弩出外周游去了。

　　勐巴拉纳西有一个牙写，天天都到寨子里募化，天天都要经过一个荷花池。有一天，他忽然听到池里有个小娃娃的哭声，低头一看，在一朵荷花里面，有一个小女孩，就把她带回家养着，给她取个名字，叫朗英摩（荷花女）。朗英摩一天天长大了，成了一个漂亮的小布少。

　　再说羌莽两兄弟，走呵，走呵，走到了这个深山里。他们看见有个奘房，便进去休息一下，牙写看见这两兄弟都十分英俊，就想将朗英摩嫁给其中的一个。晚上，牙写给兄弟俩讲了，哥哥要让弟弟娶，弟弟要让哥哥娶。争了一阵，牙写说还是哥哥娶好些，弟弟也说，应该如此，羌莽也同意了。牙写叫朗英摩出来见了羌莽，荷花女也很喜欢他。当天晚上，羌莽就和朗英摩结婚了。

　　第二天，他们三个人别了牙写又继续走。牙写送了他们一把宝刀，兄弟二人一个有一把了。他们走啊，走啊，朗英摩走不动了，于是，大家都在一棵大青树下休息，不知不觉地睡着了。

　　大青树上有一只猴子，看到他们三人睡得那么的亲热，忍不住落下了眼泪，它的眼泪淋到羌莽的脸上，羌莽惊醒过来，抬头一看，大怒，叫道："猴子，为什么这样无理，撒尿到我们身上了？"说罢，举弩要射，猴子忙说："不要射，不要射，我不是撒尿，是淌眼泪。"羌莽一听，便放下弩问道："你有什么伤心事？"猴子便跳下树来，说道："我的弟弟不要我在山上为猴王，不让我在山上住。我见你们兄弟多亲切，想到我们兄弟，故此眼泪流下来了。"羌莽一听，觉得自己兄弟也是被撵出来的，不合理，说道："你不要伤心，我帮助你，我用箭射死它？"

第二天，猴子上山去，把弟弟引下山来，两个扭在一起打，羌莽一看，不好下手，两个一样，射去又怕射错，反而射死了所帮助的一个，他只好不射，等它们打了一阵不打了，猴子跑回来说："你为什么骗我？你为什么不射？差一点把我咬死了！"羌莽急忙解释道："不是我故意不射，你俩扭在一起，完全一样，我也分辨不出哪个是你，要是射错了，把你射着了，怎么办呢？所以我不敢射。"猴子一听，果然也如此，他们便商量好，用槟榔水粘在猴子的屁股上，射屁股不红的那个就是了。（所以现在的猴子屁股是红的，就是从这时候起了。）

第三天，猴子又去找弟弟来打，扭在一起，羌莽看准屁股不红的猴子，一箭射去，就射死了。这个猴子很感激羌莽，和他们做了朋友，今后互相帮助，猴子跟羌莽兄弟说："我叫阿鲁孟，以后有什么事，你一叫阿鲁孟，我就来帮助你。"说罢，互相告辞，猴王回山当猴王，羌莽三人也走了。

他们三人走啊走，走到了十头魔王安戛住的地方，安戛看到朗英摩长得漂亮，想来夺她，他想了很久，便变成了一头金光闪闪的马鹿，跪来逗羌莽，羌莽一见，非常高兴，叫妻子和弟弟在原地等着，他便跟着金马鹿追去，可是撵来撵去，总是差一点，后来愈撵愈远，马鹿就不见了。

羌莽的弟弟羌祀在这儿等羌莽，很久都不回来。羌祀便对朗英摩说："你在这儿等着，我去找哥哥。"说罢，用牙写给他的宝刀在地上画了一圈，叫朗英摩到里面去，并说："你住在圈内，不要出来，圈圈就像门一样，任何人也不能接近你！"说完提着宝刀就去找哥哥。

且说十头魔王安戛把羌莽引了很远，就变成妖怪飞了回来，看到朗英摩在圈内住着，进去不得，他便想了个办法，变成一个募化的牙写，来向荷花女募化。朗英摩看见募化的牙写，说："你进来吧，我给你东西，我不出来。"安戛说："好心的姑娘啊，你给我拿出来吧，我不能够进去呀！"好心的荷花女便取出饭来送给牙写，安戛见她走出了圈子，立即变作十头魔王，一把抓住她就飞去了。且说羌祀找了很外，找到了哥哥，二人便回来，走到半路，一群大鸟向他们飞来，羌莽以为要来吃他们，抬起弩就要打。大鸟急忙说："不要打，不要打，我们来告诉你，荷花姑娘已经被十头魔王抓去了，我们追了一阵，没有追着，才来告诉你们。"兄弟二人听了大吃一惊，知道追马鹿是中了计。他们谢了大鸟，便向安戛住的地方赶去，他们一想：不行，不但追不到安戛，追到也怕打不过他。弟弟忽然想到阿鲁孟，他刚一说出口，阿鲁孟就飞来了，猴子问他们："叫我来有什么事？"羌莽把请它来救朗英摩的事告诉了，猴子满口答应，并说："你们先走着，我去叫我的弟兄。"羌莽兄弟二人走了。

阿鲁孟飞回山，带着所有的小猴子一路飞来，飞到一条大江边，阿鲁孟一看，羌莽兄弟过不了江，正在江边着急，它领着弟兄落下地来，叫它的弟兄去找木料来搭桥，好让羌莽兄弟过江，小猴子找来了木料，搭好了桥，就在江边休息，准备第二天过江。第二天他们起来一看，桥不见了，不知是什么原因，阿鲁孟叫小猴子又去找木料搭，这样搭了几次，都不见了，阿鲁孟大怒，便对小猴子们说："你们在上面等着，保护好羌莽兄弟，待我下江去看看，是什么东西在作怪。"阿鲁孟一步跳下江中，看见江底有个大螃蟹，他大喝一声："嗬！原来是你，老子等你好几天了！"说罢，和螃蟹大战起来。阿鲁孟抱住螃蟹的大脚，折断一只抱上江来，螃蟹的脚比人还要大几倍。从此，桥便搭好了。

他们过了江，来到魔王的城边，阿鲁孟说："你们在这儿等一下，我先进城去看看。你们看到大火烧起的时候，再来救我！"它飞进城去，到了十头魔王的宫殿，嗬，魔王正在准备祭鬼呢！它落下地来，把祭鬼的东西打得稀烂，十头魔王大怒，叫小妖把猴子捉住捆起来。

猴子打了一阵，寡不敌众，被小妖提住捆起来，要打它。它一想，说："不准打，不准捆，我到这儿来有事！"小妖不敢打，放开绳子，问道："你是什么人？"阿鲁孟说："我是你们王子的朋友，有事来找他！"众小妖告诉了十头魔王，安戛听说有事找他，便把阿鲁孟请进殿去。

安戛坐下龙位，拿了一张木椅给它坐，阿鲁孟把尾巴搓成一圈，坐在椅子上，还比安戛高些，安戛生气了："你这家伙为什么这样无理，还比我坐得高？"

阿鲁孟开玩笑地说："我坐的是我的尾巴呀！"安戛气得无话可说，便问道："你来做什么？"

阿鲁孟不慌不忙地骂道："你这个强盗，变成牙写去偷人家的妻子，真不要脸，快给老子送出来。"安戛大怒，喝令手下小妖："把这个家伙捆起来给我打！"

阿鲁孟若无其事地说："难道我还怕？没有本事我就不会来，我根本不怕捆，更不怕打，只怕用布包着尾巴淋上油来烧。"安戛听说，急忙命令众小妖："给我拴起来，把它的尾巴包上布，淋上油，烧！"

小妖们把它的尾巴用厚厚的布包起来，淋上油，放火就烧。它装着怕疼，乱叫乱跳。见火烧大后，便在宫殿内到处跑，到处点火，宫殿立刻烧了起来，烧冲天。安戛大惊，忙命令众小妖救火，捉猴子。

城外的小猴子见城内起火，一齐打进去，用石头到处打，打死了不少小妖。阿鲁孟乘乱叫小猴把尾巴上的布取了，便飞进里面去，找着了朗英摩，便把她背了出来，交给羌莽兄弟。

安戛见救火不成，愈烧愈大，便进屋去看朗英摩，却早已不见了，他大怒，带着宝刀和弩箭来找猴子，阿鲁孟刚把朗英摩交给羌莽，见安戛追来，他便迎上去，和安戛大战起来，从地上一直打到天上。两个在天上打了一阵，不分胜负。安戛便一箭向阿鲁孟射来，阿鲁孟用身子一挡，射不进去，箭头落在地上，把羌祀射死了，阿鲁孟见羌祀死去，无心恋战，便落下地来，安戛见它败走，自己也觉得疲倦，也不追赶，回城去了。

羌祀射死了，大家都很着急。阿鲁孟落在地上，急忙问可不可以救。荷花女才想起牙写以前教给她的方法，说："可以救，但没有药。"阿鲁孟急忙问："要什么药？什么地方才有？"荷花女说："这种药是一种仙花，在顶天柱①的顶上才有。"阿鲁孟说："我去拿，不知是什么样子？"荷花女说："你到那里，叫'董弄觉'，它就会答应你。"

阿鲁孟告别后就飞到顶天柱上，它叫"董弄觉"，答应了，可是它在这边山叫，在那边山上答应，它又跑到那边山叫，又在这边山答应，阿鲁孟气得暴跳如雷，不知在什么地方，便折断半边山，背着飞了回来，荷花女找到了"董弄觉"，把它磨成粉，敷在羌祀的身上便结了。

羌祀救活以后，阿鲁孟又飞进城去找安戛。安戛大怒，又和它打了起来，一直打到天上，地下的小猴子又进城去烧房子，整个城变成了一片火海。安戛看见非常着急，渐渐心慌，敌不过阿鲁孟，阿鲁孟乘胜追击，安戛见势不好，一下飞上天空，遮住了太阳，一大片漆黑，阿鲁孟也看不见，不知安戛到什么地方去了。

地下的羌祀大怒："安戛！你射了我一箭，我要还你十箭！"他拿起弩向天空"嗚"的一箭，魔王的头掉下来了，但还是遮住太阳，看不见，羌祀又射，连射了十箭，掉下来十个头，魔王的身子落下地，太阳才露出来了。阿鲁孟也落下地来，他们一看，十头魔王的身躯，就像一座山那样大，堆在地下，他们点起火，把安戛的尸体烧成了灰。

安戛打杀了，荷花女救出来了，阿鲁孟告辞了羌莽兄弟，带着小猴子飞回山上，羌莽他们三人在一起，从此也幸福地生活着。

---

① 顶天柱：最高的山。

附录：关于傣族叙事长诗的有关情况

李子贤

据《西双版纳报》刀兴华同志讲，傣族的叙事长诗有五百首，还有人知道五百首诗的名称。他说，在这五百首叙事长诗中，有的是从巴利文翻译成傣文的。

刀兴华同志说，傣族叙事长诗的内容都离不开爱情，有不少写到反对包办婚姻的。傣族的叙事长诗离不开宗教，在许多长诗中都出现帕拉西（隐士、野和尚），帕拉西总是半神半人，往往给长诗的主人公很大的帮助。

傣族叙事长诗的发展，与佛教传入有很密切的联系。有些故事（后来发展为叙事诗），就是由经书上传来的。

在傣族的有些典籍中，还提到了勐西腊。在傣族人民中流传很广的叙事长诗《兰嘎西贺》与印度史诗《腊玛延那》大同小异。但宝角牛一章，讲的全部是傣族特有的生活内容，相传宝角牛与牛王搏斗的地方，就在勐远。

据岩温扁讲，傣族的"创世史诗"叫"敢哈告哈西双版纳"，译过来就是"西双版纳诗歌的总根子"。史诗从人类先祖布桑该、亚桑该讲起，后来才讲到大火烧天。史诗讲道：在荒远的古代，大地像一个大泡果一样，吊在空中，有一只"滴土鸟"见了，就飞到大地上来。它见到地这么大，才飞到天上对天神说："大地很大，空荡荡的，什么也没有。"于是天神就派布桑该、亚桑该两人来到地上。他们带来了一个仙葫芦，里边的每一颗子都是一个生命。后来，他俩将葫芦破开，把子撒到地上，变成了各式各样的生命。后来，就讲到了历史，讲到了十六个大勐，讲到了傣族地区只有三季：冷季、热季和雨季，还有"娥宾波芒宾领"的说法，讲汉族与傣族的亲密关系。

岩温扁说，是先有了故事，后才发展成叙事长诗。傣族还有一本叫《玛约感哈傣》的书，是专门讲诗歌的分类、诗歌的形成及故事等理论的。1972年要烧这本书时，是他叫一个叫岩健的同志保存下来，目前还没有翻译。

岩温扁说，他知道名字的叙事长诗，有如下三十余首：

一、兰嘎西贺；

二、章巴细顿（又名"四棵缅桂花"）；

三、相勐；

四、兴达朗；

五、嘎佩；

六、喃嘎拉；

七、松帕拉；

八、召荷罗；

九、马委；

十、召波朗；

十一、召苏旺；

十二、召喃腊塔；

十三、召缅罕；

十四、玉喃猫；

十五、秀坡秀滚；

十六、章响；

十七、香粗华；

十八、召烘罕；

十九、运帕罕；

二十、姆莱（即"论蛇"）；

二十一、马海；

二十二、召树屯；

二十三、葫芦信；

二十四、嘎龙；

二十五、喃布罕；

二十六、松帕敏；

二十七、召书瓦；

二十八、召波啦；

二十九、喃捧荒；

三十、喃海发；

三十一、缅罕；

三十二、千瓣莲花。

图书在版编目(CIP)数据

云南大学 1959—1962 年傣族叙事长诗调查资料集 / 云南大学文学院编. —北京：商务印书馆，2023
（云南大学少数民族民间文学调查资料丛刊）
ISBN 978−7−100−22044−6

Ⅰ.①云… Ⅱ.①云… Ⅲ.①傣族—叙事诗—诗歌研究—史料—云南 Ⅳ.① I207.22

中国国家版本馆 CIP 数据核字（2023）第 033847 号

权利保留，侵权必究。

云南大学少数民族民间文学调查资料丛刊
云南大学 1959—1962 年傣族叙事长诗调查资料集
云南大学文学院 编

商 务 印 书 馆 出 版
（北京王府井大街36号　邮政编码100710）
商 务 印 书 馆 发 行
北京顶佳世纪印刷有限公司印刷
ISBN 978−7−100−22044−6

2023 年 7 月第 1 版	开本 710×1000　1/16
2023 年 7 月北京第 1 次印刷	印张 56½

定价：280.00 元